Biblioteca Martins Fontes

Kalīla e Dimna

Ibn Almuqaffa^{c} tal como imaginado por um anônimo artista egípcio do início do século XX

Kalīla e Dimna

Ibn Almuqaffa[c]

Tradução, organização, introdução e notas
Mamede Mustafa Jarouche

Martins Fontes
São Paulo 2005

Título do original árabe: KITĀB KALĪLA WA DIMNA.

1ª edição
abril de 2005

Tradução, introdução e notas
MAMEDE MUSTAFA JAROUCHE

Acompanhamento editorial
Luzia Aparecida dos Santos
Revisões gráficas
Renato da Rocha Carlos
Solange Martins
Dinarte Zorzanelli da Silva
Produção gráfica
Geraldo Alves
Paginação/Fotolitos
Studio 3 Desenvolvimento Editorial

Dados Internacionais de Catalogação na Publicação (CIP)
(Câmara Brasileira do Livro, SP, Brasil)

Ibn al-Muqaffaᶜ
Kalīla e Dimna / Ibn Almuqaffaᶜ ; tradução, organização, introdução e notas Mamede Mustafa Jarouche. – São Paulo : Martins Fontes, 2005. – (Biblioteca Martins Fontes)

Título original: Kitāb Kalīla wa Dimna.
Bibliografia.
ISBN 85-336-2120-5

1. Fábulas árabes I. Jarouche, Mamede Mustafa. II. Título. III. Série.

05-1769 CDD-892.73

Índices para catálogo sistemático:
1. Fábulas : Literatura árabe 892.73

Livraria Martins Fontes Editora Ltda.
Rua Conselheiro Ramalho, 330 01325-000 São Paulo SP Brasil
Tel. (11) 3241.3677 Fax (11) 3101.1042
e-mail: info@martinsfontes.com.br http://www.martinsfontes.com.br

ÍNDICE

Agradecimentos xi
Nota sobre a tradução xiii
Vicissitudes de um livro e de seu autor xvii

Kalīla e Dimna 1

Abertura 3

Propósito do livro, por ᶜAbdullāh Ibn Almuqaffaᶜ 5
O homem e o tesouro 6
O petulante e o pergaminho amarelo 7
O dorminhoco e o ladrão 7
O vendedor de sésamo e seu sócio (I) 9
O homem pobre e o ladrão 10
O vendedor de sésamo e seu sócio (II) 13
O ladrão que se enganou de pote 14
Os três irmãos 15
O pescador e a pérola 16

O envio do médico Burzuwayh à Índia pelo rei Kisrà 'Anū Xirwān 19

O médico Burzuwayh, nas palavras de Buzurjmihr Ibn Albaẖtikān 29
O crédulo tapeado 33
A mulher e o amante flagrado 35

O mercador de pérolas e o perfurador 37
O homem, sofredor desde a concepção 40
O homem que se refugiou num poço 43

O leão e o touro 45
O homem que fugia do lobo 47
O macaco e o carpinteiro 48
A raposa e o tambor 55
O asceta e o ladrão 58
A mulher devassa e sua criada 58
A mulher do sapateiro e sua vizinha 59
O corvo e a cobra naja 62
A gaivota, os peixes e o caranguejo 62
O leão e as lebres 64
Os três peixes 67
O piolho e a pulga 70
O leão, o camelo, o lobo, o chacal e o corvo 76
O guardião do mar e a ave 80
Os dois patos e a tartaruga 81
Os macacos, o pássaro e o vaga-lume 86
O velhaco e o idiota 87
A gaivota, a cobra naja, o caranguejo e a doninha 88
O mercador de ferro e seu conhecido 90

Investigação acerca de Dimna 93
A mulher do mercador, seu amante e seu criado 100
O médico ignorante 107
O agricultor e suas duas mulheres 109
O sátrapa, sua mulher e seu falcoeiro 113

A pomba de colar 119
O rato, o asceta e o hóspede 126

A mulher que trocou sésamo descascado por sésamo com casca 127
O caçador, o veado, o javali e o lobo 127

OS CORUJÕES E OS CORVOS 139
A origem da inimizade entre corvos e corujões 144
O lebrão e o rei dos elefantes 145
O pássaro medroso, a lebre e o gato devoto 147
O asceta, o cabrito e os trapaceiros 150
O mercador velho, sua jovem esposa e o ladrão 153
O asceta, a vaca leiteira, o ladrão e o demônio 153
O carpinteiro, sua esposa e o amante dela 154
O asceta e a rata transformada em menina 157
A serpente envelhecida e o rei dos sapos 160

O MACACO E O CÁGADO 165
O leão, o chacal e o burro sem orelhas nem coração 170

O DEVOTO E O MANGUSTO 173
O devoto e a jarra de banha e mel 173

'IBLĀD, 'ĪRĀḪT E XĀDARM, REI DA ÍNDIA 177
O pombo, a pomba e o estoque de trigo e cevada 188
O macaco e as lentilhas 189

MIHRĀYAZ, O REI DOS RATOS 201
O rei que tapou o buraco de onde saíam os ventos 204
O asno que quis cornos e perdeu as orelhas 205

O GATO E O RATO 213

O REI E A AVE FINZA 221

O LEÃO E O CHACAL 227

O peregrino e o ourives 241

O filho do rei e seus companheiros 247

A leoa e o animal xa^c^har 253

O asceta e o hóspede 257
O corvo e a perdiz 258

[Epílogo] 259

Colofão 261

Anexo 1: A apresentação... 263
A cotovia e o elefante 268

Anexo 2: A pomba, a raposa e a garça 285

Notas 287

AGRADECIMENTOS

FAPESP; Biblioteca Nacional do Egito; Serviço de Aquisição e Intercâmbio do SBD da FFLCH/USP;

'Abū ᶜAlā' ᶜAbdurraḥmān Aššarqāwī, ᶜAfāf Assayid, Mahmoud Tarchouna, Mamdūḥ ᶜAlī 'Aḥmad, M. ᶜIṣām Fawzī;

Adma Fadul Muhana, Carlos Alberto da Fonseca, Júlia Maria de Paiva, Márcia Elisa Garcia de Grandi, Safa Jubran.

NOTA SOBRE A TRADUÇÃO

Como edição principal, espécie de "texto-base", foi adotada a do filólogo egípcio ᶜAbdulwahhāb ᶜAzzām, baseada no manuscrito datado mais antigo, de 618 H./1221 d.C., e aqui indicada como **A**. Consultou-se tanto a primeira edição (Cairo, Dār Almaᶜārif, 1941) como a segunda (Argel/Beirute, Ministério da Educação/Dār Axxurūq, 1973), na qual se operam algumas modificações no *corpus* fixado por ᶜAzzām e se suprime a apresentação, de qualquer modo pífia, do ficcionista e crítico Ṭāha Ḥusayn.

Utilizaram-se ainda, como edições de apoio:

B: edição do padre jesuíta turco-libanês Luis Cheikho (Beirute, Almaṭbaᶜa Alkāṯūlīkiyya, 1905). Foi o principal texto de apoio para a tradução, em virtude da antiguidade de seu manuscrito, datado de 739 H./1339 d.C. Utilizou-se **B1** para indicar os capítulos que Cheikho introduziu em sua edição mas que não constavam do manuscrito utilizado como base, e sim de um outro do século XVIII ou da edição do capítulo "O rei dos ratos" feita pelo arabista Nöeldeke. Ressalve-se que não se trata da edição escolar, para uso de ginasianos, feita por Cheikho alguns anos depois;

C: edição de 'Aḥmad Ḥasan Ṭabbāra (Síria, sem indicação de cidade, data ou editora. A *Encyclopaedia of Islam* refere "Beirute, 1904"), baseada num manuscrito de 1080 H./1675 d.C.;

D: edição do Cairo, com última revisão de 'Ibrāhīm Addasūqī ^{c}Abdulġaffār, 1285 H./1868 d.C., e baseada na muito criticada edição do arabista francês Silvestre de Sacy, Paris, 1816;

Guidi: edição de fragmentos, que não constavam da edição de Sacy, publicados pelo arabista italiano Ignazio Guidi (*Studii sul testo arabo del Libro di Calila e Dimna*, Roma, Libreria Spithöver, 1873) a partir de três manuscritos, dois sem data e um datado de 1701. Talvez por falta de uma tipografia provida de caracteres árabes, Guidi publicou tais fragmentos com sua própria caligrafia árabe, em que pese o paradoxo de se dar o nome de "caligrafia" aos seus garranchos, de leitura bastante desagradável.

Além dessas, também foram consultadas outras edições árabes correntes, como as de M. N. Almarṣafī, 'Ilyās Ḫalīl Zaḫariyyā e Yāzijī e a versão metrificada do século XI de Ibn Alhabbāriyya (Beirute, Dār Almawāsim, 1995, ed. de Ḥasan ^{c}Āṣim).

Das traduções, citou-se exaustivamente a espanhola de 1251, na excelente edição de Juan Manuel Cacho Blecua e María Jesús Lacarra (*Calila e Dimna*, Madrid, Editorial Castalia, 1984), bem como, apenas para referência, a erudita mas em muitos pontos discutível tradução francesa de André Miquel (*Le Livre de Kalila et Dimna*, Paris, Klincksieck, 1980, 1ª. ed., 1957). Toda remissão às traduções em siríaco, persa ou hebraico, bem como ao *Pañcatantra*, provém dos aparatos críticos estabelecidos por ^{c}Azzām ou Cheikho, salvo indicação expressa em contrário.

Para transcrição das letras árabes, lançou-se mão do seguinte sistema: **' b t ṯ j ḥ ḫ d ḏ r z s x ṣ ḍ ṭ ẓ ^{c} ġ f q k l m n h w y**; para as vogais longas, **ā**, **ū**, **ī**; para o "a breve" final, **à**. Trata-se, na prática, do sistema internacionalmente utilizado pelos orientalistas, com duas exceções: para a fricativa palatal sonora, **j** em vez de **ğ**; e, para a fricativa palatal surda, **x** em vez de **š**. Existe, talvez, alguma arbitrariedade no uso do **x**, mas bem menor, por exemplo, do que a de certos arabistas espanhóis, que usam o **j** para indicar a fricativa velar surda **ẖ** e o **y** com acento grave (**^**) para indicar o **ǧ**. Para a transliteração das palavras árabes, não se transcreveu o **l** do artigo definido invariável "*al*" quando sucedido pelos fonemas ditos "solares" (**t ṯ d ḏ r z s x ṣ ḍ ṭ ẓ n**), que o assimilam, nem se usou o hífen para separar o artigo da palavra por ele determinada. Assim, em vez de *al-sayf*, optou-se pela transliteração *assayf*. Alguns nomes de cidades árabes talvez causem estranheza, como Albaṣra e Alkūfa (pois em árabe somente se utilizam antecedidos de artigo), em vez dos injustificáveis embora hoje disseminados "Basra" (ou, o que é pior, "Bassorá") e "Kufa" (ou "Cufa"). Para os nomes próprios masculinos compostos de ᶜAbd ("adorador") e Allāh ("Deus") ou algum de seus atributos, optou-se pela grafia fundida, mantendo-se o primeiro termo no caso nominativo: ᶜAbdullāh, ᶜAbdulḥamīd, ᶜAbdurraḥmān etc. Caso, porém, tal nome estivesse regido por Ibn ou Bin ("filho [de]"), a transcrição pôs o primeiro termo no genitivo: Ibn ᶜAbdillāh, Ibn ᶜAbdilḥamīd, Ibn ᶜAbdirraḥmān etc.

No final do volume, como anexo, consta um aparato com comentários e anotações à tradução. Esse aparato obedece a três determinações principais:

I) Apresentação das variantes consideradas importantes entre as diversas edições. Nesse caso, adotou-se um dos seguintes procedimentos:

1) transcreve-se na nota, entre aspas, o trecho ou a palavra da tradução que apresenta variantes, seguido respectivamente de ponto-e-vírgula, do símbolo da edição que contém a variante, de dois pontos e do trecho ou da palavra

que constitui a variante, também entre aspas – conforme o modelo:

[5] "na cidade"; **B** e **C**: "na aldeia"; Guidi: "no país"; tradução espanhola: "en el campo".

2) quando alguma das edições de apoio deixou de apresentar algo que constava da edição principal, isso foi indicado mediante a transcrição na nota, entre aspas, do trecho ou da palavra faltantes seguido respectivamente de dois pontos, do sinal de menos e do símbolo da edição, conforme o seguinte modelo:

[5] "impossíveis de solucionar": - **B**.

3) quando alguma das edições de apoio apresentou algo que não constava da edição principal, isso foi indicado conforme o seguinte modelo:

[5] **D**: + "mas em seguida os homens partiram".

Isso posto, deve-se acrescentar que, obviamente, muitas vezes as edições apresentaram variações tão radicais que se tornava impossível sua indicação pormenorizada; nesses casos, as notas se limitam a referir o fato. A exceção, como se observa na introdução, ficou por conta do capítulo "Investigação acerca de Dimna";

II) Indicação dos trechos ou palavras cuja tradução se considerou significativa, curiosa ou problemática. Nesse caso, transcreveu-se e transliterou-se em árabe o trecho ou a palavra;

III) Observações de ordem lingüística ou histórica que pareceram pertinentes ao tradutor, em especial no que tange às relações do texto árabe com o da tradução espanhola medieval.

Finalmente, cumpre ressalvar que a leitura do aparato é dispensável ao leitor que não esteja interessado em questões desse gênero.

VICISSITUDES DE UM LIVRO E DE SEU AUTOR

Deixando de lado as intermináveis e nem sempre frutíferas discussões a respeito das fontes e origens de *Kalīla e Dimna*, deve-se salientar que a proeminência desse livro transcende em muito o âmbito da cultura árabe-islâmica. Traduzido para quase uma trintena de idiomas (e não raro por mais de uma vez), é considerado uma das mais importantes fontes do fabulário universal. Para ficar no limite de apenas algumas línguas ocidentais, dele existem uma tradução grega (século X), três latinas (duas no século XII e uma no XIV), quatro espanholas (séculos XIII, XV, XVII E XVIII)[1] e três italianas (século XVI). Todas essas traduções, e muitas outras mais, foram feitas do árabe ou a partir de alguma tradução cuja origem era o árabe, numa "cadeia de transmissão" por vezes extensa. Como exemplo, cite-se o caso da tradução inglesa de 1570: ela foi feita a partir de uma tradução italiana de 1552, que, por sua vez, tinha sido feita sobre a tradução hebraica do rabino Joel, em 1270, a qual, enfim, provinha da tradução árabe do século VIII. Não é esse, ao que tudo indica, o caso da pri-

[1] Existe um problema de datação relativamente à primeira tradução espanhola (feita "por mandado del infante don Alfonso, fijo del muy noble rey don Fernando"), cujo colofão traz a data de "mill et dozientos et noventa et nueve años". Segundo J. M. Cacho Blecua e M. J. Lacarra, responsáveis pela fixação do texto, essa data corresponderia a 1261 da Era Cristã – mas Alfonso fora coroado rei em 1251, o que torna contraditória tal datação. Cf. *Calila e Dimna*, edição de J. M. Cacho Blecua e María Jesús Lacarra, Madrid, Castalia, 1984, pp. 12-9. As outras traduções espanholas são, respectivamente: 1) século XV: "Exemplário contra los engaños y peligros del mundo", Saragoça, 1493, Pablo Hurus, feita sobre a versão latina de Juan de Capua, que por seu turno se baseava na hebraica de Joel; 2) século XVII: "Espejo político y moral para príncipes y ministros y todo género de personas", por V. Bartolomeu Brattuti, intérprete de Felipe IV, feita sobre uma versão turca; e 3) século XVIII, feita pelo orientalista José Conde em 1797 e inédita até pelo menos 1984.

meira tradução espanhola, feita no século XIII, por ordem de Alfonso, o sábio, diretamente do texto árabe. Essa tradução, aliás, teve importância considerável no posterior desenvolvimento da prosa espanhola[2], fato que, entre muitos outros, amplia a relevância do texto árabe e do estudo de suas apropriações no interior da cultura ibérica.

Reza a tradição que o *Livro de Kalīla e Dimna* foi *traduzido* ao árabe (expressão que se deve tomar *cum grano salis*, uma vez que, na época, era comum utilizar, para textos postos em língua árabe, uma expressão equivalente a "interpretar") em meados do século II H./VIII d.C.[3] Até o presente momento, não se conhece uma edição crítica dessa tradução – talvez devido ao excessivo número de manuscritos, que se dividem em seis famílias[4] –, e por isso impõe-se fazer *tabula rasa* de algumas condições prévias para um trabalho mais satisfatório a respeito. Seja como for, a mesma tradição atribui a tradução a um letrado de origem persa denominado Rūzbīh ("feliz e bem-aventurado em todos os seus dias"), o qual, ao se converter ao islamismo, adotou o nome de ᶜAbdullāh, embora tenha sido sempre mais conhecido pela alcunha, por sinal bem pouco honrosa, de Ibn Almuqaffaᶜ. Segundo alguns relatos históricos, esse personagem, nascido em 80 H.[5] na aldeia persa de Gūr (atual Fayrūzabād, pertencente ao

---

2 Cf. a biografia citada por Blecua e Lacarra, *op. cit.*, pp. 75-7.

3 Quanto à datação, convém observar que em alguns momentos esta introdução dá ambas as datas, a islâmica e a cristã; nalgumas vezes, porém, dá apenas a islâmica, e, em outras, apenas a cristã. Mas o leitor que o desejar poderá converter ambas as datas usando as seguintes fórmulas, convencionando-se aqui "G", de "gregoriano", para o ano cristão e "H", de "Hégira", para o muçulmano: a) para encontrar o ano cristão: $G = H - (H \div 33) + 622$; b) para encontrar o ano islâmico: $H = G - 622 + [(G - 622) \div 32]$. Assim, aleatoriamente, suponha-se que se queira encontrar o equivalente islâmico do ano de 1500 d.C.: $H = 1500 - 622 + [(1500 - 622) \div 32]$, o que resultaria 905,4375, ou seja, o ano de 1500 d.C. equivale a 905 ou 906 H.

4 Cf. Sprengling, Martin. "Kalila Studies. I", *in*: *The American Journal of Semitic Languages and Literatures*, volume XL, n. 2, janeiro/1924, pp. 81-97, e ainda, apesar dos erros do artigo, as referências de Brockelmann, C. "Kalīla wa Dimna", *in*: *The Enciclopaedia of Islam*, v. IV, 2ª ed., 1990, pp. 503-6.

5 Normalmente, os historiadores situam a data de nascimento do autor em 106 H. (724 d.C.). Preferiu-se aqui, porém, seguir o pesquisador iraniano Muḥammad Ġufrānī Alḫurāsānī, que, baseado em ar-

distrito de Xīrāz), fora anteriormente adepto da religião de sua família, o maniqueísmo. Seu pai, "Dādawayh", encarregado de recolher impostos (*ḫarāj*) na região, teria se apropriado de algum dinheiro pertencente ao governo, motivo pelo qual sofrera torturas que lhe atrofiaram a mão: *almuqaffa*ᶜ significa "aquele que tem a mão atrofiada"; portanto, *Ibn Almuqaffa*ᶜ, "filho daquele que tem a mão atrofiada". Eis como o episódio é narrado pelo historiador levantino 'Aḥmad Ibn Ḫallikān (608 H./995 d.C. – 681 H./1064 d.C.):

"Seu pai [de Ibn Almuqaffaᶜ] era coletor de impostos na Pérsia, por nomeação de Alḥajjāj Ibn Yūsuf Attaqafī, governador do Iraque [de 75 a 95 H.]. Porém, quando ele se pôs, segundo dizem, a manipular verbas para gastá-las com luxo e opulência, provocou a cólera de Alḥajjāj, o qual determinou que ele sofresse um doloroso espancamento, até que sua mão se atrofiou, e por isso ele ficou conhecido como *almuqaffa*ᶜ [o de mãos atrofiadas]."[6]

Seja qual tenha sido o motivo, em 95 H., durante a vigência do Estado Omíada, a família foi estabelecer-se na cidade de Albaṣra, en-

---

gumentos bastante plausíveis, sugere 85 H., o que desfaz o mito, muito caro a alguns, do "grande autor" abatido em plena juventude promissora, aos 36 anos, conforme diz Ibn Ḫallikān. Cf. *ᶜAbdullāh Ibn Almuqaffa*ᶜ, 1965, Cairo, Addār Alqawmiyya Liṭṭibāᶜa wa Annaxr, pp. 63-6. Para uma visão sintética, embora nitidamente falha, sobre a vida desse autor, pode-se consultar Gabrieli, F. "Ibn al-Mukaffaᶜ", *in*: *The Enciclopaedia of Islam*, cit., v. III, pp. 883-5.

6 *Wafayāt al'aᶜyān wa 'anbā' 'abnā' azzamān* (A morte dos notáveis e as notícias dos filhos de cada época, numa tradução que perde toda elegância do original), Cairo, Maktabat Annahḍa Almiṣriyya, 1948, v. I, p. 415. Nessa enciclopédia biográfica, um dos mais importantes conjuntos de relatos sobre escritores árabes, a biografia de Ibn Almuqaffaᶜ surge, de modo aparentemente incidental, como resposta a um anacronismo relatado por outro historiador, dentro da biografia do famoso místico Alḥallāj, executado sob a acusação de heresia em 922 d.C. Já no *Alfihrist* (Catálogo), de 'Abū Alfaraj Muḥammad Ibn 'Abū Yaᶜqūb 'Isḥāq Annadīm, dito *Alwarrāq* (o livreiro), obra enciclopédica do século X na qual se procurou repertoriar todo os saberes existentes em língua árabe, o relato é um pouco diferente: "ele [o pai de Ibn Almuqaffaᶜ] ficou atrofiado porque [o governador] Alḥajjāj Ibn Yūsuf supliciou-o, em Albaṣra, em virtude de verbas do governo, verbas essas que ele havia enganchado; foi um suplício atroz que lhe atrofiou a mão" (Beirute, Dār Almasīra, 1988, p. 132, edição de Riḍā Tajaddud). Situando o local do suplício em Albaṣra, a narrativa torna-se problemática e questionável. Cumpre observar que os relatos dos diversos historiadores, como Albalādurī, Aljahxiyārī e outros, apresentam contradições entre si. Cf.: Sourdel, Dominique, "La biographie d'Ibn al-Muqaffaᶜ d'après les sources anciennes", *in*: *Arabica*, I, 1954, pp. 307-23.

tão próspero centro intelectual e econômico para onde afluíam aos magotes não só os muçulmanos, "antigos" e recém-convertidos, como também beduínos, persas, cristãos e indianos. E tão forte era a presença da cultura indiana no lugar que ele ficou conhecido como "Índia"[7]. De acordo com o pesquisador contemporâneo M. Ġ. Alḫurāsānī, Ibn Almuqaffaᶜ teria se beneficiado com o pujante ambiente cultural da cidade, ampliando seu conhecimento em todos os campos do saber e estreitando amizades com gente de mor qualidade, como o mais celebrado escriba dos Omíadas, ᶜAbdulḥamīd Ibn Yaḥyà Alkātib[8]. Apesar de ter, ao que tudo indica, gozado do respeito dos Omíadas, Ibn Almuqaffaᶜ parece haver passado incólume pela revolução que os depôs e levou ao poder os Abássidas, a cujo serviço, aliás, ele logo se colocou. Seguindo o mesmo Alḫurāsānī, ora escolhido como guia, "em Albaṣra, a fama de Ibn Almuqaffaᶜ [como letrado] chegou a todos os círculos e pairou por todo canto. O governador abássida da cidade, Sulaymān Ibn ᶜAlī, tio do califa Almanṣūr, conheceu-o, aproximou-o da corte local e ficou muito admirado com ele, tomando-o como mestre para um de seus filhos"[9]. Também trabalhou como escriba para outro tio do califa, ᶜĪsà Ibn ᶜAlī, governador abássida da região de Kirmān, possivelmente entre os anos de 133 e 136 H. E parece ter residido em Alkūfa, por alguns anos

---

[7] Laylà Ḥasan Saᶜd Addīn, *Kalīla wa Dimna fī al'adab alᶜarabī* (*Kalīla e Dimna* na literatura árabe). Amã, Arrisāla, s/d.

[8] Uma anedota mencionada, entre outros, pelo historiador Aljahxiyārī, narra os seguintes eventos, imediatamente posteriores à derrubada da dinastia Omíada pelos Abássidas: "[começou-se a] procurar pelo escriba ᶜAbdulḥamīd Ibn Yaḥyà, o qual era amigo de Ibn Almuqaffaᶜ. Ambos foram surpreendidos juntos numa casa. Perguntaram os invasores: 'qual de vós dois é ᶜAbdulḥamīd?' Responderam ambos: 'eu', por medo de que seu companheiro fosse atingido por algo desagradável; porém, temeroso de que prendessem Ibn Almuqaffaᶜ, disse ᶜAbdulḥamīd: 'muita calma! Como eu possuo alguns sinais, que alguns de vós fiquem nos vigiando enquanto outros se dirigem a quem vos mandou aqui, a fim de mencioná-los para ele'. E assim se fez, sendo então preso ᶜAbdulḥamīd". *In*: *Kitāb alwuzarā' wa alkuttāb* (Livro dos vizires e dos escribas). Texto estabelecido por ᶜAbdullāh Aṣṣāwī. Cairo, Maṭbaᶜat ᶜAbdulḥamīd, 1938, p. 52.

[9] *Op. cit.*, p. 69.

capital do califado, até que em 145 H., segundo o historiador Aṭṭabarī (morto em 310 H./923 d.C.), o califa Almanṣūr se decidisse pela construção de Bagdá.

Foi por volta dessa época, pouco antes ou depois, que Ibn Almuqaffaᶜ resolveu converter-se ao islamismo – mas a motivação, conforme observa Alḫurāsānī, parece meio inverossímil: os historiadores mencionam seu repentino encantamento com a recitação do *Alcorão*, ouvida por acaso quando passava pela rua; dirigiu-se então a ᶜĪsà Ibn ᶜAlī e anunciou: "o islamismo encontrou seu caminho para o meu coração; quero converter-me pelas tuas mãos", o que foi providenciado logo no dia seguinte, na presença de testemunhas. Contudo, o relato é inverossímil porque, vivendo numa cidade muçulmana, não parece razoável que somente naquele instante Ibn Almuqaffaᶜ se tivesse dado conta da beleza da recitação do texto sagrado muçulmano. Mas as fontes referem a importância conferida a tal atitude – "que seja na presença de [muitas] pessoas e de homens versados em religião"[10], disse-lhe ᶜĪsà –, o que evidencia o prestígio do neoconverso.

Esse progressivo envolvimento, no entanto, acabaria culminando em sua sentença de morte: em 137 H., um dos tios do califa Abū Jaᶜfar Almanṣūr, ᶜAbdullāh Ibn ᶜAlī, irmão do já citado Sulaymān Ibn ᶜAlī, sublevou-se contra o governo do sobrinho, reivindicando para si o califado – ao qual, aliás, julgava fazer jus por ter sido sob seu comando que os Abássidas infligiram decisiva derrota aos Omíadas. Durante a sublevação contra o sobrinho, porém, o talento militar não lhe parece ter sido de grande valia: suas tropas foram des-

[10] "na presença de muitas pessoas e de homens versados em religião": essa é a versão de Ibn Isfandiyār (que viveu no século VII H./XIII d.C.), divulgada por M. Ġ. Alḫurāsānī (*op. cit.*, p. 71). Já a versão de Ibn Ḫallikān diz: "na presença das lideranças e dos homens notáveis" (*op. cit.*, p. 413).

baratadas após cinco meses de combate, e ele se viu obrigado a refugiar-se em Albaṣra, na casa de seu irmão Sulaymān, ainda governador da cidade. O califa determinou que Sulaymān fosse pressionado a entregar ^{c}Abdullāh. Após algumas tratativas, chegou-se a um consenso: o califa daria garantias de vida ao tio mediante um termo de compromisso (*^{c}ahd*), que seria assinado entre 138 e 139 H. E o encarregado de redigir esse compromisso foi Ibn Almuqaffa^{c}, o qual, muito cuidadoso, fê-lo em termos tais que não permitissem nenhuma interpretação equívoca. Abaixo, a tradução conforme o relato mais antigo, que é o do historiador Muḥammad Ibn ^{c}Abdūs Aljahxiyārī, morto em 331 H./932 d.C.:

"Ibn Almuqaffa^{c} era escriba de ^{c}Īsà Ibn ^{c}Alī, que lhe ordenou redigir o compromisso de garantia de vida (*'amān*) para ^{c}Abdullāh Ibn ^{c}Alī, e então ele o redigiu com muito cuidado, prevenindo-se de toda interpretação possível; as cópias escritas circularam entre o califa 'Abū Ja^{c}far Almanṣūr e a família de Sulaymān, até que por fim o compromisso se consolidou com todas as cautelas que eles quiseram, não sendo possível a 'Abū Ja^{c}far Almanṣūr lançar mão de nenhuma artimanha em razão dos excessivos resguardos de Ibn Almuqaffa^{c}. E o que incomodou o califa foi que o texto dizia: 'deve ser assinado com a própria letra [do califa] no fim do acordo: se acaso eu atingir ^{c}Abdullāh ou quem quer que ele traga consigo com algo ruim, pequeno ou grande, ou se acaso eu provocar danos a qualquer um deles, secreta ou abertamente, de qualquer modo que seja, mediante autorização direta ou indireta (*kināyatan*), ou por meio de qualquer artimanha, perderei a paternidade de Muḥammad Ibn ^{c}Alī Ibn ^{c}Abdillāh e terei sido gerado mediante adultério, estando autorizados todos os muçulmanos a me depor, fazer guerra contra mim e isentar-se de minha pessoa; os muçulmanos não mais deverão reconhecer meu direito ao governo, nem ter fidelidade ou compromissos comigo; os muçulmanos deverão subtrair-se da obediência a mim e auxiliar qualquer criatura que se oponha a mim; ser-me-á subtraída toda força ou poder (*mutabarri'un mina-lḥawli wa-lquwwati*); serei ímpio em todas as religiões; encontrarei meu Deus sem ter religião alguma ou lei, proibido de comer e de beber, de casar e cavalgar, de ter escravos, poder e vestimentas, de qualquer maneira que seja. Assino de próprio punho, e não tenho outra vontade que não este compromisso. Que Deus não aceite de mim nenhum outro compromisso, e que eu seja fiel a ele'."[11]

Ainda conforme os relatos históricos, teria sido exatamente a crueza desses termos que suscitou a cólera do califa contra ele – muito embora tal *'amān*, se é que algum dia foi de fato redigido, não tenha surtido efeito, pois Almanṣūr alegou precisar ver o tio pessoalmente antes de assinar o acordo: "quando ᶜAbdullāh Ibn ᶜAlī foi introduzido em seu palácio, o califa se escondeu, evitando vê-lo, e ele foi preso" – e preso ficou até a cláusula de seus dias[12]. Abaixo, mais uma passagem do relato de Aljahxiyārī:

"Perguntou o califa: 'quem lhe redigiu esta garantia de vida (*'amān*)?' Responderam-lhe: 'Ibn Almuqaffaᶜ, escriba de ᶜĪsà Ibn ᶜAlī.' Disse o califa: 'e quem poderia livrar-me dele?' Sufyān Ibn Muᶜāwiya Ibn Yazīd tinha ódio a Ibn Almuqaffaᶜ por vários motivos, entre os

---

[11] Aljahxiyārī, *op. cit.*, p. 71. Em *Wafayāt*..., cit., p. 414, Ibn Ḫallikān menciona somente a passagem que mais teria irritado o califa: "e, no momento em que o comandante dos crentes atraiçoar seu tio, suas mulheres ficarão divorciadas, suas montarias, expropriadas, seus escravos, forros, e os muçulmanos, isentos de reconhecê-lo como governante legítimo [*wa-lmuslimūna fī ḥallin min bayᶜatihi*]". Note-se que essa linguagem virulenta levou o pesquisador M. G. Alḫurāsānī a duvidar da factualidade do tratado.

[12] É o que consta nos historiadores. Segundo Ibn Al'aṯīr (1160-1234 d.C.), o tio do califa foi encarcerado numa casa de sal, à qual se teria lançado água, e ela desabou e o matou. O trecho entre aspas encontra-se no *Kitāb al'awrāq* (Livro das folhas) do historiador 'Abū Bakr Muḥammad Ibn Yaḥyà Aṣṣūlī (morto em 335 H./946 d.C.), edição de J. Heyworth Dunne, Beirute, Dār Almasīra, 1982, v. III, p. 307. Curiosamente, esse relato é atribuído a Yaᶜqūb, neto de Sulaymān Ibn ᶜAlī, que o abre afirmando: "quando meu avô e todos os demais irmãos redigiram o *'amān* para ᶜAbdullāh Ibn ᶜAlī...", sem fazer alusão alguma a Ibn Almuqaffaᶜ.

quais os debiques a que este o submetia, fazendo-lhe contínuas perguntas; quando Sufyān respondia, Ibn Almuqaffa^{c} dizia-lhe: 'erraste', e ria. Quando considerou que a coisa passara dos limites, Sufyān se encolerizou e o ofendeu. Ibn Almuqaffa^{c} então lhe disse: 'ó filho de uma lasciva (*muġtalima*), por Deus que tua mãe não se satisfez com os homens do Iraque, vendo-se obrigada a passar aos da Síria'. A mãe de Sufyān Ibn Mu^{c}āwiya, Maysūr, filha de Almuġīra Ibn Almuhallab, casara-se com Alqāsim Ibn ^{c}Abdirraḥmān Ibn ^{c}Aṭā' Al'ax^{c}arī [que era da Síria]. E também entre os motivos do ódio de Sufyān estava o seguinte: ^{c}Abdullāh Ibn ^{c}Umar Ibn ^{c}Abdil^{c}azīz havia encarregado Sufyān de [governar] Nīsāpūr, que era até então governada por Almusabbiḥ[13] Ibn Alḥawārī, de quem Ibn Almuqaffa^{c} era escriba. Quando Sufyān chegou, Almussabbiḥ enviou-lhe a seguinte mensagem: 'se quiseres, te darei quinhentos mil dirhams para que desapareças daqui; ou, se quiseres, dá-me quinhentos mil dirhams para que eu te deixe trabalhar'. Respondeu Sufyān: 'nada te darei nem nada aceitarei de ti'. Ibn Almuqaffa^{c} fez então a intermediação entre os dois, elaborando artimanhas contra Sufyān, entretendo-o e ganhando tempo até que Almussabbiḥ pudesse preparar-se, escrevendo aos curdos, reunindo quem o apoiava e se fortalecendo. Assim que se viu em posição de superioridade sobre Sufyān, Almusabbiḥ passou a evitá-lo e lhe disse: 'vai-te embora, pois não tenho nada para ti', mas Sufyān recusou-se a ir embora, e então eles entraram em luta: Sufyān deu um golpe de espada em Almusabbiḥ, fazendo voar seu turbante, mas não o atingiu; já Almussabbiḥ golpeou e quebrou a clavícula de Sufyān, que se refugiou na localidade

[13] "Almusabbiḥ": o original traz "Almasīḥ", nome equivalente a "Messias", que os muçulmanos não utilizam. Por isso, supôs-se correta a forma aqui adotada, que é sugerida por críticos como ^{c}Abdullaṭīf Ḥamza.

de Dawraq (*wa-nhazama 'ilà Dawraq*), e também por isso guardou rancor a Ibn Almuqaffaᶜ."[14]

É assim que os relatos – todos bem posteriores à época de Ibn Almuqaffaᶜ – vão delineando o cenário ideal para a morte do autor. Sufyān, que fora escolhido pelo califa para administrar Albaṣra em 139 H., recebeu uma mensagem sobre seu desejo de livrar-se de Ibn Almuqaffaᶜ e começou a preparar as coisas. E, numa data que não deve ser muito posterior aos supostos eventos que tanto aborreceram Almanṣūr[15], sucedeu-se o inevitável:

"Certo dia, ᶜĪsà Ibn ᶜAlī disse a Ibn Almuqaffaᶜ: 'vai até Sufyān e transmite-lhe a mensagem tal e tal'. Respondeu: 'envia comigo 'Ibrāhīm Ibn Jabala Ibn Maḫrama Alkindī, pois não confio em Sufyān'; disse ᶜĪsà: 'de modo algum; vai sem medo, pois, conhecendo a posição que deténs junto a mim, ele nada fará contra ti'. E Ibn Almuqaffaᶜ disse a 'Ibrāhīm Ibn Jabala: 'vamos até Sufyān para transmitir-lhe uma mensagem de ᶜĪsà e cumprimentá-lo, pois eu não fui até lá desde que voltamos [de Alkūfa], e temo que ele suponha ser isso fruto de alguma raiva ou inimizade'. Foram ambos então e se sentaram na recepção da sala de conselho; [o escriba] ᶜUmar Ibn Jamīl

---

14 Aljahxiyārī, *op. cit.*, pp. 71-2. Observam ᶜAbdullaṭīf Ḥamza (*Ibn Almuqaffaᶜ*, Cairo, Dār Annaxr Alḥadīṯ, p. 55) e M. Ġ. Alḫurāsānī (*op. cit.*, pp. 97-8) que, no tocante à atividade de Ibn Almuqaffaᶜ junto a Almusabbiḥ Alḥawārī (ou Almusayyiḥ Alḫuwaylidī), o relato é anacrônico, situando a ação no tempo do califado Omíada, ao qual Sufyān não serviu. Ibn Ḫallikān, que cita várias versões, acrescenta alguns detalhes em uma delas: "Ibn Almuqaffaᶜ costumava se divertir à custa de Sufyān, governante de Albaṣra, atacando-lhe a mãe e chamando-o de 'filho de uma lasciva.' [...] E Alhayṯam Ibn ᶜUday mencionou que Ibn Almuqaffaᶜ muito ridicularizava Sufyān, que tinha um grande nariz; então, quando se encontravam, dizia-lhe: 'que a paz esteja sobre vós ambos', querendo dizer Sufyān e seu nariz. Certo dia, perguntou a Sufyān: 'o que dirias de alguém que morre e deixa marido e esposa?', a fim de ridicularizá-lo diante de todos. Um dia, como Sufyān dissesse: 'nunca me arrependi de ter ficado em silêncio', Ibn Almuqaffaᶜ lhe respondeu: 'o silêncio é em ti um ornamento; como poderias dele te arrepender?' Sufyān dizia: 'por Deus que irei cortá-lo em pedaços enquanto seus próprios olhos observam'" (*op. cit.*, pp. 414-6, *passim*).

15 Ibn Ḫallikān (*op. cit.*, p. 416) estimava o seguinte: "seja como for, a data de sua morte não é posterior ao ano de cento e quarenta e cinco, ou um pouco antes". Como Sulaymān Ibn ᶜAlī, que lutou para que se fizesse justiça no caso, morreu em 142 H., o mais certo é que ele tenha morrido por volta de 140 H., conforme pensa, entre outros, o arabista francês Charles Pellat.

veio recepcioná-los. Surgiu à porta um criado de Sufyān, olhou para eles, tornou a entrar e logo retornou. ᶜUmar Ibn Jamīl foi até o criado, que lhe disse: 'o chefe manda dizer-te: ‹entra na sala do conselho e ali permanece, e ao meio-dia vai ter comigo›', e ᶜUmar assim fez. Depois, chegou a autorização para 'Ibrāhīm Ibn Jabala, e ele entrou; em seguida, o criado veio com a autorização para Ibn Almuqaffaᶜ, que entrou, mas foi desviado para outro aposento onde estavam Xibrawayh Almalādīsī e ᶜUttāb Almuḥammadī, os quais o pegaram, subjugaram e amarraram. Entrementes, 'Ibrāhīm disse a Sufyān: 'dá a autorização para Ibn Almuqaffaᶜ entrar'. Sufyān determinou ao encarregado que desse a autorização, e este saiu mas logo retornou dizendo: 'ele já se foi'. Sufyān disse então a 'Ibrāhīm: 'ele é orgulhoso demais para esperar e, como eu te dei autorização antes dele, não tenho dúvida de que se encolerizou'. Em seguida, Sufyān levantou-se, disse a 'Ibrāhīm: 'fica aqui' e se dirigiu para o aposento em que estava Ibn Almuqaffaᶜ. Quando se viram, ele disse: 'por Deus que caíste'. Ibn Almuqaffaᶜ pediu: 'pelo amor de Deus'. Respondeu Sufyān: 'minha mãe terá sido uma lasciva, como tu afirmavas, se eu não te matar de um modo pelo qual nunca alguém foi antes morto', e ordenou que se trouxesse um forno, que foi aceso, e depois ordenou [a Xibrawayh e a ᶜUttāb] que cortassem um de seus membros, e o atirou ao fogo enquanto Ibn Almuqaffaᶜ observava. E não parou de cortar-lhe membro por membro, atirando cada qual ao forno enquanto Ibn Almuqaffaᶜ olhava, até que enfim retalhou-o em várias postas [*'ilà 'an qaṭṭaᶜahu 'uᶜṭiyā'a, sendo que o sentido da última palavra, que não consta de nenhum dicionário, não é claro*] e o queimou enquanto dizia: 'por Deus, ó filho de uma herege [*zindīqa*], que eu te queimarei neste mundo antes de seres queimado no outro'."[16]

[16] Aljahxiyārī, *op. cit.*, pp. 72-3. Num relato atribuído ao historiador ᶜAlī Ibn Muḥammad Almadā'inī (752-839 d.C.) em *Wafayāt, op. cit.*, p. 415, a descrição é um pouco diversa: "ordenou que se trouxesse

Transformar os derradeiros momentos "desta" vida numa pequena amostra dos suplícios da "outra" vida: eis a missão da qual se teria desincumbido Sufyān, em grande e cruel estilo. As crônicas históricas relatam as suspeitas e a indignação dos tios do califa, seu apelo para que fizesse justiça e a recusa final deste, por alegada falta de provas. As testemunhas que viram Ibn Almuqaffa^c entrar para não mais sair do palácio de Sufyān calaram-se após a ameaça do califa: "vós acaso podeis imaginar, se porventura eu matar Sufyān e depois Ibn Almuqaffa^c aparecer por detrás daquela porta – e apontou para um aposento – e vos dirigir a palavra, o que eu faria convosco?"

Colocada nesses termos, contudo, sua biografia parece antes ilustrar os provérbios e sentenças constantes nos textos a ele atribuídos: no decurso de sua trajetória como letrado da Corte, ele teria alimentado, por causa de sua arrogância (e, eventualmente, de sua atuação política), ressentimentos e ódio tanto no califa como no carrasco. Nesse sentido, pode-se mesmo imaginar que essa biografia é antes uma espécie de "fecho de ouro" da obra a ele atribuída[17].

E a legenda sobre a incapacidade de adequar o procedimento ao saber ganhou vulto. Aljāḥiẓ (775-868 d.C.), letrado nascido uma geração após Ibn Almuqaffa^c, escreveu o seguinte, num elogio tácito do *in media virtus*: "recordando-se de Ibn Almuqaffa^c, 'Abū Bakr Al'aṣamm

---

um forno, que foi aceso; depois ordenou que se trouxesse Ibn Almuqaffa^c, cujas partes foram cortadas membro por membro, enquanto ele [Sufyān] as lançava ao forno, e ele [Ibn Almuqaffa^c] olhava, até que se lançou seu corpo todo. Disse Sufyān: 'não tenho constrangimento algum nisso, pois tu és um herege [*zindīq*] que corrompeu a toda gente'". Traduziu-se aqui a controversa palavra *zindīq* como "herege", mas poderia ter-se usado "ateu"; segundo M. Ġ. Alḫurāsānī (*op. cit.*, pp. 75-7), existem várias hipóteses para a sua origem; entre elas, o persa *zindah kird*, "aquele que acredita na eternidade do mundo", ou então de *zindīk*, "aquele que segue o *Zend* [espécie de resumo do *Avesta*, livro sagrado dos zoroastristas]" etc.

17 As fontes, aliás, não são unânimes nem em apontar esse destino nem em atribuir essa origem a seu nome: invocando outro testemunho, Ibn Ḫallikān (*op. cit.*, v. I, p. 415) dá a versão de que a forma correta do nome seria "Ibn Almuqaffi^c", e que tal se deveria ao fato de seu pai ser vendedor de cestos de palma [*qifā^c*].

disse: 'o muito de algo sempre pesa mais do que o pouco; a exceção é o saber, o qual, quanto maior sua quantidade, mais fácil se torna de carregar. Mas se dava com esse Ibn Almuqaffaᶜ, apesar de seus dotes de conhecimento e da exuberância de sua prosa, o mesmo que se menciona no livro de Deus: 'é como o paradigma do asno que carregava livros'[18]. Seu conhecimento debilitou-o, sua generosidade desconcertou-o, sua sabedoria cegou-o, sua inteligência aturdiu-o'"[19].

Os historiadores deixaram registrada uma anedota sobre o encontro entre Ibn Almuqaffaᶜ e Alḫalīl Ibn 'Aḥmad Alfarāhīdī (morto em 786 d.C.), sistematizador da métrica poética em árabe. As variantes desse registro são significativas. Por exemplo, o cronista 'Abū Alfaraj Al'aṣbahānī (morto em 356 H./968 d.C.) escreveu o seguinte: "Aḥmad relatou-me o seguinte: ouvi meu avô Muḥammad dizer: sempre que eu me encontrava com Alḫalīl, ele dizia: 'gostaria de me reunir com ᶜAbdullāh Ibn Almuqaffaᶜ'; e, sempre que eu me encontrava com Ibn Almuqaffaᶜ, ele dizia: 'gostaria de me reunir com Alḫalīl Ibn 'Aḥmad'. Então eu os reuni e desfrutamos da melhor conversa, plena de saber. Depois, separaram-se. Então, encontrei-me com Alḫalīl e lhe perguntei: 'o que achaste de Ibn Almuqaffaᶜ?' Respondeu: 'como eu esperava em termos de saber e decoro, com um porém: tem mais conversa do que saber'. Depois, encontrei-me com Ibn Almuqaffaᶜ e lhe perguntei: 'o que achaste de Alḫalīl?' Respondeu: 'como eu esperava em termos de saber e decoro, com um porém: tem mais juízo [*ou inteligência*] do que saber'.[20]" Já em Ibn Ḫallikān o teor da anedota é distinto: "Ibn Almuqaffaᶜ reuniu-se com Alḫalīl

---

18 *Alcorão*, 62, 5.

19 Aljāḥiẓ, 'Abū ᶜUṯmān ᶜAmrū Ibn Baḥr, "Ḏamm 'aḫlāq alkuttāb" (Censura ao caráter dos letrados). *In*: *Rasā'il Aljāḥiẓ* (Epístolas de Aljāḥiẓ). Texto estabelecido por ᶜAbdussalām Muḥammad Hārūn. Cairo, Alḫānjī, 1964, v. II, p. 195.

20 *Apud* Alḫurāsānī, M. Ġ., *op. cit.*, p. 117.

Ibn 'Aḥmad, sistematizador da métrica, e quando se separaram perguntou-se a Alḫalīl: 'o que achaste dele?' Respondeu: 'tem mais saber do que juízo'. E perguntaram a Ibn Almuqaffa^c: 'o que achaste de Alḫalīl?' Respondeu: 'tem mais juízo do que saber'."[21] Ressalte-se que, na primeira versão, prevalece a perversidade maledicente típica dos letrados: cada qual diminui o saber do outro. A segunda versão, embora também se baseie em tal maledicência, põe Ibn Almuqaffa^c na linha dos que não conseguem aplicar corretamente o saber que detêm, objetivando, de certo modo, explicar a maneira pela qual ele teria sido assassinado.

Também houve quem batesse na tecla da heresia e do maniqueísmo, como é o caso de outro letrado do século X/XI d.C., o muito erudito 'Abū Rīḥān Albīrūnī (983-1048 d.C.): "e os indianos possuem muitas artes [derivadas] de outras ciências, e livros quase inumeráveis, os quais, todavia, não conheço em sua totalidade. Eu apreciaria muito poder traduzir o livro Pañcatantra, conhecido entre nós como Kalīla e Dimna, e que circulou entre o persa e o hindu [*sic*, por "sânscrito"], e a seguir entre o árabe e o persa, na linguagem de um grupo em cujo trabalho não se pode ter confiança, como é o caso de ^cAbdullāh Ibn Almuqaffa^c, que nele acrescentou o capítulo de Burzuwayh, objetivando gerar dúvida naqueles cuja fé religiosa é débil, e levá-los a propagar a doutrina maniqueísta [*almanāniyya*]. Sendo ele suspeito no que acrescentou, não deixaria de o ser no que traduziu"[22].

---

21 Ibn Ḫallikān, *op. cit.*, p. 415.

22 Albīrūnī, 'Abū Arrīḥān Muḥammad Ibn 'Aḥmad, *Taḥqīq mā lilhindi min maqūlatin maqbūlatin fī al^caql 'aw mardūlatin*. (Fixação do que é [concernente] à Índia em categorias [ou *dizeres*] aceitáveis pela razão ou rechaçáveis). Beirute, ^cĀlam Alkutub, 1983, p. 111. Trecho também citado em: ^cAzzām, ^cAbdulwahhāb, "Muqaddima" (Introdução) ao texto de *Kalīla e Dimna* por ele estabelecido, a partir do manuscrito mais antigo desse livro, datado do ano de 618 da Hégira (1221 d.C.). Argel/Beirute, Ministério da Cultura da Argélia/Dār Axxurūq, 2ª edição, 1973, p. 26.

Falando da conversão de Ibn Almuqaffaᶜ, Ibn Ḫallikān, entre outros, narrou uma anedota que alimentaria tal gênero de suspeita: "na noite do dia em que Ibn Almuqaffaᶜ lhe anunciou que iria converter-se ao islamismo, ᶜĪsà Ibn ᶜAlī mandou trazer a ceia, e Ibn Almuqaffaᶜ sentou-se para comer, fazendo preces [*yuzamzimu*] ao modo dos zoroastristas [*almujūs*]. ᶜAlī então interpelou-o: 'fazes preces como os zoroastristas e vais te converter [amanhã] ao islamismo?' Respondeu Ibn Almuqaffaᶜ: 'desgosta-me dormir sem religião', e, quando foi pela manhã, converteu-se"[23].

Apesar de divertida, essa história está mal contada. O que hoje parece uma espécie de relativização – nenhuma crença religiosa vale mais do que outra, e, em verdade, todas valem muito pouco –, um "tanto faz", na época teria soado como um deboche inaceitável. Mesmo duvidando do islamismo, nenhum homem com um mínimo de prudência se arriscaria a fazer semelhante comentário na presença de um descendente, ainda que indireto, do profeta, como era o caso de ᶜĪsà Ibn ᶜAlī, tio do califa Almanṣūr e de seu antecessor Assafāḥ. Ademais, supõe-se que Ibn Almuqaffaᶜ fosse adepto não do zoroastrismo, mas sim do maniqueísmo, que é uma derivação tardia, surgida no século III d.C. e fundada por Mānī[24].

Em 1927, o orientalista italiano M. I. Guidi editou *Arradd ᶜalà azzindīq allaᶜīn Ibn Almuqaffaᶜ* (Resposta ao maldito ateu Ibn Almuqaffaᶜ), texto atribuído a um certo Alqāsim Ibn 'Ibrāhīm Arrasī (morto em 246 H.), descendente em linha direta de ᶜAlī, genro do profeta.

---

[23] *Op. cit.*, p. 413.

[24] Eram três as religiões da antiga Pérsia: o zoroastrismo, fundado por Zoroastro (morto em cerca de 583 a.C.), constituía a base das outras; o maniqueísmo, fundado por Mānī (215-276 d.C.), que lhe agregou elementos cristãos; e o masdeísmo, fundado por Mazdak (século V d.C.). Todas eram gnósticas e dualistas, e a última, ao que parece, fundamentava-se no igualitarismo, tendo alimentado, segundo os historiadores, alguns movimentos rebeldes durante o período abássida, como o dos carmécidas (*alqarāmiṭa*) e dos negros escravos (*azzunūj*).

Como afirma explicitamente o título, trata-se de uma refutação a dizeres atribuídos a Ibn Almuqaffa^c contestando a religião muçulmana. Estudiosos árabes e muçulmanos como 'Aḥmad 'Amīn, ᶜAbdullaṭīf Ḥamza e M. Ġ. Alḫurāsānī puseram em dúvida a autenticidade do texto, ao menos no que se refere aos discursos atribuídos a Ibn Almuqaffaᶜ. Mas pode-se reconhecer em alguns trechos algo do "Capítulo do médico Burzuwayh", como no seguinte: "e [o profeta] te ordena que tenhas fé no que não conheces, e acredites no que não fazes. Por exemplo, se fosses ao mercado com teu dinheiro a fim de comprar algumas mercadorias, e viesse até ti um dos mercadores te oferecendo comprar suas mercadorias e jurando que no mercado não existe nada superior ao que ele te está oferecendo – nesse caso não te apeteceria acreditar nele, temeroso que ficarias de enganos ou trapaças; considerarias [que lhe obedecer] consistiria em fraqueza e incapacidade da tua parte e que [o preferível] seria que escolhesses por meio de teu próprio olhar e buscasses ajuda junto àquele em cujo auxílio e apoio confias"[25].

Existem outros elementos para comparação: em 1875, o estudioso I. P. N. Land publicou *A lógica siríaca*, de Paulo, o persa, um dos poucos textos que sobreviveram do período de Kosroes (531-579 d.C.), rei da Pérsia, que os árabes conhecem como "Kisrà". Como afirma o arabista tcheco Paul Kraus, pouco se sabe desse Paulo além do fato de que, natural de Dīrxar (?), freqüentou a corte de Kisrà e era muito versado em teologia e filosofia; porém, ao ser preterido na função de bispo da Pérsia, tornou-se astrólogo. Paul Kraus supõe que o trecho a seguir traduzido serviu de base para a redação de parte do "Capítulo do Médico Burzuwayh":

[25] *Apud* ᶜAbdullaṭīf Ḥamza, *op. cit.*, pp. 136-7.

"O homem ou procura o conhecimento por si próprio e o encontra, ou então o recebe de alguém, e isso se dá ou pelo fato de alguém transmitir [diretamente] o conhecimento a outrem, ou então passá-lo a todos na forma de uma mensagem que se dá como proveniente de alguma essência espiritual [*min jawharin rūḥiyyin*]. Porém, é evidente que esses dois [procedimentos] se chocam e contradizem, pois há quem diga que só existe um único deus, e quem diga ser mais de um; também há quem diga que deus abrange os opostos e quem refute isso; também há quem diga que deus tudo pode, e quem diga que ele não pode tudo; também há quem diga que ele criou o mundo com tudo quanto este contém, e quem considere que não seria plausível haver um criador de tudo; também há quem diga que o mundo foi criado a partir do nada, e quem diga que ele o criou a partir da matéria; também há quem diga que o mundo é antigo e eterno, e quem diga o contrário; também há quem diga que o homem dispõe do livre-arbítrio, e quem refute isso. E há outras coisas que os homens dizem e às quais dão lugar em suas leis [*sunan*], e a partir disso se evidencia como tais leis se contradizem e entram em conflito umas com as outras. Por esse motivo, não temos condições de adotar ou crer em tais doutrinas, e tampouco adotar uma e abandonar a outra, ou escolher esta e desprezar aquela. Por isso, necessitamos do claro conhecimento por meio do qual poderemos acreditar em um e abandonar o resto. Contudo, não existe um guia evidente para isso, motivo pelo qual tais doutrinas se voltaram para a fé tal como se voltaram para a ciência. Quanto à ciência, seu objeto é aquele que está próximo, claro e reconhecido; quanto à fé, seu objeto é aquele que está distante, oculto e não reconhecível pelo olhar. A ciência é indubitável; a fé, repleta de dúvidas. E toda dúvida gera cisões, ao passo que a inexistência de dúvidas impõe a concordância.

Por isso, a ciência é mais forte do que a fé, e uma delas é superior à outra, porquanto os crentes, quando se enveredam pelas questões da fé, subtraem à ciência os argumentos com que esta se defende dizendo: 'aquilo em que acreditamos agora iremos fazê-lo mais tarde'."[26]

A censura à fé cega pode ser lida num paradigma contido no "Capítulo do médico Burzuwayh", o do crédulo tapeado, cujo enredo é como se segue: à noite, um mercador, deitado na cama com sua esposa, percebe que ladrões estão tentando entrar-lhe em casa pelo telhado. De comum acordo com a esposa, consegue fazer o chefe dos ladrões acreditar que, caso pronuncie algumas palavras "mágicas", conseguirá deslizar pela clarabóia do telhado num facho de luz; o ladrão acredita e cai estatelado. O paradigma pode ser lido como uma virulenta condenação da fé cega e irracional. E pode-se ir mais longe: de um lado, a crença religiosa serve para manter ileso o patrimônio particular e, de outro, se produz como jogo de interesse doméstico; ou seja: preserva, por meio de mentira e mistificação, a ordem econômica e sexual contra as arremetidas exteriores que, expropriando-lhe os bens e quiçá manipulando-lhe os corpos, poderiam destruí-la. Note-se, porém, que esse esboço de interpretação talvez seja insuficiente para caracterizar o texto como "ateu". Além disso, Ibn Almuqaffaᶜ pode ter sido, de fato, mero tradutor – nunca é demais lembrar que o (presumido) original de *Kalīla e Dimna* se perdeu.

Enfim, a vida suposta do homem parece ter servido a mais de uma espécie de apropriação: cada qual escolha o que for de seu agrado. A fórmula básica é: homem letrado morre em razão de intrigas palacianas. Não foi o primeiro nem o último; o resto pode ser boa ou má li-

[26] *Apud* ᶜAbdurraḥmān Badawī, *Min ta'rīẖ al'ilḥād fī al'islām* (Da história do ateísmo no Islã), Cairo, Sīnā, 2ª ed., 1993, pp. 73-6. Trecho traduzido do árabe. O original é persa. Mencione-se que houve críticos que compararam os questionamentos de Burzuwayh (cf. adiante, p. 19) com o Eclesiastes do *Velho Testamento* (Laylà Ḥasan Saᶜd Addīn, *op. cit.*).

teratura. Deve-se lembrar ainda, quanto às acusações de heresia, ateísmo, impiedade, maniqueísmo etc., que elas eram muito comuns, sendo em geral utilizadas para caluniar inimigos e colocá-los em apuros junto às autoridades religiosas. Partindo-se de uma perspectiva rigorosamente ortodoxa, o "Capítulo do médico Burzuwayh" pode, com efeito, ser lido como refutação não só do islamismo como também de toda doutrina monoteísta. Mas não terá sido, nem de longe, o único texto da literatura muçulmana com tais características.

A Ibn Almuqaffa^c atribuem-se ainda, além de traduções do grego e do persa, textos como *O grande 'adab*, *O pequeno 'adab* (*'adab*, que em árabe moderno também quer dizer "literatura", significava "boa conduta", "bons modos", "urbanidade", "cortesia", "decoro", enfim, que foi a alternativa adotada para esta tradução), a *Epístola sobre os companheiros [do potentado]* e o *Livro da coroa sobre a conduta de [Kisrà] Anū Xirwān*, sem contar pequenos escritos esparsos, editados aqui e acolá. Alguns orientalistas chegaram a fazer objeções à "autenticidade" de *O pequeno 'adab*, que, segundo eles, teria sido composto por um terceiro a partir de máximas, provérbios e parábolas constantes do *Livro de Kalīla e Dimna*[27].

Necessário acrescentar que não é unânime a atribuição da tradução deste livro a Ibn Almuqaffa^c. Existem alguns testemunhos antigos que a contradizem:

[27] Cf. Gabrieli, *op. cit.*, p. 884. Com efeito, *O pequeno 'adab* pode parecer, à primeira vista, um conjunto de máximas e preceitos soltos ("os que falam são em maior número do que os que sabem, e os que sabem são em maior número do que os que fazem"), "com os quais Ibn Almuqaffa^c pretendeu", segundo o escritor libanês Yūsuf 'Abū Ḥalaqa, "aprimorar o espírito e o caráter [dos leitores]". *In*: "Muqaddima" (Introdução) a *Al'adab aṣṣaḡīr*, *Al'adab alkabīr* e *Risālatun fī aṣṣaḥāba* (O pequeno 'adab, O grande 'adab & A epístola sobre os companheiros), Beirute, Dār Albayān, 1960. Deve-se notar, contudo, que tal objeção não é válida, pois numerosos livros árabes estão compostos da mesma forma – máximas aparentemente soltas –, como é o caso de alguns trechos da obra *Sirāj almuluk* ("A lâmpada dos reis"), de 'Abū Bakr Aṭṭurṭūxī ("o tortosiano"), morto em 1126 d.C. Modernamente, os críticos árabes já não põem em dúvida a "autenticidade", diga-se assim, de *O pequeno 'adab*.

No século X, o já citado livreiro [Ibn] Annadīm registrou no *Alfihrist*: "o livro de Kalīla e Dimna compõe-se de dezessete capítulos; também se diz que de dezoito capítulos. Traduziram-no Ibn Almuqaffaᶜ e outro [ou *outros*]"[28].

Segundo o jesuíta turco-libanês Luis Cheikho, um manuscrito de *Kalīla e Dimna* datado de 880 h. (1477 d.C.) e conservado na Biblioteca Aghia Sophia, em Istambul, contém a seguinte informação: "este é o livro de Kalīla e Dimna, que o médico e sábio Burzuwayh retirou da Índia e traduziu do hindu ao persa para Kisrà 'Anū Xirwān Ibn Qubād̲ Ibn Fīrūz, rei da Pérsia; e ᶜAbdullāh Ibn ᶜAlī Al'ahwāzī traduziu-o do persa ao árabe para Yaḥyà Ibn H̯ālid Ibn Barmak durante o califado de Almahdī, califa abássida, e isso no ano de cento e sessenta e cinco [783 d.C.]; e o distinto sábio Sahl Ibn Nūbah̯t versificou-o para [o mesmo] Yaḥyà Ibn H̯ālid Albarmakī, vizir de Almahdī e de [seu filho Hārūn] Arraxīd. Quando o recebeu e notou sua boa versificação, [Yaḥyà] concedeu-lhe pelo trabalho um prêmio de mil dinares"[29].

Ḥājjī H̯alīfa, autor turco do século XVII d.C., escreveu no livro *Kaxf aẓẓunūn ᶜan 'asāmī alkutub wa alfunūn* (Esclarecimento das suposições acerca dos nomes dos livros e das artes) algo muito parecido a respeito de *Kalīla e Dimna*: "e depois, já durante o Islã, ᶜAbdullāh Ibn Almuqaffaᶜ, escriba do abássida 'Abū Jaᶜfar Almanṣūr [*sic*], traduziu-o da língua persa à língua árabe; depois, ᶜAbdullāh Ibn Hilāl Al'ahwāzī traduziu-o do persa ao árabe para Yaḥyà Ibn H̯ālid Albarmakī durante o califado de Almahdī, e isso no ano de cento e sessenta e cinco

[28] *Alfihrist*, cit., p. 364. A referência se encontra sob o tópico "Nomes dos livros hindus sobre mistificações (*h̯urāfāt*), serões (*'asmār*) e narrativas (*'aḥādīt̲*)". Quanto a *Alfihrist*, seria interessante, aliás, notar que a atribuição de autoria é meramente funcional, uma vez que há manuscritos com trechos em que o autor declara estar deixando espaços em branco a fim de que eventuais conhecedores da matéria os preenchessem com maiores informações a respeito dos tópicos abordados. Cf. Makkī, Aṭṭāhir 'Aḥmad, *Maṣādir al'adab* (As fontes da literatura), Cairo, Dār Almaᶜārif, 1980.

[29] Cheikho, L., *'Aqdam nusha mah̯ṭūṭa likitāb Kalīla wa Dimna* (O mais antigo manuscrito de Kalīla e Dimna), Beirute, Almaṭbaᶜa Alkāt̲ūlīkiyya, 1905, p. 20. Também citado em ᶜAzzām, *op. cit.*, p. 27.

[783 d.C.]; e o sábio Sahl Ibn Nūbaḫt versificou-o para o mencionado Yaḥyà Ibn Ḫālid, vizir de Almahdī e de Arraxīd. Quando o recebeu, [Yaḥyà] concedeu-lhe um prêmio de mil dinares"[30].

Enfim, o cronista e historiador Almasᶜūdī, morto em 956 d.C., referindo-se aos reis da Índia, fez um registro dúbio: "depois reinou Dabxalīm, que é o criador [*wāḍiᶜ*] do livro de Kalīla e Dimna, o qual é atribuído a Ibn Almuqaffaᶜ. E Sahl Ibn Hārūn, escriba do príncipe dos crentes Alma'mūn, elaborou-lhe um livro – que ele intitulou Ṯuᶜla [ou *Ṯaᶜla*] e ᶜUfra [ou *ᶜAfra*] – com o qual se contrapôs ao livro de Kalīla e Dimna, tanto em seus capítulos como em seus provérbios, sobrepujando-o na organização"[31].

A recepção do livro entre os antigos árabes e muçulmanos tende a soar ambígua para o leitor de hoje: de uma parte, ele é constantemente citado por historiadores, tratadistas políticos e até mesmo por autores de preceptivas retóricas; de outra, vislumbra-se várias vezes uma grande desestima. O intertexto, quase sempre, evidencia que, na opinião dos autores, esse livro deveria ter sido substituído por algo melhor. O retor *andalusī* Muḥammad Alkalāᶜī de Sevilha (séc. VI H./XII d.C.), por exemplo, afirmava o seguinte: "e entre as histórias forjadas, e as notícias falsificadas e ornamentadas, está o livro de Kalīla e Dimna e o livro Alqā'if [*"o rastreador" ou "o fisiognomonista", obra perdida*], de 'Abū Alᶜalā' Almaᶜarrī, que neles falam pela boca de animais, e também de não-animais [*wa ġayr alḥayawān*] [...] E 'Abū Alᶜalā' Alma-

---

30 *Apud* ᶜAzzām, *op. cit.*, p. 28. Note-se que, embora os historiadores mencionem várias versificações do *Livro de Kalīla e Dimna*, a única que chegou completa até os dias de hoje é a de Ibn Alhabbāriyya (1033-1110), *Natā'ij alfiṭna fī naẓm Kalīla wa Dimna* (Os resultados da sagacidade relativamente à versificação de Kalīla e Dimna). Dos catorze mil versos da composição de 'Abbān Allāḥiqī (século IX), somente se conhecem os 76 divulgados pelo historiador 'Abū Bakr Muḥammad Aṣṣūlī no já citado *Kitāb al'awrāq* (Livro das folhas), vol. I, pp. 46-50.

31 *Murūj aḏḏahab wa maᶜādin aljawhar* (*Pradarias de Ouro e Minas de Pedras Preciosas*). Beirute, Dār Alkutub Alᶜilmiyya, 1985, v. I, p. 79 (esse trecho possivelmente se baseia no livro *Albayān wa attabyīn*, de Aljāḥiẓ). Não restam vestígios do *Livro de Ṯuᶜla e ᶜAfra*, também mencionado no *Alfihrist* (*op. cit.*, p. 134).

ᶜarrī, no livro Alqā'if, realizou um bem [que lhe é] amplamente reconhecido, demonstrando grande engenho [*'ibdāᶜ*]. É mais extenso do que Kalīla e Dimna, bem mais escorreito, e de aroma e eflúvios mais agradáveis"[32]. Entre os trabalhos que se afirma explicitamente terem sido feitos para superar o *Livro de Kalīla e Dimna*, conhece-se hoje o *Livro do tigre e da raposa*, de Sahl Ibn Hārūn. Trata-se de um texto bem mais curto e sem a complexidade narrativa do primeiro. Curiosamente, algumas de suas passagens são idênticas às do modelo que pretende suplantar[33], o que pode indicar que, embora muitas das sentenças de *Kalīla e Dimna* fossem consideradas agudas e válidas, o todo não o era. De outro lado, o *Livro do tigre e da raposa* lança mão, de maneira direta, de fórmulas e sentenças islâmicas, o que, por seu turno, pode indicar que *Kalīla e Dimna* era considerado falho quanto a esse aspecto. Entre os livros em prosa feitos com base no mesmo modelo e que chegaram até os dias de hoje estão: *Sulwān almuṭāᶜ fī ᶜudwān al'atbāᶜ*, (Consolo do poderoso quando da traição dos vassalos), do siciliano Muḥammad Ibn Ẓafar (497 H./1104 d.C.–565 H./ 1169 d.C); *Fākihat alḫulafā' wa mufākahat aẓẓurafā'* (Delícia dos poderosos e distração dos airosos), de 'Aḥmad Ibn ᶜArabxāh (791 H./1392 d.C.-854 H./1450 d.C.); *Al'asad wa alġawwāṣ* (O leão e o [chacal] interpretador[34]), obra de autoria desconhecida cujo manuscrito mais antigo data de 950 H.; "Risālat alḥayawān" (Epístola dos animais), uma das epístolas esotéricas dos 'Iḫwān Aṣṣafā' (Irmãos da Pureza), grupo filosófico muçulmano de caráter pitagórico e neoplatônico do

[32] Alkalāᶜī, 'Abū Alqāsim Muḥammad Ibn ᶜAbdilġafūr (Ḏū Alwizāratayni), *'Iḥkām ṣanᶜat alkalām*. Beirute, Dār Aṯṯiqāfa, Edição de Muḥammad Riḍwān Addāya, 1966, pp. 208-10.

[33] Sahl Ibn Hārūn, *Kitāb annamir wa aṯṯaᶜlab*, Túnis, edição de ᶜAbdulqādir Almahīrī, Manxurāt Aljāmiᶜa Attunisiyya, 1973.

[34] Literalmente, *alġawwāṣ* significa "mergulhador". Questionado pelo leão sobre tal nome, o chacal se explica: "é porque eu mergulho no sentido das palavras" (Alḫūrāsānī, *op. cit.*).

século IV H./X d.C.; e *Kaxf al'asrār ᶜan ḥikam aṭṭuyūr wa al'azhār* (Revelação dos segredos das sentenças das aves e das flores), delicado texto ṣūfī em prosa poética de ᶜIzz Addīn Ibn ᶜAbdissalām Almaqdisī (morto em 678 H.). E, por volta do século X d.C. (IV H.), o letrado Muḥammad Bin Ḥusayn Alyamanī (morto em 1009 d.C./400 H.) escreveu o livro *Muḍāhāt amṯāl Kalīla wa Dimna bimā axbahahā min axᶜār al-ᶜarab.* (Comparação dos paradigmas de Kalīla e Dimna com versos assemelhados dos árabes), no qual procurou demonstrar que Ibn Almuqaffaᶜ plagiou poetas árabes anteriores. A crítica contemporânea tende a considerar que, talvez movido por motivos de ordem étnica, ele próprio teria forjado os versos que cita.

Mas a recepção de *Kalīla e Dimna* também conheceu extremos de louvação que o tomaram por uma espécie de maravilha do tempo. O poeta persa 'Abū Alqāsim Manṣūr Alfirdūsī (932-1020 d.C.), *v.g.*, em sua epopéia *Xāhnāma* (O livro dos reis), apresenta o livro com uma belíssima alegoria, que por sinal não corresponde ao que consta do "Capítulo do envio do médico Burzuwayh à Índia". Abaixo, o texto do Xāhnāma, traduzido a partir da versão árabe de Alfatḥ Ibn ᶜAlī Albundārī, feita por volta de 620 H./1223 d.C.:

"Entre os eruditos do [rei persa Kisrà] Anū Xirwān, havia um magnífico médico que consumira os seus dias no estudo das ciências, célebre pela inteligência perfeita e vasto saber, chamado Burzuwayh. Certo dia, ele se apresentou ao rei e disse: 'verifiquei nos livros de certo sábio da Índia que nas montanhas daquele país existe um remédio que, espargido sobre os mortos, os faz ressuscitar e falar. Portanto, peço ao rei permissão para ir àquelas terras à procura desse remédio; quiçá eu o encontre. E não seria de surpreender se a ventura do rei e a felicidade de seus dias facilitassem tal empresa'. Então, o rei o fez acompanhar-se de muitos regalos e presentes dedicados ao rei da Índia, a quem enviou uma carta pedindo-lhe que indicasse ao médico o lugar desse remédio, e o ajudasse por meio de seus sábios e eruditos. Burzuwayh viajou até chegar à presença do rei da Índia, a quem entregou os regalos e presentes, e também a carta de Anū Xirwān. Ao lê-la, o rei da Índia dignificou Burzuwayh e concedeu o devido apreço à sua vinda, e reuniu os sábios e eruditos de seu país, ordenando-lhes que fossem ter com o sapiente Burzuwayh a fim de ajudá-lo no objetivo pelo qual viera ao reino. Reuniram-se então com ele e puseram-se a procurar aquela erva nas montanhas da Índia, mas não a encontraram. Desapontado com tal dificuldade, Burzuwayh retirou-se, foi até o rei e lhe perguntou: 'como o autor desse livro considerou lícito descrever este remédio que não existe? É possível que ele tenha se equivocado'. Em seguida, disse aos sábios e eruditos presentes: 'acaso conheceis nestas terras alguém mais douto do que vós?' Responderam: 'vive aqui um ancião que tem mais idade, mais saber e mais mérito do que nós'. Disse-lhes: 'levai-me até ele', e eles assim fizeram. Quando se viu com o ancião, Burzuwayh mencionou-lhe o que lera no livro do sábio da Índia, as dificuldades da viagem e as fadigas da busca, e que todos os sábios e doutos eram incapazes de atinar com aquilo. Disse então o velho: 'ó sábio! Apreendeste uma coisa, mas deixaste escapar outra: o que se pretendeu com tal remédio é a exposição do discurso [*albayān*]; o que se pretendeu com a montanha é aquilo que se constitui em morada do saber; e o que se pretendeu com o morto é o próprio ignorante. Caso aprenda, o ignorante como que adquire a amplitude da vida. E o saber está para o espírito [*arrūḥ*] tal como os ossos estão para o corpo [*alʿiẓām arrufāt*]. E o livro de Kalīla e Dimna é esse remédio. Ele está na biblioteca do rei da Índia'. E Burzuwayh se levantou, cheio de regozijo e alegria, e foi até o rei, a quem disse: 'já sabemos qual é o remédio que estávamos procurando: trata-se do livro de Kalīla e Dimna, que tem o selo do rei e se encontra em sua biblioteca, sendo ele agora solicitado a ordenar que seu bibliotecário traga o livro'. Considerando isso muito grave, o rei disse a Burzuwayh: 'ninguém jamais pediu esse livro, nem o consultou. Porém, mesmo que o rei Anū Xirwān nos pedisse nossas vidas, não seríamos avarentos com ele', e ordenou que o livro fosse colocado diante de Burzuwayh, com a condição de que não copiasse nada, limitando-se a lê-lo. Então, diariamente, Burzuwayh ia ler um dos capítulos do livro, decorando-o e repetindo-o para si mesmo. Quando retornava para casa, escrevia o capítulo que havia decorado e o enviava a Anū Xirwān; permaneceu nesse labor até que copiou o livro inteiro."[35]

Assim, embora com enredo diferente, todas as explicações acerca do livro, de sua origem e transmissão enfatizam-lhe o caráter esotérico, a grande quantidade de saber que continha e as dificuldades para consultá-lo, além da interpretação alegórica que sua compreensão adequada exigia. A introdução de Ibn Almuqaffaᶜ refere explicitamente dois níveis de leitura: o literal, próprio dos néscios, e o alegórico, próprio dos doutos. E talvez o sentido alegórico consista na capacidade de aplicar os paradigmas de maneira apropriada às situações concretas. Uma sentença atribuída a Ibn Almuqaffaᶜ afirma que "a retórica [*albalāġa*] é a revelação da verdade que se obscureceu, e a retratação da verdade na forma da falsidade"[36].

Existe outro aspecto da recepção a ser destacado: conquanto o *Livro de Kalīla e Dimna*, como se disse, seja profusamente citado[37] ("o livro da Índia" ou "livro de Kalīla") por uma plêiade de escritores muçulmanos, que vai desde o oriental Ibn Qutayba (*ᶜUyūn al'aḫbār*, As fontes das notícias), morto em 889 d.C., até o *'andalusī* Ibn ᶜAbd

[35] *Axxāhnāma*. Edição de ᶜAbdulwahhāb ᶜAzzām, Cairo, Alhay'a Almiṣriyya Lilkitāb, 1993, v. II, pp. 154-6.

[36] Em 'Abū Hilāl Alᶜaskarī (morto em 395 H.) *Kitāb aṣṣināᶜatayn: alkitāba wa axxiᶜr* (O livro dos dois fazeres: escrita e poesia). Edição de Muḥammad 'Abū Alfaḍl 'Ibrāhīm *et al.* Beirute, Almaktaba Alᶜaṣriyya, 1986, p. 53.

[37] Sublinhe-se que os autores citam as máximas e sentenças, mas nunca as fábulas.

Rabbihi (*Alᶜiqd*, "o colar", ao qual se apôs mais tarde o qualificativo *alfarīd*, "singular"), morto em 940 d.C., as passagens citadas nem sempre coincidem com a forma do texto hoje atribuído a Ibn Almuqaffaᶜ, o que pode ser resultado das notáveis variações que os manuscritos desse livro apresentam entre si. Um dos capítulos em especial, o da investigação acerca de Dimna, foi visivelmente reelaborado, tamanhas são as diferenças de redação que contém. Como esse capítulo apresenta relação direta com questões legais, pode-se depreender que a reelaboração se deveu ao processo de adequação do enredo às regras do direito islâmico. Não se sabe, contudo, quem teria sido o responsável pela reelaboração: se o próprio tradutor, se possíveis letrados que se encarregaram de polir o texto, ou até mesmo se copistas ou leitores. As duas versões mais antigas, publicadas respectivamente por ᶜAzzām e Cheikho, além de muito diversas entre si, apresentam, ambas, notórias falhas de concatenação[38].

Apesar disso, conforme o crítico e filólogo egípcio ᶜAbdulwahhāb ᶜAzzām, a observação superficial das diferentes variantes de alguns dos manuscritos de *Kalīla e Dimna* não permite afirmar que se esteja diante de textos derivados de produções originariamente diferentes. Muitas das variações seriam antes modificações perpetradas por copistas no *corpus* de um livro que, por ser dos primeiros escritos em prosa árabe, necessariamente apresentaria frases obscuras e expressões fora de uso – no entender dos copistas posteriores, naturalmente: lembre-se que seu manuscrito datado mais antigo, de 1221 d.C., tem quase quinhentos anos a mais do que a data da primitiva composição em árabe, e quase que certamente não preserva, na integridade, o que teria sido, um dia, o *corpus* primitivo. Seja como for, note-se que, no decorrer da fixação e edição desse manuscrito de 1221 (atual-

[38] Intentou-se, nas notas à tradução desse capítulo, dar conta das diferenças de enredo.

mente depositado na Biblioteca Aghia Sophia), ᶜAzzām detectou diversas frases cuja estrutura evidencia tradução direta do persa, como é o caso, *v.g.*, da confusão entre pronome relativo e conjunção integrante, ou, ainda, formulações e torneios estranhos à língua árabe, mas familiares à persa[39].

Tal como se apresenta no citado manuscrito mais antigo, o livro contém, conforme a descrição de ᶜAzzām, os seguintes capítulos:

1) Três capítulos introdutórios: I) "Exposição [ou *propósito*] do livro"; II) "O envio de Burzuwayh, por Kisrà 'Anū Xirwān, à terra da Índia [para conseguir este livro]"; e III) "Biografia do médico Burzuwayh". Os manuscritos são unânimes em atribuir o primeiro a Ibn Almuqaffaᶜ, mas há divergências quanto aos dois outros capítulos: no manuscrito de ᶜAzzām e no segundo mais antigo (1339 d.C.), editado por Luis Cheikho, eles são atribuídos a Buzurjmihr[40], conselheiro de Kisrà; nos restantes manuscritos, tal atribuição varia ou não consta. A ordenação desses capítulos – todos originariamente elaborados em árabe, ainda que com eventual manipulação de textos em outras línguas – também varia.

1.1) Diversos manuscritos incluem, antes desses três capítulos, uma "Apresentação" da lavra de um certo "ᶜAlī Ibn Axxāh Alfārisī", ou "Buhnūd Ibn Saḥwān", os quais, segundo alguns copistas, seriam a mesma pessoa. Acerca do primeiro nome, foi possível apurar que pertencia à família do Xāh (*rei*, em persa) Ibn Mīkāl [?], morto no século X d.C. Baseado nesse dado biográfico, ᶜAzzām supõe que tal

---

[39] Essas afirmações, e outras mais, provocaram um debate entre ᶜAzzām e o renomado filólogo ᶜAbdussalām Muḥammad Hārūn, que lhe questionou os critérios para a fixação do texto. Cf. Hārūn, ᶜAbdussalām Muḥammad. "Kalīla wa Dimna", *in*: *Quṭūf 'adabiyya*. Cairo, Maktabat Assunna, 1988, pp. 215-62, onde se editam os questionamentos de Hārūn e as respostas de ᶜAzzām.

[40] Sobre tal personagem, cf. Arthur Christensen, "La légende du sage Buzurjmihr", *in*: *Acta Orientalia*, VIII, 1930, pp. 81-128.

capítulo teria sido acrescentado por volta dessa época; tampouco consta de traduções antigas, como a espanhola de 1251[41]. Por outro lado, pelo menos uma de suas fábulas, a da cotovia e do elefante, é muito antiga, encontrando-se no *Pañcatantra*[42].

2) O *Livro de Kalīla e Dimna* propriamente dito apresenta a seguinte distribuição de capítulos no manuscrito de 1221: I) "O leão e o touro"; II) "Investigação sobre Dimna"; III) "A pomba de colar"; IV) "As corujas e os corvos"; V) "O macaco e o cágado"; VI) "O asceta e o mangusto"; VII) "'Iblād, Īrāẖt e Xādarm, rei da Índia"; VIII) "Mihrāyz, o rei dos ratos"; IX) "O gato e o rato"; X) "O rei e a ave Finza"; XI) "O leão e o chacal"; XII) "O viajante e o joalheiro"; XIII) "O filho do rei e seus amigos"; XIV) "A leoa e o animal xaᶜhar"; e XV) "O asceta e o hóspede". Alguns manuscritos mais recentes apresentam, ademais, dois outros capítulos: XVI) "A garça e a pata"; e XVII) "A pomba, a raposa e a garça", ambos os quais constam da tradução espanhola de 1251, o que indica a antiguidade com que foram incorporados ao livro.

3) Versões dos capítulos I, III, IV, V, VI e uma parte do XII foram localizados no *Pañcatantra*, coletânea bramânica da Índia antiga composta em sânscrito, e numa outra do século XI d.C., o *Hitopadeça* (este, na verdade, uma recompilação tardia do mesmo *Pañcatantra*). E versões dos originais IX, X e XI foram encontrados na epopéia sânscrita *Mahābhāratā*. Além disso, há outros três capítulos de fonte *presumivelmente* (pois os originais não foram encontrados) indiana: o VII (do

---

41 Outro manuscrito do século XIV (1354), hoje depositado na Bodleian Library, em Oxford, tampouco apresenta essa introdução. Cf. Etil, Asin, *Kalila wa Dimna. Fables from a fourtheent-century arabic manuscript*. Washington D.C., Smithsonian Institution Press, 1981. Menção à parte merece o manuscrito "arabe 3465", depositado na Biblioteca Nacional da França: conquanto não apresente datação, costuma-se estimar que remonte ao início do século XIII – mas isso não é, em absoluto, seguro. Defeituoso, tal manuscrito contém uma parte do referido texto de ᶜAlī Ibn Axxāh Alfārisī; as folhas faltantes foram completadas no século XVI, conforme se pode depreender da caligrafia e das ilustrações.

42 Alẖurāsānī, Muḥammad Ġufrānī, *op. cit.*, pp. 228-30, 515-21.

qual se localizou uma tradução tibetana, um século mais antiga do que a árabe) e o XIII; ambos, VII e XIII, pertencem à tradição budista. Também de origem supostamente indiana, mas pertencente à tradição bramânica, é o capítulo XIV. Tem-se por certo que os capítulos II, VIII, XV, XVI e XVII são árabe-muçulmanos.

De qualquer modo, a comparação com o *Pañcatantra* e o *Mahābhāratā*, de acordo com ᶜAzzām, evidencia que o texto árabe se afasta deveras de suas longínquas fontes[43]. Em sua forma atual – e após tantos séculos de transmissão –, ele sem dúvida constituiu um conjunto ao qual o tempo e os leitores deram coesão, podendo ainda ser considerado parte do patrimônio cultural muçulmano, bem como de todos os outros povos e nações para cujas línguas o livro foi vertido – quase sempre a partir do original árabe ou de traduções desse original, como já se referiu. Além do *Pañcatantra* propriamente dito, o único texto anterior à tradução árabe é o siríaco, levado a cabo em cerca de 570 d.C. por um monge chamado Bōd[44]. Existe, ainda, um fragmento de tradução tibetana, como se disse.

* * *

Restaria talvez discorrer sobre os possíveis usos dos paradigmas e das fábulas, mas isso foge aos objetivos desta introdução. Parece evidente que, para além de seu uso como mera divagação abstrata sobre a atividade política, o *Livro de Kalīla e Dimna* sofria, com toda a

---

[43] Pode-se também comparar, por exemplo, com o *Pañcatantra*, na tradução de Édouard Lancereau (Paris, Gallimard, 1965). Deve-se ressaltar, ainda, que não existe "o" *Pañcatantra*, pois essa compilação conta com pelo menos onze recensões e versões, antigas e tardias. Recentemente, publicou-se uma tradução brasileira do livro I do *Pañcatantra*, a partir do sânscrito (São Paulo, editora Humanitas, 2003, tradução de Maria Valíria A. M. Vargas, Maria da Graça Tesheiner e Marianne Erps Fleming).

[44] Note-se que, além dessa tradução siríaca, dita "antiga", existe uma outra, dita "recente" ou "tardia", feita a partir do árabe no século X ou XI. O fato de que outra tradução tenha sido feita indica que a antiga já não circulava por volta do século VIII.

certeza, apropriações mais diretas e práticas. E, a título de curiosidade, leia-se abaixo um relato apresentado por Aljahxiyārī a partir do depoimento de certo Ḫallād Ibn Yazīd:

"Estávamos certo dia reunidos na casa de 'Abū 'Ayyūb [*Almawriyyānī, ex-serviçal dos Omíadas que por algum tempo foi homem de estreita confiança de Almanṣūr*] quando lhe veio um mensageiro do califa 'Abū Jaᶜfar Almanṣūr; então, transtornado e com as feições alteradas, 'Abū 'Ayyūb foi até ele; ao retornar, como um de seus companheiros fizesse observações a respeito, 'Abū 'Ayyūb disse: 'eu vos aplicarei um paradigma que o vulgo profere, e é o seguinte: o falcão disse ao galo: ‹ninguém é mais desleal do que tu, pois os teus donos te recolheram desde o ovo, te acolheram, e foste criado graças a eles, que te alimentaram nas palmas das mãos, até te desenvolveres; agora, porém, que estás grande, qualquer um deles que se aproxime de ti, tu voas à direita e à esquerda, gritas e fazes barulho. Eu, ao contrário de ti, fui recolhido nas montanhas já crescido, e eles me ensinaram e me domesticaram; depois, soltaram-me, e hoje eu pego a caça e a trago ao meu dono›. Respondeu-lhe o galo: ‹se tivesses visto nos espetos dos homens tantos falcões como eu vi galos, serias pior do que eu›. Assim, se vós soubésseis de tudo quanto eu sei, não ficaríeis tão espantados dos temores que me assaltam apesar da posição de que desfruto'."[45]

Não por acaso, esse escriba – 'Abū Ayyūb Sulaymān Ibn Abī Sulaymān Almawriyyānī – é acusado, nas mesmas páginas do *Livro dos vizires e dos escribas*, de ser o responsável pela morte de Ibn Almuqaffaᶜ. Trata-se do relato mais verossímil de todos, e com ele se finaliza a presente introdução:

[45] Aljahxiyārī, *op. cit.*, p. 70. A dificuldade para traduzir esse paradigma reside no fato de que, embora seja a história de duas aves conversando, trata-se, na verdade, de discursos propostos como abrangência absoluta; ou seja, o falcão não se dirige "àquele" galo, nem o galo "àquele" falcão, senão que ambos falam como se produzissem discursos abrangentes a respeito de (e para) todos os galos e todos os falcões.

"Conta Ḥammād que o que matou Ibn Almuqaffa[c] foi o seguinte: o califa 'Abū Ja[c]far Almanṣūr disse certo dia ao escriba 'Abū 'Ayyūb, após ter criticado seu trabalho: 'parece que pensas que eu não sei onde está o melhor de todos os escribas, que é Ibn Almuqaffa[c], meu vassalo'. Então, 'Abū 'Ayyūb não cessou de ter medo, nem de fazer intrigas contra ele, até que provocou sua morte."[46]

M.M.J.

[46] Aljahxiyārī, *op. cit.*, p. 75.

KALĪLA E DIMNA

Em nome de Deus, o misericordioso, o misericordiador, no qual buscamos ajuda*

Louvores a Deus, generoso e exímio, onisciente e poderoso, vitorioso em seu reino, permanente em sua glória, justo em seu julgamento, singular em seu poderio, criador das criaturas e distribuidor das riquezas. Não há nada como ele, que tudo vê e tudo ouve: é o melhor senhor e o melhor auxiliador. Criou Adão com suas próprias mãos, e nele insuflou seu espírito, e fê-lo morada de sua sabedoria, herdada por seus descendentes, entre os quais existem os bem-aventurados, por sua vontade, e os malfadados, por seu poder.

Declaro que não há divindade senão Deus, único e sem assemelhado: é um testemunho mediante o qual rogo a salvação, e com o qual triunfarei no dia do Juízo Final. E declaro que Muḥammad é seu servo e apóstolo, por ele criado para conduzir ao bom caminho: quem o seguir triunfará. Que as bênçãos e saudações de Deus estejam com ele, e com seus familiares e companheiros.

---

* Abertura de **A**. A Abertura de **B** encontra-se na p. 287. (N. do E.)

PROPÓSITO[1] DO LIVRO, POR ᶜABDULLĀH IBN ALMUQAFFAᶜ

Este é o livro[2] de Kalīla e Dimna[3], composto pelos sábios da Índia a partir de paradigmas[4] e histórias mediante os quais procuraram lograr a maior eloqüência no discurso, na direção por eles pretendida. Os homens inteligentes de todas as épocas[5] sempre estão em busca do que os faça ser compreendidos[6]: para tanto, entabulam várias espécies de artimanhas e intentam dar a conhecer os argumentos[7] que possuem. Isso os levou à composição deste livro, no qual condensaram os mais eloqüentes e elaborados discursos na boca de aves, alimárias e feras[8], concatenando, aí, duas questões[9]: quanto a eles, encontraram um lugar para dispor o discurso[10], e vertentes para percorrer[11]; quanto ao livro, reuniu sabedoria e diversão. Assim, os sábios elegeram-no por causa da sabedoria, e os néscios, por causa da diversão; quanto aos jovens que estão a instruir-se, e outros mais, eles se entusiasmam com o saber nele contido[12], e se lhes torna leve decorá-lo. Quando o jovem se fortalecer e amadurecer, e seu intelecto se desenvolver, e ele refletir sobre o que decorou e fixou em sua alma – e que ele antes ignorava –, saberá então que aí ele encontrou grandiosos tesouros[13]; será então como o homem que, ao atingir a maioridade, verifica que seu pai lhe entesourou[14] ouro e prata em quantias tais que o desobrigarão de todo esforço e labuta. E, uma vez que as categorias dos saberes primordiais se multiplicam e produzem várias ramificações[15], necessariamente se multiplicarão os argumentos sobre os quais correm as sentenças dos sábios.

O que primeiro se impõe a quem procura este livro é iniciá-lo por uma boa e perseverante leitura; não seja seu propósito atingir-lhe o final[16] sem o ter bem compreendido, pois, do contrário, a leitura não lhe trará benefício nem terá utilidade alguma. E, caso seus olhos ambicionem abarcá-lo sem que se receba dele o que possa ser compreendido passo a passo, então tal homem estará arriscado a obter deste livro o mesmo que obteve o homem sobre o qual eu soube que, tendo descoberto um tesouro em dado deserto, examinou-o e verificou que se tratava de algo bastante volumoso, que ele jamais vira igual. Pensou com seus botões: "se eu tentar carregar sozinho isto que aqui está, não o farei senão em dias, impondo-me assim um exaustivo trabalho; mas não: contratarei alguns homens que o carreguem para mim". E assim procedeu: trouxe homens que carregaram quanto cada um deles suportava, e se dirigiram, conforme ele ordenava, para sua casa. Manteve-se nessa atividade até que o tesouro foi inteiramente carregado. Quando tudo terminou, o homem dirigiu-se para casa e não encontrou nada, constatando então que cada um daqueles homens se apropriara para si do que fora carregado, e que a ele não restara senão o esforço de retirá-lo e as fadigas resultantes disso.

Destarte, quem lê este livro não deve passar de um assunto a outro antes de bem dominar o que o precede, perseverando em sua leitura e cuidadoso exame; deve entender e conhecer o que lê, a fim de colocar as coisas em seus lugares e atribuir-lhes seu devido significado; que não ocorra à sua alma que, apenas procedendo a uma leitura atenciosa e conhecendo a superfície das palavras[17], já terá esgotado o necessário para conhecê-lo. Do mesmo modo, um homem a quem se trouxessem castanhas com casca só se beneficiaria delas quebrando-as e extraindo-lhes o conteúdo. Assim, o homem deve saber que o livro contém coisas ocultas e procurar delas tomar ciência.

Não seja ele como o homem a respeito do qual eu fui informado que, procurando aprender a arte da eloqüência, dirigiu-se, munido de um pergaminho amarelo[18], a um seu amigo, pedindo-lhe que nele escrevesse os conhecimentos sobre a língua árabe; o amigo escreveu-lhe o que pedira no pergaminho, e o homem retornou para casa; pôs-se a lê-lo sem lhe compreender o significado e, acreditando ter dominado o que ali se continha, fez um pronunciamento numa assembléia freqüentada por homens letrados e eloqüentes. Um deles lhe disse: "cometeste um erro gramatical". Respondeu: "eu? Mas se o pergaminho amarelo está em minha casa!"[19] É lícito que o homem procure o saber[20]; quando encontra aquilo de que necessita, compreendendo-o, conhecendo-o e nele logrando seu intento, beneficia-se com o decoro[21] que nele vislumbra. E se diz que em duas coisas ninguém deve andar em insuficiência, mas sim em abundância: o bom trabalho e o aprovisionamento para a outra vida[22].

E também se diz que de duas questões necessita todo aquele que da vida necessita: cabedais e decoro.

E se diz que duas coisas ninguém deve ter em pouca conta: o decoro e a morte. E se diz que o decoro faz brilhar o intelecto tal como a gordura faz brilhar o fogo, intensificando-lhe a luz. O decoro eleva quem o pratica tal como se eleva a bola golpeada pelo homem potente. O saber salva quem o utiliza, mas quem o detém e não o utiliza, dele não se beneficia, e seu paradigma será como o do homem a respeito do qual eu soube que, tendo sido sua casa invadida por um ladrão, acordou e pensou: "ficarei quieto a fim de observar tudo o que ele fará; por ora irei deixá-lo deveras, mas, quando ele acabar de recolher as coisas, tomarei conta da situação, impedindo-lhe o roubo e provocando-lhe dissabor", e se deixou ficar quieto na cama. Enquanto o ladrão se punha a circular pela casa, recolhendo tudo quanto podia, a sonolência se abateu sobre o dono da casa; o sono o venceu[23], e ele então dormiu; isso coincidiu com o término da atividade do ladrão, o qual, voltando-se para tudo quanto recolhera, reuniu-o, carregou-o e fugiu em disparada. Ao acordar, depois da fuga do ladrão, o homem nada encontrou em casa e começou a censurar-se, recriminar-se e morder as mãos de arrependimento. Ele conheceu que sua inteligência e saber em nada o beneficiaram, pois ele não os utilizara.

E, no homem, o saber só se efetua com trabalho. O saber é a árvore, e o trabalho, o fruto. O homem só busca o saber para dele beneficiar-se; caso dele não se beneficie, não deve buscá-lo. Quantos homens, caso se lhes dissesse: "certo homem que conhecia um caminho perigoso pôs-se a percorrê-lo, e foi nele atingido por infortúnio ou prejuízo", ficariam estarrecidos com tal ignorância e comportamento, mas talvez esses mesmos homens já se tenham arrojado a coisas que são sabidamente horríveis, censuráveis e de más conseqüências, embora estivessem nisso mais certos e seguros do que o homem que se arrojou às calamidades por estupidez e empurrado pela paixão. Quem não se beneficia com seu conhecimento é como o sábio[24] enfermo que, distinguindo embora os alimentos pesados dos leves, leva-o a gula, não obstante, a ingerir os pesados.

Os homens mais indesculpáveis no abandonar as boas atividades são aqueles que lhe conhecem o mérito, o bom retorno e os benefícios: ninguém os desculpa pelo erro. Do mesmo modo, se dois homens, um cego e outro clarividente, caíssem num fosso e morressem ambos – o clarividente não se salvou da morte, tendo ficado no poço, junto com o cego, numa posição equivalente –, o clarividente, para os homens inteligentes, seria menos desculpável do que o cego.

E quem busca o saber a fim de ensiná-lo e dá-lo a conhecer a outrem[25] estará na mesma situação da fonte, de cujo líquido o homem se beneficia, embora ela nada ganhe com tal benefício[26]. Com efeito, há três coisas[27] [cuja busca] o amigo do mundo[28] deve ter incendidas em si e incender nos outros[29]: uma é o saber, outra a riqueza, outra a prática de ações que suscitem reconhecimento. E já se disse: não se deve proceder à busca de algo sem antes lhe conhecer os méritos; considera-se estúpido quem procura uma coisa, e nisso se exaure, sem que ela contenha benefícios.

Talvez vejamos algum leitor deste livro que dele se admire e se esforce por decorá-lo, mas não aja em conformidade com ele. O sábio não deve censurar a ninguém por defeitos que ele próprio possui, pois será como o cego que censura a vesguice do vesgo[30]. O inteligente não deve buscar algo que contenha dano para seu companheiro, buscando com isso benefício próprio, pois o traidor [sempre] se flagra[31]. E quem age assim estará exposto a ser atingido pelo que atingiu o homem sobre o qual eu fui informado que vendia sésamo e tinha um sócio[32]. O sésamo de ambos ficava numa só casa, mas em pontos separados. Então, um deles desejou apossar-se da porção de sésamo que pertencia ao sócio, e para isso planejou colocar sobre essa porção um sinal para poder reconhecê-la quando a noite chegasse; pegou então seu manto e o colocou sobre o sésamo do sócio, dirigindo-se em seguida a um amigo a quem informou sobre o que tencionava fazer, e pediu ajuda. O amigo estabeleceu a condição de que lhe fosse dada a metade do que se recolhesse, e ele concordou. Nesse ínterim, o sócio entrou na casa e, vendo seu sésamo coberto com o manto do outro, supôs que ele o fizera a fim de protegê-lo do pó e dos insetos. Pensou: "meu sócio foi gentil em cobrir meu sésamo com seu manto; ele o fez por me querer bem; é mais lícito, porém, que o sésamo dele seja coberto com o seu manto", e colocou o manto sobre o sésamo do sócio. Quando anoiteceu, o mercador veio com o amigo, e ambos entraram na casa, que estava no escuro. O homem pôs-se a tocar e apalpar até que suas mãos caíram sobre o manto que cobria o sésamo, e que ele supunha ainda estar no local em que o deixara, isto é, sobre o sésamo do sócio. Levou pois a metade, dando a outra metade ao amigo que o auxiliava. Quando amanheceu, entraram ele e o sócio na casa. Ao notar que o seu sésamo é que fora levado, e que o sésamo do sócio continuava no mesmo lugar, prorrompeu em lamúrias e reconheceu que o tanto levado pelo outro homem não seria devolvido. Mas, temeroso do escândalo, não disse nada.

E quem busca alguma coisa deve ter uma finalidade à qual chegar, pois quem provoca corridas sem finalidade estará a ponto de esgotar-se e ver a montaria refugar. Ele não deve afadigar-se buscando o que não encontrará, nem preferir este seu mundo à outra vida, pois já se disse: quem tiver pouco apego a este mundo pouco se lamentará ao abandoná-lo[33]; não deve desesperar-se quando chega a esse ponto, por mais duro que fique o seu coração. De fato, diz-se que duas coisas embelezam qualquer um: ascetismo e cabedais. E o paradigma disso é o do fogo crepitante, o qual, quanta madeira lhe dás, tanta madeira consome, pois isso corresponde à sua natureza.

Um homem pode, eventualmente, atingir o que não procura, tal como o homem sobre o qual fui informado que, sofrendo de prementes necessidades, de notáveis carências, pobreza e falta de roupa, foi atrás de seus conhecidos, aos quais se queixou e pediu vestimenta; esforçou-se mas nada conseguiu. Voltou para casa desolado e, enquanto jazia em sua cama, eis que um ladrão entrou-lhe em casa. Ao vê-lo, o homem disse: “em minha casa não há nada para este ladrão roubar; que ele faça o que quiser até se cansar”. O ladrão perambulou pela casa, procurou e nada localizou para roubar. Irritado com aquilo, pensou: “não vejo nada aqui, e não quero que meu esforço se perca embalde”. Dirigiu-se então para uma caixa que continha um pouco de trigo e disse: "não vejo outra saída senão levar este trigo, pois não encontrei mais nada". Estendeu no chão um manto que levava sobre si, e nele despejou o trigo. Ao ver o ladrão colocando o trigo no manto e tencionando fugir com tudo, o dono da casa disse: "agora se esgotou a minha paciência: perde-se o trigo e se juntam contra mim duas coisas: fome e nudez, as quais contra ninguém se reúnem sem produzir aniquilação". Gritou pois com o ladrão, que fugiu e deixou o manto. O dono da casa recolheu-o e o colocou sobre si, devolvendo o trigo a seu lugar. Portanto, ninguém deve desesperar-se nem buscar o que não se consegue, devendo isto sim não poupar esforços para buscar o conhecimento, pois o mérito e a riqueza podem ungir a quem não os procura. Mas, quando se observa isso, percebe-se que aqueles que procuraram e conseguiram são em maior número do que aqueles que conseguiram sem procurar: não é lícito, pois, imitar aquele único que conseguiu sem procurar, mas sim imitar aqueles muitos que procuraram e conseguiram.

É lícito que o homem efetue muitas comparações e se beneficie da experiência: assim, caso seja atingido por algo que o prejudique, prevenir-se-á disso e do que lhe seja semelhante, medindo uma coisa pela outra, prevenindo-se de uma coisa mediante o que sofreu de outra, pois, caso ele não se previna senão daquilo que sofreu diretamente, em toda sua vida não saberá dar uso adequado à experiência, e continuará sendo atingido por coisas que ainda não o haviam atingido diretamente. O que ele tampouco deve deixar de lado é a prevenção contra o que já o atingiu. E, com isso, ele deve também se prevenir dos prejuízos que atingiram os outros, a fim de sair a salvo e não ser atingido pelo mesmo; não seja o seu paradigma semelhante ao da pomba cujos filhotes são levados de seu próprio ninho e sacrificados, e isso não a impede de continuar nele até que ela mesma seja levada e sacrificada.

E, com isso, deve ele ter em suas coisas um limite relativamente ao qual não deverá nem ir além nem ficar aquém, pois quem vai além do limite se assemelha a quem lhe fica aquém: ambos desrespeitaram-no. Deve-se saber que todo homem tem afãs; então, aquele cujo afã for para a outra vida, sua vida lhe será favorável, e aquele cujo afã for para este mundo, sua vida lhe será adversa. E se diz de três coisas que é lícito o amigo do mundo corrigir e alcançar para si: o que se refere a seu mundo, o que se refere à sua subsistência e o que se refere às relações entre ele e os outros homens. E já se disse a respeito de várias coisas que quem nelas estiver não ganhará prumo; entre elas, a lentidão no trabalho, o desperdício de oportunidades e a crença em todo informante. Quanto homem recebe notícias que não aceita e cuja correção desconhece, mas nelas acredita porque algum outro acredita, passando a insistir naquilo como se ele próprio o soubesse. E quanto homem acredita em algo por alguma paixão sua envolvida no assunto sobre o qual ele recebe a notícia. O inteligente é constantemente desconfiado das paixões, e não deve aceitar de ninguém, ainda que veraz, senão a verdade; ele não deve recalcitrar no erro, nem ser lento na observação; não deve, quando alguma questão se lhe apresenta confusa, adentrá-la por qualquer lado que seja, nem se arrojar a ela antes de estar certo de que é correta; caso contrário, será como o homem que se desvia de um caminho conhecido, e se embrenha nesse desvio e nessa sinuosidade: tanto mais avança quanto mais distante fica do caminho conhecido, ou como o homem em cujo olho entra um cisco, e ele se põe a esfregá-lo até ulcerá-lo e perder a visão.

O inteligente* não se deve dar senão à determinação, e saber que as sanções ocorrerão[34]. E quem faz a algum companheiro algo que lhe foi feito e o prejudicou, esse então terá sido injusto[35].

---

* A partir deste ponto, acentuam-se as divergências de **A** com as demais edições. Veja na próxima página. (N. do T.)

Assim, quem ler este livro deve seguir o que contém este capítulo; eu espero que lhe aumente a clarividência e o conhecimento; se assim for, ele lhe bastará e o dispensará de outros; mas, se assim não for, dele não se beneficiará, e o seu paradigma será como o daquele que, tendo atirado uma pedra no escuro da noite, não sabe onde ela caiu nem o que provocou.

De fato, quando verificamos que os persas traduziram este livro, passando-o da língua indiana para a persa, anexamos este capítulo em árabe a fim de que seja o alicerce mediante o qual se esclareça o que é este livro para quem o pretenda ler, compreender e citar[36].

E, como ponto de partida, relatamos o envio de Burzuwayh[37] ao país da Índia.

* * *

O inteligente* deve acreditar no juízo e decreto divinos[38], dar-se à determinação e desejar aos outros o que deseja para si mesmo; não deve buscar seu interesse próprio prejudicando o alheio. Se ele fizer isso, ficará exposto a sofrer o mesmo que sofreu o mercador da parte de seu colega: conta-se que certo mercador tinha um sócio, e ambos alugaram uma loja na qual depositaram suas mercadorias. Um deles, cuja casa ficava próxima da loja, propôs-se roubar um dos fardos do colega, para isso planejando uma artimanha; pensou: "se eu for à noite correrei o risco de carregar um de meus próprios fardos ou de minhas trouxas sem o saber, e então meu esforço e labuta terão sido inúteis". Tomou então um manto e colocou-o sobre o fardo que pretendia levar, e retirou-se para casa. Depois disso, seu

* Traduziu-se a partir de C, consignando-se em notas algumas divergências com **B1** e **D**. (N. do T.)

colega chegou para arrumar os fardos que lhe pertenciam, e, encontrando o manto do sócio sobre um dos fardos, pensou: "por Deus que este manto sobre o fardo é de meu sócio. Não creio senão que ele o tenha esquecido. Não é de bom alvitre deixá-lo aqui, mas sim colocá-lo sobre seus fardos, pois talvez ele chegue à loja antes de mim, e irá então gostar de encontrá-lo ali". Assim, recolheu o manto e o depôs sobre um dos fardos do colega, trancou a loja e foi para casa. Quando anoiteceu, o colega chegou com um homem que contratara para executar o planejado mediante recompensa pelo carregamento. Foi até a loja e, no escuro, tateou e encontrou o manto sobre o fardo; carregou-o e retirou-o, junto com o homem, e passaram a se revezar no carregamento até que chegaram à sua casa, onde ele se atirou ao chão, tamanha era sua fadiga. Quando amanheceu, ao examinar o fardo e constatar que era seu, arrependeu-se amargamente. Depois, dirigiu-se à loja, lá encontrando o sócio, que, tendo-o precedido, dera pela falta do fardo e, bastante aborrecido, pensara: "que terrível desgraça de um bom colega que me confiou seus haveres e os deixou sob meus cuidados! Que conceito fará de mim? Não tenho dúvidas de que me acusará. Mas eu estou disposto a compensá-lo". Assim, quando o colega chegou e o encontrou aborrecido, perguntou-lhe o que sucedera; ele respondeu: "conferi os fardos e dei por falta de um dos teus. Não sei que fim o levou, mas não tenho dúvidas de que me acusarás. Todavia, estou disposto a compensar-te". Respondeu: "não fiques, meu irmão, aborrecido; a traição é o pior mal praticado pelo homem. A trapaça e os ardis jamais conduzem ao bem, e quem os pratica está sempre iludido. As desgraças causadas pela iniqüidade não recaem senão sobre quem a comete. E eu sou um dos que trapacearam, enganaram e planejaram ardis". Perguntou-lhe o colega: "e como foi isso?", e ele relatou-lhe os fatos e contou-lhe sua história. Então ele disse: "teu paradigma não é senão o do ladrão e do mercador". Perguntou-lhe: "e como foi isso?" Respondeu: "conta-se que certo mercador tinha em casa dois potes, um cheio de trigo e o outro cheio de ouro. Um ladrão espionou-o durante algum tempo, até que, certo dia, tendo o mercador afazeres fora de casa, aproveitou-se disso e entrou na casa, dirigindo-se a um de seus aposentos. Quando se dispôs a levar o pote que continha as moedas de ouro, acabou por levar o que continha o trigo, supondo que fosse o que continha ouro. E desgastou-se em esforços e fadigas até chegar à sua casa, mas, quando o abriu e verificou o que continha, arrependeu-se".

Disse-lhe o traidor: "não exageraste no paradigma, nem foste longe com a analogia. Já reconheci minha culpa e meu erro contra ti. É duro para mim que isso seja assim, mas é a alma mesquinha que ordena as abjeções". Então o sócio aceitou as desculpas e evitou tanto exprobrá-lo como ter confiança nele. Já o homem arrependeu-se ao perceber sua má atitude e a preponderância de sua estupidez.[39]

Quem observar este nosso livro não deve ter por finalidade folheá-lo por causa de seus adornos[40], mas sim dominar o que ele contém de paradigmas, até chegar ao seu final, detendo-se em cada paradigma e palavra e refletindo; será assim semelhante aos três irmãos para quem o pai deixou vastos cabedais, que eles dividiram entre si. Os dois maiores rapidamente dilapidaram e deram uso indevido à sua parte. Quanto ao menor, ao ver os extremos de desregramento na dilapidação dos cabedais a que haviam chegado seus irmãos, resolveu-se a consultar sua própria alma. Disse: "ó alma, quem procura o dinheiro e o reúne de modo lícito [deve utilizá-lo] para manter sua condição, melhorar sua sobrevivência e seu mundo e a dignidade de sua posição aos olhos dos homens, prescindindo do que eles possuem e gastando o seu dinheiro de modo correto em prol dos parentes, aplicando-o em prol dos filhos e sendo generoso com os irmãos. Por outro lado, quem tiver dinheiro mas não o utilizar no que de direito será como aquele que é considerado pobre, mesmo quando rico. Contudo, se ele bem souber controlá-lo e utilizá-lo, não perderá duas coisas: seu mundo, que lhe continuará pertencendo, e os louvores, que se acrescentarão a si[41]. Quando, porém, pretender utilizá-lo incorretamente, fora do traçado, não tardará a dispersá-lo, caindo em tristeza e arrependimento. Assim, o melhor alvitre é bem administrar este dinheiro; rogo a Deus que me beneficie com ele e enriqueça meus irmãos por meu intermédio[42], pois se trata do dinheiro de meu pai e do pai deles. É primordial investi-lo nos parentes, até mesmo os distantes, quanto mais se forem meus irmãos". Então ele levou isso a cabo, trazendo-os à sua presença e dividindo o dinheiro com eles.

Também o leitor deste livro deve ter constância no examiná-lo sem impaciência, buscando-lhe o cerne dos significados, e não supor que sua efetuação consista no reportar artimanhas de dois quadrúpedes ou na conversação de uma fera com um touro, desviando-se com isso da finalidade almejada, pois nesse caso estará no paradigma do pescador que, estando a pescar[43] em dado litoral, avistou certo dia, na água, uma concha que reluzia de tão bela, e imaginou que fosse jóia de valor; já havia lançado sua rede ao mar, e a rede pegara um peixe que seria seu sustento naquele dia; ele a deixou de lado e se atirou na água para recolher a concha. Quando a pegou, viu que estava vazia, sem nada do que ele supusera dentro, e então se arrependeu de ter deixado o que já tinha em mãos por causa da ambição, ficando infeliz pelo que lhe escapara. No dia seguinte, evitou aquele local e lançou a rede [em outro], conseguindo um peixe pequeno; tornou a ver uma concha valiosa, mas não lhe deu atenção, desprezando-a e abandonando-a. Outro pescador passou por ela, recolheu-a e verificou que ela continha uma pérola que valia muito dinheiro. Também são assim os ignorantes, que olvidam a reflexão e se iludem quanto a este livro, deixando de deter-se sobre os enigmas de seus significados e tomando-o por seu sentido manifesto e não pelo oculto. Quem desperdiçar a atenção observando as partes cômicas será como o homem que, tendo recebido uma terra fértil e grãos de boa qualidade, planta-os e irriga-os, mas, quando se aproxima[44] o proveito da colheita e o amadurecer, ele se distrai de tudo colhendo as flores e lhes podando os espinhos, destruindo, com essa dispersão, aquilo cujo resultado seria melhor, e cujos benefícios, mais belos. Quem contempla este livro deve saber que suas finalidades se dividem em quatro: primeiro, o que se intentou com o colocá-lo na língua de quadrúpedes não-falantes, a fim de que se lancem à sua leitura as gentes que, dentre os jovens, apreciam a comicidade, atraindo-se-lhes assim o coração, pois é este o propósito esperado dos ardis dos animais; segundo, mostrar as imagens dos animais por meio de várias espécies de tintas e cores, a fim de que seja agradável ao coração dos reis, e para que seja mais forte o cuidado deles em virtude do prazer proporcionado pelas imagens; terceiro, tendo o livro tais características, que o tomem os reis e o vulgo, pois assim se multiplicarão suas cópias, e ele não caducará nem se desgastará com a passagem dos dias, e com isso o desenhista e o copista sempre se beneficiarão; já a quarta finalidade, que é a extrema, é bem específica do filósofo[45].

Disse ᶜAbdullāh Ibn Almuqaffaᶜ: quando vi que os persas traduziram este livro do sânscrito ao persa e lhe anexaram um capítulo, que é o do médico Burzuwayh – no qual não mencionaram o que neste nosso capítulo mencionamos com vistas a quem pretenda lê-lo e colher seus saberes e benefícios –, acrescentamos[46] este capítulo. Medita sobre ele, portanto, e serás bem orientado se Deus quiser.

O ENVIO DO MÉDICO BURZUWAYH À ÍNDIA PELO REI KISRÀ 'ANŪ XIRWĀN[1]

Disse Buzurjimihr[2]:

Entremos diretamente no assunto[3]: Deus excelso e altíssimo criou suas criaturas com sua misericórdia, e, com sua superioridade, concedeu a graça a seus servos, e os proveu daquilo com que podem melhorar sua situação e subsistência neste mundo, e alcançar a salvação de suas almas do mais doloroso sofrimento. E o bem supremo com que os proveu e lhes concedeu a graça foi a inteligência, que é força para todas as circunstâncias; nenhuma das criaturas pode melhorar sua subsistência, nem atrair benefícios, nem afastar prejuízos sem a inteligência, e também é assim para quem procura a outra vida e se esforça para salvar a alma do aniquilamento. A inteligência é a base de todo bem, e se adquire por meio de experiências e decoros[4]; é um instinto oculto no homem, latente como o fogo na pedra e na madeira, o qual não se vê até ser aceso por alguém com outro fogo, e então aparecem sua luz e labareda. Também a inteligência, no homem, só se manifesta quando o decoro a faz manifestar-se e a fortalecem as experiências; quando estiver consolidada, a inteligência irá administrar as experiências, fortalecer todo decoro, discernir todas as coisas e rechaçar todo dano. Nada é superior à inteligência e ao decoro; assim, aquele cujo criador o tiver agraciado com a inteligência, e caso ele próprio se ajude com perseverança e cuidado no decoro, será bem aventurado, e alcançará suas esperanças neste mundo e na outra vida.

E a inteligência é o fortificante do rei bem aventurado, de ilustre posição; o vulgo não se mantém íntegro senão por meio dele e do seu governo.

E Deus fez para cada coisa uma ocasião, e para cada ocasião uma causa, e para cada causa um curso próprio. E uma das causas para a cópia deste livro e sua transferência do país da Índia ao reino da Pérsia foi a inspiração a respeito, dada por Deus altíssimo a 'Anū Xirwān Kisrà Bin Qubād̲, pois ele se constituiu num dos melhores reis da Pérsia em sabedoria, justiça e bom parecer, e o mais aplicado na procura dos lugares em que se ocultam o saber e o decoro, e o mais cuidadoso na busca do bem, e o mais diligente em recolher o que o ornaria com o ornato da sabedoria, e na distinção entre o bem e o mal, o prejuízo e o benefício, o amigo e o inimigo. E ele não poderia dominar tais conhecimentos senão mediante o auxílio que Deus concede àqueles que em seu nome governam e comandam seus adoradores e territórios, a fim de que zelem por seu rebanho e seus desígnios[5]. E, entre o que Deus concedeu especificamente a Kisrà 'Anū Xirwān, está que tanto o dignificou com essa dignidade, e tanto o afortunou com essa graça, que o rebanho se entregou a ele com plena confiança, pondo-se sob sua obediência, e o mundo se lhe tornou um sossego[6]; os reis se conduziram até ele, e se confiaram à sua obediência: tal foi a graça magna que Deus lhe atribuiu durante sua governança.

E quando ele estava no auge de seu governo e no esplendor de seu poder, eis que recebeu a notícia de que havia na Índia um livro – por sábios elaborado, por eruditos composto e por sagazes disposto: de capítulos coordenados, suas maravilhas foram registradas na boca de aves, alimárias, animais selvagens, feras, répteis e insetos rasteiros – do qual necessitavam os reis para conduzir seu rebanho, atender suas demandas e fazer-lhe justiça, pois o rebanho não fica em bom estado senão com a boa condução dos reis e sua benevolência, compaixão e misericórdia. Por isso, Kisrà jamais renunciou a adquirir aquele livro sobre o qual ele fora informado que estava no país da Índia, nem a trazê-lo para junto de si, nem a utilizá-lo como auxiliar em sua política, nem a trabalhar em seu bom concerto.

E quando ele se determinou a realizar o que pretendia, dispondo-se a enviar uma missão para procurar o livro de Kalīla e Dimna e copiá-lo, pensou: "quem [poderá ser encarregado] deste formidável assunto, este valioso decoro, este grave e magnífico adorno dos reis da Índia e não dos reis da Pérsia? Já nos dispusemos a não desistir – apesar da distância da viagem, da dificuldade da questão, dos perigos do caminho e do grande investimento – da procura pelo livro, até que enfim logremos copiá-lo e fiquemos a par de sua técnica, do aprumo de seus capítulos e de suas maravilhas. Devemos escolher a quem pretendemos enviar para esta missão dentro de duas categorias: letrados e médicos, pois as gentes dessas duas atividades possuem grande cópia de coisas a respeito dos mares do decoro e dos tesouros da sabedoria, [hauridos] com paciência e vagar, experiência e prática da artimanha, prevenção e reserva, brio[7] inteiriço, astúcia e sagacidade, benevolência e dissimulação, sutileza política e preservação de segredos".

E, quando se pôs a avaliar sua decisão, e a cogitar sobre quem recairia sua preferência dentre os homens do reino, sopesou entre seus sábios, não encontrando ninguém que reunisse tais condições senão Burzuwayh Bin 'Ādarharbid[8], que era chefe dos médicos da Pérsia e descendente de guerreiros. Kisrà convocou-o e disse[9]: "nós te escolhemos para seres o depositário de uma demanda[10] nossa. Prognosticamos em tua fisionomia[11] o bem, e temos esperança de que ajas em conformidade com o que pretendemos a fim de satisfazeres esta demanda para a qual te estamos enviando, e isso pelo conhecimento que tivemos a respeito de teu esforço em prol do saber e do decoro, e tua perseverança em buscá-los a ambos. Estamos te enviando ao país da Índia porque nos chegou a notícia sobre o livro de Kalīla e Dimna, que é propriedade dos reis de lá, e foi elaborado pelos sábios, polido pelos eruditos e fixado pelos sagazes; as bibliotecas dos reis não possuem nada semelhante, e os reis da Índia nele se apóiam quando ocorrem problemas graves. Dispõe-te pois à viagem e traze-o com habilidade, prudência e modos gentis. Levarás contigo quanto dinheiro desejares, e das preciosidades e mimos da Pérsia tudo quanto julgares que te ajudará a consegui-lo, junto com tudo quanto puderes de livros dos quais os reis tenham precisão. E que seja isto um segredo muito bem guardado. Quando executares o que pretendes, estando no país da Índia, escreverás a respeito para nós, e te apressarás em retornar até nossa presença: multiplicaremos tua recompensa, elevaremos tua condição e te daremos mais do que esperas de nosso império. Dá início, pois, ao que te foi ordenado, persevera no que te foi recomendado, e que seja teu mister a constância e a reflexão em todas as tuas questões".

Burzuwayh prosternou-se e disse: "ouço e obedeço. O rei verá que me portarei como ele deseja, se Deus quiser". Em seguida, dirigiu-se à sua casa e escolheu dos dias o mais adequado, e das horas a mais bendita; iniciou a marcha no dia escolhido, e não cessou de ser rebaixado por uma terra e elevado por outra[12] até chegar ao país da Índia, e então descansou das fadigas do caminho.

Depois, perambulou pela porta do rei, introduziu-se nos locais de reunião do vulgo e procurou a parentela de reis e gente nobre, e também sábios e filósofos. Passou a visitá-los em suas casas e às portas do rei, e a abordá-los com cumprimentos e solicitações, informando-os que viera a seu país à procura de saber e decoro, e que para isso precisava da sua ajuda; pedia-lhes que o orientassem em sua demanda, ocultando resolutamente o motivo pelo qual viera e aludindo-o metonimicamente. Ficou assim durante vasto período, instruindo-se em coisas que na verdade ele sabia melhor do que qualquer outro, aprendendo, do saber, o que ele conhecia muito bem e aludindo metonimicamente a seu objetivo e demanda. Arrebanhou, em virtude de sua longa permanência e estadia na Índia, muitos amigos entre as gentes desse país: nobreza, vulgo e artífices de toda classe; mais particularmente, um homem nobre e sábio chamado 'Azawayh, que se tornou seu confidente e conselheiro mercê do que se lhe evidenciou de seu saber e superior decoro, e do que lhe correspondeu em termos de fraternidade, puro afeto e fala[13] eloqüente; consultava-o em todos os seus assuntos, e nele depositava confiança em tudo que apresentasse interesse, muito embora lhe ocultasse o seu real objetivo. Delicadamente, testava-o a fim de verificar se ele seria um bom depositário de seu segredo, e não deixou de examinar-lhe o ânimo até que se tomou de confiança por ele, convencendo-se de que seria bom depositário do segredo, intercessor do pedido e diligente em prestar a ajuda que lhe solicitaria; intensificou então as gentilezas para com ele. De fato, Burzuwayh, até o dia em que acreditou estar a ponto de obter a satisfação de sua demanda, já havia despendido largas somas por causa da longa ausência, dos agrados aos amigos, das refeições que fazia com eles e dos convites para beber, tudo isso em busca de pessoas de confiança, mas não confiou em ninguém senão naquele seu amigo.

E, entre as coisas com que Burzuwayh provocou[14] esse amigo, pondo-o à prova, testando-lhe o juízo e [por fim] adquirindo confiança nele e tranqüilizando-se, está que lhe disse certo dia, quando ambos se encontravam a sós: "meu irmão, não quero ocultar-te a meu respeito nada além do que já ocultei. Fica sabendo que vim por causa de um assunto que não é o que me vês aparentar. Ao ajuizado bastam, quanto a [outro] homem, os sinais aparentes que provêm de seu olhar e dos gestos que faz com a mão: conhecer-lhe-á assim o segredo, e o que seu coração esconde". Disse o indiano: "ainda que eu não me tenha abalançado a te falar sobre aquilo que te trouxe aqui e procuras, e que ocultas o que procuras simulando procurar outra coisa, tudo isso não me escapou. Contudo, por apreciar a tua fraterna companhia, desgostou-me confrontar-te com o fato de que se me evidenciou o que ocultas, e que ficou claro para mim onde estás e o que escondes. Agora, já que tomaste a iniciativa de falar, eu discorrerei a respeito de teu ânimo, demonstrando o teu segredo, informando a condição em virtude da qual vieste: vieste a nosso país para nos tomar nossos elevados saberes e seus valiosos tesouros e voltares a teu país a fim de com eles alegrares teu rei. Tua vinda foi mediante ardis, e tua amizade mediante trapaça. Porém, quando notei a tua paciência e longa perseverança na busca do que necessitas, e tua cautela em não escorregares nas palavras – apesar da tua longa permanência entre nós – proferindo algo que nos conduzisse a teu segredo, cresceu minha admiração por teu juízo, e gostei de tua fraterna companhia. Nunca vi alguém de juízo mais prudente do que o teu, nem de melhor decoro, nem mais paciente na busca do que necessita, nem maior guardador de segredos, nem de melhor caráter, sobretudo estando num país estranho, num reino que não é o teu, e entre um povo cujos costumes e assuntos desconheces. Fica sabendo que o juízo de um homem aparece em oito questões: a primeira, benevolência e gentileza; a segunda, conhecer e preservar a si mesmo[15]; a terceira, obedecer aos reis e ir atrás do que os agrada; a quarta, conhecer o depositário de seu segredo, e como deve revelá-lo ao amigo; a quinta, quedar-se, às portas dos reis, astuto, inteligente e de língua lisonjeadora; a sexta, ser preservador de seus segredos e dos segredos do alheio; a sétima, dominar a própria língua e não pronunciar uma única palavra sobre a qual não tenha refletido e avaliado; a oitava, quando estiver em alguma reunião, não responder senão ao que lhe for perguntado, e não revelar senão o estritamente necessário. Quem reunir em si essas oito partes trará para si mesmo o bem e o lucro, evitando o mal e a perda. Essas partes, perfeitas no conjunto, são claras e manifestas em ti, e quem as tiver reunidas será socorrido no que procura, e auxiliado em sua demanda. E isso que procuras já me preocupou e introduziu em mim o estranhamento e o medo, mas roguemos a Deus que tudo fique bem".

Ao ouvir aquilo, Burzuwayh teve certeza de que havia logrado sua demanda. Voltou-se para ele e disse: "meu irmão, não me equivoquei na avaliação de tua fisionomia desde que me apresentei a ti e ouvi tuas respostas. Lancei a ti a totalidade de minhas palavras e a concisão de meus discursos, por ter reconhecido teus bons méritos, o alcance do teu proceder e o teu mergulho nas fontes da inteligência e da sabedoria. Foi por isso que me fiei em ti com meus bons dizeres, [esperando] a tua aceitação de minhas palavras e a tua ajuda em minha demanda. Extravasar segredos para os sábios, ajuizados e eruditos, bem como confiar neles, é decerto o melhor recurso. Assim, os sábios compararam aquele que, dentre eles, recebe segredos, com a montanha portentosa que os ventos não abalam nem movimentam, por mais fortes que sejam. E, quanto a ti, tua mão para mim [estendida] é generosa, e dela dependo".

Disse o indiano: "o guardar e ocultar segredos foi comparado pelos sábios ao invólucro que cobre a garrafa: tu vês um só volume, mas quando retiras o invólucro passam a ser dois; quando esvazias a garrafa, aí então passam a ser três volumes, reconhecida e sabidamente. O princípio do decoro é a guarda do segredo, pois este, proferido por duas línguas, passa para três e, passando para três, propaga-se entre as pessoas. O paradigma a respeito é o das nuvens no céu: caso estejam dispersas e um grupo alegue que estão ligadas sem nenhum interstício ou vazio entre elas, esse grupo será desmentido por outro, cabendo a quem observa distinguir a verdade disso da mentira. Tens de minha parte, meu irmão, mãos generosas e boas, e, apesar do pouco tempo de conhecimento entre nós, não será isso que me fará afastar-me de ti. E, de fato, tu me pedes algo que eu temo se divulgue e chame a atenção de algum invejoso: aí estarão minha destruição e aniquilamento, e não me poderei valer de nenhum instrumento, dinheiro, lauréis ou intercessor, pois a cólera deste rei [da Índia] é uma das coisas mais rápidas, e ele não se deixa agradar nem pela excessiva adulação nem pela súplica. Foi isso que me levou a afetar certa retração a fim de certificar-me a teu respeito".

Disse Burzuwayh: "entre as melhores coisas num homem estão a ocultação dos segredos e a preservação daquilo de que foi depositário; a satisfação de minha demanda, com a permissão de Deus, está em tuas mãos, e a ocultação desse segredo está nas minhas mãos". Continuou Burzuwayh: "os sábios elogiaram o amigo que oculta o segredo do amigo. E o propósito em razão do qual eu vim para cá, e para cuja realização dependo de ti, pois a ti o revelei, não chegará, nem da minha parte nem da tua, a ninguém que não aprecies ou de quem temas divulgação e inconfidência. Tu sabes que, no que a mim me tange, estás seguro. Temes, contudo, que as gentes do país, aqueles que circulam pelas portas do rei, espalhem o caso, mas estimo que não se espalhará, pois eu irei embora e tu aqui te quedarás. E, enquanto eu aqui estiver, entre nós não haverá um terceiro".

Então o indiano interveio em seu favor, ofertando-lhe os livros que procurava e disponibilizando-lhe o livro de Kalīla e Dimna[16]. Burzuwayh pôs-se a traduzir e copiar os livros, permanecendo nessa atividade por um período durante o qual os custos de sua manutenção e custeio aumentaram imensamente; fatigou o corpo e atravessou noites acordado; também os dias ele os consumiu nessa faina, por temor à sua vida. E quando ele terminou e dominou o livro de Kalīla e Dimna e todos os demais livros, escreveu a Kisrà Anū Xirwān informando-o das fadigas e tormentos por que passara, e também que terminara Kalīla e Dimna e os demais livros. Kisrà então enviou uma resposta secreta ordenando-lhe regresso imediato. Burzuwayh se preparou e saiu da Índia, viajando até chegar à Pérsia; dirigiu-se a Kisrà e prosternou-se diante dele[17]. Quando ergueu a cabeça e se pôs de pé, Kisrà notou que sua cor estava pálida, seu aspecto, alterado, e sua fronte, encanecida; compadecido, disse-lhe: "alvíssaras, ó servo obediente a seu senhor, e conselheiro de seu rei: tu te fizeste merecedor de nossa gratidão, e também de toda a nobreza e vulgo; nunca mais deixaremos de favorecer-te nem de zelar por ti. Faremos por ti o melhor que pedes e esperas". Em seguida, determinou-lhe que se retirasse, descansasse o corpo durante sete dias e depois voltasse, e ele assim fez.

No oitavo dia, o rei convocou-o, e ordenou que comparecessem os sábios e os nobres de seu reino. E ordenou a Buzurjmihr que lesse o livro diante dos presentes. Quando ele o fez, e todos ouviram o que o livro continha de saber, decoro e maravilhas relatadas pela boca de animais e aves, admiraram-se e agradeceram a Deus pela graça de decoro e conhecimento que ele lhes concedera por intermédio de Burzuwayh, a quem fizeram excelentes louvores.

Depois, o rei determinou que os depósitos de ouro e prata fossem abertos para Burzuwayh, a quem ordenou que levasse o quanto quisesse. Burzuwayh prosternou-se diante do rei, ergueu a cabeça e disse: "que vivas, ó rei, louvado e perenizado. Nós, graças a Deus, dele recebemos, no governo do rei, no esplendor de seu reino e auge de seu poder, aquilo que não esperávamos. Mas eu gostaria de pedir ao rei algo simples cuja satisfação, para mim, constituirá uma lembrança e um orgulho". Disse o rei: "e o que pedes?" Disse Burzuwayh: "se o rei quiser, determine a Buzurjmihr Ibn Albaḫtikān que elabore para mim, no início deste livro, um capítulo com meu nome, no qual ele discorra sobre o que fiz e como agi, a fim de que seja, a quem vier depois de mim, uma lição e um ensinamento, e mediante o qual minha memória sobreviva depois de minha morte, do mesmo modo que eu vivi neste mundo. Se ele assim fizer, terá dignificado a mim e aos de minha família por toda a eternidade".

Disse o rei: "quão simples é o que pedes quando comparado ao que mereces!" E determinou a Buzurjmihr que elaborasse um capítulo sobre ele, em consonância com a verdade, a fim de que fosse, para os leitores, um estímulo à obediência aos reis, e que esse capítulo fosse bem realizado e ornamentado, no limite de suas possibilidades e energias. Buzurjmihr aceitou a recomendação de Kisrà por conhecer-lhe a boa opinião sobre Burzuwayh, e as honrarias que lhe prestava. Estendeu-se bastante nesse capítulo, e esforçou-se em deixá-lo bem realizado e ornamentado, e discorreu sobre Burzuwayh, mencionando as sucessivas modificações de estado por que passou, sua pesquisa a respeito das religiões e sua decisão de buscar a sabedoria. Depois, pediu autorização ao rei e leu-o diante dele, e Kisrà e os presentes dele se admiraram.

Assim, quem ler este livro deverá conhecer o motivo pelo qual foi elaborado Kalīla e Dimna, e levado da terra da Índia para a terra da Pérsia; que conheça ainda a superioridade dos reis e da submissão a eles, pondo-a acima dos demais misteres, e que saiba que honrado é quem os reis honram e elevam em seu governo.

terminou-se o capítulo

O MÉDICO BURZUWAYH, NAS PALAVRAS DE BUZURJMIHR IBN ALBAḪTIKĀN[1]

Buzurjmihr disse: Burzuwayh, o mais eminente médico da Pérsia e responsável pela cópia e tradução deste livro da Índia, disse:

Era meu pai guerreiro, e minha mãe, descendente de grandes sacerdotes do zoroastrismo, gente entendida em sua lei religiosa. E, entre as graças inicialmente concedidas a mim pelo meu senhor, está a de ter sido o filho mais dignificado por seus pais[2], bem como a de ter sido por eles entregue ao aprendizado da medicina assim que completei sete anos de idade. Quando cresci, tendo conhecido o que é a medicina e qual a sua superioridade, agradeci-lhes o bom parecer adotado e me dispus a aprendê-la; quando adquiri seus rudimentos e alcancei o que me deixou suficientemente seguro para a medicação dos doentes, dispus-me a fazê-lo; consultei minha alma, fi-la meditar e escolher entre as quatro coisas que os homens procuram, às quais acorrem e pelas quais se esforçam. Eu perguntei: qual dessas partes alguém como eu deve procurar? Qual delas será a mais adequada, se for preferida, para se alcançar o que é necessário? Cabedais, ou prazeres, ou nomeada, ou recompensa da outra vida? Questionei a respeito do que escolher, e verifiquei que a medicina é louvada entre os inteligentes, não sendo condenada pelos membros de nenhuma religião ou seita. Descobri nos livros de medicina que os melhores médicos são os perseverantes em sua atividade, mediante a qual não almejam para si senão a outra vida. Resolvi-me então a perseverar na medicina e não almejar para mim senão a outra vida, sem buscar nenhuma recompensa nem ficar na mesma situação do mercador fracassado que trocou um rubi – cujo valor lhe proporcionaria toda a riqueza do mundo – por uma bijuteria sem valor algum. Também verifiquei nos livros antigos que ao médico que, com sua atividade, almeja para si a recompensa da outra vida, não faltará sorte neste mundo, e nisso o seu paradigma é o do lavrador que prepara[3] a terra e nela habita com o propósito de obter semeaduras e não ervas; nessa terra, porém, inevitavelmente irão brotar várias espécies de ervas. Pus-me, portanto, a medicar os enfermos com esse propósito; não deixei um só doente sem lhe procurar a cura ou pretender minorar-lhe as dores, investindo no tratamento o meu máximo esforço. Cuidei daqueles de que podia cuidar, e, quando não podia, fazia-lhes prescrições. Não almejava recompensa por nada disso, nem pagamento de quem eu tratava. Não invejei a ninguém, quer entre meus pares, quer entre os que me igualavam em saber e me superavam em cabedais, e não os olhava senão com bons olhos, e não lhes observava senão a boa conduta, em palavras e atos, entre os homens[4]. Eu repreendia minha alma quando ela, em litígio comigo, invejava aqueles e lhes ambicionava o prestígio; eu me empenhava em desafiá-la, e dizia: ó minha alma, acaso não distingues o que te beneficia do que te prejudica? Acaso não cessarás de desejar aquilo que, uma vez conquistado, pouco beneficia quem o conquista, e só faz intensificar as fadigas para preservá-lo, aumentar os pesares quando se perde e agigantar as seqüelas quando se esgota? Por que não te lembras do que te aguarda e deixas de lado a avidez pelo que tens diante de ti? Acaso não te envergonhas de estar associada aos luxuriosos ignorantes no amor por este mundo efêmero e fenecente, do qual, se alguém tiver algo em mãos, não lhe pertencerá nem perdurará, e com o qual não se dão bem senão os distraídos negligentes? Ó minha alma, abstém-te de tal estupidez e das tolas opiniões em que incorres por causa disso, e põe-te, com tua força, com teu afã e com o que mais possuíres, a oferecer o bem e a recompensa que puderes, e muito cuidado com as delongas e a tibieza. Fica sabendo que este corpo é portador de flagelos, e que está repleto de humores corruptos e infectos reunidos por quatro coisas, entre si opostas e hostis, pilares da vida, a qual caminha para o fim, tal e qual a marionete de madeira cujos membros soltos se juntam por meio de um único prego, que os prende uns aos outros. Mas, caso se retire o prego, as partes ligadas despencam. Ó minha alma, não te distraias com a companhia de teus amados e irmãos, nem anseies por isso, pois tal companhia, apesar do júbilo e euforia que proporciona, é plena de prejuízos, pesares e tristezas, apresentando como desfecho, ademais, o choque da separação[5], tal como a colher de pau, que se utiliza, quando inteira e boa, na quentura e fervura da sopa, mas que, quando se quebra, é destinada ao fogo. Ó minha alma, que o teu intuito de estar unida aos familiares e afins buscando o que os agrade não te faça ajuntar algo que produza o teu aniquilamento, pois tu és como o incenso cujo agradável aroma é aspirado por terceiros, ou como a mecha que, ao queimar-se, produz claridade para terceiros. Ó minha alma, não te iludas com a riqueza nem com o prestígio, que transtornam os que os detêm, pois estão expostos a reviravoltas. Quem aprecia essas coisas não enxerga a pequenez do que considera tão grandioso até que delas se separe: aí então tais coisas serão como os cabelos, cujo dono dignifica e trata bem enquanto estão em sua cabeça, mas que, quando dela se separam, passam a provocar-lhe repugnância e engulhos. Ó minha alma, persevera no tratamento dos doentes, e não te embaraces dizendo que a medicina é um pesado encargo, nem que os homens ignoram tanto os encargos como os benefícios da medicina[6]; pondera, contudo, a respeito de quem livra um único homem que seja dos sofrimentos que o atormentam, deles salvando-o até que enfim retome o bem-estar e conforto: ele será digno das maiores e melhores recompensas. Qual será então o caso do médico, que faz o mesmo com um número de homens que só Deus conhece? Esses homens retomam – depois de atroz debilidade e dores que se interpõem entre eles e os prazeres do mundo, constituídos por comida, bebida, mulheres e filhos – uma condição melhor do que a por eles desfrutada anteriormente. E isso é digno dos mais sublimes louvores e dos mais grandiosos votos. Ó minha alma, que a sempiterna outra vida não se distancie nunca de ti, e que não tendas a este mundo efêmero, afobando-te pelo que é escasso, e trocando o muito pelo pouco, tal como o mercador sobre o qual se conta que, tendo uma casa abarrotada de sândalo, disse: "se eu o vender por peso, irei ganhar mais". E vendeu-o irrefletidamente pelo preço mais vil.

Destarte, quando desafiei minha alma, censurando-a e fazendo-a compreender essas coisas, ela, não encontrando objeção nem fuga nem escapatória, confessou e retratou-se, e se apartou daquilo a que tendia e cobiçava. Pus-me a cuidar dos enfermos objetivando a recompensa da outra vida, embora isso não me impedisse de amealhar, neste mundo, um quinhão volumoso e uma riqueza magnífica, proporcionada por reis, protetores[7] e companheiros fraternos, antes de minha ida à Índia e depois de meu regresso, riqueza essa superior ao que minha ambição pretendia e ao que eu merecia.

Depois, analisei a medicina e constatei que o médico não tem como ministrar aos enfermos remédios que expulsem a doença de modo que esta nunca mais retorne, ou que não se contraiam outras semelhantes ou piores. Sem discernir como poderia uma cura qualquer ser concebida como cura, pois não é possível assegurar-se de que uma doença não voltará nem provocará recaídas mais violentas, ponderei que as ações voltadas para a outra vida é que colocariam a salvo do sofrimento, deixando quem as pratica em completa segurança quanto a todas as doenças[8]; desdenhei então a medicina e passei a almejar a religião, a respeito da qual logo fiquei confuso: quanto aos livros de medicina, neles não encontrei sobre as religiões menção alguma que me indicasse a mais bem guiada e correta; quanto às seitas, elas são muitas e divergentes, nada contendo além das três seguintes categorias: um grupo que herdou a religião dos pais; um grupo que, forçado, acabou por introduzir-se na religião; e um grupo que, por meio da religião, almeja o mundo. E todos alegam que estão corretos e no bom caminho, e que os discordantes estão errados e no caminho da perdição; são muitas as divergências entre eles, de ponta a ponta, sobre o criador e a criação e questões equivalentes a essa; todos se difamavam mutuamente, eram inimigos e se acusavam reciprocamente. Pensei então em consultar os sábios de cada seita, discutir com eles e verificar-lhes as explanações: talvez assim eu discernisse a verdade da falsidade, e pudesse optar pela primeira e segui-la com fé e certeza, evitando acreditar no que eu não conhecia ou seguir o que minha inteligência não alcançava. Assim agi, questionando e observando, mas não encontrei nenhum maioral que acrescentasse algo além do elogio de sua religião e do vitupério às religiões que divergiam da sua. Ficou claro para mim que eles respondiam e falavam movidos pela paixão, e não pela justiça. Em nenhum deles encontrei uma explanação que fosse reconhecida como justa por um homem inteligente, ou que o satisfizesse[9].

Ao descobrir tudo isso, não vi nenhum motivo para seguir qualquer um deles, e percebi que, caso concordasse com algum deles quanto ao que não conhecia, eu estaria no mesmo caso do crédulo tapeado, a respeito do qual se conta o seguinte: um bando de ladrões invadiu a casa de certo homem rico a fim de lhe roubar os bens; subiram então no telhado da casa, mas o barulho de suas pisadas acordou o homem, que lhes sentiu a presença e soube que o telhado de sua casa não fora escalado àquela hora senão em virtude de algo ruim. Acordou a mulher e lhe disse: "cuidado! Tenho certeza de que ladrões subiram no telhado de nossa casa. Finge que estou dormindo, acorda-me numa voz tão alta que possa ser ouvida pelos ladrões no telhado, e passa a me dizer: 'não vais me informar a respeito de tua grande quantia de dinheiro e de teus tesouros? Onde os adquiriste?' Quando eu me negar a responder, insiste na pergunta". A mulher assim procedeu, e os ladrões ouviram-lhe as palavras. O homem respondeu: "ó mulher! O destino te encaminhou vastas riquezas; come e bebe, portanto, e cala-te; não me perguntes sobre isso, pois, caso eu te dê a resposta, não estaria seguro de não ser ouvido por alguém, e, aí, as conseqüências poderão ser desagradáveis para mim e para ti". Ela disse: "por vida minha que não há ninguém que nos possa ouvir nas redondezas!" O homem disse: "então eu te informo que não juntei tanto dinheiro e riquezas senão mediante o roubo". Ela disse: "como pode ter sido isso? Acaso não és um dos mais notáveis dentre os homens, íntegro, reconhecido, e nunca ninguém te acusou ou suspeitou de ti?" Ele respondeu: "isso foi graças a uma técnica de roubo que aprendi, técnica essa tão sutil e eficiente que ninguém me acusaria ou suspeitaria de mim". Ela disse: "e como foi isso?" Ele respondeu: "nas noites enluaradas, eu subia, junto com meus camaradas, no telhado da casa que eu desejava roubar, e me dirigia à clarabóia através da qual a luz entrava na casa, pronunciando então as palavras mágicas 'xawlam xawlam' sete vezes. Depois, eu me agarrava à luz e descia até a casa, e ninguém percebia minha descida. Lá embaixo, na base da luz, eu repetia as palavras sete vezes e todo o dinheiro e bens da casa apareciam para mim, possibilitando-me recolhê-los, e eu recebia forças para carregar tudo. Em seguida, eu repetia as palavras, abraçava a luz e subia até meus camaradas, aos quais fazia carregar o que trouxera, e escapulíamos sem que ninguém percebesse".

Quando ouviram aquilo, os ladrões alegraram-se e disseram: "conseguimos nesta casa algo melhor do que o dinheiro. E também estaremos a salvo das autoridades"[10]. E deixaram-se ficar um bom tempo, até que acharam que o homem já havia dormido. O líder deles aproximou-se da entrada de luz da clarabóia e pronunciou 'xawlam xawlam' sete vezes; depois, abraçou a luz para descer até a casa e caiu de cabeça para baixo. O dono da casa avançou até ele com uma bengala, aplicou-lhe dolorosa surra e disse: "quem és?" Respondeu: "sou o crédulo tapeado, e este é o fruto de minha credulidade".

Assim prevenido contra a credulidade naquilo que poderia me expor ao aniquilamento, retomei a pesquisa acerca das religiões, e a procura da justiça nelas. Porém não encontrei entre aqueles com quem conversei – seja em suas respostas às minhas perguntas, seja no que me expunham – nada que levasse minha inteligência a acreditar ou seguir. Eu disse: "como não encontrei nenhuma pessoa de confiança, da qual eu possa receber algo, o melhor parecer é ater-me à religião de meus pais". Dispus-me então a fazê-lo, mas nisso não vislumbrei solução alguma, nem encontrei motivo para permanecer na religião de meus pais: eu não tinha argumento nem justificativa[11]. Fiz tenção de dedicar-me à retomada da pesquisa e do questionamento acerca das religiões, mas deparou-se-me então o temor da morte e da rapidez com que esta advém, bem como a separação do mundo, que é efêmero. Pensei a respeito e disse: quanto a mim, minha morte pode ser mais rápida do que uma virada da palma da mão ou um piscar de olhos. Eu fazia coisas que espero tenham sido as melhores ações. Talvez minha hesitação, inconstância[12] e pesquisa acerca das religiões tenham me desviado do bem que eu realizava, fazendo com que, ao morrer, eu esteja aquém do que minha esperança ambicionava, ou talvez me acometa, por causa de minha hesitação e inconstância, o que acometeu o homem a respeito do qual se conta que se apaixonou por uma mulher casada e foi correspondido. Ela então escavou, a partir de sua casa, um túnel que dava até a rua, e cuja entrada ficava [oculta] ao lado de um barril d'água, pois a mulher tinha medo de ser flagrada na companhia do amante pelo marido ou por qualquer outra pessoa. Certo dia, estando ela em casa com o amante, foi informada que seu marido estava às portas. Disse então ao homem: "apressa-te e sai pelo túnel que está ao lado do barril d'água". O homem dirigiu-se ao local, de onde, por coincidência, o barril fora removido. Ele voltou à mulher e disse: "fui até onde determinaste, mas não encontrei o barril". A mulher disse: "ó idiota, e o que farias com o barril? Eu só me referi a ele para que pudesses localizar o túnel". Ele disse: "não agiste direito mencionando o barril, pois eu me confundi". Ela disse: "ai de ti! Salva-te, e deixa de hesitação e estupidez!" Ele disse: "como poderei ir embora se tu me deixaste confuso?" E ele permaneceu nesse estado até que o marido adentrou e, após ter-lhe aplicado dolorosa surra, entregou-o às autoridades[13].

Temendo portanto a hesitação e a inconstância, dispus-me a evitá-las, e a limitar-me a todas as coisas que as inteligências atestassem ser ação beneficente, e a respeito das quais concordassem os membros de todas as religiões. Fiz minhas mãos rechaçarem a agressão, o assassinato, o roubo e a traição, e minha alma rechaçar a cólera, e minha língua rechaçar a mentira ou quaisquer palavras que contivessem dano a alguém. Rechacei prejudicar as pessoas, a maledicência e a calúnia. Tornei meu órgão sexual invulnerável às mulheres[14]. Busquei impedir meu coração de cobiçar o que pertence ao alheio ou de lhe desejar mal. Busquei não desmentir a ressurreição, a prestação de contas, o juízo final, a recompensa e a punição. Com meu coração, apartei-me dos perversos, e amei os bons até o limite de minhas forças. Notei que nada há que se compare à retidão[15], a qual não tem par ou companheiro, embora as vantagens que ela proporciona –

se Deus o permite – sejam poucas. Constatei que a retidão é um bem para quem a pratica, e mais piedosa do que os pais e as mães. Verifiquei que a retidão indica o bem e aponta para o bom conselho: ação de amigo para amigo. Verifiquei ainda que, distribuída, a retidão não mingua, mas sim se avoluma e cresce; prodigalizada e despendida, não se desgasta, mas sim se aperfeiçoa e melhora. Não há temor de que alguma autoridade se aproprie dela, ou que desgraças a corrompam, ou que o fogo a queime, ou que ladrões a roubem, ou que feras a ataquem, ou que um escorpião a pique, ou que algaras e calamidades [a subtraiam]. Constatei que o homem avaro na retidão e nas suas conseqüências, e que delas se desvia por causa de um pouco de doçura efêmera, tem como paradigma, no desperdício de seus dias, o caso do mercador a respeito do qual se conta que, possuidor de muitas pedras preciosas, contratou ao preço de cem dinares um homem para perfurá-las e trabalhá-las, desde a manhã até o cair da noite. Esse homem dirigiu-se à sua casa, e, quando eles se instalaram, eis que havia um címbalo num canto, para a qual o homem olhou. O mercador lhe disse: "acaso sabes tocá-lo?" Respondeu: "sim". Disse o mercador: "então toca". O homem recolheu o címbalo, em cujo manejo ele era bastante hábil, e fez o mercador, atencioso, ouvir belos sons muito bem tocados, largando aberto o recipiente com as pedras preciosas. Quando caiu a noite, disse: "manda que me dêem meu pagamento". O mercador disse: "e por acaso fizeste alguma coisa?" Respondeu: "sim; fiz o que me mandaste". Então o mercador pagou-lhe, mas o trabalho para o qual o contratara continuou por fazer.

Tanto mais eu observava as coisas do mundo[16], quanto mais isso me fazia desdenhá-las. Resolvi fortalecer-me por meio da adoração a Deus e do ascetismo[17], e verifiquei que ambos, adoração e ascetismo, é que aplainam o caminho para os fiéis a Deus[18], assim como faz o pai para o filho[19]. Comparei-os a uma proteção fortificada contra o mal eterno e permanente, e considerei que ambos consistem na porta de entrada do paraíso. Verifiquei que o pensamento do asceta é recoberto pela calma[20]; seu agradecimento, pleno de humildade; seu contentamento, despojamento; sua satisfação, despreocupação; abandona o mundo e assim se põe a salvo das perversidades; recusa os prazeres e assim se purifica; isola-se e assim se defende das tristezas; joga fora a inveja e assim o amor nele transparece; sua alma generosamente distribui tudo o que é efêmero e ele assim aperfeiçoa a inteligência; contempla as conseqüências e se livra do arrependimento; não teme os homens e assim fica deles a salvo; não comete erros contra ninguém e assim preserva a integridade.

Tanto mais eu refletia sobre o ascetismo, quanto mais ansioso por ele eu me tornava. Resolvi ser um de seus pares, mas depois receei não ter como suportar a vida que os ascetas levavam, impedido pelos hábitos que eu adquirira e dos quais me nutrira. Eu não estava seguro, no caso de abandonar o mundo e adotar o ascetismo, de não ser demasiado débil para tanto, deixando ademais de fazer coisas que eu fazia antes e cujo benefício eu esperava: eu ficaria então no mesmo caso do cachorro que, tendo um naco de músculo à boca, passou por um rio e viu sua imagem refletida nas águas; atirou-se a ela para tomá-la e abandonou o naco, perdendo o que possuía e não conseguindo o que cobiçava. Fui tomado de um forte medo reverencial pelo ascetismo, e, temendo que minha alma se aborrecesse ou impacientasse com ele, voltei atrás em minha decisão; a paixão me levou a satisfazer-me e manter a condição que eu gozava no mundo. Depois, pareceu-me que eu deveria comparar os prejuízos com as privações decorrentes do ascetismo, que eu temia não ter forças para suportar, e com os flagelos que atingem o amigo do mundo. Assegurei-me de que não há um único gozo ou prazer do mundo que não se transforme em adversidade e tristeza: tais gozos e prazeres são como a água salgada da qual quanto mais o sedento bebe, mais sente sede; são como o osso sem carne que um cão recebe e, sentindo da carne somente o cheiro, põe-se a mordê-lo: quanto mais o rói, mais se machuca, fazendo a boca sangrar; insiste, e se machuca e sangra mais e mais; são como o gavião que, mal encontra um naco de carne, é cercado por outras aves e enfrenta grandes fadigas até que, esgotado, acaba por fim expelindo-o; são como o pote de mel em cujo fundo se encontra veneno: quem o experimentar sentirá uma rápida doçura, mas em seu fundo o que há é morte fulminante; são como os sonhos que, alegrando um adormecido, se perdem mal ele acorda; são como o relâmpago que clareia com brevidade e célere se vai, deixando na escuridão quem deseja a luz; são como o bicho-da-seda, que, quanto mais se enrola sobre si mesmo, mais se enreda e mais distante de escapar fica.

Ao refletir sobre tudo isso, consultei minha alma a respeito da opção pelo ascetismo, e com ela porfiei dizendo: "não é correto refugiar-me na vida ascética para fugir do mundo quando penso nas maldades e tristezas deste, nem me refugiar no mundo para fugir da vida ascética quando penso nas privações e dificuldades desta, pois assim eu continuaria na arbitrariedade e na inconstância, sem consolidar nem me predispor a opinião alguma". Tornei-me tal como Ḥadīrūn, juiz de Merv[21], o qual ouviu um dos litigantes e julgou a seu favor; depois, ouviu o outro litigante e julgou a favor deste. Analisei o que me afligia relativamente aos prejuízos e privações decorrentes do ascetismo e disse: "quão miserável é isso comparado à alegria e ao sossego da eternidade!" Pensei a respeito dos prazeres e diversões pelos quais a alma anseia e disse: "quão perniciosos são eles se comparados aos sofrimentos e infâmias que aterrorizam!"

Como poderia o homem não preferir uma pequena amargura efêmera que o faça merecedor de uma abundante doçura eterna?

Caso se oferecesse a um homem uma vida de mil anos[22] durante os quais se lhe fosse, diariamente, amputado um pedaço de suas carnes, estabelecendo-se-lhe no entanto a condição de que, caso cumpra esses mil anos, ele ficará eternamente a salvo de toda dor e sofrimento, em segurança e felicidade, tal homem estaria corretíssimo em considerar que esses mil anos não significam nada. Como então não ter paciência para com uns dias escassos e prejuízos mesquinhos que o atingem no mundo? O mundo não é todo sofrimento e desgraça? Efetivamente, o homem se envolve com tais problemas desde o embrião até a cláusula de seus dias. Vemos nos livros de medicina que, ao atingir o útero, o fluido[23] a partir do qual se constitui a criança de membros sadios mistura-se ao fluido e ao sangue da mulher, condensando-se e engrossando, e o ar o chacoalha até que se torna como água de queijo; depois, como leite coalhado; depois, seus membros se separam para que dê início a seus dias: se for macho, seu rosto estará de frente para as costas da mãe; se fêmea, seu rosto estará de frente para o ventre da mãe[24]. Mãos no rosto, queixo nos joelhos, contraído na placenta como se estivesse enrolado numa trouxa, respirando com dificuldade, todos os membros como que acorrentados, tendo acima de si o peso e calor do ventre materno, e debaixo de si aquilo que se sabe[25], ligado por um ducto[26] em seu umbigo a um canal[27] localizado nos intestinos da mãe, através do qual ele suga comida e bebida, e assim sobrevive e se mantém[28]. E permanece nessa posição e estado até o dia em que nasce; quando isso está prestes a se consumar, o ar pressiona o útero, e o bebê se torna capaz de movimentar-se: aponta a cabeça em direção à saída e sofre com sua estreiteza tanto quanto alguém amarrado em torno do qual se apertam os laços. E, uma vez dado à luz[29], se por vento for atingido ou por mão tocado, sofre com isso as mesmas dores de alguém cuja pele é esfolada. Também é vítima de várias espécies de sofrimento: quando sente fome e não é alimentado, quando sente sede e não é saciado, quando adoece e não é socorrido, além de expor-se a ser abaixado, erguido, encueirado, desencueirado, untado e esfregado. Se o fazem dormir de costas ou de barriga, não consegue mexer-se nem se virar, além de outras variedades de sofrimento enquanto está sendo amamentado.

Logo que escapa disso tudo, passa a receber aprendizado, do qual experimenta vários ramos e espécies. Em seguida, vêm os remédios, a febre, as dores, a debilidade etc. Ao crescer, sua preocupação passa a consistir nos ganhos, na família e nos filhos, além das fadigas provocadas pela ambição, avidez, riscos, esforços e lutas contra os inimigos. E, em tudo o que descrevi, ele se vê às voltas com seus quatro inimigos: a bílis amarela, o muco, o sangue e a bílis negra[30]; venenos mortais, répteis, feras e homens; calor, frio, chuva e ventos; e as muitas variedades do sofrimento da velhice para quem chega a atingi-la.

Mas, mesmo que ele não temesse nenhuma dessas coisas, e estivesse a salvo de todas elas, seria lícito que ele não pensasse senão na hora em que a morte se apresentará a ele, e no que lhe ocorrerá quando ele nela adentrar: a separação dos pais, amantes e afins, todos aqueles pelos quais se tem zelo e apreço, o estar à beira do enorme, terrível e atemorizante pavor posterior à morte; seria lícito que ele fosse considerado inepto, dilapidador e decaído caso não levasse isso tudo na devida conta, nem se preparasse para tal acontecimento repentino antes que ocorra e se instale a seu lado, nem recusasse os prazeres e maldades do mundo, que distraem e divertem, em especial nesta época envilecida e decadente, comparável às fezes e às moléstias[31]. Pois – ainda que Deus altíssimo tenha feito o rei afortunado, de caráter benevolente, parecer arrojado, dilatado potencial, altos desígnios, profundo perquirir, justo, piedoso, generoso, veraz, agradecido, dadivoso, perscrutador das verdades, perseverante, agudo, bondoso, compassivo, misericordioso, conhecedor dos homens, amante do bem e de quem o pratica, duro com os opressores, liberal com seu rebanho – vemos que os tempos se vão em todo lugar, a ponto de parecer que o mérito se despediu, e que se perdeu aquilo cuja ausência é assaz penosa, e que se encontrou aquilo que prejudica a quem o apanha. É como se o bem tivesse murchado, e o mal, florescido; é como se a perdição chegasse sorrindo, e a retidão partisse chorando; é como se a justiça tivesse virado passado, e a injustiça tivesse vencido; é como se o saber se estivesse escondendo, e a ignorância se estivesse exibindo; é como se a avareza desse as ordens, e a generosidade fosse pisoteada; é como se o amor se tivesse interrompido, e o ódio se tivesse avivado; é como se a dignidade tivesse sido subtraída aos homens de bem e entregue aos perversos; é como se a traição estivesse acordada, e a lealdade, adormecida; é como se a mentira se tivesse tornado frescor, e a veracidade, aridez; é como se o direito tivesse fugido trôpego, e a opressão tivesse passado a percorrer seu caminho[32]; a equanimidade, tornada miserável, e a falsidade, valorizada; a paixão, recebido plenos poderes dos governantes[33]; o oprimido, resignado à ignomínia; o opressor em proveito próprio, altanado[34]; a cobiça, de boca escancarada, tudo arrebatando, próximo ou distante; a satisfação, um esforço que já não se faz; os perversos se alçam aos céus, e os piedosos se escondem nas entranhas da terra; o brio[35] é precipitado das mais altas honrarias ao mais profundo abismo; a vileza é dignificada, e a dignidade, aviltada; a autoridade se transfere dos homens de mérito para os sem mérito, enquanto o mundo, feliz e contente, diz: "escondi as boas ações e dei livre curso às más ações".

Quando refleti a respeito do mundo, reconheci que o próprio homem é a mais digna e melhor dentre as criaturas, mas que, apesar dessa posição, não chafurda senão no mal, e não se descreve senão por meio dele. Reconheci que quem quer que tenha um mínimo de inteligência e consiga entender isso tudo, mas não defenda sua alma nem aja para salvá-la e buscar-lhe a redenção, não é senão de opinião débil e de conhecimento parco a respeito de seus deveres e direitos. Bem observando, o fato é que ele não é impedido de assim proceder senão por causa de um prazer desprezível e mesquinho – constituído pelo beber, comer, cheirar, ver, ouvir e tocar[36] –, mediante o qual ele atinge alguma ninharia indescritível, e que rapidamente se interrompe, corrói e desaparece. Busquei-lhe então um paradigma[37], e eis que é o do homem a quem um medo qualquer[38] fez refugiar-se num poço onde ele se dependurou, agarrado a dois arbustos que floresciam na beira desse poço; seus pés tocaram em algo que os susteve, e eis que eram quatro serpentes cujas cabeças estavam a sair dos ninhos; olhou para o fundo do poço e eis que havia um dragão de boca escancarada em sua direção. Ergueu a vista para os dois arbustos e eis que junto a suas bases estavam dois ratos, um branco e outro negro, roendo com tenacidade e persistência. Imerso em tal situação, preocupado com um estratagema por meio do qual se safar, eis que notou que perto de si havia uma colméia com um pouco de mel; provou-o, e sua doçura fê-lo distrair-se da reflexão sobre o estado em que se encontrava: esqueceu as quatro serpentes que lhe sustinham os pés, sem saber quando elas todas iriam picá-lo, ou ao menos uma delas; não se lembrou de que os dois ratos continuavam tenazmente roendo a base dos arbustos, nem de que, mal se rompessem, ele cairia na boca do dragão e estaria aniquilado. E ele permaneceu distraído e indiferente até ser aniquilado.

Comparei o poço ao mundo, repleto de desgraças, maldades, temores e coisas que arruínam; comparei as quatro serpentes aos quatro humores que sustêm o homem: quando um deles se rebela, é como presa de víbora ou veneno mortífero; comparei os dois arbustos à vida; comparei os dois camundongos ao dia e à noite, e seu roer à tenacidade com que consomem os prazos que são o baluarte da vida; comparei o dragão à morte inevitável; já o mel é essa doçura fugaz que o homem obtém, e que o faz distrair-se de sua alma e olvidar os estratagemas para salvá-la, bloqueando-lhe o caminho da redenção.

Tornei-me então satisfeito com minha condição; pus-me a consertar o que podia em minhas ações para minha vida eterna[39]; quiçá eu tenha a sorte de topar, mais adiante, com um tempo no qual eu consiga um guia para a senda reta, e uma autoridade para minha alma, e auxiliares para o que almejo. Mantive-me, pois, na condição que descrevi; retirei-me da terra da Índia e volvi a meu país, após ter copiado muitos de seus livros, dentre os quais este[40].

O LEÃO E O TOURO

Disse Dabxalīm[1], rei da Índia, a Baydabā, o mais eminente de seus filósofos[2]: dá-me um paradigma aplicável[3] a dois homens que muito se estimam[4] entre os quais se interpõe um mentiroso traiçoeiro que os carrega à inimizade e ao ódio.

Respondeu o filósofo Baydabā: caso sobrevenha tal desgraça a dois homens que muito se estimam, interpondo-se entre eles um traiçoeiro mentiroso, irão dividir-se e separar-se, e o seu elevado apreço mútuo se corromperá. E um dos paradigmas a respeito é o seguinte: vivia na terra de Dastāband[5] um próspero mercador cujos filhos, ao atingirem a maioridade, lançaram-se sobre os haveres do pai e não arranjaram nenhuma atividade que proporcionasse proventos a ele ou a eles. O pai então os repreendeu e admoestou dizendo: "meus filhos, o amigo do mundo necessita de três coisas que não logrará alcançar senão mediante outras quatro; quanto às três das quais necessita, são elas a abundância no que mantém a vida, a boa posição entre os homens e o acúmulo de boas obras para a outra vida; quanto às quatro coisas para alcançá-las, são elas: a conquista de haveres da maneira mais legítima, bem como o cuidado em seu emprego; sua frutificação após a conquista; sua utilização no que melhora a vida e agrada aos parentes e amigos, pois isso lhe será devolvido na outra vida; e finalmente o esforço na prevenção das catástrofes que podem acometer tais haveres. O homem que menosprezar qualquer uma dessas quatro partes não atingirá o que almeja, pois, caso não conquiste, não terá cabedais dos quais viver; caso conquiste cabedais mas não os saiba valorizar, eles poderão esgotar-se, e eis que ele ficará sem nada; caso os guarde e não os faça frutificar, a parcimônia nos gastos não impedirá a rapidez da dissolução, tal como o pó para enfeitar os olhos[6], do qual não se tomam senão porções minúsculas, e ele mesmo assim se esgota rapidamente; caso conquiste haveres e os faça frutificar, mas seja avaro em seu emprego legítimo, será como um pobretão sem haveres, e, ademais, tal avareza não impedirá que tais haveres, mercê do destino e dos imprevistos, dele se apartem e se dirijam para algum ponto indesejável: é como o reservatório[7] para onde a água aflui constantemente, o qual, caso não disponha de respiradouros e saídas que dêem vazão à água na quantidade apropriada, escorrerá e vazará[8] por vários pontos, podendo mesmo extravasar-se de tal maneira que não reste uma gota sequer, e nesse caso toda a água será perdida".

Os filhos do mercador prontamente aceitaram as admoestações do pai e agiram conforme ele recomendava. O mais velho dirigiu-se, munido de mercadorias, a uma terra chamada Maṯūr[9], cruzando, no caminho, com um lugar muito barrento: dos dois touros que lhe puxavam a carroça, Xanzaba e Nandaba[10], o primeiro se atolou no barro, e foi só à custa de muito esforço que o homem e seus ajudantes conseguiram desatolá-lo, mas como o touro, de tão esfalfado, quase tivesse morrido, o mercador ali deixou um de seus homens, determinando-lhe que cuidasse dele: se o animal apresentasse melhoras, que o seguissem. No dia seguinte, o homem, entediado daquele lugar, abandonou o touro e foi atrás do patrão, informando-lhe que o animal havia morrido[11].

Mas o fato é que, após a partida do homem, Xanzaba se recuperou e pôs-se a vagar até que encontrou um vale fértil, com água e capim abundantes, e isso por causa das inevitáveis ocorrências que estavam predestinadas a atingi-lo naquele lugar; com efeito, conta-se que certo homem arrastava madeira quando um lobo se precipitou em sua direção, e o homem só percebeu quando o animal já estava muito próximo; ao vê-lo, fugiu aterrorizado em direção a uma aldeia situada às margens de um rio; chegando à beira do rio, notou que ali havia uma ponte quebrada; como o lobo já o alcançasse, disse: "que fazer? o lobo está bem atrás de mim, o rio é fundo, a ponte está quebrada e eu não sei nadar. Mas é melhor que eu me atire na água". Mal se atirou no rio, foi visto pelos moradores da aldeia, que lhe enviaram quem o retirasse das águas quando ele já estava a ponto de morrer, e depois o conduziu até os moradores. O homem foi então encostado numa parede e, ao acordar, relatou-lhes o que lhe ocorrera, e os imensos terrores de que Deus o livrara; em meio a isso, a parede desabou sobre ele e o matou[12].

Não tardou para que Xanzaba encorpasse e engordasse, pondo-se a arrastar os chifres pelo solo e a elevar a voz com mugidos[13]. Vivia nas redondezas um leão chamado Binkala[14], que era o rei daquela região e com quem viviam muitas feras: lobos, chacais, raposas e outros; era vaidoso, prepotente, exclusivista e auto-suficiente. Ao ouvir aqueles mugidos, o leão, que nunca antes vira nem ouvira um touro, ficou aterrorizado, mas, repugnando-lhe que sua guarda[15] percebesse, passou a não sair de seu lugar.

Entre os animais que ali viviam, estavam dois chacais, um chamado Kalīla e o outro, Dimna: eram ambos dotados de muita sagacidade e decoro. Mais ambicioso, os desígnios de Dimna tinham maior alcance, e mais acentuada era sua insatisfação com a condição em que vivia. O leão não os conhecia. Dimna perguntou a Kalīla: "não estás vendo, meu irmão? O que tem o rei, que não sai do lugar, não se mexe nem pratica nenhuma atividade como fazia antes?" Respondeu Kalīla: "e o que tens com isso? Essa é uma questão que foge à tua alçada. Nossa condição é remediada[16]: estamos às portas do rei, onde encontramos o que comer; não pertencemos ao grupo dos bem posicionados que são depositários dos pronunciamentos dos reis e das questões a eles atinentes. Portanto, deixa disso, e fica sabendo que quem se envolve, por meio de palavras ou atos, com o que não pertence à sua igualha acaba atingido pelo mesmo que atingiu o macaco". Perguntou Dimna: "e como se deu isso?" Disse Kalīla:

Conta-se que um macaco pôs-se a observar um carpinteiro serrando um pedaço de madeira colocado sobre duas vigas; estava montado sobre a madeira como um ginete sobre o cavalo, e, a cada meio metro que a serra avançava, ia introduzindo uma cunha na madeira. Mas, como o carpinteiro se ausentasse para resolver um assunto qualquer, lá foi o macaco se meter com o que não era de sua alçada: montou na madeira, com a cara voltada para a cunha, e seus testículos se introduziram no meio da fenda; assim que ele retirou a cunha, a fenda se fechou sobre eles e o macaco caiu desfalecido. E, quando o carpinteiro voltou, a sova que o macaco recebeu foi muitas vezes mais dolorosa do que a dor por que passara.

Disse Dimna: "entendi tua menção: eu já ouvira o paradigma que aplicaste. Fica sabendo, porém, que nem todo aquele que se acerca dos reis o faz por causa de seu próprio estômago, pois este pode ser forrado em qualquer lugar; há quem almeje, aproximando-se dos reis, alegrar os amigos e afligir os inimigos. Dentre os homens, somente os mais vis e os de menor brio[17] se satisfazem e se contentam com pouco, tal como o cão esfomeado que consegue um osso seco e se contenta com ele. Quanto aos que têm brio[18], o pouco não os satisfaz nem os contenta caso não os eleve àquilo de que são merecedores, tal como o leão que caça uma lebre: se vislumbrar um asno, deixará a primeira e caçará o último. Acaso não vês que o cão balança o rabo a fim de que lhe sejam atirados uns restos de comida, ao passo que o poderoso elefante, que conhece a própria superioridade, se, dignamente, lhe é levada a ração, ele não a come senão depois que lhe limpam a cabeça e o acariciam? Assim, quem leva a vida numa posição não olvidável, com dignidade para si e para seus companheiros, terá vida longa, ainda que curta seja sua vida. E quem levar uma vida isolada e pobre, com parcos benefícios para si e para seus companheiros, terá vida curta, ainda que longa seja sua vida, pois se diz: é de fato desgraçado aquele cuja vida é longa na carência; e se dizia: considera-se gado aquele cujas preocupações não são senão o estômago e a genitália".

Disse Kalīla: "já entendi o que mencionaste. Mas retoma o juízo, e fica sabendo que todo homem tem uma posição e um destino: se a posição na qual ele está lhe for suficiente e sua situação for sólida entre os demais de sua classe, será lícito que ele aceite e fique satisfeito. E não há nada em nossa posição que nos faça rechaçá-la".

Disse Dimna: "as posições são litigiosas e coletivas[19]: os dotados de brio são por ele alçados de uma posição baixa a uma posição elevada, enquanto os que não têm brio despencam da posição elevada para a baixa. Elevar-se de uma posição baixa para outra mais honrada é bastante cansativo, mas decair da mais honrada para a baixa é fácil e simples. O paradigma a respeito assemelha-se ao da pedra pesada: elevá-la do chão ao ombro é fatigante, mas lançá-la do ombro ao chão é fácil. Nós, por causa de nosso brio, podemos mais licitamente reivindicar as posições[20] que estão acima de nós, e não permanecer nesta nossa condição, e isso nós podemos fazer".

Disse Kalīla: "e o que estás planejando?" Respondeu Dimna: "quero aparecer diante do rei neste momento, pois debilitado está o seu discernimento, e confusas estão as coisas entre ele e suas tropas. Quiçá eu consiga aproximar-me dele e atingir o meu intento". Disse Kalīla: "e o que te faz ter certeza de que tudo é conforme descreves?"

Respondeu Dimna: "sei disso por meio do discernimento, da sagacidade, da suposição e da intuição, pois o homem de bom entendimento muitas vezes conhece a condição e os segredos daqueles que o cercam mediante as atitudes e os procedimentos deles, ou até mesmo mediante o aspecto e os modos". Disse Kalīla: "como podes anelar por prestígio diante do rei se nunca privaste com potentados, não conheces a maneira de servi-los nem suas regras de conduta, nem o que lhes agrada ou os desagrada?" Disse Dimna: "o homem forte e vigoroso não se cansa com os fardos pesados, ainda que não os espere: ele ao contrário os suporta e domina. Assim, nenhum fardo incomoda o vigoroso, nenhuma obra incomoda o previdente, nenhuma terra incomoda o inteligente, e ninguém incomoda o humilde maleável". Disse Kalīla: "os potentados não concedem honrarias aos melhores que estão em sua presença, mas sim a quem deles se aproxima. Quanto a isso, conta-se que o paradigma dos potentados é semelhante ao da videira, que não se pendura nas árvores mais nobres e sim nas mais próximas; também assim são os potentados. Como então podes pretender uma boa posição diante do rei se com ele não privas nem dele te aproximas?" Disse Dimna: "entendi o que mencionaste; é verdade. Mas fica sabendo que aqueles que detêm boas posições diante de potentados nem sempre desfrutaram dessa situação: aproximaram-se, mas antes estavam distantes e se acercaram. É esse o meu propósito; é o que procuro atingir. Diz-se que todo aquele que, aproximando-se de um potentado, deixa de lado a arrogância, suporta sofrimentos, exibe um rosto sorridente, esconde a irritação e o auxilia em seus misteres atingirá o que dele pretende". Disse Kalīla: "supõe então que já chegaste até o leão: de qual estratégia[21] te valerás para conseguir uma boa posição diante dele?" Disse Dimna: "se eu me acercar do leão e passar a conhecer-lhe o caráter, minha estratégia consistirá em segui-lo e pouco divergir dele. Irei censurar-lhe as paixões: quando ele pretender algo que em si mesmo seja correto, irei adorná-lo para ele e encorajá-lo a ele, até que o efetive e realize. Porém, caso ele se predisponha a algo que eu tema lhe seja nocivo, irei fazê-lo enxergar tal nocividade e desdouro, da melhor e mais suave maneira; meu propósito é que, nisso, ele veja que pode obter de mim mais do que pode obter de outros. Se eventualmente o homem decoroso, inteligente e arguto resolver fazer da verdade falsidade, e da falsidade verdade, ele poderá fazê-lo, tal como o hábil pintor que desenha na parede figuras que parecem que vão sair dela mas não saem, e outras que parecem que vão entrar nela, mas não entram. Assim, quando conhecer minha nobreza e a perfeição do que tenho, será ele que buscará dignificar-me e aproximar-me".

Disse Kalīla: "se for mesmo essa tua decisão, devo advertir-te quanto à companhia dos potentados: trata-se de um enorme perigo. Os sábios já disseram: a três coisas não se atreve senão o néscio, e delas só poucos se salvam: acompanhar os potentados, confiar segredos às mulheres e tomar veneno para experimentar. Os sábios compararam os potentados à montanha de difícil acesso em cujo topo existem frutos saborosos, mas que é abrigo de feras amedrontadoras; escalá-la é difícil, e manter-se nela é ainda mais difícil e aterrorizante".

Disse Dimna: "o que disseste é verdade, e eu o entendi. Fica sabendo, porém, que quem não desafia os terrores não alcança as preciosidades. E quem abandona algo com o qual talvez alcance seu intento, por medo do que talvez consiga evitar e repelir, não atingirá grande coisa. Já se disse que certas coisas não se conseguem senão com o apoio de elevados desígnios e imensa gravidade; entre essas coisas estão a prestação de serviços aos potentados, o comércio marítimo e o combate ao inimigo. E também se disse: quem tem brio não deve ser visto senão em dois lugares, os únicos que lhe são adequados: com os reis, honrado, ou com os ascetas, cenobita, tal como o elefante cujo esplendor e beleza estão em dois lugares: nas estepes, selvagem, ou como condução de reis." Disse Kalīla: "que Deus te favoreça no que planejas".

Então Dimna dirigiu-se até o leão e o cumprimentou. O leão perguntou aos circunstantes: "quem é esse?" Responderam: "o filho de fulano". Disse o rei: "eu conhecia o pai dele". E perguntou a Dimna: "por onde andavas?" Disse Dimna: "continuo às portas do rei, alerta, no aguardo de que surja alguma questão na qual eu possa ajudar o rei com meus conselhos e minha pessoa, pois às portas do rei ocorrem muitas coisas nas quais talvez ele necessite de quem não goza de celebridade. Eventualmente, alguém de posição subalterna pode ter alguma utilidade, dentro de suas possibilidades, pois até um pedacinho de pau jogado no chão talvez seja útil para alguém que com ele coce a orelha. O animal que distingue entre a utilidade e a nocividade é digno de ser assim, e de se beneficiar com isso". Ao ouvir tais palavras de Dimna, o leão admirou-as e considerou-as belas. E teve esperança de que ele dispusesse de conselhos e bons pareceres. Voltou-se para os circunstantes e disse: "se o homem tem mérito e nobreza, mesmo estando desdenhado e obscuro, seu brio não lhe permite senão que ele apareça e fique em evidência; é como a chama que se tenta conter, mas que não se permite senão mais luminosidade e expansão". Percebendo que suas palavras haviam caído no agrado do leão, Dimna disse: "os súditos do rei e aqueles que estão em sua presença devem dar-lhe a conhecer o brio e o saber que detêm, e oferecer-lhe seus conselhos, pois é só assim que o rei os conhecerá e lhes atribuirá as posições que merecem e às quais têm direito. É como os grãos de trigo, cevada e demais espécies plantados na terra: ninguém pode conhecê-los ou descrevê-los até que brotem, apareçam e saiam para a superfície. É lícito que quem priva com potentados faça-os enxergar a utilidade e o decoro que detêm. E é igualmente lícito que os potentados dêem a cada homem sua posição na medida de seus conselhos e da utilidade que tem. Dizia-se: duas coisas ninguém deve, mesmo que seja rei, colocar fora de seu devido lugar ou abaixo de sua posição: os homens e as jóias. Considera-se ignorante quem bota na cabeça uma jóia para os pés, ou nos pés uma jóia para a cabeça. Quem recobre pérolas e rubis com chumbo não está apenas diminuindo os rubis e as pérolas, mas demonstrando estultice. E também se dizia: não dês companhia a um homem que não distingue sua direita de sua esquerda. O potencial dos homens é extraído por seus líderes; o dos soldados, por seus chefes; e o da religião, pelos doutos em sua lei. E já se disse que três coisas têm méritos variáveis entre si: o mérito do soldado sobre o soldado, o mérito do sábio sobre o sábio, o mérito do régulo sobre o régulo[22]. O excesso de auxiliares, caso não sejam conselheiros experimentados, causa prejuízo nas obras, pois não é desse modo que se espera que elas sejam executadas, mas sim com os melhores auxiliares e com quem possui mérito, tal como o homem que carrega uma pesada pedra, a qual o deixará cansado e pela qual não conseguirá nenhum valor; já o homem que carrega um rubi não se cansará e conseguirá vendê-lo por um bom dinheiro. Às obras para as quais se necessita de um tronco não serão suficientes os gravetos, ainda que muitos. O governante não deve menosprezar os brios de ninguém, ainda que de posição subalterna, pois pode ocorrer que o pequeno se agigante, tal como a tira de nervo que se toma de um cadáver: caso seja utilizada num arco, tornar-se-á digna e será utilizada pelo rei, que dela necessita na diversão e no combate".

Sequioso de obter dignidade perante o leão e uma boa posição ante ele e sua guarda, e deixar claro que aquilo não se devia somente ao fato de o leão conhecer seu pai, mas sim ao seu bom conselho[23] e brio, Dimna disse: "o potentado não aproxima os homens porque seus pais lhe eram próximos, nem os distancia porque seus pais lhe eram distantes; ele observa, isto sim, o que eles têm e de quais deles poderia necessitar; em seguida, passa a considerar o que é justo fazer com eles relativamente à posição em que irá colocá-los; com efeito, nada é mais próximo e específico do homem do que seu corpo: caso adoeça a ponto de debilitá-lo, não se expulsará a doença a não ser com o remédio que vem de longe; o rato é vizinho do homem em sua casa, mas, por sua nocividade, foi expulso; o falcão é selvagem e esquisito, mas, quando se tornou benéfico, foi tomado, recolhido e dignificado".

Quando Dimna encerrou sua explanação, a admiração e consideração do leão aumentaram; deu-lhe uma boa resposta e disse aos circunstantes: "o potentado nunca se deve deixar levar pelo hábito de extraviar os direitos de quem tem mérito e brio, e nem lhe rebaixar a posição; deve, isto sim, corrigir o que lhe escapou, sem se iludir achando que o homem para o qual fez tal mercê ficará satisfeito, pois, quanto a isso, há duas espécies de homem: um deles é naturalmente falto de caráter, tal como a cobra que, conquanto tenha sido pisada uma vez e não tenha picado, não deve ser pisada uma segunda vez; o outro é naturalmente lhano e maleável, tal como o sândalo, o qual, se for excessivamente friccionado, torna-se abrasivo e prejudicial".

Quando conquistou a confiança do leão e ficou a sós com ele, Dimna disse: "vi que o rei está já faz algum tempo num só lugar, que não abandona. Qual o motivo?" Repugnado de que Dimna lhe descobrisse a covardia, o leão disse: "não é por nada importante". Em meio à conversa entre ambos, contudo, o touro mugiu com força, e isso incitou o leão a revelar a Dimna o que trazia no peito; disse: "é esta voz que estás ouvindo; não sei o que seja, mas é possível que o corpo corresponda à voz; se for mesmo assim, este nosso lugar não significará nada". Disse Dimna: "existe algo além disso que esteja preocupando o rei?" Disse o leão: "não é senão isso". Disse Dimna:

"não é lícito que o rei permita que esta voz o faça abandonar seu lugar. Com efeito, o flagelo da embriaguez leve é a água; o da dignidade, a fanfarronice; o da estima, a intriga; o do coração débil, o barulho e a barafunda. E existe um paradigma no qual se evidencia que nem todos os sons devem ser temidos". Perguntou o leão: "e qual é esse paradigma?" Respondeu Dimna:

Conta-se que uma raposa faminta passou por certa floresta na qual havia um tambor pendurado numa árvore. Uma rajada de vento fez os galhos da árvore baterem no tambor, que emitiu um som muito alto. Ouvindo o barulho, a raposa acorreu em sua direção até encontrá-lo. Ao ver que era um tambor enorme, supôs que isso se devesse a uma grande quantidade de gordura e carne em seu interior. Remexeu nele até que o rompeu, mas, ao verificar que estava oco, disse: "que sei eu? talvez as coisas mais mesquinhas sejam as de maior tamanho e som mais potente".

[*Prosseguiu Dimna*:] só te apliquei este paradigma na esperança de que, quando localizarmos este som que nos assusta e atemoriza, constatemos que seja mais simples do que cogitamos. Se o rei quiser, pode enviar-me atrás dele, ficando aqui em seu lugar até que eu o encontre e retorne, esclarecendo o que ele quiser saber a respeito". O leão concordou, e Dimna tomou a direção do local onde estava Xanzaba.

Assim que Dimna se afastou, o leão pensou bem a respeito e arrependeu-se de o ter enviado. Disse de si para si[24]: "não agi corretamente em fazer tal confidência a Dimna, nem em tê-lo incumbido de resolvê-la, porquanto o homem que se vê na presença de um potentado após sofrer longa exclusão – quer não tenha cometido nenhum delito, quer tenha sido injustiçado, quer seja conhecido pela ambição e cobiça, quer tenha sido atingido por prejuízos e privações das quais não se recuperou, quer tenha talvez cometido algum delito e tema punição, quer seja um perverso que detesta o bem, quer tenha tido alguma traição descoberta, quer tenha perdido o poder[25] que detinha, quer tenha sido encarregado de alguma atividade da qual foi demitido ou lhe foi subtraída ou considerada insuficiente ou à qual lhe impuseram sócios, quer tenha cometido alguma falta juntamente com seus pares, sendo eles absolvidos e ele punido ou então, punidos todos embora, ele o tenha sido com maior intensidade, quer tenha desempenhado as mesmas funções que seus pares mas tenha sido preterido e eles preferidos nas melhores posições e no gozo da opulência, quer não seja possível confiar nele por causa das paixões ou da fé, quer deseje, por ganância, algo nocivo aos governantes ou se arreceie, por maldade, de algo benéfico para eles, quer seja amigo do inimigo do potentado –, enfim, quanto a todos esses, não é correto que o potentado se mostre afável com eles ou lhes dê confiança. Astuto e inteligente, Dimna estava às minhas portas abandonado e excluído, e talvez por isso nutra contra mim rancores que o levem a tentar me trair e me prejudicar. Talvez ele verifique que o dono da voz é mais forte do que eu e possui muito mais poder, e, ambicionando o que ele pode oferecer-lhe, conduza-o até mim e o instrua a respeito de meus pontos fracos". E tanto o leão conversou a respeito com sua alma e consultou-a que isso o fez adquirir leveza, e ele se levantou de seu lugar. Pôs a caminhar e observar o caminho até que, ao longe, vislumbrou Dimna chegando sozinho. Tranqüilizado, retornou a seu lugar, repugnado de que o outro supusesse que algo o preocupara a ponto de o fazer sair de seu lugar.

Quando Dimna entrou, o leão disse: "que fizeste? e o que viste?" Dimna respondeu: "vi um touro, o dono da voz que ouviste". Disse o leão: "e qual é sua situação? que perigo constitui?" Respondeu: "não constitui perigo. Aproximei-me dele e conversei como um igual; nada fez contra mim". Disse o leão: "não te iludas, nem atribuas tal à fraqueza, pois a ventania não prejudica nem arranca as pequenas ervas, mas sim as árvores. Também os valentes só se enfrentam uns aos outros". Disse Dimna: "que o rei nada tema quanto a ele, nem permita que seu peito amplie a questão; eu o trarei aqui a fim de que se torne um atento e obediente servo do rei". O leão ficou contente e disse: "adiante!".

Então Dimna dirigiu-se até Xanzaba e lhe disse, sem temor nem gagueira: "o leão me enviou a ti a fim de conduzir-te até ele, e determinou que, caso atendas de modo rápido e submisso, obterás plenas garantias de vida e perdão de culpas pretéritas por ter-te atrasado em apresentar-te a ele e deixado de entrevistar-te com ele; caso te demores, porém, deverei retornar rapidamente a ele e informá-lo". Disse Xanzaba: "e quem é esse leão que te enviou até mim? onde está?" Respondeu Dimna: "ele é o rei das feras, das quais muitas são seus soldados". Então, aterrorizado, o touro disse: "se ofereceres tua vida como garantia da minha, ou concederes tu a garantia, irei contigo". Então Dimna fez o que ele pediu.

Em seguida, ambos foram até o leão, que fez perguntas gentis a Xanzaba e o tratou bem: "quando vieste a esta terra? e o que te fez vir até aqui?" E o touro lhe relatou a sua história. O leão disse: "não deixes de freqüentar-me, pois eu te honrarei e protegerei". Então Xanzaba rogou por ele e o louvou.

Em pouco tempo, o leão aproximou Xanzaba, dignificou-o e, tomado de estima por seu engenho e inteligência, passou a confiar-lhe seus segredos e consultá-lo sobre questões de seu interesse. A passagem dos dias fez aumentar a admiração e o apreço do leão pelo touro, bem como ampliou a proximidade entre ambos, até que o touro se tornou a companhia mais íntima e prestigiosa do leão.

Dimna, ao notar que o rei concedia mais intimidade e proximidade a Xanzaba do que a ele ou aos outros, e que o touro se tornara o detentor das opiniões, solidões, afabilidades e entretenimentos do leão, considerou aquilo muito grave. Queixou-se a seu irmão Kalīla dizendo: "não te espantas de meu inepto parecer, do que fiz comigo mesmo, de minha atenção aos interesses do leão e de meu descuido para comigo mesmo? Cheguei ao ponto de levar-lhe um touro que conquistou a minha posição!" Disse Kalīla: "foste atingido pelo mesmo que atingiu o asceta". Disse Dimna: "e como foi isso?" Disse Kalīla:

Conta-se que um asceta recebeu de certo rei uma vestimenta luxuosa; um ladrão viu-a e cobiçou-a para si, elaborando artimanhas e envidando esforços a fim de roubá-la do asceta; foi até ele e lhe disse: "quero acompanhar-te para aprender contigo e receber teus ensinamentos". O asceta concordou, e então o ladrão passou a cumulá-lo de atenções, fazer-lhe gentilezas e prestar-lhe bons serviços, com o que ganhou sua confiança e crédito; o asceta colocou seus misteres nas mãos do ladrão, o qual, aproveitando-se de uma distração do asceta, surrupiou a vestimenta e fugiu com ela. O asceta foi então atrás dele em certa cidade, topando no caminho com duas cabras que lutavam dando trompadas e cujo sangue escorria; logo veio uma raposa que se pôs a lamber o sangue; distraída com isso, foi atingida e morta pelas cabras. O asceta prosseguiu seu caminho e, chegando à cidade por volta da tardezinha, hospedou-se na casa de uma mulher devassa, de cuja devassidão, porém, ele não tinha conhecimento. Essa mulher possuía uma criada que ela prostituía mas que, tendo se apaixonado por um homem, não queria mais nenhum outro. Isso prejudicou a mulher, que então urdiu um estratagema para matar o homem pelo qual sua criada se havia apaixonado: na mesma noite em que hospedou o asceta, deu de beber vinho puro ao amante de sua criada, até que ele se embriagou e adormeceu. Ela colocou veneno num canudo e levou-o até o homem a fim de assoprá-lo, com a boca na ponta do canudo, em seu ânus[26]. Assim que colocou o canudo, uma ventosidade precipitou-se do ânus do homem, e o veneno voltou à boca da mulher, que desabou morta. Tudo isso ocorreu diante dos olhos do asceta. Na manhã seguinte, ele saiu à procura de outra casa, sendo então recebido por um sapateiro que disse à esposa: "cuida deste asceta, dignificando-o e tratando-o bem, pois eu fui chamado a visitar um amigo". A mulher do sapateiro tinha um amante pelo qual estava apaixonada, e ele por ela. O mensageiro entre ambos era sua vizinha, a mulher do sangrador[27], para a qual a mulher do sapateiro enviou uma mensagem ordenando que lhe trouxesse o amante e o avisasse de que o sapateiro se ausentara para beber, e que só voltaria à noite e embriagado; ordenava a ele, portanto, que viesse à tarde e se postasse à porta até que ela o autorizasse a entrar. Então o amante foi à tarde e se postou à porta, aguardando as ordens da mulher. O sapateiro voltou para casa à noite, bêbado; ao ver o homem postado à porta de sua casa[28], desconfiou e se encolerizou: entrando em casa, pegou a mulher, aplicou-lhe dolorosa sova e amarrou-a a uma das colunas da casa. Quando a situação se acalmou, a mulher do sangrador foi até ela e perguntou: "a espera do teu amante já se faz longa. O que pretendes?" Respondeu: "se fizeres a gentileza de me soltar e te amarrares em meu lugar por alguns instantes, eu irei até ele e voltarei rapidamente". A mulher do sangrador assim fez, soltando-a e amarrando-se no lugar dela. Mas o sapateiro acordou antes que sua mulher regressasse e chamou-a pelo nome. Por medo de que sua voz fosse reconhecida, a mulher do sangrador não respondeu. O sapateiro tornou a chamá-la várias vezes, mas ela não respondeu, fazendo com que sua irritação e raiva crescessem: avançou até ela com uma faca, cortou-lhe o nariz e disse: "recolhe-o e dá de presente a teu namorado"[29]. Quando a mulher do sapateiro regressou e encontrou a mulher do sangrador com o nariz cortado e o marido dormindo[30], soltou-a e amarrou-se no lugar dela; a mulher do sangrador recolheu o nariz com as mãos e foi para casa. Tudo isso ocorreu diante dos olhos do asceta. Depois a mulher do sapateiro refletiu a respeito da questão, à procura de uma escapatória. Ergueu a voz suplicando, humilhando-se, chorando e dizendo: "ó meu Deus, se o meu marido tiver me injustiçado e agredido, faze meu nariz voltar ao lugar", e em seguida chamou o sapateiro: "levanta, ó opressor, e vê a ordem e justiça de teu Senhor, e a graça que me concedeu, fazendo meu nariz voltar ao lugar!" Disse o sapateiro: "que palavras são essas, ó bruxa?" Então ele se levantou, acendeu fogo e observou, e eis que o caso era como ela havía dito. O homem se arrependeu em Deus, desculpou-se com a mulher, agradou-a, justificou-se e rogou perdão a Deus. Já a mulher do sangrador, assim que entrou em casa, revirou os ardis de cabeça para baixo à procura de uma escapatória do que lhe sucedera. Ela disse: "qual será minha explicação para meu marido e para as pessoas sobre o corte do meu nariz?" Quando foi de madrugada, o sangrador acordou e a chamou: "traze-me todos os meus apetrechos, pois pretendo ir à casa de um dignitário", mas ela lhe trouxe somente a navalha. Ele disse: "traze-me todos os meus apetrechos", mas ela não lhe deu mais do que a navalha. Então ele se encolerizou e atirou-a na mulher, que se jogou no chão gemendo e dizendo: "meu nariz! meu nariz!", e pôs-se a gritar e a debater-se. Vieram então seus parentes, pegaram o homem e conduziram-no ao juiz, que lhe disse: "o que te levou a cortar o nariz de tua mulher?" Como o sangrador não tivesse nenhuma justificativa para apresentar, o juiz ordenou que ele fosse punido. Quando isso se decidiu, o asceta levantou-se, avançou até o juiz e disse: "ó juiz! não te confundas: de fato, o ladrão não me roubou, a raposa não foi morta pelas cabras, a mulher devassa não foi morta pelo veneno e a mulher do sangrador não teve o nariz cortado pelo marido; fomos nós, isto sim, que fizemos essas coisas conosco mesmos"[31]. O juiz pediu-lhe a interpretação daquelas palavras, e o asceta, então, o deixou a par de tudo[32].

Disse Kalīla a Dimna: "também tu fizeste isso contigo mesmo". Disse Dimna: "exatamente! não fui prejudicado senão por mim mesmo. Mas qual será o estratagema?" Disse Kalīla: "dá-me tu o teu parecer". Disse Dimna: "eu não almejo obter uma posição mais elevada do que a que eu ocupava; só quero que minha posição volte a ser o que era, pois existem três coisas sobre as quais o homem deve refletir e tramar para conseguir: quanto ao prejuízo e ao benefício que já passaram, precaver-se contra o prejuízo que o atingiu a fim de que não retorne e ser cuidadoso com o que é estimável a fim de que se repita; quanto ao que ele já detém, assegurar-se do que lhe é favorável e fugir do que lhe é adverso; quanto ao que ele espera, procurar o que é desejável e evitar o que é perigoso preparando-se para o que deseja ou teme. Analisando o que eu desejo retomar e que me foi despojado, não vislumbrei nada melhor do que urdir um estratagema contra Xanzaba a fim de que ele perca a vida. Se eu puder fazê-lo, recuperarei a situação que eu detinha junto ao leão, para o qual isso talvez seja um bem, pois seus cuidados exagerados com Xanzaba podem vir a maculá-lo".

Disse Kalīla: "não vejo em que Xanzaba possa constituir dano, diminuição ou mácula para o leão". Disse Dimna: "o poder é atacado por causa de seis coisas somente: privação, sedição, paixão, brutalidade, tempo e inépcia. A privação consiste na perda de auxiliares, conselheiros e condutores entre as gentes de bom parecer, auxílio e confiança, ou no afastamento de alguns que estejam nessa condição. A sedição consiste na divisão das pessoas em partidos que se combatem entre si. A paixão consiste no deixar-se seduzir por mulheres, conversas, bebidas, caça e assemelhados. A brutalidade consiste no uso exagerado da força, incorrendo as línguas em ofensas e as mãos em agressão e espancamento. O tempo consiste em certas coisas que atingem os homens, tais como seca, morte, más colheitas e assemelhados. A inépcia consiste na utilização da força na hora da suavidade, e da delicadeza na hora da dureza. O leão está tão intensamente seduzido por Xanzaba que se expõe a ser por ele denegrido ou maculado". Disse Kalīla: "e como podes enfrentar o touro, que é mais forte do que ti, mais digno e de melhor posição perante o leão, e tem mais amigos e auxiliares?" Disse Dimna: "absolutamente não atentes para minha pequenez e debilidade, pois as coisas não se dão com força e grandeza. E quantas vezes alguém fraco e pequeno atingiu, com sua astúcia, estratagemas e engenho, coisas que muitos fortes foram incapazes de atingir? Ou acaso não sabes que um corvo urdiu contra uma cobra naja um estratagema e a matou?" Disse Kalīla: "e como foi essa história?" Respondeu Dimna:

Conta-se que numa árvore na montanha havia um ninho de corvo em cujas proximidades se encontrava uma toca de naja. Toda vez que o corvo chocava, a naja ia até os filhotes e os devorava. Isso era muito penoso para o corvo, o qual, tendo atingido o limite de sua resistência, queixou-se a um chacal amigo seu[33]. Disse-lhe: "quero consultar-te sobre algo que pretendo levar a cabo caso tu concordes comigo". O chacal perguntou: "e o que seria?" O corvo respondeu: "irei até a cobra naja quando ela estiver dormindo e bicarei seus olhos até, quem sabe, deixá-la cega". Disse o chacal: "é o pior dos estratagemas este que pretendes adotar! Procura algo com o qual logres teu intento sem que sofras dano algum. E muita cautela para que o teu paradigma não seja semelhante ao da gaivota[34] que quis matar o caranguejo e acabou se matando". O corvo perguntou: "e como foi isso?" O chacal respondeu:

Uma gaivota construiu seu ninho numa fértil ribeira repleta de peixes. Viveu ali durante muito tempo, envelheceu e tornou-se incapaz de pegar peixes. Premida pela fome e fadiga, pôs-se a pensar, pesarosa, em busca de um estratagema. Foi então avistada ao longe por um caranguejo, que, notando seu estado, dirigiu-se até ela e perguntou: "por que te vejo triste e amargurada?" A gaivota respondeu: "como não me entristecer ou ficar amargurada? Minha subsistência provém dos peixes que aqui vivem, e que são muitos. Porém hoje vi dois pescadores virem a este nosso lugar, e um deles disse ao outro: 'aqui existem muitos peixes; por que não os pescamos?' O outro respondeu: 'eu fiquei sabendo que lá na frente há um lugar que tem mais peixes do que este; gostaria que começássemos por lá e depois voltássemos, a fim de acabar com os peixes daqui'. Portanto, eu estou sabendo que, assim que eles terminarem por lá, voltarão até nós e não deixarão nesta ribeira um único peixe; quando isso ocorrer, aí estarão meu aniquilamento e morte". O caranguejo foi até um grupo de peixes e lhes deu a notícia; dirigiram-se então todos até a gaivota e disseram: "viemos a ti a fim de consultar-te, pois os inteligentes não desprezam os conselhos de seus inimigos caso estes tenham bons pareceres a respeito de assuntos que lhes são comuns, e tu tens bons pareceres e interesse em nossa sobrevivência; aconselha-nos, pois, com o teu engenho". A gaivota disse: "quanto a combater e enfrentar os pescadores, não temos como fazê-lo nem como resistir; não tenho à mão nenhum estratagema, mas sei de um lugar com muita água e verde; se quiserdes, podereis mudar-vos para lá". Os peixes perguntaram: "e quem poderia realizar este nosso anelo?" A gaivota respondeu: "eu". E pôs-se a transportá-los, de dois em dois, todos os dias: levava-os até uma colina e os devorava. Um dia, o caranguejo lhe disse: "estou preocupado com o alerta que nos deste; quem dera me carregasses". Então a gaivota carregou-o e se aproximou do lugar onde comia os peixes. O caranguejo divisou um monte de ossos brilhando, e percebeu que fora a gaivota quem fizera aquilo, e que pretendia fazer o mesmo com ele. Pensou então: "se o homem souber localizar no inimigo os pontos que irão aniquilá-lo, ele deverá lutar, em nome da dignidade e preservação". Lançou as garras ao pescoço da gaivota e apertou-as, fazendo-a desabar ao solo, morta. E o caranguejo retornou aos peixes e lhes deu a notícia.

[*Prosseguiu o chacal*:] "só te relatei este paradigma a fim de que saibas que certos estratagemas destroem e aniquilam quem os elabora. Sugiro que saias à procura de uma jóia; quando a encontrares, rouba-a e voa com ela de modo que os donos te vejam e não te percam de vista, pois eles irão atrás de ti. Voa até a toca da cobra naja, e então atira a jóia lá dentro". O corvo alçou-se, assim, em vôos rasantes e, localizando uma jovem que tirara as roupas e jóias a fim de se banhar, avançou, agarrou um valioso colar e, voando baixo de modo que as pessoas pudessem vê-lo, atirou-o nas proximidades da toca da cobra naja. Os homens vieram, recolheram o colar, viram a naja dormindo na entrada da toca e mataram-na.

[*Prosseguiu Dimna*:] "só te relatei este paradigma a fim de que saibas que, às vezes, a astúcia produz mais benefício do que a força". Disse Kalīla: "caso Xanzaba não reunisse o bom conselho à força, ele estaria nesse caso. Porém ele recebeu, além do que já se mencionou, nobres méritos e membros robustos". Disse Dimna: "Xanzaba é, de fato, como descreves, mas ele está iludido comigo, e eu assim posso destruí-lo como a lebre destruiu o leão". Disse Kalīla: "e como foi isso?" Disse Dimna:

Conta-se que um leão vivia numa terra fértil, com fartura de animais, águas e pastos, mas esses animais não podiam desfrutar de nada daquilo em virtude do medo que tinham ao leão. Deliberaram então entre si e foram ao leão, a quem disseram: "tu só consegues caçar uma presa entre nós depois de te cansares e esfalfares. Nós entramos em acordo quanto a uma questão que trará alívio para nós e para ti, caso nos dês tua palavra e deixes de nos amedrontar". Disse o leão: "assim eu farei"[35]. Disseram: "diariamente, enviaremos a ti um dentre nós para o teu almoço". O leão aceitou a proposta, estabelecendo um pacto com eles; manteve a palavra dada, e os animais também mantiveram a deles. Certo dia, uma lebre foi indicada pelo sorteio e disse aos demais: "que mal vos pode advir se convirdes comigo em algo que, sem vos acarretar dano, vos livrará do leão?"[36] Perguntaram: "e o que é?" A lebre respondeu: "ordenareis a quem for comigo que não me siga, a fim de que eu possa caminhar lentamente até o leão, atrasando seu almoço e deixando-o encolerizado". Os animais atenderam-lhe o pedido, e ela começou a marchar vagarosamente, até que chegou a hora em que o leão almoçava; ele então sentiu fome e se encolerizou, saindo de seu covil e pondo-se a andar e observar. Ao ver a lebre, perguntou: "de onde vieste? e onde estão os animais?" Ela respondeu: "é de junto deles que eu venho; estão próximos, e haviam enviado comigo uma lebre; mas, quando eu já estava próxima de ti, um leão cortou-me o passo e tomou-a de mim; eu lhe disse: 'é alimento do rei, e não deves de modo algum encolerizá-lo'; ele porém te insultou e disse: 'eu tenho mais direitos do que ele sobre esta terra e tudo o que ela contém'. Então eu vim informar-te". O leão disse: "vem comigo e mostra-o para mim". A lebre encaminhou-se com o leão para uma cisterna de águas límpidas e profundas[37] e disse: "este é o lugar onde ele fica; ele está aí, mas, como eu lhe tenho medo, carrega-me junto a teu peito". O leão carregou-a junto ao peito e lançou o olhar para a cisterna, e eis que viu a sombra de ambos; soltou a lebre, lançou-se à luta contra o leão na cisterna e se afogou. A lebre escapou, retornou para junto dos outros animais e lhes transmitiu a notícia.

Disse Kalīla: "se puderes destruir Xanzaba sem provocar transtornos ao leão, faze-o, pois a posição desse touro tem causado danos a mim, a ti e a muitos outros. Mas, caso não possas fazê-lo senão causando infortúnios ao leão, não troques uma coisa pela outra, pois isso consistirá, tanto da minha parte como da tua, em traição, vileza e impiedade".

Assim, Dimna deixou de visitar o leão por alguns dias, findos os quais, afetando tristeza, foi até ele num momento em que este se encontrava sozinho. O leão lhe disse: "o que te impediu de vir ter comigo? Faz tempo que não te vejo; espero que seja por algo bom". Respondeu Dimna: "ocorreu o que o rei não gostaria que ocorresse, nem nós". Perguntou o leão: "e o que foi?" Respondeu Dimna: "são notícias[38] terríveis". Disse o leão: "conta-me o que foi". Disse Dimna: "palavras que desgostarão o ouvinte: o falante só se encoraja a proferi-las, ainda que ele seja um conselheiro compadecido, se tiver confiança na inteligência do receptor; do contrário, não passaria de um estúpido. Destarte, caso o receptor seja inteligente, irá suportar, prestar atenção e conhecer o que tais palavras contêm, pois os benefícios que delas resultarem serão para o ouvinte; quanto ao falante, esse decerto não auferirá nenhuma vantagem; ao contrário, poucas vezes ele escapa do dano que delas advém. E tu, ó rei, possuis superioridade de engenho e prevalência na generosidade: estou, portanto, encorajado a te dar informações que não apreciarás, mas acredito que reconhecerás meu conselho e a preferência que te dou sobre mim mesmo. Cogitei, ainda, que poderás não acreditar nas notícias que te darei, mas, quando examinei bem a questão e me recordei de que nossas vidas[39], de todos os animais, estão ligadas à tua, não vi como escapar da verdade da qual te devo prestar contas, conquanto não a tenhas pedido a mim; também temi que não aceitasses tais notícias, mas quem esconde dos potentados o conselho, dos médicos a enfermidade e dos amigos as opiniões, está enganando a si próprio". Perguntou o leão: "e o que é?" Disse Dimna: "relatou-me alguém em quem tenho plena confiança[40] que Xanzaba se reuniu com os líderes das tuas tropas e lhes disse: 'eu testei o leão, e examinei seu engenho, astúcia e força, e em tudo isso ficou clara para mim sua debilidade, e que algo entre nós ocorrerá'. Quando fui informado disso, descobri que Xanzaba é traidor e trapaceiro: sabedor de que tu lhe concedeste todas as honrarias, e o transformaste em teu par, hoje ele presume ser igual a ti, e que, caso sejas afastado de teu lugar, o reino se tornará dele; assim, pois, ele não deixará de envidar esforços para tal finalidade. E, com efeito, costumava-se dizer: se o rei ficar sabendo que algum homem lhe equivale em engenho, posição, respeito, cabedais e seguidores, que o destrua, pois, caso não o faça, será ele o destruído. E tu, ó rei, sabes mais a respeito desses assuntos, e tens engenho mais agudo. Eu considero melhor que elabores um estratagema para o assunto antes que ele se deflagre; não esperes que ocorra, pois não estarás seguro de que te escape e depois não o possas corrigir. E, com efeito, costumava-se dizer que os homens são três: dois resolutos e outro impotente. Um dos resolutos é aquele que, quando lhe sucede um problema, não se espanta nem deixa que seu coração se abata nem falha com seu engenho, astúcia e estratagema, por intermédio dos quais almeja escapatória e salvação. Porém, mais resoluto do que esse é aquele que se antecipa, preparando-se, e que, tendo conhecimento prévio do assunto, lhe atribui a devida importância antes de sua ocorrência, elaborando estratagemas como se o tivesse flagrado, curando a doença antes de ser vitimado e evitando a coisa antes que ocorra. Quanto ao impotente, é aquele que permanece hesitante, pensando na realização dos seus desejos[41], até se conduzir ao aniquilamento. O paradigma a respeito disso é o dos três peixes". Disse o leão: "e qual é esse paradigma?" Disse Dimna:

Conta-se que num pequeno arroio viviam três peixes grandes[42]: esperto, mais esperto e impotente. Como esse riacho se localizava numa região muito elevada, os homens quase não se aproximavam dali. Certo dia, porém, dois pescadores passaram pelo local, viram os três peixes e resolveram retornar com suas redes a fim de pescá-los. Ao vê-los, o mais esperto dos três ficou desconfiado e, temeroso, não se demorou em escapulir pelo braço que conduzia ao rio. O peixe esperto demorou-se até que os pescadores retornaram e, notando que eles haviam bloqueado o braço que levava ao rio, atinou com o que pretendiam e disse: "vacilei, e esta é a conseqüência do meu vacilo. Como me salvar, se o estratagema do apressado raramente obtém sucesso? Ainda assim, o sábio não se desespera por qualquer motivo, nem deixa de consultar o siso". E então se fez de morto, pondo-se a boiar de cabeça para baixo; pescaram-no e atiraram-no ao solo, não distante do rio, e ele pulou e salvou-se dos pescadores. Quanto ao peixe impotente, deixou-se estar em idas e vindas até que o pescaram.

[*Prosseguiu Dimna*:] "sou da opinião, ó rei, de que deves apressar teu arrojo e estratagema, curando a doença antes que sejas vitimado e evitando a questão antes que ocorra". Disse o leão: "compreendi o que disseste, mas não acredito que Xanzaba tencione me fazer mal, uma vez que eu não lhe fiz mal algum". Disse Dimna: "e por acaso não é isso mesmo que o levará a fazer-te mal? Não deixaste bem que não lhe fizesses, nem postos honoríficos que não lhe concedesses; não restou nada a que ele se possa alçar senão o teu lugar, pois o ignóbil ingrato se mantém aconselhando e beneficiando até que o elevem à posição que ele não merece; quando lhe fazem isso, ele passa a almejar posições superiores mediante falsidade e traição. Ele não serve aos potentados nem os aconselha senão por medo ou necessidade, e, mal prescinde da necessidade e se assegura do que conseguiu, retorna à sua origem e essência, tal como o rabo retorcido de um cão, que só se mantém reto quando amarrado e, caso o soltem, volta a retorcer-se. Fica sabendo que quem não aceita de seus conselheiros aquilo que lhe é penoso dentre o que lhe observam não será louvado pelas conseqüências de seus atos e pareceres, tal como o enfermo que abandona o que lhe prescreve o médico e opta pelo que lhe dá prazer. É justo que o conselheiro do potentado seja zeloso em estimulá-lo ao que o adorna e orienta, e o livra do desadorno e do extravio. O melhor dos auxiliares é que menos adula; a obra superior é a de melhores conseqüências[43]; o mais belo panegírico é o que sai da boca dos homens livres[44]; o mais digno potentado é o que não se contamina pela insolência; o mais afável dos ricos é o que não se deixa aprisionar pela sovinice; o mais meritório dos amigos é o que não se envolve em disputas; o mais perfeito caráter é o que mais ajuda no [exercício da] piedade[45]. E já se disse que, caso um homem tomasse uma almofada de fogo e se deitasse sobre cobras[46], estaria em melhores condições de ter um sono feliz do que se percebesse, da parte do companheiro com quem priva, alguma hostilidade mediante a qual pretenda prejudicá-lo. Os reis mais incapazes são os que se deixam dominar pela lentidão, sendo comparáveis ao elefante excitado que com nada se importa: acometido por algum problema, não lhe atribui importância e, quando perde aquilo que o beneficia, obriga os que lhe são próximos a pagarem o preço".

Disse o leão: "é cruel a tua fala, mas isso é aceitável num conselheiro. Porém, ainda que Xanzaba seja, conforme dizes, meu inimigo, não conseguiria infligir-me dano; como poderia fazê-lo, sendo ele herbívoro e eu carnívoro? É ele que se constitui em alimento para mim, e dele não espero nada de ruim: não tem motivo para atraiçoar-me depois que lhe dei segurança, dignifiquei-o e elogiei-o diante dos líderes de minhas tropas; e, caso eu modifique ou revogue tudo isso, estarei demonstrando estupidez e traindo minhas responsabilidades". Disse Dimna: "não te iludas com isso[47], pois, caso Xanzaba não consiga te atingir ele próprio, irá urdir contra ti por meio de outrem. E já se disse: caso recebas um hóspede cujo caráter desconheces por uma hora que seja, não estarás a salvo. Cuida-te, pois, para que não recebas dele o mesmo que o piolho recebeu ao hospedar a pulga". Perguntou o leão: "e como foi isso?" Respondeu Dimna:

Conta-se que um piolho se instalou no colchão de certo dignitário, de cujo sangue o inseto desfrutava enquanto ele dormia, picando-o com sutileza tal que o homem nada sentia. Então, uma pulga visitou o piolho, que lhe disse: "passa aqui esta noite e terás sangue saboroso e cama aconchegante e macia", e ela assim fez. Quando o dignitário se recolheu, a pulga picou-o, causando-lhe dor tamanha que ele acordou e ordenou que o colchão fosse revirado a fim de se verificar o que havia. A pulga pulou e escapou, mas pegaram o piolho e o mataram.

[*Prosseguiu Dimna*:] "só te contei este paradigma para que saibas que não se escapa de quem produz o mal, pois esse, mesmo debilitado, utilizará outrem em suas urdiduras. Caso não tenhas temor a Xanzaba pela confiança que nele adquiriste, pensa como é comum a traição cometida por aqueles em quem se confia! Arreceia-te, portanto, de teus soldados, pois Xanzaba os incitou e estimulou a hostilizar-te, e encorajou-os contra ti. Eu já soube, porém, que ele não pretende entrar em discussões contigo, e também que não encarregará nenhum outro das ações contra ti"[48].

As palavras de Dimna perturbaram o ânimo do leão, que perguntou: "e qual é o teu conselho?" Respondeu Dimna: "quem tem um dente cariado não deixará de sofrer até arrancá-lo; só se tem alívio do alimento que faz mal quando se o expele; só há remédio para o inimigo que atemoriza quando se o perde ou subjuga". Disse o leão: "tu, com efeito, me deixaste desgostoso com a vizinhança de Xanzaba; vou mandar chamá-lo para informar-lhe o que se passa em meu ânimo e ordenar-lhe que se retire para onde bem lhe apeteça". Tais palavras desgostaram Dimna, pois ele percebeu que, caso o leão conversasse com Xanzaba e lhe ouvisse a resposta, iria escusá-lo e acreditar nele, descobrindo a sua mentira e[49] perdendo assim todo temor; disse então: "não seria esse o meu conselho para ti, ó rei, pois, desde que Xanzaba não saiba que os desígnios dele te foram revelados, continuarás tendo domínio da situação[50]; porém, caso ele perceba que foi descoberto, temo que ele te desafie abertamente ou então fuja: assim, se ele te combater, estará preparado; e, se ele se afastar, estará alerta, e em ambos os casos terá vantagem sobre ti. Os reis enérgicos[51] não tornam pública a punição daquele cujo crime não se tornou público; pelo contrário, para cada crime há uma punição: crimes secretamente cometidos se punem em segredo, e crimes publicamente cometidos se punem em público"[52].

Disse o leão: "caso o rei puna ou humilhe alguém por causa de algo suposto mas não confirmado, e depois descubra que a questão não era como lhe havia sido transmitida, então é contra si mesmo que ele terá agido, e a si mesmo terá punido e afligido". Disse Dimna: "que Xanzaba não venha à tua presença sem estares preparado; guarda-te para que ele não te atinja num momento de negligência. Não calculo senão que tu, se o observares quando ele se apresentar a ti, saberás que ele cometerá alguma enormidade. Entre os sinais característicos disso, notarás que as cores dele estarão alteradas, e seus membros, trêmulos; ele estará se virando à esquerda e à direita, preparando os chifres como se fizesse tenção de dar marradas". Disse o leão: "seguirei o teu conselho; se eu lhe notar os sinais que descreveste, não terei dúvidas a respeito".

Quando terminou de incitar o leão contra o touro, produzindo em seu ânimo o efeito pretendido, Dimna resolveu dirigir-se até Xanzaba com o intuito de açulá-lo e indispô-lo contra o leão. Preferindo, porém, que sua ida se desse mediante ordem e ciência do leão – a fim de que o fato não chegasse por meio de um terceiro aos ouvidos do leão, que poderia então desconfiar –, Dimna lhe disse: "acaso não deveria eu ir até Xanzaba, verificar-lhe as condições e ouvir-lhe as palavras? Talvez eu descubra algum de seus desígnios e informe o rei". Disse o leão: "faze o que quiseres". Então Dimna dirigiu-se até Xanzaba, apresentando-se diante dele como que triste e amargurado. Xanzaba deu-lhe boas-vindas e disse: "há dias que não te vejo. O que te prendeu? Seria porventura algum bem?"[53] Disse Dimna: "e quando fez parte das gentes do bem aquele que não possui a si mesmo, e cujos assuntos se encontram nas mãos de um terceiro que não merece confiança e provoca temor contínuo, a ponto de não encontrar uma única hora na qual esteja seguro de si mesmo?" Disse Xanzaba: "e o que foi?" Disse Dimna: "ocorreu algo. E quem é que pode vencer o destino? Quem conquista grandes coisas no mundo e não se torna petulante? Quem segue as paixões e não tropeça? Quem se avizinha das mulheres e não se deixa seduzir? Quem pede aos mesquinhos e não é humilhado e rechaçado? Quem segue os celerados e permanece a salvo? Quem acompanha os potentados e consegue sempre ser bem tratado? É veraz aquele que diz: o paradigma dos potentados, quanto à pouca lealdade a quem está a seu lado e à pouca generosidade com quem já não está, é o da prostituta: toda vez que um se vai, outro vem em seu lugar"[54]. Disse Xanzaba: "pelas palavras que de ti ouço percebo que algo te faz desconfiar do leão". Disse Dimna: "exatamente, mas não é algo contra mim. Sabes das prerrogativas que tens sobre mim, e da estima que existe entre nós, e do compromisso que contigo estabeleci na época em que o leão me enviou até ti; não vejo, pois, outra saída senão proteger-te e aconselhar-te, e te fazer ver aquilo que eu temo possa aniquilar-te". Disse Xanzaba: "e o que foi?" Disse Dimna: "contou-me alguém em quem tenho plena confiança[55] que o leão disse a alguns companheiros dele: 'gostei da gordura de Xanzaba. Ele não tem serventia, e não me vejo senão comendo-o e alimentando-vos da carne dele'. Quando recebi esta notícia compreendi-lhe a impiedade e traição, e vim até aqui para prevenir-te: elabora, com habilidade, uma artimanha que te safe".

Ao ouvir essas palavras, Xanzaba pôs-se a recordar o que Dimna fizera por ele e a refletir a respeito do leão; supondo então que fosse verdade, preocupou-se e disse: "não é correto que o leão me atraiçoe, pois eu nunca prejudiquei a ele ou a seus soldados. Suponho que o tenham indisposto contra mim assacando-me suspeitas, pois, tendo ele já privado da companhia de celerados, deles experimentou e conheceu coisas que o tornaram crédulo em tudo quanto lhe chega aos ouvidos. A associação com celerados muita vez torna quem a pratica suspeitoso em relação aos bons[56], e isso o conduz a um equívoco semelhante ao do pato que, tendo divisado na água a luz de um astro, tentou recolhê-la, mas, ao verificar que não era nada, abandonou-a; quando entardeceu, vislumbrou na água um peixe, mas calculou que era o mesmo que vira antes e não foi atrás dele. Assim, se o que chegou sobre mim a seus ouvidos for falso e ele tenha acreditado a partir de sua experiência com outros, isto é compreensível[57]; porém, se nada lhe chegou a meu respeito e ele pretenda aniquilar-me sem justificativa, isto é espantoso. E mais espantoso é que eu tenha procurado sua satisfação e concórdia e ele não tenha ficado satisfeito; ainda mais espantoso é que eu tenha buscado sua estima e evitado divergir dele para não encolerizá-lo e irritá-lo. Ademais, se essa ira for imotivada, então se acabou esperança, pois quando a ira tem motivo, ainda que a repreensão acompanhe a sua chegada, a satisfação acompanha a sua partida[58]. O motivo às vezes se vai, outras vezes fica, mas a solércia [que o originou] é permanente e nunca se perde. Consultei a memória[59] e não encontrei nada condenável entre mim e o leão; e, se algo tiver ocorrido, terá sido insignificante. Por vida minha que ninguém que haja convivido com outrem terá sido tão cuidadoso quanto eu fui, a ponto de não cometer nenhum abuso que incomode; porém o homem inteligente e leal, quando seu companheiro desliza, analisa-lhe o deslize e o limite a que chegou – seja por equívoco ou de propósito –, e se no perdão existe algum perigo; isso feito, não o levará a mal, por mais que encontre motivos para desfazer-se desse companheiro. Se o leão me imputa delitos, deles eu não tenho conhecimento, com exceção do fato de que eu divergia de algumas de suas opiniões. Talvez ele esteja pensando: 'como o touro se atreve a dizer *sim* quando eu digo *não*, ou a dizer *não* quando eu digo *sim*?' Não me considero diminuído[60] por isso, pois não pretendi senão beneficiá-lo; nunca me opus abertamente a ele diante dos líderes de sua guarda; ficávamos a sós e só então eu me manifestava, com toda a reverência. Eu já compreendi que quem busca livrar-se dos leais companheiros na hora do aconselhamento, dos médicos na hora da enfermidade e dos jurisconsultos na hora de ver-se com a lei[61] erra no parecer, agrava a doença e tem de suportar as conseqüências. Contudo, se não for por causa disso, então talvez seja a embriaguez provocada pelo poder, entre cujas conseqüências está a ira contra quem nada fez para provocá-la e a satisfação, por motivos ignorados, com quem não a merece – pois também se disse: arrisca-se quem enfrenta o alto-mar, mas em situação mais arriscada encontra-se o companheiro dos potentados, o qual estará exposto, mesmo que os trate com fidelidade, retidão, estima e bons conselhos, a tropeçar e não se recuperar. Contudo[62], se não for por causa disso, talvez numa parte das qualidades com que fui agraciado residisse minha própria aniquilação: a boa árvore muitas vezes é destruída por causa de seus bons frutos, pois, quando se colhem, os galhos dessa árvore são puxados e vergados até se quebrarem e destruírem; e o pavão, cujo rabo, que constitui sua graça e beleza, muitas vezes se torna prejudicial, pois, caso ele precise de leveza para escapar de algum caçador, seu rabo o impedirá; e o cavalo nobre e vigoroso muitas vezes encontra seu fim em conseqüência de tais características, pois é obrigado a fadigas e esforços e sempre utilizado por causa de suas qualidades, até encontrar seu fim; quanto ao homem de mérito, muitas vezes é sua própria superioridade o motivo de seu fim, por causa da grande quantidade de celerados invejosos e opressores: em todo lugar, os maus são em número superior aos bons; assim, caso aqueles se inimizem contra o homem de mérito e cresçam em número, estarão a ponto de destruí-lo. Entretanto, se não for por causa disso, só pode ser, então, o destino, que não se evita, pois é o destino que subtrai ao leão a força e o vigor e o faz deitar na tumba; é o destino que coloca o fraco no dorso do elefante; é o destino que dá poderes ao encantador sobre a serpente, da qual arranca a presa e a qual manipula da maneira que bem entende; é o destino que torna o engenhoso incapaz e o incapaz, resoluto; que estorva o enérgico e dá vigor ao indolente; que enriquece o empobrecido e empobrece o enriquecido; que torna valente o covarde, e covarde o valente, quando nele tropeçam imprevisíveis desgraças que os fados, obscuramente, predestinaram a correr em sua direção"[63].

Disse Dimna: "a vontade do leão de levar a cabo suas pretensões não se deve a nenhuma das coisas que mencionaste – campanha de celerados ou algo que o valha –, mas sim à sua perfídia e impiedade: trata-se de um prepotente e um traiçoeiro: o início de uma refeição com ele é doce, mas o final é amargo e, a bem dizer, constituído em sua mor parte por veneno mortífero". Disse Xanzaba: "proferiste a verdade, por vida minha; fui alimentado[64] e me deliciei, e agora me vejo chegando ao que contém a morte. Não estivesse eu predestinado a tal, minha estada junto ao leão não teria ocorrido[65], pois ele é carnívoro, e eu, herbívoro. Maldita ambição, maldita esperança: foram elas que me enfiaram nesta enrascada e me desviaram de meus princípios[66], tal e qual a abelha se deixa atrair pelo nenúfar ao lhe sentir o aroma que a delicia: ela descura da rota de vôo que deve seguir antes que o nenúfar se feche, introduz-se nele e então morre[67]. Aquele que não se satisfaz com o abandono do mundo, e cuja alma ambiciona excedentes e abundâncias, sem olhar para o que, adiante, atemoriza, é como a mosca que, insatisfeita com as árvores e as murtas, vai atrás do líquido que escorre das orelhas do elefante no cio[68], o qual a golpeia com elas e a mata. E quem prodigaliza seus conselhos e esforços para o ingrato será como quem lavra em terra estéril ou faz sinais para o morto". Disse Dimna: "deixa-te desse discurso, e aplica-te em teu próprio benefício". Disse Xanzaba: "e como elaborar uma artimanha em meu próprio benefício, se o leão pretende matar-me? Quão bem conheço o caráter e as opiniões do leão! Quão bem eu sei que, conquanto ele só queira o meu bem, mas seus companheiros, mediante trapaças e impiedade, pretenderem minha destruição, eles conseguirão fazê-lo! Quando se reúnem trapaceiros opressores contra o inocente íntegro, é bem possível que o destruam, ainda que eles sejam débeis, e ele, forte, e isso da mesma maneira que o lobo, o corvo e o chacal destruíram o camelo quando se uniram contra ele com trapaças e embelecos". Disse Dimna: "e como foi isso?" Respondeu Xanzaba:

Conta-se que um leão vivia numa floresta próxima a uma estrada utilizada pelos homens; eram três seus companheiros: um lobo, um chacal[69] e um corvo. De passagem pela estrada, um grupo de mercadores perdeu um camelo, o qual se embrenhou na floresta até topar com o leão, que lhe perguntou: "de onde vieste?", e o camelo informou o que lhe ocorrera. Perguntou o leão: "e o que queres?" Respondeu o camelo: "quero a companhia do rei". Disse o leão: "se é isso o que pretendes, usufrui pois de minha companhia, com segurança, fertilidade e abundância". Então o camelo permaneceu junto ao leão até que, certo dia, tendo o leão saído à procura de caça, deparou com um elefante ao qual moveu tremenda batalha. Depois, o leão retornou, o sangue escorrendo dos ferimentos que o elefante lhe infligira com suas presas, e prostrou-se debilitado, incapaz de caçar. Como decorrência, o lobo, o chacal e o corvo permaneceram durante dias sem conseguir nenhuma sobra do leão, que era o que lhes assegurava a subsistência, e foram acossados por grande fome e fraqueza. Percebendo o fato, o leão lhes disse: "estais fatigados e necessitais do que comer!" Disseram: "não estamos preocupados conosco, pois vemos o rei em que situação se encontra e não lhe encontramos nada que o possa curar". Disse o leão: "não duvido de vossa estima e companheirismo; em todo caso, se puderdes, espalhai-vos e assim, quem sabe, podereis encontrar alguma presa e trazê-la para mim, e talvez eu vos proporcione, e também a mim, algum bem". O lobo, o chacal e o corvo retiraram-se da presença do leão e foram para um canto, onde, após deliberarem, disseram: "o que temos com esse camelo comedor de erva, cujos desígnios e pareceres não são os nossos? Por que não estimulamos[70] o leão a devorá-lo e a nos alimentar de sua carne?" Ponderou o chacal: "não podeis nem sequer fazer alusão a isso diante do leão, pois ele garantiu segurança ao camelo e assumiu compromissos com ele". Disse o corvo: "ficai em vossos lugares e deixai-me ir ter com o leão", e dirigiu-se até o leão, o qual, ao vê-lo, perguntou: "conseguistes alguma coisa?" Respondeu o corvo: "só encontra quem tem algo por encontrar[71], e só descortina[72] quem vê; mas nós já perdermos o descortino e a visão por causa da fome que nos assola; analisamos, contudo, a questão e chegamos a uma convergência de pareceres; caso concordes conosco, será farta nossa messe"[73]. Disse o leão: "e qual é a questão?" Disse o corvo: "este camelo comedor de ervas, refestelado entre nós, sem a menor serventia". O leão se indignou e disse: "ai de ti! Quão errada é a tua proposição, e quão inepto o teu parecer! Quão distante estás da lealdade e da misericórdia! Não é lícito que me dirijas tal proposição. Acaso não sabes que eu garanti a segurança do camelo, e me comprometi com ele? Acaso não chegou ao teu conhecimento que não há maior donativo – por enorme que seja – que um piedoso possa dar do que proteger uma alma amedrontada e estancar o sangue que escorre? Concedi abrigo ao camelo, e não irei atraiçoá-lo". Disse o corvo: "sei muito bem o que disse o rei; porém, uma única alma se sacrifica em benefício da casa, e uma casa em benefício do clã, e um clã em benefício da cidade, e a cidade é o resgate do rei caso disso ele tenha necessidade. E eu elaborei um escape para o compromisso do rei, que não se sobrecarregará nem cometendo nem ordenando uma traição; urdiremos uma artimanha mediante a qual o rei poderá manter-se fiel a seu compromisso, e nós todos lograremos satisfazer nossa necessidade". O leão se calou, e o corvo foi até seus companheiros e disse: "conversei com o leão, e ele aceitou isso e aquilo... Qual será, pois, a artimanha ante o camelo, se o leão se recusou a encarregar-se de matá-lo ou de ordenar a sua morte?" Disseram seus dois amigos: "é o que rogamos de teu parecer e engenho"[74]. Disse o corvo: "meu parecer é que nos reunamos com o camelo e lhe mencionemos o estado do leão, e a fome e fadiga que se abateram sobre ele; diremos: ele era nosso benemérito e nos dignificava, e, caso não note em nós, hoje – depois de ter sofrido o que sofreu –, alguma preocupação com ele e algum zelo por seu bem, isso nos rebaixará à miséria de caráter e à negação da benemerência; por isso – eia! –, dirijamo-nos ao leão a fim de lembrar-lhe a consideração de que goza junto a nós e aquilo que desfrutávamos à sombra de sua glória, e que, estando ele agora necessitado de nossa gratidão e lealdade, não seremos avaros em nenhum benefício que lhe pudermos apresentar; e, caso não possamos, colocaremos nossas vidas à sua disposição; depois, cada um de nós deverá oferecer-lhe a própria vida dizendo: 'devora-me, ó rei, e não morras de fome'. Quando algum de nós disser isso[75], os outros responderão, rejeitando sua proposição com algo que contenha uma escusa, e então todos se calarão e depois talvez o camelo nos imite e diga a mesma coisa, mas ninguém lhe apresentará escusa alguma[76]; assim nos salvaremos todos e teremos salvaguardado as prerrogativas do leão"[77]. E assim agiram, e o camelo os acompanhou nisso; apresentaram-se ao leão e o corvo começou dizendo: "estás necessitado, ó rei, de algo que te fortaleça, e o mais lícito é que nós te ofereçamos nossas vidas, pois por teu intermédio vivemos, como também é por teu intermédio que esperamos vivam nossos descendentes; se morreres, nenhum de nós conseguirá continuar existindo, nem alcançaremos em nossa vida bem algum; eu muito apreciaria, portanto, que me devorasses; como isso seria bom para minha alma!" Responderam-lhe o lobo, o camelo e o chacal: "cala-te! o que és tu? Como poderia o rei, comendo-te, saciar-se?" Disse o chacal: "eu posso saciar o rei". Responderam o lobo, o camelo e o corvo: "teu estômago e odor são asquerosos, e perniciosa a tua carne; tememos que, caso o rei te coma, a perniciosidade de tua carne o mate". Disse o lobo: "mas eu não sou assim; que o rei me coma, portanto". Disseram o corvo, o chacal e o camelo: "quem quiser suicidar-se que coma carne de lobo, a qual provoca sufocação". O camelo supôs que, caso ele se oferecesse dizendo palavras semelhantes, seus colegas lhe encontrariam uma escapatória, conforme haviam agido entre si, e ele se salvaria e satisfaria o leão; disse então: "mas eu, ó rei, tenho uma carne saborosa e sadia, capaz de saciar o rei". Disseram o lobo, o corvo e o chacal: "é verdade, foste generoso e disseste o que já sabíamos". E pularam sobre ele e o despedaçaram.

[*Prosseguiu o touro*:] "só apliquei este paradigma ao leão e seus companheiros por saber que esses últimos, caso se ajuntem para destruir-me, eu não poderia evitá-los mesmo que a opinião do leão a meu respeito fosse diferente da que tem agora[78] e que não existisse em seu ânimo senão o bem. E já se disse: o melhor dos potentados é aquele que semelha águia cercada de cadáveres, e não o que semelha cadáver cercado de águias[79]. E, mesmo que o leão não tivesse em seu ânimo senão a misericórdia e a estima, as excessivas intrigas que são levadas até ele não tardariam a fazê-lo abandonar aqueles afetos e trocá-los pela perversidade e grosseria. Acaso não vês que a água é mais suave do que a fala, e que a pedra é mais dura do que o coração, e que mesmo assim a água, caso escorra por muito tempo sobre a pedra bruta, não deixará de imprimir-lhe sua marca?"[80] Disse Dimna: "o que pretendes fazer, então?" Disse Xanzaba: "meu parecer não pode ser outro senão combatê-lo, pois nem o devoto em sua prece nem o caridoso em seu donativo nem o piedoso em sua piedade recebem a mesma recompensa daquele que combate em defesa própria, uma hora que seja do dia[81], sustentando ele a verdade, e seu inimigo, a falsidade, e ficando, assim, ante duas opções, das quais os bons estão seguros: caso seja morto, o paraíso; caso mate, recompensa e triunfo". Disse Dimna: "ninguém deve pôr a vida em risco, pois, caso o faça e seja destruído, terá perdido sua vida e cometido um crime, e, caso vença, terá sido por obra do acaso. Quem tem inteligência[82] faz da luta aberta[83] a última de suas estratégias; ele começa, na medida do possível, com sutileza ou ardis, e sem pressa. Já se disse: nunca menosprezes um inimigo débil e mesquinho, especialmente se ele for ardiloso[84]; que dizer então do leão, cuja valentia e força bem conheces? Quem desdenha e negligencia o inimigo sofrerá o mesmo que o guardião do mar sofreu da parte da ave ṭayṭawī[85]". Disse Xanzaba: "e como foi isso?" Disse Dimna:

Conta-se que certa ave marítima chamada ṭayṭawī morava, junto com sua fêmea, no litoral. Quando estava para botar, a fêmea lhe disse: "procura um lugar seguro onde eu possa botar". Disse o macho:

"que seja isso aqui em nossa casa, pois este lugar, no qual as ervas e a água são abundantes e próximas, é mais conveniente do que qualquer outro". Ela disse: "ó negligente, deves pensar melhor o que dizes, pois nós corremos risco aqui neste lugar: quando a maré subir, as águas levarão nossos filhotes". Ele respondeu: "não acho que o mar vá carregar contra nós, pois seu guardião temerá uma vingança". Ela disse: "como é estúpido o teu discurso! não te envergonhas, conhecedor que és de tuas possibilidades, de ameaçar a quem não tens condições de enfrentar, e tentar intimidá-lo?[86] Já se disse: ninguém se conhece melhor a si mesmo que o homem[87]; isto é verdade: ouve pois minhas palavras e me obedece". Mas ele se recusou a fazer o que ela ordenava. Quando viu as coisas nesse estado, ela disse: "quem não ouve as palavras benéficas dos amigos sofrerá o que sofreu a tartaruga". Ele perguntou: "e como foi isso?" Ela disse:

Conta-se que em certa fonte viviam dois patos e uma tartaruga, os quais se tinham acostumado uns aos outros e se tornado amigos. Mas um dia a água da fonte começou a escassear fortemente em alguns períodos. Ao perceberem aquilo, os patos disseram: "somos obrigados a abandonar o lugar em que estamos e nos mudar para outro". Despediram-se da tartaruga dizendo: "fica em paz, que nós estamos indo embora daqui". Respondeu a tartaruga: "mas a falta de água me é penosa; não posso viver sem ela; dai um jeito para que eu me vá convosco". Disseram os patos: "somente poderemos fazer isso contigo se aceitares a condição de que, quando estivermos te transportando e alguém te vir e fizer comentários, não respondas". Disse a tartaruga: "sim; mas como ireis me transportar?" Disseram os patos: "morderás um pedaço de pau bem no meio, e cada um de nós carregará uma ponta". A tartaruga aceitou aquilo e eles voaram com ela. Os homens então a viram e disseram uns aos outros: "vede que assombroso! Uma tartaruga entre dois patos a carregarem-na no ar!"

Ao ouvir aquilo, a tartaruga disse: "para desgosto de vós todos!"[88] Porém, quando abriu a boca para falar, despencou em direção ao solo e morreu.

Disse o ṭayṭawī à fêmea: "entendi o que disseste. Mas não temas o guardião do mar, nem te aterrorizes com ele". Então ela botou naquele lugar e chocou. Quando ouviu falar a respeito, o guardião do mar quis saber qual vingança, efetivamente, o ṭayṭawī poderia tomar contra ele, e qual a artimanha que utilizaria; esperou até a subida da maré, quando então colheu os filhotes no ninho e lhes deu sumiço. A mãe, dando por falta dos filhotes, disse ao ṭayṭawī: "eu já sabia, desde o começo, que isso iria acontecer, e que o débil conhecimento que tens de ti mesmo reverteria contra nós. Vê o dano que nos atingiu por causa disso". Respondeu o ṭayṭawī: "tu verás o que farei, e qual será o resultado". Dirigiu-se a seus companheiros, aos quais se queixou e disse: "vós sois meus irmãos, a gente em quem deposito minha estima e confiança. Eu quero reparar esta injustiça; auxiliai-me e aliai-vos comigo, pois é possível que lhes aconteça o mesmo". Responderam: "nós somos como descreveste, e tu és merecedor de nossa solidariedade no que procuras; porém, o que poderíamos fazer contra o mar e seu guardião?" Disse o ṭayṭawī: "ajuntemo-nos, pois, e vamos até todas as aves relatar-lhes o que ocorreu". Os companheiros do ṭayṭawī concordaram, e ele deixou todas as aves a par do que lhe fora infligido, alertando-as de que o mesmo poderia ocorrer com elas, que lhe disseram: "a questão é como disseste, mas como poderíamos infligir dano ao mar e ao seu guardião?" Ele disse: "o rei de todos nós, de todas as aves, é a ᶜanqā'[89]; vamos pois gritar por ela até que apareça para nós". E assim agiram, e ela surgiu diante deles dizendo: "o que vos reuniu? E por que me chamais?" Então as aves lhe relataram o que haviam sofrido por parte do mar e de seu guardião, e disseram: "és nossa rainha, e o rei que te usa de montaria[90] é mais forte que o guardião do mar; dirige-te, pois, até esse rei para que nos auxilie contra o guardião do mar". Ela assim fez, e o rei lhe atendeu o pedido, dispondo-se a dar combate ao guardião do mar, o qual, ao tomar conhecimento disso, e sabedor de sua debilidade ante a força daquele rei, devolveu rapidamente[91] os filhotes do ṭayṭawī[92].

[*Prosseguiu Dimna*:] "só te contei este paradigma porque não me parece que devas combater o leão, nem declarar isto abertamente". Disse Xanzaba: "não declararei nenhuma hostilidade contra o leão, nem modificarei meu comportamento habitual até que se evidencie algo de que eu deva ter receio; só então eu lutarei contra ele". Aquilo desgostou Dimna, pois ele pensou que o leão, caso não notasse em Xanzaba os sinais que lhe descrevera, passaria a suspeitar de si; disse então: "vai, e te ficarão claros, quando estiveres diante do leão, os sinais do que te relatei". Perguntou Xanzaba: "e como os reconhecerei?" Respondeu Dimna: "se, quando te colocares diante do leão, vires que ele se empina apoiado nos membros traseiros, estufando o peito, dirigindo-te olhares agudos, batendo com o rabo e lambendo os beiços, fica sabendo que ele pretende matar-te; acautela-te e não te deixes enganar". Disse Xanzaba: "se acaso eu observar o que descreves, não terei nenhuma dúvida a respeito".

Assim que terminou de açular o leão contra Xanzaba, e Xanzaba contra o leão, Dimna foi até Kalīla, o qual, ao encontrá-lo, perguntou: "em que pé está a obra em que te empenhavas?" Respondeu Dimna: "já está próximo o sucesso, meu irmão, de um modo que apreciarás, disso não tenhas dúvida nenhuma. E não penses nunca que a fraterna amizade entre dois irmãos será mantida caso o engenhoso hábil[93] elabore artimanhas para destruí-la". E foram ambos até o leão em seu covil; sua chegada coincidiu com a de Xanzaba, que viu o leão no estado que Dimna descrevera; teve então certeza de que estava aniquilado e disse: "o companheiro do potentado, no que este tem de explosões temíveis quando dele se acercam os iníquos, é semelhante àquele cuja casa confina com toca de serpente ou covil de leão, ou a quem nada em águas que contenham crocodilos: não sabe quando será atacado por algum deles". Refletiu a respeito e preparou-se para a luta. O leão, olhando para o touro e reconhecendo os sinais que Dimna havia mencionado, lançou-se contra ele[94]. Travaram então uma violenta luta, que fez escorrer o sangue de ambos. Ao ver aquilo, Kalīla disse a Dimna: "ó canalha[95]! observa só a tua artimanha! quão perversa foi ela, e quão funestas suas conseqüências! Trouxeste a vergonha para o leão, liquidaste Xanzaba e semeaste a discórdia entre os soldados. Ademais, ficou claro para mim que o que alegas ser habilidade não passa de inépcia[96]. Ou será que ignoras que o parecer mais inepto é o que leva seu dono à luta quando dela pode prescindir? O homem muitas vezes tem oportunidade de atingir o inimigo mas a deixa de lado por medo de se expor à derrota e na esperança de lograr seu intento sem lançar mão disso. E se acaso o conselheiro do potentado lhe determina fazer guerra objetivando algo que pode ser conseguido pacificamente, então ele lhe terá sido mais nocivo do que o próprio inimigo. Do mesmo modo que a língua fraqueja quando o coração se abate, também a força se torna inútil quando o juízo[97] é equivocado[98]: caso qualquer um deles perca seu par, ao outro nada restará fazer quando ocorrer a lida. O juízo é superior à força, e em muitas questões é recompensado, ao passo que a força nada consegue sem ele. Quem elabora um ardil para resolver dada questão – sem discernir a maneira correta de aplicá-lo nem como se desviar dele – terá agido como tu agiste[99]. E quem conhece a astúcia e o engenho – mesmo sendo ele fraco, e seu inimigo, forte – será mais forte do que o inimigo – pois o leão e o elefante, malgrado sua força, e a serpente e a naja, malgrado seu veneno e bote, e a água, o fogo, o vento e o sol, malgrado sua energia, são todos, por meio do engenho e da astúcia, vencidos pelo homem, que é frágil: é com engenho que ele monta o elefante, recolhe a cobra e brinca com ela, lança o leão ao túmulo, desliza pela água até o ponto que deseja, impede o dano do fogo, do vento e do sol e põe o forte a seu serviço. Eu tinha conhecimento prévio de tua iniqüidade e arrogância, e comecei a prever, desde que notei a tua cupidez e ambição, que motivarás ainda alguma desgraça que se abaterá sobre mim e ti, pois quem tem inteligência medita sobre as coisas antes que ocorram, lançando-se sobre aquilo que deseja lhe sobrevenha e afastando-se daquilo que teme seja problemático. O que me impediu de repreender-te, quando deste início a estas tuas atividades e insististe em teu estúpido parecer, foi a impossibilidade de demonstrá-lo e de te trazer testemunhas a respeito. Mas agora vou te traduzir qual é o teu caso: falas bem e obras mal. E já se disse: nada é mais destruidor para um potentado do que quem é assim, e foi justamente isso que levou o leão a seduzir-se por ti. Mas as palavras só proporcionam algum bem quando acompanhadas de ação; o conhecimento da religião, do temor a Deus; o donativo, da intenção; a aparência, do conteúdo; os cabedais, da generosidade; a vida, da saúde, alegria e segurança. Feriste algo que não terá remédio senão por parte do inteligente engenhoso, tal como o enfermo contra o qual se reúne a degradação da bílis, do muco e do sangue não será curado senão por um médico hábil e adestrado. Fica sabendo que o decoro[100] afasta dos entendidos a embriaguez, mas a intensifica nos néscios: o dia dá luminosidade para todo aquele que tem visão, dentre as aves e outros, mas os morcegos não a podem suportar. O dotado de juízo não se deixa levar pela arrogância por causa de uma boa posição atingida, do mesmo modo que a montanha não balança ainda que batida por fortes vendavais, ao passo que o portador de estultice se transtorna por causa de ninharias, do mesmo modo que a erva é vergada por qualquer brisa leve[101]. E já se disse que, mesmo íntegro, o potentado cujos conselheiros não o forem carreará escassas benesses aos homens, dos quais ficará afastado: ninguém ousará dirigir-lhe a palavra ou aproximar-se dele, tal como as águas puras e boas nas quais vivem crocodilos: nenhum homem poderá mergulhar nelas, mesmo que seja bom nadador e disso tenha precisão. O adorno e a jóia dos reis consiste em que os membros de sua corte sejam muitos e íntegros. E o que de fato pretendeste é que ninguém, senão tu, se aproximasse do leão, mas o potentado, com seus companheiros e auxiliares, é como o mar com suas ondas. É estupidez buscar companheiros mediante deslealdade, reconhecimento mediante hipocrisia, afeição das mulheres mediante grosseria, autobenefício mediante dano alheio, mérito e saber mediante comodismo e vida folgada. Qual será, porém, o proveito desta fala e qual o benefício desta repreensão? Pois eu sei que a questão, aqui, é semelhante ao que o homem disse à ave: 'não tentes corrigir o que não se endireita, nem fazer enxergar quem não possui entendimento'". Perguntou Dimna: "e como foi isso?" Respondeu Kalīla:

Conta-se que um bando de macacos da montanha viu, em certa noite fria, um vaga-lume e, pensando tratar-se de fogo, reuniram madeira e a colocaram sobre ele, pondo-se então a assoprar com as bocas e a abanar com as mãos. Nas proximidades do local havia uma árvore e, na árvore, um pássaro que lhes disse: "não vos fatigueis, pois isso que estais vendo, ao contrário do que pensais, não é fogo", mas eles não o ouviram nem lhe obedeceram. Quando aquilo lhe pareceu prolongado, o pássaro resolveu ir até os macacos; um homem passou por ele e lhe disse: "ó ave, não procures corrigir o que não se endireita, nem fazer enxergar quem não possui entendimento, pois em pedra que não se pode cortar não se experimentam espadas, nem se deve tentar inclinar pau que não se inclina; quem o tentar arrepender-se-á". Porém, sem prestar atenção a essas palavras, o pássaro aproximou-se dos macacos tencionando esclarecer-lhes a questão. Um dos macacos pegou-o e o atirou ao chão, matando-o.

[*Prosseguiu Kalīla*:] "é este o teu paradigma no pouco benefício que te trazem as admoestações, muito embora preponderem em ti a astúcia e a arrogância, que são duas características ruins. Serás atingido, como resultado do que fizeste, pelo que aconteceu ao velhaco que se associou ao idiota". Perguntou Dimna: "e como foi isso?" Respondeu Kalīla:

Conta-se que dois homens, um velhaco e o outro idiota[102], associaram-se. E, estando ambos a passear, eis que toparam com uma bolsa contendo mil moedas de ouro. Recolheram-na e pareceu-lhes de bom alvitre retornarem à cidade. Ao se aproximarem, o idiota disse ao velhaco: "leva metade e me dá a outra metade". Disse o velhaco, pensando em ficar com tudo para si: "não; a negociação é a melhor maneira de manter a cooperação[103]. Peguemos cada um de nós um pouco para gastar e enterremos o resto num local seguro; caso precisemos, desenterramos". O idiota concordou, e eles enterraram a bolsa sob uma árvore imensa. Mas o velhaco voltou até ali e a levou. Depois, foi encontrado pelo idiota, que lhe disse: "vamos resgatar nosso tesouro"[104], e então eles se dirigiram ao local; escavaram e não encontraram a bolsa. O velhaco começou a arrancar os cabelos e bater no peito dizendo: "que ninguém nunca acredite em ninguém! tu voltaste até a bolsa e a levaste!", e o idiota pôs-se a jurar que não o fizera. Então o velhaco dirigiu-se até o juiz e lhe relatou o caso. O juiz perguntou: "acaso tens quem possa testemunhar a teu favor?" Respondeu o velhaco: "sim! a árvore será testemunha do que digo". Desaprovando fortemente tais palavras, o juiz determinou-lhe uma fiança e disse: "trazei-o a mim amanhã cedo". O velhaco foi à casa do pai, informou-lhe o que ocorrera e disse: "eu não fiz o que te relatei senão em virtude de uma coisa sobre a qual eu refleti longamente; se acaso me obedeceres, conservaremos o que já ganhamos e tomaremos, ademais, igual quantia do idiota". O pai perguntou: "e o que é?" Respondeu: "eu havia enterrado as moedas ao pé de uma imensa árvore ancestral oca, na qual há uma entrada que não se vê; voltei para lá antes do idiota, levei as moedas e depois o acusei. Portanto, eu gostaria que fosses esta noite e entrasses no tronco; quando o juiz chegar e fizer perguntas, responderás: 'o idiota levou as moedas'". O pai respondeu: "meu filho, muitas vezes o homem se envolve em complicações por causa de sua própria astúcia; cuida-te para não seres como a gaivota que foi destruída pelas próprias artimanhas". Perguntou: "e como foi isso?" O pai disse:

Conta-se que uma gaivota era vizinha de uma cobra naja que não lhe deixava um único filhote sem que o comesse. Como aquela terra lhe era adequada e agradável, a gaivota ficou triste e preocupada com aquilo. Percebendo o fato, um caranguejo perguntou-lhe como ia, e ela lhe relatou o que sucedia. O caranguejo disse: "acaso não queres que eu te ensine algo que vai livrar-te da naja?" A gaivota respondeu: "claro!" Então o caranguejo lhe indicou o seguinte: "vês aquela toca? é de uma doninha" – e lhe falou da hostilidade essencial entre a doninha e a naja. Continuou: "reúne peixes e os dispõe em linha entre as duas tocas; a doninha irá comendo um peixe atrás do outro até chegar à naja, e então a matará". A gaivota assim procedeu, e a doninha seguiu a disposição dos peixes até que encontrou a naja e a matou. Depois, a doninha passou a sair em busca de mais peixe, e tanto circulou pelo lugar que acabou topando com o ninho da gaivota, comendo-a e a seus filhotes.

[*Prosseguiu o pai*:] "só te contei este paradigma a fim de que saibas que quem não está plenamente seguro pode ser empurrado por suas próprias artimanhas para algo de que talvez não escape". Respondeu: "já compreendi o que disseste; nada temas, pois a questão é simples", e tanto insistiu até que o pai se submeteu e acatou-lhe a sugestão.

Assim, quando o juiz chegou até a árvore e a inquiriu, o pai respondeu lá de dentro que fora o idiota quem levara as moedas. Muito espantado com aquilo, o juiz pôs-se a andar em torno da árvore; como não visse nada, ordenou que se ajuntasse madeira e se colocasse na árvore, ateando uma fogueira. Quando a fumaça entrou no tronco oco, e junto com ela o calor, o homem resistiu por uns momentos mas logo gritou; retiraram-no então, após ter estado a ponto de morrer. Depois, o juiz puniu-o e ao filho. O velho morreu e o filho saiu carregando o pai morto, enquanto o idiota, tendo-os derrotado, voltava para casa com as moedas de ouro.

[*Prosseguiu Kalīla*:] só te apliquei este paradigma porque a trapaça e a astúcia muitas vezes se voltam contra quem as urde. E tu, Dimna, reúnes as características vis que descrevi. O que perpetraste com tuas atividades é o que vês, conquanto eu não considere que vás conseguir escapar, pois tens duas cores e duas línguas. O bem dos moradores de uma casa consiste em que nela não entre um corruptor; a manutenção da fraterna amizade consiste em que alguém como ti não faça urdiduras contra ela. Nada é mais parecido contigo do que a serpente de cujas presas escorre veneno: é por isso que de tua língua tinha eu temores e receios, e de tua proximidade, desgosto. Com efeito, os entendidos já disseram: evita os iníquos, ainda que sejam teus parentes, pois quem for assim estará na mesma situação da cobra que alguém recolhe e limpa, mas da qual só pode esperar picada. E dizia-se: persevera na companhia de quem é dotado de inteligência e nobreza e sê-lhe afável, cuidando para não te separares dele; evita fazer companhia a quem não tem generosidade, mesmo que seus juízos sejam louváveis, acautelando-te de sua má índole e beneficiando-te do que ele pode oferecer; não deixes de freqüentar o pródigo, ainda que não tenha nobreza, desfrutando de sua prodigalidade e beneficiando-o com a tua inteligência; foge, enfim, do estúpido miserável. E, quanto a mim, fugir de ti e renunciar a ti me é o mais lícito e correto. Como podem teus irmãos esperar de ti lealdade se fizeste o que vejo com o teu rei, que te dignificou? Nisso, o teu paradigma é a seguinte sentença de um mercador: "em terra cujos ratos comem seiscentos quilos[105] de ferro, não é exagerado que falcões carreguem elefantes'". Disse Dimna: "e como foi isso?" Disse Kalīla:

Conta-se que havia na terra de Mardāt[106] um mercador pobre que teve de ir atrás de certo interesse; como possuísse seiscentos quilos de ferro, depositou-os na casa de um conhecido e viajou para cuidar de seu assunto. Quando voltou, foi buscar o ferro, mas o conhecido, que o vendera e gastara seu valor, disse-lhe: "eu o havia deixado naquele lado da casa, e então os ratos o comeram". O mercador respondeu: "com efeito, eu já tive a informação de que nada corta melhor o ferro do que dente de rato. Trata-se, além do mais, de um prejuízo fácil de suportar quando Deus te deixa bem". O conhecido alegrou-se com o que ouviu e disse: "vem hoje beber comigo"; o mercador prometeu que viria e saiu levando um filho pequeno do homem; escondeu-o em sua casa e depois voltou; puseram-se a beber até que o homem se lembrou do filho e começou a procurá-lo. Perguntou então ao mercador: "acaso viste meu filho?" Respondeu o mercador: "quando me aproximava daqui, vi um falcão carregando um menino; talvez seja teu filho". O homem gritou e disse: "ó testemunhas! acaso alguém jamais ouviu algo igual?" Respondeu o mercador: "em terra cujos ratos comem seiscentos quilos de ferro, não é exagerado que falcões carreguem elefantes". Disse o homem:

"fui eu que comi o teu ferro e, fazendo-o, introduzi veneno em meu interior; devolve meu filho e eu devolverei o que roubei de ti e o que tinhas guardado comigo". E assim fizeram.

[*Prosseguiu Kalīla*:] "só te apliquei este paradigma a fim de que saibas que, tendo traído até o rei que tanto bem te fez, não há dúvida de que aprontarás o mesmo com quem é de nível equivalente ao teu, nem de que, a teus olhos, a estima não goza de boa posição nem deve ser retribuída. Não há maior desperdício do que dar fraterna amizade a quem não tem lealdade, conceder favores a quem não tem gratidão, ministrar decoro a quem não o compreende e confiar segredos a quem não os guarda. Não tenho pretensões de modificar tua natureza, nem de transformar teu caráter, pois eu bem sei que o fruto amargo, ainda que untado com mel, não perderá a essência. Tua companhia me fez temer por meu parecer e caráter, pois a companhia dos bons traz como herança o bem, e a companhia dos perversos traz como herança o mal, tal como o vento: se passa pelo fedor, fedor carrega; se passa pelo perfume, perfume carrega. Reconheço que minhas palavras lhe são pesadas: também os ignorantes consideram pesados os entendidos; os vis, os honestos; os insensatos, os sensatos; os tortos, os direitos".

Encerraram-se neste ponto as palavras de Kalīla, quando o leão já havia liquidado Xanzaba. Porém, depois de matá-lo e de ter se dissipado sua ira, o leão disse: "eu sinto muito a perda de Xanzaba, que tinha bom parecer e entendimento. Não sei, talvez ele tenha sido injustiçado". E quedou-se triste e arrependido. Observando-o, Dimna abandonou a conversação com Kalīla e foi ter com ele. Disse: "Deus te concedeu o triunfo, ó rei, destruindo o teu inimigo. O que é que te preocupa e entristece?" O leão respondeu: "estou penalizado com a morte de Xanzaba, em virtude de seu entendimento e caráter generoso". Disse Dimna: "absolutamente não fiques assim, ó rei, nem tenhas misericórdia por quem temes. Com efeito, o rei resoluto muitas vezes, embora deteste um homem e o afaste, depois, a contragosto, o aproxima e lhe atribui encargos em virtude do mérito e proveito que lhe reconhece: é a atitude de quem é obrigado a tomar um remédio amargo em busca de seu benefício e bom resultado; e muitas vezes o rei resoluto aprecia um homem e o aproxima, mas depois o liquida e elimina por temor aos danos que possa acarretar: tal como o homem ao qual a cobra pica um dedo, e ele corta esse dedo por temor de que o veneno se espalhe por seu corpo inteiro e o mate". Ao ouvir aquilo, o leão acreditou em Dimna e o aproximou.

Neste ponto, o filósofo Baydabā disse ao rei Dabxalīm: malgrado a pequenez e a debilidade de Dimna – ele que é um dos mais abjetos e desprezíveis animais –, suas ações, que levaram ao conflito entre o leão e o touro, instigando um contra o outro até que rompeu a estima e o amor fraterno que havia entre eles, constituem, para os entendidos, espantos e lições quanto ao temor e à prevenção contra os intrigantes e maledicentes, e à criteriosa observação das falsidades que urdem com suas trapaças, ardis e detrações. É o inteligente quem mais necessariamente deve recear-se da mentira daqueles, evitar-lhes o dano e averiguar todas essas coisas. Que os inteligentes não acreditem em nenhuma de suas palavras senão após confirmação, claridade e luz, e que rechacem todo aquele que possua tais características, pois é nesse proceder, se Deus quiser, que estão o bom parecer, o arrojo e a conquista da felicidade[107].

INVESTIGAÇÃO ACERCA DE DIMNA[1]

Disse o rei Dabxalīm ao filósofo Baydabā: ouvi a notícia a respeito do intrigante ardiloso e perito em embelecos, e como ele corrompe, mediante enganos e ambigüidades, o elevado apreço estabelecido entre dois fraternos amigos. Informa-me agora que fim o levou, e qual foi o resultado de suas ações[2].

Respondeu Baydabā: verificamos nos livros que, alguns dias após o leão ter matado Xanzaba, o leopardo[3] – apodado de admirável adorno, mestre do leão, seu secretário e depositário de suas confidências – saiu à procura de uma tocha, e a chuva obrigou-o a tomar a direção[4] da casa de Kalīla e Dimna. Quando se aproximou da porta, ouviu Kalīla admoestando e censurando Dimna por seu mau parecer e proceder e pelo que cometera contra Xanzaba sem que este lhe tivesse feito mal algum – e foram estas algumas de suas palavras: "as intrigas e embelecos que armaste se evidenciarão para o leão, que logo ficará a par de tudo. E não escaparás dele, mas sim sofrerás uma punição maior do que a que sofrem os delinqüentes. Tampouco eu – depois deste dia – continuarei a ser teu amigo, nem te revelarei segredo algum, nem te aproximarei de mim para nada, pois os sábios já disseram: afasta-te de quem não aprecia a boa ordem[5], e cuja ocupação é intriga e embuste. De igual modo, empurraste o rei contra o seu amigo inocente, o sábio companheiro Xanzaba, e tanto insististe que ele o incriminou e matou"[6].

Ao ouvir os dizeres de Kalīla, o leopardo fez meia-volta e foi até a mãe do leão, à qual relatou tudo quanto ouvira[7]. Pela manhã, assim que acordou, a mãe do leão dirigiu-se até o filho, a quem encontrou triste e amargurado; ao vê-lo nesse estado, reconheceu que tal não se devia senão a Xanzaba, e disse: "arrependimentos e preocupações, além de nada trazerem de volta, debilitam o corpo, embotam o intelecto e diminuem o vigor. Informa-me o que tens, e se for algo que te deva deixar triste e do qual possas livrar-te, então nem eu nem nenhum de teus soldados nos desobrigaremos disso. Mas, se isso se deve ao assassinato de Xanzaba, então já ficou evidente para nós e para ti que o perpetraste injustamente, sem que ele tivesse praticado delito nem trapaça nem coisa alguma. Se houvesses ponderado a respeito, comparando o quanto valias para ele com o quanto ele valia para ti, isso teria sido um ponto a levar em consideração, pois se diz que um homem só estima ou odeia alguém caso constate que esse alguém nutre os mesmos afetos em relação a si. Informa-me, portanto: acaso sentes o teu íntimo atestar que o que fizeste com Xanzaba deveu-se ao ódio e à inimizade dele? Se assim for, então ele era de fato teu inimigo, e Deus te concedeu um triunfo livrando-te dele; deixa, pois, de tristeza e angústia pela ausência dele, pois as inimizades não se abolem. Mas, caso teu coração não esteja atestando a inimizade do touro, nem se recorde de ódios ou divergências, então bem mereces te entristecer por ele"[8].

Disse o leão: "meu peito continua, em relação a Xanzaba, despojado de reservas[9]: ainda acreditaria nele, admiraria seus bons pareceres, estimá-lo-ia e folgaria em sua presença. Seu assassinato fez-me ser invadido por graves aflições; em minha alma nunca pude reprová-lo, nem antes nem depois de seu assassinato, e de fato estou arrependido do que lhe fiz; sinto saudades e dor; não tenho dúvidas de que ele era inocente daquilo com que o conspurcaram; insuspeito, foi morto devido à campanha que contra ele moveram os perversos, com sua iniqüidade e paramentadas palavras mentirosas. Mas informa-me: acaso ouviste algo ou alguém te falou a respeito? Pois, caso meu palpite seja correspondente à informação de alguém digno de confiança, será mais condizente para a inteligência, mais reconfortante para o peito e mais apropriado que, por meio dessa informação, torne-se possível afastar suspeitas e dúvidas"[10].

Disse a mãe do leão: "relatou-me alguém que goza de tua inteira confiança e credibilidade que Dimna não fez o que fez a Xanzaba, indispondo-te contra ele, senão pela inveja que lhe tinha devido à posição e ao prestígio de que desfrutava junto a ti". Perguntou o leão: "e quem te contou isso?"[11] Respondeu a mãe do leão: "foi-me contado em confiança, e quem pede ocultação deve ser preservado: revelar um segredo depositado é trair a confiança, e quem o faz estará na pior situação na outra vida[12]". Disse o leão: "por vida minha que proferiste a verdade, mas isto não é coisa que se oculte; pelo contrário, estaria direito que o detentor revelasse publicamente tal segredo, manifestando seu testemunho a respeito e aperfeiçoando-lhe o galardão, sem se subtrair às suas obrigações – em especial no que tange ao sangue injustamente derramado –, pois quem oculta as ações dos delinqüentes incide em delito e se torna cúmplice. Ademais, o potentado não deve punir com base em meras conjecturas ou suspeitas, porquanto o derramamento de sangue é questão gravíssima. E eu, ainda que tenha agido às cegas em relação a Xanzaba, ficarei muito desgostoso se fizer o mesmo com Dimna, sem evidências nem certezas. Quem te deu tal informação lançou a responsabilidade sobre teus ombros"[13]. Disse a mãe do leão: "proferiste a verdade, mas eu supunha que, quanto a este relato, bastaria o fato de ser eu a relatora, e que me acreditarias, não que desconfiarias de mim". Disse o leão: "não és, para mim, alguém cujos dizeres se repudiem, e nem minha alma de ti desconfia, nem me são suspeitos teus conselhos; porém, eu gostaria que me informasses quem te relatou isso, a fim de que meu peito mais se tranqüilize". Disse a mãe do leão: "se assim sou para ti, castiga então aquele iníquo de modo correspondente ao que ele fez". Perguntou o leão: "e por que não me informas quem te relatou o que me disseste?" Respondeu a mãe do leão: "disso me decorreria prejuízo em três itens. O primeiro: o rompimento da estima entre mim e quem me revelou este segredo, pelo fato de eu revelar que foi ele que me contou. O segundo: a traição de uma confiança da qual fui depositária. O terceiro: aqueles que antes confiavam em mim passarão a temer-me, e deixarão de relatar-me seus segredos. Destarte, se eu fizer o que me pedes ninguém mais acreditará ou terá confiança em mim". Ao ouvir aquilo, o leão percebeu que ela não lhe revelaria o nome de quem lhe transmitira a informação; disse então: "a questão é como dizes, e não te ficarei inquirindo acerca do que te desgosta, nem me invadirão o peito suspeitas contra o teu conselho. Informa-me, pois, de tudo quanto ocorreu, já que te desgosta informar-me o nome de quem te fez tal confidência". E assim ela lhe contou o que se passara, e acrescentou: "dos sábios não ignoro os dizeres que enaltecem a superioridade do perdão concedido àqueles que perpetram delitos, mas isso desde que não ocorra perda de vidas; que não se trate de traição do vulgo, da qual sobrevêm danos que são sempre pretextados pelos vis quando perpetram suas más ações; e que não se intente trapacear contra o rei levando questões equívocas – caso esteja ele laborando em erro – ao vulgo[14]. E uma das coisas que se diziam era: os governantes não devem preservar os traidores iníquos, praticantes da perfídia e da intriga, que trapaceiam e corrompem os homens, nem quem odeia o bem em que vivem e não lhes perdoa tal coisa. E quem deve ser primordialmente responsável por expulsar do rebanho aquilo que o corrompe e de conduzir a ele aquilo que lhe faz bem são os líderes encarregados de zelar por seu interesse. Quanto a ti, é justo que mates Dimna, pois já se dizia que todas as coisas se corrompem por dois motivos: divulgação de segredos e concessão de confiança a gente iníqua. Quem deflagrou a inimizade entre ti e Xanzaba, teu grande conselheiro e auxiliar-mor, levando-te a matá-lo de modo infame, foi Dimna, com sua astúcia, trapaça, perfídia e traição. Agora – que já te foi revelado o que estava oculto, tornando-se evidente para ti aquilo que ignoravas, e ficaste a par do assunto de um modo que antes deste dia não te havia sido relatado –, o teu alívio e o de teus soldados, assim que Dimna deixar transparecer o que por ora está ocultando, consistirá em matá-lo, punindo-o por seu crime e preservando teus soldados do mal que ele pode levá-los a perpetrar, pois não se está assegurado de que não reincidirá em algo semelhante. Talvez estejas inclinado, ó rei, a dar preferência ao perdão para quem comete delitos; porém, caso resolvas refletir a respeito, deverás estar ciente de que, entre tais delinqüentes perdoados, nenhum cometeu delito que chegasse ao nível do delito de Dimna".

Ao ouvir isso, o leão convocou suas tropas, que se apresentaram e trouxeram Dimna. O leão abaixou a cabeça, envergonhado pelo crime que cometera contra Xanzaba. Vendo coisas nesse pé, Dimna fez-se de sonso e perguntou a quem estava atrás de si: "por que vejo o rei angustiado e preocupado? É acaso algum acontecimento que vos fez acorrer até ele?"[15] Ao ouvir aquilo, a mãe do leão disse em resposta: "o que aflige o rei é o fato de ainda estares com vida até hoje – apesar do gravíssimo crime que perpetraste –, ó traiçoeiro mendaz!" Disse Dimna: "e qual seria tal crime, que tornaria aprazível minha morte e faz minha existência afligir o rei?" Disse a mãe do leão: "o mais terrível procedimento foi o teu e a mais grave traição foi a tua: enganaste o rei e mataste seu inocente conselheiro". Disse Dimna: "eis[16] aí chegada a confirmação do que se costumava dizer, e era o seguinte: quem se esforça na busca do bem, célere lhe advém o mal. Que o rei e seus soldados não incidam neste mau paradigma, pois eu bem sei que tal frase somente foi dita a propósito da companhia dos perversos: quem deles se faz acompanhar, por mais que lhes conheça as práticas[17], não passa incólume à sua perversidade. Foi por isso que os religiosos e ascetas recusaram o mundo e seus prazeres, optando pelo isolamento[18], e abandonaram a convivência e a conversação com os homens – de tanto verem os puros sendo censurados pelas ações dos iníquos, e os iníquos sendo recompensados pelas obras dos puros –, preferindo as obras para Deus às obras para suas criaturas, pois ninguém paga o bem com o bem senão Deus; quanto aos que estão abaixo dele, seus misteres decorrem de modo tal que na maioria deles prevalece o erro. E a nenhum outro é dado ter tantas nobres qualidades quanto o rei bem-sucedido, que não adula a ninguém, seja por necessidades que tenha, seja por punições que tema. Assim, quanto à excelência no acerto, a questão relativamente à qual mais cresceu o desejo dos reis é a concessão de recompensas àqueles que lhes dão provas de valor[19] e àqueles que fazem chegar até eles seus bons conselhos; é isso tudo muito próximo do meu presente caso, e aplicável ao que me levou a aconselhar o rei, a dar-lhe preferência a outrem, a cuidar do interesse geral denunciando o segredo de um traidor ingrato[20] que em sua alma albergava o mal e cujos desígnios chegavam ao ponto de pretender atraiçoar o rei e atacá-lo. Tudo isso ficou evidente para o rei – o qual estava a par de tudo, de prontidão contra a hostilidade e o rancor – mediante a observação dos sinais claros e evidentes que dispensam tudo o mais, e assim ele pôde enfrentar o touro da maneira como o enfrentou quando ambos se encontraram, e o touro desafiou-o. Nada do que o leão lhe fez foi impensado, e, caso ele investigue o assunto, questione a respeito e analise, reconhecerá a verdade do que eu lhe havia dito, pois o fogo existente na pedra e na madeira só se extrai com o uso de artimanhas, e o paradigma a respeito é óbvio. O investigar e o perquirir lançam mais luz e clareza sobre os delitos do homem, assim como a podridão do lodo e outras coisas, quando nelas se remexe, extravasam seu fedor e asquerosidade. O rei e os presentes estão cientes de que entre mim e o touro nada havia que me fizesse odiá-lo ou lhe guardar rancor, nem ele me podia fazer mal ou bem algum. E o rei teve – quanto ao que lhe cientifiquei sobre o touro, e cuja veracidade ele constatou – o melhor parecer e o maior arrojo. E eu sei muito bem que mais de um trapaceiro hostil e inimigo do rei teme que eu faça o mesmo contra si; assim, urdiram minha desgraça e acordaram meu aniquilamento"[21].

Ao ouvir as palavras de Dimna, o leão, invadido pela dúvida, determinou que ele fosse retirado, investigado e conduzido aos juízes, que lhe estudariam o caso[22]. Dimna prosternou-se e disse: "ó rei, não é justo que apresses quem quer que seja a punir com base nas palavras dos perversos e sem investigação e confirmação. Estou plenamente convicto de que te certificarás de minha inocência e da veracidade de minha fala. Os sábios já disseram: quem da pedra extrai o fogo – que nela está latente – é semelhante a quem pode extrair, mediante investigação e longa pesquisa, o que se lhe estiver oculto em qualquer assunto. Fosse eu criminoso, ficaria feliz em que abandonasses a perquirição a meu respeito, e não estaria freqüentando as portas do rei; fosse eu culpado, teria fugido pelo mundo, e não me faltaria refúgio. Porém, em virtude de minha convicção, inocência e bom parecer, não abandonei o rei nem dele me apartei. Eu desejo – caso ainda existam dúvidas a respeito – que o rei ordene a verificação desse assunto; que o encarregado tenha honestidade e islã[23]; que na busca da verdade seja irreprochável; que não alimente favoritismos nem conchavos com ninguém; que minhas explicações sejam de fato levadas a ele; que ele estude o que ouvir de outros e não se deixe levar pelas palavras dos que pretendem oprimir-me e dos que me invejam, pois eu detinha uma posição que era disputada e invejada. Se o rei não proceder assim, e sua opinião me for adversa, não terei outra esperança ou salvação senão Deus, que conhece os segredos de seus servos e o que se oculta em seu foro íntimo; espero que eu não seja, se assim for, mais prejudicado do que ele[24]. E já se dizia: aquele que trabalha com suspeitas sem as contemplar com o devido vagar nem delas se assegurar pode ser levado a crer naquilo de que deve duvidar, e a descrer daquilo em que deve crer. Seu caso, assim, será como o da mulher que se entregou a seu escravo, até que o comportamento dele a denunciou[25]". Perguntou o leão: "e como foi isso?" Disse Dimna:

Havia na terra de Cachemira uma cidade denominada Barūd, na qual vivia um mercador chamado Kabīraġ[26]. O mercador tinha uma formosa mulher e um vizinho pintor, o qual mantinha um caso com ela. Durante uma das visitas que o pintor lhe fazia, a mulher disse: "se puderes engendrar algo que seja entre ti e mim um sinal – mediante o qual eu possa saber que estás vindo à noite, evitando chamados, pedras e outras coisas que provocam suspeita –, isso seria útil para ti e para mim". Disse o pintor: "sim, uma túnica alvinegra, cuja brancura é como a da lua, e cuja negrura é como a da pupila dos olhos; se acaso a vires, apressa-te, pois ela será o sinal entre mim e ti" [27]. Aquilo agradou e contentou a mulher, e o pintor passou a visitá-la usando a túnica. Um escravo do mercador, que tinha amizade com uma escrava do pintor, ouviu a história sobre a túnica e pediu a ela que lhe emprestasse tal veste a fim de mostrá-la a um amigo e depois devolvê-la rapidamente. Como o pintor tivesse se ausentado para ir à casa do rei, a escrava, sem suspeitar de nada, emprestou a túnica ao escravo, e ele a vestiu e foi à noite até sua patroa, a qual, sem suspeitar de nada, e vendo-o com a túnica, imaginou que fosse seu namorado pintor e se entregou a ele. Depois de se satisfazer, o escravo retornou com a túnica até a casa da escrava, que a recolocou no lugar[28]. Passadas algumas horas da noite, o pintor retornou para casa, vestiu a túnica e foi até a mulher, a qual, ao vê-lo, se aproximou dele e disse: "o que tens? voltaste tão rápido depois de te haveres satisfeito!". Ouvindo tais palavras, o pintor percebeu que fora enganado. Voltou imediatamente até sua escrava, a quem aplicou uma grande sova, e ela lhe contou a história. Então ele pegou a túnica, rasgou-a e queimou-a.

[*Prosseguiu Dimna*:] "só te apliquei este paradigma a fim de que não te apresses em algo que contém dúvida e mentira, pois a mentira sempre acaba denunciando quem a pratica[29]. Considero pertinente que verifiques o meu caso. Não digo o que estás ouvindo por medo da morte, pois ela, ainda que detestável, é igualmente inescapável e inevitável. E, se eu soubesse ter cem almas, e soubesse, ainda, que por capricho[30] o rei gostaria que todas elas fossem sacrificadas, de bom grado lhas ofereceria". Disse um freqüentador da corte: "não profeiste nada disso por amor ao rei, nem pela dignidade que ele te conferiu, mas sim para te defenderes, te livrares das dificuldades em que estás envolvido e buscares justificativas para o que cometeste"[31]. Voltando-se para ele, Dimna respondeu: "ainda que meu caso fosse como descreves, não vejo como se me possa censurar ou criticar por estar defendendo minha alma da maneira possível, procurando demonstrar-lhe a inocência e trazer-lhe conforto. Nada é mais próximo do homem do que sua alma, e ninguém melhor do que ele para aconselhá-la e trazer-lhe as justificativas à tona. Quanto a ti, é lamentável como demonstras a escassa familiaridade e estima que tens por tua alma, e o mau estado em que ela se encontra: és tão inimigo da tua alma que mais correto seria que não a tivesses. Os sábios já diziam: quem envilece e odeia a própria alma para a alma alheia será mais hostil e nocivo, e para o alheio, mais enganador e mesquinho[32]. Não é somente o rei que eu afastaria da tua maléfica companhia, mas chego a ponto de me ver afastando o teu maléfico caráter até mesmo dos quadrúpedes, que considero perderiam a dignidade misturando-se a ti[33]". Ao ouvir aquilo de Dimna, ele não lhe deu nenhuma resposta[34]. Disse a mãe do leão: "é estarrecedora a incontinência de teu linguajar nas respostas a quem se pronuncia, tendo em vista o que fizeste". Disse Dimna: "e qual o motivo de veres com um só olho e ouvires com um só ouvido? É essa a causa de minha desventura, muito embora eu veja que tudo se modificou e disfarçou, pois ninguém profere a verdade, e não se fala senão pela paixão. Aqueles que estão às portas do rei – por se encontrarem certos de sua lhaneza e seguros por sua generosidade – nada temem quanto ao que corresponde ou diverge da verdade, pois ele não muda seu comportamento em relação a eles nem os testa ou repreende". Disse a mãe do leão: "vede só este celerado que cometeu tamanha enormidade: ele agora ataca os outros a fim de encobrir seu crime e inocentar-se". Disse Dimna: "faz o que dizes quem divulga segredos ao invés de guardá-los, ou o homem que se veste como mulher, ou a mulher que se veste como homem, ou o hóspede que alega ser dono da casa, ou quem se pronuncia, numa assembléia perante o rei, sobre assuntos que não lhe foram perguntados". Disse a mãe do leão: "e acaso não conhecias o malefício que teu ato causaria, para assim tê-lo evitado, nem observas o engano de tuas palavras, para assim delas precaver-te?" Respondeu Dimna: "quem comete atos condenáveis não deseja o bem para outrem, nem impede que lhe sobrevenham coisas desagradáveis". Disse a mãe do leão: "ó iníquo! És de fato atrevido pronunciando-te desta maneira diante do rei! É espantoso que ele tenha te mantido vivo!" Respondeu Dimna: "o merecedor do que descreveste é quem recebe bons conselhos, fica com o inimigo à sua mercê, alcança-o, mata-o, e depois não agradece a quem o aconselhou nem o reconhece, desejando ainda matá-lo sem que tenha cometido crime algum"[35]. Disse a mãe do leão: "ó mentiroso! Tencionas salvar-te[36] do enorme crime que cometeste?" Respondeu Dimna: "faz o que mencionaste quem diz o que não foi; quanto a mim, proferi a verdade e aduzi provas e argumentos". Disse a mãe do leão: "e o que foi que disseste, e qual a verdade que proferiste?" Respondeu Dimna: "o rei está ciente de que, fosse eu mentiroso, não me pronunciaria desta maneira na frente dele. Minha intenção é que lhe fiquem evidentes minha veracidade e inocência, e a correção do que eu disse". Quando percebeu que seu filho nada pronunciava a respeito de Dimna, a mãe do leão ficou desconfiada e disse: "talvez ele tenha sido caluniado no que lhe foi atribuído, pois quem se defende diante do rei e na presença de seus soldados, sem que suas afirmações sejam contestadas, é como se estivesse dizendo a verdade"[37].

Nesse ponto, o leão determinou que Dimna fosse algemado e encarcerado, e também que seu caso fosse investigado. Disse a mãe do leão: "ouvi a respeito desse iníquo mentiroso as piores coisas que se podem dizer a respeito de alguém; todas as línguas se lançam contra ele, que de tudo se desvia[38]; a mim, porém, ele não engana, pois quem me contou o que ele fez goza de inteira confiança e credibilidade; que seja poupado de Dimna e não confrontado com ele"[39]. Disse o leão: "deixa-me em paz e aquieta-te, pois eu investigarei e examinarei o caso sem pressa: não acarretarei o mal à minha alma para satisfazer o capricho de alguém que não conheço, sem poder distinguir a veracidade da mentira. Afinal, quem é esse de quem falas? Dá-me o seu nome". Então a mãe do leão disse: "é teu fiel amigo, mestre e secretário, o leopardo". Disse o leão: "basta o que disseste! Verás o que ordenarei que se faça com Dimna. Retira-te"[40].

Quando eram passadas algumas horas da noite[41], Kalīla, informado de que Dimna estava detido no cárcere, foi até ele resmungando pelo caminho; ao vê-lo acorrentado, chorou copiosamente e disse:

"a questão chegou a um ponto tal, meu irmão, que já não posso lançar-te palavras ásperas, nem te dirigir frases desagradáveis. Ocorrem-me agora as coisas que eu havia insinuado; eu já previra isto, e havia feito advertências, mas você não as aceitou nem levou em conta por causa da tua auto-suficiência. Ai de teu saber[42] e sagacidade! Desviaram-se de ti, foram-te arrancados e se perderão inutilmente junto com a tua vida!". Disse Dimna: "nunca cessas de falar a verdade e determinar que ela se realize. Porém, eu não te ouvi – por causa de minha voracidade e apetite, e também porque já estava escrito que essa desgraça se abateria sobre mim; não fosse assim, as advertências que me fizeste teriam me impedido de incidir em algo idêntico ao que elas continham, e eu me beneficiaria de teus pareceres. Os sábios disseram: quem não dá ouvidos a seus irmãos e conselheiros arrepender-se-á. E foi isso que me sucedeu. Contudo, o que eu poderia ter feito? A ambição e a cobiça do olhar derrotam o bom parecer do benevolente e a visão do sábio. É como o enfermo que sabe que sua sofreguidão por comida é nociva e lhe intensifica as dores, mas mesmo assim não deixa de comer e ir atrás de mais comida, agravando a enfermidade a ponto de levá-lo à morte. Hoje, não estou triste por mim, mas por ti, pois eu temo que sejas preso por causa da proximidade que existe entre nós, e que, torturado, não encontres outra escapatória que não revelar o meu caso, sendo então eu morto por denunciares tu o meu segredo, e eles acreditarem em ti e não em mim". Disse Kalīla: "nada é justo nesta vida; às vezes o homem, quando lhe sucede alguma desgraça, vê-se premido a acusar-se do que não fez nem sabe a fim de manter a vida e diminuir a pressão que sofre. Os sábios já diziam: quando um interrogado corre o risco de perder a vida, ele não se limitará a dizer o que foi, mas, no intuito de preservá-la, dirá também o que não foi. Dos meus receios em relação a ti eu te alertara. Mas já se prolonga demasiado esta minha visita; vou-me embora, pois temo que alguém entre e me veja contigo, ou que ouça nosso diálogo. Sugiro-te que confesses e declares teu crime, pois de qualquer modo irás morrer, e a morte neste mundo por causa dos atos cometidos é melhor do que o sofrimento eterno no outro mundo junto aos criminosos celerados". Disse Dimna: "o que disseste é verdade, mas fazê-lo é penoso; seja como for, não direi uma só palavra até que meu caso seja julgado". Kalīla voltou para casa tomado de aflições e tristezas e, temeroso de ser preso por causa de Dimna, foi atingido por violenta disenteria e morreu naquela mesma noite[43].

Estava ali encarcerada uma fera[44] que dormia nas proximidades do lugar onde Kalīla e Dimna conversavam; as palavras deles fizeram-na acordar, e ela ouviu tudo o que ambos disseram e discutiram entre si, a tudo memorizando e ocultando.

No dia seguinte, a mãe do leão foi até o filho e lhe disse: "lembra-te do que me prometeste ontem a respeito daquele celerado, e também do que disseste a tua guarda: um homem deve agir com temor a Deus, e nisso não pode haver vagar. E eu não sei de nada cuja recompensa seja melhor do que ficar livre daquele iníquo, pois os sábios já diziam: quem ajuda as traições dos criminosos associa-se a eles em suas ações". Então o leão determinou que o leopardo e o juiz iniciassem os trabalhos e trouxessem Dimna à presença dos soldados: que ambos o interrogassem, transmitindo-lhe todas as acusações contra ele e ouvindo-lhe as respostas; que não deixassem, igualmente, de fazer tudo chegar ao conhecimento do próprio leão. Então ambos saíram, reuniram a guarda e mandaram trazer Dimna, o qual chegou e se postou no centro da assembléia. O leopardo levantou-se, empostou a voz e disse: "vós sabeis, ó soldados, as aflições e sofrimentos que atingiram o rei por causa do assassinato de Xanzaba. O rei continua triste e temeroso de que Dimna tenha inventado as acusações contra o touro, enganando-o com mentiras e falsidades. Agora, ele gostaria de ter certeza disso, e nos escolheu para investigar o caso. E é lícito que vós não retenhais nenhum segredo, nem lhe oculteis nenhuma sugestão nem escondais nenhuma palavra. Que cada um de vós diga o que sabe, pois o rei não deseja precipitar-se e punir – empurrado por capricho próprio ou alheio – quem quer que seja, sem que tal punição seja merecida". Disse o juiz: "prestai atenção ao que disse o fiel leopardo e segui-o. Já ouvistes o que vos foi dito; portanto, que nenhum de vós omita, de modo algum, nada do que sabe, e isso em virtude de três quesitos. O primeiro é a veracidade do que declarardes em juízo: não apequeneis qualquer grande questão ligada à verdade, pois não vos deve repugnar a decisão do julgamento, seja ela do vosso agrado ou não, nem deveis diminuir a importância de nada relativo a tal julgamento; e qual enormidade pode ser pior do que proteger a perfídia de quem leva os virtuosos à precipitação e ao tropeço com suas calúnias e trapaças? Ademais, quem o proteger não estará a salvo de suas artimanhas, nem longe de lhe ser parceiro em seus ardis; e mesmo um pouco da verdade já será grandioso. E, diante de Deus, não existe nada mais terrível do que matar um inocente, que nenhum delito cometeu, por causa das intrigas de um celerado mendaz. O segundo quesito é que a punição a quem delinqüiu constitui-se num exemplo para os suspeitos contumazes, atendendo aos interesses do rei e do rebanho. E o terceiro quesito é que a morte ou expulsão dos perversos constitui-se em conforto e bem para o rei e para o rebanho. Que cada um de vós diga o que sabe, a fim de que o veredicto se baseie na verdade e não na paixão e iniqüidade".

Então todos se entreolharam e abaixaram a cabeça longamente, sem proferir palavra: a respeito daquilo eles não possuíam claras evidências que lhes permitissem falar algo, e, de mais a mais, repugnava-lhes falar com base em conjecturas, por medo de que suas palavras interferissem no julgamento e impusessem outra morte[45].

Disse Dimna: "o que vos faz calar? Que cada um de vós diga o que sabe. Ficai cientes de que toda boa obra cedo ou tarde obtém sua recompensa. É inescapável que digais o que sabeis a meu respeito, e que cada falante fique sabendo que seu pronunciamento consistirá numa sentença sobre a vida ou a morte. Ficai cientes também de que quem diz o que não viu e alega saber o que ignora será atingido pelo mesmo que atingiu o médico ignorante que se encarregou do que não podia". Perguntou o juiz: "e como foi isso?" Disse Dimna:

Conta-se que havia em certa cidade do Sind[46] um médico sábio e habilidoso. Morto esse médico, seus livros foram estudados por outros homens, que deles se beneficiaram e neles se instruíram. Veio-lhes então um homem alegando ser médico de muita habilidade, mas que não era nada disso. O rei do lugar tinha uma filha que lhe era muito cara e que, estando grávida, foi atingida por uma doença na barriga e passou a sofrer com os sintomas[47]. O rei mandou que se procurassem médicos, e seus emissários encontraram um que conhecia o assunto e que vivia à distância de uma légua[48]; estava cego. Os emissários descreveram-lhe as dores da princesa, e o médico determinou que ministrassem a ela um remédio chamado zamharān[49]. Os emissários voltaram até o rei e lhe deram a informação, e ele determinou que se buscasse um médico para preparar o remédio. Foi até ele, então, o tal homem ignorante, afirmando-se sábio e conhecedor dos remédios e suas misturas. O rei mandou que se trouxessem os potes contendo os remédios do falecido médico, e estes foram depositados diante do ignorante, que tomou de um deles uma porção de veneno, fazendo com ela, misturada a outras porções, o zamahrān. Ao ver a rapidez com que ele aviara o remédio, o rei imaginou que o homem fosse de fato um sábio e ordenou que lhe fossem dadas jóias e belas roupas; depois, ministrou o remédio à jovem, cujos intestinos não tardaram a se arrebentar, e ela morreu. Então, o rei ordenou que se desse de beber ao médico do remédio que fabricara, e ele também morreu[50].

[*Prosseguiu Dimna*:] "só apliquei este paradigma a vossa reunião a fim de que não vos pronuncieis, no intento de agradardes a outros, sobre o que não sabeis e serdes atingidos pelo mesmo que atingiu aquele médico ignorante; com efeito, os sábios já diziam: a recompensa de cada um está em suas palavras e atos. E eu sou inocente daquilo com que tentam vilipendiar-me, e estou aqui diante de vós". Pronunciou-se então o chefe dos javalis[51], confiante na posição que detinha junto ao leão e sua mãe[52]: "escutai, ó soldados, e refleti sobre o que vos digo: os sábios, com efeito, nada deixaram sem provar quanto aos sinais, segredos e notícias; as marcas da iniqüidade são evidentes neste desgraçado, sobre o qual se propalam aos quatro ventos coisas muito ruins". Disse então o maioral da guarda ao chefe dos javalis: "já ouvimos isso, mas são poucos os que de fato conhecem o assunto. Dá-nos ciência, pois, do que vês neste miserável". O chefe dos javalis pôs-se de pé, tomou a pata de Dimna e disse: "consta nos livros dos sábios que quem tiver o olho esquerdo pequeno e muito agitado, e o nariz pendente para o lado direito, e os pêlos das sobrancelhas distanciados, com tufos separados de três pêlos cada um, e que ao caminhar abaixa a cabeça e sempre volta o olhar para trás, então esse será dado à intriga, iniqüidade e traição. Tais sinais são todos visíveis neste desgraçado". Disse Dimna[53]: "encontramo-nos todos sob os céus e não sobre eles. Vós sois dotados de juízo e é por meio do saber que medis as palavras; já compreendestes o que ele disse; ouvi-me agora, pois ele supõe que ninguém é mais conhecedor das coisas do que ele, e que não existe saber senão o dele. Conquanto o que ele tenha dito a respeito das marcas seja verdadeiro, eu nunca ouvi que alguém pudesse fazer o bem ou o mal somente por causa delas, pois assim vós seríeis recompensados ou punidos com base nessas marcas, sem que nisso tomassem parte alguma vossos pareceres; logo, quem fosse esforçado, ainda que perseverasse na prática do bem, tal perseverança em nada o beneficiaria; nem quem fosse mau, ainda que praticasse delitos, tal prática em nada o prejudicaria. Agora, sou eu que estou sendo massacrado por causa das marcas que trago no corpo[54], cuja existência é questão que não se deve a mim e, se elas existem, em Deus me protejo[55]. Se acaso os homens possuíssem algum poder nisso, colocariam em si próprios as melhores marcas e sinais. De mim não se deu senão o habitual, e não pratiquei senão a verdade. Tornou-se evidente para quem está aqui presente a tua falta de inteligência e de saber a respeito das coisas e da percepção que tens delas. Um homem disse certa vez à esposa: 'cuida-te de ti própria e só depois critica os outros; deixa as pessoas e conserta teus defeitos, que tu conheces muito bem': eis aí o teu paradigma". O chefe dos javalis perguntou a Dimna: "e como foi isso?" Respondeu Dimna:

Conta-se que uma cidade chamada Barzajir[56] foi atacada por inimigos, que mataram os homens e aprisionaram as mulheres e crianças. Um dos atacantes recebeu por butim um agricultor[57] e suas duas mulheres, aos quais passou a maltratar submetendo-os a privações como sede, fome e nudez. Certo dia, o agricultor e as duas mulheres foram colher lenha, e uma delas, tendo encontrado um trapo ali no deserto[58], cobriu com ele as pudendas. Disse então a outra ao agricultor: "acaso não vês como essa adúltera está a caminhar pelada?"[59] Respondeu-lhe o agricultor: "ai de ti! acaso não olhas para ti mesma? teu corpo está todo nu, e tu a censuras, embora ela ao menos tenha coberto as pudendas".

[*Prosseguiu Dimna*:] "e isso se aplica a ti, ó falastrão: é de estarrecer que te aproximes dos alimentos do teu senhor, e que te ponhas diante dele, apesar da sujeira, feiúra, fedor, vileza e inúmeros defeitos que trazes no corpo. Com tudo isso, ainda te atreves a ficar diante do rei e ser encarregado de sua alimentação. Outros súditos que não eu já estão bem cientes dos teus defeitos – sobre os quais, aliás, eu não deveria pronunciar-me –, muito embora o bom tratamento que o rei te dispensava não causasse prejuízo a ninguém. Eu era para ti um irmão, e por isso te preservava. Porém, como estás demonstrando hostilidade e proferindo infâmias contra mim, sem nenhum conhecimento de causa, então direi que o companheiro do potentado não deve ser nem curtidor nem sangrador; que dizer, portanto, da posição que tu ocupas?" Perguntou o chefe dos javalis: "é a mim que diriges isto que estou ouvindo?" Respondeu Dimna: "sim! Em verdade é a ti que o digo! Reúnes em ti hérnia e hemorróidas, as quais passas o dia inteiro coçando. Isso sem contar que és a mais deformada e vil criatura"[60]. Ao ouvir as ofensas que lhe eram lançadas, o chefe dos javalis foi sufocado pelo pranto[61] e chorou por causa do atrevimento e da grosseria com que Dimna lhe falara. Disse Dimna: "deves de fato chorar e soltar copiosíssimas lágrimas. E, caso o rei te observasse com atenção e tomasse ciência da tua condição, não tardaria a te demitir e afastar". Ao ouvir aquilo, o secretário que o leão incumbira de registrar o que se dizia – e que se chamava Xahraḫ[62] – levou tudo a ele, e o leão demitiu o chefe dos javalis de suas atividades, ordenando ainda que ele fosse retirado e afastado de seu convívio.

O leopardo e o juiz registraram e selaram tudo o que Dimna dissera e o que lhe fora dito, e determinaram que ele fosse reconduzido ao cárcere.

Um amigo de Kalīla, denominado Fayrūz[63], foi até onde Dimna estava encarcerado e informou-o da morte de Kalīla. Depois de chorar copiosamente, Dimna lhe disse: "que farei de minha vida, agora que é morto meu irmão e fiel camarada? Acertou quem disse: 'quando um homem cai em desgraça, o mal lhe advém por todos os lados, e as preocupações e tristezas que o envolvem se tornam equiparáveis à desgraça em que ele já se encontra'. Além de tudo o que já me aconteceu, ainda por cima me vejo privado de meu mestre e orientador. Mas por meio de ti Deus me concedeu um novo irmão. Espero que, nisso, não sejas inferior a Kalīla, e sim superior a ele em teus sentimentos e cuidados para comigo, e que te ocupes com os meus interesses como se foras um irmão pressuroso[64]. Assim, se não te for incômodo, bem que poderias dirigir-te até a casa de Kalīla e de lá trazer-me as coisas que nos pertenciam".

Quando Fayrūz retornou com os pertences de ambos, Dimna deu-lhe a parte de Kalīla dizendo: "tens mais direito a isso do que qualquer outro". Pediu-lhe ainda que fosse seu bom observador perante o leão, e que lhe informasse tudo o que a mãe do leão dissesse a seu respeito na corte. Fayrūz prometeu-lhe que o faria, e aceitou o que lhe foi dado, dirigindo-se a seguir até o leão, com o qual estavam o leopardo e o juiz. Haviam-lhe trazido os registros [do processo], e os depositaram diante dele. Após observar os registros, o leão ordenou que seu escriba os copiasse e devolvesse ao leopardo, e disse a ele e ao juiz: "levai Dimna e postai-o diante dos soldados. Transmiti-me o que ocorrer com ele, e todas as suas explicações". Assim que eles saíram, chegou a mãe do leão, e ele leu para ela os registros. Disse a mãe do leão: "não te irrites comigo se porventura eu te dirijo palavras mais duras, mas o caso é que estou notando que não sabes distinguir o que te acarreta dano do que te traz benefício. Eu não te havia alertado que não desses ouvido aos dizeres desse celerado ardiloso? Se acaso o mantiveres vivo, ele corromperá teus soldados e os levará à discórdia!", e retirou-se encolerizada com o filho[65].

Então, Fayrūz foi até Dimna e lhe relatou o sucedido. Enquanto conversavam, um emissário chegou e reconduziu Dimna até o juiz.

[No tribunal], o maioral da guarda disse a Dimna: "já estou a par de todo o teu caso e formei minhas convicções. Tudo me foi relatado por alguém em quem tenho plena confiança. Nada devo questionar quanto ao teu caso, nem examiná-lo além do que examinei. Os sábios já diziam: para tudo que se relaciona ao outro mundo, Deus fez neste mundo marcas e confirmações trazidas por seus profetas e enviados. Não fossem as ordens que recebemos do rei – devidas à sua piedade e misericórdia para com os súditos –, o veredicto a teu respeito já estaria muito evidente". Respondeu Dimna: "teu discurso não possui correção nem piedade nem atenção ao interesse do injustiçado nem contempla a verdade e a justiça; pelo contrário, vejo-te entregar-te aos teus caprichos, pretendendo minha morte sem dispores de clareza alguma sobre o meu caso ou sobre o que se tenta assacar contra mim, e nem sequer são passados três dias. Mas eu não te condeno, pois o celerado não aprecia a boa ordem nem quem a defende nem quem age com temor a Deus". Disse o juiz: "é lícito que o governante recompense o homem por sua observância da boa ordem, como forma de reconhecimento, pois se tratará de alguém merecedor de todo bem que se lhe fizer. É também lícito que o governante escarmente, castigue e puna o delinqüente por suas ações desagregadoras, a fim de que se intensifique, nos homens de bem, o desejo da concórdia, e nos celerados, o afastamento em relação ao erro[66]. Por vida minha que, para ti, é preferível a punição neste mundo ao posterior martírio na outra vida. Confessa, pois, a tua culpa, declara a tua má ação e reconhece o que fizeste. No final das contas, será melhor para ti o seres bem encaminhado e te predispores a tanto". Respondeu Dimna: "ó juiz probo, falaste com justiça e te pronunciaste como os sábios[67]. Por vida minha que a felicidade do homem consiste em não vender a outra vida por esta vida efêmera e descontínua, nem comprar um curto alívio à custa de um longo tormento.

Entretanto, sou inocente daquilo que me foi assacado. Como eu poderia determinar minha própria morte e agir contra minha vida, estando injustiçado? Chegar a ponto de proferir uma mentira, que eu nunca pronunciei nem constitui meu hábito? É-me penoso confessar o que não fiz e declarar o que não perpetrei, pois neste caso estaria laborando contra mim mesmo e me associando a quem deseja minha morte. E bem conheces o castigo que a outra vida reserva a quem faz isso[68]. Minha inocência é integral, e minha justificativa, inequívoca. Mas, se de fato pretendeis matar-me injustamente, a mim me basta Deus como socorro. E talvez isso – caso me mateis – não seja para mim, mais cedo ou mais tarde, a pior das coisas[69]. Digo hoje o mesmo que disse ontem: recordai-vos da prestação de contas do outro mundo e de seus castigos. Não vos lamenteis amanhã se vos envolverdes hoje em uma questão da qual vos arrependereis quando o arrependimento já não servir de nada. Os juízes não julgam por conjecturas. Conheço-me mais a mim mesmo do que vós. Cuidai-vos para que não vos atinja o que atingiu aquele que se pronunciou a respeito do que não sabia nem tinha informações". Perguntaram o maioral da guarda e o juiz: "e como foi isso?" Respondeu Dimna:

Contam que um sátrapa da cidade de Fārawāt[70] tinha uma mulher formosa e inteligente, e também um servo falcoeiro que se apaixonara pela mulher e lhe fazia constantes ofertas, mas, como ela não lhe desse a menor atenção, ele passou a alimentar o desejo de difamá-la. Assim, tendo saído de uma feita para caçar, capturou dois filhotes de papagaio, construiu-lhes um ninho e ensinou um deles a dizer: "vi o porteiro deitado na cama com minha patroa" e o outro a dizer: "quanto a mim, cala-te boca". Os dois filhotes decoraram as frases em dialeto bactriano, desconhecido pelo povo da cidade. Certo dia, enquanto seu patrão bebia, o falcoeiro levou-lhe as aves, e ambas se puseram a taramelar as frases diante dele. Admirado com aquela repetição de sons, sem no entanto compreender nada do que elas diziam, o sátrapa ordenou à esposa que cuidasse dos filhotes e lhes desse boa acolhida, e passou a dispensar ao rapaz excelente e gentil tratamento. Quando os papagaios já estavam com ele havia algum tempo, o sátrapa recebeu a visita de alguns nobres da Bactriana, e preparou-lhes comida e bebida. Depois que se alimentaram, o sátrapa ordenou que os filhotes fossem trazidos a fim de proporcionar diversão às visitas; as aves produziram lá os seus sons, e os nobres, ao ouvirem tal palrear, entreolharam-se e abaixaram a cabeça, envergonhados; depois, disseram-lhe: "acaso sabes o que eles dizem?" Respondeu: "não, só sei que me agrada". Um dos nobres lhe disse[71]: "não te aborrecerás conosco se te contarmos? Um deles afirma, no dialeto bactriano, que o porteiro fornica com a tua mulher; e o outro diz: 'quanto a mim, cala-te boca'. E não faz parte de nossos hábitos tomar alimentos na casa de um homem cuja mulher é adúltera". Nesse momento, o falcoeiro gritou lá de fora: "eu sou testemunha de que os filhotes dizem a verdade, pois eu presenciei tal fato mais de uma vez". Então, o sátrapa ordenou que sua mulher fosse morta, e ela mandou dizer-lhe: "examina bem o que te foi dito, e então ficará evidente quem é o celerado mentiroso. Ordena a esses nobres que façam perguntas às aves e verifiquem se, porventura, elas sabem ou dominam, do dialeto bactriano, mais do que essas duas frases; assim fazendo, vós sabereis que isso lhes foi ensinado pelo falcoeiro, que tentou seduzir-me, mas eu o repeli". O sátrapa assim fez: os nobres dirigiram a palavra às aves, e eis que aquelas duas frases eram as únicas que elas conheciam. Souberam, logo, que aquilo lhes havia sido ensinado pelo falcoeiro, a quem o sátrapa mandou chamar, e ele se apresentou com um falcão às mãos. A mulher lhe disse: "ai de ti! acaso me viste no estado com que intentas me detrair?" Respondeu: "sim!" Então o falcão atacou-o e lhe arrancou os olhos com as garras. Disse-lhe a mulher: "Deus apressou a punição por causa de tua mentira contra mim, pois alegaste ter visto o que não viste, e prestaste falso e infundado testemunho contra mim".

[*Prosseguiu Dimna*:] "só vos apliquei este paradigma para que saibais que quem faz o que fez o falcoeiro – atrevimento e calúnia – cedo ou tarde será castigado".

E o juiz registrou por escrito o que se disse a Dimna, e o que ele respondera, remetendo-o de novo ao cárcere. O chefe da guarda dirigiu-se até o rei, e os demais presentes dispersaram-se. Dimna ficou preso por sete noites, durante as quais falou em defesa própria; não puderam fazê-lo confessar nada quanto à sua culpa, nem conseguiram vencê-lo pelo cansaço[72].

Então a mãe do leão disse ao filho: "se acaso deres liberdade a Dimna – depois do terrível crime que ele cometeu –, teus soldados passarão a desafiar-te, e nenhum irá temer, caso cometa qualquer enormidade, a tua punição. As coisas se degradarão de modo tal que já não serás capaz de fazê-las voltar ao que eram, nem de te livrar das fissuras que se darão, nem de remendar os buracos". E trouxe o leopardo, que prestou testemunho do que ouvira de Dimna e das conversas que este teve com Kalīla[73]. E a mãe do leão tanto insistiu e repetiu os mesmos dizeres de antes que o leão se convenceu de que Dimna o levara a cometer uma injustiça e agir às cegas. Ordenou, pois, que ele sofresse uma morte terrível[74].

E o filósofo Baydabā disse ao rei Daxalīm: que os homens que refletem avaliem bem este caso e outros assemelhados, e fiquem cientes de que quem busca benefício próprio mediante a destruição do alheio – oprimindo-o com trapaças, estratagemas e embustes – não estará a salvo de que tal procedimento se volte contra si, nem de suas más conseqüências e resultados: cedo ou tarde, ele receberá a retribuição e a recompensa, e de qualquer modo estará arruinado[75].

* * *

No* dia seguinte, o juiz mandou trazer Dimna e consultou os sábios, que não se pronunciaram a respeito. Disse-lhe o juiz: "ainda que todos os aqui presentes tenham se mantido calados, nada dizendo sobre o teu caso, eles supõem, de modo consensual, que tu és um criminoso e que não há bem algum em manter-te vivo depois que as suspeitas contra ti se firmaram em seus corações. Vejo que não há nada melhor para ti do que confessar tua culpa, aliviando-te assim das punições da outra vida e conquistando algumas boas menções, e isso por dois motivos: o primeiro, tua capacidade de arranjar escapatórias e inventar justificativas para salvar-te; o segundo, confessando tua culpa, estarás preferindo ficar bem na outra vida a ficar bem nesta vida. Os sábios já diziam: "morrer de modo que se considere belo é melhor do que viver de modo que se considere horrível". Dimna respondeu dizendo: "os juízes não devem julgar por causa de suas próprias conjecturas nem das conjecturas do vulgo ou dos nobres: já estás ciente de que elas nada acrescentam à verdade. Assim, ainda que todos vós suponhais que eu tenha cometido tal crime, eu conheço minha alma melhor do que vós, com certeza tal que não cabe aí nenhuma dúvida. Considerais horrível meu caso, se for isso mesmo, porque supusestes que eu teria tramado contra outro; qual seria en-

---

* Deste ponto em diante, o texto foi traduzido de **B**. A passagem substitui o que consta em **A** desde o fim do penúltimo parágrafo da página 111 até o início desta página. (N. do T.)

tão minha desculpa, perante vós, se eu tivesse tramado contra minha própria alma, mentindo contra ela e lançando-a à morte mesmo sabendo-lhe a inocência? É a minha alma a que mais respeito, a que mais me é lícito dignificar. Eu não poderia fazer isso nem mesmo com o mais baixo e distante dentre vós, pois minha religião não o permite nem meu caráter o considera adequado. Pára, pois, com essa conversa. Se acaso tiveres pretendido dar-me um conselho, então te equivocaste; se acaso tiveres pretendido trapacear comigo, então [fica sabendo] que a pior das trapaças é a que se descobre. Nem as trapaças nem os estratagemas fazem parte do caráter dos bons juízes. Aliás, fica ciente de que tuas palavras constituem uma sentença tua e uma lei, pois tudo que os juízes determinam se torna sentença e lei cujo acerto será adotado pelos homens que praticam o acerto e cujo erro será transformado em justiça pelos homens que praticam o erro[76]. E, para piorar minha sorte, embora continues sendo por todos considerado um homem de parecer e sentenças superiores, foi justamente em relação a mim que deixaste de lado o saber dos juízes e te lançaste às conjecturas, nas quais, de caso para caso, soem ocorrer divergências[77].

Então eles registraram tudo aquilo por escrito e remeteram ao leão, que o leu, mandou chamar sua mãe e lhe expôs tudo. E ela lhe disse: "minha maior preocupação agora reside no fato de que Dimna, com seus estratagemas e ardis, poderá tramar contra ti e te levar à morte ou destruir o teu poder, e não mais nos seus crimes pretéritos, quando ele trapaceou e tramou contra teu conselheiro e fiel amigo, levando-te a matá-lo sem que ele tivesse culpa alguma". Tais palavras calaram fundo no ânimo do leão, que lhe respondeu: "dá-me notícia a respeito de quem te informou ter ouvido o diálogo entre Kalīla e Dimna. Assim, caso eu mate Dimna, esse será meu argumento". Ela respondeu: "repugna-me revelar um segredo que me foi contado, desrespeitando assim a recomendação dos sábios sobre a revelação de segredos. Contudo, vou pedir a quem me contou isso que me permita mencionar-lhe o nome para ti ou que ele próprio relate o que sabe e o que ouviu"[78].

Em seguida, a mãe do leão retirou-se e mandou chamar o leopardo, que atendeu. Ela, depois de lembrá-lo da prestigiosa posição de que desfrutava perante o leão e de suas obrigações como mestre e bom auxiliar na busca da verdade, disse que alguém como ele não poderia subtrair-se a prestar testemunho, pois também seria sua obrigação socorrer o injustiçado e ajudá-lo a apresentar suas provas no dia do juízo final. E tanto insistiu que o leopardo foi e prestou testemunho contra Dimna, relatando o diálogo que ouvira entre ele e Kalīla.

Depois do testemunho do leopardo, a fera encarcerada, que ouvira a conversa entre Kalīla e Dimna na noite em que o primeiro fora ao cárcere, mandou avisar: "tenho um testemunho a prestar; levai-me para que eu possa fazê-lo". Então, o leão mandou chamá-la, e ela prestou testemunho do que ouvira: as censuras de Kalīla a Dimna por ter se intrometido entre o leão e o touro, com intrigas e mentiras que levaram o primeiro a matar o segundo, e a confissão de Dimna a respeito[79].

O leão perguntou-lhe: "e o que te impediu de nos ter prestado o testemunho contra Dimna logo que o ouviste dizer tais coisas?" Respondeu a fera: "fui impedido pelo fato de que só meu testemunho não conduziria a um veredicto nem persuadiria nenhum adversário. Repugnou-me, portanto, pronunciar-me à toa". Juntaram-se então dois testemunhos, e o leão enviou-os a Dimna, e ambos lhe repetiram suas próprias palavras e o reprocharam. O leão ordenou que suas algemas fossem mais apertadas. E Dimna foi abandonado no cárcere, até morrer de fome e sede[80].

Eis o que sucedeu a Dimna. Tais são as conseqüências da iniqüidade, e é isso que sofrerão os invejosos e mentirosos[81].

Terminou-se o capítulo da investigação acerca de Dimna.

A POMBA DE COLAR[1]

Disse o rei ao filósofo: já compreendi o paradigma dos dois que muito se estimam entre os quais se interpõe o mentiroso traiçoeiro e intrigante, e também o que lhe ocorre no final das contas. Dá-me notícia, agora, sobre os amigos sinceros[2]: como encetam suas primeiras relações, e como se comprazem uns com os outros.

Respondeu o filósofo: o inteligente nada equipara aos mais devotados amigos[3]: nem tesouros nem quaisquer ganhos, pois tais amigos é que o auxiliam em todo bem e consolam na adversidade. E um dos paradigmas a respeito é o da pomba de colar, do antílope, do corvo, do rato e da tartaruga. Perguntou o rei: e como foi isso? Respondeu o filósofo:

Contam que havia, na terra de Dastād, nas proximidades da cidade denominada Mārawāt[4], um local de caça bastante freqüentado por caçadores. Ali também existia uma imensa árvore, de galhos repleta e espessa folhagem, na qual se localizava o ninho de um corvo chamado Ḥā'ir[5]. Certo dia, estando pousado na árvore, o corvo avistou um caçador a se aproximar: horrível a aparência, deplorável o estado, de rede ao pescoço[6] e bastão e cordões nas mãos. Caminhava em direção à árvore. Aterrorizado, o corvo disse: "foi algum motivo que trouxe esse caçador até aqui, mas não atino qual seja. Seria para destruir-me ou destruir outro alguém? Seja como for, ficarei aqui mesmo, e observarei o que ele fará". O caçador estendeu sua rede, espalhou grãos sobre ela e se escondeu por perto; não decorrera ainda muito tempo e passou por ali uma pomba a que chamavam 'de colar', que era a senhora das pombas, acompanhada de muitas outras pombas. Tendo visto os grãos, mas não a rede, pousou, juntamente com as demais pombas, e caíram todas na rede; logo, cada uma passou a debater-se em seu canto, tentando escapar sozinha. Disse a pomba de colar: "não dispersai vossas forças tentando escapar; que cada uma de vós não se preocupe mais consigo mesma do que com a outra; pelo contrário, ajudemo-nos mutuamente e assim quiçá consigamos decolar com a rede e nos salvar umas às outras". E elas assim agiram, conseguindo levantar a rede quando unificaram os esforços, e alçaram-se alto nos céus, carregando a rede. Ao observar o que as pombas faziam, o caçador foi-lhes no encalço, sem perder a esperança de se apoderar delas, na suposição de que tal vôo não iria muito longe e elas logo cairiam. Disse o corvo: "vou segui-los para ver o que acontecerá". A pomba de colar, voltando-se, notou que o caçador as perseguia e disse às demais pombas: "ei-lo avançando em vosso encalço. Caso continuemos voando alto, não desapareceremos de suas vistas, e ele continuará a nos perseguir; porém, se formos na direção das árvores e da cidade, ele não tardará a nos perder de vista; vai ainda nos procurar por algum tempo, mas logo irá desanimar e retirar-se. Aliás, nas proximidades deste caminho localiza-se a toca de um rato que é meu amigo. Se formos até lá, ele com certeza roerá esta rede e nos libertará". As pombas agiram conforme lhes determinava a pomba de colar, ocultando-se das vistas do caçador, que desanimou e foi-se embora. Já o corvo continuou seguindo-as para ver de qual artimanha as pombas lançariam mão a fim de se livrarem do problema, e assim aprender tal artimanha e transformá-la em recurso para si mesmo se lhe sucedesse algo semelhante. Logo que chegou ao lugar onde o rato vivia, a pomba de colar ordenou às demais pombas que descessem, e elas pousaram. Verificando que o rato havia construído cem tocas a fim de escapar de eventuais perigos, a pomba de colar chamou-o pelo nome, que era Zīrak[7], e ele respondeu de uma das tocas: “quem és?” Respondeu ela: “tua fiel amiga, a pomba de colar”, e ele rapidamente saiu para recebê-la. Vendo-a na rede, disse: “o que te fez cair, minha irmã, nessa enrascada, sendo tu tão esperta?” Respondeu a pomba: “e porventura não sabes que todo bem e todo mal estão desde sempre predestinados a alcançar quem de fato alcançam, bem como o momento em que ocorrem, os motivos pelos quais ocorrem, a duração que atingem e a alta ou baixa intensidade[8] do que ocorre? Foi o destino que me fez cair nesta enrascada, guiando-me aos grãos, ocultando-me a rede e me levando a ser colhida junto com as minhas camaradinhas. Mas nem isso que me sucedeu nem meu pouco resguardo contra os fados são de espantar, pois o destino não pode ser evitado nem sequer pelos mais fortes do que eu. Acaso não sabes que é o destino que faz eclipsarem-se o sol e a lua, ser pescado o peixe em mares nos quais ninguém nunca dantes nadou e despencar o pássaro dos céus, caso isso tenha sido decretado contra eles? O motivo que leva o incapaz a lograr seu intento é o mesmo que se constitui em obstáculo entre o capaz e seu intento”. E, como o rato se pusesse a roer os fios que a envolviam, a pomba de colar lhe disse: “antes de mim, começa roendo os fios que envolvem todas as outras pombas, e só depois vem para o meu lado”. Ela repetiu aquilo algumas vezes sem que o rato lhe prestasse atenção, mas, depois de muita insistência, ele disse: “tanto repetes tais dizeres que pareces não ter necessidade de tua alma, nem lhe conceder o devido direito”. Respondeu a pomba de colar: “não me censures o pedido, pois eu estou encarregada de liderar o grupo, e as obrigações decorrentes disso são gigantescas. Elas cumprem, em relação a mim, o dever da obediência e do bom conselho, e foi com tal auxílio e obediência que Deus nos salvou do caçador. Eu temo, caso comeces rompendo os meus fios, que logo te entedies e fatigues, deixando de lado algumas de minhas companheiras. E eu bem sei que, caso comeces por elas e seja eu a última, não te darás por satisfeito – ainda que te aborreçam o cansaço e a monotonia – enquanto não me libertares". Disse-lhe o rato: "é por coisas como essa que quem te aprecia passa a te querer e zelar por ti ainda mais", e pôs-se a roer a rede até o fim. E a pomba de colar e suas companheiras dirigiram-se todas de volta a seus lugares.

Ao ver como o rato salvara as pombas, o corvo, já desejando entabular amizade com ele, disse: "eu não estou seguro de que não me sucederá o que sucedeu às pombas, e não posso dispensar a estima do rato". Então, achegou-se a sua toca e o chamou pelo nome. O rato perguntou: "quem és?" Respondeu: "sou o corvo. Aconteceu-me isso e aquilo. Ao ver como és leal para com teus amigos, passei a desejar tua fraterna amizade. É isso que vim pedir-te". Disse o rato: "não há entre mim e ti motivo para aproximação. Ao contrário, o inteligente deve buscar as coisas que pode alcançar, e abandonar o que está fora de possibilidade, a fim de não ser considerado tão ignorante quanto o homem que pretendeu fazer um navio deslizar pela terra, e arrastar um carro pela água, pois isso é impossível. Como poderiam existir entre nós motivos para aproximação? Sou carne e és carnívoro; logo, sou alimento para ti!" Disse o corvo: "pondera com tua inteligência: comer-te, ainda que para mim constituas alimento, nada me acrescentaria. Mas, ao contrário, tua manutenção e estima seriam para mim uma alegria. Reflete, mediante a experiência que acumulaste ao longo da vida: acaso viste alguém que trocasse o benefício pelo dano para si mesmo, estando ciente do que fazia? Eu não passei a desejar tua amizade – e passei mesmo – senão porque ela acarretará benefício para minha alma. É a tua manutenção que me beneficiará no caso de alguma desgraça ou calamidade que me aconteçam. É lícito – já que passei a anelar por tua amizade – que não me afastes de tua alma; que ela não te leve a pensar mal de mim, sopesando o que lhe estou concedendo de minha alma e a firme promessa que lhe estou fazendo. Já demonstraste um belo caráter, e quem tem mérito não o consegue encobrir ainda que se esforce para escondê-lo e ocultá-lo, tal como o almíscar que se esconde e oculta, mas isso não impede que sua fragrância se propague. Assim, não sejas avaro em tua estima nem me negues tua amizade". Disse o rato: "a pior das inimizades é a das essências, que consiste em duas categorias: a primeira é a inimizade entre aqueles que podem equivaler-se[9], tal como a inimizade entre o leão e o elefante, pois às vezes o leão mata o elefante e outras o elefante mata o leão. Quanto à segunda categoria, é aquela em que só uma parte pode infligir dano à outra, tal como a inimizade existente entre mim e o gato, e entre mim e ti. Não por algum mal que eu possa fazer a ti ou ao gato, mas pelo sofrimento que Deus determinou que eu deveria sofrer da parte de vós. Qualquer acordo feito entre os inimigos de essência voltará a ser inimizade; ademais, acordos com o inimigo não são confiáveis. De fato, a água, ainda que aquecida e fervida ao fogo, não deixará de apagá-lo caso seja lançada sobre ele, pois sua quentura não lhe anula a essência. O inteligente não deve deixar-se iludir por acordos com o inimigo, nem por sua companhia, pois isso será semelhante ao companheiro da cobra, o qual, tendo-a encontrado congelada, guardou-a na manga, mas, quando o dia se aqueceu e ela sentiu o calor da roupa, mexeu-se e picou-o; o homem então perguntou à cobra: 'é essa a retribuição pela bela atitude que tive para contigo?' Ela respondeu: 'tal é minha atividade, hábito, caráter e natureza'. O mais néscio dos homens é quem pretende apagar a origem e natureza de algo, contrariando-lhe o âmago e a essência. O inteligente não fica em sossego ante seu inimigo; pelo contrário, mais e mais se põe desassossegado".

Respondeu o corvo: "compreendi o que disseste. É lícito que, com teu superior caráter, discirnas a veracidade de minhas palavras, e não que dificultes as coisas dizendo 'não há motivo para nos aproximarmos', pois os inteligentes generosos buscam caminhos para toda boa ação que produza vínculos. O apreço entre os homens de bem se estabelece rapidamente e se rompe lentamente. O paradigma a respeito é o do pote de ouro, que demora para se quebrar e se conserta rapidamente caso sofra alguma fissura ou rachadura. Já a estima entre perversos se rompe rapidamente e se estabelece lentamente, tal como o vaso de argila, que qualquer coisa quebra e não se conserta nunca mais. O generoso estima o generoso por um só encontro e conhecimento de um único dia; já o mesquinho não se achega a ninguém senão por interesse ou medo[10]. És generoso e tenho necessidade do teu apreço; portanto, ficarei aqui à tua porta, sem provar comida nem bebida, até que aceites ser meu fraterno amigo". Respondeu o rato: "certo, aceito tua fraterna amizade. Nunca me neguei a satisfazer as necessidades de quem quer que fosse, e só te recebi com as palavras que ouviste com o fito de ter, para minha alma, uma justificativa; assim, caso me atraiçoasses, não poderias dizer: 'descobri que o rato é de débil parecer e facilmente enganável'". E saiu da toca, colocando-se na porta. Disse o corvo: "e o que te prende e impede de vires até mim e te entreteres comigo cá fora? Será que ainda alimentas, na alma, alguma suspeita contra mim?" Respondeu o rato: "neste mundo, os amigos se entregam e se achegam uns aos outros por duas coisas: as da alma e as da matéria[11]. Os que se entregam pela alma se auxiliam com toda pureza e se deleitam uns com os outros; já os que se entregam pela matéria se auxiliam e deleitam buscando proveito mútuo. E quem só pratica belas ações objetivando recompensa e ganho para alguns misteres deste mundo tem como paradigma – no que dá e no que gasta – o caçador que lança grãos para as aves: fazendo-o, não pretende beneficiá-las, mas sim beneficiar-se a si mesmo. Portanto, a troca pela alma é superior à troca pela matéria. E já tenho plena confiança em tua alma, e te concedo igual parte de minha alma. O que me impede de ir ao teu encontro não é um mau pensamento contra ti, mas sim o fato de que sei que tens companheiros cuja natureza é igual à tua, e cujo parecer, ao contrário, não é igual ao teu. Temo que algum deles me veja e destrua". Disse o corvo: "uma das marcas do amigo é ser amigo do amigo de seu amigo, e inimigo do inimigo de seu amigo. Não será meu companheiro nem amigo quem não te amar nem te apreciar. Ser-me-á muito fácil abandonar quem for teu inimigo, pois quem possui um jardim, caso nele brote alguma erva que o estrague ou prejudique, irá arrancá-la e pinchá-la fora".

Então o rato saiu ao encontro do corvo e ambos se apertaram as mãos[12], passando a devotar um ao outro sincera amizade e confiança e deleitando-se um com a companhia do outro. Assim se passou um bom tempo. E o corvo disse ao rato: "tua toca é próxima do caminho utilizado pelos homens. Temo que me flechem e me deixem estropiado. Conheço um lugar isolado, fértil em peixes e água, onde tenho uma amiga tartaruga. Pretendo ir para lá e viver ao lado dela em segurança e sossego". Respondeu o rato: "eu irei contigo, pois esta minha morada se me tornou detestável". Perguntou o corvo: "e o que a tornou detestável?" Respondeu o rato: "tenho notícias e histórias que irei revelar-te quando houvermos chegado ao lugar a que pretendes ir". Então o corvo, carregando o rato pelo rabo, voou até se aproximar da fonte onde morava a tartaruga. Ao ver o corvo carregando um rato, a tartaruga, sem reconhecer o amigo, apavorou-se e submergiu na água. O corvo depôs o rato ao solo, pousou numa árvore próxima e chamou-a pelo nome. Reconhecendo-lhe a voz, a tartaruga emergiu e lhe deu calorosas boas-vindas, perguntando-lhe de onde viera. Ele então lhe relatou os caminhos que percorrera: desde que seguira as pombas, presenciando o que elas haviam feito e o que sucedera entre ele e o rato, até que enfim chegaram a ela. A tartaruga, admirada com a inteligência e lealdade do rato, aproximou-se dele e, dando-lhe idênticas boas-vindas, disse: "o que te fez vir a esta terra?" Respondeu o rato: "apreciei desfrutar de vossa companhia e permanecer entre vós".

Então o corvo disse ao rato: "já pensaste nas notícias e histórias que te comprometeste a revelar para mim? Faz agora o relato; narra-as para mim. A tartaruga nutre, em relação a ti, o mesmo anelo que eu nutri"[13]. Disse o rato:

Minha primeira moradia foi numa cidade denominada Mārūt[14], na casa de um asceta que, sem família, toda noite trazia uma cesta de comida, cujo conteúdo jantava, guardando a seguir as sobras na própria cesta e pondo-a dependurada. Eu vigiava até que ele saísse, ia até a cesta e não deixava nada: comia e jogava comida para os outros ratos. O asceta envidou esforços contínuos para colocar a cesta num local que eu não pudesse alcançar, mas não conseguiu nada. Certa noite, ele recebeu um hóspede, e ambos, após comerem, passaram a conversar. O asceta perguntou ao hóspede: "de que terra provéns? e para onde te diriges?" O hóspede, que correra o mundo e presenciara as coisas mais assombrosas, começou a descrever-lhe todos os países em que já pusera os pés e tudo quanto vira. Como o asceta batesse palmas a fim de me afastar da cesta, o hóspede irritou-se e lhe disse: "enquanto te dirijo a palavra, tu me ridicularizas batendo palmas! Que te levou, então, a me pedires que falasse, se ages desse modo?" O asceta desculpou-se e disse: "não estou duvidando de tuas palavras, que me deleitam; fiz o que viste para espantar um rato aqui da casa, que come todos os meus alimentos, e isso me está sendo custoso". Disse o hóspede: "é um só rato ou são vários?" Respondeu o asceta: "os ratos da casa são muitos, mas é um só que me prejudica e aflige; contra ele não consigo encontrar uma artimanha". Disse o hóspede: "isso deve ter algum motivo, e me faz lembrar as palavras do homem que disse: 'por algum motivo esta mulher está trocando sésamo descascado por sésamo com casca'". Perguntou o asceta: "e como foi isso?" Respondeu o hóspede:

Hospedei-me certa feita na casa de um homem na cidade tal. Depois de todos termos jantado, ele estendeu-me a cama e retirou-se para seu quarto juntamente com a mulher. Estávamos separados por um biombo de caniços, e ouvi o homem dizer à mulher: "pretendo convidar, amanhã, alguns homens para almoçar comigo". Ela perguntou: "como pudeste fazer isso, se não dispões nesta casa nem do suficiente para tua família? És um homem que não preserva nem economiza nada". Respondeu o homem: "nunca te arrependas de nada que tenhas dado como alimento ou dádiva. A acumulação e a economia muita vez acarretam, para quem as pratica, as mesmas conseqüências que acarretaram para o lobo". A mulher perguntou: "e como foi isso?" O homem respondeu:

Certo caçador saiu pela manhãzinha, munido de arco[15] e flechas, à procura de caça. Ainda não caminhara muito quando disparou e atingiu um veado, recolheu-o e, quando fazia tenção de voltar para casa, um javali cruzou o seu caminho, e ele resolveu caçá-lo: largou o veado, tomou o arco e disparou uma flecha que atingiu o javali, ao mesmo tempo que também o javali o acertava com um violento golpe que fez arco e flechas voarem das mãos do homem, e tombaram todos mortos. Foram então encontrados por um lobo que, ao vê-los, ficou certo de que gozaria de boa fartura e disse: "devo economizar o que puder, pois quem renuncia à acumulação e à economia não é resoluto. Deixarei reservado e guardado isso que encontrei, e hoje me bastará a corda do arco", e se aproximou para comê-la;

porém, mal rompeu a corda, o arco voou, sua ponta atingiu-o num ponto fatal de suas entranhas e o lobo morreu.

[*Prosseguiu o homem*:] "só apliquei este paradigma para que fiques ciente de que o excessivo zelo com economia e acúmulo produz funestas conseqüências". Disse a mulher: "de fato são excelentes as tuas palavras. Disponho de arroz e sésamo em quantidade suficiente para seis ou sete homens. Prepararei a refeição; chama, pois, a quem quiseres amanhã". E, assim que se levantou, pôs-se a descascar o sésamo, depositando-o em seguida ao sol para secar. Disse ao marido: "expulsa as aves e os cães", e foi cuidar da comida. Mas, como o homem se esquecesse do sésamo e saísse para cuidar de alguns assuntos, um cachorro pertencente ao casal foi até o sésamo e comeu um pouco. A mulher viu a cena e, enojada, desgostou-se de fazer a comida com aquilo: dirigiu-se ao mercado e trocou o sésamo descascado por igual porção de sésamo com casca – e eu, que a tudo isso observava, [*continuou o hóspede*,] ouvi um homem dizer: "por algum motivo esta mulher trocou sésamo descascado por sésamo com casca".

[*Prosseguiu o hóspede*:] "é também o que digo a respeito desse rato sobre o qual falaste: se só ele, dentre todos os demais ratos, consegue alcançar a cesta onde quer que a coloques, deve existir algum motivo que o capacitou para tanto. Traze-me uma pá: quem sabe se lhe escavando a toca eu consigo descobrir algo". O asceta lhe trouxe a pá – enquanto isso, [*disse o rato*,] eu, na toca de outro rato, ouvia toda a conversa. De fato, na minha toca havia mil moedas de ouro que não sei quem havia colocado ali, e nas quais eu me deitava, feliz, sentindo-me importante com sua existência naquele lugar, e me espojava sobre elas[16]. O hóspede escavou a toca até que, topando com as moedas, recolheu-as e disse: "esse rato só conseguia alcançar a cesta onde quer que ela estivesse por causa destas moedas que estavam a seu lado: era o dinheiro que lhe ampliava a força e o juízo. Verás que, doravante, ele não terá forças nem conseguirá fazer o que fazia antes, nem desfrutará de supremacia alguma sobre os demais ratos".

[*Prosseguiu o rato:*] descobri que ele dissera a verdade: passei a sentir debilidade, impotência e abatimento logo que as moedas de ouro foram retiradas de minha toca, tanto que acabei me transferindo para outra toca. No dia seguinte, os ratos que viviam às minhas expensas reuniram-se e disseram: "a fome já nos acossa, e perdemos aquilo a que nos havias habituado. És a nossa única esperança; rogamos que olhes por nós". Dirigi-me então ao local de onde eu costumava pular para a cesta, e tentei seguidamente fazê-lo, mas faltaram-me forças. Ficou evidente que minha condição se havia alterado, e os ratos passaram a me evitar. Ouvi alguns deles dizendo aos outros: "ei-lo agora, no fim dos tempos, aniquilado; deixemo-lo de lado e não nutramos ilusão alguma quanto a sua condição. Já não o vemos com forças para fazer o que antes fazia; pelo contrário, é previsível que ele passe a necessitar de quem o sustente". Abandonaram-me então e, juntando-se aos meus inimigos e àqueles que me invejavam, passaram a me aviltar diante deles, deixando inclusive de se aproximar de mim e de me dar atenção. Pensei: só se obtêm seguidores, amigos e agregados[17] mediante dinheiro, e é unicamente por meio dele que se evidenciam a dignidade, o siso e a estima[18]. Constatei que quem não tem dinheiro, caso pretenda obter algo, é impedido pela pobreza, tal como as águas que se depositam nos vales após as chuvas de verão: não correm para o mar nem para o rio, permanecendo em seu lugar porque não podem espraiar-se. Constatei que quem não tem amigos não tem companheiros, quem não tem filhos não deixa memória, quem não tem inteligência não tem este mundo nem o outro, e quem não tem cabedais é considerado falto de inteligência pelos outros[19], pois o homem, quando assolado por danos e carências, é repelido pelos amigos e seus parentes rompem a estima para com ele, passando a desprezá-lo. A necessidade de manter-se a si, à mulher e aos filhos obriga-o a procurar fortuna em coisas que o fazem arriscar a vida e a fé, conduzindo-o à perdição na outra vida, e então ele terá perdido este mundo e o outro. Nada é pior do que a pobreza, e até mesmo a árvore crescida em terra salobra e corroída por todos os lados está em situação melhor do que o pobre, que necessita do que os outros lhe dão. A pobreza é a cabeça de toda atribulação: leva a infâmia ao pobre, subtrai-lhe a inteligência e a dignidade, expulsa-lhe o saber e o decoro, é fonte de suspeitas e acumuladora de desgraças. Aquele sobre o qual se abate a pobreza não tem escapatória: abandonará e perderá o pudor, e quem perde o pudor perde o caráter e a dignidade, e quem perde a dignidade se torna infame, e quem se torna infame é destratado, e quem é destratado se amargura, e quem se amargura extravia a inteligência, tornando-se alheio ao entendimento e à memória. E a maior parte das falas de quem é atingido por tais reveses reverte contra si e não a seu favor. Constatei que o homem, quando empobrece, torna-se suspeito para quem antes nele confiava e alvo do mau juízo de quem antes só tinha a seu respeito bons juízos: se outro erra, é ele o objeto das suspeitas. Não existe nenhum atributo que, sendo louvável no rico, não seja censurável no pobre: se for generoso, chamá-lo-ão corruptor; se magnânimo, tíbio; se solene, idiota; se eloqüente, verborrágico; se lacônico, tartamudo[20]. A morte é mais leve do que a pobreza, que leva quem dela padece a pedir, botando o homem em situação humilhante: rebaixa-o após ter sido elevado, distancia-o após ter sido próximo, afasta-o após ter sido aproximado[21], torna-o desprezível e detestável após ter sido amado, sobretudo quando pede aos avarentos, vis e mesquinhos. O homem de honra[22], caso seja encarregado de introduzir a mão na boca de um dragão para dali extrair veneno e ingeri-lo, considerará isso mais leve do que pedir a um mesquinho. E já se dizia que quem é vitimado por uma doença incurável, ou pela separação dos amados e irmãos, ou pelo exílio sem abrigo nem repouso nem esperança de retorno, ou por pobreza tal que o obrigue a pedinchar, enfim, para esse a vida é morte, e a morte lhe seria um repouso[23]. Pode ocorrer ainda que o homem, premido por alguma necessidade e repugnando-lhe pedinchar, seja levado ao furto e ao roubo, que são piores do que o pedinchar do qual ele se esquivou. E já se dizia: a mudez é preferível à verbosidade recheada de mentiras; o impotente é preferível ao fornicador; a necessidade e a pobreza são preferíveis ao bem-estar e à opulência obtidos à custa de cabedais alheios, e o esforço do remediado é preferível à dilapidação e ao desperdício do que deveria ser preservado.

[*Prosseguiu o rato*:] eu já notara que o hóspede, após retirar as moedas de ouro da toca, dividira-as com o asceta, depositando sua parte num saco que, à noite[24], ficava à sua cabeceira[25]. Planejei então obter, daquelas moedas, uma porção que me restituísse um pouco de minha força e me fizesse reconquistar meus companheiros. Destarte, avancei enquanto o hóspede dormia, até me aproximar dele, que acordou em virtude de minha movimentação; a seu lado havia um bastão com o qual ele me aplicou uma dolorosa pancada na cabeça; corri até minha toca e entrei. Quando a dor estacionou, a ambição e a cobiça desafiaram-me e derrotaram minha inteligência, e então deslizei movido pelo mesmo desejo, tornando a me aproximar dele, que me vigiava: aplicou-me nova pancada na cabeça, arrancando-me sangue e fazendo-me revirar pelo chão; arrastei-me, desfalecendo, à minha toca, sem nada compreender ou atinar. A dor e o medo que me envolveram tornaram o dinheiro odioso para mim, a tal ponto que à sua simples menção sou invadido pelo terror e pânico.

Pus-me então a rememorar e constatei que as tribulações do mundo são conduzidas a quem delas padece pela ambição e cobiça, que põem o amigo do mundo[26] em constantes e seguidas fadigas. Descobri que entre a prodigalidade e a avareza existe enorme distância, e constatei que desafiar intensos terrores e enfrentar longas viagens atrás de bens mundanos[27] é, para o homem, mais fácil do que estender a mão, pedinte; constatei também que a satisfação com o que se tem e a humildade constituem a totalidade da riqueza. Ouvi os sábios dizerem: não há inteligência como o planejamento[28], nem temor a Deus como a renúncia, nem título de glória como a boa índole, nem riqueza como a satisfação com aquilo de que se dispõe[29]. As coisas com as quais é mais lícito resignar-se são aquelas que não se podem modificar. E já se dizia: a suprema ação pia é a misericórdia, o princípio da estima é a confiança, a inteligência de maior proveito é a que discerne entre o que é e o que não é[30], com placidez de alma e bela renúncia ao que não se pode alcançar. Tornei-me então satisfeito e resignado com o que havia[31], e me mudei da casa do asceta para o deserto[32].

Eu tinha uma amiga pomba, cuja amizade me conduziu à amizade deste corvo, o qual me falou sobre a relação entre ele e ti, e me informou que pretendia vir até aqui; apreciei então ver-te ficar junto com ele, mas desgostou-me a solidão, pois não existe alegria neste mundo que equivalha à companhia dos fraternos amigos, nem tristeza que equivalha à sua perda. Tive muitas experiências e descobri que neste mundo ninguém deve buscar nada mais do que a condição remediada com a qual se evitam as necessidades e os maus-tratos, o que é muito fácil[33] caso seja auxiliado por liberalidade de mão e desprendimento de alma: as demais coisas permanecerão em seus devidos lugares, e a ele só lhe restará olhá-las, tal como outros quaisquer[34]. E se a um homem fosse concedido este mundo e tudo o que contém, ele somente obteria proveito daquele pouco com o qual afasta de si o dano: as demais coisas permaneceriam em seus devidos lugares, intangíveis para ele[35].

Quando o rato terminou de falar, a tartaruga respondeu-lhe com palavras gentis e delicadas, dizendo: "ouvi teu discurso, e foram muito boas e excelsas as tuas palavras; porém, notei que mencionaste questões que, em tua alma, ainda guardam algum vestígio de exilado. Esquece isso, pois, e que nenhuma dessas coisas influa em teu parecer; arroja-as de ti, e fica sabendo que as boas palavras só ganham efetividade por meio de ações: o enfermo que conhece seu remédio mas não se trata não obterá nenhum proveito desse conhecimento, nem encontrará conforto ou cura. Portanto, utiliza teu saber e não te entristeças com a falta de cabedais, uma vez que o homem de brios é muita vez dignificado mesmo sem dispor de cabedais, tal como o leão, que é temido mesmo quando em repouso; já o rico que não tem brios é desprezado conquanto vastos sejam seus cabedais, tal como o cão, que é desprezado conquanto lhe ponham colar e pulseiras. Não atribuas, em tua alma, tamanha magnitude ao exílio: para o inteligente não existe exílio nem lugar estranho, pois ele só se muda carregando junto consigo o que lhe basta, seu saber e brio, tal como o leão, que tem sempre consigo sua força com a qual se sustenta, vá para onde for; melhora os cuidados com tua alma, a fim de que ela esteja apta a todo bem. Se acaso fizeres isso, o bem virá à tua procura, tal como a água procura as depressões e as aves aquáticas procuram a água. A superioridade foi feita para o agudo, arrojado e perquiridor; quanto ao preguiçoso, vacilante, vagaroso e indiferente, esse é raramente acompanhado pela superioridade, tal como à mulher jovem não apraz a companhia de um velho entrado em anos. Não te entristeças com dizer: 'eu possuía haveres e me tornei pobre', pois os haveres e as demais coisas deste mundo, quando vêm, vêm céleres, e quando se vão, vão mais céleres ainda, tal como a bola, cuja subida, vinda, partida e queda são céleres. E os sábios já disseram quais coisas não têm estabilidade nem permanência: sombra de nuvens, companhia de celerados, paixão por mulheres, louvores mendazes e cabedais excessivos. O inteligente não se alegra com o excesso de cabedais nem se entristece com sua falta; o que deve alegrá-lo, isto sim, é sua inteligência e as boas obras que realizou, pois ele tem certeza de que essas não lhe serão subtraídas nem atribuídas a outrem. É lícito que ele não descure do que se refere à outra vida nem das provisões para ela, pois a morte não vem senão de surpresa, nem existe entre ele e outrem prazo estabelecido. Embora não necessites de meus conselhos e saibas melhor o que te traz proveito, pareceu-me que eu devia satisfazer certas prerrogativas tuas: és nosso fraterno amigo, e tudo que possuímos está franqueado para ti".

Ao ouvir o que dissera a tartaruga em resposta ao rato, sua gentileza e as belas palavras que lhe dirigira, o corvo ficou feliz e contente, e disse: "deixaste-me feliz e foste generosa comigo, o que aliás é de teu feitio habitual, e és bem digna de que a tua alma se alegre com os louvores que ora te dirijo. Entre as gentes deste mundo, são mais merecedores de uma vida agradável, felicidade abundante e belos elogios aqueles cuja moradia é sempre freqüentada pelos irmãos e amigos com seus compromissos mútuos. Quando tropeça, o generoso não é posto de pé senão por generosos, tal como o elefante, o qual, quando se atola na lama, não é retirado senão por elefantes. O inteligente nunca considera um fardo o favor prestado, mesmo que pesado seja. E, ainda que se arrisque ou se exponha ao perigo para prestar algum favor, não encara isso como um defeito; ao contrário, sabe que vendeu o efêmero pelo duradouro, e comprou o grande com o pequeno. Os homens mais afortunados são aqueles a quem sempre se recorre e aqueles que, quando precisam, sempre pedem aos generosos[36]. Não é considerado rico quem não compartilha seus haveres, nem vive aquele cuja vida não apresenta esperança de alguma boa ação[37]. Perdas que acarretam ganhos não podem ser consideradas perdas, e ganhos que acarretam perdas não podem ser considerados ganhos[38]".

Enquanto o corvo assim se pronunciava[39], eis que se aproximou deles, às carreiras, um antílope. Ficaram temerosos: o rato se enfiou numa toca, o corvo voou e pousou numa árvore, e a tartaruga submergiu na água. O antílope foi até a água, bebeu um pouco e estacou, aterrorizado. O corvo pôs-se a dar vôos rasantes no céu a fim de verificar se havia alguém atrás do antílope; não encontrando nada, pediu ao rato e à tartaruga que aparecessem e disse: "não vejo nada de temível por aqui", e eles então saíram e se reuniram. A tartaruga disse ao antílope, ao ver que ele observava a água sem se aproximar: "bebe se tiveres sede e nada temas, pois não corres perigo algum". O antílope aproximou-se dela e cumprimentou-a. Ela perguntou: "de onde vieste?" Respondeu: "era nesta estepe mesmo que eu deveria estar[40], mas os arqueiros vivem me fazendo fugir de um lugar a outro. Hoje vislumbrei um vulto[41] e, temendo que se tratasse de um caçador, fugi para cá aterrorizado". Disse a tartaruga: "não tenhas receio; nunca vimos por aqui caçador nenhum. Fica conosco e nós te daremos nossa afeição. O pasto é próximo de nós". O antílope gostou da sua companhia e entre eles se fixou.

Eles dispunham de um pomar de árvores ao qual iam diariamente a fim de, reunidos, distrair-se, conversar e discutir várias questões. Certo dia, o corvo, a tartaruga e o rato se reuniram no pomar; o antílope não estava ainda presente; aguardaram-no, mas, como ele tardasse demasiado, temeram que lhe tivesse sucedido algum desastre. A tartaruga e o rato disseram ao corvo: "procura, quiçá o encontres pelas redondezas". Então o corvo cruzou os ares e eis que viu o antílope nas redes de um caçador. Voltou ligeiro e avisou seus companheiros. A tartaruga e o corvo disseram ao rato: "essa é uma questão da qual só de ti rogamos auxílio; socorre nosso irmão". O rato abalou correndo até chegar ao antílope, a quem perguntou: "como caíste nesta enrascada, sendo tu tão sagaz?" Respondeu: "e qual a serventia da sagacidade diante do destino oculto, que não pode ser visto nem evitado?" Enquanto estavam nessa discussão, eis que chegou a tartaruga. Disse-lhe o antílope: "erraste vindo até nós, pois quando o caçador chegar aqui e o rato tiver terminado de roer as cordas, eu poderei correr mais do que ele; o rato dispõe de vários esconderijos nas tocas; o corvo voa; mas tu és pesada e não corres, e temo por ti". Disse a tartaruga: "a vida deixa de ter qualquer bem quando se perdem aqueles a quem se ama. Constitui auxílio para o espairecimento das preocupações e tranqüilidade da alma – durante os transtornos – encontrar o homem seu fraterno amigo e cada qual desabafar com o outro. Quando se separa o amante de seu amado, subtrai-se-lhe a felicidade e obstrui-se-lhe a visão". Mal a tartaruga terminou de falar, surgiu o caçador, justamente no instante em que o rato terminava de roer as cordas que prendiam o antílope: o rato refugiou-se na toca, o corvo voou e o antílope escapou. Aproximando-se das cordas e encontrando-as rompidas, o caçador ficou espantado e pôs-se a olhar em redor; não vendo senão a tartaruga, recolheu-a e prendeu-a. O corvo, o antílope e o rato puseram-se a observá-lo enquanto ele a amarrava, e intensa foi a tristeza que os invadiu. Disse o rato: "estamos vendo que, assim que superamos uma tribulação, célere caímos noutra. Disse a verdade quem afirmou que o homem só se mantém de pé enquanto não tropeça, pois, se isso tiver mesmo de acontecer, ele tropeçará ainda que caminhe em solo liso[42]. Mas minha má sorte, que já me separou de meus comensais, parentes, cabedais e filhos, não se satisfaria até me impedir de desfrutar da amizade da tartaruga, cujo amor não esperava ressarcimento[43] nem buscava recompensa, sendo dado, isto sim, por apego à generosidade, lealdade e inteligência; seu amor, maior do que o amor dos pais pelos filhos, somente se extinguiria com a morte. Ai deste corpo que vai sofrer tantas tribulações, que está em constantes alterações e reviravoltas, e para o qual nada é duradouro nem permanente, tal como para o astro que nasce ou se põe não são permanentes esses estados, em constante reviravolta: o que nasce logo se porá, e o que se põe logo nascerá, o que vai para o Ocidente muda a rota para o Oriente, e vice-versa. Essa tristeza que me aflige e a lembrança de meus fraternos amigos é como a ferida cicatrizada à qual atinge uma pancada, o que junta duas dores para quem a sofre: a dor da pancada e a da ruptura da cicatrização. Aquele cujas feridas se acalmaram graças ao encontro dos fraternos amigos, quando os perde vê as feridas ulcerarem". Disseram o corvo e o antílope: "tua tristeza é a nossa, e tuas palavras, as nossas, mas, embora eloqüentes, nenhum proveito trazem à tartaruga. Deixa-te disso e busca uma saída e artimanha, pois já se dizia: testa-se o valentão na hora do combate, o depositário da confiança na hora de dar e receber, os parentes e filhos na hora da pobreza, e os fraternos amigos na hora da desgraça". Respondeu o rato: "a artimanha consistirá em que tu, ó antílope, vás até algum ponto do caminho do caçador, ficando à frente dele; então te prostrarás ao solo, como se ferido e alquebrado estivesses, e o corvo pousará sobre ti, como se comesse de tua carne; eu o seguirei bem próximo. Minha esperança é que, vendo-te, o caçador deixe de lado arco, flechas e também a tartaruga, acorrendo em tua direção. Quando ele o fizer, deverás fugir, mas coxeando, a fim de que ele não perca a ambição de alcançar-te; deixa-o, volta e meia, aproximar-se de ti, e continua nesse ritmo o quanto suportares. Minha esperança é que o caçador não desista até que eu tenha roído as cordas que envolvem a tartaruga, libertando-a".

Então, o antílope executou o plano, auxiliado pelo corvo. O caçador perseguiu-o durante longo tempo, e só desistiu quando o rato já roera as cordas que envolviam a tartaruga, e todos se salvaram. O caçador, ao ver o que ocorrera e como as cordas estavam roídas, pôs-se a refletir a respeito do antílope manco, do corvo pousado sobre ele como se comesse de suas carnes, embora não estivesse comendo, da roedura das cordas que antes envolviam o antílope, e considerou tudo muito estranho. Disse: "esta é uma terra de feiticeiros e demônios" e, aterrorizado, fugiu em disparada, sem atentar para mais nada nem olhar para trás. E o corvo, o antílope, o rato e a tartaruga puderam enfim reunir-se em segurança nos seus pomares.

Disse o filósofo ao rei[44]: se as artimanhas dos mais frágeis e desprezíveis quadrúpedes e aves – auxiliando-se mútua e convenientemente, juntando forças para seus interesses, sendo pacientes de modo que pudessem salvar uns aos outros das mais vastas, terríveis e assustadoras calamidades – chegaram a tal ponto, aonde não chegariam os homens caso fizessem o mesmo e se socorressem? Decerto a benefícios e comodidades que acarretariam o bem e afastariam o mal, proporcionando então, sem risco, vantagens incomparáveis.

OS CORUJÕES E OS CORVOS

Disse o rei ao filósofo: já compreendi o que disseste a respeito da fraterna amizade, de seus benefícios e enormes vantagens. Aplica-me agora o paradigma de quem se ilude com o inimigo que afeta humildade, e informa-me a respeito do inimigo: por acaso ele pode se tornar amigo? Pode-se acreditar nele? Como é a inimizade? Quais seus danos? Como deve o rei proceder caso lhe chegue, do inimigo ou de algum adversário, um pedido de acordo, embora tal inimigo ou adversário, em sua alma, não seja honesto nem digno de confiança?

Respondeu o filósofo: a ninguém é lícito – caso seja solicitado por algum inimigo que o faz temer por si mesmo e por seus soldados, ainda que esse inimigo afirme buscar a segurança e a concórdia e afete estima por seus soldados e bem-querer por seus companheiros –, a ninguém é lícito fiar-se e sentir-se seguro diante disso nem se iludir com tais dizeres, pois, ao lançar mão de coisas assemelhadas a esta, o inimigo talvez esteja à procura de oportunidade e chance adequadas para atacar. E o paradigma do inimigo relativamente ao qual não se deve nutrir ilusão ainda que afete estima e lealdade, bem como de quem confia no inimigo e se sente seguro diante dele sendo afinal vitimado por danos, é o dos corujões e dos corvos[1]. Perguntou o rei: e como foi isso? Respondeu o filósofo:

Contam que numa terra chamada tal, cercada por enormes montanhas, havia uma imensa árvore repleta de galhos bastante retorcidos e emaranhados denominada Yabmurūd[2], na qual existia um ninho que albergava mil corvos, os quais tinham um rei corvo; e, numa das montanhas, existia um ninho que albergava mil corujões, os quais tinham um rei corujão[3]. Certa noite, motivado pela inimizade entre ambos, o rei dos corujões comandou uma expedição contra os corvos, matando e ferindo muitos deles durante o ataque. O rei dos corvos só tomou conhecimento do caso na manhã seguinte, quando então, vendo o que sucedera a seus soldados, preocupou-se, entristeceu-se e disse: "ó povo dos corvos! estais vendo o que nos fizeram os corujões, e o modo como nos atingiram. Porém, mais grave do que isso tudo foi a ousadia deles, o conhecimento prévio de vossas posições, e é por isso que eu receio que eles engendrem contra vós outra igual ou pior ainda"[4].

Entre os corvos, havia cinco dotados de astúcia e saber, de capacidade de observação em todos os assuntos e conhecimento dos bons pareceres e artimanhas, e cujas opiniões o rei consultava e acatava. Perguntou o rei ao primeiro dos cinco: "ocorreu o que já viste, e não estamos assegurados de que os corujões não voltarão. Que estratégia adotaremos?" Respondeu: "toda estratégia está no que os sábios costumavam dizer, e eis o que eles diziam: do inimigo colérico que não pode ser derrotado só resta fugir e afastar-se".

Depois o rei consultou o segundo, dizendo: "e tu, qual a tua opinião?" Respondeu: "quanto ao que esse aí te sugeriu, não considero algo corajoso, pois não devemos abandonar nossa terra e nos humilhar diante dos inimigos já na primeira derrota; devemos, isto sim, reunir nossas forças e nos preparar para enfrentá-los, enviando espiões e nos prevenindo de descuidos a fim de que não ocorra novamente o que já ocorreu. Quando os inimigos nos atacarem, vamos recebê-los preparados para o combate, um combate aberto cara a cara, solidamente prevenidos contra eles, e nos defenderemos por dias[5], até que enfim logremos algum descuido da parte deles, e assim, quem sabe, obteremos a vitória".

Então o rei perguntou ao terceiro: "qual a tua opinião sobre o que disseram teus dois colegas?" Respondeu: "eles não disseram nada. Por vida minha que a luta defensiva por dias e noites não proporcionará tranqüilidade alguma em nossa relação com os corujões. O único bom parecer é que enviemos espiões e atalaias contra eles, e averiguar se aceitariam a paz ou algum resgate ou tributo de nós, afastando destarte o temor que nos assola e ganhando segurança em nossas terras e ninhos, pois para os reis o melhor parecer – quando o poderio do inimigo se fortalece a ponto de fazê-los temer sua própria aniquilação e degradação, bem como a de seu rebanho – é transformar seus cabedais em salvaguarda para o país e o rebanho".

O rei perguntou em seguida ao quarto: "e tu, qual é o teu parecer sobre o que disseram teus dois primeiros colegas, e sobre o acordo sugerido pelo terceiro?" Respondeu: "não é esse o meu parecer, muito embora o abandono de nossas terras e a resignação a um exílio de difícil sobrevivência talvez seja preferível à humilhação e submissão aos nossos inimigos, relativamente aos quais somos superiores e possuímos maior dignidade. De outro lado, sei previamente que, caso lhes ofereçamos um acordo, eles somente o aceitarão se for bem opressivo para nós. Já se dizia: aproxima um pouco o teu inimigo e conseguirás dele o que necessitas; não o aproximes demasiado, porém, senão ele passará a ter ousadias contra ti, e com isso teus soldados se enfraquecerão e sentirão humilhados. O paradigma a respeito é o da madeira ao sol: caso a inclines um pouco, aumentará sua sombra, mas, caso ultrapasses os limites nessa inclinação, a sombra se perde. E o nosso inimigo não se satisfará com menos do que a inclinação total[6]. O melhor parecer, portanto, é o combate e a paciência".

O rei perguntou ao quinto: "e tu, qual a tua opinião? És pelo acordo, pela guerra ou pela retirada?" Respondeu: "quanto à guerra, não há como lutar contra aqueles aos quais nem de perto nos comparamos em força e violência, pois se ilude quem avança com menosprezo contra o inimigo, e quem se ilude fica exposto e não se salva. Mesmo que eles cessem de nos fazer guerra, eu tenho forte receio dos corujões, aos quais, aliás, nós já temíamos antes de nos atacarem. Com efeito, o inteligente não se sente seguro com o inimigo em nenhuma situação: caso esteja distante, não estará seguro de que não retorne; caso se mostre abertamente, não saberá o que planeja[7]; caso esteja próximo, não saberá quando atacará; caso se encontre isolado, não estará seguro contra seu embuste. Os povos mais sagazes são aqueles que não fazem a guerra quando existe outro caminho. Na guerra, são as vidas que se desperdiçam, e, para além delas, também os cabedais. Não seja vosso empenho fazer guerra aos corujões, pois quem se fia em elefantes se fia na injustiça[8]". Perguntou o rei: "qual então o teu parecer, já que os outros te desgostam?" Respondeu: "deliberemos e nos consultemos, pois o rei que consulta e se aconselha pode conseguir, por meio da consulta aos mais inteligentes dentre seus conselheiros, triunfos que não conseguiria por meio de soldados, batalhas e abundância de equipamentos. O rei arrojado muito delibera, consulta e pede o parecer de seus conselheiros arrojados, tal como o mar muito recebe dos rios que para ele afluem. Não escapam ao arrojado suas possibilidades e as do inimigo, nem a hora certa de dar-lhe combate, nem suas opiniões e engodos, não deixando assim de arrolar os dados um por um, refletindo sobre o que será levado a cabo, os ajudantes de que se cercará para fazê-lo e os instrumentos de que lançará mão; quem não tiver nenhum parecer a respeito disso nem dispuser de conselhos dos vizires que costuma ouvir não tardará, ainda que o destino lhe conceda sorte, a perder-se, pois o mérito que cabe a cada um não se deve à beleza nem à origem, mas é depositado no inteligente que ouve os dotados de inteligência. E tu, ó rei, és assim. Pediste meu parecer sobre um assunto o qual pretendo responder-te parte em público, parte em sigilo. Quanto ao que não me repugna divulgar, digo que eu, assim como sou contra a guerra, sou contra o pagamento de tributos e o aceite da humilhação séculos afora, pois o inteligente honrado prefere a morte com a honra intacta à vida ignominiosa e humilhada. Meu parecer é que por ora adiemos o exame da questão – mas não sejas propenso à tibieza nem à negligência, pois a negligência é a cabeça da impotência. E, quanto ao que pretendo manter em sigilo, que em sigilo permaneça, pois já se dizia: os reis só obtêm triunfo com arrojo, e arrojo com firmeza de parecer, e firmeza de parecer com sólida proteção dos sigilos, os quais só se dão a conhecer a cinco: a quem emite o parecer; a quem faz a consulta; ao enviado ou mensageiro; aos que ouvem as palavras do parecer; e aos que estudam, por meio de comparações e inferências, os efeitos do parecer e os modos de levá-lo a cabo[9]. E quem protege seu segredo estará, persistindo nessa proteção, num destes dois casos: ou consegue o que pretende, ou fica a salvo das vergonhas e prejuízos decorrentes do eventual equívoco do parecer. E a quem sofreu alguma catástrofe impõe-se consultar um conselheiro e procurar quem o auxilie no parecer e dialogue consigo, pois o consulente, conquanto seja de parecer superior ao do consultado, ampliará seu parecer e inteligência com a consulta, tal como a luz do fogo se amplia com a gordura. Ao consultado se impõe a concordância do consulente quanto à correção de seu parecer, o cuidado em fazê-lo prever as coisas, o evitar que ele incorra em parecer equivocado – caso o tenha –, e o exame detalhado em todos os pontos problemáticos, até que enfim se torne claro para ambos o parecer secretamente entabulado. Se o consultado não agir assim, então ele estará contra o consulente e a favor de seu inimigo, tal como o homem que invoca o demônio contra outrem, mas que, caso não saiba fazer a invocação corretamente, fará o demônio voltar-se contra si e pegá-lo. E caso o rei proteja bem seus segredos, saiba escolher seus vizires, seja reverenciado pelo vulgo e evite dar a conhecer o que lhe vai pela alma, não porá a perder os bons resultados nem deixará a salvo os delinqüentes; caso sopese corretamente o que é útil e os recursos que investe, será natural que não lhe seja subtraído o melhor do que recebeu. Os segredos possuem vários níveis: aquele do qual participa um pequeno grupo, aquele do qual participam dois homens e aquele no qual se busca o auxílio do povo. Quanto a este meu segredo, não considero que se devam associar a ele mais de quatro ouvidos e duas línguas".

Então o rei ficou a sós com ele e o consultou; entre as coisas que lhe perguntou, estava a seguinte: "acaso sabes o motivo da inimizade entre nós e os corujões?" Respondeu: "sim; ela se deve a um discurso proferido certa vez por um corvo". Perguntou o rei: "e como foi isso?" Respondeu o corvo:

Contam que um grupo de aves[10] sem rei entrou em acordo para que um corujão se tornasse seu rei. Em meio a isso, tais aves avistaram um corvo, e uma delas disse: "esperemos até que chegue aquele corvo, a fim de consultá-lo sobre a questão". O corvo chegou, e elas o consultaram a respeito do acordo para ungir como rei um corujão. Disse o corvo: "mesmo que todas as aves desaparecessem e se extinguissem os pavões, os patos, as pombas e os grous, vós não vos deveríeis obrigar a ungir como rei um corujão, a mais horrorosa das aves, a mais infame, a menos inteligente, a mais colérica e a mais impiedosa, além de seus crônicos padecimentos e sua cegueira diurna, tudo isso sem contar suas péssimas disposições. Nenhuma ave suporta aproximar-se de um corujão, mercê de sua grosseria, fedentina e mau-caráter. A não ser que pretendais escolhê-lo como rei sem, contudo, depender de suas disposições em questão alguma, uma vez que até mesmo o rei ignorante, caso seja acessível e sejam bons os seus cortesãos e vizires, resolverá os problemas e manterá firme seu reinado, tal como fez a lebre que, alegando embora ser a lua[11] o seu rei, agia conforme seu talante". Perguntou uma das aves: "e como foi isso?" Respondeu o corvo:

Conta-se que certa terra de elefantes sofreu anos a fio com a estiagem: a água tornou-se escassa e as fontes secaram[12]. Atingidos por violenta sede, os elefantes foram queixar-se a seu rei, que enviou emissários e exploradores em busca de água onde quer que existisse. Um dos emissários retornou e informou que encontrara em certo local uma fonte denominada "lunar", cuja água era abundante. Então o rei dos elefantes e seus súditos dirigiram-se até aquela fonte a fim de beber dali. Aquela, porém, era uma terra de lebres, as quais os elefantes pisotearam em suas tocas, matando muitas delas. As lebres restantes reuniram-se com seu rei e lhe disseram: "já sabes o que sofremos da parte dos elefantes. Elabora, pois, uma artimanha antes que eles retornem à fonte e nos exterminem de vez". Disse o rei: "que me dê seu parecer todo aquele que o tiver". Adiantou-se então um lebrão chamado Fayrūz, cujo decoro e bom parecer o rei já conhecia, e disse: "se o rei aceitar enviar-me aos elefantes, e comigo alguém de sua confiança para ver e ouvir o que eu direi e como agirei, e depois relate tudo ao rei, que o faça". Disse o rei das lebres: "tu és de minha confiança; aceito o teu parecer e acredito nas tuas palavras. Vai até os elefantes e fala por mim o que bem te aprouver; age conforme teu parecer, e fica sabendo que o mensageiro, em si mesmo e em seus pareceres e decoro, é considerado o intelecto de quem o envia e portador de seus desígnios. Impõem-se a ti a delicadeza e a contemporização, pois o mensageiro torna suave o coração quando acerta, mas torna áspero o peito quando fracassa"[13]. E o lebrão se dirigiu, numa noite enluarada, até o local onde estavam os elefantes; receando, porém, aproximar-se deles e ser pisoteado, ainda que involuntariamente, subiu num morrinho, chamou o rei dos elefantes pelo nome e lhe disse: "foi a lua que me enviou a ti, e o mensageiro é mero transmissor da mensagem, não podendo ser condenado, ainda que suas palavras sejam duras". Perguntou o rei dos elefantes: "e qual é a mensagem?" Respondeu: "a lua manda te dizer que aquele cujas forças superiores aos fracos levam-no a iludir-se quanto aos fortes verá essa sua força arruinar-se e reverter-se contra si. É fato que tu conheces a superioridade de tuas forças sobre os demais quadrúpedes, e isto te levou a iludir-te quanto a mim, avançando sobre minha fonte, que carrega o meu nome, bebendo e turvando suas águas, tu e teus companheiros. Dirigindo-me a ti, previno-te que não tornes a ela; caso contrário, cegar-te-ei com minha claridade[14] e destruirei tua vida. Se tiveres alguma dúvida a respeito de minha mensagem, eia, dirige-te então, imediatamente, à fonte, que ali estarei te esperando". Espantado com o discurso de Fayrūz, o rei dos elefantes dirigiu-se com ele até a fonte e lá, contemplando-a, viu a luz da lua refletida sobre a água. Disse-lhe Fayrūz: "toma, com a tromba, um pouco de água, lava a cara e prosterna-te diante da lua", e o elefante assim fez. Quando introduziu a tromba nas águas e movimentou-a, afigurou-se-lhe que a lua[15] se agitava. O rei dos elefantes disse então: "que tem a lua, que se agita? Será por ter eu enfiado o beiço[16] na água?" Respondeu a lebre: "sim. Prosterna-te, pois", e o elefante se prosternou para a lua rogando perdão pelo que fizera, e garantiu-lhe que nem ele nem nenhum outro de seus elefantes retornariam à fonte.

Disse o corvo: "além do que eu já vos disse a seu respeito, os corujões têm como mister o ardil e a trapaça. O pior dos reis é o trapaceiro, e quem cai sob o domínio de trapaceiros será atingido pelo mesmo que atingiu o pássaro medroso[17] e a lebre que elegeram como juiz entre eles o gato jejuador". Perguntaram as aves: "e como foi isso?" Respondeu o corvo:

Eu tinha como vizinho um pássaro medroso, cujo abrigo se situava nas proximidades da árvore em que estava instalado meu ninho[18]. Convivíamos amiúde graças ao nosso longo período de vizinhança. Depois, entretanto, perdi-o de vista e fiquei sem saber para que lado ele se ausentara, uma ausência tão longa que me levou a cogitar que ele morrera. Veio então uma lebre ocupar-lhe o abrigo, e repugnou-me entrar em litígio com ela por causa do pássaro medroso, a quem eu desconhecia o que o destino fizera. A lebre morou naquele local por algum tempo, mas depois o pássaro medroso retornou a seu lugar. Ao encontrar a lebre ali instalada disse-lhe: "este é o meu lugar; muda-te daqui". Respondeu a lebre: "a moradia está ocupada por mim, e és tu o queixoso; se tiveres de fato direitos, processa-me". Disse o pássaro medroso: "este é o meu lugar, e tenho provas disso". Respondeu a lebre: "antes das provas, necessitamos de um juiz". Disse o pássaro: "existe aqui perto de nós um juiz; vamos, pois, até ele". Perguntou a lebre: "e quem é esse juiz?" Respondeu o pássaro: "é um gato muito devoto, que jejua durante o dia e fica acordado à noite; não prejudica nenhum animal e só se alimenta de ervas; vem comigo até ele". E foram até ele cheios de reverência. Ao vê-los assomarem ao longe, o gato jejuador se pôs de pé a rezar, e a lebre ficou admirada com aquela cena. Ambos avançaram, aproximando-se respeitosamente, e pediram que lhes julgasse o litígio. Depois de ordenar que lhe relatassem o caso, ele disse: "já estou muito velho e minha audição se tornou pesada; quase não ouço; aproximai-vos de mim para que eu vos escute". Eles se aproximaram e repetiram-lhe o caso. Ele disse: "já entendi o que relatastes. Antes da decisão, vou dar-vos um parecer: ordeno-vos que não procureis senão a verdade, pois quem procura a verdade será bem sucedido, ainda que se julgue contra ele, ao passo que quem procura a falsidade estará derrotado, ainda que se julgue a seu favor. O amigo deste mundo nada tem neste mundo, nem cabedais nem amigos; só o que ele tem são as boas obras que realiza. E é lícito que o inteligente corra atrás do que perdura e daquilo cujos benefícios reverterão em seu favor, desprezando tudo o mais. A posição ocupada pelo dinheiro ante o inteligente é a posição do cisco no olho; a posição das mulheres é a das serpentes; e a posição dos seres humanos – relativamente ao bem que ele lhes deseja e ao mal que lhe desgosta recaia sobre eles – é a de sua própria alma" – e não cessou de falar dessa maneira enquanto eles se acercavam dele, sentindo-se cada vez mais à vontade, até que deu um bote sobre ambos e os matou.

Depois o corvo disse: "e os corujões agregam, a todos os defeitos que enumerei, o embuste e a tapeação; não seja o vosso parecer, de maneira nenhuma, escolher um corujão como rei". E as aves, estribando-se no discurso[19] do corvo, não ungiram o corujão rei. Então este, que seria escolhido como rei, disse: "tu me agastaste terrivelmente[20]. Não sei se, no passado, eu já te fizera algum mal para agora merecer isto de ti. Se não, fica sabendo que o machado corta a árvore, que torna a florescer e recompor-se; a espada rompe a carne, que cicatriza, e o osso, que se solda; mas a feridas provocadas pela língua não se cicatrizam, nem se solda o que ela rompeu; a ponta da flecha mergulha nas entranhas e depois se extrai, mas as palavras de pontas semelhantes às da flecha, quando atingem o coração, não se retiram nem extirpam; para toda combustão existe algo que a apaga: para o fogo, água; para o veneno, antídoto; para o enamoramento apaixonado, contato sexual[21]; para a amargura, paciência; o fogo do rancor, porém, não se extingue. E vós – ó povo dos corvos – plantastes entre nós e vós uma árvore de inimizade e rancor que vai perdurar enquanto perdurarem os tempos", e, após essa fala encolerizada, retirou-se ofendido[22].

O corvo arrependeu-se das palavras que deixara escapar, e disse de si para si: "fui inábil fazendo esse discurso que acarretou hostilidade contra mim e meu povo; aliás, não seria eu a ave que mais licitamente poderia assim pronunciar-se, nem a mais preocupada com os misteres do reino das aves. Talvez muitas outras aves tivessem a mesma opinião e soubessem o que eu sabia, tendo sido impedidas de falar por receios dos quais eu deveria ter-me prevenido e por considerações que eu deveria ter feito[23], especialmente porque minhas palavras constituíram um confronto. Com efeito, quando o falante dirige ao ouvinte palavras que o desgostarão, produzindo rancor e ódio, elas não deveriam ser chamadas de palavras, mas sim de veneno. Ademais, o inteligente, conquanto esteja seguro de sua força, fala, superioridade e grande coragem, tal não deveria levá-lo, confiado nisso, a granjear hostilidade contra si, assim como o homem que dispõe de teriagas e antídotos não deve, confiado nisso, ingerir veneno. A superioridade pertence a quem faz boas obras, e não a quem faz bons discursos, pois quem executa boas obras, ainda que lhe falte o estro do discurso[24], terá a sua superioridade evidenciada na destreza e nos resultados; já quem fala, ainda que bem o faça e provoque admiração mercê dos bons atributos de seu estro, não será louvado caso a fala, ao cabo, não se concretize em obras. E sou eu quem produziu a fala que não trará boas conseqüências. Acaso não foi fruto de minha estultice o atrevimento de falar sobre um assunto tão grave sem consultar a ninguém nem refletir longamente a respeito? Bem sei que quem não submete suas opiniões a repetidos exames nem consulta conselheiros inteligentes não se alegrará com os efeitos de suas opiniões nem será louvado no final das contas. E eu poderia muito bem prescindir disto que ganhei hoje, assim como das preocupações nas quais caí". E, tendo-se censurado com tais palavras, o corvo se retirou.

[*Prosseguiu o corvo vizir:*] "esta é a resposta para tua pergunta sobre o problema que iniciou a inimizade entre corujões e corvos". Disse o rei: "já o compreendi. Pensa, agora, naquilo que nos é mais premente hoje, e indica-nos, com teu bom parecer, como devemos agir em relação aos corvos". Disse o corvo: "relativamente à guerra, já conheces minha opinião, e como me repugna. Tudo quanto rogo é conseguir alguma artimanha que proporcione um pouco de alívio, pois a muitos povos sucedeu que, mediante as artimanhas do bom parecer sobre questões gravíssimas, lograssem seu intento, o qual não houvera sido logrado por meio de porfias, tal como os embusteiros que, enganando o asceta, acabaram por tomar-lhe o cabrito". Perguntou o rei: "e como foi isso?" Respondeu o corvo:

Contam que um asceta comprou um cabrito[25] a fim de oferecê-lo em sacrifício, e saiu a conduzi-lo, sendo então avistado por um bando de trapaceiros que se mancomunaram para enganá-lo e apropriar-se do cabrito. O primeiro acercou-se dele e perguntou: "ó asceta, que cão é esse que trazes contigo?" Depois o segundo acercou-se dele e disse: "creio que este homem, embora usando roupas de asceta, não seja asceta, pois ascetas não conduzem cães". Depois o terceiro acercou-se dele e perguntou: "pretendes caçar com este cão?" Quando lhe disseram aquilo, ele não teve dúvidas de que tinha um cão, e pensou: "talvez quem me vendeu este cabrito tenha me enfeitiçado e tapeado", e abandonou-o. O grupo então pegou o cabrito, abateu-o e dividiu-o entre si.

[*Prosseguiu o corvo vizir:*] "só te apliquei este paradigma porque espero que logremos nossos objetivos com ardis e destreza. Meu parecer é o seguinte: que o rei finja encolerizar-se comigo e ordene, diante de seus súditos, que eu seja espancado e bicado até ficar tingido de sangue, e que minhas penas e meu rabo sejam arrancados. Em seguida, que eu seja atirado ao pé da árvore; em seguida, que o rei e seus súditos se mudem para o lugar tal e tal, até que eu possa efetuar meu ardil, após o que irei ao rei e o informarei do estado da questão". Então o rei agiu conforme o combinado e partiu com seus corvos para o local descrito pelo vizir.

E os corujões retornaram naquela noite, mas não encontraram os corvos nem perceberam o corvo vizir ao pé da árvore. Receoso de que eles se retirassem sem vê-lo, o que tornaria baldadas as torturas que se impusera, o corvo pôs-se a gemer e murmurar, até que alguns corujões ouviram-no e, quando o viram, informaram a seu rei, que se dirigiu até ele acompanhado de outros corujões a fim de inquiri-lo sobre os corvos. Respondeu o corvo: "sou fulano filho de fulano; quanto ao que me perguntas sobre os corvos, estás vendo meu estado e o que eles fizeram comigo"[26]. Disse o rei dos corujões: "este é o vizir do rei dos corvos, a quem dá conselhos. Perguntai-lhe por qual delito lhe fizeram isto". Respondeu o corvo: "a estupidez do meu parecer é que me levou a isto". Perguntou o rei: "e qual foi essa estupidez?" Respondeu o corvo: "quando de vosso ataque contra nós resultou o que resultou, o rei nos consultou dizendo: 'ó corvos! acaso não vedes o que nos sucedeu da parte dos corujões?' Como eu tinha boa posição e prestígio ante o rei, disse: 'meu parecer é que vós não tendes como sustentar um combate contra os corujões, que têm maior coragem e corações mais ousados. Assim, o melhor parecer para vós é que busqueis um acordo e ofereçais um tributo; se for aceito, muito bem; caso contrário, devereis fugir pelo país'. Informei aos corvos que o combate seria melhor para vós e pior para eles, e que um acordo seria o melhor que eles poderiam alcançar de vós; ordenei-lhes que se submetessem, e lhes apliquei vários paradigmas;

disse-lhes: 'para o inimigo poderoso, cujos danos e cólera não se podem evitar, não há nada melhor do que a submissão. Acaso não vedes que a erva só escapa da violenta ventania por causa de sua maleabilidade, inclinando-se conforme a ventania a faz inclinar-se, ao passo que a árvore imensa é destruída por sua resistência?[27] [De outro lado, acaso não vedes que] o mosquito que pretende pilhar o fogo sem se precaver é por ele queimado?'[28] Enraivecidos com minhas palavras, e alardeando desejar o combate, acusaram-me dizendo: 'estás a ajudar o rei dos corujões contra nós e nos enganas'. Rechaçaram meu parecer e conselho, e me torturam desta maneira".

Ao ouvir o que dissera o corvo, o rei dos corujões consultou seus vizires, perguntando ao primeiro: "que pensas deste corvo?" Respondeu: "não penso que devamos sequer discutir o caso; o único tratamento que lhe podes dar é matá-lo, pois ele é o melhor recurso dos corvos, e matando-o teremos obtido uma imensa conquista, livrando-nos de seus ardis, ao passo que sua perda será vultosa para os corvos. E já se dizia: quem depara com a chance de executar algo importantíssimo e a desperdiça, não a terá uma segunda vez; e quem busca uma oportunidade para agir e, obtendo-a, se dispersa, perderá essa oportunidade, que não retornará; e quem encontra enfraquecido o inimigo e não se livra dele, será atingido pelo arrependimento na hora em que esse mesmo inimigo se fortalecer e preparar, quando então não poderá enfrentá-lo". Perguntou o rei a outro de seus vizires: "que pensas deste corvo?" Respondeu: "penso que não deves matá-lo, pois o inimigo humilhado que não apresenta perigo merece ser perdoado e preservado, e o desterrado temeroso merece segurança e abrigo. Ademais, muitas vezes o homem pode ser levado a se aproximar de seu inimigo por causa de uma bagatela qualquer, tal como o mercador que se aproximou da mulher graças a um ladrão cujo objetivo não era esse". Perguntou o rei: "e como foi isso?" Respondeu o vizir:

Contam que certo mercador próspero e já entrado em anos era casado com uma jovem muito bela e que tinha um amante. Ela odiava e detestava o mercador, e não se entregava a ele, mas tal comportamento não fazia senão aumentar seu amor por ela. Certa feita, um ladrão foi de noite à casa do mercador, e quando a invadiu ocorreu de estar o mercador dormindo, e a esposa, acordada; aterrorizada com o ladrão, atirou-se ao mercador e o agarrou; acordando, o mercador disse: "de onde vem tamanha benesse?" Quando viu o ladrão, disse: "ó ladrão, coloco à tua disposição todo meu dinheiro e bens; devo-te o favor de teres feito esta mulher aproximar-se de mim e abraçar-me".

Então o rei indagou um terceiro vizir a respeito do corvo, e ele respondeu: "penso que deves mantê-lo e tratá-lo bem, pois ele será digno de te aconselhar. O mais exato procedimento que o homem pode ter quando os inimigos ficam à sua mercê consiste em utilizá-los[29] como auxiliares contra os inimigos restantes. Quem é dotado de inteligência considera um bom triunfo a inimizade de seus inimigos entre si. Que uma parte dos inimigos se ocupe da outra, e que divirjam entre si, constitui salvação, tal como a salvação do asceta quando divergiram o ladrão e o demônio". Perguntou o rei: "e como foi isso?" Respondeu o vizir:

Contam que, certa vez, um asceta ganhou uma vaca leiteira e saiu guiando-a, sendo seguido por um ladrão que planejava apossar-se dela, e o ladrão foi seguido por um demônio em forma humana. O ladrão perguntou ao demônio: "quem és?" Respondeu: "sou um demônio; pretendo seguir aquele asceta e, quando ele estiver dormindo, asfixiá-lo; e tu?" Respondeu o ladrão: "e eu pretendo segui-lo até sua casa para tentar roubar-lhe a vaca". E caminharam juntos até chegar à casa do asceta, por volta da tardezinha. O asceta entrou, introduziu a vaca, jantou e dormiu. Receoso de que, começando antes dele, o demônio fizesse o asceta gritar, acordando a vizinhança com sua voz e impedindo-o, pois, de roubar a vaca, o ladrão lhe disse: "espera até que eu pegue a vaca, e então o homem será todo teu". Porém, igualmente receoso de que, começando antes dele, o ladrão fizesse o asceta acordar, impossibilitando-o de pegá-lo, o demônio disse: "ao contrário, dá-me tu um tempo para que eu o asfixie, e então a vaca será toda tua". Cada qual recusou a proposta do outro, e ficaram discutindo até que o ladrão gritou para o asceta: "acorda, pois este demônio pretende asfixiar-te!", enquanto o demônio gritava: "ó asceta! este ladrão pretende roubar a tua vaca!". O asceta e os vizinhos despertaram graças aos gritos, e os dois malvados fugiram[30].

Quando o terceiro vizir acabou de falar, o primeiro, que sugerira a morte do corvo, disse: "vejo que este corvo já vos iludiu, enganando-vos com suas palavras e humildade. Pretendeis afinal perder o juízo e iludir-vos com esta gravíssima questão. Devagar, muito devagar com esse parecer, e examinai o caso como os dotados de inteligência[31] que conhecem as questões a eles atinentes e as atinentes ao inimigo; que ele não vos aparte de vosso juízo, tornando-vos iguais aos ineptos que se iludem com o que ouvem, e cujos corações se suavizam ante o inimigo com a menor adulação e demonstração de humildade; sereis assim mais crentes naquilo que ouvis do que naquilo que sabeis, tal como o carpinteiro que desacreditou do que via e acreditou no que ouvia, deixando-se iludir e enganar". Perguntou o rei: "e como foi isso?" Respondeu o vizir[32]:

Contam que um carpinteiro tinha uma mulher que ele amava, mas a qual se apaixonara por outro homem. Tendo tomado conhecimento do fato, um parente informou-o ao carpinteiro, e este, desejando certificar-se, disse à mulher: "pretendo viajar para uma vila que fica a algumas léguas[33], a fim de ali fazer trabalhos para um dignitário. Como irei ausentar-me por alguns dias, prepara-me um farnel". Muito contente, a mulher preparou-lhe o farnel. Quando entardeceu, o carpinteiro disse: "assegura-te da porta e cuida da casa até minha volta" e saiu. Ela ficou observando-o até que atravessasse a porta, mas ele em seguida reentrou na casa através de um local escondido na casa do vizinho e, mediante um ardil, enfiou-se debaixo da cama. A mulher mandou chamar o amante – "vem até nós, pois o carpinteiro saiu para um serviço que o obrigará a ausentar-se alguns dias" –, e ele veio. Ela preparou-lhe comida, que ele comeu, e deu-lhe de beber; depois, abraçaram-se na cama, entregando-se a tais misteres noite adentro. O carpinteiro[34], vencido pelo sono, dormiu; sua perna saiu por debaixo da cama e foi vista pela mulher, a qual, certa de que algo muito ruim poderia acontecer, sussurrou[35] ao namorado: "ergue a voz e me pergunta: 'quem tu amas mais, a mim ou ao teu marido?', e, à minha recusa, insiste". Então ele perguntou conforme a mulher o instruíra, e ela respondeu: "ó meu amante! o que te obriga a tal pergunta? que necessidade tens dela?" E como ele, conforme lhe fora recomendado, insistisse na pergunta, ela respondeu: "porventura não sabes que nós, as mulheres, somente arranjamos amantes para satisfazer nossos prazeres, não nos importando nem com eles nem com nada relativo a eles? Depois que nos satisfaz o desejo, o amante se torna para nós como qualquer outro homem. Já o marido ocupa a mesma posição do pai, do irmão e do filho, e mais ainda. Que Deus confunda a mulher que não sinta pelo marido o mesmo que sente por si mesma, e mais ainda!" Ao ouvir tal discurso, o carpinteiro enterneceu-se e foi tomado por lágrimas e piedade por ela[36], convencendo-se do amor de sua mulher; e, por medo de incomodá-la[37], ficou quieto em seu lugar até o dia seguinte. Quando notou que o amante já se fora, saiu e encontrou a mulher fingindo dormir; sentou-se à sua cabeceira, pondo-se a espantar as moscas[38]. Quando ela se remexeu, ele disse: "dorme, amada de minha alma, pois passaste a noite acordada. E, não me repugnasse incomodar-te, eu teria travado forte discussão com aquele homem[39]".

[*Prosseguiu o vizir corujão:*] "só vos apliquei este paradigma a fim de que não sejais como aquele carpinteiro que desacreditou do que sabia e foi negligente. Não acrediteis no discurso deste corvo[40], e ficai sabendo que muitos inimigos que não conseguem prejudicar seus inimigos a distância buscam a aproximação e o perdão. Eu não tinha medo aos corvos até ver esse aí e ouvir o que vós dissestes sobre ele". Mas nem o rei[41] nem os outros vizires lhe prestaram atenção.

Depois, o rei dos corujões determinou que o corvo fosse transportado para o lugar onde ficavam, bem recomendado, dignificado e muito bem tratado. Disse o vizir que sugeria sua morte: "caso o rei não mate o corvo, que ao menos seja tratado como inimigo temível contra o qual se tem prevenção, pois ele é dotado de sagacidade, astúcia e insídia[42]; não considero que esse corvo aprecie ficar entre nós, nem que tenha vindo senão para o que lhe interessa e nos degrada", mas, a esta fala, o rei nem sequer ergueu a cabeça, não passando um dia que não multiplicasse as honrarias e gentilezas para com o corvo, o qual dirigia ao rei, quando se apresentava a ele, e também aos corujões que com ele privavam[43], palavras que só faziam aumentar, dia a dia, a confiança, a afabilidade e a credibilidade de que era alvo. Então, ele disse certo dia a um grupo de corujões entre os quais estava o corujão que sugerira matá-lo: "que algum de vós informe ao rei, de minha parte, que os corvos me deixaram terrivelmente agastado, desonrando-me e torturando-me, e que meu coração nunca encontrará descanso enquanto eu não me vingar; porém, examinando a questão, concluí que não o conseguirei enquanto eu for corvo. Ouvi que certos homens de saber disseram: quem renuncia a si mesmo[44] e se lança ao fogo aproxima-se em grande oferenda ao Senhor, e terá atendidas todas as suas preces. Meu parecer é que o rei ordene que eu seja queimado, e então eu rogarei a Deus que me transforme em corujão; quem sabe se, assumindo a forma de corujão, eu possa vingar-me de meus inimigos, satisfazendo assim essa sede". Disse o corujão que sugerira sua morte: "não te pareces, com o bem que aparentas e o mal que ocultas, senão com o vinho de aroma agradável e bela coloração ao qual se adicionou veneno mortal. Acaso crês, caso te queimemos na fogueira, que tua essência e natureza se queimarão contigo? O mal irá aonde quer que vás, e em seguida retomarás tua origem e natureza, tal como a rata que podia ter, como maridos, o sol, a nuvem, o vento e a montanha, mas abandonou todos esses e se casou com um rato". Perguntou o corvo: "e como foi isso?" Respondeu o corujão:

Contam que um asceta[45], cujas súplicas eram todas atendidas, estava certo dia sentado à beira de um rio quando passou por ele um gavião carregando nas garras uma ratinha que lhe escapou e caiu nas proximidades do asceta, o qual, tomado de piedade por ela, recolheu-a, enrolou-a em seu punho e dispôs-se a levá-la para casa. Porém, temendo que sua mulher ficasse incomodada por ter de criar uma rata, suplicou ao Senhor que a transformasse em menina, e ela foi transformada numa menina de grande beleza e encanto. O asceta levou-a para casa e disse à mulher: "esta é minha filha; trata-a, pois, como se fora tua filha". E criou-a da melhor maneira, sem no entanto lhe informar sua história nem o que ela tinha sido. Quando completou doze anos[46], disse-lhe: "minha filhinha, já estás crescida e necessitas de um marido que te cuide e sustente, aliviando-nos das preocupações contigo. Escolhe aquele que preferires dentre todos os homens, e eu te casarei com ele". Respondeu a jovem: "quero um marido forte, enérgico e poderoso". Disse o asceta: "não conheço ninguém assim senão o sol", e se dirigiu ao sol dizendo: "tenho comigo uma bela jovem, que é para mim como filha, e peço que te cases com ela". Respondeu o sol: "eu te indicarei quem é mais forte do que eu, e mais poderoso". Perguntou o asceta: "e quem é ele?" Respondeu: "a nuvem[47], que me esconde e bloqueia minha luz". Então o asceta foi até a nuvem e lhe pediu que se casasse com a jovem. Respondeu a nuvem: "eu te indicarei quem é mais forte do que eu, e mais poderoso: o vento, que me faz ir e vir". E lá se foi o asceta até o vento, ao qual pediu que se casasse com a jovem. Respondeu o vento: "eu te indicarei quem é mais forte do que eu: a montanha, que não consigo movimentar". E o asceta foi até a montanha e lhe disse o mesmo que havia dito ao vento. Respondeu a montanha: "eu te indicarei quem é mais forte do que eu: o rato, que me perfura, e contra o qual não tenho artimanha nem defesa". Então o asceta perguntou ao rato: "porventura te casarias com esta jovem?" Respondeu o rato: "como poderia casar-me com ela, sendo minha toca tão estreita?" E o asceta perguntou à jovem: "gostarias que eu suplicasse a meu Senhor que te transforme em rata e te case com este rato?" Como ela aceitasse, o asceta suplicou a seu Senhor que a transformasse em rata, e em rata ela foi transformada, casando-se então com o rato[48].

[*Prosseguiu o corujão:*] "é este o teu paradigma, ó embusteiro, no retorno à tua origem[49]". Mas nem o rei nem nenhum dos corujões deu importância a esse paradigma, e se tornaram companheiros do corvo, não fazendo senão lhe ampliar os bons tratos, até que ele se recuperou: suas penas cresceram e, enfim, ganhou forças e se curou; obteve as informações que desejava obter e espionou o que desejava espionar. Depois, foi às escondidas[50] até os corvos e disse a seu rei: "dou-te a boa nova do término do que eu me propus fazer quanto aos corujões. Só resta agora tua parte e a de teus companheiros; se acaso fordes enérgicos e resolutos em vossa tarefa, então será o fim dos corujões". Disseram os corvos e seu rei: "procederemos como determinares". Respondeu: "os corujões estão no lugar tal e tal, e pela manhã se reúnem no interior de uma gruta na montanha. Fiquei sabendo de um lugar com muita lenha; vamos até lá, e que cada corvo carregue o tanto de lenha que puder até a entrada dessa gruta. Nas proximidades da montanha vive um pastor de ovelhas do qual eu obterei fogo, e o atearei na lenha, enquanto vós, juntos, batereis as asas, insuflando e agitando o fogo até que se inflame e propague. Isso feito, os corujões que saírem da gruta serão queimados pelo fogo, e os que permanecerem morrerão sufocados pela fumaça". Assim se fez, e os corujões foram inteiramente exterminados, enquanto os corvos regressaram para suas terras em segurança.

Depois, o rei dos corvos perguntou ao corvo vizir: "como pudeste suportar a companhia dos corujões, sabendo-se que os virtuosos[51] não suportam a companhia dos perversos?" Respondeu o corvo: "de fato é assim mesmo. Mas o homem inteligente, quando acossado por algum perigo terrível que o faça temer a sinistra aniquilação de si mesmo e de seu povo, não terá alternativa senão suportar incômodos, não o afligindo a enorme paciência requerida, pois o que ele espera é chegar a um feliz resultado; não considerará desagradável tal esforço, nem julgará indigno submeter-se a quem é inferior a si até lograr seus objetivos, grato pelo bom termo a que chegou e satisfeito de seu próprio parecer e resignação"[52]. Disse o rei: "fala-me agora sobre a inteligência dos corujões". Respondeu o corvo: "não vi entre eles um único inteligente, com exceção daquele que sugeria minha morte; eram de parecer muito débil[53]; não avaliaram o meu caso, nem se lembraram de que eu era detentor de uma boa posição ante o rei dos corvos[54], ou que eu era arrolado entre os dotados de bons pareceres. Assim, não se recearam de meus ardis e artimanhas. Embora aquele conselheiro de arrojado parecer lhes referisse o fato, recusaram seu conselho; ou seja, nem entenderam as coisas por si mesmos, nem aceitaram o conselho dos dotados de bom parecer; não se precaveram contra mim, nem esconderam seus segredos de modo que eu não os pudesse descobrir. E já se dizia: o rei deve conservar seus segredos e assuntos bem distantes daqueles que lhe forem suspeitos, não os deixando aproximarem-se do lugar onde deposita seus segredos, assuntos e escritos, nem de suas armas, nem de sua comida e bebida, nem sequer da água e dos recipientes que usa para lavar-se[55], dos almofadados em que se senta, dos mantos que veste, dos animais que monta, dos remédios que toma, da coroa de murta que põe na cabeça, do perfume que utiliza, das insígnias que carrega, enfim, qualquer coisa que lhes permita alguma proximidade. O rei não deve dar confiança senão àqueles em cuja confiabilidade tenha plena certeza"[56]. Disse o rei dos corvos: "o rei dos corujões não foi aniquilado senão por sua própria iniqüidade e pela debilidade do seu parecer e do de seus vizires". Respondeu o corvo: "disseste a verdade, pois é raro que os celerados triunfem, que os sequiosos por mulheres deixem de cair no opróbrio, que os glutões não adoeçam e que os que sofrem a desgraça de ter vizires perversos não sejam aniquilados. E já se dizia: que o arrogante grosseiro não ambicione jamais bons encômios, nem o velhaco muitos amigos, nem o indecoroso honrarias[57], nem o avarento bondade, nem o cobiçoso falta de pecados, nem o rei negligente e de débeis vizires a manutenção de seu reino". Disse o rei: "suportaste um terrível sofrimento fingindo e te humilhando ante os corujões". Respondeu o corvo: "quem suporta um sofrimento mediante o qual busca benefício consegue ter paciência, tal como a serpente teve a paciência de carregar o sapo"[58]. Perguntou o rei: "e como foi isso?" Respondeu o corvo:

Contam de uma serpente envelhecida e decrépita, e por isso impossibilitada de caçar, que se arrastou lentamente até chegar ao regato cheio de sapos que ela antes freqüentara e cujos sapos caçara; atirou-se perto da fonte, afetando amargura e tristeza. Disse-lhe um dos sapos: "o que tens que estás triste?" Respondeu: "como poderia não estar triste? O melhor de minha vida era caçar estes sapos, mas me ocorreu uma grande desgraça que os tornou proibidos para mim, a tal ponto que, conquanto eu pegue algum, não me atreveria a comê-lo". Logo o sapo se dirigiu ao seu rei e lhe relatou o que ouvira da serpente, e então o rei foi até ela, indagando-a a respeito, e ela mesma lhe fez o relato, deixando-o muito contente com o que ouviu. Perguntou o rei dos sapos: "e por que isso? o que te sucedeu?" Respondeu a serpente: "dos sapos eu só posso comer aqueles que o rei me der como caridade". Perguntou o rei: "e por que isso?" Respondeu: "porque, faz alguns dias, segui os rastros de um sapo para comê-lo, e acabei empurrando-o na direção da casa de um asceta[59], na qual o sapo entrou e entrei eu em seu encalço. Na casa estava o filho do asceta, cujo dedo eu supus que fosse o sapo e atingi com uma picada, matando-o. Fugi correndo, mas o asceta me seguiu, rogou-me uma praga e me amaldiçoou dizendo: 'tal como mataste este menino injustamente, eu rogo que te humilhes e, rebaixada, sirvas de montaria para o rei dos sapos, os quais serás proibida de comer, com exceção daqueles que o rei te der como caridade'. Vim então até ti a fim de que me uses como montaria, confessando o fato e a ele me resignando". O rei dos sapos apreciou utilizar a serpente como montaria, supondo que aquilo se constituía em grande dignidade e elevação para si, e cavalgou-a por alguns dias, ao cabo dos quais ela lhe disse: "já tens ciência de que, tendo sofrido proibições e maldições, não posso caçar, e dos sapos não comerei senão o que tu me deres como caridade; dá-me, pois, algo de que eu possa viver". Respondeu o rei dos sapos: "por vida minha que te é inevitável dispor de víveres que te mantenham e sustentem", e determinou-lhe, todo dia, dois sapos, que seriam pegos e entregues à serpente, que com isso viveu sem se prejudicar com a submissão ao inimigo inferior, revertendo aquilo em sobrevivência e víveres.

[*Prosseguiu o corvo:*] "também a paciência que tive foi em busca da enorme vantagem que consistiu no aniquilamento do nosso inimigo, e no desvencilhar-nos dele".

Disse o rei: "verifiquei que os golpes assestados pelos ardis prostram o inimigo mais profundamente do que os golpes assestados durante o combate, pois o fogo se limita, com seu calor e ardor, quando atinge uma árvore, a queimar somente o que está acima do solo, ao passo que a água, com sua suavidade e frieza, extirpa tudo quanto esteja sob a terra[60]. E já se dizia que de quatro coisas poucos se salvam: fogo, enfermidade, inimizade e dívida".

Disse o corvo[61]: "tudo o que ocorreu foi graças ao parecer do rei e sua boa sorte, pois já se dizia: se dois procurarem a mesma coisa, triunfará o de mais brio; se os brios se equivalerem[62], o que tiver melhores auxiliares; se os auxiliares se equivalerem, o de melhor sorte. E já se dizia: quem luta contra o rei arrojado e sagaz, bem assessorado[63], a quem as venturas não transtornam nem assaltam os pavores, merece morrer, sobretudo se tal rei for semelhante a ti, ó rei, sabedor das coisas, das horas certas de agir e dos momentos adequados de dureza e lhaneza, de cólera e resignação, de rapidez e lentidão, observador de seu presente e seu futuro[64], e das conseqüências de suas ações".

Disse o rei: "pelo contrário, foi graças ao teu parecer e inteligência que isto ocorreu, pois um único homem [excepcional] é mais capaz de eliminar o inimigo do que um grande número de valentes. Mas o que mais me espanta em ti é tua longa permanência entre os corujões, ouvindo e vendo o rancor deles e não deixando escapar uma única palavra equívoca". Disse o corvo: "mantive-me apegado ao teu decoro[65], ó rei, acompanhando tanto o próximo como o distante com cuidado, lhaneza, atenção e contemporização". Disse o rei: "verifiquei que és dado a agir, ao passo que outros vizires são dados a dizeres inconseqüentes[66]. Mas, por teu intermédio, Deus nos fez grande mercê, antes da qual não sentíamos nem sequer o prazer de comer e dormir. Dizia-se: 'o enfermo não vê prazer no sono até se curar, nem o homem cobiçoso a quem o potentado prometeu cabedais ou postos de comando até que tal lhe seja concedido, nem o homem ameaçado pelo inimigo que ele teme diuturnamente até que se livre dele'. E também se dizia: 'quem tem a febre de si extirpada descansa o corpo e o coração, e quem é aliviado de um grande fardo descansa os ombros, e quem fica a salvo do inimigo folga-se-lhe o peito'". Disse o corvo: "rogo a Deus, que exterminou teu inimigo, que te faça gozar por longo tempo de tua autoridade, e que faça disso um bem para o teu rebanho, associando-o à felicidade em teu reino, pois o rei em cujo reino o rebanho não goza de felicidade tem o mesmo paradigma da fêmea de enormes tetas que, quando dá à luz um filho, não possui leite suficiente". Perguntou o rei: "como era o proceder do rei dos corujões em relação aos súditos?" Respondeu: "procedimentos negligentes, desidiosos, jactanciosos, arrogantes, vaidosos e de mau parecer. E todos os seus companheiros e vizires eram semelhantes a ele, com exceção daquele que se manifestava pela minha morte". Disse o rei: "e, quanto a esse último, o que viste que te indicou a inteligência dele?" Respondeu: "por duas coisas; a primeira, que seu parecer era pela minha morte, e a segunda é que ele não omitia aos companheiros o seu parecer, ainda que o considerasse drástico. Apesar dessas duas coisas, não havia em suas palavras desrespeito ou agressividade; eram, isto sim, palavras hábeis e suaves, a tal ponto que, às vezes, referia os defeitos do rei sem o encolerizar; aplicava-lhe paradigmas e lhe falava dos defeitos de outro, e por meio destes o rei reconhecia seus próprios defeitos, sem ter como se encolerizar com ele. Entre outras, eis algumas das coisas que o ouvi dizer ao rei:

'o rei não deve descuidar de sua lida, que é grandiosa, e os poucos que nela triunfam somente a obtêm com arrojo. [O poder] é tão erradio quanto o macaco, que não pára um só momento, e em suas idas e vindas é como o vento, e no peso é como a companhia detestável, e no temor que provoca o tratamento de seus danos é como picada de cobra, e na rapidez com que se esvai é como a gota d'água deixada pela chuva'[67]".

O MACACO E O CÁGADO

Disse o rei ao filósofo: já entendi o paradigma do homem iludido com o inimigo sagaz que afeta subserviência e lisonja, mediante as quais pretende praticar ardis e enganos, e o que lhe sucedeu[1]; aplica-me agora o paradigma do homem que procura seu objetivo, mas que o perde após alcançá-lo.

Respondeu o filósofo: alcançar o objetivo é mais fácil do que preservá-lo. E quem alcança algo mas não o consegue preservar será atingido pelo mesmo que atingiu o cágado que perdeu o macaco após tê-lo alcançado. Perguntou o rei: e como foi isso? Respondeu o filósofo:

Contam que um grupo de macacos tinha um rei chamado Fārdīn[2], cuja vida se estendeu tanto que ele se tornou ancião, passando então a ser hostilizado por um jovem macaco de sua família, que disse aos demais macacos: "esse aí está decrépito, e já não reúne forças nem condições para ser rei". Os soldados apoiaram-no, depondo o ancião e entronizando o macaco jovem. O ancião fugiu até o litoral, instalando-se numa figueira localizada na praia, e pôs-se a comer os figos, um dos quais lhe escapou e caiu na água, onde havia um cágado – que é o macho da tartaruga. Quando o figo caiu, o cágado recolheu-o e comeu-o, ao passo que o macaco, ouvindo a queda da fruta na água, gostou do som e passou a lançar mais figos na água, e o cágado a recolhê-los e comê-los, crente de que o macaco estava fazendo aquilo por sua causa; então, apresentou-se a ele e deram-se as mãos, entabulando amizade. Acabaram se apegando um ao outro, e o cágado ficou por um bom tempo junto ao macaco, sem retornar para sua família.

A mulher do cágado, muito triste com a ausência do marido, queixou-se a uma amiga dizendo: "talvez lhe tenha sucedido algo ruim". Respondeu-lhe a amiga: "não te entristeças, pois eu fui informada de que teu marido está no litoral com um macaco ao qual se apegou; juntos eles comem, bebem e se divertem. Como a ausência dele já está por demais longa, esquece-o, pois ele te esqueceu, e despreocupa-te dele, pois ele se despreocupou de ti. Não obstante, se conseguires elaborar uma artimanha para destruir o macaco, faze-o, pois, caso ele seja destruído, teu marido voltará e ficará contigo". Então a mulher do cágado deu um jeito de empalidecer[3], descuidando-se tanto que foi atingida por extremo abatimento e magreza.

Nesse ínterim, o cágado pensou: "tenho de ir-me à minha família, pois minha ausência já se prolonga demasiado", e foi para casa, onde encontrou a mulher adoentada, abatida e em mau estado. Perguntou-lhe: "minha irmã, como estás?", mas ela não respondeu. Então ele disse: "vejo que estás abatida", e ela tornou a não responder. O cágado repetiu as perguntas, e só então uma vizinha respondeu por ela dizendo-lhe: "é muito grave o estado da tua mulher; trata-se de uma doença difícil, cujo remédio é mais difícil ainda[4]. E da conjunção entre a gravidade da doença e a inexistência do remédio pode acaso resultar algo que não seja a morte?" Disse o marido: "informa-me a respeito do remédio, quem sabe eu não possa buscá-lo e trazê-lo de onde estiver". Respondeu: "esta enfermidade somente nós, as mulheres, conhecemos bem. Seu único remédio é coração de macaco". O cágado pensou: "eis uma questão dificultosa. Como poderei eu conseguir um coração de macaco que não o coração de meu amigo? Trair meu amigo ou deixar morrer minha mulher? Ambas as coisas me são indesculpáveis". Disse afinal: "se para chegar a grandes coisas um homem deve suportar coisas menores, será lícito que essas coisas menores não o preocupem. O dever para com a mulher é grandioso, os benefícios que ela proporciona são muitos e os auxílios que ela presta nas questões atinentes a este mundo e à outra vida são diversificados. É lícito que eu não malbarate seus direitos". E saiu, tomando a direção do macaco, com a alma em dúvida quanto ao que pretendia fazer e pensando: "destruir um irmão leal e chegado por causa de uma mulher é algo cujas temíveis conseqüências não contentariam a Deus".

E assim o cágado caminhou até chegar ao macaco, que o saudou e perguntou: "o que te manteve afastado de mim tanto tempo?" Respondeu: "o que me retardou, a despeito de minhas saudades, foi a vergonha de ti[5] e o constrangimento pela parca retribuição por mim dada às gentilezas e favores que me fazes, pois, conquanto eu saiba previamente que não almejas de mim nenhuma recompensa por teus favores, considero ser minha obrigação tentar recompensar-te. Quanto a ti, teu caráter é o dos nobres livres[6] que buscam o bem daqueles que não lhes buscaram o bem no passado, e dos quais eles não almejam bem algum no futuro, e aos quais não esquecem de galardoar; teu caráter é o dos que olvidam os favores que fizeram, dos que nunca consideram excessivo o galardão que concederam e dos que acumulam para ajudar os necessitados"[7]. Respondeu o macaco: "não digas isso, de modo algum, nem te constranjas por minha causa, pois és tu o responsável pelas relações entre nós, e isso por dois motivos: encetaste o que te torna credor de meu galardão, pois o que me deste é melhor do que pensas; e, quando aqui arribei, saído de minha terra, erradio e enxotado, foste o abrigo e a companhia mediante os quais Deus afugentou minhas preocupações e tristezas". Respondeu o cágado: "três coisas fazem aumentar o afeto e a confiança mútua entre os amigos: alimentar-se juntos, visitar a casa e conhecer os familiares e demais aparentados[8]. Nada disso ocorreu entre nós, e agora eu gostaria que ocorresse". Respondeu o macaco: "o que o amigo deve buscar é a essência da alma de seu amigo[9]; quanto a ver os familiares e demais aparentados, o palhaço que atua no alto de um palanque[10] vê muito do que não é visto pelos olhos dos familiares e aparentados; quanto ao alimentar-se juntos, muitos cavalos, jumentos e asnos reúnem-se para comer; quanto a adentrar o homem a casa de seu amigo, o ladrão entra nas casas dos conhecidos não por amá-los nem para agradá-los, mas sim por cobiçar o que lhes pertence. Assim, o palhaço não se apega aos outros pelo fato de observá-los e aos seus parentes, nem os quadrúpedes se apegam uns aos outros pelo fato de se reunirem para comer, nem os ladrões se apegam aos conhecidos pelo fato de entrarem em suas casas; por conseguinte, não existe respeito nem direito entre eles"[11]. Disse o cágado: "por vida minha que o amigo não deve buscar de seu amigo senão a amizade. E quem age visando seus interesses neste mundo será merecedor de que se rompa a amizade entre ele e seus fraternos amigos. Já se dizia: o homem não deve, de modo algum, fazer seus amigos enfrentarem dificuldades que os prejudiquem e confundam; até mesmo um bezerro que exagere demais no sugar o leite da vaca correrá o risco de ser agredido e rechaçado. Eu não disse o que disse senão por conhecer tua generosidade e nobre caráter[12], e gostaria muito que me visitasses em minha casa, que fica numa ilha de muitas árvores e frutas deliciosas. Atende a este meu pedido e monta em minhas costas para irmos até minha casa". Ávido pelas frutas, o macaco aquiesceu e montou nas costas do cágado, que mergulhou nas águas e avançou fundo. Ocorrendo-lhe, então, o quão horrível, iníqua e traiçoeira era sua intenção, o cágado estacou e pôs-se a refletir, dizendo de si para si: "isso que pretendo levar a cabo é impiedade e traição; as fêmeas não são dignas de que se cometam, por causa delas, traições e vilezas; não se deve acreditar nelas, nem ser afável com elas. E já se disse: o ouro se conhece quando vai ao fogo; a honestidade do homem, no receber e dar; a força dos animais de carga, com os fardos pesados; mas as mulheres nada têm que as faça ser conhecidas". O macaco, ao ver que o cágado se detinha e que parara de nadar, ficou suspeitoso e disse de si para si: "o cágado não se detém nem se retarda senão por algum motivo. Como posso estar seguro de que ele não tenha[13] abdicado de minha fraterna amizade e resolvido alguma outra coisa que o leve a querer prejudicar-me? Sei de há muito que nada é mais leve, mutável e volúvel do que o coração. E já se dizia: o inteligente não deve negligenciar a busca do que vai pela alma de seus parentes, filhos, irmãos e amigos em todos os assuntos, em todo instante e em toda palavra, no levantar-se e no sentar-se, e em todas as situações, pois tudo isso atesta o que vai pelos corações". Então perguntou ao cágado: "o que te prende? Por que te vejo como que preocupado?" Respondeu: "preocupa-me o fato de que irás à minha casa e não encontrarás tudo conforme eu gostaria, pois minha mulher está doente". Disse o macaco: "não te preocupes, pois as preocupações nada resolvem; busca para tua mulher remédios e médicos, pois já se dizia que o homem deve gastar seu dinheiro em três casos[14]: com esmolas, caso almeje a outra vida; com adulação de potentados, caso almeje prestígio neste mundo, e com mulheres, caso almeje uma vida sossegada"[15]. Respondeu o cágado: "os médicos afirmam que o único remédio para ela é coração de macaco". O macaco pensou: "coitado de mim! A cobiça e a avidez acabaram por carregar-me, na velhice, ao pior engano. Foi veraz quem disse: o longânime satisfeito vive em segurança, tranqüilidade, conforto e sossego, ao passo que o cobiçoso ávido não leva a vida senão em fadigas, aflições e temores. Vejo-me agora necessitado de minha inteligência para buscar uma saída para isso em que me enredei". Em seguida, disse ao cágado: "ó meu amado amigo! Não se deve esconder do amado amigo conselhos nem benefícios, ainda que prejudiciais para quem os dá. Se eu tivesse sabido antes do teu problema, teria trazido comigo o meu coração"[16]. Perguntou o cágado: "e onde está o teu coração?" Respondeu: "deixei-o no lugar onde eu estava". Perguntou o cágado: "e por que fizeste isso?" Respondeu: "é um hábito nosso, dos macacos: quando saímos para visitar algum irmão ou amigo deixamos nossos corações, a fim de que se dissipem quaisquer suspeitas. Se quiseres, posso trazê-lo rapidamente". Então o cágado se alegrou com a generosidade do macaco e fez meia-volta; assim que chegaram à praia, o macaco pulou na árvore e subiu. O cágado ficou um bom tempo esperando, e, como o macaco demorasse, gritou-lhe: "apressa-te, meu amado amigo! Pega teu coração e desce, pois já me fizeste esperar demasiado". Disse o macaco: "parece que me consideras tal como o asno sobre o qual a raposa alegou não ter coração nem orelhas". Perguntou o cágado: "e como foi isso?" Respondeu o macaco:

Contam que um leão vivia em dada floresta com um chacal[17] que se alimentava das sobras de sua caça. Porém, esse leão foi vitimado por uma sarna tão forte que o debilitou a ponto de impedi-lo de caçar. Perguntou-lhe então o chacal: "o que tens, senhor das feras? Teu estado se alterou e tua caça escasseou. A que se deve isso?" Respondeu o leão: "isso se deve a esta sarna que estás vendo. Meu único remédio estaria na obtenção das orelhas e do coração de um asno". Disse o chacal: "eu conheço logo ali o lugar onde fica um asno trazido por um lavandeiro, num prado próximo de nós; ele faz o asno carregar as roupas que irá lavar, e quando as tira deixa-o solto pelo prado. O que eu espero é trazê-lo a ti; depois, tu saberás o que fazer com suas orelhas e coração". Disse o leão: "se puderes, faze-o sem mais delongas, pois minha cura está nisso". Então o chacal foi até o asno e lhe disse: "que magreza é essa que vejo em ti? E essas feridas em tuas costas?" Respondeu o asno: "eu pertenço àquele lavandeiro malvado, que me dá pouca forragem, impõe-me constantes fadigas e põe muito peso sobre minhas costas". Disse o chacal: "e como te conformas com isso?" Respondeu: "o que poderia eu fazer? para onde iria? como escapar das mãos dos homens?" Disse o chacal: "vou mostrar-te um local isolado e de férteis pastos, jamais pisado por homem algum, onde vive uma asna de formosura e perfeição nunca dantes vistas, e que está necessitada de marido". Feliz com a menção à asna, o asno disse: "o que nos prende, pois? Eia, vamos! Mesmo que eu não apreciasse a tua amizade, isso já me bastaria para ir contigo". E foram-se ambos até as proximidades do leão, do qual o chacal se acercou, informando-o; e o leão atacou o asno pelas costas, mas não o agarrou direito, permitindo-lhe escapulir. Disse o chacal ao leão: "o que fizeste? Se acaso soltaste o asno de propósito, por que me deixaste esforçar-me para trazê-lo? Mas se porventura não o pudeste agarrar, isso é bem pior, pois estaremos todos liquidados caso o nosso líder não esteja conseguindo agarrar um asno!" O leão – percebendo que se dissesse "soltei-o de propósito" estaria fazendo pouco caso do chacal e se dissesse "não consegui agarrá-lo por fraqueza" perderia seu respeito – disse: "se conseguires trazer o asno de novo até mim eu responderei à tua pergunta". Disse o chacal: "o asno já teve comigo essa experiência, mas mesmo assim eu voltarei a ele e tentarei enganá-lo como puder", e voltou até o asno, que lhe perguntou: "o que tencionaste fazer comigo?" Respondeu o chacal: "não tencionei senão o teu bem, mas o problema foi o excesso de desejo e excitação, pois quem te atacou foi a asna sobre a qual eu te falara. Ela só o fez por causa do cio violento; houvesses tido um pouco de paciência, ela agora já estaria debaixo de ti". Ao ouvir de novo sobre a asna, o asno excitou-se, saindo atrás dela com o chacal. O leão pôde então agarrá-lo e, após matá-lo, disse ao chacal: "foi-me feita a seguinte receita: devo abluir-me, em seguida comer as orelhas e o coração, e do resto fazer oferenda. Vigia, pois, o asno até que eu termine as abluções e retorne".

Assim que o leão saiu, o chacal devorou as orelhas e o coração do asno, esperando que o leão considerasse aquilo mau agouro e não comesse nenhuma outra parte do animal. Voltando, o leão perguntou ao chacal: "onde estão o coração e as orelhas do asno?" Respondeu o chacal: "acaso não percebeste que este asno não tinha coração nem orelhas?" Disse o leão: "nunca ouvi nada mais espantoso do que estas tuas palavras!" Disse o chacal: "tivesse ele coração e orelhas, não teria retornado a ti depois do que lhe fizeste".

[*Prosseguiu o macaco*:] "só te apliquei este paradigma a fim de que fiques ciente de que eu não sou assim[18]. Urdiste contra mim uma artimanha e me enganaste com tuas palavras, e eu te dei retribuição semelhante, corrigindo meu descuido e o que havia extraviado de minha alma[19]. Disse o cágado: "és tu o veraz e o justo, pois o dotado de inteligência pouco fala e muito obra, reconhece os tropeços, certifica-se de todas as coisas antes de se lançar a elas e corrige os tropeços de sua obra com inteligência, tal como o homem que, na mesma terra em que tropeça, se ergue e põe de pé[20]".

É este o paradigma de quem procura algo e, quando o tem entre as mãos, perde-o.

O DEVOTO E O MANGUSTO[1]

Disse o rei ao filósofo: já entendi esse paradigma. Aplica-me agora o paradigma do homem que age sem refletir nem se certificar.

Respondeu o filósofo: aquele em cujas ações não há reflexão e que tampouco se certifica de seus próprios misteres não tardará a arrepender-se. E entre os paradigmas a respeito está o do devoto e do mangusto. Perguntou o rei: e como foi isso? Respondeu o filósofo:

Contam que vivia na terra de Jurjān[2] um devoto cuja mulher, após ter permanecido longo tempo a seu lado sem lhe dar um filho, enfim engravidou. O devoto exultou com tal boa nova e lhe disse: "regozija-te, pois eu espero que dês à luz um menino que nos traga proveito e felicidade. Vou logo arranjar-lhe uma ama-de-leite e escolher-lhe o mais formoso nome". Disse a mulher: "ai, homem! o que te leva a falar sobre o que não sabes se ocorrerá ou não? Pára com essas palavras, e conforma-te com o que Deus te atribuir, pois o homem inteligente não se pronuncia a respeito do que não sabe nem julga por si mesmo o que lhe é destinado nem decreta o que lhe vai suceder. Quem fala sobre o que não sabe – e que dificilmente será como ele espera – sofrerá o mesmo que sofreu o asceta que derramou banha e mel sobre a própria cabeça". Perguntou o devoto: "e como foi isso?" Respondeu a mulher:

Contam[3] que um devoto recebia, da casa de certo mercador, um bom quinhão de farinha, banha e mel, usando com parcimônia os dois últimos e guardando o resto numa jarra que deixava pendurada em casa. Certo dia, estando o devoto deitado de costas, observou de repente a jarra, que se encontrava pendurada acima de sua cabeça, e, lembrando-se do alto preço da banha e do mel, disse: "venderei o conteúdo desta jarra por uma moeda de ouro[4], e com ela comprarei dez cabras, que ficarão prenhas e darão à luz a cada seis meses" – e efetuou o cálculo para o período de cinco anos, constatando que chegaria a mais de quatrocentas cabras – "e depois as venderei, comprando com o valor auferido cem cabeças de gado bovino, para cada quatro caprinos um bovino; conseguirei então sementes e utilizarei os bois para lavrar: não se passarão nem cinco anos e eu terei obtido com o gado e a lavoura muito dinheiro que utilizarei para construir uma casa luxuosa e comprar escravos, escravas, ricas vestimentas e mobílias. Quando terminar tudo isso, casar-me-ei com uma bela mulher virtuosa, e quando a possuir irei engravidá-la, e ela dará à luz um filho sadio e abençoado ao qual darei o nome de Māmih[5] e ministrarei excelente instrução[6], sendo bem rigoroso nesse decoro; caso ele não o aceite, irei surrá-lo assim com este bastão", e ergueu o bastão com um gesto, atingindo a jarra, que se quebrou, e a banha e o mel escorreram por sua cabeça e barba.

[*Prosseguiu a mulher*:] "só te apliquei este paradigma a fim de que pares de falar sobre o que não sabes"[7] – e o devoto obedeceu-lhe as palavras. Depois, deu à luz um menino sadio, que deixou o pai muito contente. Então, certo dia a mulher disse ao marido: "fica junto ao menino até que eu me banhe e retorne", e saiu. O homem não ficara senão alguns instantes junto à criança quando veio a sua procura um emissário do rei, com o qual ele saiu, não deixando ninguém junto ao menino – com exceção de um mangusto, adestrado e educado, que ele criara, e que deixou ao lado do filho, dirigindo-se até o rei.

Na casa havia uma toca de cobra naja[8], que saiu atrás do menino, mas o mangusto atirou-se sobre ela e a despedaçou. Já o devoto, tendo se retirado da presença do rei, regressou para casa e entrou, sendo recepcionado pelo mangusto, que acorreu a ele como se pretendesse anunciar-lhe o que fizera. Porém, ao ver o animal manchado de sangue, o devoto perdeu a razão, e não supôs senão que o animal lhe matara o filho. Sem refletir nem se certificar a respeito, surrou o mangusto com um bastão que levava consigo até matá-lo. Entrou depois em casa e viu o menino vivo e a naja morta, pondo-se então a bater no peito, estapear o rosto e arrancar a barba dizendo: "quem dera este menino não tivesse nascido, pois assim eu não teria cometido este crime atroz". Então a mulher adentrou enquanto ele chorava e perguntou-lhe: "o que ocorre que esta cobra e o mangusto estão mortos?", e ele lhe relatou o caso e depois disse: "esta é a punição de quem age com pressa e sem se certificar do que faz"[9].

'IBLĀD, 'ĪRĀḪT E XĀDARM, REI DA ÍNDIA[1]

Disse o rei ao filósofo: já compreendi o que mencionaste sobre a questão da pressa de quem não reflete nem leva em conta as conseqüências. Fala-me, agora, a respeito do procedimento que, adotado pelo rei, irá nobilitá-lo ante seu rebanho, consolidando-lhe o reino e preservando-lhe a terra: magnanimidade ou brio ou liberalidade ou audácia?[2]

Respondeu o filósofo: aquilo com que melhor um rei preserva o reino, consolida o poder e dignifica a própria alma é a magnanimidade e o intelecto – que constituem a cabeça e o fundamento de todas as questões –, juntamente com a consulta a quem seja perspicaz, sutil e sábio. E o melhor de que os homens podem gozar é a magnanimidade, especialmente no caso dos reis; nada é superior ou mais útil do que ela. E o melhor bem para a alma e a vida do homem é a mulher virtuosa, de superior parecer e ponderada, pois caso o homem seja corajoso mas não magnânimo nem inteligente, ou magnânimo e inteligente mas consulte os não perspicazes, será abalado por qualquer ninharia, a tal ponto que deixará transparecer torpeza e debilidade, em razão dessa estultice e do equivocado parecer de seus companheiros e conselheiros. E, conquanto obtenham algum êxito [provisório] ou logrem um acerto qualquer por obra do acaso, o resultado final de suas ações será o arrependimento. Mas se, ao contrário, seu conselheiro possuir superioridade e nobreza – e o decreto divino[3] o ajudar –, ele vencerá o adversário e derrotará o opositor, e o regozijo será todo seu, tal como o que nos foi relatado sobre as ocorrências entre Xādarm, rei da Índia, Īrāḫt, sua mulher, e Iblād, seu secretário e confidente. Perguntou o rei: e como foi isso? Respondeu o filósofo:

Foi-nos relatado que certo rei da Índia, denominado Xādarm, tinha um conselheiro chamado[4] Iblād, que era um religioso[5] aplicado, de bom caráter, perspicaz, magnânimo, sapiente e perfeito. E, em dada noite, enquanto dormia, Xādarm teve oito sonhos[6] que o fizeram, um após o outro, acordar sucessivamente[7]. Quando amanheceu, ele mandou chamar[8] os brâmanes – que eram ascetas[9] – e lhes narrou os sonhos que tivera, ordenando-lhes que os interpretassem. Responderam-lhe: "o que viste, ó rei, é algo terrível e assombroso: nunca havíamos ouvido nada igual antes. Se quiseres, meditaremos a respeito durante seis dias, e no sétimo te informaremos de nossa conclusão, e assim, quem sabe, evitaremos, na medida de nossas possibilidades, aquilo que nos causa receios". Respondeu o rei: "sim. Devereis agir em conformidade com vosso parecer e com aquilo que sabeis ser adequado". Então eles se retiraram e a seguir fizeram uma reunião na qual disseram: "não faz muito tempo que o rei matou doze mil dos nossos. Agora ele está à nossa mercê, pois nos revelou seu segredo, e ficamos a par dos temores que os sonhos lhe suscitaram. Quiçá consigamos vingar-nos dele caso lhe dirijamos conselhos bem brutais; assim, o medo o levará a obedecer a nossos intentos, e lhe ordenaremos que nos dê aqueles que lhe são caros dentre os seus parentes e conselheiros. Diremos a ele: 'estudamos em nossos livros e verificamos que nada afastará de ti o mal que viste nos sonhos senão a morte daqueles cujos nomes citaremos'. Caso ele pergunte: 'a quem vos referis?', diremos: 'Īrāḫt, tua mulher, com vosso filho Jūbār[10]; o filho de tua irmã; Iblād, teu confidente, pois ele tem astúcia e saber; Kāk, teu escriba e porta-voz; o elefante branco sobre cujo dorso guerreias; os dois elefantes gigantes; o cavalo que montas; o camelo que te serve de transporte; e o jurista Kātāyāyrūn[11] – a fim de colocarmos o sangue deles num tonel e enfiar-te dentro dele. Quando quisermos tirar-te lá de dentro, todos os brâmanes nos reuniremos, vindos dos quatro cantos do mundo; faremos preces e te untaremos com água e pomadas aromáticas, e em seguida te conduziremos a teu trono; assim, Deus terá afastado de ti toda aflição proveniente dos pesadelos que tiveste. Se fores paciente e aceitares de bom grado, ficarás a salvo da terrível calamidade que se abateria sobre ti e te liquidaria; quanto àqueles que irás sacrificar, arranjarás quem os substitua. Porém, se não o fizeres, tememos que sejas deposto do reino e exterminado, e tua descendência, extinta'".

Assim que acertaram a questão e entraram em acordo, os brâmanes foram ao rei e disseram: "já averiguamos em nossos livros e neles mergulhamos; meditamos e demos tratos à bola a respeito de teu sonho. Mas só poderemos dar-te ciência do que descobrimos caso fiquemos a sós contigo em teu conselho", e o rei assim procedeu. Então eles lhe narraram a questão do modo como haviam combinado. Disse o rei: "prefiro a morte a fazer o que dissestes. Não seguirei isso. Matar essas pessoas que para mim equivalem à minha própria pessoa, e suportar tamanho crime e peso? Seja como for, a morte ocorrerá; não serei rei até o final dos tempos, e são iguais para mim a morte e a separação de quem amo". Disse um dos brâmanes: "sem querer encolerizar-te, permite-nos dizer que a tua postura é equivocada; não ages corretamente desprezando a tua vida e dando preferência à de outros; se desprezares a tua vida, por nenhum outro motivo serás dignificado. Para esses aí encontrarás substitutos, mas não para tua vida. Por vida minha que trocá-la pelas pessoas que te referimos é mais exemplar e melhor, pois assim manterás teu reino e poder, e deixarás tudo aprumado. Dá preferência à tua alma e deixa de lado os outros, pois nada equivale a ela".

Ao ver que os brâmanes lhe falavam com tamanha brutalidade e atrevimento, o rei levantou-se, adentrou seus aposentos, jogou-se de bruços e ficou revirando-se de um lado para o outro, entristecido e preocupado, cogitando o que fazer: por qual das duas alternativas decidir-se? Contemplar a própria morte de frente, vendo-a chegar, ou atender ao pedido dos brâmanes? O rei assim permaneceu durante dias, e a boataria começou a se difundir em sua terra; diziam: "aconteceu ao rei algo que o deixou angustiado". Ao notar o estado em que o rei estava, o conselheiro Iblād pôs-se a meditar e analisar a situação; como fosse sagaz e experimentado, disse: "não posso encontrar-me com o rei sem que ele me tenha convocado; assim, irei até sua mulher, Īrāḫt, e a questionarei a respeito". E, indo até ela, perguntou-lhe: "eu jamais soube que o rei, desde que estou a seu serviço, tenha feito qualquer coisa, pequena ou grande, sem me consultar. Eu era seu confidente, e ele nunca escondeu de mim nada que lhe sucedesse. Mesmo quando acometido por alguma terrível questão, ele se resignava, enchia-se de paciência e me contava o que estava ocorrendo; e então eu o consolava com a maior sutileza possível. Mas agora vejo que ele está há sete dias isolado com os brâmanes e afastado de todos os demais. Meu temor é que ele tenha franqueado a eles o que lhe vai pelo íntimo, pois não confio neles. Vai até ele, pergunta-lhe sobre seu estado, o que lhe ocorreu e o que eles lhe disseram; a seguir, informa-me, pois agora não posso apresentar-me diante dele. Tenho certeza de que eles estão a ornamentar-lhe alguma ação horrível, levando-o a cometer alguma atrocidade ou fazendo-o encolerizar-se com algo que eles tenham falsificado previamente. É uma das características do rei, quando se encoleriza, o não dar atenção a quem quer que seja, deixando de medir as conseqüências de seus atos e de refletir sobre eles, quer sejam relativos a grandes questões quer a ninharias. Não tenho nenhuma dúvida de que eles não lhe deram bons conselhos, por causa do rancor e do ódio que contra ele nutrem em seus corações, nem de que, caso possam aniquilá-lo, buscarão para tanto uma artimanha". Disse Īrāẖt: "já tive uma discussão com o rei, e não quero voltar a vê-lo enquanto ele estiver assim amargurado". Respondeu Iblād: "num dia como este, deves deixar as mágoas de lado; ninguém além de ti poderá vê-lo. Por mais de uma vez eu o ouvi dizer: 'quando me entristeço ou fico preocupado, basta que Īrāẖt venha até mim para que tudo isso se desvaneça'. Portanto, vai até ele e fala-lhe do modo que considerares mais conveniente para agradá-lo e dissipar-lhe as preocupações". Ao ouvir tais palavras, Īrāẖt dirigiu-se até o aposento do rei, entrou e sentou-se à sua cabeceira dizendo: "o que tens, ó rei venturoso e louvado? O que te disseram os brâmanes? Vejo-te preocupado e amargurado. Se o que te compele à tristeza for algo relativo à nossa morte, e na nossa morte estiver a tua alegria e a dissipação das tuas aflições, e tivermos de te sacrificar nossas vidas[12], não hesites; e se acaso for alguma cólera contra nós, agradar-te-emos e faremos o que te alegre"[13]. Respondeu o rei: "não me perguntes nada, ó mulher, que assim só farás aumentar ainda mais meu transtorno. Ademais, ninguém deve ficar sabendo de nada, tal a enorme gravidade e terror desse assunto". Disse Īrāẖt: "e acaso a tua consideração por mim decaiu tanto a ponto de me dares uma resposta dessas? Será que não sabes que o melhor alvitre para o rei, quando se dão sucessos que o angustiam, é consultar aqueles que o cobrem de bons conselhos e afeto, e que se preocupam com seu estado e atribulações e com as coisas que o entristecem? Quem incide em erro não deve desesperar-se da misericórdia, mas sim se arrepender e evitar aquilo cujas conseqüências teme[14]. Que não te invadam as preocupações e tristezas que ora vejo, pois elas nada resolverão e, ainda por cima, alegrarão o inimigo e prejudicarão o amigo. Os homens de saber e experiência analisam as coisas, munem suas almas de paciência com os percalços que os fazem perder coisas que desejam, como também com as adversidades do tempo". Respondeu o rei: "não me perguntes nada, ó mulher, pois naquilo que inquires está minha destruição e a morte tua, de teu filho e de muitos daqueles pelos quais tenho apreço. O fato é que os brâmanes alegam que me é necessário matar-te a ti e a meus familiares e conselheiros, mas a vida para mim não conterá nenhum bem depois de vós, nem nenhum prazer após nossa separação. Essa é a mais terrível e grave questão [que se agita] em minha alma". Disse Īrāẖt[15]: "que Deus não te entristeça, ó rei, nem te prejudique! Sejam nossas vidas o teu resgate: elas são irrisórias se comparadas ao teu bem e preservação. E Deus te concedeu mulheres suficientes para a procriação e a compensação. Peço-te, porém, que depois da minha morte nunca mais acredites nos brâmanes, não os consultes nem aceites a opinião de nenhum deles antes de haver consultado previamente as pessoas encarregadas de bem aconselhar-te e nas quais tenhas plena confiança, a fim de bem distinguires se deves de fato levar a cabo a morte de alguém, pois a gravidade de tal procedimento é imensa, e seu peso, terrível. Não podes ressuscitar aquele cuja vida tiraste. E já se dizia: caso encontres alguma jóia e, presumindo que não tenha valor nenhum, pretendas jogá-la fora, não o faças antes de mostrá-la a quem esteja em condições de avaliá-la detidamente. Não permitas que teus inimigos se regozijem, sejam eles os brâmanes ou outros quaisquer, e fica ciente de que jamais te darão bons conselhos, pois mataste há pouco doze mil deles. Acaso presumes que eles já tenham esquecido o fato? Por vida minha que não devias ter-lhes falado sobre teus sonhos, nem os deixado contemplar teus segredos. O que eles pretendem, com a interpretação que deram a teus sonhos, é a extinção de teu reinado, a aniquilação de teus entes amados e o extermínio de teus conselheiros, que são gente de saber, magnanimidade e sapiência, e das tuas montarias, sobre as quais combatem os reis. Seja como for, dirige-te até Kātāyāyrūn, relata-lhe o caso todo e pergunta-lhe o que bem quiseres, pois ele é inteligente e leal, não havendo nada que esses brâmanes tenham que ele não tenha melhor, ainda que a origem dele seja brâmane; ele é jurista e íntegro[16] asceta, e se ele te der um parecer semelhante ao dos brâmanes, cumpre-o, mas se ele divergir, fica sabendo que aqueles mentirosos são teus inimigos e pretenderam introduzir o erro em teu reinado".

Ao ouvir aquilo, o rei, aliviado, ordenou que se equipasse seu cavalo; montou-o e cavalgou[17] até Kātāyāyrūn. Quando chegou, apeou-se, prosternou-se diante do asceta, saudou-o e inclinou a cabeça. Perguntou Kātāyāyrūn: "o que te trouxe até aqui, ó rei? Por que te vejo a cor alterada, cheio de preocupações e tristezas, sem que em tua cabeça estejam a coroa e o diadema?" Respondeu o rei: "estava eu dormindo uma noite dessas, estendido em meu aposento[18], quando ouvi saindo do chão oito vozes, e a cada voz eu acordava, em seguida voltando a adormecer; tive então oito sonhos que narrei para os brâmanes, e eles me deram uma resposta que me faz temer uma catástrofe: ou serei morto numa guerra ou serei deposto e expulso de meu reino". Disse Kātāyāyrūn: "não te entristeças por isso, ó rei, nem te assustes; não morrerás agora, não será tomado teu reino, não serás atingido por nenhum mal, nem nenhuma ameaça te rondará. Quanto aos oito sonhos, narra-os para mim que eu os interpretarei para ti". Então o rei lhe narrou os sonhos[19]. Disse Kātāyāyrūn: "quanto aos dois peixes vermelhos que viste erguidos sobre as caudas te recepcionando, receberás da parte de Hamyūn[20] um enviado com uma caixa contendo jóias no valor de quatro mil arráteis de ouro[21]. Quanto aos dois patos que viste saírem voando detrás de ti e pousarem diante de ti, receberás da parte do rei da Bactriana alguém que colocará diante de ti dois corcéis sem igual no mundo. Quanto à cobra que viste se arrastando junto a teu pé esquerdo, receberás da província de Ṣanjīn[22] alguém que deporá diante de ti uma espada de ferro maciço sem igual. Quanto a teres visto teu corpo ser todo banhado em sangue, receberás da parte do rei de Kāsarūn[23] alguém que deporá diante de ti uma vestimenta maravilhosa, denominada túnica de púrpura, que se ilumina no escuro. Quanto a teres visto teu corpo ser lavado com água, receberás da parte do rei de Zarfī[24] alguém que deporá diante de ti uma vestimenta típica de rei, de valor inestimável[25]. Quanto ao que viste sobre tua cabeça, e que semelhava o fogo, receberás da parte do rei de Jayār[26] alguém que deporá diante de ti um diadema de ouro[27]. Quanto a estares numa montanha branca, receberás de Kaydarūn[28] alguém que deporá diante de ti um elefante branco que os corcéis não alcançam. Quanto ao pássaro branco que viste bicando-te a cabeça, não o interpretarei hoje, mas não te prejudicará nem precisas temê-lo, muito embora ele contenha um pouco de irritação e desentendimento com alguém que amas. E os mensageiros e enviados estarão diante de ti assim que forem passados sete dias".

Ao ouvir aquilo, o rei prosternou-se diante dele e disse: "eu observarei o que disse Kātāyāyrūn". E, quando foi no sétimo dia, o rei vestiu suas roupas, pôs seus adornos e instalou-se em seu conselho, autorizando a entrada dos maiorais e dignitários, e lhe chegaram os presentes dos quais havia falado Kātāyāyrūn; todos se colocaram de pé à sua frente. Ao ver os emissários e os presentes, o rei regozijou-se e pensou: "não fui feliz em descrever meus sonhos para os brâmanes, permitindo-lhes que me dessem aquelas ordens. E se Deus – exalçado seja seu nome – não houvesse se apiedado de mim e corrigido meu parecer por meio de Īrāḫt, eu estaria aniquilado, e extinto este meu mundo. É por isso que todos devem ouvir as opiniões dos generosos, dos amigos e daqueles com quem têm parentesco, e aceitar suas recomendações. Assim, Īrāẖt me deu um conselho com o qual me beneficiei e preservei o meu reino, e que proporcionou a felicidade e a alegria que estais vendo". Disse-lhe então Iblād: "o homem não deve fazer nenhuma coisa, grande ou pequena, senão com o parecer dos amigos e homens de bem". O rei mandou chamar Īrāẖt e seu filho Jūbar, o escriba Kāk e Iblād e lhes disse: "não devemos guardar estes presentes em nossos depósitos; eu os dividirei[29] entre vós – vós que correstes risco de morte por minha causa – e Īrāẖt, que me fez a sugestão com a qual me beneficiei e conservei o meu reino". Disse Iblād: "nós, servos,[30] não devemos nos aproximar destes presentes, mas vosso[31] filho Jūbar é deles merecedor; que ele leve, pois, o que vós lhe concederdes". Disse o rei: "a divulgação deste fato nos proporcionará, por todo o país, excelentes louvores e nos fará um bem enorme; portanto, não te envergonhes, ó Iblād: leva tua parte e regozija-te!" Disse Iblād: "que seja, então, conforme o gosto do rei, e que ele comece levando o que quiser". E o rei tomou para si o elefante branco, e deu a Jūbar um dos corcéis; a Iblād, a espada de ferro maciço; e ao escriba Kāk o outro corcel; enviou a Kātāyāyrūn a roupa de púrpura característica dos reis; em relação ao diadema e todas as demais roupas, que também serviam para mulheres, ele disse: "recolhe, ó Iblād, o diadema e as demais roupas, carrega-as comigo e segue-me até os aposentos das mulheres".

Quando ali chegaram, o rei chamou Īrāẖt e sua segunda favorita, Jūrbanāh[32]; elas sentaram-se diante dele, que disse: "coloca, ó Iblād, os presentes diante de Īrāẖt, para que ela escolha o que bem quiser". Após examinar o diadema e as roupas, Īrāẖt, tendo gostado da aparência de tudo, e sem saber qual dos presentes escolher, lançou um olhar de rabo de olho para Iblād, a fim de que ele lhe apontasse qual dos presentes seria melhor. Iblād deu-lhe de olho para as roupas, sugerindo que as escolhesse, e ela as recolheu. Mas, como o sinal do vizir fora uma piscadela, o rei, que lhe lançara um olhar repentino, flagrou tal movimento, e Īrāẖt, vendo que o rei pilhara o sinal que Iblād lhe fizera, largou as roupas e recolheu o diadema, por medo de que o rei pensasse alguma coisa ruim de ambos. E, depois desse episódio, Iblād viveu por quarenta anos a piscar o olho toda vez que se apresentava diante do rei[33], por medo de que este supusesse que ele quisera, com os olhos, dizer alguma coisa para Īrāẖt, e também por medo de que o rei nutrisse alguma suspeita. Assim, não fossem a inteligência da mulher e o conhecimento do vizir, nenhum dos dois teria escapado da morte[34].

O rei costumava passar uma noite com Īrāẖt e outra com a rival dela. E, como aquela fosse a noite destinada a Īrāẖt, ele se dirigiu ao aposento dela. Īrāẖt, que tinha cozinhado arroz, apresentou-se diante do rei trazendo às mãos um prato de ouro [com arroz] e na cabeça o diadema; sentou-se à cabeceira do rei e pôs-se a dar-lhe de comer. Quando a rival viu o diadema na cabeça de Īrāẖt, ficou enciumada e vestiu as roupas que ganhara, desfilando então diante do rei; era bela como o sol, e tudo a seu redor se iluminou; o rei contemplou-a desejoso[35], e disse a Īrāẖt: "demonstraste ignorância quando escolheste o diadema e deixaste de lado vestimentas que não têm semelhante em nossos depósitos. E Jūrbanāh tem com certeza mais inteligência do que tu e melhor parecer, e é mais adequada como mulher de reis do que tu". Ao ouvir aquilo, acrescido ao que vira, Īrāẖt, encolerizada, bateu com o prato na cabeça do rei, por cuja cabeça, rosto e barba o arroz escorreu. Era esta a interpretação do oitavo sonho, a qual havia sido ocultada e não explicitada por Kātāyāyrūn. O rei convocou então Iblād, que se apresentou, e lhe disse: "estás vendo, Iblād, o que essa mulher fez comigo, e como me menosprezou e humilhou com tal atitude? Não tenho ciência de rei algum que tenha se exposto a um atrevimento semelhante ao dessa estúpida! Leva-a daqui e corta-lhe a cabeça, sem piedade!" Iblād saiu então conduzindo Īrāẖt para fora do lugar, mas pensou de si para si: "não irei matá-la até que a cólera do rei se aplaque; trata-se de uma mulher inteligente, sagaz, zelosa do bem, afortunada entre as rainhas, sem par entre as mulheres no que tange à magnanimidade e inteligência, e sem a qual o rei não suporta ficar. Ademais, hoje Deus salvou muita gente por intermédio dela, que já realizou muitas obras beneméritas. Iremos precisar dela no futuro, e não estou seguro de que o rei não acabe dizendo depois: 'acaso não pudeste retardar a execução dela?' Não irei matá-la até assegurar-me da opinião do rei a respeito; se acaso ele se arrepender de sua morte e se entristecer, eu lha trarei viva, e com isso levarei a cabo três obras: terei salvo Īrāẖt da morte, libertado o rei de suas aflições e poderei me orgulhar disso diante de todos. Mas, caso o rei não volte a mencioná-la nem fique saudoso dela, executarei então suas ordens".

E assim, secretamente, Iblād se dirigiu com Īrāẖt até sua casa, onde deixou dois homens de confiança do rei, responsáveis por suas mulheres, encarregados por ela. E ordenou a seus familiares que cuidassem dela, tratando-a bem e dignificando-a até que ele verificasse como ficaria a sua situação. Em seguida, tingiu sua espada de sangue e, triste e amargurado, apresentou-se ao rei e disse: "já executei a ordem do rei relativamente a Īrāẖt". Mas não tardou que a cólera do rei se aplacasse, e ele então se lembrou da beleza de Īrāẖt, de seu bom parecer e enorme proveito; logo, sua tristeza se intensificou, e ele se pôs a buscar forças e a fazer esforços de paciência, envergonhado de interpelar Iblād sobre o assunto, e rogando que ele não a tivesse matado. Iblād olhou para o rei e, percebendo, com sua superior inteligência, o que lhe ia pela alma, disse-lhe: "não te entristeças nem te aflijas, ó rei, pois tristezas e preocupações não trazem benefícios; antes pelo contrário, debilitam e corrompem o corpo, isso sem contar a tristeza que invade as pessoas da estima do rei quando ele se entristece, e o contentamento e alegria malsã[36] de seus inimigos, os quais, quando ouvem a respeito, passam a considerar que [nem o rei] nem seus companheiros têm inteligência ou arrojo[37]. Tem paciência, ó rei, e não te entristeças com o que de modo algum estás vendo. E, se o rei quiser, posso contar-lhe algo análogo a este seu caso". Disse o rei: "conta-me então, Iblād"[38]. Disse Iblād:

Contam que um pombo e uma pomba encheram seu ninho de trigo e cevada. Disse o pombo à pomba: "enquanto formos encontrando do que viver aqui pela estepe, não comeremos nada de nosso ninho. E, quando o inverno chegar e nada encontrarmos na estepe[39], aí sim comeremos o que estiver no ninho". A pomba concordou com aquilo e disse: "é a melhor opinião". Os grãos estavam úmidos quando eles os estocaram, e o ninho ficou cheio. E o pombo saiu em viagem. Quando chegou o verão, os grãos secaram e, na aparência, sua quantidade diminuiu. Ao retornar, o pombo achou que a quantidade de grãos havia diminuído e disse à pomba: "não havíamos combinado não comer nada de nosso ninho? Por que comeste?" Embora a pomba lhe jurasse que não havia comido um único grão[40], ele não acreditou, e passou a dar-lhe tantas bicadas e golpes que ela morreu. Quando chegou o inverno e com ele as chuvas, os grãos tornaram a ficar úmidos, e retomaram o seu volume anterior, enchendo o ninho como antes. O pombo, ao ver aquilo, arrependeu-se e deitou-se ao lado da pomba chamando-a: "de que me adianta a vida se eu te procuro e não consigo encontrar?"[41]

[*Prosseguiu Iblād:*] "assim, quem for de fato inteligente saberá que não deve apressar-se em torturar e castigar ninguém, especialmente aqueles em relação aos quais existe o temor do arrependimento, tal como o arrependimento do pombo".

E eu também ouvi que um homem que carregava às costas um saco de lentilhas adentrou em meio a um espesso arvoredo, depôs sua carga e se deitou. Desceu então um macaco da árvore sob a qual o homem se instalara, e tomou um punhado de lentilhas com a palma da mão, tornando depois a trepar na árvore. Uma lentilha, porém, lhe escapou da mão, e, enquanto ele a procurava sem resultado, as demais lentilhas se lhe escaparam da mão, sem que ele pudesse reuni-las novamente.

[*Prosseguiu Iblād*:] "e tu, ó rei, tens dezesseis mil mulheres mas deixas de te divertir com elas, procurando justamente a que não encontras!" Ao ouvir aquilo, o rei, temeroso de que Īrāḫt tivesse sido morta, disse a Iblād[42]: "e por causa de um único lapso meu executaste de imediato o que te mandei, prendendo-te a uma só palavra e sem te certificares de fato da questão?" Respondeu Iblād: "aquele cujo dizer é único e sem contradição, sua palavra para mim é uma só"[43]. Disse o rei: "e quem é esse?" Respondeu Iblād: "Deus poderoso e exalçado, que não modifica suas palavras nem entra em contradição". Disse o rei: "minha tristeza está se intensificando por causa da morte de Īrāḫt". Respondeu Iblād: "são dois os que devem intensificar sua tristeza: aquele que comete crimes e aquele que nunca exerce a piedade, pois a felicidade de ambos neste mundo é curta"[44]. Disse o rei: "se eu visse Īrāḫt viva, nunca mais me entristeceria". Respondeu Iblād: "são dois os que nunca devem entristecer-se: aquele que se aplica no exercício da piedade e aquele que nunca comete crimes". Disse o rei: "continuo enxergando Īrāḫt da mesma maneira que enxergava antes". Respondeu Iblād: "são dois os que nunca enxergam nada: o cego e o desprovido de inteligência, pois, assim como o cego não enxerga o céu, as estrelas e a terra, nem o próximo, o distante, o que está na frente e o que está atrás, também o desprovido de inteligência não distingue o que o beneficia do que o prejudica, nem o inteligente do ignorante, nem o belo do feio, nem o bom do mau". Disse o rei: "se eu visse Īrāẖt, minha felicidade se intensificaria". Disse Iblād: "são dois os que vêem e merecem ter a felicidade intensificada: o clarividente[45] e o sábio, pois, assim como o clarividente enxerga a luz do mundo e o que este contém, também o sábio enxerga o crime, evitando-o, e a piedade, exercendo-a, e guia quem o segue pelo caminho do bem". Disse o rei: "nunca me fartei da visão de Īrāẖt". Respondeu Iblād: "são dois os que nunca se fartam: aquele cuja única preocupação é acumular dinheiro e aquele que devora tudo quanto encontra e procura o que não encontra". Disse o rei: "impõe-se que nos afastemos de ti, Iblād, pois é isso que mereces"[46]. Respondeu Iblād: "são dois aqueles dos quais se impõe o afastamento: aquele que diz 'não existe castigo nem prestação de contas nem recompensa' nem nada que não seja do seu interesse[47], e aquele que não consegue apartar sua vista dos prazeres e do que não lhe pertence, nem seus ouvidos da audição do mal, nem seu órgão sexual das mulheres dos outros, nem seu coração dos crimes que este se propõe cometer, chegando então ao arrependimento, opróbrio e vergonha para toda a eternidade". Disse o rei: "tornei-me um zero por causa de Īrāẖt". Respondeu Iblād: "são três os zeros: mar sem água, terra sem rei e mulher sem marido. E mais um: aquele que não distingue o bem do mal". Disse o rei: "tens sempre prontas respostas[48], Iblād". Respondeu Iblād: "são três os que têm prontas respostas: rei que promete e dá de seus tesouros, mulher que quer atrair algum nobre por quem esteja apaixonada[49] e homem sábio que se consagra à adoração de Deus"[50]. Disse o rei: "minha tristeza aumentou com estas tuas consolações, Iblād". Respondeu Iblād: "são três os que devem entristecer-se: aquele cujo cavalo é nédio e de boa aparência mas de mau desempenho; aquele que toma sopa com muita água, pouca carne e insossa; e aquele que se casa com mulher de nobre origem mas, não tendo condições de honrá-la, dela ouve humilhações". Disse o rei: "a morte de Īrāẖt foi uma perda a troco de nada". Respondeu Iblād: "são três os que perdem em vão: homem que veste roupas brancas mas se mantém ao lado de fornalha cuja fumaça as escurece; lavandeiro que calça sapatos novos mas mantém os pés na água; e mercador que se casa com mulher formosa e jovem, mas se mantém em terra distante". Disse o rei: "és bem merecedor de seres castigado da pior maneira". Respondeu Iblād: "são três os que merecem ser castigados: criminoso que pune quem não cometeu falta alguma; intrujão que avança sobre um banquete para o qual não foi convidado; e homem que pede aos amigos o que eles não têm e insiste no pedido". Disse o rei: "és bem merecedor de seres escarnecido, Iblād". Respondeu Iblād: "são três os que devem ser escarnecidos: marceneiro que se instala com a família em casa pequena mas se mantém serrando madeira, enchendo a casa e submetendo seus familiares a apertos e incômodos; homem que se propõe barbear com navalha sem saber direito, degradando seu trabalho e ferindo o rosto de quem barbeia[51]; e estrangeiro instalado em meio aos inimigos e que não pretende voltar para os seus, pois, caso morra, por estar emigrado serão eles seus herdeiros, e seu dinheiro será herdado por estranhos, sendo esquecida a sua memória". Disse o rei: "deverias calar-te até que minha cólera se aplaque, Iblād". Respondeu Iblād: "são três os que devem calar-se: homem que escala montanha elevada; pescador; e aquele que vai realizar ação grandiosa". Disse o rei: "quem dera eu pudesse ver Īrāẖt, ó Iblād!" Respondeu Iblād: "são três os que desejam aquilo que não encontrarão: o devasso sem temor a Deus que almeja, ao morrer, a mesma posição dos piedosos na outra vida; o avarento que almeja a posição de magnânimo generoso; e os iníquos que promovem banhos de sangue injustamente e esperam que suas almas[52] estejam junto aos mártires devotos". Disse o rei: "provocaste dor em meu coração, Iblād!" Respondeu Iblād:

"são três os que provocam dor em seu coração: aquele que vai à guerra, não se cuida e é morto; aquele que tem muito dinheiro, não tem filho e negocia com juros e carestias em prejuízo dos outros, sendo talvez alvo do rancor de alguém que o mate; e homem velho que se casa com mulher formosa e devassa, atrevida em persistir nesse hábito, pois ela não tardará a desejar sua morte a fim de casar-se com um marido jovem, dando-se então a morte do velho pelas mãos dela". Disse o rei: "sou bem desprezível a teus olhos, Iblād". Respondeu Iblād: "são três os que desprezam seus senhores: disparateiro que fala sobre o que não lhe foi perguntado e diz o que sabe e o que não sabe; servo rico que tem senhor pobre mas não lhe oferece nenhum dinheiro nem põe nada a seu dispor; e escravo que dirige palavras grosseiras a seu senhor e tem ousadias para com ele". Disse o rei: "estás a zombar de mim, Iblād! Quem dera Īrāẖt não tivesse morrido!" Respondeu Iblād: "são três os que devem ser alvo de zombaria: aquele que diz 'presenciei muitas batalhas e matei muita gente', sem que se veja em seu corpo nenhum vestígio de tais embates; aquele que propala ser sábio em religião e aplicado asceta, mas é corpulento, de pescoço grosso e sem vestígio de humildade[53]; e mulher que alega ser virgem mas não é virtuosa nem casta"[54]. Disse o rei: "és em verdade um soberbo, Iblād". Respondeu Iblād: "são três os que se assemelham aos soberbos: o ignorante murmurador que aprende a freqüentar[55] o sábio mas não aceita o que ele diz e ainda pretende entrar em contendas malgrado sua ignorância, tudo isso não o impedindo de voltar para a companhia de seus iguais[56]; aquele que, causando dano a si mesmo, instiga o mentecapto e com ele se intromete, pois este o faz ouvir coisas nocivas e mentiras[57]; e aquele que revela seus segredos ao indiscreto, deixando-o a par de questões gravíssimas e nele confiando como se confiasse em si mesmo". Disse o rei: "fui eu que carreei a desgraça para mim mesmo". Respondeu Iblād: "são dois os que trazem a desgraça para si mesmos: aquele que, tendo retomado o bom caminho, retrocede, caindo então num precipício e se estatelando todo; e aquele que diz 'não me aterrorizo com as batalhas nem as temo', iludindo assim a outros, mas quando encontra o inimigo tem por única preocupação a fuga". Disse o rei: "já está acabado [o afeto] entre nós, Iblād!" Respondeu Iblād: "são três aqueles cujo afeto não tarda a se acabar: amigo que não se encontra com seu amigo, nem lhe escreve nem manda mensagens; homem que é dignificado pelos que o amam mas nem por isso se aproxima mais deles nem os aceita, pondo-se, ao contrário, a desdenhá-los e ironizá-los; e aquele que visita a seus amigos nas ocasiões de alegria, conforto e felicidade, pedindo-lhes coisas que eles não lhe podem dar". Disse o rei: "matando Īrāḫt, agiste de um modo que indica tua pouca inteligência e a inconstância de tua magnanimidade, Iblād". Respondeu Iblād: "são três os que obram com ignorância tal que evidenciam a inconstância de sua magnanimidade: aquele que deposita seu dinheiro com um desconhecido[58]; o imbecil de pouca inteligência e covarde que se anuncia às pessoas como bravo guerreiro[59]; e aquele que alega que irá abandonar as coisas do corpo e se entregar às da alma[60], mas não é visto senão correndo atrás de suas paixões". Disse o rei: "não és inteligente, Iblād". Respondeu Iblād: "são três os que não devem ser considerados gente de inteligência: sapateiro que se instala em lugar elevado, e quando alguma de suas ferramentas lhe escapa [ao chão] seu trabalho se vê bastante prejudicado; alfaiate que encomprida demais a linha e, quando esta se embaraça, isso lhe atrapalha a costura; e aquele que, enquanto corta o cabelo das pessoas, se põe a olhar à direita e à esquerda, estragando sua atividade"[61]. Disse o rei: "até parece, Iblād, que pretendes ministrar lições às pessoas a fim de que se tornem mais hábeis, e também a mim a fim de que eu me torne mais hábil". Respondeu Iblād: "são três os que alegam ter se tornado hábeis, mas ainda precisam aprender: tocador de címbalo, alaúde e tambor, até que os concilie com a flauta e todas as melodias; pintor que desenha bem mas não sabe misturar as cores; e aquele que alega não ter necessidade de saber nenhum ofício"[62]. Disse o rei: "em verdade, Iblād, não agiste corretamente"[63]. Respondeu Iblād: "são quatro os que não agem corretamente: aquele cuja língua não fala a verdade e a cujos dizeres não se dá atenção; aquele que é rápido no comer mas lento no trabalhar, guerrear e servir aos superiores; aquele que não consegue aplacar a própria cólera; e rei que se propõe alguma atrocidade e acaba por cometê-la"[64]. Disse o rei: "se agisses em conformidade com meus bons hábitos[65], não terias matado Īrāẖt, ó Iblād". Respondeu Iblād: "são quatro os que agem em conformidade com os bons hábitos: aquele que faz comida para seu senhor, limpa-a e a serve a ele no momento adequado; aquele que se satisfaz com uma só mulher, tornando seu órgão sexual imune às mulheres dos outros; rei que só se propõe algum grave desígnio após consulta aos sábios; e homem que reprime sua própria cólera". Disse o rei: "estou com medo de ti, Iblād". Respondeu Iblād: "são quatro os que temem o que não devem: passarinho que, pousado em árvore, ergue uma das patas, temeroso de que o céu desabe sobre ele, e diz: 'se o céu desabar, seguro-o com minha pata'[66]; grou[67] que se ergue numa das patas, temeroso de que a terra se fenda debaixo de si caso ele ponha a outra pata no chão; larva rasteira que se alimenta de terra e que poupa comida, temerosa de que a terra se esgote, mantendo-se assim preocupada e aflita pelo medo de morrer de fome[68]; e morcego que, considerando não haver na terra animal voador mais belo do que ele próprio, evita voar durante o dia, temeroso de que os homens o capturem e aprisionem consigo". Disse o rei: "acaso já estavas propenso a matar Īrāẖt[69], Iblād?" Respondeu Iblād: "são quatro os que, sem dedicação[70], propendem a se perder: corcel de raça e valioso que é o melhor equipamento de seu dono;

boi com o qual se ara a terra; mulher inteligente que ama o marido; e escravo esforçado, sincero no servir, veraz e respeitoso de seu senhor". Disse o rei: "não estou feliz com a morte de Īrāḫt, ó Iblād". Respondeu Iblād: "são três os que devem ficar tristes[71]: sábio que recebe de um ignorante respostas indevidas e inaceitáveis; homem voraz, glutão e muito rico; e homem perverso e de alma maligna". Disse o rei: "não nos deveríamos imiscuir contigo, Iblād". Respondeu Iblād: "são quatro as coisas que não se devem imiscuir entre si: o dia e a noite; o piedoso e o devasso; a treva e a luz; e o bem e o mal". Disse o rei: "matando Īrāḫt, instalaste em minha alma o rancor contra ti, Iblād". Respondeu Iblād: "são quatro aqueles entre os quais o rancor está instalado: o lobo e o cordeiro; o gato e o rato; os corujões e os corvos; e o falcão e o ouriço". Disse o rei: "degradaste tua sapiência, Iblād". Respondeu Iblād: "são quatro os que degradam suas obras: aquele que estraga bons atos com maus atos; rei que dignifica o escravo; pais que preferem o filho pervertido ao filho bom; e aquele que, tendo recebido algum segredo, elabora uma artimanha para propagá-lo". Disse o rei: "acaso não tens alguma comiseração para me conceder, Iblād?" Respondeu Iblād: "são cinco os que não têm comiseração: rei rancoroso que profere desvarios; homem que se aluga para carregar cadáveres; ladrão que aguarda a noite para atacar os homens e roubá-los; aquele que desvia os homens do bom para o mau caminho[72]; ignorante atrevido que avança sobre o que não é seu, ainda que destrua sua vida e a vida alheia à procura de sua necessidade e cobiça". Disse o rei: "quem me devolver Īrāḫt terá de mim o dinheiro que desejar". Respondeu Iblād: "é de cinco o grupo[73] dos que são ciosos pelo que mencionaste, que gostam de juntá-lo de forma indevida e para os quais é mais importante do que suas próprias vidas: guerreiro sem outra vontade ou desejo que não o de atingir e obter o que ambiciona; ladrão que vasculha as casas e ataca viajantes, tendo afinal a mão decepada ou sendo morto; mercador que se lança ao mar à procura [das riquezas] deste mundo; carcereiro que deseja o aumento do número de detentos a fim de ganhar [dinheiro] deles; e juiz que aceita propina e profere decisões injustas". Disse o rei: "degradaste minha existência, Iblād". Respondeu Iblād: "é de sete o grupo dos que são como descreveste: jurista sábio mas desconhecido que não é citado; rei que faz favores a qualquer invejoso ingrato que não reconhece nada do que lhe tenha feito; escravo cujo dono é grosseiro, obtuso e impiedoso; mulher que ama o filho prevaricador e malvado, escondendo suas más ações e perdoando-as; homem que confia e mostra-se afável com quem é devasso, traidor e atrevido em violar proibições; aquele que célere se põe a censurar seus amigos; e aquele que não dá atenção a Deus nem aos homens da fé e do bem". Disse o rei: "desgosta-me, de fato, a morte de Īrāḫt". Respondeu Iblād: "são sete as coisas que desgostam: a velhice, que subtrai a juventude; a dor, que enfraquece o corpo e faz perder sangue; a cólera, que perverte o saber dos sábios e a sapiência dos sapientes; as preocupações, que fazem minguar a inteligência e debilitam o corpo[74]; o frio, que altera as plantas; a fome e a sede, que a tudo tornam penoso; e a morte, que degrada a todos os seres humanos". Disse o rei: "eu não deveria dirigir-te a palavra depois disso, Iblād". Respondeu Iblād: "é de oito o grupo daqueles para os quais de nada adiantam palavras ou obras: aquele que consulta quem não tem magnanimidade; aquele a quem a mentira faz seu coração afastar-se de seu irmão; aquele que se auto-admira; o prepotente; aquele para quem o dinheiro é mais importante do que sua própria vida; o débil que viaja para muito longe; aquele que teima com seu senhor e com seu mestre, os quais têm autoridade sobre ele; e aquele que recebe quem lhe tem apreço com disputas e discussões". Disse o rei: "ficarei amargurado e entristecido quando vir doze mil mulheres[75] sem que entre elas esteja

Īrāẖt". Respondeu Iblād: "a ninguém é lícito entristecer-se por mulher alguma que possua uma dessas quatro características: se for ignorante e atrevida com seu marido[76]; ou de mão leve, ladra que se apropria do que lhe emprestas; ou cega, sem beleza e sem nobreza; ou de mau caráter e inconveniente". Disse o rei: "nunca fui atingido por dor mais forte do que esta causada pela perda de Īrāẖt, em razão de sua magnanimidade e inteligência". Respondeu Iblād: "são cinco as coisas que, tendo-as a mulher, a tornam merecedora de provocar tristeza [por sua ausência]: se for de nobre origem e excelente posição entre sua gente; ou ajuizada e inteligente; ou formosa, de rosto e caráter perfeitos; ou casta, pudica e de bom augúrio; ou conveniente a seu marido, satisfeita com ele e carinhosa". Disse o rei: "não vejo, entre as mulheres, nenhuma que se assemelhe a Īrāẖt". Respondeu Iblād: "é de quatro o grupo dos que não se afastam de sua condição[77]: mulher que se acostumou a ter muitos maridos, não mais se satisfazendo com poucos; homem cuja língua sempre pratica a mentira, e que quando pretende ser veraz enfrenta dificuldades; homem grosseiro, corpulento e auto-suficiente que não consegue ser agradável nem ficar quieto; homem vaidoso e desmesurado cujo caráter é devasso, e que não consegue passar da degeneração ao bom estado". Disse o rei: "minha tristeza por Īrāẖt não me deixará dormir". Respondeu Iblād: "é de seis o grupo dos que não devem repousar: aquele que tem muito dinheiro mas não um depositário no qual confie; homem que pretende atacar alguém com o qual não pode[78]; caluniador contumaz que cobiça bens mundanos[79]; homem atacado por forte moléstia e sem médico[80]; homem cuja mulher é devassa[81]; e amante que se arreceia do que pode ocorrer a seu amado". Disse o rei: "ainda te pronuncias diante de mim mesmo vendo minha irritação, Iblād?". Respondeu Iblād: "são sete os que estão em contínua irritação: rei que célere se encoleriza, sem tolerância nem ponderação;

ponderado cuja ponderação não é acompanhada de saber; sábio que não almeja o bem; homem que almeja o bem mas não tem saber; juiz que ama [os bens deste] mundo; homem indulgente com os outros mas avarento com suas coisas[82]; e homem pródigo que busca louvores e agradecimentos a curto prazo". Disse o rei: "estás infligindo tormento[83] a ti mesmo, Iblād, e também a mim". Respondeu Iblād: "é de nove o grupo dos que infligem tormentos a si mesmos e também aos outros: quem tem dinheiro abundante e em todos confia; quem busca o que não se alcança nem deve ser conseguido; homem vulgar e devasso compulsivo; aquele que considera a delicadeza debilidade, o bom caráter fraqueza e não aceita os bons conselhos de quem os tem; aquele que assiste os reis e os grandes, mas não tem bom parecer nem aprende nada de ninguém; estudante que se envolve em disputas com quem é mais nobre do que ele; aquele que faz urdiduras contra os reis e não lhes dá bons conselhos nem estima; rei cujo serviçal e intendente é mentiroso desvairado; e homem lerdo de entendimento que quase não compreende nem aceita o decoro"[84]. Disse o rei: "basta, Iblād; já me deixaste em dúvida quanto a meus propósitos". Respondeu Iblād: "os homens devem ser testados em dez coisas: o ousado, na batalha; o camponês, na lavoura[85]; o escravo, na convivência com seu senhor; o rei, quando se encoleriza, [demonstrando] qual é de fato seu saber e magnanimidade; o mercador, quando se envolve com seu colega; os amigos, quando têm de suportar danos; o arguto, quando das dificuldades, [demonstrando] qual é de fato sua habilidade e artimanha; o asceta, em seu temor a Deus e pureza; o pródigo, no distribuir e doar; e o pobre, no evitar os delitos e procurar sobrevivência de modo lícito"[86].

Em seguida Iblād se calou, e, percebendo que a tristeza do rei era de fato muito acentuada por causa de Īrāẖt, e que era grande sua ansiedade por vê-la, disse então: "eu posso trazer à presença do rei essa que ele ama e que por vê-la tanto anseia, tendo sido magnânimo comigo ao longo de toda a discussão que travei com ele sobre tantos assuntos, eu que lhe dirigi rudes palavras[87]. Ó rei, eu, com minha humilde posição e débil disposição, fiz um discurso rude e ousado. E vós, ó rei[88], em virtude de vossa origem e vasta magnanimidade, vos dominastes e tivestes paciência com o que de mim ouvistes. Eu te louvo, ó rei, por não teres ordenado que eu fosse morto. Eis-me aqui, em pé diante de ti, tendo feito o que fiz com meu bom conselho. Se eu tiver incorrido em desobediência, tendes nisso argumento e autoridade para punir-me e matar-me"[89]. Ao ouvir que Īrāẖt estava viva, o rei ficou muito feliz e disse a Iblād: "o que me impedia de encolerizar-me contigo era o que eu já sabia sobre teus bons conselhos e a veracidade de tua fala. E era por causa de teu saber que eu esperava que não tivesses matado Īrāẖt". Disse Iblād: "sou vosso escravo, e meu pedido, hoje, é, primeiro, que não vos açodeis em grandes questões que podem levar ao arrependimento, e cuja conseqüência é a preocupação e a tristeza, como vistes, especialmente no caso desta para a qual não encontrareis equivalente ou semelhante em nenhum lugar, e, segundo, que permaneçais juntos". Disse o rei: "falaste com a verdade, Iblād. Eu sempre aceitei tuas palavras e tudo o mais que sugerias. Que dizer, pois, deste terrível problema que enfrentei? Depois disto, nunca mais me lançarei a ação alguma, grande ou pequena, sem consultas, estudos e reflexão".

Depois, o rei ordenou a Iblād que lhe trouxesse Īrāẖt, e ele a trouxe; o rei deu-lhe aquelas roupas e ficou muito feliz com ela, a quem disse: "faze o que bem entenderes; nunca mais recusarei nada do que desejares". Respondeu Īrāẖt: "que o teu reino perdure até a eternidade. Como, não fosse teu bom parecer, ó rei, e tua generosidade, poderias te arrepender de uma má ação que cometeste? Se abandonasses minha memória pelo resto de teus dias, eu seria disso merecedora, mercê de minha estupidez e insolência e da atitude que tomei, a qual levou o rei a determinar minha morte. Com tua piedade, agradeceste a Iblād pelo seu bom proceder, mas, não fosse a crença que ele tem em tua generosidade, teria realizado a ordem de que o teu poder o encarregara". O rei disse a Iblād: "por mais que as coisas que já me fizeste tenham-te tornado credor de minha gratidão, nada é mais grandioso para mim do que o não teres matado Īrāẖt; pelo contrário, ressuscitaste-a depois que eu a matara, e a deste para mim e para todos os súditos; nunca estive tão satisfeito contigo como estou hoje; dou-te plenos poderes em meu reino para que faças o que bem quiseres". Disse Iblād: "não tenho nenhuma necessidade para pedir-te, senão que reflitas quando da cólera e medites quando tomares alguma resolução". Disse o rei: "eu agirei conforme o teu parecer".

Em seguida, o rei ordenou que fossem mortos os brâmanes que haviam sugerido a morte do grupo de pessoas que mencionei, e, com isso, regozijaram-me ele, o povo de seu reino e seu filho por meio dos bons vizires, que, para ele, são as criaturas mais amadas[90].

MIHRĀYAZ, O REI DOS RATOS[1]

Disse o rei ao filósofo: já compreendi o paradigma da magnanimidade entre os reis e seus aproximados; agora, gostaria que me desses a conhecer como deve o homem buscar um bom conselheiro, e qual o benefício proporcionado pelo conselheiro sapiente.

Respondeu o filósofo: o paradigma a respeito é o do rei dos ratos e de seu vizir e bom conselheiro, que o salvou e aos seus, livrando-os de terríveis dificuldades. Perguntou o rei: e como foi isso? Disse o filósofo:

Contam que havia na terra dos brâmanes uma região denominada Dūrāt, com uma área de mil parasangas[2], no centro da qual se localizava uma cidade chamada Badrūr[3], muito vasta e povoada, cujos moradores levavam a vida como bem lhes aprazia. Também havia naquela cidade um rato denominado Mihrāyaz[4], que era o rei de todos os ratos que viviam na cidade e em seus arredores. Ele tinha três vizires, aos quais consultava em todos os seus misteres; um desses vizires se chamava Rūḏbād[5], dotado de inteligência e prudência; o rei lhe reconhecia a inteligência e a boa qualidade de suas artimanhas[6]; o segundo se chamava Xīrac, e o terceiro, Baġdād. Era hábito do rei convocá-los e consultá-los a respeito das questões atinentes aos súditos.

Certo dia, foram convocados e discutiram sobre muitas coisas, até que a conversa chegou à seguinte indagação: "será que nós podemos dar fim ao medo e pavor que temos aos gatos, pavor e medo estes herdados de nossos ancestrais, ou seria isso impossível?" O rei deu o início dizendo: "ouvi dos sábios que em duas questões o homem deve olhar para si mesmo, para seus filhos e sua gente, e consultar os bons conselheiros: uma delas é não pensar mais sobre benefícios e danos passados, pretéritos e desaparecidos; e a segunda, não ter medo de aferrar-se aos benefícios que pode conquistar nem deixar de elaborar artimanhas para afastar o que é nocivo. E nós, como resultado das belas ações de nossos pais e ancestrais, vivemos em abundante prosperidade e permanente sossego; só temos uma única aflição, a qual – por vida minha! – é mais forte do que qualquer outra aflição ou preocupação: trata-se dos temores e danos que nos assaltam por causa dos gatos. Porém, nosso caminho será elaborar uma artimanha, depois que nisso fracassaram nossos ancestrais, pois, conquanto eles a tenham procurado, não a encontraram. Nosso caminho, portanto, deve ser o de inferir[7] os motivos pelos quais a artimanha lhes escapou, apesar da contínua prosperidade e das inúmeras benesses de que desfrutamos; porém, por causa desses temores, nossa vida se tornou sem graça. Os sapientes já diziam: quem se separa de sua terra, filhos, país e esposa, pretendendo buscar um local onde possa somente dormir e acordar, sempre com medos e temores, isso seria como a morte"[8].

Disseram os vizires Xīra[c] e Baġdād: "és nosso líder porque possuis muita inteligência e teus pareceres são sempre certeiros. E já se dizia que duas calamidades não podem ser afastadas senão mediante um planejador sapiente e certeiro. Nós dependemos da magnanimidade, sabedoria e bom planejamento do rei nesta e em outras questões. Por isso, estamos à disposição do rei; e, com essa questão, nós granjearemos, e também o rei, uma imensa nomeada para toda a eternidade. O caminho de todos os ratos, e particularmente o nosso, é dar o máximo, zelar e envidar esforços para fazer realizar-se o desejo do rei, em especial no que se refere a esta questão, ainda que com o sacrifício de nossas vidas"[9].

Quando os dois vizires terminaram o discurso, os olhos do rei já estavam postos no terceiro vizir, Rūḏbād; ao ver que ele não se pronunciava, disse-lhe encolerizado: "ei, tu, a tua função seria mencionar o que pensas quanto a esta questão, e não ficares aí, como se foras mudo, incapaz de falar ou dar resposta". Ao ouvir as palavras que lhe eram dirigidas pelo rei, o vizir disse: "o rei não deve censurar-me por eu ter ficado durante este tempo sem me pronunciar, pois eu o fiz com o fito de ouvir inteira e perfeitamente o que disseram meus colegas e refletir a respeito, para só então emitir minha opinião". Disse o rei: "dize, pois, o que pensas". Respondeu: "não tenho mais do que o seguinte: se o rei tiver de fato uma artimanha com a qual atingir seu objetivo neste assunto, concretizando-o da maneira correta, vamos em frente; caso contrário, é seu dever não cuidar disso nem planejar ou pensar a respeito, pois aquilo que se herda dos pais e ancestrais, a partir da medula e da espécie[10], transmite-se da natureza dos pais para a dos filhos, e nem mesmo os arcanjos[11] têm capacidade de modificar isso, quanto mais os homens". Disse-lhe o rei: "aquilo que se herda não se deve somente à espécie, pois todas as coisas, mesmo as mais irrelevantes e ínfimas, não se efetuam senão mediante providências lá do alto; assim, a realização de cada coisa se dá num tempo determinado, mas o conhecimento desse tempo está oculto aos homens, e tais providências necessitam de empenho assim como a luz dos olhos necessita da luz do sol"[12]. Disse o vizir: "o caso é como o rei disse, mas, quando não for possível elaborar um estratagema nem houver condições de resistir às coisas que se herdam por meio da espécie, então é melhor deixar estar, pois quem tenta se opor à herança da espécie é como se se opusesse àquilo que já está dado e convencionado[13], sendo muito possível, ademais, que tal procedimento produza uma calamidade pior do que a primeira, e a questão acabe redundando em uma destruição irreparável, tal como se deu com aquele rei cuja história é sempre referida". Perguntou o rei: "e como foi isso?" Respondeu o vizir:

Contam que nas cercanias do rio Nilo[14] viveu um rei em cuja terra havia uma elevada montanha repleta de árvores, plantas, frutas e fontes. As feras e todos os animais daquele país viviam naquela montanha, em cujo sopé existia um buraco do qual saía uma das sete partes de todos os ventos que sopram pelas três províncias e por metade das regiões do mundo[15]. Nas proximidades do sopé localizava-se uma casa cuja extrema beleza de construção e acabamento não tinha igual no mundo. O rei e os reis seus antecessores residiam naquela casa e lugar, de onde nunca lhes tinha ocorrido retirar-se[16]. O rei tinha um vizir ao qual consultava sobre seus misteres, e certo dia consultou-o dizendo: "tu sabes que nós, como resultado das belas ações pretéritas de nossos ancestrais, vivemos com abundantes benesses, e nossos misteres se sucedem da maneira que apreciamos. Esta casa onde estamos, não fosse esse buraco e o excesso de ventos, seria semelhante ao paraíso. Por isso, nossa tarefa deve consistir no esforço de tentar encontrar uma artimanha que nos possibilite tapar a boca deste buraco através do qual os ventos sopram; se fizermos isso[17], teremos herdado o paraíso neste mundo, sem contar a perenização da memória ilustre". Disse o vizir: "sou teu servo, e acorro para o que determinares". Disse o rei: "não é esta a resposta que eu aguardava; dize o que tens". Disse o vizir: "não tenho neste momento resposta alguma senão essa, pois o rei é mais sábio, ajuizado e digno do que eu. E este assunto por ele mencionado não se pode levar a cabo senão por meio de força divina. Quanto aos homens, eles não suportarão executá-lo, pois se trata de algo muito grandioso; não é tarefa do pequeno envolver-se em assuntos demasiado grandiosos[18]. Que o rei pondere o que deseja que eu faça, se acaso ele souber de algum caminho que nos faça chegar a tal objetivo, e se sopesar corretamente o bem e o mal que daí resultarão. Caso contrário, ele não deve ocupar-se nem desperdiçar sua atenção com isso. Falar a respeito, agora, é fácil, mas discernir corretamente o bem e o mal que advirão desse procedimento é algo oculto aos homens, difícil de conceber. Por isso, deves estudar o caso acuradamente, a fim de que não te atinja o que atingiu o asno que, tendo saído à procura de cornos que lhe nascessem, acabou por perder as orelhas"[19]. Perguntou o rei: "e como foi isso?" Respondeu o vizir:

Contam que um asno, propriedade de certo homem que lhe dava muito feno, era tão bem tratado que amiúde se excitava e tornava indócil. Ocorreu então que, certo dia, seu dono o conduziu a um rio para beber, e o asno vislumbrou, ao longe, uma asna. Ao vê-la, excitou-se, agitou-se, zurrou e ficou nervoso. Seu dono, notando tal excitação e temendo que o animal fugisse, amarrou-o a uma árvore que havia na beira do rio e se dirigiu ao dono da asna pedindo-lhe que a recolhesse, e o homem assim fez. O asno pôs-se então a girar em torno da árvore, e sua excitação mais aumentava. Enquanto girava, abaixou a cabeça e, vendo seu pênis intumescido, pensou: "este porrete teria utilidade para cavaleiros e para combates; qual, porém, seu benefício, sendo ele um só e não dispondo eu de outro, se um único porrete não serve para travar combate com os homens? E, embora eu não seja hábil cavaleiro, de qualquer modo poderei atacar e golpear com esta vara a quem não souber manusear armas. E se eu pudesse – e quem dera eu o soubesse – obter uma lança do feitio que me apetecesse, deteria cem cavaleiros, e nenhum me causaria preocupações. Agora, minha tarefa é a de esforçar-me para obter uma lança; porém, se acaso meus pais e avós tivessem feito esse esforço, eles teriam me livrado do ônus dessa procura"[20]. Assim, enquanto o asno pensava nisso e seu dono estava sentado na orla do rio esperando que sua excitação passasse a fim de recolhê-lo[21], sucedeu naquele momento que um grande antílope de imensos cornos era conduzido por seu dono àquele rio, com o fim de fazê-lo beber. Quando o antílope olhou para o asno, e o asno para o antílope, o asno se admirou dos abundantes chifres do outro, pois era justamente aquilo que lhe interessava; alegrou-se, pensou e disse: "carregando tais chifres, o antílope não deve senão dispor de lanças, arcos e toda espécie de armas, sendo sem dúvida perito nas práticas de cavalaria. Se eu tivesse condições de fugir do meu lugar e acompanhar este antílope, servindo-o e obedecendo-lhe as ordens, eu me tornaria hábil nas práticas de cavalaria; também ele, quando observar meus serviços, bons conselhos e as gentilezas que lhe farei, não será avaro em conceder-me algumas de suas armas. Pois, se Deus não me desejasse um feliz destino, não teria conduzido até mim esse antílope". Já o antílope, ao ver a excitação do asno e o que este fazia consigo mesmo por causa de seu transtorno, ficou espantado e não bebeu, pondo-se apenas a olhar para ele[22]. O asno pensou: "suponho que eu lhe causei admiração por minha dignidade e formosura, e agora seu coração está ocupado comigo"[23].

Mas o dono do antílope, vendo que o animal não bebia, resolveu levá-lo de volta para casa, situada nas proximidades da orla onde estava amarrado o asno, que se pôs a esticar os olhos, observando o antílope enquanto ele retornava até adentrar a casa de seu dono e marcando o local de modo que o reconhecesse. Em seguida, o dono do asno também o conduziu de volta para casa, amarrando-o ao cocho e dando-lhe feno. Como seu coração estivesse ocupado em unir-se ao antílope, nem a comida nem a bebida o alegraram, e ele se pôs a pensar e elaborar artimanhas a respeito; disse então: "devo fugir até ele durante a noite". Quando a noite chegou e seus donos se ocuparam com o jantar e a bebida, o asno forcejou e conseguiu romper suas amarras, fugindo em direção à casa na qual havia entrado o antílope, onde, ao chegar, encontrou a porta fechada e trancada; espiou então por uma fenda na porta e divisou o antílope livre de amarras. Temeroso de que as pessoas o vissem, o asno se postou num canto da parede até o outro dia, quando então o dono pegou o antílope e se pôs a conduzi-lo ao rio para dar-lhe de beber. O homem caminhava na frente, puxando o antílope com uma corda amarrada ao pescoço. Ao ver aquilo, o asno seguiu-o, emparelhou-se com ele e lhe dirigiu a palavra na língua dos asnos, da qual o antílope, desconhecedor dessa língua, não entendeu patavina e se irritou, começando, pois, a brigar com ele. O dono do antílope virou-se e bateu no asno com um bastão que carregava[24]. O asno disse de si para si: "o que me impede de falar com esse antílope, de ser-lhe agradável, de servi-lo e de revelar-lhe meu intento é este homem que o conduz", e se atirou contra ele, atingindo-o nas costas, nas quais lhe deu violenta mordida com seus dentes; depois de se livrar dele a muito custo, o homem disse: "caso eu o capture, não estarei livre de outra encrenca que ele me apronte; o melhor é marcá-lo com algum sinal e assim, quando eu o vir, exigirei indenizacão de seu dono", e, sacando de uma adaga que trazia, cortou as orelhas do asno, que voltou para a casa de seus donos; ali, a surra que recebeu deles foi mais dolorosa do que o corte de suas orelhas. O asno então refletiu e disse: "meus ancestrais eram mais capazes disso do que eu; o medo das funestas conseqüências dessa ação, porém, impediu-os de realizá-la"[25].

Disse o rei: "já ouvi este teu paradigma; porém, não deves arrecear-te deste assunto: com a ajuda de Deus, ainda que não realizemos o que pretendemos, não correremos perigo, nem tu, nem eu, pois ambos temos capacidade para nos safar de qualquer conseqüência funesta". Quando viu que o rei estava muito ansioso por aquilo, o vizir evitou entrar em discussões, rogando-lhe, pelo contrário, boa sorte.

Em seguida, o rei ordenou que o assunto se divulgasse em todas as províncias: não ficasse nem pequeno nem grande que não fosse ter com ele no dia tal do mês tal com um carregamento de madeira, e todos obedeceram. O rei já conhecia o momento em que os ventos amainavam, e, quando tal momento chegou, ordenou aos homens que tapassem a fenda com pedras, madeira e terra, de modo que esses materiais se dispusessem na forma de um enorme outeiro, e eles assim fizeram. Assim, os ventos que passavam por aquela fenda foram bloqueados, e o país ficou privado de brisas e ventos; as árvores morreram e a água secou; não se passaram nem seis meses e as fontes secaram, bem como todo o verde da montanha, árvores e demais plantas. Isso atingiu a extensão de cem parasangas; as reses e demais animais morreram, e a peste atingiu a população, matando muita gente. Como tal catástrofe não cessasse, os sobreviventes que ainda tinham algum alento avançaram e se reuniram diante das portas do rei, matando-o e a seu vizir e parentes, dos quais não sobrou nenhum. Depois, dirigiram-se à entrada da fenda e arrancaram os materiais e as pedras da entrada, e atearam fogo na madeira, que se incendiou. Quando começou o incêndio, voltaram para suas casas. Porém, os ventos, que tinham ficado aprisionados durante aqueles seis meses, prorromperam com ímpeto violento e espalharam o fogo por todo o país; a ação dos ventos durou dois dias e duas noites, e não restou no país uma só cidade ou aldeia ou fortificação ou árvore que não tenha sido queimada pelo fogo.

[*Continuou o vizir do rei dos ratos*:] "só te apliquei este paradigma para que saibas que aquilo que se herda e passa a fazer parte da espécie é difícil de eliminar. Mas o melhor caminho do homem, quando ele pretende dar prosseguimento a qualquer assunto, caso disponha de alguém sapiente por perto, é indagá-lo primeiramente e depois consultá-lo e tomar-lhe a opinião a respeito. Porém, caso este homem sapiente não esteja por perto, o melhor caminho é consultar os homens do vulgo, procurando pesquisar e averiguar o assunto com eles. Com tal método ser-lhe-á possível saber quais as conseqüências boas ou más desse assunto, por meio da perquirição e investigação minuciosa"[26].

Ao ouvir aquilo, o rei começou a consultar os três vizires na ordem inversa, do mais baixo para cima; assim, perguntou àquele que tinha em menor conta: "o que dizes a respeito desta questão em que nos encontramos, e o que devemos fazer?" Respondeu o vizir: "parece-me que se devem arranjar muitos guizos, e que no pescoço de cada gato se pendure um guizo, a fim de que, toda vez que os gatos forem ou vierem, ouçamos o som do guizo e nos previnamos, não sendo atingidos por nenhum mal"[27]. O rei perguntou então ao segundo vizir: "o que te parece a opinião de teu colega?" Respondeu: "não louvo tal opinião. Suponha-se que arranjemos muitos guizos: quem teria condições de se aproximar de algum gato e pendurar-lhe um guizo? Suponha-se ainda que consigamos prender os guizos em seus pescoços: o que impediria os gatos de continuarem nos causando dano? E o que eliminaria o nosso medo? Diversamente, parece-me que deveríamos sair todos desta cidade e nos fixar no campo por um ano, até que os moradores da cidade acreditem que, com nossa ausência, já podem prescindir dos gatos, pois eles causam gravíssimos danos aos homens; quando tiverem a certeza de que não resta na cidade um único rato, matarão e expulsarão os gatos, que se dispersarão. Quando eles estiverem liquidados, voltaremos todos à cidade, ficando como estávamos antes". O rei perguntou ao terceiro vizir: "o que te parece a fala desse vizir?" Respondeu: "não lhe louvo as palavras, pois, caso saiamos todos para o campo, lá ficando por um ano, de qualquer modo não será possível que se acabem todos os gatos da cidade, e sofreremos pesados transtornos e dificuldades no campo, não menores do que nosso medo dos gatos, pois não estamos habituados a passar dificuldades. Ademais, quando regressarmos à cidade não viveremos em paz senão por curto tempo, pois os homens, assim que regressarmos e regressarem os estragos que praticamos, farão retornar os gatos, também retornando a situação de medo tal como era dantes, e nossas dificuldades e exílio terão sido em vão". Disse-lhe o rei: "dize agora, pois, o que te parece". Respondeu o vizir Rūḏbād: "não conheço, sobre esse assunto, senão uma única artimanha, que consiste em que o rei traga à sua presença todos os ratos desta cidade e de seus arredores, e ordene que cada um deles faça, na casa em que vive, uma toca onde caibam todos os ratos, nela armazenando provisões suficientes para dez dias e abrindo sete entradas na parede e três entradas que dêem para a despensa, o dormitório e as roupas dos donos. Quando isto estiver feito, iremos todos à casa de algum rico que possua um gato, e nos postaremos nas sete entradas espreitando o gato a fim de que não nos colha de surpresa; assim, estaremos de olho em suas idas e vindas, pois ele necessariamente desejará se fixar diante de uma das entradas; então, poderemos entrar todos pelas três entradas que dão para a despensa, mas não atacaremos os alimentos, limitando-nos a estragar as roupas e as camas, se bem que sem exageros. Quando o dono da casa vir o estrago, dirá: 'talvez este gato não seja suficiente'[28], e trará um outro. Quando ele fizer isso, aumentaremos os estragos e neles nos excederemos. Quando vir isso, o dono da casa pensará igualmente que não poderá garantir sua casa com dois gatos, e trará um terceiro gato. Quando ele fizer isso, nós igualmente roeremos mais as roupas e estragaremos sua comida[29], e o dono da casa perceberá e dirá: 'os estragos aumentam conforme aumenta o número de gatos; portanto, experimentarei tirar um dos gatos'. Quando ele fizer isso, diminuindo um gato, nós também diminuiremos um pouco os estragos. Quando ele tirar o segundo gato, nós também diminuiremos mais ainda os estragos. Quando ele tirar o terceiro gato, sairemos da casa e iremos para outra, onde agiremos da mesma maneira[30]. E não cessaremos de ir de casa em casa, esquadrinhando a cidade e percorrendo-a toda até que pareça às pessoas que os terríveis danos que lhes sucedem provêm dos gatos. Quando se convencerem disso, não se limitarão apenas a matar os gatos que estão nas casas, mas caçarão os gatos nos campos e os matarão".

Então o rei e todos os ratos fizeram o que o vizir tinha indicado e, antes que se passassem seis meses, todos os gatos da cidade e de seus arredores haviam sido mortos. Passou aquela geração de homens, e depois dela, ainda por um século, outras gerações cresceram alimentando ódio aos gatos; quando lhes sucedia o menor dano por parte dos ratos, diziam: "muito cuidado: que não tenha entrado na cidade nenhum gato!". Igualmente, quando algum homem ou animal adoecia, diziam: "é bem possível que um gato tenha passado por esta cidade". E foi deste modo que os ratos se livraram do medo que tinham aos gatos e se puseram a salvo deles.

Assim, se este animal débil e desprezível conseguiu elaborar tal artimanha, livrando-se de seu inimigo e afastando os danos, não devemos perder as esperanças de que o homem, que é o mais arguto, completo e sapiente dos animais, possa conseguir de seu inimigo o que deseja, com suas artimanhas e planos[31].

O GATO E O RATO[1]

Disse o rei ao filósofo: já ouvi o paradigma que aplicaste. Aplica-me agora, se considerares conveniente, o paradigma do homem cujos inimigos aumentaram e o cercaram por todos os lados, deixando-o à beira da aniquilação, mas ele então busca escapatória conciliando-se e pactuando com um de seus inimigos, salvando-se dos inimigos que temia e cumprindo o pacto. Informa-me, pois, como deve dar-se tal conciliação e como buscá-la.

Respondeu o filósofo: não é toda hostilidade, lealdade[2], amizade e ódio que se firmam e perduram, pois muita amizade se transforma em ódio, e muito ódio se transforma em amor e amizade, conforme se sucedem incidentes e demais percalços. Quem é dotado de bom parecer e inteligência prepara para cada qual dessas ocorrências um parecer, buscando prevenir-se do que lhe pode suceder por parte do inimigo bem como das aflições decorrentes do que se passa com o amigo. A inimizade que a alma carrega contra o inimigo não deve impedir quem é dotado de inteligência de aproximar-se de tal inimigo em busca do eventual benefício que ele possa proporcionar em caso de perigo do qual seja necessário safar-se, elaborando-se então o parecer que dê ensejo à aproximação e conciliação. Assim, quem adotar um bom parecer a respeito, executando-o com arrojo, colherá aquilo de que necessita. E um dos paradigmas disso é o do rato e do gato, os quais se conciliaram no momento em que tal parecer era acertado, e em tal conciliação residiu o bem de ambos e sua salvação de uma terrível dificuldade. Perguntou o rei: e como foi isso? Respondeu o filósofo:

Contam que havia na terra de Sarandīb[3] uma frondosa árvore de muitos ramos[4] em cuja base se localizava a toca de um rato denominado Farīdūn[5] e também a toca de um gato chamado Rūmī[6]. Às vezes, os caçadores cruzavam o local em busca de caça selvagem; assim se deu que, certo dia, um caçador passou por ali e montou sua armadilha de cordas, e foi nela que o gato Rūmī caiu. Depois, o rato Farīdūn saiu de sua toca à procura de comida, atento, olhando para os lados e observando. Ao ver o gato enredado nas cordas, ficou contente. Mas, ao olhar para trás, vislumbrou um mangusto[7] que o seguia; olhando para cima, eis que uma coruja, numa árvore, espreitava-lhe os passos. Temeu então que, caso volvesse, o mangusto o atacasse, ou, caso se movesse para a direita ou para a esquerda, a coruja o carregasse; se avançasse, era o gato que se encontrava à sua frente. O rato disse: "eis as desgraças me cercando, e as iniqüidades se aliando contra mim; a única escapatória é minha inteligência e ardil; não devo de modo algum entrar em desespero, nem deixar meu coração partir-se em pedaços[8], pois o parecer do inteligente não se divide, nem sua inteligência dele se aparta em situação alguma; ao contrário, a inteligência dos dotados de bom parecer assemelha-se ao mar cuja profundidade não se alcança[9]. A desgraça que sucede a quem é dotado de bom parecer não deve embotar-lhe a capacidade de raciocínio, matando-o, nem o bem-estar de que desfruta deve fazê-lo chegar ao ponto de tornar-se petulante, embriagando-o e cegando-o quanto a seus interesses". E continuou: "não vejo ardil melhor do que buscar uma conciliação com o gato, pois a ele ocorreu uma desgraça, e assim talvez eu consiga fazer-lhe um bem, e talvez ele, caso ouça as palavras que lhe dirigirei, palavras verdadeiras e sem trapaça, entenda-me e anseie por me conhecer[10], aceitando, destarte, a conciliação comigo mais docilmente. Talvez nisso logremos ambos a salvação". Então, aproximando-se do gato, perguntou-lhe: "como estás?" Respondeu o gato: "estou do modo que te apraz: em apuros e sufoco". Disse o rato: "não te desminto; por vida minha que me alegrava o que te faz mal, e eu considerava que o que te punha em apuros seria para mim um sossego; hoje, porém, associo-me a ti na desgraça, e não posso esperar salvação para minha alma senão esperando a tua salvação; é isso que me leva a aproximar-me de ti; saberás que minha fala não é suspeita nem contém trapaça, pois talvez possas ver o lugar em que está escondido o mangusto, à espreita, e a coruja, pretendendo me raptar. Ambos são para mim e para ti inimigos, e ambos te temem e respeitam; assim, se tu me prometeres segurança caso me achegue a ti, eu me salvarei deles e te salvarei daquilo que ora te enreda. Fica seguro do que eu disse e acredita em mim, pois ninguém está mais distante do bem do que dois cuja posição é uma só e cujas características são diferentes: um é aquele que não acredita em ninguém, e o outro é aquele em quem ninguém acredita. De minha parte, serei íntegro no cumprimento do que te prometi. Aceita o que digo, confia em mim e apressa-te, sem mais delongas, pois o inteligente não retarda o que tem de ser feito. E que tua alma se agrade de minha sobrevivência tal como a minha alma se agrada da tua sobrevivência, pois cada um de nós se salvará por meio do outro, tal como o navio e os passageiros no mar: é por meio do navio que os tripulantes saem do mar, e é por meio dos tripulantes que o navio sai do mar".

Ao ouvir estas palavras, o gato se alegrou e percebeu que o rato falava a verdade; disse-lhe então: "vejo que teu dizer é um análogo da verdade e da veracidade; portanto, aceito esta conciliação que, espero, trará a mim e também a ti a salvação; ademais, agradecer-te-ei por isso enquanto viver, e te recompensarei da melhor maneira". Disse o rato: "quando eu me aproximar de ti, que o mangusto e a coruja vejam algo que os faça reconhecer nossa conciliação, e se retirem decepcionados; então, eu começarei a roer as cordas" – e, logo que o rato se aproximou, o gato recolheu-o e abraçou-o[11]. Ao verem aquilo, a coruja e o mangusto se retiraram frustrados. O rato pôs-se a roer as cordas que prendiam o gato, o qual, considerando-o lento, disse-lhe: "vejo que não estás tão aplicado em romper minhas amarras. Se, tendo já logrado teu intento, houveres mudado o que prometeste, demorando-te a fazer o que eu preciso, fica ciente de que não é característico dos generosos o demorar-se na satisfação da necessidade de seu companheiro quando ele próprio já conseguiu satisfazer a sua. Obtiveste rapidamente, graças à minha amizade, um benefício, salvando-te do aniquilamento da maneira que já viste; portanto, é lícito que me compenses e não lembres de nossa inimizade, sendo igualmente lícito que o sucedido agora entre nós te faça esquecê-la. O generoso não pode ser senão agradecido, e não rancoroso; uma única boa ação o faz esquecer muitas más ações. A punição mais rápida é a da traição e das falsas promessas, e daquele que, quando ouve súplicas e pedidos de clemência, não é clemente nem perdoa". Disse o rato: "os amigos são dois: o dócil e o premido[12], e ambos buscam benefícios e evitam danos. Quanto ao dócil, pode-se confiar e acreditar nele em qualquer situação; já o premido, há situações em que se confia nele e outras em que se deve ter precaução. Por isso, o inteligente sempre condiciona algumas de suas precisões a outras relativamente às quais tem precaução e temor[13]. Vulgarmente, o contato e a mútua estima entre os homens não ocorrem senão para a busca de algum interesse imediato. Serei leal a ti cumprindo minha promessa, mas me prevenirei de que me suceda de tua parte o mesmo que me levou a estabelecer uma conciliação contigo; cada obra tem seu tempo, e se não for feita em seu tempo será inconseqüente. Eu romperei tuas amarras a seu tempo, mas deixarei um único nó com o qual me prevenirei de ti, e somente o romperei na hora em que eu estiver certo de que estarás ocupado com outra coisa que não eu". E assim procedeu o rato. Puseram-se a conversar até que amanheceu, e foi quando surgiu ao longe o caçador. Disse o rato: "agora é a oportunidade exata para romper efetivamente o restante de tuas amarras", e rompeu as amarras. Mal se aproximou deles o caçador e já o rato concluíra a obra, apesar das suspeitas do gato, o qual, surpreso[14], quando se viu livre correu até a árvore e nela subiu, enquanto o rato entrava na toca. O caçador recolheu suas cordas e retirou-se frustrado.

Algum tempo depois, o rato saiu da toca e, divisando o gato ao longe, desgostou-o aproximar-se dele. Mas o gato chamou-o: "ó amigo de grande merecimento! o que te impede de aproximar-te de mim, a fim de que eu te recompense com algo melhor do que me proporcionaste? vem até mim e não rompas minha fraterna amizade, pois quem toma um amigo, mas em seguida perde o afeto de sua fraterna amizade, priva-se de seus frutos e desiste de colher os benefícios provenientes dos fraternos irmãos. Tua mão, para mim, é mão que não se olvida, e é lícito que, por isso, busques compensação de mim e de meus irmãos e amigos. Nada temas de mim, e fica sabendo que tudo o que possuo agora te é ofertado". A seguir, fez-lhe juras e empreendeu todos os esforços para confirmar o que dizia, mas o rato lhe respondeu que "muita inimizade interior tem como aparência externa a amizade, e é mais nociva do que a inimizade declarada, e quem dela não se previne estará na mesma situação de quem monta a presa do elefante impetuoso e ainda assim se deixa vencer pelo sono[15]; o amigo só recebeu tal denominação em virtude dos benefícios que de sua parte se esperam, e o inimigo só recebeu tal denominação em virtude dos danos que de sua parte se temem; assim o inteligente, quando deseja algum benefício da parte de seu inimigo, afeta-lhe amizade, e quando teme algum dano da parte do amigo, afeta-lhe inimizade.

Acaso não vês os filhotes dos quadrúpedes seguindo suas mães à espera de seu leite, e se acaso tal leite se extingue os filhotes as abandonam? Tal como as nuvens ora se ajuntam, ora se dispersam, ora vertem água ora param de verter, também o inteligente se colore conforme a coloração das diferentes coisas concernentes àqueles que o cercam, ora ficando à vontade, ora se recolhendo, ora confiando, ora se prevenindo. E às vezes sucede de um homem interromper um pouco dos favores que concede ao amigo, sem no entanto temer mal algum, porque na origem não se tratava de uma questão de inimizade. Contudo, quando na origem existe inimizade e a amizade se efetua em virtude de uma necessidade que leva a isso, assim que se esvai o motivo que provocou tal amizade as coisas retornam à origem, tal como a água que se esquenta no fogo, mas que quando dele é retirada volta a esfriar. Não existe inimigo mais nocivo do que tu; fui forçado, e também tu, por um fato que excepcionalmente nos levou àquela conciliação; porém, esvaiu-se a circunstância que te fez precisar de mim e me fez precisar de ti. Temo que, com o esgotamento de tal circunstância, retorne a inimizade entre mim e ti. Para o débil, não constitui bem algum estar na proximidade do inimigo forte, e nem ao humilde estar na proximidade do inimigo poderoso. Que eu saiba, não tens necessidade nenhuma de mim, exceto devorar-me[16]; não considero que possa acreditar em ti, pois bem sei que o débil estará mais próximo de manter-se a salvo do inimigo forte, caso se previna contra ele e não se iluda com ele, do que o forte de manter-se a salvo do inimigo débil, iludindo-se com ele e confiando nele. O inteligente trata com fingidos modos[17] seu inimigo caso se veja a isso obrigado, afetando-lhe amizade e fazendo-o crer que confia nele – caso não encontre alternativa –, apressando-se a afastar-se dele assim que encontre alguma maneira. Fica sabendo que quem cai em virtude de confiança depositada em outrem[18] dificilmente torna a erguer-se. O inteligente é leal com quem fez acordo no limite dos termos aí estabelecidos[19], sendo a isso fiel com sua própria alma, mas não lhe permitindo fiar-se de maneira igual em ninguém[20]; também não poupa nenhum esforço possível para manter-se afastado de seu inimigo; assim, manter-se afastado do caçador, para ti, e manter-me afastado de ti, para mim, é o parecer mais arrojado. Estimo-te a distância, e tudo o que tens de fazer é me retribuir de igual modo, se for de teu alvitre; assim sendo, não existe motivo algum para nos reunirmos jamais[21], e passa bem."

O REI E A AVE FINZA[1]

Disse o rei ao filósofo: já ouvi o paradigma do homem que, cercado por inimigos, socorre-se em um contra o outro, firmando um acordo e com isso se livrando do que teme, e também mantendo a palavra e a segurança. Aplica-me agora, se bem te aprouver, o paradigma daqueles que nutrem ódio entre si, e o que devem fazer para prevenir-se uns dos outros[2].

Respondeu o filósofo: contam que certo rei de nome Barhamūd[3] tinha uma ave chamada Finza, falante e esperta, e também um filhote dessa ave. O rei determinou que tanto a ave como seu filhote fossem instalados num local junto à mulher que era a principal de suas esposas, e que se tratasse bem deles. E essa esposa do rei deu à luz um menino, o qual, logo que cresceu um pouco, tornou-se amigo do filhote: ambos brincavam e se alimentavam juntos. A ave Finza costumava dirigir-se diariamente a certa montanha a fim de trazer duas unidades de uma fruta de espécie desconhecida, dando então uma delas a seu filhote e outra ao filho do rei, e essa fruta tanto acelerou o crescimento e fortalecimento de ambos que o fato foi constatado pelo rei, o qual passou a estimar mais ainda a ave Finza. Até que, certo dia, enquanto Finza estava ausente em busca da fruta, seu filhote saltou para dentro do quarto do menino, que se encolerizou e atirou o filhote ao chão, matando-o.

Quando Finza voltou e viu seu filhote morto, entristeceu-se, gritou e disse: "infâmia aos reis, que não têm palavra nem lealdade! E ai de quem se desgraça com sua companhia, pois eles não têm amigo nem nada que respeitem; não gostam de ninguém, nem são generosos com ninguém, a não ser quando passam a cobiçar os benefícios de alguém; aí então aproximam-no e o dignificam-no; porém, mal satisfazem sua ambição, desaparecem tanto a estima como o cuidado: não retribuem as benfeitorias nem perdoam os equívocos – justamente eles, cujos únicos misteres são a vanglória, a hipocrisia e a notoriedade –, praticando toda sorte de crimes terríveis, que para eles são coisa de pouca monta, desprezível e simples". E continuou: "irei vingar-me de qualquer jeito, hoje, desse ingrato sem piedade que atraiçoou seu amigo e companheiro, aquele que com ele brincava e se alimentava". Então lançou-se sobre o rosto do menino, cujos olhos perfurou com as garras, voando em seguida e pousando[4] num local elevado.

A fuga da ave e o que ela fizera com seu filho chegaram ao conhecimento do rei, que ficou desesperado e desejou urdir um estratagema a fim de pegar Finza. Cavalgou pois até ele, parou nas proximidades de onde se refugiara, chamou-o pelo nome e disse: "estás em segurança; vem, portanto, até nós", mas Finza recusou-se e disse: "ó rei, ao traidor não passa em vão sua traição, e mesmo que a punição falhe em curto prazo, não falhará em longo prazo, podendo inclusive atingir-lhe os descendentes e os descendentes de seus descendentes. O fato é que o teu filho atraiçoou o meu filho, e então eu lhe apliquei uma rápida punição". Disse o rei: "por vida minha que, efetivamente, fizemos contigo o que dizes, e tu te vingaste de nós, já não existindo entre nós e ti nenhuma desforra a buscar; assim, volta a nós em segurança". Disse Finza: "não retornarei a ti; os homens de bom parecer já advertiram contra a permanência nas proximidades do ofendido, e disseram: 'que as gentilezas, delicadezas e honrarias que te presta o rancoroso não façam senão aumentar teu distanciamento em relação a ele, pois não encontrarás, para defender-te do ofendido rancoroso, nada mais firmemente seguro do que o horror, a distância e a precaução'. E já se dizia: 'o inteligente considera amigos os seus pais, camaradas os seus irmãos, companheiras as suas esposas, nomeada os seus filhos, demandistas as suas filhas, adversários os seus parentes, e a si mesmo um indivíduo isolado'[5]. E eu sou hoje um indivíduo isolado, e as tristezas que sofri por vossa causa são um grande peso que ninguém mais carrega além de mim. Vou-me embora, e que a paz esteja contigo".

Disse o rei: "se tu já não nos tivesses pago o que te fizemos, e se o que fizeste conosco não tivesse sido provocado por nossa traição a ti, a questão seria como afirmas. Porém, como fomos nós que começamos, qual a tua culpa? E o que te impede de acreditar em nós? Eia, retorna, pois estás em segurança". Disse Finza: "os rancores ocupam, nos corações, lugares dolorosos e ocultos. As línguas não falam a verdade dos corações, e o coração testemunha mais corretamente do que a língua sobre que vai em outro coração. E eu já sei que meu coração não dá crédito à tua língua, e tampouco teu coração dá crédito à minha língua". Disse o rei: "acaso não sabes que ódios e rancores ocorrem entre muitas pessoas, mas quem tiver inteligência será mais pressuroso em extirpar o ódio do que em cultivá-lo?" Respondeu Finza: "isso é de fato como afirmas. Entretanto, não é lícito que quem é dotado de bom parecer suponha que o ofendido vá esquecer e deixar de lado a ofensa que lhe foi feita. O dotado de bom parecer deve recear os ardis e as trapaças, e saber que, muita vez, os inimigos não são apanhados com força e arrogância, mas sim com sutileza e agrados, tal como o elefante selvagem é apanhado pelo elefante domesticado". Disse o rei: "o generoso não abandona suas companhias, nem rompe com seus irmãos, nem renuncia a conservá-los, malgrado tema pela própria vida; tal característica existe até mesmo nos quadrúpedes da mais baixa condição. E já tivemos conhecimento de que existem homens que degolam cães a fim de alimentar-se de sua carne; e um cão que conviva com eles, mesmo que presencie a degola, será impedido, pelo hábito do convívio com esses homens, de abandoná-los". Disse Finza: "os rancores são temíveis onde quer que estejam[6]; o paradigma do rancor oculto no coração, enquanto não encontra o que o faça manifestar-se, é o da brasa escondida enquanto não encontra lenha. Assim, o rancor não cessa de buscar justificativas tal como o fogo busca a lenha, e logo que encontra uma justificativa se incendeia com a força do fogo, e não o apagam nem a água, nem as palavras, nem a delicadeza, nem a habilidade, nem a submissão, nem as súplicas, nem nada que não seja a extinção de vidas, conquanto eventualmente suceda que um ofensor pretenda retomar as relações com o ofendido, na esperança de poder beneficiar-se ou proteger-se[7]; eu, porém, sou muito fraco para ter condições de dissipar o que vai em tua alma. E, ainda que tua alma tivesse em relação a mim as disposições que alegas, isso me seria invisível. Enquanto estivermos juntos eu permanecerei temeroso, supondo coisas ruins; assim, o melhor parecer é nos separarmos. Que a paz esteja contigo".

Disse o rei: "sei[8] muito bem que ninguém pode prejudicar ou beneficiar outrem, e que nada, pequeno ou grande, atinge quem quer que seja senão se isso for obra do destino[9], e que as criaturas não têm poder algum sobre nada do que se cria, nasce e sobrevive, e tampouco sobre o que morre e acaba. Destarte, perante mim não tens culpa pelo que fizeste com meu filho, nem meu filho tem culpa pela morte de teu filhote, uma vez que isso foi obra do destino, para o qual nós constituímos simples instrumentos; assim, não te zangues conosco por causa do que foi provocado pelo destino". Respondeu Finza: "a questão é de fato como afirmas, mas não é lícito que isso impeça o arrojado de se proteger do que é temível e de se precaver daquilo que merece precaução, porquanto assim ele congregará a crença no destino e a atitude de força e arrojo[10]. E eu sei que me falas o contrário do que te vai pela alma, pois a questão entre mim e ti não é de somenos: teu filho matou meu filhote, e eu perfurei os olhos do teu filho. Agora, queres minha morte, e intentas trapacear com minha alma a fim de saciares tua fúria contra mim. A alma, contudo, rejeita a morte. E já se dizia: a pobreza é uma desgraça, a tristeza é uma desgraça, a proximidade do inimigo é uma desgraça, a separação dos entes amados é uma desgraça, a debilidade é uma desgraça, a senilidade é uma desgraça, mas a principal de todas as desgraças é a morte. Ninguém sabe mais o que vai pela alma de quem sente dor e tristeza do que aquele que experimentou algo igual. E eu sei o que vai pela tua alma em relação a mim, pelo exemplo que tenho disso; não há bem algum para mim, portanto, em tua companhia, porquanto não te lembrarás do que fiz com teu filho, nem me lembrarei do que teu filho fez com meu filhote, sem que isso deixe transtornados os nossos corações".

Disse o rei: "não há bem em quem não consegue relevar nem extinguir nem esquecer o que lhe vai pela alma até que não se lembre de mais nada e deixe o lugar que nela ocupa". Disse Finza: "o homem que tem uma ferida no meio do pé, ainda que zele por andar com leveza, necessariamente irá irritar a ferida, e o homem que tem conjuntivite, caso tome vento nos olhos, irá agravar-lhes a moléstia. Também o ofendido, quando se aproxima do inimigo, estará se expondo à aniquilação. O amigo do mundo não pode senão precaver-se daquilo que mata, avaliar as questões e não ficar na dependência da força e da astúcia, nem tampouco se iludir com aqueles nos quais não confia, pois quem se baseia em sua força será levado a trilhar caminhos temíveis, e quem trilha caminhos temíveis está buscando a própria destruição. Quem não avalia corretamente seu comer e beber, fazendo sua alma e seus membros suportarem o que não podem, muitas vezes provoca a própria morte; quem não avalia corretamente o bocado de alimento e enfia na boca mais do que ela pode caber, engasgar-se-á com tal bocado e morrerá, e quem se ilude com as palavras de seu inimigo e perde a cautela será mais inimigo de si mesmo do que o inimigo. O homem não tem obrigação de fixar-se no destino, pois não sabe o que este lhe trará e o que lhe retirará; o homem tem obrigação, isto sim, de agir com arrojo, ser forte nas questões a si concernentes e exigir contas disso tudo à sua alma. O inteligente, na medida em que puder, não instila medo em ninguém nem se instala no seio do temor caso disponha de onde se refugiar. E eu disponho de muitos refúgios para ir, e espero que, para onde quer que eu vá, não encontre senão o que me apraza, pois existem cinco coisas que, por todo lado e caminho, proporcionam o bem para quem delas dispõe, aproximando-lhe o que é distante, deleitando-o no exílio e o fazendo-o ganhar a vida e amigos: afastar-se do mal, possuir bom decoro, evitar a suspicácia, ser de caráter generoso e ter nobreza nas ações. O inteligente, quando teme por sua vida, abandona a família, os filhos e a terra em que vive[11], pois isso ele pode ter esperança de substituir, ao passo que a alma ele não pode ter esperança de substituir. Os piores cabedais são os que não se investem; a pior das mulheres é a que não trata bem o marido; o pior dos filhos é o que desobedece; o pior dos amigos é o que desampara seus amigos; o pior dos reis é o que provoca temor ao inocente; o pior dos países é o que não tem segurança nem fertilidade. E eu não tenho segurança, ó rei, junto a ti, nem conforto para minha alma em tua vizinhança".

E então despediu-se do rei e voou[12].

O LEÃO E O CHACAL[1]

Disse o rei ao filósofo: já ouvi esse paradigma. Aplica-me agora o paradigma dos reis no que tange às relações entre eles e aqueles que lhes são próximos, e sobre a reconsideração das relações[2] com quem, dentre esses, tenha recebido punição ou tratamento grosseiro por causa de algum erro cometido ou de alguma injustiça sofrida.

Respondeu o filósofo: se o rei não reconsiderar suas relações com quem foi atingido por algum tratamento grosseiro ou punição por causa de uma falta que tenha cometido ou uma injustiça que tenha sofrido, isso será danoso para seus desígnios e obras; ao contrário, é lícito que o rei observe o estado de quem sofreu alguma dessas desgraças, e se tal pessoa dispõe de alguma utilidade da qual se possam esperar vantagens; assim, se for alguém ao qual se possa recorrer e em cujos pareceres e honestidade confiar, será lícito que o rei zele por retomar suas relações com ele. A realeza não se exerce senão por meio de vizires e auxiliares, e estes não trazem vantagens senão por meio da estima e do bom conselho, e não há estima nem bom conselho senão por meio de pareceres firmes e de sobriedade. Os afazeres do rei são muitos, bem como são muitos os encarregados e auxiliares que dele necessitam, embora sejam poucos os encarregados e auxiliares que reúnem os bons conselhos, os firmes pareceres e a sobriedade que mencionei[3]. E o único meio para atingir o modo pelo qual se obra retamente[4] é que seja o rei conhecedor da estima daqueles de quem pretende auxiliar-se, de que utilidade e bom parecer cada um desses homens dispõe e quais defeitos eles têm. Quando tiver certeza dessas coisas, por conhecimento próprio ou alheio, e souber o que é correto fazer, encaminhará para cada atividade[5] quem, com seu conhecimento prévio, possuir lealdade, intrepidez e parecer correspondentes a tal atividade[6] e defeitos que não prejudiquem a sua realização. O rei deve precaver-se de encaminhar alguém para alguma atividade na qual não se necessite de brio, caso esse alguém o tenha; tampouco deve encaminhar para dada atividade alguém de cujos defeitos não estará a salvo, nem das conseqüências do que se teme que ele faça. Ademais, o rei deve, depois disso, estabelecer compromissos mútuos com aqueles a quem atribuiu encargos, e inspecionar as questões a eles atinentes a fim de que não se lhe ocultem suas boas ou más ações. Os reis tampouco devem, além disso, deixar o autor de alguma boa ação sem recompensa, e muito menos dar razão ao nocivo[7] ou ao incapaz em sua incapacidade ou nocividade, pois, caso eles assim façam[8], o nocivo e o incapaz folgarão como folga o que bem obra[9], e o que mal obra se tornará atrevido, corrompendo-se assim as coisas e perdendo-se a obra; o paradigma a respeito é o do leão e do chacal. Perguntou o rei: e como foi isso? Respondeu o filósofo:

Contam que havia na terra tal e tal[10] um chacal muito devoto e casto, que morava na vizinhança de lobos, raposas e outros chacais. Mas não fazia o que eles faziam, nem predava como eles predavam, nem comia carne. Os outros animais entraram então em litígio com ele e lhe disseram: “não estamos satisfeitos com o teu procedimento nem com a opinião que adotaste, uma vez que esse teu ascetismo não te dispensa de nenhuma necessidade; não podes ser senão como um de nós, procurando o que procuramos e agindo como agimos. O que é que se compara a esse teu abandono do sangue e abstinência da carne?” Respondeu o chacal: “o fato de viver entre vós não me incitará a pecar caso eu não incite minha alma a fazê-lo, porquanto os pecados não se devem aos lugares nem à companhia, mas sim aos corações e às ações. Caso contrário, se as ações de quem vive num bom lugar tivessem de ser necessariamente boas, ou as de quem vive num mau lugar[11] tivessem de ser necessariamente más, dar-se-ia então que quem matasse um asceta em seu oratório[12] não teria cometido pecado, e que quem salvasse a vida de tal asceta num campo de batalha teria cometido pecado. Eu só vos acompanho com meu corpo[13], mas não com o coração nem com as ações, pois conheço o fruto das boas ações".

E o chacal manteve-se constante naquele proceder, granjeando fama pelo ascetismo e pela devoção, até que atingiu veracidade, castidade e honestidade em níveis tais que superavam tudo quanto fora atingido por qualquer outro asceta. Isso chegou ao conhecimento de um leão que era o rei dos animais daquela região. Desejando tê-lo por perto, o leão mandou convocá-lo, conversou com ele, fez investigações acerca dele e convidou-o a ser seu companheiro; disse-lhe: "meu reino é portentoso, minhas atividades são muitas e estou necessitado de auxiliares. Eu já estava informado a respeito de tua nobreza e castidade, e depois que vieste até mim minha admiração por ti e meu desejo de estar junto a ti só fizeram crescer. Eu te encarregarei de grande parte de minhas atividades, elevarei tua condição à dos dignitários e te tornarei um dos membros do meu círculo". Respondeu o chacal: "são os reis aqueles que mais licitamente devem escolher os auxiliares, naquilo que lhes interessa em suas atividades e misteres, sem, no entanto, forçar ninguém a tal, pois o forçado não consegue desempenhar suas atividades com desvelo. E eu não gosto das atividades relativas ao poder, para as quais não possuo experiência, e tampouco tenho habilidade para o poder. Tu és o rei dos animais, dos quais tens à tua disposição várias espécies; entre eles, muitos há com nobreza e força, zelosos de tais atividades e hábeis em exercê-las. Caso tu os nomeies, eles te satisfarão e se sentirão muito ditosos com tal nomeação". Disse o leão: "deixa-te disso, pois não te dispensarei do trabalho". Disse o chacal: "só conseguem ser encarregados e fazer companhia ao potentado dois homens, e eu não sou nenhum deles: ou o iníquo adulador, que alcança seus objetivos por meio da iniqüidade e se safa por meio da adulação, ou o desprezível idiota que ninguém inveja. Agora, quem pretenda fazer companhia ao potentado utilizando-se da veracidade, do bom conselho e da castidade, sem confundir isso com a adulação, não permanecerá muito tempo em sua companhia, pois se reunirão contra ele, com inimizade e inveja, tanto os amigos como os inimigos do potentado: os amigos porque disputarão sua posição, oprimindo-o e hostilizando-o por causa disso; já os inimigos do potentado irão detestá-lo por causa dos bons conselhos que lhe dá e do proveito que lhe traz. Destarte, quando estas duas classes se reunirem contra si, ele estará sujeito à aniquilação". Disse o leão: "absolutamente não faças conta, em teu coração, da iniqüidade e inveja dos membros de meu círculo, pois eu te protegerei de tudo, e te concederei todas as honrarias e gratificações a que fizeres jus". Disse o chacal: "se o rei quiser gratificar-me, que me deixe viver neste campo, a salvo de ser invejado; tenho poucas preocupações e estou satisfeito com a parte que me cabe de água e ervas. Eu já sei que o companheiro do potentado pode expor-se, de um momento para outro, a danos e temores tamanhos aos quais outrem não se exporia nem durante toda a vida, e que pouco alimento, mas com segurança e tranqüilidade, é preferível a muito alimento, mas com temores e sobressaltos". Disse o leão: "já ouvi o que tinhas a dizer. Absolutamente nada temas disso que vejo atemorizar-te, pois o teu auxílio me é indispensável". Disse o chacal[14]: "se o rei quiser mesmo isso de mim, que estabeleça um compromisso: caso alguém dentre os membros de seu círculo intente cometer alguma iniqüidade comigo – quem estiver acima de mim, por medo de perder sua posição, ou quem estiver abaixo de mim, para tomar minha posição –, mencionando diante do rei, com sua própria língua ou mediante a língua de outrem, algo com que planeje colocá-lo contra mim, que o rei não se apresse, e que investigue o que lhe é levado e comentado diante de si, estudando-o e só então julgando conforme lhe aprouver. Se eu tiver certeza de que o rei assim procederá, irei auxiliá-lo com minha alma, e trabalharei para ele no que me encarregar, com bons conselhos, afinco e zelo, de modo tal que jamais atrairei a atenção sobre mim"[15]. Disse o leão: "concedido", e encarregou-o da intendência, tomando-o como especial companheiro, acima de todos os outros, no que se referia a pareceres, consultas e posição; com o passar dos dias, a admiração do rei por ele só fazia aumentar, e ele lhe multiplicou as honrarias e incumbências. Isso aborreceu os aproximados, companheiros e encarregados que circulavam em torno do leão, e esses passaram a hostilizar e invejar o chacal, e a conspirar para colocar o leão contra ele e matá-lo. Quando acordaram o ardil a ser utilizado, esgueiraram-se certo dia até umas carnes[16] que o leão, por as ter apreciado e considerado saborosas, determinara que fossem levadas até seu refeitório para comê-las depois; roubaram-nas e em seguida enviaram-nas à casa do chacal, escondendo-as num lugar em que ninguém as visse. No dia seguinte, quando o leão ordenou que lhe fosse trazido o almoço, deu pela falta das carnes; procurando-as, não as encontrou. O chacal estava ausente, mas o grupo que tramara contra ele estava presente. Ao verem o leão concentrado e colérico na procura da carne, entreolharam-se e um deles disse, como se fora bom informante e conselheiro: "é necessário que, com nosso saber, informemos ao rei o que o prejudica e o que o beneficia, doa a quem doer; eu fiquei sabendo que o chacal levou a carne para sua casa". Disse outro: "considero que ele parece ser quem faz essas coisas, mas antes observem e examinem, pois o conhecimento das criaturas é muito dificultoso". Disse outro: "certamente; por vida minha que é quase impossível saber o que lhes vai pelo peito. Seja como for, caso investigueis e encontreis a carne na casa do chacal, então tudo o que nos era mencionado acerca de seus vícios e traições terá sido verdade, sendo então lícito nos mantermos em guarda contra ele e acreditarmos em tudo o que se disse a seu respeito". Disse outro: "como poderá safar-se ileso quem trapaceou com o potentado, e como pôde tentar esconder-lhe isso, se a trapaça de quem é companheiro próximo quase não se pode esconder?" Disse outro: "alguém já me havia dado uma informação terrível sobre o chacal, mas ela não me convenceu até que ouvi vossas palavras". Disse outro: "não me eram ocultos seus desígnios nem sua perversidade desde a primeira vez em que o vi. Eu disse muitas vezes, e fiz fulano de testemunha: 'esse trapaceiro que se finge de humilde está bem próximo de ser investigado por uma terrível traição e um enorme delito'". Disse outro: "que este que afeta devoção e humildade, e que pretende fazer-nos ver que suas ações são de asceta, tenha cometido tamanha traição, é este o assombro mais assombroso". Disse outro: "caso se constate que isto é verdade, não se tratará apenas de traição, mas, além de traição, ingratidão e atrevimento para cometer delitos". Disse outro: "vós sois gente de justiça e mérito, e não vos posso desmentir, mas a verdade e a mentira disso tudo somente irão se esclarecer quando o rei determinar que a casa do chacal seja vasculhada". Disse outro: "se porventura a sua casa for de fato vasculhada, que seja então depressa, pois seus espiões e agentes estão espalhados por todo lugar". Disse outro: "eu já estou ciente de que, se a casa do chacal for vasculhada e se confirmarem seus vícios e traições, ele irá elaborar, com sua perfídia, um estratagema a fim de confundir o rei até que este o perdoe".

E continuaram proferindo tais discursos e outros assemelhados até que convenceram o rei, o qual, agora certo da acusação contra o chacal, mandou chamá-lo e disse: "o que fizeste com a carne que eu te mandei guardar?" Respondeu: "entreguei-a a fulano, responsável pela comida", e esse era um dos que estavam com o grupo; o rei inquiriu-o a respeito da carne, mas ele respondeu: "ele não me entregou nada". Então, o leão enviou seus secretários de confiança até a casa do chacal, e ali a carne foi encontrada, sendo levada até o leão. Um lobo, que até então nada dissera sobre aquele assunto e que afetava ser um justo que não se pronunciava senão sobre coisas das quais estivesse certo e que fossem claramente verdadeiras, aproximou-se do leão e disse: "quando o rei se certificar da traição do chacal, absolutamente não o perdoe, pois, caso ele o faça, ninguém mais revelará ao rei traição alguma ou delito". O leão ordenou que o chacal fosse retirado de sua presença e confinado[17] até que ele se decidisse sobre o que fazer[18]. Disse então um dos membros da corte: "o que me assombra é que, mesmo com seus bons pareceres e conhecimento das coisas, ao rei tenham permanecido ocultos os desígnios desse trapaceiro". Disse outro: "mais assombroso do que isso é que eu não o vejo senão deixando o chacal incólume mesmo depois do que se lhe evidenciou a respeito dele".

Em seguida, o leão enviou um dos membros do grupo a fim de verificar qual seria a justificativa do chacal, mas esse enviado retornou trazendo uma falsa mensagem. O leão encolerizou-se com aquilo e determinou que o chacal fosse executado. A ordem chegou ao conhecimento da mãe do leão, a qual, percebendo que o filho se apressava no assunto, enviou aos encarregados de executar o chacal uma mensagem solicitando o adiamento da execução, e foi até o leão, a quem disse: "estás te apressando, meu filhinho, e o inteligente somente se furta ao arrependimento caso abandone a pressa, refletindo e certificando-se do que fazer. E quem não se certifica das coisas estará amiúde a colher os frutos do arrependimento e do débil parecer. Ninguém é mais necessitado de parcimônia e ponderação do que os reis, pois a esposa só é o que é por causa do marido; o filho, por causa dos pais; o discípulo, por causa do mestre; os soldados, por causa do comandante[19]; o asceta, por causa da religião; o vulgo, por causa dos reis; os reis, por causa da piedade; a piedade, por causa da inteligência; a inteligência, por causa da certificação[20]. No rei, o princípio do arrojo é conhecer os membros de seu círculo, colocá-los na posição a que fazem jus e suspeitar [das acusações] de uns contra os outros[21], pois, caso alguns deles encontrem um modo de destruir os outros, de confundir as más ações praticadas por uns com as boas ações praticadas por outros e de encobrir os prejuízos causados pelos malfeitores, não se absterão de fazê-lo. E rapidamente isso provoca o extravio das coisas e acarreta graves perigos e danos. Tu já puseste o chacal à prova e o experimentaste antes de utilizares sua ajuda e de lhe atribuíres encargos, e sempre estiveste satisfeito com ele. A passagem dos dias só fez aumentar a tua consideração, intimidade e estima por ele, mas agora ordenas a sua morte por causa de um prato de carne perdido. Talvez os teus companheiros lhe tenham falsamente atribuído a culpa, aliando-se contra ele por causa da inveja que lhe têm. Fica sabendo que os reis, quando delegam a outrem aquilo que eles próprios deveriam empreender ou quando se encarregam a si próprios daquilo que deveriam encarregar a quem é capacitado a empreendê-lo, terão extraviado seus interesses e acarretado a corrupção para si. Os reis necessitam observar os diversos aspectos das questões; porém, caso dêem preferência a determinados aspectos em detrimento de outros, não estarão a salvo dos erros de visão e deslizes de opinião, tal como o apreciador de vinhos: quando os pretende comprar, tem necessidade de experimentar-lhes a cor, o sabor e o aroma, mas, caso ele dê preferência a um desses aspectos em detrimento dos outros, não estará imune a fraudes e prejuízos; e tal como o homem que vê, entre seus olhos, alguns pêlos, e supõe que indiquem alguma doença, embora não o sejam[22]; no entanto, ele nem sequer consegue ter certeza de que se trata, efetivamente, de pêlos, conquanto saiba que, caso fossem pêlos, outrem também os teria visto, e, reconhecendo a doença, informá-lo-ia[23]; e tal como o ignorante que, enxergando um vagalume na escuridão da noite, julga, com base no olhar e antes de tocá-lo, que se trata de fogo, mas quando o toca fica-lhe evidente o equívoco de seu julgamento. Ser-te-ia lícito, caso observasses com atenção a suposta falta do chacal, reconhecer que ele, por não comer carne – carnes que decerto muito puseste à sua disposição, pois ele as servia para ti e para teus súditos como alimento –, não iria roubar aquele pouco que lhe determinaste guardar. Examina bem o caso dele, pois é desde sempre o costume da escória e dos canalhas invejar e se aborrecer com as gentes de brio e mérito. Os ignorantes dentre os homens persistem em invejar os sábios; os miseráveis, em invejar os generosos; os perversos, em invejar os bondosos. Como o chacal tem brio e mérito, é bem possível que os seus inimigos dentre os membros de teu círculo tenham descoberto o local em que ficavam aquelas carnes e as colocado na casa dele sem seu conhecimento. Com efeito, o milhafre, quando consegue um naco de carne, muitas outras aves entram em disputa com ele por esse naco, e também o cão, quando abocanha um osso, muitos cães se aliam contra ele. Os adversários do chacal não estão preocupados com o que te causa danos, nem anseiam por afastá-lo de ti senão por causa de vantagens ligeiras que podem auferir para si; verifica tu o que é de teu interesse, já que ninguém mais o fará por ti; não os ajudes a produzir danos contra ti. As coisas mais funestas para os homens em geral e para os governantes em particular são duas:

impor privações aos bons ajudantes, conselheiros e fraternos amigos, e ter como conselheiros e fraternos amigos homens sem brio nem proveito. E o proveito que o chacal te traz ainda é imenso: ele prefere teus interesses às suas paixões; compra tua tranqüilidade ao preço de sua fadiga, e tua satisfação ao preço de expor-se à cólera alheia; não te oculta nenhum assunto, nem te esconde segredo algum, nem considera excessiva qualquer coisa que tenha suportado de ti ou feito por ti. Quem quer que tenha tais qualidades é um companheiro de verdade e deve ocupar a mesma posição dada aos pais, filhos e irmãos".

Enquanto a mãe do leão dizia tais palavras, apresentou-se ao leão um membro do grupo que havia preparado a trama contra o chacal e lhe revelou a verdade. Ao saber que o leão fora avisado da inocência do chacal, a mãe disse ao leão: "como já estás avisado da inocência do chacal e da ousadia de teus companheiros contra ele, não deves de modo algum resignar-te com isso, nem deixar de desfazer as relações que eles mantêm contigo, até que toda clemência por eles se aparte de ti; caso contrário, montarão em ti[24], pois tu os terás acostumado à tua tolerância e a atrevimentos que te acarretarão danos e desonra. Não te iludas com a tua autoridade sobre eles, nem te leve tal ilusão a menosprezá-los ou a descuidar-te de seus misteres, pois até mesmo frágeis ervas, quando trançadas, compõem uma corda com a qual se consegue amarrar um elefante enfurecido e forte. Restitui ao chacal sua posição e privilégios, e não percas a esperança de continuar gozando de seus excelentes conselhos apesar do erro que contra ele cometeste, pois não é de todos contra os quais se cometem erros que se deve temer trapaça e inimizade ou perder a esperança de gozar de seus conselhos e apreço. O que se deve fazer, outrossim, é dispor os homens conforme a diversidade que apresentam entre si, pois entre eles existe aquele em relação ao qual, quando se logra afastá-lo, o melhor parecer é não perder a oportunidade de lhe impedir um novo retorno, como também existe aquele que de modo algum se deve abandonar e afastar. Quem for conhecido pela perversidade, mesquinha lealdade, escassas honestidade e gratidão, distanciamento do temor a Deus e da misericórdia, denegação das recompensas e castigos da outra vida, inveja, excessivo apetite e ambição, celeridade em pensar o mal e isolar-se e lentidão em reconsiderar e reavaliar, esse, o mais arrojado parecer será afastá-lo. Já quem for conhecido pela bondade, nobre lealdade, gratidão, honestidade, amor aos seres humanos, imunidade à inveja e ao rancor, distanciamento das más ações e tolerância para com os companheiros e fraternos amigos, por mais que tal lhe pese, esse, será lícito que se busque sua companhia e relação e se impeça seu afastamento[25]. Acautela-te de envolvimentos com oito espécies: o ingrato que trai suas incumbências; o incrédulo no Juízo Final e na recompensa e castigo, o exagerado em suas ambições, preocupações e irritações; quem se encoleriza, sem justificativa, com qualquer ninharia; quem não se satisfaz com nada, ainda que receba com abundância; o ardiloso malandro de obscuros ardis; o ardoroso adúltero e bebedor de álcool; o que sempre pensa mal dos outros, inconstante, agressivo e despudorado. Liga-te, dentre os companheiros e aqueles com quem te envolves, ao grato e leal cumpridor de suas incumbências; ao generoso nas vicissitudes da vida; ao religioso, crente e temeroso a Deus; ao de peito tranqüilo [na prática] do bem; ao sábio religioso que ama o bem dos seres humanos; ao misericordioso isento de ódio, que releva os pecados de seus fraternos amigos e os defende sem esquecer o apreço que lhes tem; e aquele cujo pudor e castidade foram postos à prova".

Quando[26] se evidenciou para o leão que o chacal era inocente daquilo que lhe assacavam, a reverência e a confiança que tinha nele cresceram, e mandou chamá-lo, desculpou-se do que lhe fizera e disse: "as ocorrências que se deram ampliaram deveras minha confiança em ti, e vai de melhor em melhor a minha opinião a teu respeito. Continua, pois, a cumprir nossas determinações e trabalhar para nós". Respondeu o chacal: "ora eu te direi, ó rei, palavras que espero não julgues de modo algum grosseiras: aqueles que mais licitamente devem aceitar as demandas de quem protesta são os governantes; e tu, conquanto tenhas renovado tua confiança e boa opinião a meu respeito, não se trata aí de nenhuma gentileza tua que possas considerar como favor que espontaneamente me prestaste, ou vantagem que me ofertaste; ao contrário, o que efetuaste, ó rei, foi má opinião e pouca confiança, e isso em razão do que me ficou evidente pela rapidez com que, primeiro, deste atenção àquele grupo de mentirosos; segundo, destruíste as provas de merecimento que dei e que não poderiam ser negadas por causa da miserável e para ti incerta ninharia com que me caluniaram; e, terceiro, decidiste[27] meu infortúnio e desgraça sem certeza nem intimação[28]. Assim, levaste-me a um ponto em que nem tu confias em mim, nem eu em ti, em razão dos pretextos[29] que abriste para eles [no futuro], uma vez que os reis não devem fiar-se nas seguintes classes de gente: quem sofreu grandes punições sem ter cometido delito; aquele a quem infligiram graves danos; quem afastaram de poderes e atribuições que detinha; quem teve seus cabedais e imóveis expropriados; quem desfrutava de sua confiança mas foi desterrado e teve as pretensões desfeitas sem motivo; quem detém brio e nobreza e foi rebaixado da posição que merece ou ultrapassado por quem lhe seja igual e equivalente; o oprimido que pede justiça mas não a obtém; quem espera vantagens e boa vida causando danos ao potentado; quem é mal recepcionado nas assembléias; o ambicioso que pouco se doa; o faltoso que espera perdão mas não o recebe. Essas classes, pois, constituem os inimigos do rei e meus inimigos, e eles agora têm pretextos contra mim e motivos para me desprezar e dar-se a ousadias". Disse o leão: "quão rudes e brutais são tuas palavras!" Disse o chacal: "ó rei, não consideres rudes nem brutais a verdade e a veracidade, ainda que tenhas considerado leves a mentira e a falsidade mediante as quais foste levado a fazer carga contra mim. E não atribuas a minha resposta e a rudeza do meu discurso a néscio parecer ou escassa clarividência relativamente ao que digo; ao contrário, eu disse o que disse por dois aspectos[30]: o primeiro é que só com o acerto de contas[31] se alivia a raiva e se desabafam os rancores apresados, e eu pretendi extirpar o que ora me vai pela alma em virtude da tensão a que me submeteste, a fim de que meu peito fique isento de rancores e de que minha queixa chegue íntegra até ti; o segundo é que me apeteceu que fosses tu o juiz de ti mesmo, e não que seja eu o teu juiz. Contudo, só me atrevi a fazer este discurso depois de ter me assegurado das tuas boas disposições"[32]. Perguntou o leão: "e porventura eu não me certifiquei corretamente do teu caso?" Respondeu o chacal: "a certificação partiu da mãe do leão, e o açodamento em ordenar a minha morte partiu de ti, ó rei". Disse o leão: "e acaso não alegaste que renunciar a uma ação má e deliberada[33] é uma das melhores boas ações? Por que isso não se aplicaria àqueles que saem de um erro a que eram forçados para uma boa ação da qual estão conscientes?" Disse o chacal: "eu não disse o que disse para informar o rei sobre uma ação má contra mim, nem de que ele tenha cometido um erro, em suas disposições, na decisão que tomou sobre mim; o que de fato ocorre é que eu também me atemorizei de um novo pretexto[34] que surgiu para os trapaceiros, mediante o qual encontrarão uma brecha para se introduzirem entre mim e ti". Perguntou o leão: "e qual seria tal pretexto?" Respondeu o chacal: "irão dizer-te, ó rei: 'introduziu-se no coração do chacal um rancor contra ti quando o submeteste a acusações e isolamento e instilaste em seu coração a proximidade da morte; ele disse isso e aquilo' – e isso é algo que presumivelmente pode acontecer aos reis[35] da parte de quem tenham submetido a punição ou tratamento rude ou alteração de posição ou perda de poder ou preterição em favor de alguém de inferior posição e condição". Disse o leão[36]: "não és daqueles relativamente aos quais se dá crédito às coisas ruins; eu já te conhecia pelas boas obras, e, entre nós, tu és daqueles que agradecem as benesses recebidas e suportam os malfeitos, e a quem se agradece todo o bem que faz. Não te aflijam, pois, temores de que eu aceite informações de quem quer que seja sobre alguma coisa ruim que tenhas feito. Não penses mal enquanto pensarmos bem de ti, e encarrega-te das atribuições que te demos, pois estamos te colocando na posição dos nobres generosos. E ao nobre uma só ação benfazeja faz esquecer mil ações malfazejas"[37].

E o rei redobrou-lhe as honrarias, multiplicou a confiança que nele depositava, ampliou-lhe os poderes e aumentou seu júbilo com ele[38], e isso até que a morte o colheu.

O PEREGRINO[1] E O OURIVES

Disse o rei ao filósofo: já ouvi o paradigma relativo ao que ocorre entre os reis e os que lhe são aproximados. Informa-me agora sobre o rei: a quem deve ele conceder favores? E em quem lhe é lícito ter confiança?[2]

Respondeu o filósofo[3]: convém aos reis e aos demais homens fazer o bem a quem o merece, dando esperanças a quem apresenta gratidão, sem olhar para seus parentes e íntimos, nem para aqueles que, dentre os homens, são nobres, ricos e poderosos; convém aos reis que não prescindam de conceder favores àqueles que são fracos, que se afadigam e padecem necessidades. Nesse caso, o melhor parecer consiste em que os reis testem e experimentem, nos humildes e nos poderosos dentre os homens, tanto a gratidão e a lembrança do apreço como a perfídia e a ingratidão. Depois, os reis deverão agir conforme as constatações que fizerem. Assim, o médico hábil não trata os doentes com base na mera observação; ao contrário, ele lhes examina a urina e mede a pressão, e só então realiza o tratamento, na medida dos conhecimentos auferidos sobre a doença. E é lícito que o homem inteligente, quando encontra pessoas que tenham lealdade e gratidão, bem proceda no que se refere às relações entre si e eles, pois talvez possa ter precisão deles em algum dia de sua vida, e então eles lhe retribuirão. Com efeito, o homem inteligente não raro se acautela dos homens, e não confia em nenhum deles[4]; já se dizia: o dotado de inteligência não deve desprezar os pequenos nem os grandes dentre os homens nem dentre os animais, antes lhe convindo experimentá-los: assim, o que lhes fizer deve estar na medida daquilo que constata a respeito deles. E já ocorreu, sobre isso, um paradigma aplicado por certo sábio.

Perguntou o rei: e como foi isso? Respondeu o filósofo:

Conta-se que algumas pessoas se dirigiram a uma caverna e nela escavaram um fosso para capturar animais. Então, caíram ali um ourives, um tigre[5], uma cobra e um macaco. Os animais não atacaram o homem, mas tampouco encontraram nele alguém que os salvasse[6]. Um peregrino passou então pelo fosso e olhou dentro dele. Ao vê-los, pensou e disse: "não vejo nada melhor para apresentar na outra vida do que salvar este homem do meio desses inimigos". Tomou portanto uma corda e estendeu-a no fosso, mas o macaco, em razão de sua leveza, pendurou-se nela e foi retirado. Em seguida, estendeu pela segunda vez a corda, mas o tigre agarrou-se a ela com tenacidade e foi retirado. Em seguida, estendeu pela terceira vez a corda, mas a cobra enroscou-se nela e foi retirada. Os animais lhe agradeceram pelo que fizera e disseram: "não retires esse homem do fosso, pois não existe sobre a face da terra ninguém mais ingrato que o ser humano, e, sem dúvida, especificamente esse homem". Disse o macaco: "minha terra é na montanha tal e tal, ao lado de uma cidade denominada Barājūn"[7]. Disse o tigre: "eu também moro numa floresta ao lado dessa cidade". Disse a cobra: "e eu também moro ao pé das muralhas dessa cidade. Se fores para lá em algum dia de tua vida, ou se por ela passares e de nós tiveres necessidade, chama-nos até que venhamos a ti e te recompensemos pelo que nos deste e fizeste por nós". Em seguida, o peregrino estendeu a corda até o ourives e, sem dar importância ao que o macaco, o tigre e a cobra lhe haviam dito sobre sua ingratidão, retirou-o do fosso. O ourives se prosternou diante dele, louvou-o e lhe disse: "prestaste-me um favor considerável, que é lícito agradecer e guardar na memória. Se porventura fores à cidade de Barājūn – que era a cidade citada pelo macaco e por seus dois companheiros –, procura-me, pois minha casa fica ali; quiçá eu te recompense generosamente pelo que me fizeste". E cada qual tomou seu caminho.

Depois de algum tempo, o peregrino teve necessidade de ir para os lados daquela cidade; indo até lá, foi encontrado pelo macaco, que se prosternou diante dele, beijou-lhe mãos e pés, desculpou-se e disse: "embora eu nada possua, espera-me algum tempo que eu te trarei coisas das quais irás gostar". O macaco saiu e logo retornou trazendo saborosas frutas que colocou diante dele; o peregrino comeu o quanto necessitava e depois saiu em direção à cidade, sendo recebido pelo tigre, que o cumprimentou, prosternou-se diante dele e disse: "prestaste-me uma bela mercê; não saias daí até que eu volte". E foi até a filha do rei da cidade, matou-a, tomou-lhe as jóias, retornou e entregou-as ao peregrino, sem no entanto lhe dizer o que ocorrera. O peregrino disse de si para si: "foram os animais que me deram essas coisas e fizeram isso comigo; como será então quando eu chegar até o ourives? Mesmo que ele esteja em situação de insolvência e não tenha nada, o mínimo que ele poderá fazer será vender estas jóias por seu valor, tomando para si uma parte e dando-me a outra".

Depois o peregrino entrou na cidade e foi até a casa do ourives, que o recepcionou muito bem e o fez entrar na casa. Quando viu as jóias, porém, reconheceu-as e disse: "descansa até que eu busque algo para comeres, pois não me apetece que comas o que tenho aqui em casa", e saiu, dirigindo-se até o rei, a quem disse: "já capturei o homem que matou a tua filha e roubou-lhe as jóias; ele está preso em minha casa; a ninguém mais solicites, portanto, que o encontre, pois fui eu que o encontrei e, com ele, as jóias". Então o rei enviou alguns companheiros seus com o ourives, e eles avançaram até o peregrino, prenderam-no e levaram-no até o rei, o qual, ao ver as jóias, ordenou que ele fosse torturado, exibido pela cidade e crucificado. Depois da tortura e da exibição pela cidade, o peregrino pôs-se a chorar e dizer em voz alta: "seu eu tivesse obedecido ao que me disseram o macaco, o tigre e a cobra, não teria sido colhido por esta desgraça". Ouvindo aquilo, a cobra saiu de sua toca e, ao vê-lo, ficou muito aflita por sua situação e pôs-se a pensar num estratagema para salvá-lo. Dirigiu-se então até o filho do rei e o picou na perna. A notícia chegou ao rei, e logo foram chamados os entendidos no assunto a fim de o benzerem, mas isso de nada lhe adiantou. Examinaram então os astros e elaboraram uma artimanha a fim de que o filho do rei falasse, e ele por fim disse: "eu não ficarei curado até que aquele peregrino venha a mim, benza-me e passe a mão em mim, pois tu, ó rei, ordenaste sua morte injusta e tiranicamente".

Na verdade, a cobra tinha ido até uma fraterna amiga sua, que era da raça dos gênios, e lhe contara a respeito do peregrino: o que tinha feito por ela e o que o atingira, e então essa amiga fora até o filho do rei, fazendo-o saber de tudo por meio de um sonho[8]; foi assim que ele falou aquilo na presença dos astrólogos. Depois, a cobra dirigira-se até o peregrino, informara-o das coisas e lhe dissera: "acaso eu não te adverti quanto aos homens e não me obedeceste?". Deu-lhe o suco de um arbusto que constituía antídoto contra seu veneno e disse: "quando estiveres com o rei, benze o rapaz e dá-lhe de beber o suco deste arbusto, e ele irá curar-se; conta ao rei toda a verdade e te salvarás com a permissão de Deus".

Já o rei, ao ouvir tais palavras de seu filho – "minha cura está com o asceta que prendeste e cuja tortura ordenaste" –, determinou que se interrompesse a punição do asceta e que ele fosse trazido. Quando chegou, ordenou-lhe que benzesse o filho. O asceta disse: "não sei fazer direito o que me determinaste, mas farei a Deus poderoso e altíssimo uma prece mediante a qual espero que se dê a cura do rapaz". Disse o rei: "mas eu te convoquei para que informes o que desejas nesta cidade, e o que a ela te trouxe". O peregrino então falou e relatou o que lhe sucedera: o que fizera pelo ourives, pelo macaco, pela cobra e pelo tigre, e o que os animais lhe disseram a respeito do ourives, e o que o levou a ir até a cidade. Depois disse: "Deus meu! se estiveres ciente de que eu disse a verdade, apressa a salvação do filho do rei, e dá-lhe a cura e a saúde". E o rapaz se curou do que tinha, e a dor foi dele afastada. O rei fez dádivas ao peregrino, aproximou-o e deu-lhe excelentes recompensas, ordenando ainda que o ourives fosse espancado até a morte e depois crucificado.

Em seguida, o filósofo disse ao rei: "nas atitudes e na ingratidão do ourives para com o peregrino, que o salvou de algo detestável, e na recompensa que lhe deram os animais, com um deles salvando-o da morte, há lições para quem reflete, ponderações para quem pensa e decoro na realização de favores e boas ações para os homens leais e nobres, estejam próximos ou distantes, em razão do que aí existe de correção de parecer, obtenção do bem e expulsão do que é abominável.

O FILHO DO REI E SEUS COMPANHEIROS

Disse o rei ao filósofo: já compreendi o que mencionaste sobre a licitude de que o rei conceda seus favores a quem tiver gratidão, seja-lhe próximo ou distante. Discorre agora sobre como um homem néscio pode alcançar honras e dignidades, ficando um sábio inteligente cheio de preocupações e fadigas.

Respondeu o filósofo: tal como o homem não enxerga senão com seus olhos e não ouve senão com seus ouvidos, também o saber somente se completa com magnanimidade, inteligência e certificação; porém, a predeterminação e o destino[1] a tudo derrotam: a qualquer pretexto, enriquecem ou destroem a quem pretendem alcançar. E o paradigma a respeito é o do filho do rei, que foi visto escrevendo o seguinte nos portões de uma cidade denominada Maṭūn[2]: "a inteligência, a beleza, o trabalho, a força[3] e tudo quanto lhes seja semelhante é dominado pela predestinação e pelo destino". Perguntou o rei: e como foi isso? Respondeu o filósofo:

Conta-se que quatro homens se encontraram num mesmo caminho[4]: um era filho de rei[5], outro, filho de mercador, outro, filho de nobre[6], das mais belas pessoas em beleza e formosura, e outro, filho de lavrador. Todos estavam sofrendo privações, afligidos por danos e fadigas, e nada possuíam além de suas roupas. Enquanto caminhavam[7], o filho do rei disse: "as coisas do mundo só se dão por obra do destino". Disse o filho do mercador: "a inteligência é a melhor de todas as coisas". Disse o filho do nobre: "a beleza é superior ao que mencionastes". Disse o filho do lavrador: "o esforço é superior a tudo isso"[8]. Em seguida, avançaram em direção a uma cidade chamada Maṭūn; quando ali chegaram, instalaram-se num de seus bairros e disseram ao filho do lavrador: "vai e procura para nós, com o teu esforço de um dia, alimento para comermos hoje". Então, o filho do lavrador saiu à procura de qualquer trabalho que, executado por um homem desde a manhã até a noite, lhe proporcionasse o suficiente para alimentar quatro pessoas. Foi-lhe dito que por ali não havia nada mais caro do que a lenha, que se encontrava a uma distância de três milhas do local, e ele se dirigiu para lá; carregou um feixe de lenha, trouxe-o até a cidade e vendeu-o por meio dirham, com o qual comprou o necessário para seus companheiros. E escreveu nos portões da cidade: "com o esforço de um dia inteiro[9] consegue-se o valor de meio dirham". Depois, levou-lhes o que comprara, e eles comeram[10].

Na manhã do dia seguinte disseram ao filho do nobre: "vai e ganha para nós, com a tua beleza, algo com que nos alimentemos hoje". Ele saiu, refletiu e disse: "nada sei sobre trabalho algum, mas tenho vergonha de voltar sem nada aos meus companheiros". Cogitando abandoná-los, encostou-se numa das árvores da cidade. Enquanto estava assim preocupado, passou por ele a mulher de um dos maiorais da cidade, a qual, admirada com sua beleza, enviou até ele uma criada para conduzi-lo até sua casa. Ordenou que ele fosse banhado, e em seguida ficaram a sós durante todo o dia, em grande bem-estar e felicidade[11]. Quando entardeceu, a mulher ordenou que lhe fossem entregues quinhentos dinares; ao recebê-los, ele foi até seus companheiros e escreveu nos portões da cidade: "a beleza de um único dia vale quinhentos dinares".

Na manhã do dia seguinte, disseram ao filho do mercador: "vai tu, hoje, e traz-nos algo por meio de tua inteligência e teu comércio". O filho do mercador saiu e não demorou muito até que viu, no mar, um grande navio carregado de mercadorias[12] e atracado num porto próximo à cidade. Muitos homens[13] haviam acorrido ao navio para ali comprar sua carga. Depois de regatear [em vão] com os donos do navio, disseram entre si: "retiremo-nos por hoje, deixando-os aí abarrotados com suas mercadorias; só assim eles irão diminuir os preços"[14]. Veio então o filho do mercador e comprou, a crédito[15], tudo o que o navio continha por cem mil dinares. Quando os homens da cidade souberam do ocorrido, foram até ele e lhe ofereceram um ganho de cem mil dirhams; ele recebeu o dinheiro, pôs o dono do navio em contato com os mercadores da cidade e voltou para seus companheiros. Ao passar pelos portões da cidade, escreveu: "a inteligência de um único dia vale cem mil dirhams"[16].

Quando foi a manhã do quarto dia, disseram ao filho do rei: "vai tu hoje e ganha alguma coisa para nós por meio da predeterminação e do destino"[17]. E ele caminhou até chegar aos portões da cidade, sentando-se então [para descansar] numa loja[18] ali situada. Quis o destino que o rei da cidade morresse naquele dia sem deixar filho nem irmão nem parente[19]. O funeral passou pelo jovem e, quando notaram que ele não se mexia nem se preocupava[20] nem se entristecia com a morte do rei, um homem inquiriu-o dizendo: "quem és? E o que te leva a ficar nos portões da cidade sem te entristeceres com a morte do rei?" Como o jovem não respondesse, o homem o insultou e expulsou dali. Mas, assim que o funeral se foi, ele voltou para o lugar. Quando todos se retiraram, o homem que o expulsara tornou a vê-lo e disse: "acaso não te proibi de permaneceres neste local, e agora aqui te vejo?[21]" Pegou-o, pois, e o prendeu.

Em seguida, as pessoas realizaram uma assembléia para entronizar como rei alguém que eles escolhessem. Então, o homem que ordenara a prisão do jovem contou-lhes o sucedido, e disse: "temo que ele seja espião de nosso inimigo". Mandaram pois buscá-lo e ele foi trazido; indagaram-no sobre quem era, o que fazia e o que o trouxera a seu país. Ele respondeu: "sou filho de Iṣṭahar, rei da terra de Qūrmāh[22]. Meu pai morreu e meu irmão me derrotou na disputa pelo trono. Sou mais velho do que ele. Fugi dele para resguardar minha vida". O jovem foi reconhecido por aqueles que já tinham estado em seu país, e eles então louvaram-no e o fizeram seu rei. Um de seus costumes consistia em que, quando entronizavam um rei, faziam-no andar em torno de um elefante branco, colocavam a coroa em sua cabeça e desfilavam com ele pela cidade. Ao passar pelos portões da cidade, vislumbrou o que seus companheiros haviam escrito e ordenou que se escrevesse junto àquilo: "o esforço, a beleza, a inteligência e todo o mais bem ou mal que o homem alcança só se dão por causa da predeterminação e do destino. Considerai a respeito disso com base no bem e na felicidade que Deus conduziu até mim".

Depois, o rei se dirigiu-se a seu conselho, sentou-se no trono real e mandou chamar seus companheiros, que vieram. Ele lhes deu dinheiro, presentes e os enriqueceu, reunindo em seguida as pessoas, os encarregados e os homens de parecer dentre a população do reino, e lhes disse: "agora os meus companheiros já têm certeza de que o bem com que Deus os agraciou foi obra do destino, por meio do qual ele os auxiliou a consegui-lo conforme eles mencionaram [nas inscrições][23]. Quanto a mim, aquilo que Deus me concedeu, aquilo com que me agraciou e presenteou não foi pela beleza nem pela inteligência nem pelo esforço. Eu não esperava, quando meu irmão me expulsou, alcançar esta posição, nem permanecer nela, pois eu vi, entre o povo desta terra, gente que é superior a mim em beleza e graça, e constatei que ela possui gente de inteligência e parecer mais completos do que os meus, e também gente mais esforçada. Contudo, a predeterminação e o destino me conduziram, desde que me exilei até que fui entronizado, a desígnios que somente Deus conhece e determina. Eu já me resignara a viver no desconforto e na dificuldade".

Levantou-se então um peregrino presente à reunião e disse: "ó rei, falaste com magnanimidade e inteligência, melhorando ainda mais nossas opiniões sobre ti e agigantando nossas expectativas a teu respeito. Já tínhamos conhecimento do que disseste e acreditamos em tua descrição. Sabemos que és merecedor daquilo que Deus conduziu a ti pela superioridade que te atribuiu; que ele continue concedendo-te benesses tal como tem concedido, pois, dentre os mais bem-afortunados dos homens, neste mundo e na outra vida, tem primazia na felicidade em ambas[24] quem foi agraciado por Deus como tu foste, e dele recebeu o mesmo que tu possuis. E Deus nos mostrou aquilo que gostaríamos de ver, pois tu te tornaste nosso rei. Louvamos a Deus pela grande honra que nos concedeu, e pela realização do nosso pedido".

Levantou-se então outro peregrino, fez um panegírico a Deus altíssimo, glorificou-o, lembrou suas benesses e disse: "ó rei, na minha juventude, antes de me tornar peregrino, eu servia a um homem nobre a quem abandonei quando resolvi recusar este mundo. Ele me dera, como paga, dois dinares, e eu quis doar um como caridade e utilizar o outro para sobreviver. Pensei: 'acaso não consistiria na maior recompensa [para a outra vida] comprar uma alma por um dinar e libertá-la para agradar a Deus?' Dirigi-me pois ao mercado, onde encontrei duas pombas[25] com um caçador; regateei, mas ele não concordou em vendê-las por menos de dois dinares. Esforcei-me para que ele as vendesse por um dinar, mas ele se recusou. Eu disse: 'talvez as pombas sejam esposos ou irmãos; temo que, libertando uma, a outra morra'. E comprei-as ambas pelo valor que ele cobrara. Fiquei penalizado de soltá-las numa região habitada: elas poderiam não conseguir voar em razão da fraqueza e das fadigas a que tinham sido submetidas. Levei-as então a um lugar com bons pastos, libertei-as e elas foram pousar numa árvore. Em seguida, retomei o caminho de volta. Uma pomba disse à outra: 'esse peregrino nos livrou da desgraça em que estávamos; é lícito que o recompensemos por tal atitude'. Disseram-me então: 'fizeste-nos uma graça, e agora devemos agradecer e retribuir a ti: na base desta árvore existe um pote cheio de dinares; cava e leva-o'[26]. Duvidando do que elas haviam dito, fui até a árvore, e não precisei cavar muito até encontrar o pote; retirei-o, roguei a Deus que desse saúde às pombas e lhes perguntei: 'se vós tendes o saber que estou vendo, e sois capazes de voar entre o céu e a terra, como caístes naquela enrascada da qual vos livrei?'[27] Responderam: 'ó inteligente! acaso não sabes que o destino a tudo derrota, e que ninguém pode ficar além ou aquém dele?'"[28]

Então o filósofo disse ao rei: que saiba quem bem observa e trabalha as coisas que tudo está na predeterminação e no destino; ninguém traz, para si próprio, bem algum ou expulsa mal algum, pois tudo provém de Deus poderoso e elevado. Em tudo Deus faz o que quer, e decide como bem lhe apraz. Que as almas se tranqüilizem e que os corações se confortem com tal fato, do qual desfruta todo aquele que Deus inspirou e a quem concedeu êxito, riqueza e bem-estar[29].

A LEOA E O ANIMAL XA^{c}HAR[1]

Disse o rei ao filósofo: já entendi o que disseste a respeito da predeterminação e do destino, que a tudo derrotam. Fala-me agora sobre quem cessa de causar danos aos outros em razão de danos que o acometeram, e que se constituem para ele, quando lhe sucedem[2], em admoestação e obstáculo contra a perpetração de injustiças e agressões ao alheio.

Respondeu o filósofo: não se abalançam a procurar o que causa danos e males aos homens senão os ignorantes, os néscios, aqueles que enxergam mal as conseqüências das coisas neste mundo e na outra vida, aqueles que nada sabem sobre o que lhes sucederá quando chegar a hora do castigo e os atingir o funesto resultado do que até então lograram, castigo tão terrível que as palavras[3] não o podem abarcar. E, conquanto alguns deles se safem da punição que outros lhes aplicariam, por lhes suceder a morte antes da desgraceira resultante do que fizeram, servirá de lição para os demais o severo e enorme terror que emudece toda palavra e descrição[4]. Eventualmente, o ignorante poderá refletir sobre os desgostos que o atingem a partir de terceiros, tentando evitar que outros sejam vítimas de injustiças e agressões semelhantes às que praticou e procurando na outra vida o benefício daquilo a que renunciou. Comparável a isso é a história do arqueiro caçador, da leoa e do animal xa^{c}har. Perguntou o rei: e como foi isso? Respondeu o filósofo:

Conta-se que uma leoa, que vivia na selva e tinha dois filhotes, saiu certo dia à procura de caça, deixando os filhotes sozinhos. Passou então por eles um arqueiro caçador que os alvejou até matá-los, esfolando-lhes em seguida a pele, que levou para casa. Ao voltar e ver o horror que sucedera a seus filhotes, a leoa pôs-se a gritar, chorar e se revirar pelo chão. Vivia a seu lado, como vizinho, um animal xa^{c}har, o qual, ao ouvir seu choro e seus gritos de angústia, foi até ela e perguntou: "o que é isso que te vejo fazer? O que te ocorreu? Informa-me, para que eu possa compartilhá-lo contigo"[5]. Ela respondeu: "são meus filhotes: passou por eles um arqueiro caçador que os matou, levando-lhes a pele e largando-os esfolados". Disse o xa^{c}har: "não te entristeças nem grites; sê justa contigo mesma, e fica sabendo que este arqueiro nada te fez que já não tenhas feito igual a outros. Ademais, a dor e tristeza que sentes por teus filhotes só te trará o mesmo ou pior ainda do que trouxe àqueles com cujos entes amados fazias o que fazias. Conforma-te com a ação alheia da mesma forma que os outros se conformaram com as tuas ações, pois já se dizia: 'tal como avaliares serás avaliado'[6]. O fruto das obras feitas é recompensa ou punição, cujo excesso ou falta estará determinado pela medida mesma das obras, tal como o lavrador, que quando colhe recebe na medida do que semeou". Disse a leoa: "explica melhor e esclarece o que estás dizendo". Perguntou o xa^{c}har: "qual a tua idade?" Respondeu a leoa: "cem anos". Perguntou: "do que vivias e te alimentavas?" Respondeu a leoa: "da carne dos animais". Perguntou o xa^{c}har: "e quem te fornecia essa carne?" Respondeu a leoa: "eu mesma". Perguntou: "e acaso esses animais não tinham pai e mãe?" Respondeu a leoa: "claro que sim". Disse o xa^{c}har: "por que não ouvimos desses pais e dessas mães a balbúrdia, as lamúrias e os gritos que ouvimos e vemos de ti? Porventura isso que te atingiu não se deveria ao mau cuidado que tens com as conseqüências, à pouca reflexão que a elas dedicas, e à tua ignorância sobre os danos que reverteriam contra ti?" Ao ouvir aquilo, a leoa percebeu que fora ela própria quem carreara e arrastara aquilo para si mesma, que era ela a injusta, a opressora, e que quem age sem verdade nem justiça sofre vinganças quando as coisas revertem contra si[7]. Abandonou portanto a caça e deixou de comer carne, trocando-a pelas frutas, e passou a dedicar-se ao ascetismo, à religião e à devoção[8].

Depois o xa^{c}har[9], que também só se alimentava de frutas, observou que a leoa as consumia em grande quantidade. Disse-lhe então: "eu chegara a pensar, devido à pouca quantidade de frutas e ao muito que delas comes, que este ano as árvores não haviam carregado senão umas frutas exíguas. Porém, quando te vi a comê-las – pois, sendo tu carnívora, renunciaste ao que te cabe e ao que Deus te destinou e avançaste sobre a parte destinada aos outros, fazendo-a escassear e invadindo o que não te pertence[10] –, quando te vi a comê-las, percebi que neste ano as árvores frutificaram tal como nos anos anteriores, e que esta escassez de frutas não se deve senão a ti. Pobres árvores! Pobres frutas! Pobre de quem delas se alimenta! Quão rápido se extinguem e destroem quando são disputadas por quem a elas não tem direito nem parte!" A leoa então renunciou a se alimentar com frutas e passou a se alimentar somente de ervas.

[*Prosseguiu o filósofo*:] só te apliquei este exemplo [para demonstrar] que eventuais desgostos podem levar o ignorante a renunciar aos males que causava aos outros, tal como a leoa renunciou, em virtude do que sucedeu a seus filhotes, a comer a carne dos outros animais.

Depois o filósofo disse ao rei: é mais lícito que os seres humanos verifiquem bem as coisas nas quais tomarão alguma parte, pois já se dizia: o que não desejas para ti não o desejes para o alheio, e o que não queres que façam contigo não o faça com os outros; é aí que reside a justiça, e na justiça reside a satisfação de Deus altíssimo[11].

O ASCETA E O HÓSPEDE

Disse o rei ao filósofo: já compreendi o que disseste a respeito de quem deixa de causar dano aos outros em virtude de danos que lhe sucederam. Informa-me agora sobre aquele que pára de fazer coisas que lhe são familiares e adequadas e procura fazer outras que não consegue, tentando depois voltar a fazer o que sabia; contudo, acaba por se perder, quedando-se perplexo e hesitante. Disse o filósofo:

Conta-se que vivia numa terra chamada Alkurj[1] um asceta inteiramente dedicado ao ascetismo, que certo dia recebeu um hóspede para o qual mandou trazer tâmaras[2] a fim de agradá-lo. Comeram ambos das tâmaras, e o hóspede disse: "como são doces e saborosas estas tâmaras! No país em que moro não há tamareiras, muito embora ali existam diversas frutas que a mim me bastam – pois quem tem figos e outros doces frutos de qualidade semelhante à sua disposição pode muito bem substituir as tâmaras e satisfazer-se com eles. Ademais, as tâmaras são pesadas e pouco adequadas ao organismo"[3]. Disse o asceta: "não se considera bem afortunado quem necessita do que não encontra nem lhe será possível encontrar; se mesmo assim sua alma o deseja, sua paciência diminui, e o ônus e as aflições disso decorrentes causam-lhe danos e acarretam-lhe fadigas. E tu serás muitíssimo bem afortunado e aquinhoado pela sorte caso te conformes com o que te coube e renuncies ao que não conseguirás nem alcançarás". Disse o hóspede: "que obtenhas êxito e vás por bom caminho![4] Eu te ouvi pronunciar algumas palavras em hebraico[5]; admirei-me e considerei-as belas; quem dera me ensinasses! Tenho tanta vontade e zelos de aprender!" Respondeu o asceta: "estarás muito próximo de cair, caso abandones tua língua e te imponhas o aprendizado do hebraico, no paradigma do que atingiu o corvo". Perguntou o hóspede: "e como foi isso?" Respondeu o asceta:

Conta-se que um corvo viu uma perdiz caminhando ligeira e, agradando-se daquele modo de caminhar, tencionou aprendê-lo; tentou então adestrar-se para imitá-la, mas não o pôde fazer corretamente. Pretendeu então retomar o seu próprio modo de andar, mas não soube, e ficou perplexo e hesitante, sem atingir o que procurara nem retomar o que já sabia.

[*Prosseguiu o asceta*:] "só te apliquei este paradigma para ficares ciente de que, caso abandones a tua língua e te abalances ao hebraico, que não te corresponde, correrás o risco de não aprender essa língua e de esquecer o que sabias em outra língua, pois já se dizia: considera-se ignorante quem vai atrás do que não lhe é assemelhado nem pertence à sua gente, e que não é dominado nem conhecido por seus pais nem, antes deles, por seus avós".

Então o filósofo disse ao rei: os governantes, em seu escasso comprometimento com os súditos no que se refere a isso e a coisas semelhantes, são mais censuráveis e de pior planejamento, porquanto a mudança dos homens de uma posição a outra impõe dificuldades e grandes sofrimentos. Ademais, nesse porém a oposição vai subindo de nível até colocar em grave risco o rei em seu reino[6].

[EPÍLOGO]

Quando[1] o rei e o filósofo chegaram ao fim do capítulo do asceta e do hóspede, o rei se calou. Disse o filósofo: que vivas, ó rei, mil anos, e domines as sete regiões do mundo, e que encontres um meio para tudo conquistar, e que teus súditos te proporcionem alegria, bem como tu a eles, e que a predeterminação e o destino te ajudem. Tua magnanimidade já se completou, e honradas se tornaram tua inteligência, fala e vontade. Que não existam falhas, pois, em teu parecer, nem baixeza em tua fala, nem defeitos em tuas ações. Que em ti se reúnam a bravura e a suavidade; não te acovardes nos combates, e tampouco te desesperes nas adversidades. Já te expliquei as coisas, e te dei resumidamente as respostas sobre o que me perguntaste; esforcei-me em te apresentar meu melhor parecer, e contemplei, com o máximo de minha capacidade, a busca das soluções que demandaste. Agora, satisfaz os meus direitos com tua boa vontade, utilizando teu pensamento e inteligência no que te prescrevi, pois quem ordena a prática do bem não se torna mais venturoso com isso do que quem lhe obedece praticando o bem, nem o bom conselheiro é mais digno de dar conselhos do que aquele que os recebe, nem o mestre é mais venturoso com o saber do que aquele a quem o ensina. Quem meditar com inteligência sobre este livro, utilizando-o com clareza de parecer e depois refletindo a seu respeito, merecerá as mais elevadas posições e as coisas mais grandiosas[2]. Que Deus te conceda êxito, ó rei[3], e corrija o que em ti estiver incorreto[4].

Nesse momento, o rei ordenou que as portas de seu tesouro fossem abertas e que o filósofo decidisse a seu critério o que levar para si – dinheiro, toda espécie de pérolas, pedras preciosas, ouro e prata –, e que nada lhe fosse recusado. Concedeu-lhe ainda muitas terras, e elevou seu nível e posição a extremos aos quais nunca havia chegado nenhum de seus semelhantes.

Concluiu-se o livro com a ajuda e o êxito de Deus; terminou-se [de copiá-lo] no início do mês de jumādà-l'āḫira do ano de seiscentos e dezoito. Que Deus perdoe o escriba e o autor, e a todo aquele que o ler, e também a todos os muçulmanos e muçulmanas, vivos ou mortos. Copiou-o para si mesmo o pobre de Deus altíssimo, reconhecedor de sua incapacidade, ᶜAbdullāh Ibn Muḥammad Alᶜumrī, que Deus o perdoe*[1]**.

* Correspondente a julho de 1221 d.C.

** Colofão de **A**. O Colofão de **B** encontra-se na p. 377.

ANEXO 1

A apresentação...[1]

... foi escrita por Buhnūd Ibn Saḥwān, conhecido como ᶜAlī Ibn Axxāh Alfārisī[2], que nela expôs o motivo pelo qual o filósofo hindu Baydabā, chefe dos brâmanes, redigiu para Dabxalīm, rei da Índia, o livro que ele denominou Kalīla e Dimna, compondo-o na linguagem de alimárias e aves a fim de proteger suas intenções [mais extremas[3]] do vulgo, impedir o acesso da escória a seu conteúdo e elevar a sabedoria, seus ramos[4], seu mérito e sua distinção, pois a sabedoria é deleite acessível ao filósofo, a cujo pensamento está aberta, constituindo-se em refinamento para quem a ama e honraria para quem a procura.

Buhnūd Ibn Saḥwān mencionou também o motivo que levou o rei da Pérsia, Kisrà 'Anū Xirwān Ibn Qubāz Ibn Fīrūz, a enviar Burzuwayh, chefe dos médicos da Pérsia, à terra da Índia por causa do livro de Kalīla e Dimna, e a sutil conduta de Burzuwayh desde que chegou à Índia até que entabulou conhecimento com a pessoa que secretamente lhe fez uma cópia do livro, à noite, na biblioteca do rei, juntamente com outros livros dos sábios da Índia[5]. Mencionou ainda o que ocorreu quando Burzuwayh foi enviado ao reino da Índia a fim de copiar este livro, além do que é necessário àquele que o consulta: agudeza na leitura, realização de estudos e exame do sentido oculto das palavras[6]; caso não seja assim, nenhum proveito dele se extrairá. Mencionou o retorno de Burzuwayh, sua leitura em voz alta e o motivo que levou Buzurjimihr, conselheiro de Kisrà, a fazer um capítulo especial chamado "Capítulo do médico Burzuwayh", no qual descreveu a biografia de Burzuwayh desde que nasceu até o momento em que adquiriu educação e passou a amar a sabedoria e a refletir sobre suas partes. Este capítulo foi intercalado antes do "Capítulo do leão e do touro", que é o primeiro do livro[7].

Disse ᶜAlī Ībn al-Xāh al-Fārisī: a origem dos eventos que levaram o filósofo Baydabā a escrever o livro de Kalīla e Dimna para Dabxalīm, rei da Índia, foi a seguinte: apenas deu cabo dos reis do lado ocidental, o *rūmī* 'Iskandar Bicorne[8] avançou almejando os reis do lado oriental, persas e outros. Não deixou de guerrear quem se lhe opunha, nem de enfrentar quem o enfrentava, nem de fazer a paz com quem lhe oferecia a paz entre os reis da Pérsia, que tinham sido os de primeira grandeza enquanto ele não surgira derrotando os inimigos e vencendo os beligerantes. Os reis da Pérsia fracionaram-se e foram despedaçados, e então 'Iskandar, com seus soldados, tomou a direção da China, começando, em seu périplo, pelo rei da Índia, que iria ser intimado a submeter-se e convocado a entrar em seu grupo e a colocar-se sob sua proteção. A Índia era governada, nesse tempo, por um rei tirânico e violento, de muita crueldade e força, chamado Fawr[9]. Informado da iminente chegada de 'Iskandar a seu reino, preparou-se para combatê-lo e enfrentá-lo, agrupando suas forças dispersas e forcejando por unificá-las, além de, igualmente, ajuntar recursos no prazo mais rápido possível: elefantes equipados para a guerra, feras preparadas para o ataque, corcéis selados, espadas cortantes e lanças cintilantes.

Quando o Bicorne se aproximou do indiano Fawr e foi informado da quantidade de corcéis que haviam sido ajuntados contra ele, e que pareciam pedaços escuros da noite – constituindo uma força jamais vista por rei algum das redondezas –, temeu cometer um desatino qualquer caso se precipitasse ao combate. Além de precavido e experiente, o Bicorne era um homem fértil em astúcias e ardis, e optou por lançar mão de artimanhas a fim de ganhar tempo. Cavou trincheiras para seus soldados, instalando-se no local a fim de elaborar e preparar um estratagema, e estudar como lançar uma ofensiva. Convocou então os astrólogos, determinando-lhes que escolhessem o dia em que ele teria a boa sorte de combater o rei da Índia e vencê-lo, e eles se puseram a trabalhar no assunto. Ocorreu também ao Bicorne – que não passava por nenhuma cidade sem capturar os mais conhecidos e hábeis artesãos de cada ofício –, guiado por seu esforço e sagacidade, solicitar a esses artesãos construção, sobre rodilhas, de cavalos ocos de cobre, com estátuas de homens sobre eles: empurrados, tais equipamentos deveriam deslizar com velocidade. Ordenou-lhes que, terminada a tarefa, recheassem com betume e enxofre o bojo desses cavalos, e que as estátuas fossem vestidas como soldados, colocando-se tal equipamento na vanguarda das legiões; quando o confronto fosse iminente, atear-se-ia fogo nos bojos: ao enrolar suas trombas nas estátuas incandescentes, os elefantes do adversário fugiriam. Insistiu para que os artesãos se esmerassem e apressassem na conclusão da tarefa, e então eles se esmeraram no trabalho, executando-o prontamente. Como se aproximava o prazo estipulado pelos astrólogos, o Bicorne reenviou seus mensageiros a Fawr, a fim de intimá-lo à submissão e obediência a seu Estado, mas ele deu uma resposta que insistia em desacatá-lo e se determinava a guerreá-lo.

Quando o Bicorne notou tal disposição, avançou até ele com seu equipamento. Ato contínuo, Fawr adiantou seus elefantes, e os homens do Bicorne empurraram os cavalos de cobre com as estátuas dos cavaleiros; os elefantes avançaram e nelas enrolaram as trombas, mas, logo que lhes sentiram a incandescência, atiraram ao solo e pisotearam todos que estavam em seu dorso, fugindo a seguir derrotados em furiosa carreira, durante a qual esmagaram tudo que se encontrava em seu caminho. As tropas de Fawr foram desbaratadas, perseguidas e massacradas pelos soldados de 'Iskandar, o qual gritou: "ó rei da Índia, aparece e poupa tuas tropas e os teus; não os conduzas à destruição, pois não é um procedimento de brio que o rei leve seus soldados ao esgotamento e à aniquilação, mas sim que os sustente com os seus próprios cabedais e os defenda com sua própria vida. Aparece diante de mim, pois, e deixa os soldados de lado: aquele que vencer o combate, dentre nós dois, será o mais venturoso". Quando Fawr ouviu aquelas palavras do Bicorne, sua ambição levou-o, atrevido, a aceitar o desafio, pois presumiu que aquela seria sua grande oportunidade. 'Iskandar surgiu diante dele e ambos se enfrentaram sobre seus cavalos por várias horas durante o dia, sem que nenhum lograsse atingir o oponente. Continuaram lutando até que, sentindo-se esgotado por Fawr e sem ter à mão nenhuma outra estratégia ou oportunidade, 'Iskandar lançou aos soldados estrondoso brado, que fez estremecer o chão e os próprios soldados[10]. Ouvindo o estrépito, Fawr voltou-se supondo que aquela seria alguma cilada entre seus soldados: foi quando o Bicorne lhe assestou um golpe que o fez cair do estribo, logo seguido de outro que o prostrou ao solo. Vendo o que lhe tinha sucedido e a situação em que se encontrava seu rei, os indianos lançaram-se contra 'Iskandar numa luta na qual teriam preferido morrer, mas ele se comprometeu a ser generoso, e Deus concedeu-lhe a submissão daquela gente. Então, ele dominou o país, entronizando uma pessoa de sua confiança. Permaneceu na Índia até lograr sua total submissão e concordância, e depois saiu de lá, deixando aquele homem como governante e dirigindo-se para onde pretendia ir.

Quando o Bicorne e seus exércitos já estavam distantes da Índia, os indianos modificaram seu comportamento obediente em relação ao rei que ele havia imposto. Disseram: "não se coaduna com o bom governo, nem é bom para a nobreza ou para o vulgo, ter um rei imposto que não pertença à sua raça nem seja de seu meio, porquanto ele sempre os oprimirá e desprezará". Então, reuniram-se e entronizaram um homem chamado Dabxalīm, que era descendente de um de seus reis, depondo o rei que 'Iskandar lhes havia imposto. Logo que a situação se normalizou e o reino se estabilizou, Dabxalīm tornou-se tirânico, opressor, injusto e prepotente, passando, ademais, a hostilizar os monarcas vizinhos. A despeito disso, continuava apoiado, vitorioso e vencedor, pois os súditos o temiam. Percebendo o poder tirânico de que dispunha, Dabxalīm espezinhou-os, desprezou seus interesses e teve um mau comportamento em relação a eles. E, tanto mais sua situação pessoal melhorava, quanto mais ele se tornava arrogante, assim permanecendo durante uma boa quadra de sua vida.

Havia em seu tempo um filósofo brâmane, bondoso e sábio, conhecido por sua generosidade e por todos consultado; seu nome era Baydabā. Observando o comportamento tirânico do rei em relação aos súditos, pensou numa estratégia para mudar esse estado de coisas e devolver o rei à justiça e à moderação. Para isso, reuniu seus discípulos e disse:

"Vós por acaso tendes conhecimento sobre que assunto eu pretendo consultar-vos? Ficai sabendo que eu refleti longamente sobre Dabxalīm, sobre seu desapego da justiça e seu apego à injustiça e sobre seu comportamento pérfido e perverso relacionamento com os súditos. Nós não nos dobramos a essa situação: quando os reis se comportam mal, esforçamo-nos por fazê-los volver à prática do bem e à observância da justiça. Caso negligenciemos isso, ficaremos expostos a ocorrências abomináveis e perigosas, pois diante dos ignorantes seremos mais ignorantes do que eles, e, a seus olhos, inferiores a eles próprios[11]. Não é de meu parecer abandonar o país, e por isso não podemos, com nossa sabedoria, deixar o rei perseverar neste comportamento ruim e indecoroso. Não podemos combatê-lo senão com palavras, pois mesmo que procurássemos nos aliar a outros não nos seria possível enfrentá-lo, e, se ele percebesse nossa oposição e condenação de seu pérfido comportamento[12], aí estaria nossa ruína. Vós talvez tenhais conhecimento de que se manter na vizinhança da fera selvagem, do cão, da cobra e do touro, mesmo quando tal se justifique pela exuberância da terra e abundância dos meios de subsistência, é uma traição a si mesmo. É lícito que o filósofo, decerto, tenha seus esforços concentrados naquilo com que ele burila a alma contra as ocorrências do mal e as conseqüências do erro, evitando dessa maneira o que é perigoso para conquistar o que é desejável. Eu já ouvi que certo filósofo escreveu a seu discípulo dizendo: 'quem se avizinha dos homens perversos e os acompanha é como o navegante, o qual, conquanto se livre do afogamento, não se livra dos temores, e, caso ele se atire onde haja coisas que extingam a vida ou que provoquem temor, será arrolado entre os asnos sem alma, porque até aos animais quadrúpedes se lhes imprimiu na natureza o conhecimento do que os beneficia e do que os prejudica: é por isso que não os vemos atirando-se onde possam ser exterminados, e, quando eles percebem uma situação que lhes seja nociva, dela se desviam e fogem – resguardando e preservando a si próprios – por causa dos instintos neles incrustados'. Por isso vos reuni, que sois minha família, depositários de meus segredos e de meu conhecimento; em vós procuro apoio e de vós dependo, pois quem fica sozinho, e tem pareceres unilaterais, onde quer que esteja estará perdido e sem auxílio, ao passo que o inteligente talvez atinja, mediante suas estratégias, o que não se atinge com corcéis e soldados.

O paradigma a respeito disso é o da cotovia que construiu seu ninho no caminho de uma fonte freqüentada pelo elefante. Certo dia, conforme seu hábito, o elefante passou por ali a fim de beber água e pisoteou o ninho da cotovia, esmagando seus ovos e matando seus filhotes. Quando viu essa desgraça, ela compreendeu que aquilo não havia sido provocado senão pelo elefante; voou e pousou chorando sobre a cabeça dele, e lamentou: 'ó rei, por que esmagaste meus ovos e mataste meus filhotes, sendo eu tua vizinha? Teria sido por menosprezo, desdém e arrogância?' Respondeu o elefante: 'foi exatamente por isso'. Então ela o deixou e dirigiu-se à assembléia das aves, reclamando do que lhe fora causado pelo elefante. Disseram-lhe: 'o que poderíamos fazer contra ele, sendo nós meras aves?' Disse ela aos corvos e às gralhas: 'apreciaria que vós fôsseis comigo até o elefante e lhe perfurásseis os olhos. Depois disso, escolherei outro estratagema'. Então eles resolveram atendê-la: foram até o elefante e não cessaram de bicar-lhe os olhos até o cegarem, e assim ele passou a não poder localizar o caminho para comer e beber, limitando-se [a comer] do que se encontrava a seu alcance. Percebendo seu estado, a cotovia foi a um riacho onde havia muitos sapos, e se queixou a eles do que o elefante lhe havia feito. Disseram os sapos: 'qual poderia ser o nosso estratagema ante a enormidade do elefante, e como poderíamos afetá-lo?' Respondeu: 'apreciaria muito que vós fôsseis comigo a um precipício próximo ao elefante e ali coaxásseis e fizésseis barulho; assim, quando ele ouvir vossas vozes, não terá dúvidas de que a água fica naquela direção, despencando então no precipício'. Eles a atenderam, reunindo-se no precipício; o elefante ouviu seu barulho e, esgotado pela sede, caminhou naquela direção até despencar no precipício e estatelar-se todo. A cotovia veio então voejar ao redor de sua cabeça e disse: 'ó tirano iludido pelo próprio poder e que me despreza: como vês a grandeza de meu estratagema e meu pequeno tamanho comparados à grandeza do teu corpo e à pequenez da tua capacidade?'

Que cada um de vós exponha, portanto, o que lhe ocorrer." Responderam em uníssono: "ó filósofo virtuoso, ó sábio justo, tu és o primeiro e o mais generoso dentre nós; por isso, o que serão nosso parecer e discernimento diante de ti? Ainda assim, sabemos que nadar em águas onde haja crocodilos é um suicídio cuja culpa incide sobre quem se lança em tais águas. E, no caso de quem extrai o veneno da cobra e o ingere a fim de experimentá-lo em si mesmo, a cobra não terá culpa alguma, bem como aquele que adentra a selva do leão não estará a salvo de seu ataque. Este rei não teme as provações, nem aprende com as experiências: por isso, não estamos seguros de que ele não será violento ou injurioso contigo[13] caso não incorras em seu agrado".

Disse o sábio Baydabā: "por vida minha que pronunciastes belas palavras: quem tem parecer arrojado não deixa de consultar quem está abaixo ou acima dele, uma vez que o parecer isolado não satisfaz a nobreza nem beneficia o vulgo. Não obstante, minha convicção em entrevistar-me com Dabxalīm está correta; ouvi as vossas ponderações, tendo ficado clara em vosso conselho a preocupação com todos nós. Ainda assim, tenho este ponto de vista e estou convicto. Vós ficareis sabendo de minha história com o rei e de nossa conversa. Quando receberdes a informação de minha saída, vinde até mim." E dispensou-os enquanto eles lhe desejavam boa sorte.

Em seguida, Baydabā escolheu um dia para avistar-se com o rei, e quando chegou o momento vestiu o *musūḥ*[14], que é a roupa dos brâmanes, e dirigiu-se à porta do rei. Perguntou pelo secretário, a quem foi conduzido; cumprimentou-o e informou-o dizendo: "sou um homem que busca o rei com um conselho." O secretário foi imediatamente ao rei e disse: "está à porta um brâmane chamado Baydabā, que afirmou ter um conselho para o rei." Baydabā recebeu então a autorização; entrou, estacou diante do rei, curvou a cabeça, prosternou-se, levantou-se e permaneceu calado. Ante tal silêncio, Dabxalīm pensou: "esse aí não nos procura senão por dois motivos:

ou para conseguir de nós o que lhe melhore a vida, ou por algo insuportável que lhe tenha sucedido"[15]. Prosseguiu: "se os reis têm mérito por causa de seus reinos, os sábios têm mérito maior ainda por causa de sua sabedoria. A sabedoria dos sábios os faz prescindir dos reis, mas a riqueza dos reis não os faz prescindir dos sábios. Já sei que a sabedoria[16] e o pudor são companheiros íntimos que não se separam: quando um se perde, o outro não é encontrado. São como dois amantes: quando um deixa de existir, o outro, por tristeza, perde o gosto de viver. Quem não tiver modéstia diante dos sábios – e deixar de dignificá-los, de reconhecer seus méritos em relação aos demais, de defendê-los em ocasiões em que estejam enfraquecidos e de protegê-los da condição mesquinha – estará entre os que se privaram da inteligência e perderam este mundo: oprimir os sábios e negar-lhes os direitos é equivaler-se aos ignorantes."

A seguir, levantou a cabeça para Baydabā e disse: "ver-te calado, Baydabā, sem expor tuas demandas nem mencionar teu pedido, fez-me ponderar: 'o que produz esse silêncio é um temor que o paralisou ou uma dúvida que o assaltou.' Analisei então tua longa espera e pensei: 'Baydabā não nos terá procurado, contra todo hábito, senão por algo premente, pois ele é um dos melhores de seu tempo. Indaguemo-lo, pois, sobre o motivo de sua visita: se for por alguma injustiça sofrida, seremos o primeiro a tomá-lo pelas mãos, honrá-lo, concretizar seu desejo e fortalecê-lo; se a sua intenção for conseguir bens materiais, ordenaremos que seja satisfeito com o que aprecie; se for alguma questão relacionada ao reino, ou algo indigno do sacrifício dos reis e impróprio de sua atenção, estudaremos uma punição – muito embora alguém como ele não ousasse intrometer-se num assunto que somente diga respeito aos reis; se for algo relativo aos súditos, e Baydabā deseje que despendamos nossa atenção com eles, veremos do que se trata. Os sábios soem conduzir ao bem, ao contrário dos ignorantes'. Agora, eu te permito que fales". Ao ouvir tais palavras, Baydabā sentiu-se livre do temor, desaparecendo o medo que se havia apoderado de sua alma. Curvou a cabeça, prosternou-se, ergueu-se diante dele e disse:

"Primeiramente, peço a Deus exalçado que perpetue a existência do rei, e faça seu reino perdurar para todo o sempre, pois o rei concedeu-me, nesta minha posição, um lugar que me honra perante todos os outros sábios, e uma lembrança duradoura entre eles." Depois, exultante de contentamento em virtude do que lhe fora externado, encarou o rei e prosseguiu: "com sua bondade e nobreza, o rei mostra simpatia por mim. O assunto que me traz até aqui – arriscando-me e atrevendo-me a dirigir a palavra ao rei – é um conselho que dedico a ele e não a qualquer outro. Quem tiver notícia a respeito disso saberá que eu não me furtei a uma das condições que regem o direito dos governantes sobre os sábios. Será legítimo que o rei me permita falar e me dê ouvidos, mas, se acaso ele não der importância, terei cumprido minha obrigação e estarei livre de qualquer censura que me seja assacada". Disse o rei: "dize o que desejas, Baydabā: eu me inclino, observo e ouço a fim de extrair o que tens até o fim, recompensando-te da maneira que mereceres".

Disse Baydabā: "verifiquei que as coisas que singularizam o ser humano entre todos os animais são quatro, síntese de todo conhecimento: a sabedoria, a austeridade, a inteligência e a justiça. A ciência, o decoro e a ponderação pertencem à esfera da sabedoria; a magnanimidade, a paciência e a dignidade[17] pertencem à esfera da inteligência; o pudor, a generosidade, a precaução e a altivez pertencem à esfera da austeridade; e a sinceridade, a benemerência, o temor a Deus e o bom caráter pertencem à esfera da justiça. É essa a súmula da perfeição, sendo seu oposto o vício. Quando o homem chega a tal estágio de perfeição, uma diminuição da boa fortuna jamais o conduzirá ao mau destino neste mundo ou ao desdouro na outra vida; não se arrependerá do êxito que não logrou obter em sua existência; não se entristecerá com as modificações operadas pela sorte em suas posses; nem se surpreenderá com a ocorrência de qualquer desgraça. A sabedoria é riqueza que, mesmo partilhada, não se esgota, tesouro que não se depaupera, roupa que não se pui e prazer que não se interrompe. Se permaneci estático diante do rei e evitei principiar dirigindo-lhe a palavra, não o fiz senão por temor e reverência: por vida minha que os reis são merecedores de toda veneração, especialmente o que esteja num nível mais elevado que o dos reis precedentes. Os sábios já afirmaram: 'exercita o silêncio, pois nele há segurança, e evita o palavreado oco, que produz arrependimento'. Conta-se que quatro sábios foram reunidos no conselho de um rei, que lhes disse: 'que cada um de vós pronuncie uma frase que seja o fundamento do decoro'. 'A maior qualidade dos sábios é o silêncio', respondeu o primeiro; 'uma das coisas mais benéficas para o homem é saber se a sua posição corresponde a sua inteligência', respondeu o segundo; 'é mais benéfico para o homem não falar sobre o que não lhe concerne', respondeu o terceiro; 'é mais confortável para o homem entregar-se ao destino', respondeu o quarto. E, em certa época, reuniram-se os reis das regiões da China, da Índia, da Pérsia e de Bizâncio. 'Cada um de nós deve pronunciar algo digno de ser registrado para toda a posteridade', disseram. 'Sou mais capaz de fazer o que não digo do que corresponder ao que digo', disse o rei da China; 'espanto-me com quem diz palavras que, se forem a seu próprio favor, em nada o beneficiam, e, se forem contra si, conduzem-no à aniquilação', disse o rei da Índia; 'a palavra que pronuncio me domina, e a que não pronuncio é dominada por mim', disse o rei da Pérsia; 'nunca me arrependi daquilo sobre o que nada falei, mas já me arrependi daquilo sobre o que falei demasiadamente', disse o rei de

Bizâncio[18]. Entre os reis, o silêncio é melhor do que a verborragia, a qual nenhum benefício produz: é da própria língua que o homem deve, preferencialmente, precaver-se. Ainda assim, o rei – que Deus lhe prolongue a permanência – autorizou-me a falar e concedeu-me ampla liberdade, e por isso faz jus a que eu comece por ele mesmo tais questões, cujos frutos eu tenciono que revertam ao rei e não a mim: procuro o bem dele antes do meu próprio, que eu só almejo a posteridade, muito embora o benefício e a honra do rei também dependam disso; quanto a mim, terei cumprido minha obrigação. Eis o que tenho a dizer:

Estás, ó rei, na mesma posição de teus pais e avós, soberanos poderosíssimos que fundaram o reino antes de ti, e o construíram sem teu concurso. Eles erigiram torres e castelos, aplainaram o país, comandaram exércitos, instauraram o aparato bélico, permaneceram muito tempo no poder, possuíram incontáveis armas e cavalos e viveram por longo tempo, bem e felizes. Tudo isso não os impediu, contudo, de gozar de uma boa e grata memória entre as pessoas, nem de tratar com generosidade o que alcançaram, nem com delicadeza o que conquistaram, nem com retidão o que adquiriram, e isso apesar da enorme negligência e embriaguez provocadas pelo poder e pela força. E tu – ó rei de venturosa ascendência, cuja estrela da sorte resplandece – herdaste as terras, mansões, fortuna e posições que pertenciam a eles, apossando-te do reino por ti recebido e das riquezas e do exército herdados, mas não cumpriste, apesar disso, com teus deveres; pelo contrário, tu te tornaste tirânico, injusto, violento e prepotente com os súditos, e tua má conduta gerou grande intensificação de calamidades. Seria melhor e mais adequado que imitasses a conduta dos teus antepassados, seguindo o rastro dos reis anteriores e fazendo medrarem as benesses que eles te deixaram, despindo-te ainda daquilo cujo abandono te é necessário e cujo desadorno te cai muito mal, e ademais prestando maior atenção a teus súditos e elaborando-lhes boas leis, cuja lembrança durará depois de ti e cuja glória te granjeará boa memória: a integridade e a nobreza desses atos serão mais duradouras e permanentes. Com efeito, é o ignorante despreparado quem utiliza em seus interesses a insolência e a veleidade, e é o inteligente determinado quem conduz o reino com cordialidade e benevolência. Raciocina, ó rei, sobre o que te transmiti, e não fiques aborrecido, pois não falei assim para obter recompensas ou conseguir favores; pelo contrário, vim como leal conselheiro devotado à tua pessoa".

Mal Baydabā encerrou o discurso e concluiu o bom aconselhamento, o peito do rei se encheu de cólera, e ele lhe deu uma resposta grosseira e injuriosa: "dirigiste-me a palavra de um modo que eu jamais imaginaria que alguém de meu reino se atreveria a fazer igual; ainda mais tu, fraco, insignificante e nulo. E minha estupefação foi aumentada pelo atrevimento e pela incontinência verbal com que ultrapassaste todos os limites. Nada mais instrutivo para os outros do que te usar como exemplo: serás lição e alerta para quem porventura tenha pretensões semelhantes para com os reis que lhes concedem alguma liberalidade em seus conselhos". Em seguida, o rei ordenou que ele fosse morto e crucificado, mas, assim que os guardas o levaram, pensou bem no que havia decidido e voltou atrás, ordenando então que ele fosse preso e acorrentado. Isso feito, determinou que os discípulos e seguidores de Baydabā fossem procurados, mas eles se dispersaram pelo país e se isolaram em algumas ilhas do grande oceano. Baydabā permaneceu na prisão por dias sem que o rei perguntasse por ele ou dele se lembrasse, e sem que ninguém tivesse a coragem de mencioná-lo diante dele. Certa noite, entretanto, o rei teve forte e prolongada insônia, e lançou o olhar aos astros, refletindo sobre sua circularidade e sobre o movimento dos planetas. O aprofundar das reflexões sobre o assunto levou-o a formular determinada questão relacionada aos astros e a tentar esclarecê-la: foi então que se recordou de Baydabā, pensou no que lhe havia dito, arrependeu-se e disse com seus botões: "cometi uma injustiça com esse filósofo e feri seus direitos, tendo sido a isso carregado pela celeridade da cólera. Os sábios já disseram que quatro coisas não devem existir nos reis: a cólera, que os torna odiosos; a avareza, que é imperdoável quando praticada apesar da riqueza; a mentira, que impede os outros de se avizinharem dele; e a violência, que, necedade, é imprópria nas conversações. Veio a mim um homem com conselhos e sem exageros, e eu o tratei de um modo que ele não merecia, e o recompensei de maneira oposta à que seria digna dele. Não era isso que eu lhe deveria ter dado, mas sim deveria ouvir-lhe as palavras e comportar-me da maneira que ele indicou".

Ato contínuo, enviou alguém que lhe trouxesse o filósofo.

Quando este se apresentou diante dele, disse: "acaso teu objetivo, Baydabā, não foi diminuir a minha importância e transtornar o meu parecer com as palavras anteriormente pronunciadas?" Respondeu Baydabā: "ó rei leal, compassivo, sincero e benevolente, eu só te alertei quanto a coisas que contêm o teu bem e o de teus súditos, no intuito de que o reino continue pertencendo a ti." Disse o rei: "repete, Baydabā, todas as tuas palavras sem deixar uma letra sequer". E Baydabā começou a falar copiosamente, enquanto o rei prestava atenção, batendo no solo com um objeto que tinha em mãos. Depois, ergueu os olhos em direção a Baydabā, ordenou-lhe que se sentasse e disse: "considerei muito agradáveis as tuas palavras, que caíram num bom lugar em meu coração; observarei o que me indicaste e farei o que determinaste". A seguir, ordenou que ele fosse liberado de suas correntes, vestiu-o com uma de suas túnicas e o tratou com receptividade. Disse Baydabā: "ó rei, falar menos do que eu falei seria um erro para pessoas de tua categoria". Respondeu: "dizes a verdade, ó sábio generoso. Deste meu trono eu te estou nomeando governador de todos os extremos de meu reino". Disse: "ó rei, dispensa-me disso, pois não tenho capacidade para corrigi-lo; só pude corrigir-te". Ele então o dispensou, mas quando Baydabā partiu, o rei percebeu que sua atitude não fora bom parecer; mandou que fossem atrás dele, e quando ele voltou disse: "pensei na recusa do que eu te havia oferecido, e considerei que tal lugar não será ocupado senão por ti: ninguém mais poderá fazê-lo ou tratar desse assunto como tu. Portanto, não discordes". Então Baydabā concordou com ele.

Quando nomeavam algum vizir, os reis daquele tempo tinham o hábito de cingir-lhe uma coroa, sendo ele colocado num cavalo, exibido para os principais do reino e conduzido pela cidade. O rei ordenou que assim se procedesse com Baydabā: colocou-se uma coroa em sua cabeça, ele desfilou montado pela cidade e retornou, instalando-se no Conselho de Justiça; julgava a favor do depauperado e contra o nobre, e equiparava o forte ao fraco: assim, deu um basta à opressão e estabeleceu leis justas, ampliando donativos e concessões. A notícia chegou a seus discípulos, que acorreram de todos os pontos, contentes por ter Deus modificado e renovado a atitude do rei em relação a Baydabā; eles agradeceram a Deus exalçado o sucesso de Baydabā em fazer Dabxalīm abandonar a má conduta. Tomaram aquele dia como data festiva, até hoje por eles comemorada nas terras da Índia.

Vendo-se desocupado de Dabxalīm, Baydabā ficou livre para escrever livros sobre política, e dedicou-se diligentemente ao assunto. Escreveu muitos livros que contêm a descrição exata de todos os estratagemas, e o rei comportou-se da maneira traçada por Baydabā relativamente à boa conduta e à justiça entre os súditos. Passaram a estimá-lo os reis vizinhos; assuntos de toda espécie lhe eram levados, e os súditos e os notáveis do reino ficaram muito felizes com ele. Assim, Baydabā reuniu seus discípulos, estreitou seus laços com eles e estabeleceu um belo compromisso dizendo: "não duvido do que se tenha passado em vossas almas quando me apresentei ao rei; vós certamente pensastes: 'Baydabā perdeu toda a sabedoria e seu raciocínio já não está funcionando, pois ele decidiu apresentar-se a esse opressor tirânico', mas agora vós já conheceis o resultado de minha postura e a correção dos meus pensamentos: eu não compareci diante dele ignorando o que poderia acontecer, porque eu ouvira de sábios anteriores a mim que os reis sofrem de algo semelhante à embriaguez causada pela bebida, e dela não acordam senão com as advertências dos sábios e as lições dos doutos. É obrigação dos reis o levar em conta as advertências dos sábios, e é dever dos sábios corrigir os reis com sua linguagem, ensiná-los com sua sapiência e trazer à tona os claros argumentos necessários a eles, a fim de que rechacem o desvio em relação à justiça. Considerei que os dizeres desses sábios constituíam uma obrigação e um dever dos eruditos para com seus reis: despertá-los do sono da embriaguez, assim como o médico, cuja profissão lhe impõe manter os corpos sãos ou curá-los. Desgostou-me então que ele ou eu morrêssemos, só restando sobre a terra quem dissesse: 'o filósofo Baydabā viveu no tempo do tirano Dabxalīm, mas não lhe modificou a conduta'. Se alguém afirmasse: 'ele não pôde falar por temor à própria vida', responder-lhe-iam: 'fugir dele e de sua vizinhança seria mais apropriado, mas abandonar a terra natal é bastante penoso'. Alvitrei então arriscar a vida: assim, eu daria uma justificativa aos sábios que viessem depois de mim: ou eu seria sacrificado ou atingiria meus objetivos. O resultado é o que estais vendo. Efetivamente, diz-se em certo provérbio que não há ninguém que atinja uma boa posição senão num desses três casos: ou por uma tenaz labuta que lhe exaure todo o alento; ou por uma grande perda de cabedais; ou por uma grande diminuição em sua fé religiosa. Quem não arrosta os terrores não logra o que deseja. O rei Dabxalīm me exortou a elaborar um livro que contenha todas as categorias do conhecimento; que cada um de vós elabore algo a respeito do ramo que preferir, e que o exponha a mim para que eu avalie seu raciocínio e até que ponto seu entendimento alcançou a sabedoria". Responderam: "ó sábio generoso, inteligente e ajuizado! Juramos, por aquele que te concedeu sabedoria, inteligência, educação e virtude, que em nenhum momento tal se deu em nossos corações. Tu és o nosso mestre e o melhor dentre nós: em ti repousa a nossa dignidade, e em tuas mãos o levantarmo-nos após a queda. Mas nos esforçaremos para fazer o que ordenaste". E o rei perseverou naquela boa conduta durante bom tempo, nisso orientado por Baydabā e nele apoiado.

Assim que o reino se estabilizou, o rei Dabxalīm – auxiliado por Baydabā – pôde deixar de lado as questões relacionadas aos inimigos, concentrando suas preocupações na leitura dos livros escritos pelos filósofos da Índia para seus pais e avós. Ocorreu-lhe então que também ele deveria ter um livro comentado e dedicado a sua memória, e no qual se consignassem as façanhas de seu reinado, da mesma forma como foram consignadas as façanhas de seus pais e avós antes dele. Com tal disposição, imaginou que somente Baydabā poderia levar a cabo essa tarefa; chamou-o a sós e disse-lhe: "és o sábio e o filósofo da Índia, Baydabā, e eu refleti e observei as bibliotecas dos reis anteriores a mim: nenhum vi que não tenha feito um livro onde se consignassem as façanhas de seu reinado e sua biografia, e onde se dessem notícias sobre seu decoro e sobre os notáveis de seu reino. Entre esses livros, há os que foram escritos pelos reis para si próprios, e isso por serem sábios eles mesmos, e há os que foram escritos por seus sábios. Temo que me ocorra o mesmo que ocorreu a esses últimos: não tenho condições de executar essa tarefa e não existe em minhas bibliotecas um único livro a mim dedicado e no qual minha memória seja lembrada como é lembrada a de meus antecessores em seus livros. Eu apreciaria, portanto, que me elaborasses um livro eloqüente no qual investisses toda a tua inteligência: em sua face manifesta, seria sobre a maneira de governar o povo e adestrá-lo na obediência aos reis; em sua face oculta, seria sobre o caráter dos reis e como conduzir[18] os súditos, pois me falecem e aos outros muitos dos fundamentos de que necessitamos para zelar pelo reino. Quero que, depois de mim, esse livro prolongue minha memória por muitos séculos". Ao ouvir tais palavras, Baydabā prosternou-se diante dele, ergueu a cabeça e disse: "ó rei de venturosa ascendência, oxalá tua estrela se eleve, a má sorte se desvaneça e teus dias perdurem! A natureza superior e a esfuziante inteligência de que o rei foi dotado guindaram-no às mais sublimes questões, e sua alma e capacidade elevaram-no às posições do nível mais distinto e da dimensão mais profunda. Queira Deus perpetuar a felicidade do rei e ajudá-lo no que está disposto a fazer, e também ajudar-me a corresponder a seus anseios. Que o rei ordene, pois, o que desejar, porquanto eu me dedicarei a seu objetivo, e nele me empenharei com meu melhor parecer." Disse o rei: "continuas, Baydabā, a caracterizar-te pelo bom parecer e pela obediência às ordens dos reis. Já pude comprovar essa tua qualidade, e optei que fizesses esse livro, nele inserindo tuas reflexões e te empenhando nas finalidades que considerares adequadas. Que esse livro contenha seriedade e pilhéria, entretenimento, sabedoria e filosofia". Baydabā fez então um gesto de humildade e se prosternou. "Obedeço ao rei, que Deus lhe prolongue os dias, no que ele me ordenou, e estabeleço entre nós um prazo", disse. "E de quanto seria esse prazo?", perguntou. "Um ano", respondeu Baydabā. "Concedido", disse o rei, ordenando ainda a concessão de uma avultada tença que o ajudasse na consecução do livro. Baydabā passou a refletir continuamente sobre o procedimento a ser adotado e a forma pela qual começaria a elaborá-lo.

A seguir, Baydabā reuniu seus discípulos. "O rei me encarregou de um assunto que é uma honra para mim, para vós e para vosso país. Foi por isso que vos reuni", disse-lhes, descrevendo então o que o rei havia solicitado relativamente ao livro e aos objetivos a que visava. Eles, contudo, não conseguiam atinar com um bom proceder. Percebendo então que não encontraria entre eles o que pretendia, ponderou, com sua meritória sabedoria, que aquele assunto só se resolveria com a aplicação integral da inteligência e da reflexão. "Noto que uma embarcação não singra o oceano senão com marinheiros, porque eles a equilibram; mas ela só enfrenta o mar alto com o capitão que, sozinho, exerce o comando. Mas, caso tal embarcação se encontre muito carregada de passageiros e marinheiros, não estará a salvo de ir a pique", pensou Baydabā. Prosseguiu refletindo sobre o que fazer a respeito do livro até que o elaborou sozinho com o auxílio de um discípulo em quem confiava: isolou-se com ele após ter providenciado certa quantidade do papel que então se usava na Índia e estocado alimentos para que ele e o discípulo se mantivessem durante aquele período. Instalaram-se a portas fechadas num aposento e começaram a organizar e dividir o livro. Ele não cessou de ditar, enquanto o discípulo anotava, e de corrigir essas anotações até que o livro chegou ao máximo estágio de perfeição e mestria. Dividiu-o em quinze capítulos independentes, cada qual contendo uma indagação e sua resposta, a fim de que consistisse, para o consulente, num repositório de instruções e esclarecimentos, e introduziu esses capítulos num único livro, que ele chamou de "Kalīla e Dimna"; colocou seus diálogos na boca de bestas, feras e aves a fim de que seu sentido manifesto constituísse entretenimento para os nobres e para o vulgo, e de que seu sentido oculto constituísse adestramento para as inteligências dos nobres. Acrescentou-lhe igualmente tudo de que o homem necessita para governar a si próprio, aos próximos e afins, além de tudo que necessita quanto a sua vida espiritual e material, a seu fim e a seu início, incitando-o à boa obediência aos reis e alertando-o quanto àquilo cujo abandono é melhor. Assim, fê-lo oculto e manifesto, traçado habitual a todos os livros de sabedoria: transformou os quadrúpedes em entretenimento, e suas falas, em sabedoria e decoro. Começando com isso, Baydabā fez no início do livro uma descrição do amigo: como são dois amigos e como o afeto estabelecido entre eles se rompe com o ardil de um intrigante. Ordenou ao discípulo que pusesse em sua boca os discursos que o rei lhe havia determinado, fazendo, ao mesmo tempo, entretenimento e sabedoria. O filósofo lembrou que a sabedoria, quando nela se introduzem as palavras dos copistas[19], corrompe-se e extravia-se.

Ele e o discípulo continuaram burilando o pensamento sobre o que o rei havia solicitado até que a inteligência lhes indicou[20]: as palavras de ambos deveriam ser colocadas na boca de dois quadrúpedes. Ocorreu-lhes que o ponto de entretenimento e humor estaria no fato de dois quadrúpedes entabularem conversação, ao passo que a sabedoria estaria no conteúdo do que eles dissessem: assim, os sábios prestariam atenção a suas sentenças e deixariam de lado os quadrúpedes e o entretenimento, por saberem que se tratava de simples artifício para a elaboração do livro; já os ignorantes se inclinariam justamente a isso, admirando-se da conversação de duas bestas, não duvidando do fato, tomando-o como entretenimento e abandonando o sentido das palavras sem o entenderem nem saberem das finalidades para as quais foi elaborado o livro, pois o filósofo tinha como propósito, no primeiro capítulo, informar acerca da relação entre dois fraternos amigos: como se fortalece o apreço entre eles com a precaução contra os caluniadores e o sobreaviso contra quem planta a inimizade entre dois homens que se amam a fim de auferir vantagens para si próprio. Baydabā e seu discípulo permaneceram no aposento até a conclusão do trabalho, e isso pelo período de um ano[21].

Ao cabo de um ano, o rei mandou perguntar: "já se esgotou o prazo. O que fizeste?", e Baydabā mandou responder: "cumpri o prometido. Que o rei me ordene levar o livro depois de reunir a população do reino[22], a fim de que minha leitura seja feita em sua presença". Quando o mensageiro retornou, o rei regozijou-se e comprometeu-se a reunir a população do reino num dia determinado; em seguida, mandou que eles acorressem dos confins da Índia a fim de presenciar a leitura do livro. Chegado o dia, o rei ordenou que se construísse um trono semelhante ao dele próprio para Baydabā, e cadeiras para os filhos dos reis e para os sábios. Depois, mandou trazer o filósofo a sua presença: logo que o mensageiro chegou, Baydabā vestiu a roupa que ordinariamente utilizava quando comparecia diante dos reis, que era o *musūḥ* preto, e fez o discípulo carregar o livro. Assim que ele surgiu, todas as pessoas que lá estavam achegaram-se a ele, e o rei ergueu-se agradecido; aproximando-se, Baydabā prosternou-se sem levantar a cabeça. "Levanta a cabeça, Baydabā, pois este é um dia de alegria, felicidade e regozijo"[23], disse o rei, ordenando-lhe que se sentasse, e, quando ele se sentou para ler o livro, o rei indagou-o sobre o sentido e a finalidade de cada capítulo; Baydabā explicou o objetivo do livro e de cada capítulo, e o rei ficou imensamente admirado e contente com ele. "Não desrespeitaste, Baydabā, o que eu esperava, pois era exatamente esse o meu desejo. Agora, pede o que quiseres e dispõe", disse. Então Baydabā desejou-lhe felicidade e prolongado sucesso. "Ó rei, quanto à riqueza, eu dela não tenho necessidade; quanto à vestimenta, eu nada prefiro a esta minha roupa. Mas não pouparei o rei de um pedido", disse. "De que necessitas, Baydabā? Tudo quanto quiseres de nós já está concedido", respondeu. "Que o rei ordene que este meu livro seja compilado, assim como seus pais e avós compilaram os livros deles, e ordene ainda que seja preservado, pois temo que saia da Índia e seja tomado pelos persas, quando eles souberem de sua existência. Que o rei ordene, portanto, que o livro não saia da biblioteca", disse Baydabā, recomendando em seguida seus discípulos ao rei, que lhes concedeu boas recompensas[24].

Tempos depois, quando reinou Kisrà 'Anū Xirwān – que era muito devotado aos livros, ao saber, ao decoro e à leitura das crônicas dos antigos –, chegaram-lhe notícias a respeito do livro, e ele não sossegou enquanto não enviou o médico Burzuwayh, que habilmente conseguiu retirá-lo da Índia e introduzi-lo nas bibliotecas da Pérsia.

ANEXO 2

A pomba, a raposa e a garça[1]

Disse o rei ao filósofo: já ouvi esse paradigma. Aplica-me agora o paradigma a respeito do homem que tem bons pareceres para os outros mas não para si mesmo. Disse o filósofo: o paradigma a respeito é o da pomba, da raposa e da garça. Perguntou o rei: é qual é o paradigma deles? Respondeu o filósofo:

Conta-se que uma pomba costumava chocar seus ovos no topo de uma palmeira tão alta que desaparecia no céu. Quando para lá se punha a transferir seu ninho, nele depositando o que ficaria debaixo dos ovos, não o conseguia senão à custa de dificuldades, cansaços e fadigas, e isso em razão da imensa altura da palmeira; ao terminar, botava os ovos e se sentava em cima deles; contudo, assim que os chocava e os filhotes cresciam, vinha uma raposa que, à força de espioná-la, descobrira o momento em que os filhotes já estariam desenvolvidos; assim, se postava ao pé da palmeira e gritava com a pomba, ameaçando subir até o ninho caso não lhe jogasse os filhotes; então, ela os jogava. Certo dia em que a raposa lhe tomara mais dois filhotes, apareceu uma garça que pousou na palmeira e, vendo a pomba amargurada, triste e muito preocupada, disse-lhe: "por que te vejo, ó pomba, assim abatida e em tão mau estado?" Respondeu-lhe a pomba: "uma raposa, ó garça, tem-me desgraçado: sempre que tenho filhotes, ela vem e me ameaça gritando ao pé da palmeira; eu fico atemorizada e lhe atiro meus filhotes". Disse-lhe a garça: "quando a raposa vier fazer o que estás descrevendo, diz-lhe: 'não atirarei meus filhotes para ti; sobe até mim e põe tua vida em risco; ainda que o faças e consigas comer meus filhotes, eu fugirei voando e me salvarei'". E, tendo-lhe ensinado tal artimanha, a garça voou e pousou na beira de um rio.

Depois, a raposa veio no período que já sabia estarem desenvolvidos os filhotes; postou-se ao pé da palmeira e gritou do mesmo modo que sempre fazia, e a pomba lhe deu a resposta que a garça lhe ensinara. Perguntou a raposa: "informa-me quem te ensinou isso". Disse a pomba: "quem me ensinou foi a garça". A raposa dirigiu-se então até a garça, na beira do rio, e encontrou-a parada. Perguntou-lhe: "ó garça, quando o vento te acossa pela direita, onde pões a cabeça?" Respondeu a garça: "à minha esquerda". Perguntou a raposa: "e quando o vento te acossa pela esquerda, onde a pões?" Respondeu a garça: "à minha direita, ou atrás". Perguntou a raposa: "e quando o vento te acossa por todos os cantos e direções, onde pões a cabeça?" Respondeu: "sob as minhas asas". Perguntou a raposa: "e como poderias colocar a cabeça sob as asas? Não me parece possível". Disse a garça: "claro que é". Disse a raposa: "mostra-me como o fazes. Por vida minha, ó aves, que Deus vos prefere a nós. Vós de fato aprendeis em uma única hora o mesmo que nós aprendemos em um ano, e conseguis o que não conseguimos, e enfiais vossas cabeças sob vossas asas, protegendo-vos do frio e dos ventos. Parabéns para vós! Mostra-me como fazes!" Então a ave enfiou a cabeça sob as asas, e a raposa avançou sobre ela, agarrou-a, apertou-a violentamente, quebrou-lhe a medula[2] e disse: "ó inimiga de ti mesma! tens bom parecer para a pomba, a quem ensinas artimanhas para salvar-se, mas és incapaz de ter bons pareceres para ti mesma, e ficas à mercê do inimigo!", e, após matá-la, devorou-a[3].

NOTAS

1. [Abertura de **B**:]

Em nome de Deus, o misericordioso, o misericordiador,
e que as bênçãos de Deus sejam sobre o nosso mestre Muḥammad

Graças a Deus, que deu às luzes do entendimento a luz das contemplações sempiternas, e criou o homem com a mais bela imagem, e o coroou com a coroa das dignidades, e o distinguiu com o paladar, o olfato, a audição, a visão, a fala e as boas qualidades. Declaro que não há divindade senão Deus, único e sem assemelhado, o qual é louvado pelas línguas em todas as linguagens. E declaro que Muḥammad é seu servo e enviado, e seu mistério no círculo da criação, distinguido com a ascensão [aos céus] e a audição da convocação [divina] por todos os lados. Que as bênçãos de Deus sejam sobre ele, sobre seus parentes e sobre seus companheiros enquanto existirem a terra e os céus.

Quanto ao mais, ó irmão generoso – que Deus nos guie e a ti na rota da correção –, entre o que foi elaborado pelos antigos sábios da Índia está o livro de Kalīla e Dimna, em boca de feras, aves e outros. Introduziram-lhe crônicas curiosas e os mais gentis decoros[1], a fim de que fosse entendido pelos inteligentes[2] como uma lição para quem com ele se previne e o preserva, dele fazendo deleite para o coração[3] e pasto para o intelecto. Ele é mais reluzente que o rubi e a pérola, e mais elegante que o jardim e a flor. Examina-o com constância, e compreende-lhe o segredo dos significados; se o examinares com constância, não desperdiçarás seus benefícios e lhe compreenderás os significados. Ele é composto de dezesseis capítulos, entre eles o primeiro – sobre o envio do médico Burzuwayh pelo rei Anū Xirwān Kisrà –, que foi acrescentado ao livro, e o segundo – sobre o médico Burzuwayh, feito por Buzurjumihr, que o tornara o primeiro capítulo do livro, embora não pertença a ele. Originariamente, o livro de Kalīla e Dimna consiste em quatorze capítulos: o primeiro, *do leão e do boi*; o segundo, *da investigação acerca de Dimna*; o terceiro, *da pomba de colar*; o quarto, *das corujas e dos corvos*; o quinto, *do macaco e do cágado*; o sexto, *do asceta e do mangusto*; o sétimo, *de 'Īlād, Xādarm e 'Irāẖt*; o oitavo, *do gato e do rato*; o nono, *do rei e da ave Fanza*; o décimo, *do leão e do animal jejuador*; o décimo primeiro, *do peregrino, do pintor, do macaco, da cobra e da pantera*; o décimo segundo, *do filho do rei, do filho do nobre, do filho do mercador e do filho do camponês*; o décimo terceiro, *do arqueiro, da leoa e do chacal*; e o décimo quarto, *do asceta e do hóspede*. Assim, o que faltar desses capítulos será omissão, e o que estiver a mais, acréscimo [indevido].

[1.] "decoros": آداب, *'ādāb*.

[2.] "inteligentes": أولو الألباب, *'ūlū-l'albābi*, "os dotados de coração".

[3.] Note-se que "coração", nessa época, é geralmente considerado o lugar do entendimento.

Propósito do livro, por ᶜAbdullāh Ibn Almuqaffaᶜ

1. Título traduzido a partir de **C** ("Capítulo do propósito do livro, por ᶜAbdullāh Ibn Almuqaffaᶜ, seu tradutor ao árabe"). Em algumas edições árabes, como **D**, em vez de "propósito" (غَرَض, *ġaraḍun*), lê-se "exposição" (عَرْض, *ᶜarḍun*), palavras cuja grafia, em árabe, é muito semelhante. Como se viu na introdução, em **A** e **B** o presente capítulo não apresenta título e ocupa posições diferentes, respectivamente, primeiro e terceiro.
2. **B**: "Início do livro de Kalīla e Dimna".
3. "Kalīla e Dimna": forma árabe dos nomes sânscritos "Karaṭaka" ("corvo") e "Damanaka" ("domador"); segundo ᶜAzzām, em pahlevi tais palavras assumiriam facilmente as formas "*Kalīla*" e "*Dimna*". Num dos manuscritos da tradução espanhola, utiliza-se "Digna" em lugar de Dimna, ao passo que num outro manuscrito ocorre a grafia "Dina".

4. No original, أَمْثالٌ, *'amṯālun*, plural de مَثَلٌ, *maṯalun*, que também pode traduzir-se como "parábolas", "alegorias", "casos", "provérbios" ou, ainda, "exemplos".
5. Na tradução espanhola: "Los filósofos entendidos de qualquier ley et de qualquier lenga sienpre punaron et trabajaron de buscar el saber. Em **B1**, **C** e **D**: "Os sábios [**B1**: + 'e os sapientes'] dos povos de todas as crenças."
6. "ser compreendidos": أَنْ يُعْقَلَ عَنْهُمْ, *'an yuᶜqala ᶜanhum*.
7. "argumentos": não foi possível encontrar termo mais adequado para عِلَلٌ, *ᶜilalun*, que também poderia ser traduzido como "pretextos", "justificativas" ou até mesmo "recursos". Em **B**, lê-se عَقْلٌ, *ᶜaqlun*, "intelecto" (cf. nota seguinte).
8. "Os homens inteligentes [...] alimárias e feras"; em **B**: "Os sábios de todos os grupos (ou de todas as crenças [مِلَّةٌ, *millatun*]) e os povos de todas as línguas sempre buscaram que se compreendesse o que construíram mediante diversas espécies de artimanhas, intentando assim evidenciar a inteligência que possuem, até que essas artimanhas se transformaram nos mais eloqüentes e elaborados discursos na boca de alimárias e aves".
9. Na tradução espanhola, "Et ayuntáronseles para esto tres cosas buenas: la primera, que los fallaron usados en razonar, et trobáronlos según lo que usaban para dezir encobiertamente lo que querían, et por afirmar buenas razones; la segunda es que lo fallaron por buena manera con los entendidos por que les crezca el saber en aquello que les mostraran de la filosofía, quando en ella pensavan et conoçían su entender; la tercera es que los fallaron por juglaría a los disçípulos et a los niños". É visível que esse trecho acompanha bem de perto seu original árabe, o qual, entretanto, diverge do aqui utilizado.
10. "lugar para dispor o discurso": مُتَصَرَّفاً في الْقَوْلِ, *mutaṣarrafan fī-lqawli*. Em **B**, مُنْصَرَفاً, *munṣarafan*, "lugar de partida".
11. "vertentes para percorrer": شِعاباً يَأْخُذونَ فيها, *xiᶜāban ya'ḫuḏūna fīhā*. "Vertentes", aqui, traduz a palavra *xiᶜāban* (**B** e **D**: شُعوباً), que dá a idéia de "ramificação" ou "derivação"; assim, por exemplo, os cursos d'água que têm origem num rio, ou os ramos de um galho de árvore.
12. "eles se entusiasmam com o saber nele contido": فَنَشِطوا لِعِلْمِهِ, *fanaxiṭū liᶜilmihi*.

13. "quanto aos jovens [...] grandiosos tesouros"; em **C** e **D** lê-se: "o jovem instruído ficará ativo para decorar o que lhe ocorre de questões [**D**: + "que se amarram"] em seu peito, sem que ele saiba o que são, mas saberá que daí encontrou um escrito ornamentado"; em **B1**, a redação é confusa: "os jovens instruídos tomá-lo-ão como um ativador (مُنَشِّطًا, *munaxxiṭan*) para decorar o que acabou sucedendo no peito de Burzuwayh, sem que eles saibam o que seja, mas saberão que aí encontraram um escrito ornamentado".
14. **D**: "seus pais lhe entesouraram".
15. "uma vez que [...] ramificações": إذْ كَثُرَتْ أُصولُ الْعِلْمِ ثُمَّ تَفَرَّعَتْ فُرُوعُهَا, *'iḏ kaṯurat 'uṣūlu-lᶜilmi ṯumma tafarraᶜat furūᶜuhā.*
16. **B**: "[...] o final, e quem não souber isso não discernirá para qual finalidade avança, nem do que deve recear-se". Neste ponto termina o capítulo em **B**, cuja redação, visivelmente confusa, pode ser indício ou de original defeituoso ou de texto em processo de reelaboração.
17. "superfície das palavras": ظاهِرُ الْقَوْلِ, *ẓāhiru-lqawli.*
18. "pergaminho amarelo": الصَّحيفَةُ الصَّفْراءُ, *aṣṣaḥīfatu-ṣṣafrā'u.* Observa Miquel: "esta pode ser a cor natural do pergaminho, a palavra *'aṣfaru* (fem. *ṣafrā'u*) significando em geral: 'de cor clara' [...]. Porém, o contexto nos convida a pensar que se trata de um esnobe mais ligado à apresentação do livro do que a seu conteúdo; trata-se-ia então de um pergaminho de luxo de cor amarela".
19. **B1**, **C** e **D**: + "e estas suas palavras fortaleceram o argumento contra ele, deixando-o mais próximo da ignorância e mais distante do saber".
20. **B1**, **C** e **D**: "procure ler este livro" em lugar de "procure o saber".
21. Traduz-se como "decoro" a palavra árabe أَدَبٌ, *'adabun.*
22. "outra vida": foi assim que se traduziu, sempre, a expressão árabe الآخِرَة, *al'āḫiratu*, literalmente "a outra".
23. Literalmente, "o sono o carregou", حَمَلَهُ النَّوْمُ, *ḥamalahu-nnawmu.* Segundo ᶜAzzām, tal expressão, em tudo estranha à língua árabe e somente encontrada no manuscrito por ele fixado, seria um resquício de tradução literal do persa e, portanto, mais um argumento em favor da antiguidade do *corpus.*
24. **B1**, **C** e **D**: – "sábio".
25. "E quem busca [...] outrem"; em **B1**, **C** e **D** lê-se: "o sábio deve começar por

sua alma, adestrando-a com seu saber; não seja seu objetivo apropriar-se do saber para auxiliar outrem".

26. **B1**, **C** e **D**: + "e como o bicho-da-seda, que bem a fabrica, mas dela não se beneficia".
27. "coisas": خِلَال, *ḫilālun*; baseados no dicionarista Fayrūḏābādī, do século XIV, alguns editores modernos, como Marṣafī e Ṭabbāra, propõem esta palavra como sinônimo de خِصَال, *ḫiṣālun*, "propriedades" ou "características". Seja como for, deve-se notar que *ḫilālun* contém, semanticamente, a idéia de "interstício", vazio a ser preenchido.
28. Por "amigo do mundo" traduziu-se a expressão árabe, muito comum, صاحِبُ الدُّنيا, *ṣāḥibu-ddunyā*, que refere o homem apegado aos misteres mundanos. Na tradução espanhola, "seglar".
29. "ter incendidas em si e incender nos outros": foi a solução encontrada para os cognatos يَقْتَبِسُها ويُقْبِسُها, *yaqtabisuha wa yuqbisuha*. O trecho é de difícil compreensão, tendo sido refundido com o passar do tempo. Na tradução espanhola do século XIII, traduz-se "*ganar et dar*". O sentido de ambos os verbos, que pertencem à mesma raiz *q b s*, inclui a idéia de "doação", mas sem perda; o exemplo que se dá nos dicionários árabes antigos, como o de Ibn Manẓūr, é o do fogo (أَقْبَسَهُ نارًا, *'aqbasahu nāran*).
30. "a vesguice do vesgo"; **B1**, **C** e **D**: "a cegueira do cego".
31. "pois o traidor [sempre] se flagra": فَإِنَّ الْغادِرَ مَأْخوذٌ, *fa'inna-lġādira ma'ḫūḏun*.
32. Em **B1**, **C** e **D**, esta história encontra-se deslocada e modificada, conforme se verá adiante.
33. Em **C** e **D** o texto continua assim: "e costuma-se dizer que duas coisas embelezam qualquer um: ascetismo e cabedais; e costuma-se dizer que duas coisas não embelezam a ninguém: rei que reparte o reino e homem que reparte a mulher; o caso das duas primeiras é o do fogo que queima toda madeira que lhe é lançada, ao passo que as duas últimas são como a água e o fogo, que não se podem misturar. E compete ao inteligente não invejar aquele a quem Deus concedeu algo que ele não pedia". Em **B1** o texto é quase igual a **C** e **D**, mas com erros (devidos, talvez, a original defeituoso) que podem induzir a leituras curiosas: "rei que não reparte o reino e homem que não reparte a mulher".

34. "e saber que as sanções ocorrerão": وَيَعْلَمُ أَنَّ الْجَزَاءَ كَائِنٌ, *wa yaᶜlamu 'anna-ljazā'a kā'inun*. A utilização do particípio como futuro é bastante usual neste livro.

35. "O inteligente [...] injusto": na tradução espanhola, lê-se "ca deve el ome entendido creer la aventura, et estar apercebido, et non querer para los otros lo que non querría para sí".

36. Na tradução espanhola, eis como se lê este parágrafo e o antecedente: "Pues el que este libro leyere piense en este enxemplo et comiençe en él, ca quien sopiere lo que en él está escusará con él otros, si Dios quisiere. Et nós, pues leemos en este libro, trabajemos de le trasladar del lenguaje de Persia al lenguaje arávigo. Et quesimos et tovimos por bien de atraer en él un capítulo de arávigo en que se mostrase el escolar disçípulo en la fazienda deste libro, et es este el capítulo".

37. Forma árabe do nome do médico persa, não raro grafado "Burzoé". Na tradução espanhola, "Berzebuey".

38. "Juízo e decreto divinos": الْقَضَاءُ وَالْقَدَرُ, *alqaḍā'u wa-lqadaru*, sintagma próprio da jurisprudência islâmica.

39. Note-se o final moralista, que não consta da redação mais antiga.

40. "adornos": no original, تَزاوِيق, *tazāwīqu*, palavra que também pode ser traduzida como "desenhos", "ilustrações" ou "gravuras". Para Cheikho, constitui prova conclusiva de que o livro foi, desde sempre, acompanhado de desenhos. A objetar, apenas, que a formulação é tardia, e não consta dos manuscritos mais antigos.

41. "seu mundo [...] a ele"; **B1**: "um mundo se acrescentará a ele, e louvores se perpetuarão para ele".

42. "Assim [...] intermédio"; **B1**: "seja pois o melhor alvitre bem controlar este dinheiro ajudando meus irmãos, e Deus altíssimo me beneficiará por isso".

43. **D**: + "num barco".

44. Em **B1**: "os sábios já diziam: este é o caso do homem que, tendo recebido o saber filosófico, deixa-o de lado e dispersa a atenção nos capítulos cômicos, tal como o homem que recebe um jardim de ares sadios e então nele planta e o irriga, mas, quando se aproxima [...]". Essa redação parece mais coerente que a de **C**.

45. Neste ponto se encerram as redações de **B1** e **D**.
46. “quando vi [...] acrescentamos”: essa falta de paralelismo está presente no original, que alterna o uso do singular e do plural.

O ENVIO DO MÉDICO BURZUWAYH À ÍNDIA PELO REI KISRÀ ’ ANŪ XIRWĀN

1. Forma árabe do nome Ḫosrau Nuxirvān (531-579 d.C.), rei sassânida da Pérsia. Num dos manuscritos da tradução espanhola grafou-se “Sirechuel, fijo de Cades”; em outro, “Nixhuen, fijo de Cadet”.
2. Em **C** e **D** não se atribui o presente capítulo a Buzurjmihr. Na tradução espanhola, está bastante resumido.
3. “Entremos diretamente no assunto” traduz a comuníssima expressão árabe أَمَّا بَعْدُ, *’amma baᶜdu.*
4. “decoros”: آداب, *’ādāb.*
5. “E ele [...] desígnios”: وَلَمْ يَكُنْ يَعْرِفُ ذَلِكَ إلاَّ بِعَوْنِ اللّهِ خُلَفَاءَهُ وَسَاسَةَ عِبادِهِ وَبِلادِهِ لِإقَامَةِ رَعِيَّتِهِ وَأُمورِهِ, *wa lam yakun yaᶜrifu ḏālika ’illā biᶜawni-llāhi ḫulafā’ahu wa sāsata ᶜibādihi wa bilādihi li’iqāmati raᶜiyyatihi wa ’umūrihi*. Esse trecho, de difícil compreensão, não consta de **B**, e, em **C** e **D**, a redação parece simplificada: “e não tinha conhecimento disso senão com a luz de Deus altíssimo na liderança de seus súditos e de seu país, para zelar por seu rebanho e seus desígnios”. Utilizou-se o vocábulo “desígnios” para traduzir أُمورٌ, *’umūrun*, mais comumente traduzido como “assuntos” ou “questões”. Já o vocábulo “rebanho” foi sistematicamente usado no presente trabalho, por motivos semânticos, para traduzir رَعِيَّةٌ, *raᶜiyyatun*, uma vez que provém do verbo رَعى, *raᶜà*, “pastar”, com derivados como راعٍ, *rāᶜin*, “pastor”. Tal palavra seria também traduzível por “súditos”.
6. “o mundo se lhe tornou um sossego”: وَصَفَتْ لَهُ الدُّنيا, *wa ṣafat lahu-ddunyā*.
7. “brio”: no original, مُروءَةٌ, *murū’atun*, que significa, originariamente, as qualidades apreciadas no homem árabe. Pode também significar “hombridade”; em latim, corresponde mais ou menos a “*virtus*”. Conforme o dicionário de Moraes de 1813, “brio” pode significar “soberba, elevação d’alma, de sentimentos [...] Diz-se à boa parte, do sentimento elevado da própria dignidade”;

"altivez" também seria uma solução aceitável. A tradução espanhola usa, sempre que aparece este termo, um sintagma que contém "grande" e "coração".

8. *'Aḏarharbid*, expressão persa que significa "guardião do fogo".
9. Preservou-se aqui o modo de tratamento utilizado pelo rei, que se refere a si mesmo no plural e ao médico no singular.
10. Neste capítulo, optou-se sistematicamente por traduzir a palavra حَاجَةٌ, *ḥājatun*, por "demanda".
11. Em árabe, تَفَرَّسْنَا, *tafarrasna*, verbo que indica prática da fisiognomonia, فِرَاسَةٌ, *firāsatun*.
12. "ser rebaixado por uma terra e elevado por outra": preferiu-se manter essa metáfora, muito comum nas antigas descrições de viagens longas, que faz agentes os acidentes geográficos.
13. "fala": مَنْطِقٌ, *manṭiqun*, que seria usada, mais tarde, para traduzir "lógica".
14. "provocou": no original, حَكَّ بِهِ, *ḥakka bihi*, que contém a idéia de "fricção".
15. No original, يَعْرِفُ الرَّجُلُ نَفْسَهُ وَيَحْفَظُهَا, *yaʿrifu-rrajulu nafsahu wa yaḥfaẓuhā*; em vez de "a si mesmo", poder-se-ia traduzir "sua alma".
16. Em **C** e **D**, talvez por uma questão de verossimilhança, consta que esse indiano seria bibliotecário do rei da Índia. Foi essa a versão adotada mais tardiamente.
17. As outras edições são mais extensas e prolixas nestes episódios, especialmente no que se refere aos rituais da corte.

O médico Burzuwayh, nas palavras de Buzurjmihr Ibn Albaḫtikān

1. Em alguns passos da tradução, para maior clareza, lançou-se mão de **B**.
2. Em **B** o trecho é mais detalhado: "[...] meus pais, que me festejavam mais do que a todos os meus irmãos, e me entregaram para ser ensinado pelos escribas, até que completei sete anos. Quando me tornei hábil na escrita, agradeci a meus pais e examinei os saberes; o saber que mais apreciei foi a medicina".
3. No original, يُثِيرُ, *yuṯīru*. Em **B**, يَحْرُثُ, *yaḥruṯu*, "cultivar".
4. Em **B**, a redação desse trecho é: "não invejei, quer entre meus pares, quer entre os que me igualavam em saber e me superavam em cabedais e riquezas, a

ninguém, por outro motivo, entre os que tinham generosidade e boa conduta". "Motivo", no caso, refere o despojamento descrito no trecho anterior. Em **C** e **D**: "não invejei a ninguém entre meus pares que eram inferiores a mim em saber e me superavam em riquezas, cabedais e outras coisas que não revertem em bem nem em boa conduta, em dizeres e atos". Na tradução espanhola: "Et non avía enbidia de mis iguales, nin de los que avían más aver que yo, ni del bien que Dios les avía dado. Mas [era] el mio mayor cuidado, et a lo que yo más me enclinava et de lo que más trabajava, que pugnase más qu' él en saber et en me trabajar en aver galardón de Dios." O verbo traduzido por "invejar" (غبط, *ġabaṭa*) significa, mais propriamente, "invejar sem maldade".

5. "o choque da separação"; **A**: قَطْعُ الْفِراقِ, *qatʿu-lfirāqi*; **B**: عاقِبَةُ الْفِراقِ, *ʿāqibatu-lfirāqi*.
6. "nem que os homens [...] medicina": traduzido a partir de **B**.
7. "protetores": أَوْلِياء, *'awliyā'u*. Em **B**, lê-se "semelhantes", أَكْفاء, *'akfā'u*.
8. "de modo [...] doenças"; na tradução espanhola: "Et fallé que la enfermedad del ánima es la mayor enfermedad."
9. Em **C** e **D**, esse parágrafo e o anterior foram inteiramente substituídos pelo seguinte trecho: "Constatei que as opiniões dos homens são divergentes, e suas paixões, conflitantes; todos se refutam, se inimizam e se censuram reciprocamente."
10. Em **B**, assim é a redação do discurso dos ladrões: "ganhamos nesta casa algo melhor do que o dinheiro que dela pilharemos; de fato, ganhamos um conhecimento mediante o qual Deus retirará nossos temores e ficaremos a salvo das autoridades".
11. Em **B** (e também **C**, com alguma divergência) acrescenta-se o seguinte: "Eu disse então: se isto for uma justificativa, logo o feiticeiro que tenha verificado que seu pai era feiticeiro estará justificado, ele e seus semelhantes, mas essas palavras são insustentáveis. E me lembrei de um homem que, por comer feito um esganado, foi censurado e se justificou dizendo: 'assim comiam meus pais e avós'." O caso do homem que comia feito um esganado consta da tradução espanhola, o que evidencia sua antiguidade.

12. Utilizou-se "inconstância" para traduzir a palavra تَنَقُّلٌ, *tanaqqulun*, e, em seguida, تَحَوُّلٌ, *taḥawwulun*; ambas referem o ato de mudar-se, modificar-se, passar de um estado a outro.
13. Em **B** e **D**, a história dos amantes tem redação ligeiramente diversa, trocando-se barril (حُبٌّ, *ḥubbun*) por cisterna (جُبٌّ, *jubbun*), que não teria sido vista pelo amante. Na tradução espanhola, "pozo". Em **C**, a história é diferente: em vez de amante, é o criado uma casa rica que facilita, mediante propina, a ação de um assaltante.
14. "Tornei [...] mulheres": حَصَّنْتُ فَرْجِي عَنِ النِّسَاءِ, *ḥaṣṣantu farjī ʿani-nnisāʾi*.
15. "retidão": صَلَاحٌ, *ṣalāḥun*.
16. **B**: + "as coisas do mundo e seus prazeres".
17. "ascetismo": نُسْكٌ, *nuskun*. A tradução espanhola traz, sistematicamente para essa palavra, "religión".
18. "fiéis a Deus": عِبَادٌ, *ʿibādun*; em **B**: ميعاد, *mīʿādun* (horário, "a hora"); em **C** e **D**: مَعَادٌ, *maʿādun* (retorno, vida eterna).
19. **B**: "assim como os fazem os pais para o filho".
20. "calma": سَكِينَةٌ, *sakīnatun*; a palavra também pode ser entendida como "presença divina". Em **C** e **D**, os responsáveis pelo texto leram mal esse trecho, confundindo o sintagma فَعَلَتْهُ, *faʿalathu*, "então cobriu-o", com فِعْلَتُهُ, *fiʿlatuhu*, "sua [boa] ação", que se escreve da mesma forma.
21. Cidade da Ásia Central que pertenceu sucessivamente ao reino da Pérsia e aos califados muçulmanos. Na atualidade, encontra-se dentro das fronteiras do Turcomenistão, sob o nome de Mary.
22. **B**: "cem anos".
23. "fluido": o original traz ماء, *māʾun*, cujo sentido mais disseminado é "água". A tradução espanhola traz "esperma". Porém, como a palavra árabe para esperma é outra, preferiu-se manter aí a metáfora. A utilização de "água" para os fluidos sexuais era bastante comum na literatura árabe antiga, como, por exemplo, no tratado erótico *Arrawḍu-lʿāṭiru fī nuzhati-lḫāṭiri*, em que se fala do encontro dos dois fluidos, masculino e feminino, que produz o gozo.
24. A tradução espanhola acrescenta para o macho: "et cúnplese la su forma et la su criazón en quarenta días"; e para a fêmea: "et cúnplese la su criazón a sesenta días".

25. **C** e **D**: "e debaixo de si a escuridão e a estreiteza".

26. "ducto": قِمْعٌ, *qimᶜun*; poder-se-ia, igualmente, traduzir como "tubo" ou, ainda, "membrana".

27. "canal": مَرِيءٌ, *marī'un*, que significa esôfago.

28. O trecho sobre a gravidez, obviamente inexato à luz dos atuais conhecimentos médicos, foi um dos itens de curioso debate entre ᶜAbd al-Wahhāb ᶜAzzām, responsável pela fixação do texto, e o filólogo ᶜAbd al-Salām Muḥammad Hārūn, que apresentou sugestões com vistas a "corrigir" a descrição. Em **B**, lê-se: "ligado pelo umbigo ao umbigo da mãe, e através do cordão umbilical ele suga e sobrevive da comida e bebida de sua mãe". Em **C** e **D**: "ligado por uma tripa que sai de seu umbigo e vai até o umbigo da mãe, e é dessa tripa que ele suga e recebe comida". Na tradução espanhola: "et está ligado de son onbligo fasta el onbligo de su madre, et con ele chupa et beve de la vianda que toma de su madre".

29. "uma vez dado à luz": فَإذا وَقَعَ عَلَى الأَرْضِ, *fa'iḏā waqaᶜa ᶜalà-l'arḍi*, "e quando cai em terra".

30. Trata-se da teoria dos humores do corpo, na qual a bílis ou fel amarelo corresponde à cólera, o muco à fleuma e a bílis negra à melancolia. Para a expressão traduzida por "fel negro", o original, tanto em **A** como em **B**, apresenta ريح, *rīḥun*, "ar" ou "vento", o que talvez indique defeito de cópia, pois o *Supplément aux Dictionnaires Arabes*, de R. Dozy, traduz الرِّياح السَّوْداويَّة, *arriyāḥussawdāwiyyatu*, "ventos (ou vapores, ou ares) negros", como "maladie de nerfs, mélancolie". Em **C** e **D** o trecho está parcialmente corrigido. Na tradução espanhola: "Et en todo esto lidian com él quatro enemigos, es a saber: la colora et la sangre et la flema et la malenconía, que só tósigo mortal et bívoras mordederas".

31. "comparável às fezes (صُبابَة, *ṣubābatun*) e às moléstias (كَدَر, *kadarun*)": tal comparação não consta de **B**; em **C** e **D**: "que parece ser pura mas é suja".

32. Utilizou-se "direito" para traduzir حَقٌ, *ḥaqqun*, e "opressão" para عُدْوان, *ᶜudwānun*. Embora pareça uma oposição imperfeita, deve-se entender que desrespeitar o direito alheio também é uma forma de opressão, e que uma das figuras da retórica árabe consiste justamente em substituir, nas oposições, um

dos termos por outro que faça parte de seu campo semântico. Em **B**, utiliza-se, respectivamente, عَدْل, *ᶜadlun*, e باطِل, *bāṭilun*.

33. Em **B**, **C** e **D**: "é como se seguir a paixão e perder o juízo se tivessem tornado regra entre os governantes".

34. "O opressor [...] altanado": والظّالِمُ لِنَفْسِهِ فيهِ مُسْتَطيلاً, *wa-ẓẓālimu linafisihi fīhi mustaṭīlan.*

35. "Brio": مُرُوءَة, *murū'atun.* Nesta passagem, poder-se-ia também utilizar "capacidade".

36. O "prazer" está no singular porque, decerto, deriva do conjunto das cinco sensações, das quais o paladar, conforme se vê, se encontra subdivido em duas. Em **B**: "ouvir, sentir o gosto [paladar] e tocar".

37. No original, مَثَل, *maṯalun*, que também poderia traduzir-se, conforme já se afirmou, como "exemplo", "alegoria", "parábola" etc. Tradicionalmente, o trecho costuma ser subintitulado de "alegoria dos perigos do mundo", como ocorre na tradução espanhola. No corpo do texto, porém, o tradutor utilizou "enxenplo et comparaçión".

38. **C** e **D**: "o medo a um elefante enfurecido".

39. "Minha vida eterna" traduz مَعادي, *maᶜādī*, que só ocorre em **A**. Trata-se de um conceito a respeito do qual mais de um filósofo muçulmano discorreu. Na tradução espanhola: "emendar mis obras quanto podiese, porque fallase ante mí la anchura sin fin en la casa de Dios a do non mueren los que aí son, nin acaeçen aí tribulaçiones". Nesse ponto, porém, não se sabe se o tradutor extrapolou na interpretação ou se tinha diante de si um texto árabe com redação mais detalhada.

40. "Mantive-me, pois [...] os quais este": trecho final visivelmente defeituoso, tanto em **A** como em **B**, **C** e **D**. Todavia, o responsável pelo texto de **A**, ᶜAbd al-Wahhāb ᶜAzzām, cita uma edição de 1902, preparada por Ḫalīl al-Yāzijī em Beirute e baseada num manuscrito do século XVI ou XVII, na qual o trecho é mais congruente: "mantive-me nesta minha condição e me dirigi à terra da Índia à procura de drogas e remédios. Retornei a ela segunda vez a fim de copiar este livro, e volvi a meu país, não sem ter copiado muitos livros além deste". Na tradução espanhola: "[...] et perseveré en este estado atal et torneme de

las tierras de India a mi tierra, después que ove trasladado este libro. Et tove que traía algo en él para quien entendiese, et rogué a Dios por los oidores dél, que fuesen entendedores de las sus sentençias et del meollo que yace en ellas".

O leão e o touro

1. "Dabxalīm": tal nome, em tudo estranho à língua árabe, varia em muitos manuscritos ("Dīsalam", "Dīxalam" etc., todas grafias muito semelhantes em árabe); na tradução siríaca tardia, "Dabadahram"; na tradução espanhola, num dos manuscritos grafou-se "Deiervan" e, em outro, "Diçelem". Na versão do *Pañcatantra* traduzida ao francês por Lancereau, o nome do rei é "Amarasatki" ("aquele que tem um poderio imortal"). ᶜAzzām, sem especificar a qual versão do *Pañcatantra* se refere, afirma que o nome do rei em sânscrito seria "Divajarman".
2. "Baydabā, o mais eminente de seus filósofos": em **C** e **D**, lê-se o acréscimo tardio "filósofo Baydabā, chefe dos brâmanes". O nome do brâmane, também referido entre arabistas e orientalistas em geral como "Bidpay" ou "Pilpay", é estranho ao árabe, o que levou a grafias variadas, como "Baydana" etc. Na tradução siríaca tardia, "Nadrab"; na tradução espanhola, "Bendubet" num manuscrito e "Burduben" noutro. No original sânscrito, o sábio do relato preliminar tem por nome "Viṣnusarman" ("aquele que detém o saber"). Para o estudioso francês Louis Renou, "'Bidpay' ou 'Pilpay' deriva do sânscrito Vidyāpati, nome que pode ter sido dado por uma versão tardia ao autor do *Pañcatantra*; pode também refletir o epíteto sânscrito *vidvān* (o sábio), qualificativo que recebia esse autor, chamado pelas versões mais antigas de 'o brâmane' ou 'o grande brâmane' ou 'o grande *panḍit*'."
3. "dá-me [...] aplicável": اِضْرِبْ لي مثلًا, *iḍrib lī maṯalan.*
4. "dois homens que muito se estimam": em todas as edições, مُتَحابَّيْن, *mutaḥābbayni*, "dois que se amam".
5. "Dastāband": segundo Cheikho e ᶜAzzām, possível referência Dasnābad, em Hyderabad-Decan. No original sânscrito, Dakixnābātā. Em **B**, "Dastabā; em **C** e **D**, "Dastāwand; na tradução espanhola, "Gurguen".

6. “pó [...] olhos”: كُحْلٌ, *kuḥlun*.
7. “reservatório”: مَكانٌ, *makānun*, “lugar”.
8. “escorrerá e vazará”: تَحَلَّبَ وَسالَ, *taḥallaba wa sāla*. Nesse ponto, as edições apresentam muita variação.
9. “Maṯūr”: segundo L. Cheikho, trata-se de possível referência à cidade de Muttra, situada ao norte de Agra.
10. O nome dos touros, nas demais edições, é “Xatraba” e “Bandaba”. Na tradução espanhola, “Sençeba” e “Bendeba”. Como indica Cheikho, o *Pañcatantra* traz “Sanjivāka” (“o bom camarada”) e “Nandaka” (“aquele que se alegra”).
11. **C** e **D**: + “pois o homem, quando se acaba seu período e se aproxima a hora de seu fim, mesmo que ele se esforce para evitar as coisas que o fazem temer a aniquilação, não consegue nada, sendo que, por vezes, seu esforço em proteger-se e precaver-se pode voltar-se contra si”.
12. A história do homem perseguido pelo lobo não se encontra em **B**. Em **C** e **D**, está deslocada para depois da fala do empregado, com o acréscimo de vários detalhes: por exemplo, no começo se informa que o homem tinha conhecimento prévio de que a região que atravessava era perigosa e habitada por feras; no final, após ter sido salvo do afogamento pelos moradores da aldeia, sucede ao homem o seguinte: “divisou à beira do rio uma casa isolada e disse: ‘entrarei naquela casa e descansarei’, mas quando entrou viu um grupo de ladrões assaltando um mercador; dividiam seu dinheiro e pretendiam matá-lo. Ao ver aquilo, temeu por sua vida e voltou em direção à aldeia, encostando as costas em uma de suas paredes a fim de descansar dos terrores e fadigas; foi quando a parede caiu sobre ele, que morreu”. E o mercador responde ao empregado: “pronunciaste a verdade; eu já ouvira esse paradigma”.
13. **D**: + “à procura de vacas”.
14. **A** é a única edição a dar um nome para o leão. Trata-se de provável deformação do original sânscrito “Pingalaka” (“ruivo”).
15. “sua guarda”: جُنْدٌ, *jundun*, que também poderia ser entendido como “tropas” ou “soldados”. Notar-se-á, no decorrer do capítulo, o grande poder atribuído ao grupo militar, especialmente àqueles que são próximos do soberano, quase único objeto das preocupações dos personagens envolvidos na trama.

16. "Nossa condição é remediada": حالُ صِدْقٍ, *ḥālu ṣidqin*. Na tradução espanhola, "nós estamos en buen estado".
17. "os mais vis e os de menor brio": na tradução espanhola, "omnes viles".
18. "os que têm brio": na tradução espanhola, "los omnes de grant coraçón". Nesta passagem e na da nota anterior, a palavra árabe traduzida por brio é مُرُوءَةٌ, *murū'atun*, cuja dificuldade de tradução se discutiu páginas atrás.
19. "as posições [...] coletivas": إِنَّ المَنازِلَ مُتَنازَعَةٌ مُشْتَرَكَةٌ, *'inna-lmanāzila mutanāza^catun muxtarakatun*. Na tradução espanhola, "las dignidades et las medidas de los omnes son comunas et son contrarias".
20. "posições": na tradução espanhola, "dignidades".
21. "estratégia": رِفْقٌ, *rifqun*, literalmente "auxílio", "apoio" e, às vezes, "habilidade" ou "sutileza".
22. "E já se disse que [...] régulo". Passagem meio obscura que sofreu modificações na segunda edição de **A**: قد قيل في أشياءَ ثلاثةٍ، فَضْلُ ما بَيْنَها مُتَفاوِتٌ: فضلُ المُقاتِلِ على المُقاتِلِ وفضلُ العالِمِ على العالِمِ وفضلُ القَيْلِ على القَيْلِ, *qad qīla fī 'axyā'a ṯalāṯatin, faḍlu mā baynahā mutafāwitun: faḍlu-lmuqātili ᶜalà-lmuqātili wa faḍlu-lᶜālimi ᶜalà-lᶜālimi wa faḍlu-lqayli ᶜalà-lqayli*. Na primeira edição, em lugar do vocábulo raro القيل, *alqaylu*, "régulo", ᶜAzzām preferira الفيل, *alfīlu*, "elefante", o que tornaria a frase ainda mais obscura, não obstante as especulações de Miquel ("sem dúvida, é necessário reconhecer aqui três planos: o da inteligência especulativa, simbolizada pelo sábio, o da inteligência prática, simbolizada pelo guerreiro, e o das qualidades físicas, simbolizadas pelo elefante"). A opção do revisor da segunda edição de **A** se deveu, segundo ele, "à maior adequação da palavra *alqaylu* ao contexto, pois a comparação se dá entre seres racionais". Na tradução espanhola: "Et dizen otrosí de unas cosas que son muy alongadas, commo la mejoría que ha el un lidiador del otro, et lo poco de lo poco, et lo mucho de lo mucho, et el sabio del sabio." O sintagma "poco de lo poco" certamente pode ser explicado pela transformação, no manuscrito árabe a partir do qual se realizou a tradução, de القَيْل, *alqaylu*, "régulo", em القَليل, *alqalīlu*, "o pouco". Daí a se chegar a "mucho de lo mucho" é um passo.
23. "bom conselho: رَأْيٌ, *ra'yun*, também traduzível por "opinião" ou "parecer". Adotou-se a expressão constante na tradução espanhola.

24. "Disse de si para si"; na tradução espanhola: "Dixo en su coraçón".
25. **B**: + "ou o dinheiro".
26. "em seu ânus"; na tradução espanhola: "por las narizes". Curiosamente, foi esse mesmo apêndice que ocorreu ao padre Cheikho quando "poliu" sua edição escolar de *Kalīla e Dimna*.
27. "sangrador": الْحَجّام, *alḥajjām*, origem da palavra portuguesa "alfageme", cujo sentido, porém, é diverso.
28. "ao ver [...] casa": assim em **A** e **B**, sem explicação do porquê da espera, uma vez que o amante chegou no período combinado e o marido só retornou à noite. Em **B** e **C**, o retorno do marido se dá de surpresa.
29. "namorado": خَليل, *ḫalīlun*.
30. "encontrou [...] dormindo": preferiu-se a ordenação dos enunciados de **B**.
31. "fomos nós [...] mesmos": certamente, o sentido é o de que cada qual foi responsável pelas desditas que o atingiram.
32. **C** e **D**: "e o juiz ordenou que o sangrador fosse libertado".
33. "um chacal amigo seu": na tradução espanhola, "un su amigo de los lobos çervales".
34. "gaivota": em **A**, **C** e **D**, عُلْجوم, *ʿuljūmun*; em **B**, مَكّاء, *makkā'un*. Conforme observa L. Cheikho, "é verossímil que se trate de uma ave aquática, como a garça ou a gaivota". Na tradução espanhola, "garza".
35. "assim eu farei": أنا فاعِل, *'anā fāʿilun*.
36. Em **B**, a fala da lebre é mais concisa e clara: "se vós convirdes comigo em algo que não vos trará dano, talvez eu vos livre do leão".
37. "e profundas": **B**.
38. "notícias": كَلام, *kalāmun*.
39. "nossas vidas": أنْفُسَنا, *'anfusuna*.
40. "alguém [...] confiança": الأَمين الصّادِق, *al'amīnu-ṣṣādiqu*; em **B**: الْمُصَدَّق بِهِ في نَفْسي, *almuṣaddaqu bihi fī nafsī*.
41. "pensando [...] os desejos": في تَمَنّي الأَماني, *fī tamannī-l'amānī*, sintagma no qual se utilizam duas palavras de mesma raiz.
42. "grandes": **B**. Na tradução espanhola, usa-se "truchas".
43. **B**: + "a melhor das mulheres é a que concorda".

44. "homens livres": أَحْرَار, *'aḥrārun*, palavra que, aqui, também poderia ser traduzida como "autênticos". Em **B**, أَخْيَار, *'aḫyārun*, "generosos".
45. "piedade": وَرَعٌ, *waraʿun*, "temor a Deus".
46. "tomasse [...] cobras"; **B**: "tomasse uma almofada de cobras e se deitasse sobre fogo".
47. "não te iludas com isso"; **B**: "não te iludas dizendo que ele constitui alimento para ti".
48. "Eu [...] ti": مَعَ أَنِّي قَدْ عَرَفْتُ أَنَّهُ لَا يُرِيدُ مُنَاظَرَتَكَ وَلَا يَكِلُ الْعَمَلَ إِلَى غَيْرِهِ فِي ذَلِكَ مِنْ أَمْرِكَ, *maʿa 'annī qad ʿariftu 'annahu lā yurīdu munāẓarataka wa lā yakilu-lʿamala 'ilà ġayrihi fī ḏālika min 'amrika*. Eis o trecho em **B**: مَعَ أَنِّي قَدْ أَعْرِفُهُ أَنَّ لَا بُدَّ [لَهُ] مِنْ مُنَاظَرَتِكَ وَأَنَّهُ لَا يَكِلُ أَمْرَهُ فِيكَ إِلَى غَيْرِ نَفْسِهِ, *maʿa 'annī qad 'aʿrifuhu 'anna lā budda [lahu] min munāẓaratika wa 'annahu lā yakilu 'amrahu fīka 'ilà ġayri nafsihi*, "eu já estou sabendo, porém, que lhe é necessário entrar em discussões contigo, e que não encarregará ninguém além dele mesmo das ações contra ti". Em **C** e **D**, o trecho não consta. Na tradução espanhola lê-se: "empero bien qu' él non lidiara contigo, mas fazerlo ha por otros".
49. "descobrindo sua mentira": **B**. Na tradução espanhola: "Et a Digna pesóle desto, et sopo que, si el león fablase com Sençeba et oyese su respuesta et su escusança, que lo non culparía et que lo creería et que entendería que Digna le mentiera, et que se non podría cobrir este fecho".
50. "domínio da situação": خِيَار, *ḫiyārun*, "opção", "escolha".
51. "Os reis enérgicos"; em **A**, إِنَّ الْمُلُوكَ حَزَمَةٌ, *'inna-lmulūka ḥazamatun*, "os reis são enérgicos", provável má leitura, por * إِنَّ الْمُلُوكَ الْحَزَمَةَ, *'inna-lmulūka-lḥazamata*, "os reis enérgicos". Em **B**, أَهْلُ الْحَزْمِ مِنَ الْمُلُوكِ, *'ahlu-lḥazmi mina-lmulūki*, "os enérgicos dentre os reis". Na tradução espanhola, "el aperçebido de los reyes".
52. "não tornam [...] público": trecho traduzido a partir de **B**, cuja redação é mais harmoniosa e simétrica. Em **A**: "não tornam pública senão a punição daqueles cujos crimes se tornaram evidentes; porém, se o crime for secreto, eles escondem a [aplicação da] punição". Na tradução espanhola: "et cada culpa ha su justiçia; a la culpa de poridat, fazer justiçia de poridat; et a la culpa que es fecha conçegueramente deve fazer la justiçia concejeramente".

53. "Seria [...] bem?": أَهُوَ خَيْرٌ, *'a huwa ḫayrun*; em **B**: أَسَلَامٌ, *'a salāmun*.

54. "o paradigma [...] lugar": compare-se com a seguinte passagem do tratado *Sirāju-lmulūk* ("o lampião dos reis"), de 'Abū Bakr Aṭṭurṭūxī ("de Tortosa"), século XI/XII d.C.: "entre os ditos sapienciais (حِكَم, *ḥikam*) da Índia [está o seguinte]: o paradigma dos potentados, quanto à pouca lealdade a quem está a seu lado e à pouca generosidade com quem já não está, é o do menino e do mestre de primeiras letras, toda vez que um se vai outro vem em seu lugar". O trecho também é citado no compêndio *ᶜUyūnu-l'aḫbāri* ("As melhores notícias"), de Ibn Qutayba (século IX d.C.), que inclui mestre de primeiras letras e prostituta.

55. "alguém [...] confiança": الأمين الصدوق, *al'amīnu-ṣṣadūqu*; em **B**: الصادق المؤتمن, *aṣṣādiqu-lmu'tamanu*.

56. "A associação [...] bons": فَإِنَّ مُقَارَنَةَ الأَشْرَارِ رُبَّمَا أَوْرَثَتْ أَهْلَهَا تُهَمَةَ الأَخْيَارِ, *fa'innā muqāranata-l'axrāri rubbamā 'awraṯat 'ahlahā tuhamata-l'aḫyāri*.

57. "isto é compreensível": no original, فَبِالْحَرِيِّ, *fabi-lḥariyy*, talvez leitura equivocada de فَبِالْحَرَى, *fabi-lḥarà*. O trecho é confuso e apresenta várias discrepâncias em **B**, **C** e **D**, decerto provenientes da dificuldade de leitura dos manuscritos. Aparentemente, o original árabe da tradução espanhola continha uma lição similar à de **A**, e a frase aqui traduzida como "isto é compreensível" ali se traduziu como "es con guisa".

58. "Ademais [...] partida": por sua obscuridade, a frase varia em diversos manuscritos. No original, lê-se: وإنْ كانَتْ مَوْجِدَتُه عَنْ غَيْرِ سَبَبٍ انْقَطَعَ الرَّجاءُ؛ لِأَنَّ العِلَّةَ إذا كانَتِ المَعْتَبَةُ في وُرُودِها، كانَ الرِّضا في إصْدارِها, *wa 'in kānat mawjidatuhu ᶜan ġayri sababin inqaṭaᶜa-rrajā'u, li'anna-lᶜillata 'iḏā kānati-lmaᶜtabatu fī wurūdihā, kāna-rriḍā fī 'iṣdārihā*. Na tradução espanhola, o trecho não consta.

59. "Consultei a memória": وَقَدْ تَذَكَّرْتُ, *wa qad taḏakkartu*.

60. "diminuído": مَخْصُومٌ, *maḫṣūmun*. Em **B**, por má leitura, grafou-se مَخْصُوصٌ, *maḫṣūṣun*.

61. "jurisconsultos [...] lei": الفُقَهاءُ عِنْدَ الشُّبْهَةِ, *alfuqahā'u ᶜinda-xxubhati*.

62. A partir deste ponto até a indicação adiante, conforme informa ᶜAzzām, editor de **A**, o texto foi extraído de **B**, pois faltam algumas folhas do manuscrito que serviu de base para **A**.

63. "quando [...] direção": عِنْدَما تَعْثُرُ بِهِ الْمَقاديرُ مِنْ مَعاريضِ الْعِلَلِ الَّتي عَلَيْها قُدِّرَتْ مَجاريها, *ʿindamā taʿṯuru bihi-lmaqādīru min maʿārī ḍi-lʿilali-llatī ʿalayhā quddirat majārīhā*. Trecho obscuro e bastante modificado não só em **C** e **D** como também em praticamente todas as edições árabes, conforme afirma L. Cheikho. Na tradução espanhola: "et faze otras tales cosas que corren con las aventuras toda vía por su sazón en que fue aventurada"; A. Miquel traduz: "[tout cela] suivant les arrêts du sort, autrement dit suivant la façon dont les causes, en passant à l'effet, déterminent le cours des événements".
64. "fui alimentado": طُعِمْتُ, *ṭuʿimtu*; em **B**: طَمِعْتُ, *ṭamiʿtu*, "fui ambicioso"; trata-se de erro de revisão que Cheikho corrigiu mais tarde em sua edição escolar.
65. "Não estivesse [...] ocorrido": وما كانَ، لَوْ لا الْجَبْرُ، مُقامي مَعَ الأَسَدِ, *wa mā kāna, law lā-ljabru, muqāmī maʿa-l'asadi*. A dificuldade desse trecho reside na palavra "*jabr*", que aparece grafada de variadas formas nos diferentes manuscritos e edições (حَيْن, *ḥīn* ou *ḥayn*, خَيْر, *ḫayr*), e que aqui se traduziu como "predestinação"; seria possível, ainda, usar "vaidade". Segundo Cheikho, a antiga versão siríaca traz o sentido de "não foi minha livre escolha". Na tradução espanhola: "et por la tribulaçión que avía en parte de aver; ca, ¿quién me metió en compañia con el león?"
66. "meus princípios": مَذْهَبي, *maḏhabī*.
67. "tal e qual a abelha [...] morre"; em Guidi, essa comparação é ilustrada com uma pequena história: "Disse Dimna: 'e como foi isso?' Respondeu [o touro]: 'conta-se que certo enxame de abelhas vivia numa montanha com muitas frutas e árvores abundantes, mas que tinha poucas fontes, cuja água era insuficiente para saciar a sede, a não ser quando os céus mandavam chuva. Como isso fosse penoso para as abelhas, elas puseram-se a procurar água pelos cantos do solo. Havia nas proximidades da montanha um rio de águas abundantes que continha um dique fechado por nenúfares; algumas das abelhas chegaram até ali e depois chamaram as outras; a lagoa encheu-se de abelhas, que se distraíram com a abundância de nenúfares, a beleza de suas flores e seu delicioso aroma; permaneceram as abelhas alimentando-se em suas flores até que o sol se pôs e as flores se fecharam com as abelhas dentro, submergindo na água, conforme seu hábito, e as abelhas morreram'." Essa fabuleta, que Guidi transcreveu de um manus-

crito tardio, está em nítido desacordo com o método de composição do livro: se paradigma, falta-lhe o elemento da peripécia que caracteriza os demais paradigmas, e que se radica, basicamente, num dissídio entre a formulação primitiva ("o mesmo ocorreu que ao macaco que se meteu com o que não devia", por exemplo) e sua explicação, que lhe amplia, do ponto de vista do sentido, o alcance, satisfazendo, ademais, a suspensão ("*como?*" e/ou "*por quê?*") efetuada pela formulação primitiva. De outro lado, caso a formulação primitiva ("tal e qual a abelha [...] então morre") seja simplesmente proverbial, a fabuleta também estaria deslocada, uma vez que quase não lhe acrescenta significado. Deve-se atentar, ainda, para a incongruência da água insuficiente para suprir abelhas.

68. Sobre esse líquido, observa Miquel: "trata-se de uma secreção odorífera que escorre da cabeça do elefante, particularmente no momento do cio".

69. "chacal": na tradução espanhola, usa-se "lobo çerval" e, logo depois, "abnue", visível transliteração do árabe ابن آوى, *ibnu 'āwà*. Segundo Blecua e Lacarra, "abnue" só se registra em *Calila e Dimna*. Talvez seja erro de cópia, nos manuscritos, por *"abnaue". Confira-se o *Diccionario de arabismos y voces afines en iberromance*, de F. Corriente (Madrid, 1999, p. 77).

70. "estimulamos": no original, نُزَيِّنُ, *nuzayyinu*, que significa "adornar", "enfeitar"; isto é, tornar atraente, para o leão, a proposta de comer o camelo.

71. "só encontra [...] encontrar": no original, إنَّما يَجِدُ مَنْ بِهِ ابْتِغاءٌ, *'innamā yajidu man bihi ibtiġā'un*, "só encontra quem tem afã": trecho aparentemente falho que foi retocado em **C** e **D**. Na tradução espanhola, a passagem toda foi assim traduzida: "non falla sinon quien busca, nin vee sinon quien ha ojos, nin piensa sinon quien ha pensamiento, et nós perdido avemos cons esto la fanbre que avíamos et la cuita en que éramos".

72. "descortina": يَبْصُرُ, *yabṣuru*, que funde os sentidos de "ver" e "perceber".

73. "será farta nossa messe": فَنَحْنُ مُخْصِبُونَ, *fanaḥnu muḫṣibūna*.

74. "é o que rogamos [...] engenho": na tradução espanhola, "por tu artería cuidamos bevir".

75. "Quando [...] isso": فَإذا قالَ ذلِكَ قائِلٌ, *fa'iḏā qāla ḏālika qā'ilun*.

76. "e depois talvez [...] alguma": passagem traduzida a partir dos excertos publicados por Guidi, pois nenhuma das quatro edições utilizadas explicita a con-

seqüência final da artimanha do corvo, que é a de levar o camelo a oferecer-se. Ressalve-se, porém, que tal omissão pode ser deliberada.

77. "teremos [...] leão": na tradução espanhola, "et en esto faremos nuestro derecho".
78. "mesmo que [...] agora"; o original é um tanto ou quanto obscuro, e se encontra reescrito em **C** e **D**: "mesmo que a opinião do leão a meu respeito fosse diferente da deles [dos companheiros]".
79. "E já se disse [...] águias"; aqui, a tradução espanhola é hiperinpretativa: "et dizen que el mejor rey es semeja (*sic*) al bueitre que tiene enderredor de sí las bestias bivas, et non cura dellas, et busca las muertas porque se paga dellas más que de otra cosa. Ca los bueitres sienpre se ayuntan a las bestias muertas". Não há notícia de nenhum manuscrito árabe que contenha algo correspondente a esse trecho da tradução espanhola. Em **D**, "o melhor dos potentados é o justo para com os homens".
80. "Acaso não vês [...] marca?": segundo notam Blecua e Lacarra, aforismo semelhante se encontra na *Arte amatória* (I, 473-7) de Ovídio, e também em obras como o *Libro de buen amor* e *La Celestina*, entre outras.
81. Termina aqui o trecho de **B** transcrito pelo editor de **A**.
82. "Quem tem inteligência": ذا الْعَقْلِ, *ḏā-lʿaqli*. Na tradução espanhola, "el omne de buen entendimiento".
83. "luta aberta": قِتال, *qitālun*. Na tradução espanhola, "lid".
84. "ardiloso": ذا حيلَةٍ, *ḏā ḥīlatin*. Na tradução espanhola, "artero".
85. "guardião do mar": وَكيلُ الْبَحْرِ, *wakīlu-lbaḥri* (**A**, **C** e **D**); الْمُوَكَّلُ بِالْبَحْرِ, *almuwakkalu bi-lbaḥri* (**B**); na tradução espanhola, "mayordomo de la mar". "Ave ṭayṭawī": طَيْطَوي (é também possível ler ṭīṭawī ou ṭīṭuwà); na tradução espanhola, "tittuya". Escreve Cheikho: "esta fábula da ave Tittibha (*Parra Jacana*) e do deus do mar é uma das que mais guardam traços das idéias pagãs da Índia; é o que contribui para torná-la obscura em árabe. O antigo tradutor siríaco se viu diante das mesmas dificuldades; seu texto se ressente de seu embaraço diante dessas concepções politeístas; os manuscritos árabes, pela mesma razão, são bastante diferentes uns dos outros". Já o arabista italiano F. Gabrieli, citado por Blecua e Lacarra, "destaca o respeito do tradutor árabe ao

manter fielmente os vestígios do politeísmo hindu". Mas os próprios Blecua e Lacarra ressalvam: "produziu-se, não obstante, certa matização, até que se fez do pássaro Garuda, do *Pañcatantra*, I, 12, 'el mayordomo del mar' no texto castelhano". E, enfim, a respeito do "guardião do mar", o crítico libanês Buṭrus Albustānī observa o seguinte: "o que se pretendeu com ele foi indicar o deus do mar entre os indianos, cujo nome é Varuna. Parece que Ibn Almuqaffa^{c}, desejoso de tornar seu livro adequado ao espírito do islã, não quis citá-lo abertamente por causa do politeísmo implicado no nome". Já o crítico egípicio M. Almarṣafī observa: "pelo contexto, trata-se de um animal marítimo ou mitológico, inexistente". Quanto à ave tittibha, Blecua e Lacarra escrevem: "pensamos que é o archibebe fino, *tringa stagnitilis*. De uns 23 cm, grácil e de pernas compridas, no inverno habita, em geral, os arredores de águas interiores e marismas. Costuma procriar, às vezes em pequenos grupos, em bordas de lagos com pasto e planícies pantanosas". E Buṭrus Albustānī escreve: "espécie de perdiz ou outra ave marítima. Não abandona os pântanos e as águas porque não obtém seu alimento, larvas, senão nas margens de pântanos e caniçais. E se disse: é um pássaro tranqüilo, que só sai de seu lugar se caçado pelo falcão, quando então foge. À noite pia, e durante o dia se esconde no mato, sem piar". Miquel traduz *ṭayṭawī* como "pluvier" (*tarambola*).

86. "como é estúpido [...] intimidá-lo"; **C** e **D**: "como és teimoso! Acaso não te lembras das ameaças e intimidações que ele lançou contra ti? Não te conheces e às tuas possibilidades?"
87. "ninguém [...] homem"; **B**: "ninguém se conhece menos a si mesmo do que o homem". Na tradução espanhola: "ca dizen que non es ninguna cosa que mayor daño faga a ninguno nin a sí mismo que el omne". Em **C** e **D**, a passagem não consta.
88. "para desgosto de vós todos": رَغْمٌ لِأَنْفِكُمْ, *raġmun li'anfikum*. Em **B**, **C** e **D**: "que Deus vos perfure os olhos" (**C** e **D**: + "ó gente!"). Na tradução espanhola: "que vos pese!".
89. "^{c}anqā'": optou-se por transliterar o árabe عَنْقَاء, designação dada a certa ave mitológica sobre a qual o dicionarista Ibn Manẓūr escrevia, no século XIII, "que o nome é o único de seus traços que restou entre os homens". Se-

gundo os antigos autores árabes, seu tamanho era descomunal ("carregava elefantes e punha ovos do tamanho de montanhas"), tinha quatro asas de cada lado e atingia a idade de dois mil anos; teria sido "banida por Deus para uma ilha desabitada no oceano, além da Linha do Equador, à qual os homens não chegam". Corresponde ao سيمورغ, *sīmūrġ*, dos persas. Na tradução espanhola, "falcón oriol". Em **B**, "nossa senhora é a águia ᶜanqā'". Segundo Cheikho, num manuscrito norte-africano de 1847 consta que a ᶜanqā' é "filha do vento e rainha das aves"; na edição de Yāzijī, de 1902, consta: "a ᶜanqā', filha do vento, é nossa senhora e rainha". De acordo com o crítico libanês Buṭrus Albustānī, a expressão filha do vento "está a indicar que, no original sânscrito, a ave seria uma deusa, e não é segredo a contínua hostilidade existente entre o vento e o mar, o primeiro movendo constante guerra ao segundo e destruindo-lhe o sossego. É por isso que o mar fica receoso quando toma conhecimento de que a ᶜanqā', filha de seu inimigo, o vento, pretende mover-lhe guerra".

90. "o rei que te usa de montaria": الْمَلِكُ الَّذي يَقْتَعِدُكِ, *almaliku-llaḏī yaqtaᶜiduki.*
91. "rapidamente": **B**.
92. "E assim agiram, e ela [...] ṭayṭawī"; em **C** e **D**: "[as aves] chamaram então a ᶜanqā', que surgiu diante deles; informaram-lhe a história e lhe pediram que fosse com eles fazer guerra ao guardião do mar, e ela atendeu-lhes o pedido. Quando soube que a ᶜanqā' vinha atrás dele com as aves, o guardião do mar teve medo de fazer guerra a um rei com quem não podia, e então devolveu os filhotes do ṭayṭawī e fez as pazes com ele, e a ᶜanqā' deixou-o em paz". Na tradução espanhola: "Dixéronle: – Tú eres nuestro señor et nuestro rey, et el poder que tú has creemos que es más fuerte que el mayordomo de la mar. Pues vete para él et ruégale que nos emiende el tuerto que nos ha fizo. Et si lo fiziere, [bien], et si non, aparejarnos hemos a lidiar com él. Quando lo sopo el mayordomo de la mar, entendió su flaqueza apos la fortaleza del falcón oriol et tornó los pollos del tituy."
93. "engenhoso hábil": الرَّفيقُ الأَريبُ, *arrafīqu-l'arību.* Na tradução espanhola, "el sabio artero et terçero".
94. "O leão, olhando [...] contra ele": o texto de **B** é mais minucioso, mencionando no leão e no touro os sinais que, para ambos, haviam sido descritos por Dimna.

95. "ó canalha": أَيُّها الفِسْلُ, *'ayyuhā-lfislu.* Na tradução espanhola: "Ay, falso, vil". Solução muito bem lograda, como se vê.

96. "Ademais [...] inépcia": مَعَ ما اسْتَبانَ لي مِنْ خُرْقِكَ فيما ادَّعَيْتَ فيه الرِّفْقَ, *ma*ᶜ*a mā istabāna lī min ḫurqika fīmā idda*ᶜ*ayta fīhi-rrifqa.* Em **B**, o trecho, embora semelhante, encontra-se truncado. Na tradução espanhola: "Desí veo con tu grand locura en que te alabaste que lo farías con terrería". *Terrería,* segundo Blecua e Lacarra, significa "dano" ou "prejuízo", com o que a admoestação ficaria sem nexo, a não ser que se leia "*sin* terrería".

97. "juízo": رأيٌ, *ra'yun,* também traduzível, como se fez aqui em muitos passos, por "opinião" ou "parecer".

98. "do mesmo modo [...] equivocado"; na tradução espanhola: "Ca así commo alcança a la lengua flaqueza de non dezir çiertamente el pensamiento del coraçón, otrosí alcança al esfuerço la cobardez por el mal consejo."

99. "Quem [...] agiste": ومَن أرادَ المَكْرَ ولَمْ يَعْرِفْ وَجْهَ الأمْرِ الّذي يَأْتيهِ مِنْهُ ويَحيدُ فيه عَنْهُ كانَ عَمَلُهُ كَعَمَلِكَ, *wa man 'arāda-lmakra wa lam ya*ᶜ*rif wajha-l'amri-lladī ya'tīhi minhu wa yaḥīdu fīhi* ᶜ*anhu kāna* ᶜ*amaluhu ka*ᶜ*amalika.*

100. "decoro": أدَبٌ, *'adabun.*

101. "brisa leve": **B**. Em **A**: "coisa simples".

102. "velhaco": خَبٌّ, *ḫabbun*; "idiota": مُغَفَّلٌ, *muġaffalun.* Na tradução espanhola, "dizen que um omne artero ovo conpañía con un nesçio". A moeda de ouro (دينار, *dīnārun*) ali se traduziu por "maravedí".

103. "não; a negociação [...] cooperação": لا؛ فَإنَّ المُفاوَضَةَ أدْوَمُ لِلْمُصافاةِ, *lā fa'inna-lmufāwaḍata 'adwamu lilmuṣāfāti.* Em **B**: لا نَقْتَسِمُها فَإنَّ الشَّرِكَةَ والتَّفاوُضَ أقْرَبُ إلى المُخالَصَةِ والصَّفاءِ, *lā naqtasimuha fa'inna-xxarikata wa-ttafāwuḍa 'aqrabu 'ilà-lmuḫālaṣati wa-ṣṣafā'i*: "não dividiremos o dinheiro, pois a sociedade e a negociação nos mantêm mais próximos da honestidade e retidão". Na tradução espanhola: "non fagas así, ca los amigos que meten suas faziendas uno en mano de otro faze más durar el puro amor".

104. "e eles a enterraram [...] tesouro"; **B**: "e então eles, após terem tomado para si umas poucas moedas, enterraram a bolsa ao pé de uma enorme árvore ancestral. Mais tarde, o velhaco retornou sozinho e levou todas as moedas, repondo em seguida a terra em seu lugar. Passados alguns meses, o idiota disse

ao velhaco: 'estou precisando de dinheiro; vamos até as moedas recolher uma quantia'".

105. "seiscentos quilos": مائة مَن, *mi'atu mannin*, "cem *mannes*", medida que corresponde a pouco mais que 6,4 kg; evidentemente, utilizou-se, na tradução, numeração redonda. Na tradução espanhola, "çiento quintales".

106. Nenhuma outra edição nomeia a cidade.

107. Este último parágrafo consta somente de **A**; **B**, após a última fala de Dimna, termina assim: "o leão conformou-se com aquelas palavras mas depois, ao investigar o caso de Dimna, suas palavras e a injustiça que cometera, evidenciaram-se-lhe suas mentiras, malfeitorias e traições, e então ele o matou da pior maneira. É esta, pois, a história dos dois fraternos amigos que muito se estimam entre os quais se interpõe um traiçoeiro mentiroso". Em **C** e **D**: "depois teve ciência de sua mentira, traição e iniqüidade, e o matou da pior maneira". Na tradução espanhola, a fala final é do rei, e não do filósofo: "ya oí lo que fizo Digna por ser tan pequeño et el más vil de todas las bestias selvajes al león et al buy, et de cómmo enrizó a cada unno dellos contra el otro fasta que desató su amor et su conpañía. Et en eso he oído atan maravillosas et tantas fazañas, que es asaz conplimiento para se guardar omne et de se aperçebir de los mezcladores et de los terreros, et de los falsos en las sus falsedades et sus engaños que fazen. Et los omnes entendidos deven perseguir las mentiras e falsedades, et perseguir los mezcladores et escodrinar tales cosas; desí non fazer por ningunt dicho que les ellos digan nada sinon con asosegamiento et con recabdo, et desechar a todos aquellos que conosciere[n] por tales. Pues dime agora quál fue su escusaçión de Digna qué çima ovo por este fecho".

Investigação acerca de Dimna

1. Em **B** lê-se uma "didascália" cuja tradução é a seguinte: "este é o capítulo de quem pretende beneficiar-se causando mal a outrem, e o fim a que chega". De todos os capítulos, este é o que apresenta diferenças mais acentuadas entre as diversas edições e manuscritos, o que talvez esteja a indicar que seu

processo de elaboração foi problemático. Tendo em vista o interesse que tais diferenças podem despertar, optou-se aqui pela tradução das mais significativas, bem como a indicação das relações que podem guardar com a tradução espanhola do século XIII.

2. **B**: "Ouvi a tua história sobre as trapaças do inimigo ardiloso, e como ele corrompeu a certeza [*alyaqīnu*] com suspeitas até que extinguiu o apreço e introduziu a inimizade. Conta-me agora, se quiseres, como o leão descobriu a culpa de Dimna e o matou, e quais foram suas escusas e autodefesa". **C**: "já me contaste sobre o intrigante hábil em ardis e como ele corrompeu, com intrigas, o apreço estabelecido entre dois fraternos amigos. Conta-me, se quiseres, o que sucedeu a Dimna e que fim o levou depois do assassinato de Xatraba, e quais foram suas escusas perante o leão e seus companheiros quando o leão voltou atrás no parecer que adotara a respeito do touro, atribuindo as intrigas a Dimna, e quais foram as justificativas que este utilizou". Para a tradução espanhola, veja-se a última nota do capítulo anterior.
3. "leopardo": نَمِرٌ, *namirun*, que pode significar "tigre", "leopardo" e "pantera"; aqui, preferiu-se acompanhar a tradução espanhola ("león pardo"), porque antigos textos árabes de zoologia referem a amizade entre o leão e o leopardo; A. Miquel traduz como "panthère".
4. "e a chuva [...] direção": فَاضْطَرَّتْهُ السَّمَاءُ إِلَى, *faḍṭarrathu-ssamā'u 'ilà*. Poderia, ainda, ser literalmente traduzido como "o céu o forçou a tomar a direção".
5. "boa ordem": صَلَاحٌ, *ṣalāḥun*. Também seria possível traduzir por "concórdia".
6. O início da resposta de Baydabā é muito diferente em **B**: "verificamos nos livros da história de Dimna que o leão, após ter matado Xatraba, arrependeu-se do açodamento de sua atitude e lembrou do respeito [de que desfrutava Xatraba]. Entre os soldados e parentes do rei, havia um leopardo, que era um de seus mais dignificados companheiros e cuja posição ante ele era das mais próximas; era com ele que o leão mais privava, fosse dia ou noite. Depois de ter matado Xatraba, o leão passou a prolongar os serões junto a seus companheiros, a fim de, por meio das conversas com eles, amenizar um pouco as amarguras e tristezas que o haviam invadido por causa do assassinato do touro. Certa noite, o leopardo permaneceu no serão até a noite muito avançada,

e depois saiu em direção à sua casa. Como a casa de Kalīla e Dimna ficasse próxima da do leão, o leopardo aproximou-se a fim de pedir uma tocha para iluminar o caminho. Estavam juntos, e o leopardo ouviu-os conversando: prestou atenção e entendeu todas as suas palavras, constatando que Kalīla censurava Dimna: abominava-lhe o mau parecer e a ação, deplorava-lhe o crime e increpava-lhe a traição. Entre suas reprimendas, disse: 'o que provocaste entre o leão e o touro – inimizade depois de apreço, separação depois de afinidade e rancor depois de concórdia, e isso com tua ignóbil inteligência e pouca lealdade – decerto ficará claro e evidente, e tal vileza te levará a conseqüências devastadoras cujo travo permanecerá, pois a traição, ainda que em curto prazo suave seja, e agradáveis seus efeitos, [conduz a] amargas conseqüências, profundo abismo e insalubre despenhadeiro. E certamente é justo que eu te evite, abandone a tua companhia e deixe de te seguir, pois não estou em segurança por causa de teus crimes, ganância e traição. Os sábios já diziam: evita os suspeitos a fim de que não te tornes também suspeito. Abandonarei a tua companhia, distanciar-me-ei e serei para ti um estranho por causa do mau caráter com que disseminaste a inimizade entre o rei e seu vizir, conselheiro e sincero [amigo], e tanto fizeste falsas analogias e alusões que o levaste à violência e o envolveste inteiramente, [fazendo-o] matar com injustiça um inocente'. Disse Dimna: 'o que já ocorreu não tem retorno; deixa-te pois de oprimir-me e oprimir-te; age [*ou* agirei], pois, no sentido de apagar as conseqüências disso na alma do leão, pois já me desgosta minha ação passada. A inveja e a cobiça é que me levaram a fazer o que fiz'". Nesse ponto, a tradução espanhola foi feita sobre um manuscrito similar ao da família de **B**.

7. **B**: "ao ouvir tais dizeres, o leopardo retirou-se silenciosa e rapidamente, dirigindo-se até a mãe do leão, a quem pediu juramento de que não contaria ao leão o segredo que iria revelar, e ela fez o juramento; então, informou a ela a história correta: os dizeres de Kalīla e a confissão de Dimna".
8. Em **B**, a fala da mãe do leão é a seguinte: "tua tristeza não te devolverá o que se foi nem te trará benefício algum. Não tens necessidade de tornar tua tristeza auxiliar da desgraça, debilitando assim teu coração, fragilizando teu corpo e acarretando danos à tua alma. Graças a Deus, és capaz e perspicaz o su-

ficiente para averiguar as questões, o que elas acarretam e o que as acarretou (الصَّادِرُ وَالْوَارِدُ, aṣṣādiru wa-lwāridu). Do contrário, se estiveres ciente de que a tristeza te trará alívio (فَرَجٌ, farajun), então faça-nos carregar algo semelhante ao que carregas; porém, caso estejas ciente de que com ela não trarás de volta o que se foi nem trarás nenhum benefício para ti, então deixa-te disso e cuida daquilo que te trará benefício. Refletir sobre o que te foi transmitido a respeito de Xatraba e separar a verdade da falsidade é bem fácil". Após esta fala, **B** apresenta o seguinte diálogo, que não consta de **A**: "disse o leão: 'e como poderei chegar a isso?' Respondeu a mãe do leão: 'os sábios já disseram que quem quiser distinguir aquele que o ama daquele que o odeia e o amigo do inimigo deve começar refletindo sobre sua alma, pois as pessoas são para ele como ele é para elas (*período defeituoso:* فَإِنَّ النَّاسَ لَهُ عَلَى مِثْلِ ذَلِكَ وَ[كَ]مَا هُوَ عَلَيْهِ لَهُمْ, *fa'inna-nnāsa lahu ʿalà miṯli ḏālika wa [ka]mā huwa ʿalayhi lahum*). Para o homem, o mais convincente testemunho é sua alma, e tuas palavras são um indicativo de que teu coração testemunha que fizeste o que fizeste sem ciência nem clareza de olhar (preferiu-se ler وَضَحَ الْعَيْنِ, *waḍaḥu-lʿayni*, ao estranho وَضَحٌ لَعِينٌ, *waḍaḥun laʿīnun*, "claridade maldita"). E fica ciente de que esse foi o princípio do erro: se, quando te chegou o que chegou a respeito do touro, houvesses recolhido tua alma, dominado tua cólera e, a seguir, exposto, de bom modo, o que te levaram a respeito do touro ao teu coração, ele te teria bastado como indicativo para desmentir o que te fora dito, pois os corações se assemelham nas coisas comuns que lhes ocorrem, seja oculta, seja manifestamente. Avalia, portanto, tuas relações com o touro: a posição que ele ocupava antes em tua alma, o crime que o vitimou e a posição que ocupa hoje, depois de ter morrido'". O manuscrito de **B**, como já se disse, contém muitos erros e foi editado tal e qual por L. Cheikho, o que dificulta sobremaneira sua compreensão.

9. "meu peito [...] reservas": مَا زِلْتُ لِشَنْزَبَةَ سَلِيمَ الصَّدْرِ, *mā ziltu li-Xanzabata salīma-ṣṣadri*.
10. "pois [...] dúvida": não consta em **B**.
11 **B**: "sim, chegou a mim um assunto que me foi confiado em segredo por alguém que bem conheces. Se não fosse o que disseram os sábios a respeito da

quebra de sigilo e da perda do que se depositou em confiança, e também se tu abandonasses o que não beneficia nem apresenta escapatória para aquele cujos danos são temíveis, [eu te revelaria]". Disse o leão: "os dizeres dos sábios possuem variados aspectos, significados diferentes e condições específicas. E não é para todos os aspectos que se determinou a manutenção do segredo: cada questão tem seu lugar adequado e história; assim, se estiver no lugar adequado, será boa e útil; caso contrário, prejudicará e corromperá. Entre as coisas nas quais é muito nocivo e indesejável perseverar está a guarda do segredo daquilo cuja revelação se impõe, e a revelação daquilo cujo segredo se impõe. No que se refere a esse assunto, porém, não vejo justificativa para guardares segredo e silêncio. Vejo que quem te fez tal confidência subtraiu-se ao peso e deixou a teu encargo o bem e o mal que ela contém. É justo que a reveles, pois o segredo mantém a tua alma em estado de temor. Alivia-te do que foi em ti depositado contando-o e revelando-o para mim".

12. "outra vida": مَعادٌ, *ma*ᶜ*ādun*. Na tradução espanhola, "el otro siglo".
13. Compare-se esta fala do leão com a da nota 11.
14. "Mas [...] vulgo" (entre colchetes, as variantes de **B**): وَلَكِنَّ [+ الفَضْلَ في] ذَلِكَ إنَّما هُوَ فيمَا دونَ النُّفُوسِ، أوْ خِيَانَةِ [جِنايَةِ] العامَّةِ الَّتي يَقَعُ بِها الشَّرُّ [فيها الشَّيْنُ]، وَيَحْتَجُّ بِهَا السُّفَهاءُ عِنْدَما يَكُونُ مِنْ أعْمالِهِم السَّيِّئَةِ، واسْتِغْشاشِ [واسْتَعَدَّ بِها] المَلِكِ بِالأَمْرِ الَّذي يَصِلُ خَطَأً – إنْ كانَ فيهِ – [الَّذي يَضِلُّ خَطَرُهُ فيهِ إنْ كانَ] إلى العامَّةِ., *wa lākinna* [+*-lfaḍla fī*] *ḏālika 'innamā huwa fīmā dūna-nnufūsi, 'aw ḫiyānati* [*jināyati*]*-l*ᶜ*āmmati-llatī yaqa*ᶜ*u bihā-xxarru* [*fīhā-xxaynu*], *wa yaḥtajju bihā-ssufahā'u* ᶜ*indamā yakūnu min 'a*ᶜ*mālihimi-ssayyi'ati, wa istiġxāxi* [*ista*ᶜ*adda bihā*]*-lmaliki bil-'amri-llaḏī yaṣalu ḫaṭa'(an) – 'in kāna fīhi –* [*allaḏī yaḍillu ḫataru-hu fīhi 'in kāna*] *'ilà-l*ᶜ*āmmati*. De difícil compreensão, o trecho não consta da tradução espanhola; em **C** e **D**, está inteiramente modificado. Sobre o período final, aqui traduzido como "não se intente [...] ao vulgo", Cheikho observa: "talvez queira dizer que o rei, perdoando o culpado, perderá seu prestígio junto ao público". É de estrito dever observar que A. Miquel traduz esse trecho de modo inteiramente diverso. O restante do parágrafo não consta de **B**.
15. Em **B**, esse parágrafo apresenta outro início: "então o rei ordenou que sua mãe se retirasse de sua presença e, pela manhã, convocou sua guarda, cujos

líderes foram trazidos à sua presença. Mandou chamar sua mãe, que compareceu à assembléia, e depois chamou Dimna, que lhe foi trazido. Ao ser posto diante do rei, este apontou com a pata para ele; vendo aquilo, Dimna teve certeza de que estava aniquilado e virou-se para alguém que se encontrava atrás de si, dizendo baixinho: 'acaso ocorreu algo que entristeceu o rei, ou foi outra coisa que vos reuniu a ele?'"

16. Em **B**, o discurso de Dimna se abre com a seguinte observação: "vejo que o primeiro nada deixou para que o último faça a exposição das questões [مَعاريضُ الأُمورِ, *maʿārīḍu-l'umūri*]".

17. "conheça suas práticas": em **A** e **B**: يَعْلَمُ عِلْمَهُمْ, *yaʿlamu ʿilmahum*, literalmente, "sabe o saber deles"; na presente tradução, o sintagma foi entendido como "sabe o que se sabe que eles fazem". Cheikho, editor de **B**, cogita a possibilidade de que se trate de erro de cópia, por يَعْلَمُ عَمَلَهُمْ, *yaʿlamu ʿamalahum* ("sabe o que eles fazem") ou يَعْمَلُ عَمَلَهُمْ, *yaʿmalu ʿamalahum* ("faz o que eles fazem"). Porém, a coincidência entre os manuscritos **A** e **B**, derivados de ramos diferentes, diminui a possibilidade de erro de cópia, embora se trate de passagem que, pela semelhança da grafia e pela verossimilhança das versões, permita tal ambigüidade. Na tradução espanhola, por exemplo, o trecho correspondente está assim traduzido: "Ca dizen que quien faze vida con los malos et non *faz sus obras* non estuerçe de su maldat por se aguardar" (*g.n.*), o que evidencia que no original dessa tradução constava يَعْمَلُ عَمَلَهُمْ, *yaʿmalu ʿamalahum* ("faz o que eles fazem").

18. **B**: + "nas montanhas".

19. "recompensa [...] valor": الْمُكافَأَةُ لِأَهْلِ الْبَلاءِ الْحَسَنِ عِنْدَهُمْ, *almukāfaʾatu li'ahli-lbalāʾi-lḥasani ʿindahum*.

20. "a cuidar [...] ingrato": وَالنَّظَرُ لِلْعامَّةِ مِنْ إِعْلانِ سِرِّ الْخائِنِ الْكَفورِ, *wa-nnaẓaru lilʿāmmati min 'iʿlāni sirri-lḫāʾini-lkafūri*.

21. **B**: + "e eu nunca temi que minha recompensa pelos conselhos e bons serviços seria a tristeza do rei por ter-me deixado com vida".

22. **B**: "Ao ouvir as palavras de Dimna, o leão disse: 'tirai-o da minha frente e levai-o aos juízes; que eles lhe investiguem o caso, pois eu não aprecio julgar nem a quem faz o bem nem a quem faz o mal senão com a demonstração da verdade e da justiça'."

23. "islã": este é, na opinião dos comentadores, o maior anacronismo do texto, e consta somente de **A**. Observa ᶜAzzām: "a palavra 'islã' não consta das outras edições e talvez seja fruto de uma distração de quem elaborou este capítulo. Pode ser considerado como um dos indícios de que este capítulo foi primitivamente redigido em árabe".
24. "e talvez [...] ele": وَلَعَلِّي أَلاَّ أَكونَ بِذلِكَ أَضَرَّ مِنْهُ, *wa laᶜallī 'alla 'akūna biḏālika 'aḍarra minhu*. Frase ambígua. "Ele" possivelmente se refere ao rei. A. Miquel entende que se refere a Deus e traduz: "peut-être me traitera-t-il avec moins de rigueur".
25. **B**, **C** e **D**: + "confundindo-a". Na tradução espanhola: "commo la mujer que se dio a su siervo dubdando, et la aforçó".
26. Em **B**, a cidade se chama "Tāṯirūn", e o mercador, "Ḥubal". Na tradução espanhola: "Dizen que en una çibdat que dizían Quertir, que es en tierra de Yabrit, avía un rico mercador." **C** e **D**: "Contam que em certa cidade havia um mercador [...]." Na mais recente das duas versões siríacas, o nome do mercador é "Pkīzīb".
27. "Sim, uma túnica [...] ti"; **B**: "para isso disponho de um estratagema que te alegrará: uma túnica com desenhos assustadores; um de seus lados semelhante ao algodão branco, semelhante à luz da lua, e o outro lado preto escuro de aparência semelhante à escuridão da noite; sua brancura vai te chamar a atenção na noite escura, por causa da luz, e sua negrura vai se destacar ante teus olhos na noite enluarada". Na tradução espanhola: "yo te faré una seña tan blanca commo la luz de la luna, et faré en ella unas pinturas; et quando las tú vieres, saldrás a mí, et esta será señal entre mí et ti".
28. Nesse ponto, preferiu-se a lição de **B**. Em **A**, é o escravo que recoloca a túnica no lugar.
29. "pois [...] pratica": فَإنَّ الْكِذْبَ مُعْنِتٌ لِصاحِبِهِ, *fa'inna-lkiḏba muᶜnitun liṣāḥibihi*.
30. Utilizou-se "capricho", nesta e noutras passagens, para traduzir a palavra هَوًى, *hawàn*, que, literalmente, se traduziria como "paixão".
31. "não proferiste [...] cometeste": em **B**, esse discurso é dirigido ao leão.
32. "e para o alheio [...] mesquinho": وَلِمَنْ سَوَاها أَغَشّ وَأَرْفَض, *wa liman sawāhā 'aġaxx wa 'arfaḍ*. Trecho obscuro.

33. “chego a ponto [...] a ti”; em **B**: “alguém como ti não serve senão para ficar com os quadrúpedes”.

34. **B**: + “e calou-se envergonhado”.

35. **B**: + “Disse a mãe do leão: ‘de fato, ouvir-te fazer admoestações e aplicar paradigmas a quem te dirige a palavra é para mim mais espantoso do que teus embelecos, traições e inveja’. Disse Dimna: ‘é este o lugar [adequado] para fazer admoestações e aplicar paradigmas’. Disse a mãe do leão: ‘ó traidor iníquo! tuas más ações deveriam impedir-te, caso tivesses entendimento [لَوْ عَقِلْتَ, *law ʿaqilta*], da aplicação de paradigmas’. Disse Dimna: ‘traidor é aquele que teme quem age para sua segurança e toma inimizade por quem lhe revela a inimizade dos inimigos’.”

36. **B**: + “mediante o acúmulo de discursos [بِتَسْطِيرِ الْمَقَالِ, *bitasṭīri-lmaqāli*]”.

37. “Quando percebeu [...] verdade”: em **B**: “Quando a mãe do leão percebeu que as palavras de Dimna não faziam senão aumentar a suavidade de seu filho (*mas, devido a um possível erro de transcrição no original, a tradução talvez pudesse ser*: as palavras de Dimna não faziam senão aumentar [progressivamente] sua suavidade [*ou* sutileza]), ficou desconfiada e foi invadida pelo receio de que isso levasse o leão a considerá-las [prova de] inocência e justificativa; disse então ao leão: ‘calar-se diante das justificativas do adversário se assemelha a confessar que ele diz a verdade. É daí que vem o dito dos sábios: quem cala consente’. Depois, levantou-se encolerizada e retirou-se.”

38. “que [...] desvia”: وَهُوَ لَهُ مُحِيلٌ, *wa huwa lahu muḥīlun.*

39. **B**: “Disse a mãe do leão: ‘há muito tempo que eu ouço continuamente se falar a respeito dos embelecos de Dimna, e depois pude ter certeza do que eu ouvia sobre suas falsidades, manipulação de pretextos vãos e inúmeras escapatórias, sem veracidade nem inocência. Assim, caso lhe dês a possibilidade de manifestar-se, ele vai safar-se de ti com justificativas mentirosas; matando-o, proporcionarás a ti e a teus soldados uma enorme tranqüilidade; apressa-te, portanto: não te domine a condescendência nem te paralisem as suspeitas, pois tanto o grande como o pequeno de teus soldados sabem das intrigas de Dimna e lhe conhecem as indignidades. As palavras dele em nenhum instante me atormentaram a alma ou me levaram a duvidar [de sua culpa]. Os vãos pretextos que ele

te apresenta [evidenciam] falta de caráter. Especificamente depois do caso do inocente conselheiro e melhor dos vizires Xatraba, não se passa um dia sem que se renove para mim a perversidade do caráter de Dimna por meio de notícias verdadeiras; assim, não duvides de modo algum [da culpa de Dimna], e, caso o deixes elaborar argumentos e inventar falsidades, seus embelecos e ardis serão eficazes, e não lhe faltarão trapaças, enganos e falsidades; ele retomará as mentiras, que nele são um caráter solidamente instalado e uma natureza indeclinável. O sossego para ti e teus soldados estará em deixar de lado as discussões e matá-lo por causa de seu crime'. Disse o leão: 'é habitual entre os membros das cortes reais e entre aqueles que lhe são próximos a disputa por boas posições, introduzindo-se assim a injustiça e a inveja de uns contra outros, em especial contra quem tenha bom parecer e nobreza. E eu estou ciente de que a boa posição de que desfrutava Dimna chegou a incomodar a mais de um de meus soldados e parentes. Assim, não sei bem, mas é possível que o consenso contra ele, que eu vejo e ouço em suas reuniões, se deva a isso. Repugna-me, portanto, apressar-me na decisão sobre ele, pois não se elimina um bom amigo sem motivo suficiente, recaindo a responsabilidade sobre quem o elimina. Não me vejo justificado seguindo minha alma e precipitando-me sem investigações e provas. Revela-me o nome de quem te contou isso, e que alegas ser fiel e veraz'."

40. **B**: "fica bem e em paz, pois já se me afigura o que devo fazer". Em seguida, acrescenta-se: "a mãe do leão retirou-se com o ânimo aplacado e a alma sossegada, e o leão dirigiu-se para o quarto de dormir".
41. **B**: "Quando Dimna foi introduzido no cárcere e apertadas suas correntes".
42. Em **A**, para a palavra traduzida como "saber" (عِلْمٌ, *ʿilmun*), consta حِلْمٌ, *ḥilmun*, palavra que poderia ser traduzida, entre outras coisas, como "paciência", "sonho" ou "indulgência". Contudo, deve tratar-se de erro de revisão, caso se levem em conta **B** e a tradução espanhola.
43. Ao contrário do que afirma Cheikho, a morte de Kalīla é relatada em **C** e **D**, mas bem adiante.
44. "Fera" (سَبُعٌ, *sabuʿun*), sem especificação, é o que consta em **A** e **B**. Já **C** e **D** trazem فَهْدٌ, *fahdun*, "guepardo"; a tradução espanhola, "lobo"; A. Miquel traduz como "bête féroce".

45. "Por medo [...] outra morte": تَخَوُّفًا أَنْ يَفْصِلَ قَوْلُهُمْ حُكْمًا، وَيُوجِبَ قَتْلًا, *tahawwufan 'an yafṣila qawluhum ḥukman, wa yūjiba qatlan.* Inexplicavelmente, A. Miquel traduz o trecho da seguinte maneira: "craignant que leur déposition ne décidât de la sentence et n'entraînât nécessairement le peine capitale".
46. Na tradução espanhola, "en una çibdat"; **C** e **D** tampouco dão nome algum ao lugar. **B** e Guidi acompanham **A**. Segundo ᶜAzzām, a tradução siríaca tardia traz "numa cidade costeira da Abissínia". "Sind" corresponde ao sul do Paquistão e, como informa A. Miquel, trata-se de "região situada no baixo vale do rio Indus".
47. **B**: "o rei daquela cidade tinha uma filha a quem casara com um seu sobrinho, e ela ficou grávida, ocorrendo-lhe então as habituais dores que afligem as mulheres grávidas".
48. "Légua": no original, فَرْسَخٌ, *farsahun*, "parasanga", vocábulo não dicionarizado. Segundo A. Miquel, "a parasanga árabe (três milhas ou doze mil côvados) equivale a cinco quilômetros".
49. Esse é também o nome do remédio em Guidi. Em **C** e **D**, não consta; na tradução espanhola, "remasera". Em **B**, "ramahrān", que, segundo Cheikho, é erro de cópia, por "zamahrān", nome persa de certa espécie de teriaga.
50. A história do falso médico pode ser considerada um bom exemplo do processo de "reescritura", diga-se assim, sofrido pelo livro. Em **C** e **D**, que decerto refletem versões mais tardias, o médico sábio que morreu e o médico cego são fundidos numa só personagem. Na tradução espanhola, cujo original árabe neste ponto talvez fosse intermediário, o médico cego, em vez de passar a receita aos emissários reais, é pessoalmente levado até a princesa.
51. "Chefe dos javalis": em **B**, صاحِبُ الْمائِدَةِ, *ṣāḥibu-lmā'idati*, que pode ser traduzido como "responsável pela alimentação [do rei]"; na tradução espanhola, "el cozinero mayor", o que evidencia a proximidade entre o original utilizado para essa tradução e o manuscrito de **B**, ao menos no que se refere a esta passagem. Segundo ᶜAzzām, tal variante deriva de um equívoco na leitura da palavra خَنازيرُ, *hanāzīru*, "javalis" ou "porcos", transformada em خَبّازينَ, *habbāzīna*, "padeiros", tal como se pode ler num dos fragmentos publicados por Guidi, no qual ele surge em outra posição nesta narrativa. Note-

se mais adiante, contudo, que esse personagem era, de fato, encarregado da alimentação do rei, o que justificaria as variantes. É por isso que Cheikho, em sua edição escolar, colocou "chefe dos javalis e responsável pela alimentação do rei".

52. "confiante [...] mãe"; **B**: "para obedecer às paixões da mãe do leão".
53. **B**: + "afetando estupefação".
54. "Agora [...] corpo": وَقَدْ شَقِيتُ أَنا بِالْعَلاماتِ الَّتي في جَسَدي, *wa qad xaqītu 'anā bilʿalāmāti-llatī fī jasadī*.
55. "cuja existência [...] protejo": وَذلِكَ أَمْرٌ لَيْسَ إليَّ إنْ كانَتْ (أَيْ العَلامات)، وَأَعوذُ بِاللّهِ أنْ تَكونَ, *wa dālika 'amrun laysa 'ilayya 'in kānat, wa 'aʿūdu billāhi 'an takūna*. Trecho obscuro, possível resultado de má leitura. Em **B**, a refutação de Dimna se encontra grandemente estropiada; eis uma tradução possível: "certas questões decidem outras, e a decisão de Deus é correta, sem erro, injustiça ou inimizade; se estas marcas e outras semelhantes que mencionaste fossem suficientes para alcançar a justiça e o conhecimento da verdade, ninguém se daria o trabalho de apresentar explicações, e, por conseguinte, ninguém poderia ser louvado por bem algum nem poderia ser censurado por mal algum, pois ninguém poderia mudar as marcas em razão das quais faz o que faz; não haveria recompensa aos bons nem punição aos iníquos; tais marcas bastariam. Se eu tivesse feito isso com que tentas vilipendiar-me – e Deus me guarde de o ter feito –, já teria me desgraçado também por tal motivo, pois ele me teria imposto marcas que não poderia retirar de mim e a cujos efeitos não poderia subtrair-me, muito embora, entre as coisas que indicam a tua falta de conhecimento a respeito de tais desígnios e de como eles ocorrem, está o fato de que se as coisas fossem como mencionaste nada poderia ser feito contra mim, porquanto tais marcas se criam e nascem com quem as carrega, e este não pode saber em que dia [o desígnio] se efetuará, ou em qual assunto, ou em que coisa, e quando, deverá se abater sobre quem as carrega e quando será reconhecida sua inocência. Isto, que ninguém ignora, tu o disseste devido à tua baixeza e ignorância: ouviste coisas cuja dimensão não conheces e as reproduziste de maneira imprópria; não sendo dentre os aqui presentes o mais douto nem dispondo da capacidade de observar as coisas

com correção, falaste e te equivocaste, e já repreendi quem é como ti com o paradigma do pretenso médico. Se de fato alegas que o bem e o mal estão somente nas referidas marcas, então tampouco haverá louvor a quem faz o bem nem censura a quem faz o mal; se o caso for assim, não posso me considerar senão justificado; não vejo tuas palavras senão como minha justificativa; defendeste a minha inocência sem o perceber e sem atentar no que dizias. És, nisso, semelhante ao homem que disse à esposa: 'observa teus defeitos, ó cretina, e critica os outros depois'". No fragmento publicado por Guidi, a resposta de Dimna se dá nos seguintes termos: "todos estamos sob o céu de Deus, e vós, que sois dotados de saber a respeito de discursos, já ouvistes o que esse aí disse; escutai-me agora. Esse aí supõe que ninguém seja mais sábio do que ele, e que os homens sabem distinguir [*ou* praticam] o bem e o mal por causa das marcas que trazem no corpo. Se as coisas fossem como ele afirma, ninguém poderia praticar nem o bem nem o mal senão por causa das marcas que carrega; assim, se fosse verdade que cometi o crime que me tentam imputar – e livre-me Deus disso –, eu estaria desculpado por causa das marcas que carrego, as quais teriam me obrigado e conduzido a tal. Bastam tais palavras para que se evidencie, aos inteligentes, minha inocência e seu mau parecer e erro". Em nota à tradução espanhola, Blecua e Lacarra observam que "a resposta de Dimna supõe um rechaço do determinismo fisiognômico, análogo ao que encontramos no *Zifar* [...] e em *El conde Lucanor*". E, com efeito, por mais que as diferentes edições e manuscritos árabes apresentem variantes, é notável em todos eles a utilização que Dimna faz do "saber fisiognômico" para, de um lado, refutá-lo como impertinente, e, de outro, alegar inocência.

56. **B**: Būrẖaxt; **C** e **D**: não consta; tradução espanhola: "Maruca". Observa Cheikho: "na versão siríaca, o nome da cidade é Barzgin; na versão hebraica de Joël, ela é denominada Marwat". Note-se que a grafia de "Marwāt" em árabe, مروات, pode ser lida como مروك, "*Marūk*", bastando para tanto que as duas letras finais, por pressa ou inabilidade do copista, estejam coladas.

57. Segundo A. Miquel, essa contradição – pois o texto diz que os homens da cidade haviam sido mortos – talvez indique que o agricultor seria um escravo e, como tal, estaria reduzido à condição de objeto. Também refere o "auto-

matismo da narrativa": "a evocação da conquista de uma cidade é, de imediato, associada às imagens que a traduzem de modo quase mecânico (homens assassinados, mulheres e crianças reduzidas à escravidão)". Ressalve-se que nem as outras edições árabes nem a tradução espanhola apresentam tal contradição.

58. Em **B**, tal cena se dá "numa montanha".
59. Na tradução espanhola, "Catad cómmo cubre esta su natura; et non lo faze sinon por que ayas sabor dela et yogueises con ella", em que "yogueises" tem conotação sexual. Em **C** e **D** é a mulher que encontrou o trapo quem diz as palavras de censura.
60. "mais deformada e vil criatura": مُتَسَايِلُ الْخَلْقِ خَبِيثُهُ, *mutasāyilu-lḫalqi ḫabītuhu*. Formulação obscura.
61. Aqui, a tradução manteve a figura de linguagem do árabe, na qual é o pranto que sufoca: خَنَقَتْهُ الْعَبْرَةُ, *ḫanaqathu al-ᶜabratu*.
62. Em **C** e **D**, o secretário não tem nome, sendo apenas descrito como um animal denominado شَعْهَر, *xaᶜhar*, palavra inexistente nos dicionários árabes antigos e à qual alguns modernos superficial e apressadamente atribuíram o sentido de "chacal"; ᶜAzzām considera-a mera deformação de "*Xahraḥ*", que A. Miquel, por seu turno, supõe ser "uma deformação do persa Châhroukh (rei)". Na tradução espanhola, "et este avía nonbre Xaar"; numa das traduções hebraicas, segundo informa ᶜAzzām, "Xahraj". Em **B**, o episódio não consta, bem como toda a cena da demissão do chefe dos javalis; após as críticas de Dimna, ocorre entre ele e o "responsável pela alimentação" o seguinte diálogo: "Disse o responsável pela alimentação: 'como então estás tentando pespegar-me defeitos, ó desgraçado!' Respondeu Dimna: 'eu não aponto senão os defeitos que já possuis: lepra no perineu, pés imundos e doença nos testículos'. Ao ouvir aquilo, o responsável pela alimentação calou-se, e calaram-se também todos os presentes: ninguém disse nada a respeito, até que os juízes ordenaram que Dimna fosse conduzido ao cárcere."
63. Na tradução espanhola: "Jauzana" (que pode ser má leitura de "Rauzana"). Em **C** e **D**: "Rūzbih" (ou "Rūzbah"), que, curiosamente, era o nome de Ibn al-Muqaffaᶜ antes de sua conversão ao Islamismo. Tal fato gerou observações

contraditórias da crítica: para ᶜAzzām, o nome da personagem seria obra de algum copista, pois Ibn al-Muqaffaᶜ não incidiria em tal falta de decoro. Já A. Miquel concorda quanto à primeira parte, mas considera que tal denominação consistiria numa "homenagem", o que é duvidoso, já que o personagem é eminentemente venal. Em persa, Fayrūz (pode-se também ler Fīrūz) significa "vitorioso". Essa história não consta de **B**, cuja parte final é bastante resumida.

64. "irmão pressuroso": أخو الحفاظِ, *'aḫū-lḥifāẓi.*

65. A partir deste ponto, as diferenças entre **A** e **B** são tão acentuadas que se julgou preferível apresentar a tradução de **B** adiante.

66. Por "ações desagregadoras" e "erro" traduziu-se a palavra إساءةٌ, *'isā'atun*, por oposição a صلاحٌ, *ṣalāḥun*, traduzida por "boa ordem" e "concórdia".

67. "Falaste [...] sábios": na tradução de A. Miquel, "voilà qui est parler avec justice, quando les mots de sages sont si rares!". Neste trecho, escolhido ao léu, um exemplo da arbitrariedade da tradução francesa. No original, que aqui foi possível traduzir literalmente (نَطَقْتَ بِالْعَدْلِ، وَقُلْتَ مَقَالَةَ الْحُكَمَاءِ, *naṭaqta bilᶜadli, wa qulta maqālata-lḥukamā'i*), não existem nem o tom "desenganado" nem a alusão à "raridade" das palavras dos sábios, as quais o texto, pelo contrário, quer evidenciar que abundam.

68. Afirma A. Miquel: "pode-se pensar que se trata quer de mentirosos, quer daqueles que se entregam voluntariamente à morte: a atitude de Dimna equivaleria, caso ele ajudasse seus inimigos, a um suicídio. Sobre esses dois pecados, cf. o *Alcorão*, XXV, 72; LXX, 28-33; IV, 33".

69. A. Miquel, que traduz esse trecho de modo diverso, afirma: "entenda-se que Dimna ganha o céu como compensação por seu martírio cá embaixo. Toda essa peroração, de matiz religioso, se inspira no *Alcorão*; cf, entre outras passagens, sobre a prestação de contas: II, 198; XXXIII, 39; XXXIV, 3; LXIX, 19-25; sobre o arrependimento inútil porque tardio: IV, 22; sobre os castigos da outra vida: XIV, 19-50; XXXVII, 57-66".

70. A história do sátrapa não consta em **B**. Em **C**, **D** e na tradução espanhola não consta o nome da cidade. Segundo ᶜAzzām, a tradução siríaca tardia traz "Māzarb".

71. Em **C** e **D**, é o dono da casa que pergunta às visitas o que dizem os papagaios,

e a resposta só é dada depois que ele insiste. Já a tradução espanhola, nesta passagem, parece similar a **A**, com pequena divergência.

72. "Nem [...] cansaço": ولا يخصمونه فيه, *wa lā yaḫṣimūhu fīhi.*
73. Neste ponto, o editor de **A** intercala um trecho de **B**, que se encontra traduzido mais adiante, em itálico. São os seguintes seus argumentos: "o trecho é exigido pelo andamento da história, cujo autor pretendeu trazer duas testemunhas sobre a confissão de Dimna. É por isso que, nas outras edições, verificamos que o leão perguntou ao leopardo e à fera: 'o que vos impediu de testemunhar?' e ambos se justificaram afirmando que um único testemunho não pode conduzir a um veredicto". De fato, a jurisprudência islâmica exige no mínimo duas testemunhas a fim de que possa haver uma decisão. Para a tradução espanhola, veja-se a nota seguinte.
74. Na tradução espanhola: "Et fizo ella venir al león pardo, et testimonió de Digna lo que oyó dezir et lo que respondió Calila. Et pues que gelo ovo dicho muchas vezes ao león, entendió él que Digna lo avía metido a ello et que l'fiziera andar a çiegas. Et mandó que lo matasen con fanbre et con sed, et murió mala muerte en la cárçel." Conforme se vê, nesse trecho, a tradução espanhola concorda com **A** na ausência de um segundo testemunho contra Dimna, o que, conforme notaram Blecua e Lacarra, subtrai a funcionalidade narrativa do animal aprisionado que ouve a conversa entre os chacais. Como se trata de coincidência significativa entre o manuscrito mais antigo e uma tradução também antiga, tal fato pode indicar que, por volta do século XIII, o trecho ainda não recebera sua redação definitiva. Em **C** e **D**, Dimna é morto "da maneira mais horrível".
75. Na tradução espanhola: "Desí dixo el sábio: – Paren mientes los entendidos en esto et en otro tal, et sepan qu' el que quiere pro de sí a daño de otri, a tuerto por engaño o por falsedat, non estorçerá de mala andança et fará mala çima, et resçebirá gualardón de lo que fiziere en este mundo et en el otro. / Aquí se acaba el capítulo de la pesquisa de Digna."
76. "fica ciente [...] erro": em **C** e **D**: "fica ciente de que estes teus dizeres serão transformados, pelos néscios e perversos, em lei a ser seguida, pois as questões atinentes aos juízes, quando corretas, são adotadas pelos que praticam a correção, e, quando equivocadas, pelos que praticam o erro, a falsidade e pelos que

têm pouco temor a Deus. E eu temo, ó juiz, que estes teus dizeres produzam as piores calamidades e desgraças. A maior desgraça não consiste em que continues, perante o rei, o vulgo e os nobres, considerado superior em parecer, convincente na [distribuição da] justiça e bem aceito nas sentenças, no despojamento e na virtude; a desgraça consiste, isto sim, em como te esqueceste disso tudo no meu caso. Acaso não tens conhecimento de que os sábios diziam que quem alega saber o que não sabe e presta testemunho sem ter presenciado aquilo sobre o que depõe será atingido pelo mesmo que atingiu o falcoeiro que assacou contra a esposa de seu patrão?". Em **B**, para o sintagma traduzido como "homens que praticam o erro", lê-se أَهْلُ الأَدْغالِ, *'ahlu-l'adġāli*.

77. "nas quais [...] divergências": الَّتي تَخْتَلِفُ بِها الحالاتُ في الأُمورِ, *allatī taḫtalifu bihā-lḥālātu fī-l'umūri*. Outra tradução possível: "cujas condições variam conforme os interesses [envolvidos]".
78. Note-se a incoerência da passagem: o leão já estava informado de que fora o leopardo quem ouvira a conversa entre os chacais.
79. Esse trecho em itálico foi inserido em **A** pelo editor. Cf. a nota 73 e a página 115.
80. Compare-se com a morte de Dimna em **A** e na tradução espanhola. Segundo Cheikho, na versão siríaca tardia e num dos manuscritos manuseados por Sacy o chacal sofre morte semelhante à descrita em **B**. Num manuscrito norte-africano do século XIX, citado por Cheikho, a morte é mais cruel ainda: "o leão ordenou que lhe trouxessem Dimna, e então infligiu-lhe doloroso castigo, vociferou contra ele, fez-lhe terríveis ameaças, esfolou-lhe a pele e pendurou-o num ponto elevado da floresta, a fim de que servisse de exemplo para outros".
81. **C** e **D**: "Saiba quem contemplar [este capítulo] que aquele que pretende beneficiar-se prejudicando o alheio com embustes e ardis será punido por isso."

A pomba de colar

1. O título do capítulo, conforme se verá, é parcial, uma vez que a pomba de colar é nele personagem secundária. Em **B**: "O corvo, a pomba de colar, o rato, a tartaruga e o antílope".

2. "amigos sinceros" consta em todas as edições: إخْوانُ الصَّفاءِ, *'iḫwānu-ṣṣafā'i*, denominação adotada, não se sabe se por sugestão deste texto, por um misterioso grupo filosófico do século IX, X ou XI d.C. que deixou um conjunto de tratados de caráter fortemente hermético e neoplatônico.
3. "mais devotados amigos": em **A** consta صالِحُ الأعْوانِ, *ṣāliḥu-l'aᶜwāni*, "virtuosos ajudantes (*ou* auxiliares)". Contudo, preferiu-se seguir o que consta em **B**, **C**, **D** e na tradução espanhola, que usa "buen amigo".
4. Em **C** e **D**, a terra se chama "Sakāwandajīn" e a cidade, "Dāhar"; na tradução espanhola, "Duzat" e "Muzne"; em **B**, não consta; num manuscrito árabe do British Museum, citado por Cheikho, consta "Sīnābad̲" e "Mārūzūr". Segundo Cheikho, a forma dos nomes nas demais edições árabes "é substituída, na antiga versão siríaca, por Dechschibath e Mahilalob, e por Dakhshinapatha e Mahilaropya na versão siríaca tardia editada por Wright". A. Miquel observa que Dastād "deve ser, na origem, a mesma terra cujo nome, no início da fábula do mercador e seus três filhos, tornou-se Dastāband. Este nome, consideravelmente deformado, permite-nos supor que se trata da região de Decan. [...] Quanto ao nome Mārawāt, deve ser posto em analogia com os outros nomes que aparecem no texto: Mardāt, Fārawāt e Marawāt. No original hindu, sem dúvida se tratava da mesma cidade, cujo nome a fantasia dos copistas, persas ou árabes, alterou consideravelmente".
5. "Ḥā'ir": palavra que em árabe significa "perplexo". Nenhuma outra edição árabe nomeia o corvo. Na tradução espanhola, "Geba".
6. **B**, **C** e **D**: "aos ombros".
7. "Zīrak": palavra persa que, segundo ᶜAzzām, significa "arguto", "esperto". Em **B**: "'Īzak"; na tradução espanhola: "Zira". Cheikho informa que a grafia deste nome nos diversos originais árabes apresenta variações como "Zīr", "Zīzak" e "Zamrak", e que, no *Pañcatantra*, o nome é "Hiranayaka", que significa "aquele que é de ouro".
8. "alta ou baixa intensidade": essa foi a solução encontrada para traduzir a frase كُنْهُ ما يُبْتَلَى بِهِ مِنْ قِلَّتِهِ وَكَثْرَتِهِ, *kunh mā yubtalà bihi min qillatihi wa kaṯratihi*: "a essência (ou 'substância' ou 'natureza') do que lhe ocorre em seu pouco e em seu muito".

9. “podem equivaler-se”: يَجْتَزِيانِ, *yajtaziyāni*, verbo pouco habitual que significa, aqui, “recompensar-se mutuamente”, referindo, aqui, a capacidade dos oponentes de se infligir danos mútuos.
10. “interesse ou medo”: رَغْبَةً أَوْ رَهْبَةً, *raġbatan ’aw rahbatan*, sintagma característico do islamismo, e que se aplica, comumente, ao ato de convencer os corações por meio de تَرْغِيبٌ, *tarġībun* (anelo) ou تَرْهِيبٌ, *tarhībun* (atemorização). Aqui, utilizou-se em outro sentido, que a tradução procurou contemplar.
11. “as da alma e as da matéria”: ذاتُ النَّفْسِ وَذاتُ الْيَدِ, *ḏātu-nnafsi wa ḏātu-lyadi*, literalmente “as da alma e as da mão [riquezas]”. O sintagma, obviamente, refere a oposição entre as coisas da alma e as da matéria. Na tradução espanhola, lê-se: “la una es el amor, e la otra es el algo”, em que “algo” significa “bens ou riquezas”. Indo bem mais longe na interpretação, A. Miquel traduz: “leurs pensées et leurs actes”.
12. “e ambos se apertaram as mãos”: tradução literal de تَصافَحا, *taṣāfaḥā*.
13. “A tartaruga [...] nutri”: فَإِنَّ السُّلَحْفاةَ مِنْكَ بِمَنْزِلَتي, *fa’inna-ssulḥafāta minka bimanzilatī*. Como nota A. Miquel, a formulação é ambígua, podendo ser entendida também como “a tartaruga, em relação a ti, está na mesma posição que eu”. Em **B**, após a pergunta da tartaruga –“o que te fez vir a esta terra?”–, não consta a resposta do rato, introduzindo-se imediatamente a fala do corvo. Já a tradução espanhola, cujo original, nesta passagem, pertence à família de **A**, assim traduz a fala do corvo: “Las estorias et las fazañas que me dexiste que me dirías dímelas agora et cuéntamelas, et non te reçeles del galápago, que así es commo si fuese nuestro hermano.”
14. Vocalização incerta; pode também ser “Mārawat”. Segundo a crítica, trata-se de modificação de “Mahilaropya” ou “Meliapur”. Em geral, os nomes originais das cidades indianas foram sendo modificados, nas cópias, ao sabor do descaso, desconhecimento ou capricho dos copistas; uma tradução persa, por exemplo, traz “Nishapur”. Em **B**: “certa cidade”.
15. A primeira edição de **A** registra “égua” (فَرَسٌ, *farasun*), corrigida na segunda para “arco” (قَوْسٌ, *qawsun*), que é o que consta em todas as outras edições.
16. “e me espojava sobre elas”: وَأَتَقَلَّبُ عَلَيْها, *wa ataqallabu ʿalayhā*. Em **B**, a frase não consta, estando substituída pelo sintagma “toda vez que delas me lem-

brava", que completa o período anterior; baseado nisso, Miquel prefere traduzir como "et leur pensée me revenait toujours en tête", argumentando ainda que o verbo "*qallaba*", do qual "*taqallaba*" é por assim dizer reflexivo, "não raro apresenta, neste texto, o sentido de 'pensar a respeito, examinar'". Note-se, contudo, que na passagem em questão o verbo rege a preposição *ʿalà* ("sobre"), o que torna discutível a opção do tradutor francês. Na tradução espanhola, que poderia dirimir a dúvida, a passagem está truncada.

17. "agregados": أَهْلٌ, *'ahlun*. Na tradução espanhola, "vasallos".
18. "a dignidade, o siso e a estima": no original, الْمُرُوءَةُ وَالرَّأْيُ وَالْمَوَدَّةُ, *almurū'atu wa-rra'yu wa-lmawaddatu*. Optou-se aqui por utilizar "dignidade" em vez de "brios", ao contrário do que se tem feito ao longo da tradução, para traduzir مُرُوءَةٌ, *murū'atun*. A. Miquel traduz: "la dignité, la finesse et l'amour". Na tradução espanhola, "non paresçe la nobleza de coraçón nin el seso nin la fuerça sinon con el haver"; nesse ponto, seu original deveria ser similar a **B**, que, como último termo da tríade, traz قُوَّةٌ, *quwwatun*, "força".
19. "é considerado [...] outros": passagem traduzida com auxílio do que consta em **B**. Em **A** consta o seguinte: "quem não tem cabedais não tem inteligência"; de modo semelhante, a tradução espanhola traz: "et el que non ha haver non ha seso".
20. "Não existe [...] tartamudo": formulação bem semelhante se encontra no tratado *O pequeno 'adab*, atribuído ao mesmo Ibn al-Muqaffaʿ: "não existe característica que, constituindo louvor para o rico, não constitua vitupério para o pobre", e segue-se a mesma enumeração, com o acréscimo, em seu início, de: "se corajoso, chamá-lo-ão tresloucado". Na tradução espanhola: "et non ha cosa que bién esté al rico que mal non esté al pobre. Ca si fuere esforçado, dirán que es loco, et si fuere franco, dirán que es gastador, et si fuere mesurado, dirán que es de flaco coraçón, et si fuere sosegado, dirán que es torpe, et si fuere fablador, dirán que es parlero". "Atributo" traduz خِلَّةٌ, *ḫillatun*; na tradução espanhola, como se viu, "cosa".
21. "distancia-o [...] aproximado"; a distinção é sutil: no primeiro caso, o princípio é ativo; no segundo, passivo: assim, a pobreza afasta tanto quem era desde sempre próximo como quem havia sido aproximado por iniciativa de outrem.

22. "O homem de honra": الْكَرِيمُ, *alkarīmu*. Na tradução espanhola, "omne de grant guisa".
23. "para esse [...] repouso"; Guidi: "para esse a vida é morte, e a morte, vida".
24. "à noite": **B**.
25. A redação de **A** é um tanto ambígua, não se podendo determinar com clareza se o rato avança sobre as moedas do asceta ou do hóspede. Em **B**, **C** e **D** o texto aponta claramente o asceta; já a tradução espanhola, aparentemente, mantém a ambigüidade.
26. "amigo do mundo"; em **A**, صاحبها, *ṣāḥibuhā*, "amigo dela[s]", que poderia ser entendido como "amigo das tribulações do mundo"; traduziu-se a partir de **B**.
27. "bens mundanos": em **A**, **C** e **D** consta somente الدُّنيا, *addunyā*, "o mundo"; em **B**, الْمَالُ, *almālu*, "dinheiro", "cabedais"; na tradução espanhola, "buscar el algo deste mundo".
28. "planejamento": تَدْبِير, *tadbīrun*. Na tradução espanhola, "asmar" (pensar).
29. O sintagma "satisfação [...] dispõe" traduz a palavra قَناعَةً, *qanāʿatun*, do mesmo modo que, linhas atrás, "satisfação com o que se tem" traduz قُنُوع, *qunūʿun*.
30. "Discernimento [...] é": الْمَعْرِفَةُ بِمَا يَكُونُ وَمَا لَا يَكُونُ, *almaʿrifatu bimā yakūnu wa mā lā yakūnu*. Poder-se-ia também traduzir: "discernimento do que existe e do que não existe". Na tradução espanhola: "saber lo que fue et lo que ha de ser".
31. "Tornei-me [...] havia": na tradução espanhola, "Así que torné mi fazienda a tener[me] por pagado et por abastado de lo que havía".
32. "Deserto": no original, بَرِّيَّةً, *barriyyatun*, palavra que também poderia ser traduzida como "estepe". Na tradução espanhola, "campo", que é mais conforme ao contexto (uma vez que o local tem árvores etc.). A idéia central é de "lugar desabitado".
33. **B**: + "[constituído] por comida e abrigo"; **C** e **D**: + "[constituído] por comida e bebida".
34. "as demais [...] quaisquer": فَفِي مَوَاضِعِهِ لَيْسَ لَهُ مِنْهُ إِلَّا مَا لِغَيْرِهِ مِنْ حَظِّ الْعَيْنِ, *fafī mawāḍiʿihi laysa lahu minhu 'illā mā liġayrihi min ḥaẓẓi-lʿayni*. Esse período não consta das outras edições. Na tradução espanhola: "Et si a un omne

diesen todo este siglo con quanto en él ha, non le faría pro sinon lo poco, tanto que non oviese menester lo ageno, que todo lo ál en sus lugares se queda et non a dello sinon la vista del ojo, así commo otro omne qualquier".

35. "as demais [...] ele": فَأَمَّا مَا سِوَاهُ فَفِي مَوَاضِعِهِ لَايَنَالُهُ, *fa'ammā mā sawāhu fafī mawāḍiʿihi lā yanāluhu*. Período meio obscuro que não consta das outras edições e tampouco da tradução espanhola. A idéia, certamente, é que tudo o que ultrapasse as satisfações básicas se encontra fora de alcance.

36. "Os homens [...] generosos": أَغْبَطُ النَّاسِ أَكْثَرُهُمْ مُسْتَجِيراً وَسَائِلاً مُنْجِحاً, *'aġbaṭu-nnāsi 'akṯaruhum mustajīran wa sā'ilan munjiḥan*. Formulação assaz obscura que também consta de **B** (com algum vestígio na versificação de Ibn Alhabbāriyya), mas não de **C** e **D**, nem da tradução espanhola.

37. "Nem vive [...] ação": وَلَا عَاشَ مَنْ كَانَ عَيْشُهُ مِنْ فَضْلِهِ مُوئِساً, *wa lā ʿāxa man kāna ʿayxuhu min faḍlihi mū'isan*. Mais uma formulação obscura que não consta de nenhuma outra edição nem da tradução espanhola.

38. "Perdas [...] ganhos": وَلَا يُعَدُّ الْغُرْمُ غُرْماً إِذَا سَاقَ غُنْماً، وَلَا الْغُنْمُ غُنْماً إِذَا سَاقَ غُرْماً, *wa lā yuʿaddu-lġurmu ġurman 'iḏā sāqa ġunman, wa lā-lġunmu ġunman 'iḏā sāqa ġurman*. De novo, formulação meio obscura que não existe nas outras edições árabes, exceto na versificação de Ibn Alhabbāriyya. Procurou-se acompanhar a tradução espanhola, que traz: "onde non es contada por pérdida la que ganançia trae, nin es contada por ganançia la que pérdida trae".

39. **C** e **D**: + "e os três se comprazíam entre si".

40. "era nesta [...] estar": كُنْتُ أَكُونُ فِي هٰذِهِ الْبَرِّيَّةِ, *kuntu 'akūnu fī hāḏihi-lbarriyyati*.

41. "vulto": شَبَحٌ, *xabaḥun*. Em **B**: شيخ, *xayḫun*, "velho", bem como na tradução espanhola ("viejo").

42. "o homem [...] liso"; para o prosaísmo dessa formulação, a tradução espanhola adotou a seguinte interpretação: "mientra está el omne aventurado viénenle las cosas a su guisa; et desque comiença a caer, toda vía va de mal a peor".

43. "ressarcimento": em **A** consta مُجَاراة, *mujārātun*, "harmonia"; por sugestão de **B**, da tradução espanhola e de Miquel, leu-se مُجَازاة, *mujāzātun*, "retribuição".

44. Na tradução espanhola: "Dijo el rey al filósofo." Em **C** e **D** o discurso não é atribuído nem ao rei nem ao filósofo. Em **B** o parágrafo inteiro não consta, sendo substituído pela seguinte frase final: "É este o paradigma do auxílio en-

tre os fraternos irmãos." Bem vistas as coisas, esta fala do filósofo, que atribui sentido próprio à história ("aonde não chegariam os homens caso fizessem o mesmo e se socorressem?"), poderia ser considerada absolutamente néscia, pois contradiz o que se afirma na "apresentação" de Alī Alfārisī e na "introdução" de Ibn Almuqaffaᶜ. Assim, é bem plausível que se trate de acréscimo posterior perpetrado por algum escriba intrometido. Nesse caso, o laconismo de **B** estaria mais conforme a proposta do livro.

Os corujões e os corvos

1. "E o paradigma [...] corvos": a tradução procurou dar um encadeamento mais conseqüente para a redação de **A**. Em **B**, todo o parágrafo está resumido: "Disse o filósofo: 'quem se ilude com o inimigo sagaz cuja inimizade é conhecida será atingido, em razão disso, pelo que atingiu os corvos'."
2. O nome da árvore consta somente de **A**.
3. "que tinham um rei corujão": trecho acrescentado a partir de **B** a fim de manter o paralelismo.
4. Em **C** e **D**, são os corvos que pedem uma solução ao rei: "Quando amanheceu, os corvos reuniram-se com seu rei e lhe disseram: 'já sabes o que sofremos esta noite da parte do rei dos corujões; dentre nós, não há nenhum que não tenha sido morto ou ferido ou quebrado a asa ou depenado ou o rabo arrancado. E o mais grave dano que sofremos foi a ousadia deles contra nós, e seu conhecimento de nossas posições, motivo pelo qual não cessarão de nos atacar. Somos teus, ó rei, e tu deténs o parecer; examina, pois, o caso para nosso bem e teu bem'."
5. O trecho "preparados [...] dias", conforme declaração expressa do editor de **A**, foi retirado de **B**.
6. "E o nosso [...] total": وَلَيْسَ عَدُوُّنا بِراضٍ مِنّا بِالدُّونِ في الْمُقارَبَةِ, *wa laysa ᶜaduwunā birāḍin minnā biddūni fī-lmuqārabati*. Seguiram-se os passos da tradução espanhola, que diz: "et nuestro inimigo non se terná por contento de nos con menor enclinamiento".
7. "caso se mostre [...] planeja": إِنْ كانَ مُتَكَشِّفاً لَمْ يَأْمَنِ اسْتِطْرادَهُ, *'in kāna mutakaxxifan lam ya'mani-stiṭradahu*.

8. "pois quem [...] injustiça": مَنْ يُواكِلُ الْفيلَ يُواكِلُ الْحَيْفَ, *man yuwākilu-lfīla yuwākilu-lḥayfa*. Traduziu-se literalmente esse trecho problemático, a muito custo resolvido pelo editor de **A**. Aqui, certamente, "elefante" funciona, por sinédoque, como "guerra". Na tradução espanhola: "quien lidia con el elifante et non ha fuerça él trae la muerte a si mesmo". Miquel, um pouco arbitrariamente, supõe erros na fixação do trecho.
9. "os que estudam os efeitos do parecer e os modos de levá-lo a cabo": النّاظرين في أثْرِ الرأي ومَواقِعِ العَمَل, *annāẓirīna fī aṯri-rra'yi wa mawāqiʿi-lʿamali*. Na tradução espanhola: "los que veen que se fará por ende". O trecho todo está truncado em **B** e na tradução espanhola, e ausente em **C** e **D**.
10. **C** e **D**: "um bando de grous".
11. Note-se que "lua", em árabe, é nome masculino, ao passo que "sol" é feminino.
12. **C** e **D**: + "a vegetação tornou-se rala e as árvores secaram".
13. "torna suave [...] fracassa": يُلَيِّنُ الْقَلْبَ إذا رَفَقَ، وَيُخَشِّنُ الصَّدْرَ إذا خَرِقَ, *yulayyinu-lqalba 'iḏā rafaqa, wa yuḫaxxinu-ṣṣadra 'iḏā ḫariqa*. Na tradução espanhola: "qu' el buen mandadero ablanda el coraçón si mansamente fabla".
14. "cegar-te-ei [...] claridade": أُعْشِي بَصَرَكَ, *'uʿxiya baṣaraka*, literalmente, "tornar-te-ei incapaz de enxergar durante a noite".
15. "a lua": **B**, **C** e **D**; tradução espanhola: "la luna". **A** consigna "a água", evidente equívoco.
16. **B**: "minha tromba"; tradução espanhola: "la manga", com evidente sentido de tromba.
17. "pássaro medroso": todas as edições árabes consignam صِفْرِد, *ṣifrid*, palavra escassamente utilizada hoje em dia e assim definida no dicionário de Ibn Manẓūr (século XIII): "ave bem maior do que o passarinho; diz o provérbio: 'mais covarde do que um ṣifrid'; disse Ibn Al'aʿrābī: 'é uma ave covarde que teme o abadejo e outras aves'; disse Allayṯ: 'é uma ave doméstica das mais covardes', mas Deus sabe mais". A tradução espanhola traz "gineta", espécie de fuinha. Miquel traduz como "rouxinol" com a seguinte justificativa: "o contexto nos indica que só se pode tratar de uma ave que faz ninho em terra, pois a lebre irá ocupar seu lugar, e, ademais, viajante e insociável. Todas essas características podem ser do rouxinol". A ressalvar que o pássaro não possui um "ni-

nho", mas sim uma "toca", como se verá adiante. Já a tradução francesa do *Pañcatantra* apresenta, na história correspondente, "pardal" ("*perdrix francoline*").

18. "abrigo [...] ninho": note-se que o texto árabe, tanto em **A** como em **B**, atribui diferentes denominações às moradias, usando as palavras حُجْرٌ, *juḥrun*, literalmente "toca", aqui traduzida como "abrigo", وَكْرٌ, *wakrun*, que em árabe moderno corresponde a "antro", aqui traduzida como "ninho". Tais termos, ainda que, por vezes, sejam semanticamente intercambiáveis, estão utilizados de um modo que procura caracterizar a diferença entre as duas espécies de moradia.
19. "discurso", خُطْبَةٌ, *ḫuṭbatun*: **B**. Em **A**, خُطَّةٌ, ḫuṭṭatun, "plano", "traçado". Na tradução espanhola: "lo que les dixo".
20. "tu [...] terrivelmente": لَقَدْ وَتَرْتَنِي أَعْظَمَ التِّرَةِ, *laqad wattartanī 'aᶜẓama-ttirati*. O verbo contém a idéia de "tensionar". Na tradução espanhola, "cómmo te has omiziado comigo muy mal".
21. "enamoramento apaixonado": عِشْقٌ, *ᶜixqun*; "contato sexual": وِصالٌ, *wiṣālun* (em **B**, قُرْبَةٌ, *qurbatun*, "aproximação"; em **C** e **D**, فُرْقَةٌ, *furqatun*, "separação"). Na tradução espanhola, "et al enamorado válele el departimiento"; esta última palavra, segundo os responsáveis pelo texto, significa "conversação".
22. "após [...] ofendido": **B**. Em **A**: "retirou-se encolerizado e ofendido"; na tradução espanhola: "et fuese el búho muy sañudo".
23. "receios [...] feito"; em tradução literal, o original diz: "receios dos quais eu não me preveni e considerações que eu não fiz".
24. "ainda [...] discurso": وإنْ قَصَّرَ بِهِ الْقَوْلُ في بَدِيهَتِهِ, *wa 'in qaṣṣara bihi-lqawlu fī badīhatihi*.
25. Na tradução espanhola, "çiervo".
26. "estás vendo [...] comigo"; em **B**: "não creio que possas pensar que eu goze da condição de quem detém algum segredo".
27. "por sua resistência": لانْتِصابِها, *lintiṣābihā* (literalmente, "por seu parar em pé").
28. O exemplo do mosquito consta apenas em **A**, dele não havendo vestígio em nenhuma outra edição árabe, nem na composição versificada de Ibn Alhabbāriyya nem na tradução espanhola. Miquel omite-a em sua tradução, argumentando que "esta frase, que não apresenta, aliás, toda a claridade desejável,

liga-se mal ao contexto: seria necessário pensar, para conservar-lhe, a toda força, uma aparência de lógica, que o inseto segue tão pouco as inflexões do fogo quanto a árvore o ímpeto do vento? Esta frase nos parece antes ser uma glosa extremamente malfeita que quebra a antítese rigorosamente estabelecida entre erva e árvore [...]". Não obstante, tais argumentos não parecem pertinentes, sobretudo quando se pensa que a frase sobre o mosquito constitui um novo giro sintático, afastado da analogia anterior entre árvore e erva e a ela paralelo. De um lado, maleabilidade útil e resistência inútil; de outro, avanço mortífero porque descuidado. Registre-se enfim, a título de mera curiosidade, que o tema do inseto que se deixa sacrificar pelo fogo ao qual ama, fundindo-se com ele, tornar-se-ia caro à literatura mística e receberia outras interpretações. O trecho entre colchetes é acréscimo do tradutor.

29. "utilizá-los": no original, يَسْتَدْخِلُ, *yastadḫilu*, verbo que não consta de nenhum dicionário. Seria a forma derivada X da raiz دَخَلَ, *daḫala*. Semanticamente, contém a idéia de "introduzir".

30. Quanto a esta história, observa Cheikho: "faz-se menção amiúde a ascetas em *Kalīla e Dimna*; suas histórias nada têm em comum com as dos monges cristãos; elas seriam mesmo um enigma se não se referissem aos brâmanes e à mitologia indiana. O demônio que pretende aqui estrangular o asceta é, no *Pañcatantra*, um gênio malfazejo da ordem bramânica, encarregado especialmente de causar dano aos bramas". Seu nome no *Pañcatantra*, conforme a tradução de Lancereau, é "Rākchasa".

31. "dotados de inteligência": ذَوِي اللُّبِّ, *ḏawī-llubbi*; literalmente, "os dotados de coração".

32. Em nota, Ṭabbāra, editor de **C**, declara ter suprimido a história inteira do carpinteiro. Foi também este o procedimento de outros editores, como Marṣafī, Karam e 'Abū Annaṣr, entre outros. Em sua edição escolar, Cheikho fez alterações que subtraem qualquer conotação sexual à história.

33. "léguas": فَرَاسِخ, *farāsiḫ*. Na tradução espanhola, "alexos".

34. Guidi: + "quase morreu de raiva da mulher e decidiu matá-la, passando a controlar-se para não sair [naquela hora], esperando que ambos dormissem, até que, vencido pelo sono [...]".

35. "sussurrou": سارَّتْ, *sārrat*. Na tradução espanhola: "dixo en poridat", que é tradução literal do árabe.
36. "enterneceu-se [...] por ela": **B** e **D**.
37. "por medo de incomodá-la: **B**.
38. "pondo-se [...] moscas": جَعَلَ يَذُبُّ عَنْهَا, *ja^cala yaḏubbu ^canhā*. Na tradução espanhola, "començóla de amonestar", visível equívoco.
39. Na tradução espanhola: "Et por buena fe, si non que me temí de te fazer pesar, yo matara aquel omne por lo que te fizo." Uma edição libanesa baseada na edição de Yāzijī, de 1902, traz, no lugar da história do carpinteiro, outra cuja tradução é a seguinte: "contam que um homem dormia sozinho certa noite em sua casa, e eis que ladrões entraram e puseram-se a ajuntar tudo o que a casa continha, até chegar aonde ele dormia. Ele acordou e ficou temeroso de ir até eles, cuidando que o agrediriam. Como o quarto em que estava tinha outra porta que dava para a rua, ele pensou: 'o melhor parecer é que eu não os deixe perceber que eu acordei nem os assuste, até que eles terminem de reunir o que pretendem levar e saiam para ir ao lugar aonde pretendem levá-lo; então, eu sairei por esta outra porta, chamarei os vizinhos, surpreendê-los-emos e juntos os dominaremos'. Assim, permaneceu em seu leito fingindo dormir, até que os ladrões terminaram de juntar o que pretendiam e saíram carregando o furto. O homem fez menção de levantar-se, e eles perceberam o movimento; então, o chefe deles murmurou-lhes baixinho: 'parai e não vos assusteis; vamos fazer uma artimanha com a qual o enganaremos, evitando desperdiçar nossos esforços. Vou agora elevar a voz, dirigindo-vos um discurso que devereis apoiar e confirmar'. Disseram: 'sim'. Então, o ladrão elevou a voz de modo que o homem ouvisse, e disse a seus companheiros: 'vejo que estes fardos são pesados e cansativos, e que seu valor não compensa tal esforço e o perigo que corremos. Ficou evidente para mim que a situação desse homem é de penúria, e estou tomado de pena e misericórdia por ele. Revi minhas considerações e agora meu parecer é que deixemos suas coisas, pois seremos acusados de roubo e se trata de coisas que não merecem tamanho esforço, nem delas obteremos grande proveito. E eu já ouvi um ladrão muito famoso dizer: quem dispensa as coisas do pobre e não as rouba, mesmo podendo fazê-lo, terá per-

doado o roubo de cem ricos. É melhor e mais justificado roubar dos ricos, sobretudo os avarentos e gananciosos, cujas casas e depósitos não constituem senão o cemitério dos cabedais que eles prenderam: nem se beneficiaram deles, nem deixaram que outros se beneficiassem. Eia, vamos para a casa de algum desses, e deixemos de lado estas ninharias sem serventia; ganhemos a recompensa por não termos assaltado este pobre homem!'. Responderam todos: 'falaste bem!', e fingiram desfazer os fardos, retirando-se do local e escondendo-se, à espera de que o homem dormisse. De fato, o homem, ao ouvir o que eles disseram, acreditou e confiou, e, supondo que eles tivessem ido embora, tranqüilizou-se e dormiu. Os ladrões permaneceram escondidos até se certificar de que ele já dormira, quando então acorreram até os fardos, carregaram-nos e fugiram com eles". Como a edição não está anotada, é impossível saber se esse trecho fazia parte do manuscrito do século XVI que lhe serviu de base ou se foi incluído na edição a partir de alguma outra fonte. Seja como for, essa é também a versão que consta da composição em versos de Ibn Alhabbāriyya, editada pelo padre maronita 'Âsmar.

40. Guidi: + "pois os dizeres dos corvos não são dignos de credibilidade, nem se deve atentar para suas palavras, pois ele não irá agora causar dano a seu inimigo enfrentando-o; mas, se nós lhe dermos guarida, não poderemos ter confiança. Meu parecer é que seja ele morto e seus vestígios apagados, e que se apresse a decisão do rei a respeito".
41. Guidi: + "devido à sua ignorância e parco conhecimento".
42. Na tradução espanhola, "sesudo, artero et engañoso". Em árabe, optou-se por ler o primeiro termo, أدب, *'adabun*, como إرْبٌ, *'irbun*, conforme consta em **B**. Igual procedimento foi adotado por Miquel.
43. Não fica claro se se trata dos corujões que privavam com o corvo ou com o rei. A redação de **B**, neste ponto mais clara, não deixa dúvidas de que se trata dos corujões que privavam com o corvo, ao passo que a tradução espanhola não refere tal pormenor. Contudo, pode-se pensar que, estrategicamente, o corvo estaria, decerto, buscando não apenas a confiança do rei como também a dos membros da corte que com o rei privavam, justificando-se assim a opção adotada na presente tradução.

44. "quem renuncia a si mesmo": مَنْ طابَتْ نَفْسُهُ عَنْ نَفْسِهِ, *man ṭābat nafsuhu ᶜan nafsihi.*

45. Na tradução espanhola: "buen omne religioso".

46. "E criou-a [...] doze anos"; em **B**: "e a mulher assim fez, até que a menina atingiu doze anos, quando então o pai lhe disse".

47. Na tradução espanhola: "el ángel que trae las nubes"; porém, mais adiante, "et dixieron las nubes".

48. Observa Cheikho: "esta história da metamorfose de uma rata em menina sabe fortemente ainda a mitologia indiana, embora o tradutor a tenha desembaraçado de diversos detalhes ainda mais fantásticos".

49. "é este [...] origem": فَهٰذا مَثَلُكَ، أيُّها المُخادِعُ، في العَوْدِ إلى أصْلِكَ, *fahāḏā maṯaluka, 'ayyuhā-lmuḫādiᶜu, fī-lᶜawdi 'ilà 'aṣlika.*

50. "foi às escondidas": راغَ رَوْغَةً إلى, *rāġa rawġatan 'ilà.*

51. "virtuosos": أخْيارٌ, *'aḫyārun*; na tradução espanhola, "buenos", literalismo que não seria o caso de utilizar na presente tradução.

52. Embora clara, essa passagem é muito sintética e de difícil tradução, não só por causa da sintaxe mas também dos conceitos.

53. "eram de parecer muito débil"; em **B**, "cujo parecer era mais débil do que o meu", em referência ao vizir corujão. Na tradução espanhola, "Et eran de mui flaco consejo".

54. "dos corvos": **C** e **D**.

55. "e dos recipientes que usa para lavar-se": **B**.

56. Em **B** e na tradução espanhola, não consta a última frase ("O rei [...] certeza"). Já em **C** e **D** toda a passagem, a partir de "E já se dizia", está substituída por: "os sábios já diziam que os reis devem proteger seus assuntos dos intrigantes, e impedir que qualquer um deles tenha acesso aos lugares de seu segredo".

57. "nem o indecoroso honrarias": ولا السَّيِّءُ الأدَبِ في الشَّرَفِ, *wa lā-ssayyi'u-l'adabi fī-xxarafi.* Na tradução espanhola, "nin el mal enseñado de aver nobleza".

58. **B**: "isso é assim mesmo, mas eu tive paciência porque ela era o melhor auxiliar, pois se diz: não pesa ao homem carregar o inimigo ao ombros se ele tiver certeza dos bons resultados disso. E já se disse: quem suporta sofrimento me-

diante o qual espera benefício, terá paciência tal como teve a serpente para carregar o sapo às costas".

59. Na tradução espanhola, "un religioso".

60. "pois o fogo [...] terra": النَّارُ لا تَزِيدُ بِحَرِّها وَحِدَّتِها إذا أصابَتِ الشَّجَرَةَ، عَلَى أنْ تُحْرِقَ ما فَوْقَ الأرْضِ مِنْها؛ الماءُ بِلَيْنِهِ وَبَرْدِهِ يَسْتَأْصِلُ ما تَحْتَ الأرْضِ, *an-nāru lā tazīdu biḥarrihā wa ḥiddatihā, 'iḏā 'aṣābati-xxajarata, ᶜalà 'an tuḥriqa mā fawqa-l'arḍi minhā; almā'u bilaynihi wa bardihi yasta'ṣilu mā taḥta-l'arḍi*. Passagem sintaticamente complexa que, embora com algumas diferenças de redação, se encontra em todas as edições, mas que em **C** e **D** está atribuída ao vizir e não ao rei. Na tradução espanhola: "el fuego non puede más quemar con toda su fuerça et con toda su calentura quando da en el árbol, sinon quanto está más sobre tierra; et el agua con su humidat et con su friura derraiga quanto está so tierra". E Miquel assim traduz: "quando le feu s'empare de l'arbre, il a beau brûler tout ce qui dépasse du sol, il n'en est pas plus chaud ni plus ardent pour cela, tandis que l'eau, fraîche er douce, déracine ce qui est sous terre".

61. Na tradução espanhola, o discurso continua na boca do rei, e a fala se abre assim: "et yo lo que fize fue por tu buen seso et por tu buena ventura".

62. **B**: + "o de parecer mais bem posto; se os pareceres se equivalerem [...]".

63. "bem assessorado": الْمَصْنُوعُ لَهُ, *almaṣnūᶜu lahu*.

64. "seu presente e seu futuro": في يَوْمِهِ وَغَدِهِ, *fī yawmihi wa ġadihi*, literalmente, "em seu hoje e seu amanhã".

65. "decoro": na tradução espanhola, "buen enseñamiento".

66. "dizeres inconseqüentes": أقاويلُ لَيْسَتْ لَها عاقِبَةٌ, *'aqāwīlu laysat lahā ᶜāqibatun*. Páginas atrás, a mesma formulação teve de ser necessariamente traduzida como "dizeres de más conseqüências"; poderia também ser o caso nesta passagem. Na tradução espanhola, "dezidores", simplesmente.

67. **B**: + "e no seu pouco louvor é como a inveja, e no que se obtém depois dele é como quem tem maus sonhos, mas que quando acorda tais sonhos não têm nenhum efeito. Que Deus aniquile os inimigos do rei e os deponha, e que o mantenha na elevação, graça e êxito".

O macaco e o cágado

1. "do homem que [...] sucedeu": **B**. Em **A**, **C** e **D**, "já entendi este paradigma"; na tradução espanhola, "ya oí este enxemplo".
2. **B**: "Qārdīn"; tradução espanhola: "Tadis" (cf. "Tāris", que se encontra num manuscrito citado por Cheikho). Todas essas formas são resultantes de má leitura ou má grafia. Em **C** e **D** o nome foi arabizado: "Māhir", que significa "hábil". Na versão siríaca antiga, "Puligig"; na recente, "Pārdīn"; no *Pañcatantra*, "Raktamūḫa", que significa "aquele que tem a goela vermelha".
3. "deu um jeito de se empalidecer": أشْحَبَتْ لَوْنَها, *'axḥabat lawnaha*. O verbo, que consta somente de **A**, está na forma derivada IV, que pode, entre outras coisas, ser causativa da forma I (no presente caso, "empalidecer"); assim, o sentido seria o de "fazer-se empalidecer". Tal suposição pode ser confirmada em **B**, onde se lê: أسْحَتَتْ لَوْنَها, *'asḥatat lawnaha*, com o mesmo sentido, o que caracteriza ação intencional da fêmea. Essa nuance não é contemplada por Miquel nem pela tradução espanhola, que traz: "Et la muger del galápago estava triste et llorava, et non comía; et dexóse mal caer, atanto que enflaquesçió de mala manera." Em **C** e **D**, após a sugestão da amiga, que ali é "vizinha", segue-se o seguinte: "perguntou a mulher do cágado: 'e como farei isso?' Respondeu a vizinha: 'quando ele vier a ti, finge-te de doente [...]'."
4. "cujo remédio é mais difícil ainda"; **B**: "cujo remédio não existe".
5. Em **C** e **D**, a maior parte do diálogo deste parágrafo foi suprimida, entrando-se diretamente no convite do cágado ao macaco para que fosse visitar-lhe a casa.
6. "nobres livres": الْكِرامُ الأحْرارُ, *alkirāmu-l'aḥrāru.*
7. "teu caráter é o dos que olvidam [...] necessitados": extraído de **B** e Guidi. Em **A** consta apenas: "[teu caráter] é o dos que não esquecem as recompensas [que receberam]".
8. Guidi: + "e tu ainda não fizeste refeições comigo, nem puderam alegrar-se contigo meus familiares e aparentados".
9. "o que o amigo [...] amigo": إنَّما يَنْبَغي لِلصَّديقِ أنْ يَلْتَمِسَ مِنْ صَديقِهِ ذاتَ نَفْسِهِ, *'innamā yanbaġī li-ṣṣadīqi 'an yaltamisa min ṣadīqihi ḏāta nafsihī*. Na tradução espanhola, cujo original neste ponto tinha, decerto, outra redação, consta:

"el omne deve solamente trabajarse de aver algo por sí mesmo, que en conocer la conpaña del otro non le ha pro".

10. "palhaço": لَعَّابٌ, *lacc̄abun*. A tradução dessa palavra é problemática: Miquel usa "bateleur"; a tradução espanhola, "el que juega"; Guidi sugere "acrobata"; Cheikho, "jongleur"; Ibn Manẓūr apresenta a seguinte definição: "aquele que tem por ofício a diversão"; o dicionário da Academia do Cairo, entre outros sentidos, dá o de "domador"; Dozy, citando Pedro de Alcalá, escreve: "bouffon, mime (representador de momos, le fém. moma contrahazedora)". "Palanque": خَشَبَةٌ, *ḫaxabatun*, literalmente "madeira"; Miquel usa "tréteaux"; a tradução espanhola, "mástel"; Guidi, "legno". Pode-se pensar num domador, num titereiro ou em alguém que praticasse o teatro de sombras.
11. "por conseguinte [...] eles": não consta em **B** nem na tradução espanhola. Em Guidi: "e ninguém se beneficiará com nenhuma das coisas feitas por esses, pois não existe amizade".
12. "nobre caráter": السَّعَةُ فِي الْخُلُقِ, *assacatu fī-lḫuluqi*.
13. "e que parara de nadar [...] tenha": segundo afirmação expressa do editor de **A**, esse trecho falta em seu manuscrito, tendo sido copiado de **B** para completar o sentido.
14. "casos": مَوَاضِعُ, *mawāḍicu*, literalmente, "lugares".
15. "vida sossegada": خَفْضُ الْعَيْشِ, *ḫafḍu-lcayxi*.
16. Em Guidi, o macaco abre a resposta ao cágado dizendo: "os sábios já diziam que ninguém deve recusar ao potentado nada que o ajude a fazer prosperar o rebanho, nem ao asceta nada que o faça aproximar-se de Deus alto e poderoso, nem ao amigo algo que lhe ajude a vida e lhe alivie as aflições; e eu já conhecia essas dores que mencionaste, e que muito atingem nossas fêmeas; damos-lhes então nossos corações e elas os comem, sem que isso em nada nos prejudique, com exceção de pequenas dores que suportamos com o fito de melhorar a vida delas".
17. Na tradução espanhola, "lobo çerval".
18. **B**: + "como o asno que o chacal alegou não ter coração nem orelhas".
19. "e o que havia extraviado de minha alma": وَمَا كُنْتُ ضَيَّعْتُ مِنْ نَفْسِي, *wa mā kuntu ḍayyactu min nafsī*.

20. Guidi: + "e eu não te censuro, pois mais cabe a mim o reproche, e sou merecedor, por ter abusado de tua amizade e companheirismo, da tristeza e do arrependimento".

O devoto e o mangusto

1. Por "devoto" traduziu-se a palavra árabe ناسِك, *nāsikun*, que corresponderia, em outras situações, a "asceta". Já "mangusto" é a única palavra disponível em português para traduzir ابْنُ عِرْس, *ibnu ʿirsin*, pequeno mamífero de corpo esguio e cauda longa encontrado na África e Ásia, e que se alimenta de pequenos animais e de cobras venenosas. Na tradução espanhola, "can". O relato principal contém os mesmos elementos de um dos relatos da coletânea *Os sete vizires*, cuja versão espanhola medieval tornou-se conhecida como *Sendebar*.
2. Na tradução espanhola, "Jorgen"; em **B**, que difere de todas as demais edições árabes, "Jarkān"; na antiga versão siríaca, "Sarbaz".
3. Observa Cheikho sobre esta história: "é esta a história da qual La Fontaine tirou uma de suas mais belas fábulas, *A leiteira e o pote de leite* [...]. Ela está igualmente nas *Mil e uma noites*, na história de Jilʿād e Xammās". Esse relato também apresenta alguma semelhança com o início do relato do quinto irmão do barbeiro nas mesmas *Mil e uma noites*.
4. "moeda de ouro": دينار, *dīnārun*. Na tradução espanhola, "tantos maravedís".
5. "Māmih": em **B**, *māfīh*, possível má leitura de **māmīh*. Na tradução espanhola, "muy buen nonbre", que corresponde ao que consta em **C**, **D** e demais edições árabes. Observa Miquel: "Esse nome não se encontra nas outras edições. Talvez algum copista tenha deformado uma palavra persa que poderia ser *māh*, lua ou um de seus compostos. Esse termo, com efeito, emprega-se em persa, de modo metafórico, para designar um ser amado. Aqui, esse sentido conviria particularmente, sob sua forma simples ou uma das compostas: *māh-peyker*, que tem um feitio semelhante à lua, donde: belo e querido; *māh-rouy* (mesmo sentido), *māh-tāb*, clarão de lua, donde: visão do objeto amado; *māh-vèsch*, semelhante à lua, etc. Este nome Māmeh poderia ser também uma

deformação de *māhou*, ornamento: um governador de Sijistān, sob Yezdejir, assim se chamava."

6. "ministrarei excelente instrução": أؤَدِّبُهُ أدَبًا حَسَنًا, *'u'addibuhu 'adaban ḥasanan*. Desta feita, não se traduziu a palavra *'adab* como "decoro", ao contrário do que se vinha fazendo ao longo deste trabalho. Na tradução espanhola, "enseñarle he buenas costumbres".
7. Guidi: + "mas confia em teu senhor e esforça-te na adoração [a ele], pois o homem só pode fazer imagens na parede se estiver de pé; caso caia, não poderá fazê-lo".
8. Na tradução espanhola: "un culebro muy grande negro".
9. **B**: "'é este o fruto da pressa'. [Disse o filósofo:] e este é o paradigma de quem age sem se certificar do que faz nem refletir". **C** e **D**: "e então ele lhe deu a notícia da boa ação do mangusto e da má compensação que lhe dera, e ela disse: 'este é o fruto da pressa'. [Disse o filósofo:] este é o paradigma de quem não reflete sobre o que faz, procurando, ao contrário, alcançar seus objetivos com rapidez e pressa". Na tradução espanhola: "Et él fízogelo saber todo cómmo acaesçiera, et díxole la muger: – Este es el fruto del apresuramiento, et del que non comide la cosa antes que la faga, et que sea bien çierto della: arrepentir-se quando non le tiene pro." Guidi: "quem age com pressa e não reflete se arrependerá, mas o arrependimento em nada o beneficiará".

'Iblād, 'Īrāḫt e Xādarm, rei da Índia

1. Os capítulos anteriores, desde "O leão e o touro" até "O asceta e o mangusto", encontram correspondentes no *Pañcatantra*. A partir deste, porém, as fontes são outras. A se notar, entre outras coisas, a reelaboração dada pelos muçulmanos ao texto; o narrador Baydabā, brâmane, já fora transformado em "filósofo", o que é bastante apropriado, uma vez que a presente história se constitui em ataque aos brâmanes, o que, de outro modo, tornaria inverossímil ou, pelo menos, problemática sua narrativa por um brâmane. Em **C**, **D** e demais edições árabes, bem como na tradução espanhola, este capítulo se en-

contra em seqüência diferente. O manuscrito que serviu de base para **A** traz, no título, "Bilād̲" em lugar de "'Īrāẖt", lapso corrigido pelo organizador. Em **C** e **D**, o rei se chama "Bilād̲" e o vizir, "'Īlād̲". Em **B**, o vizir denomina-se igualmente "'Īlād̲". Na composição em versos de Ibn Alhabbāriyya, o rei chama-se "Haylār", e o vizir, "Baylār". Na tradução espanhola, o rei chama-se "Çederano", o vizir, "Beled", e a mulher, "[H]Elbed". Como variantes da forma "Xādarm", Guidi registra "Sādaqarm", "Sādaram" e "Sādāt", além de "Sedras" na tradução de Giovanni di Capua. Afirma Cheikho: "Este capítulo carrega, nas duas versões siríacas, o título de *Bilar*, nome dado ao asceta que exerce aqui o papel de ministro, denominado em árabe إيلاذ ['Īlād̲]. Keith-Falconer assinalou, justamente, que a origem desta fábula é budista e revela ódio aos brâmanes, contrariamente às outras fábulas. Ela se encontra nas duas versões siríacas e na versão tibetana [do século VII] que deriva diretamente do sânscrito. Na edição de Silvestre de Sacy, está bem mais resumida; porém, nosso texto corresponde de um modo mais exato às versões antigas e a um bom número de manuscritos árabes, entre os quais aquele do qual o prof. Guidi publicou diversos extratos muito semelhantes à nossa recensão." Ainda segundo Cheikho, os nomes do rei e da rainha na versão siríaca antiga são, respectivamente, "Schetperam" e "Irād", e, na recente, "Devaçarman" e "Ilār". **Obs.**: na presente tradução, será omitido o sinal apóstrofo inicial dos nomes 'Īrāẖt e 'Iblād, que transliteram a consoante oclusiva glotal surda conhecida em árabe como "*hamza*".

2. Na tradução espanhola, "si es mesura, o nobleza de coraçón, o esfuerço, o franqueza".
3. "Decreto divino": الْقَضَاءُ, *alqaḍā'u*. Na passagem anterior, "acaso" traduz الْقَدَرُ, *alqadaru*, que poderia ser também traduzido como "destino".
4. "Certo rei [...] chamado": traduzido de **C** e **D**. Em **A** e **B**, após a descrição de Iblād, ocorre elipse, entrando-se abruptamente na narrativa dos sonhos do rei. Na tradução espanhola, a história se abre falando do rei e só em seguida refere o conselheiro, o que parece mais adequado. Em **C** e **D** ocorre o mesmo, embora o relato se encontre bastante resumido.
5. "Religioso": ناسِكٌ, *nāsikun*, palavra que, no decorrer desta tradução, tem sido normalmente traduzida por "asceta". Na tradução espanhola, "privado".

6. Diferentemente de todas as versões árabes, a tradução espanhola traz logo neste ponto a descrição de tais sonhos: “Et aquel rey, yaziendo en su lecho durmiendo, vido en sueños una vissión siete vegadas, una en pos de otra, et despertó muy espantado. Et la vissión era ésta: dos truchas bermejas que venían contra él enfiestas en las colas, et dos ánades bolando en pos dellas et que se le paravan delante; et una culebra que le saltava a los pies. Et veía otrosí que su cuerpo estava todo bañado en sangre, et que le avían lavado el cuerpo con agua. Et vio que estava en pie ençima de un monte blanco; et veía que tenía en la cabeça una cosa que le semejava fuego; et veía una ave blanca que le picava en la cabeça con su pico.”
7. **C** e **D**: + “aterrorizado”.
8. Tradução espanhola: + “una gente de una seta que él avía estroído et perseguido tanto, que los avía estragado, et echado de sus tierras, et muerto muchos dellos”. Para traduzir “brâmanes”, o texto espanhol, praticamente transcrevendo a palavra árabe البَرَهْمِيُّون, *albarhamiyyūna*, utiliza “Albarhamiun” (que no decorrer do texto sofre alguma variação, como, *v.g.*, “Albarhamiud”). Os organizadores observam que “se trata da primeira manifestação léxica da palavra brâmanes na Espanha”. Cf. o *Diccionario de arabismos...*, de F. Corriente, *op. cit.*, p. 264.
9. “Ascetas”: em árabe, a palavra é a mesma que a utilizada para caracterizar Iblād, e que foi traduzida por “religioso”. Aqui, contudo, a conotação é diversa.
10. **A** e **B** trazem “filho dela”, com o objetivo de enfatizar o fato de que Jūbar era filho do rei com Īrāḫt. Mas, como tal redação poderia gerar ambigüidade, optou-se por “vosso” – afinal, o jovem era também, e antes de tudo naquela circunstância, filho do rei. Em **C** e **D** acrescenta-se: “teu filho mais amado e melhor”. Em **B**, **C** e **D**, “Juwayr”; na tradução espanhola, “Genbrir”.
11. “Jurista”: فَقِيه, *faqīhun*, também traduzível por “legista”, “jurisconsulto” ou “teólogo”. No manuscrito de **A**, o nome tinha a forma “Kābāyāyrūn”, alterado pelo responsável sob o argumento de que a forma por ele adotada seria a mais próxima do original sânscrito; em **B**: “Kanān Abzūn”; **C** e **D**: “Kabāryūn”; Guidi: “Kabārīnūn”; tradução espanhola, “Cainerón, el philósofo”. Os demais nomes também apresentam formas diferentes nas versões árabes, bem como a lista de exigências dos brâmanes; por exemplo: “Kāk” torna-se “Kāl”

em **B**, **C** e **D**, que acrescentam à lista, entre outras coisas, "tua espada [**C** e **D**: + que não tem semelhante]", relativamente à qual a tradução espanhola é mais explícita: "et que quebrantes la tu mejor espada del tu mayor presçio". Quanto ao jurista, **C** e **D** acrescentam: "o sapiente virtuoso, sabedor de todos os assuntos, para nos vingarmos do que ele nos fez".

12. "tivermos [...] vidas": وَاسَيْنَاكَ بِأَنْفُسِنَا, *wāsaynāka bi'anfusinā*.
13. Na tradução espanhola, o discurso da mulher do rei ("Helbed") é bem diferente: "Qué as, señor loado, o qué oíste dezir a los Albarhamiud por que tienes cuidado et dolor? Et yo non lo sé, ca si lo sopiese, estaría triste contigo. Et tanto veo de la tu tristeza et pesar et cuidado, que me pesa de coraçón. Et non puedo ser triste por lo que non sé, ca el rey es tal con el pueblo commo la cabeça con el cuerpo: quando la cabeça está bien, el cuerpo está bien. Et nós non podemos ser alegres seyendo nuestro rey triste et con pesar". Apesar de não constar de nenhuma das edições árabes disponíveis, a analogia do reino com o corpo era bastante comum nos tratados árabes sobre o poder e seu exercício.
14. "Quem [...] teme": فَإِنَّ الْمُذْنِبَ لا يَقْنَطُ مِنَ الرَّحْمَةِ، ولٰكِنَّهُ يَتوبُ مِمَّا يَخافُ مَغَبَّتَهُ, *fa'inna-lmudniba lā yaqnaṭu mina-rraḥmati, wa lakinnahu yatūbu mimma yaḫāfu maġabbatahu.*
15. **C** e **D**: "ao ouvir aquilo, Īrāḫt ficou assustada, mas sua inteligência impediu-a de demonstrá-lo para o rei, e disse:". Tradução espanhola: "Et quando Helbed esto oyó, non le mostró ningunt miedo, mas sonriósele en la cara, et díxole".
16. "Íntegro": مُجْتَهِد, *mujtahidun.*
17. **B**: + "velozmente".
18. Por "aposento" traduziu-se a palavra إيوان, *ʾīwānun*, que consta somente do dicionário de Dozy e sobre a qual os editores árabes não apresentam uma nota sequer. A passagem não consta da tradução espanhola nem de **C** e **D**.
19. **C**: "disse-lhe o sábio [Kabāryūn]: 'se quiseres, narra-me os teus sonhos, e se quiseres eu os narrarei para ti e te informarei a respeito de tudo quanto sonhaste'. Respondeu o rei: 'é melhor ouvir, então, de tua boca'."
20. **C** e **D**: "o rei de Nahāwānd". A tradução espanhola omite o nome do responsável pelo envio.
21. Tradução espanhola: "mill libras de oro".

22. "província": عَمَل, ʿ*amalun*. **B**, **C** e **D**: "rei de Ṣanjīn [**B**: Ṣaḫīn]". Tradução espanhola: "Alhinde", transliteração da palavra árabe الهند, *Alhindu*, "Índia".
23. **C** e **D**: "Kāzarūn"; tradução espanhola: "Cadarón"; na tradução siríaca tardia publicada por Wright, "Tarsur, rei de Galsiun".
24. **B**: "Ruzz"; **C** e **D**: "Rihzīn"; tradução espanhola: "un rey romano" (consta somente de um dos manuscritos). Informa Cheikho que este rei "é chamado de Raez ou Raz nas versões siríacas" e, num manuscrito do século XVIII, de "Rahzīz".
25. Para este sonho, **A** acrescenta ainda: "e um elefante branco que os corcéis não podem alcançar", que se julgou mais conveniente levar à conta de erro de cópia do manuscrito ou de revisão da edição em livro, uma vez que esse mesmo item aparecerá mais adiante.
26. **C** e **D**: "'Arzan"; tradução espanhola: "un rey".
27. Este sonho, por evidente defeito de cópia, não consta de **B**.
28. **B**: "Ḫayyār"; **C** e **D**: "Kaydūr"; tradução espanhola: "Candor". Para as variantes dos nomes desta passagem, a crítica normalmente remete à introdução do orientalista Wright à sua edição da tradução siríaca tardia.
29. A tradução procurou manter a modulação do original, em cujo texto, na primeira frase, o rei se refere a si mesmo no plural, e logo a seguir no singular.
30. **B**: + "não devemos ficar tão admirados do que fizemos, pois o servo deve oferecer-se à morte no lugar de seu senhor".
31. "vosso": **B**. Em **A**: "teu".
32. **B**: "Kūrqanāh"; **C** e **D**: Ḥūrqanāh; Guidi: "Jūrqanāh"; tradução espanhola: "Orfate"; nas versões siríacas, "Gulpanah" ou "Gulpah". Em **A**, o nome dessa personagem só aparece mais adiante, e seu texto, diferentemente das outras redações árabes, limita-se neste ponto a referir Jūrbanāh como مُسامِيَة, *musāmyatun* (rival) de Īrāḫt. Na tradução espanhola, as duas são referidas como "las más honradas de sus mugeres", que corresponde ao que consta em **C** e **D**.
33. Tradução espanhola: + "et dezía que era vizco".
34. O episódio da piscadela não consta de **C** e **D**, que se limitam ao seguinte: "então os presentes foram colocados diante de Īrāḫt, que tomou para si o diade-

ma, ao passo que Ḥūrqanāh tomou para si uma vestimenta das mais opulentas e formosas".

35. "contemplou-a desejoso": اِشْتَاقَ إِلَيْهَا, *ixtāfa 'ilayhā*.
36. "alegria malsã": شَمَاتَة, *xamātatun*.
37. "os quais [...] arrojo": فإنّه إذا سَمِعوا به لم يُعَدّ مَنْ صاحَبَه عَقلاً ولا حَزماً, *fa'innahu 'idā samiᶜū bihi lam yuᶜadda man ṣāḥabahu ᶜaqlan wa la ḥazman*. **B**: وإنّه إذا سَمِع بهِم لم يُعْدِمْ مِن صاحِبِه عَقلاً ولا حَزماً, *wa 'innahu 'idā samiᶜa bihim lam yuᶜdim min ṣāḥibihi ᶜaqlan wa la ḥazman*. Na tradução espanhola, "Ca si lo oyeren, non lo ternán por seso nin por acuerdo".
38. Note-se que se trata da primeira vez, no texto, que uma história é introduzida por uma fórmula diferente da habitual وكَيْفَ كان ذلك؟, *wa kayfa kāna dālika?*, "e como foi isso?". Essa modificação ocorre em todas as edições árabes, bem como na tradução espanhola, que traz: "Di, Belet". Tal fato se deve, certamente, à mudança da fonte, que, a partir desta história, deixa de ser o *Pañcatantra*.
39. Tradução espanhola: "campos".
40. Tradução espanhola: "Dixo la fenbra: – Non comí nada, nin me llegué a ello, mas cuando lo aí pusimos estava liento, et agora, por la diversidat del tienpo, está seco".
41. **C** e **D**: + "'quando penso em ti, percebo o quão injusto fui contigo, mas não posso remediar o que já está feito'. E permaneceu nessa tristeza, sem nada comer ou beber, até que morreu ao lado dela". Na tradução espanhola, não consta a última fala do pombo, substituída pelo discurso direto do narrador: "et echóse çerca della et non comió nin bevió fasta que murió".
42. Observa Cheikho: "aqui começa a interminável série de lamúrias do rei sobre a perda de sua esposa Īrāẖt e as respostas enigmáticas de seu ministro Iblād, que não quer revelar categoricamente a verdade sem estar bem assegurado de que o rei está de fato aflito pela morte de sua mulher. Este diálogo encontra-se muito mais abreviado em Sacy; porém, está tal e qual nas edições siríacas e em nosso manuscrito *B*. Guidi o encontrou, com sua desesperadora duração, no manuscrito do qual deu alguns extratos (*Studii*, XLII-LX)".
43. Na tradução espanhola: "Uno es el que dize la palabra et se cunple".
44. Em **B**: "são dois aqueles cuja felicidade e bem-estar neste mundo são curtos

quando sofrem o longo [*sic*] mal: aquele que diz 'não há prestação de contas nem punição' e aquele que nunca exerce a piedade".

45. "clarividente": بَصيرٌ, *baṣīrun*. Na tradução espanhola, "el que ha los ojos claros".
46. "pois é isso que mereces"; **B**: "pois é contra gente como tu que se fazem prevenções e alertas".
47. "nem nada [...] interesse": ولا شَيْءَ إلا ما هوَ فيهِ, *wa lā xay'a 'illā mā huwa fīhi*.
48. "tens [...] respostas": إنَّكَ لَمُلَقَّى الْجَوابِ, *'innaka lamulaqqà-ljawābi*.
49. "mulher [...] apaixonada": المَرأةُ المُسَمَّاةُ [B: المُهَيَّأةُ] لِبَعْضِ مَنْ تَهْوَى مِنْ ذَوي الأَحْسابِ, *almar'atu-lmusammātu* [**B**: *almuhayya'atu*] *liba*c*ḍi man tahwà min ḏawiyi-l'aḥsābi*. Outra tradução possível seria: "mulher designada [*ou, conforme* **B**, 'preparada'] para ser amante de algum nobre". Em **C** e **D**, "mulher dada a um nobre a quem ama". Na tradução espanhola: "Tres son los que responden çierto: el que cunple su mandamiento en su regno et en su poderío; et el omne que sabe la ley et faze sus obras; et el maestro bueno que faze bien la obra, et en conparaçión del que non la sabe."
50. Em **C** e **D**, o confronto verbal entre o rei e o vizir se encerra neste ponto.
51. "homem [...] barbeia"; **B**: "médico que trabalha com navalha mas não o faz direito, dilacerando a carne das pessoas".
52. "Suas almas": أرْواحُهُم, *'arwāḥuhum*. Trata-se da primeira ocorrência dessa palavra no texto.
53. **B**: + "pescoço mais grosso do que o dos criminosos devassos, esse sim merece ser alvo de zombarias e suspeitas quanto ao que diz de si mesmo, uma vez que quem se consome na obediência a Deus tem o corpo magro e pouco apetite".
54. "mulher [...] casta"; **B**: "mulher que zomba daquela que tem marido, sendo ela própria, muitas vezes, impudica". Na tradução espanhola, "et la muger virgen que escarnesçe a la maridada". Neste item, aliás, a tradução espanhola refere que "quatro son los que deven ser escarnidos", sendo o quarto "el que dize de lo que es ya fecho et pasado: 'Quisiese Dios que non fuese'".
55. "freqüentar": وِرْدٌ, *wirdun*. Apesar da discussão encetada por Miquel, parece que esse substantivo ("nome de ação") nada tem que ver aqui com "leitura do *Alcorão*", antes significando, muito simplesmente, o ato de "freqüentar", "dirigir-se a", tal como é usado, aliás, em outras partes deste texto.

56. "aos soberbos [...] iguais". Como observa Miquel, a frase é obscura. Em **B**: "aos soberbos tal como se proferissem disparates junto com os demônios: o ignorante que ensina ao mentecapto, aceita suas palavras e, com sua ignorância, trava discussões com ele: nesse caso, além de não ter feito nada, logo se arrependerá".

57. "aquele [...] mentiras": والَّذي يَهيج السَّفيهَ ويتحرَّش به فيُسْمعه [**B**: + مُتعمِّداً] أذاه والكذبَ عليه فيُؤْذي بِذلِك نفسَه, *wa-lladī yahīju-ssafīha wa yataḥarraxu bihi fayusmiʿuhu* [**B**: *mutaʿammidan*] *'adāhu wa-l-kidba ʿalayhi fayu'dī bidālika nafsahu*. A dificuldade nesse trecho consiste em saber qual seria o sujeito de "fazer ouvir", se "aquele que provoca" ou se o "mentecapto". Já a redação de **B** não deixa dúvidas quanto ao sujeito, que seria "aquele que provoca".

58. "com um desconhecido"; **B**: "com quem não conhece, com justiça, o que se passa entre si e seu oponente".

59. **B**: + "clarividente para juntar dinheiro, conseguir amigos, fazer edificações e realizar difíceis obras, mentindo em tudo quanto menciona".

60. "Alma": رُوحٌ, *rūḥun*, cuja tradução mais apropriada talvez fosse "sopro vital". Atualmente, usa-se com o sentido de "espírito".

61. **B**: + "e tornando-se merecedor, por essa falta, de punição".

62. **B**: + "e que alega ter ciência de todos os trabalhos e ofícios, sem se aperceber do problema [غَوْرٌ, *ġawrun*] implicado por tais palavras, pois a qualquer momento ele precisará das referências de quem está acima ou abaixo dele".

63. **B**: + "ao matar Īrāḫt".

64. "atrocidade": الأمْرُ العَظيم, *al'amru-lʿaẓīmu*, literalmente, "coisa grandiosa", "enormidade". A redação de **A** e **B** é a mesma, mas Cheikho propõe, para o verbo يَرْتَكِب, *yartakibu*, "cometer", a leitura يَتْرُك, *yatruku*, "abandonar", o que mudaria o sentido da frase: "rei que se propõe fazer coisas grandiosas mas as abandona".

65. "meus bons hábitos": سُنَّتي, *sunnatī*. Também se poderia traduzir por "minha lei". Na tradução espanhola: "Si fizieras segunt ley, non mataras a Helbet".

66. "Dizendo [...] pata": **B**. Em **A**, a redação é confusa: "a fim de empurrá-lo com a pata". Na tradução espanhola: "el avezilla que yaze en el árbol et alça el un pie con miedo que le caerá el çielo de suso, et que lo terná con él".

67. Observam os organizadores da tradução espanhola: "as iconografias atribuem à grua uma condição vigilante, previdente e sábia. Costuma ser representada apoiando-se sobre uma de suas patas, ao passo que, com a outra, sustém uma pedra; se dorme, o som produzido quando cai a pedra desperta-a".

68. "mantendo-se [...] fome": **B**. Em **A**, a redação é mais redundante: "e disto ela tem medo".

69. "acaso [...] Īrāẖt": أكُنْتَ نذرْتَ أنْ تَقْتُلَ [**B**: لِتَقْتُلَنَّ] إيراخْتَ [**B**: + قَتْلاً], *'a kunta nadarta* (ou *nudirta*) *'an* [**B**: *litaqtulanna*] *'īrāẖta* [**B**: + *qatlan*]. A dificuldade, neste caso, prende-se ao sentido do verbo "*nadara*". Na tradução espanhola, que poderia ter sido um bom referencial, o trecho falta. Outra tradução possível: "acaso não poderias ter-te guardado de matar Īrāẖt?"

70. "dedicação": نُذُور, *nudūr*, literalmente "votos". Aqui, forçou-se um pouco o texto da tradução a fim de manter o jogo de cognatos do original.

71. Neste ponto, pela primeira vez, perde-se o paralelismo provocado pelo uso de termos cognatos. Também a partir daqui se acentuam as divergências entre **A** e **B**, com supressões e alterações na ordem dos diálogos, das quais se procurará dar conta na medida do possível.

72. "do bom [...] caminho": عَنِ الْقَصْدِ إلى الْجَوْر, *ᶜani-lqaṣdi 'ilà-ljawri*, literalmente, "do [bom] propósito para a injustiça".

73. "grupo": نَفَر, *nafarun*. Trata-se da primeira ocorrência desta palavra no texto. Também se poderia traduzir por "indivíduos".

74. "a cólera [...] corpo": segundo declaração expressa de ᶜAzzām, o trecho não consta de **A**, tendo sido sacado de **B**.

75. **B**: "dezesseis mil mulheres".

76. "marido": acatou-se aqui a sugestão de Cheikho, que leu مَرْء, *mar'* (ou *mur'*) onde os originais de **A** e **B** consignam أمْر, *'amr*, "questão", "mister", "coisa referente a".

77. "é de quatro [...] condição"; **B**: "são quatro os que não conseguem encontrar semelhante".

78. "homem [...] pode"; **B**: "homem que se propõe a derramar sangue".

79. "caluniador [...] mundanos": الْقاذِفُ النَّاسَ بِالْبُهْتانِ عَنْ عَرَض الدُّنيا, *alqādi-fu-nnāsa bilbuhtāni ᶜan ᶜaraḍi-ddunyā*. Formulação de final obscuro, somente com-

preensível se for cotejada com o trecho correspondente em **B**: القاذِفُ بالزَّوْرِ والبُهْتانِ لِلنّاسِ عَنْ عَرَضٍ مِنَ الدُّنيا طمع فيه [possivelmente طَمْعاً فيها], *alqādifu bizzawri wa-lbuhtāni linnāsi ʿan ʿaraḍin mina-ddunyā ṭamiʿa fīhi* [*ṭamʿan fīhā*].

80. "homem [...] médico"; **B**: "homem reputado como possuidor de muito dinheiro, mas que não o tem".
81. "homem [...] devassa"; **B**: "mulher devassa", apenas.
82. "avarento com suas coisas": البَخيل بما عِنْدَهُ, *albaḫīlu bimā ʿindahu.*
83. "infligindo tormento"; **B**: "enganando". Compare-se a semelhança das grafias: عَنَّيْتَ, *ʿannayta*, e غَبَنْتَ, *ġabanta*, respectivamente, "atormentaste" e "enganaste".
84. "é de nove [...] decoro"; **B**: "oito são os que se enganam a si mesmos e aos outros: o pouco dotado de inteligência que se propõe muito ensinar; o homem poderoso e dotado de inteligência mas que não sabe usar de argúcia; aquele que busca o que não conseguirá nem deve conseguir; o vulgar, devasso, descarado e desmesurado que se basta com suas próprias opiniões, prescindindo da consulta a companheiros que possuam inteligência e bons conselhos; aquele que trapaceia com reis e poderosos, e que não tem magnanimidade nem saber; estudioso que entra em disputas com quem tem mais saber do que ele, não aceitando o que este lhe ensina; adulador de reis que não lhes tem sinceridade nem lhes dá sua estima; e rei cujo intendente e despenseiro é mentiroso, desvairado, de má índole e não aceita o decoro de quem tenta ensinar-lhe".
85. "camponês [...] lavoura"; **B**: "o conhecedor da guerra, durante as operações de guerra". Note-se, porém, que pode ter havido confusão entre a grafia das palavras حَرْب, *ḥarbun*, e حَرْث, *ḥarṯun*, respectivamente "guerra" e "lavoura".
86. **B** traz ainda os seguintes diálogos que não constam de **A** (*a tradução foi, por vezes, dificultosa, em virtude da redação confusa, tão confusa que Cheikho eliminou vários deles em sua edição escolar*): 1) Disse o rei: "quem dera eu tivesse tal saber antes, pois hoje ele me é de pouco proveito e benefício". Respondeu Īlāḏ: "são três [*quatro, como se verá*] as coisas que devem ser sabidas antes que ocorram: se o guerreiro pode de fato com o inimigo antes que se tenha necessidade dele; aquele que entra em disputas sobre algo valioso; o homem que, admirando suas pró-

prias opiniões mas não tendo inteligência, deve lançar-se à procura de um árbitro de decisões justas, puro, sábio, que não julgue por paixão nem aceite propinas, a fim de que julgue entre si e seu adversário; e o homem que, tendo convidado um nobre para comer em sua casa, esquece de preparar a comida e tomar as demais providências condizentes: esse não deve perturbar-se por causa da pressa em fazê-lo, pois assim se exporá, e também aos seus, a grandes sofrimentos". 2) Disse o rei: "não distingues a inocência do pecado, Īlāḏ". Respondeu Īlāḏ: "são quatro os que não pensam na inocência nem no pecado: homem fortemente adoentado; homem que teme seu senhor; aquele que se defende de seu inimigo [المكافئ لعدوه, *almukāfi' liᶜaduwwihi*]; o humilhado [المظلوم, *almaẓlūmu*] ousado e desprezível que não teme quem é superior a si". 3) Disse o rei: "ficaste desprovido de todo bem, Īlāḏ". Respondeu Īlāḏ: "são quatro os que ficaram desprovidos de todo bem: aquele cujo corpo está repleto de injustiça e pecado; o homem vil [الخسع, *al-ḫasiᶜ* ?] que se auto-admira; aquele que se habituou ao roubo; e aquele que célere se encoleriza e lentamente se acalma". 4) Disse o rei: "não deveríamos mais acreditar em ti, Īlāḏ". Respondeu Īlāḏ: "são quatro aqueles nos quais não se deve acreditar: cobra audaciosa; qualquer fera temível dentre os animais; os pecadores e devassos; e o corpo que já está condenado à morte". 5) Disse o rei: "os homens dotados de dignidade não devem ser alvo de zombarias e jocosidades". Respondeu Īlāḏ: "são quatro os que não devem ser alvo de zombarias e jocosidades: o rei de grande autoridade; o asceta devotado a Deus; o feiticeiro vil; e o homem de caráter miserável e índole voraz". 6) Disse o rei: "ninguém deveria dar-te confiança nunca, Īlāḏ". Respondeu Īlāḏ: "são quatro os que não merecem confiança: o ladrão, o mentiroso, o hipócrita e o rancoroso intolerante". 7) Disse o rei: "deste cabo de Īrāḫt; mataste-a torpemente, Īlāḏ". Respondeu Īlāḏ: "são seis as coisas torpes: rei injusto, cujo poder é torpe; sábios que não obram conforme seu saber, que então se torna torpe; aquele que tenta bloquear [a luz] do sol e da lua, pois tal bloqueio é torpe [الحاصِرُ حَصْرَ الشَّمْسِ والقَمَرِ فَحَصْرُهُم لها إفْكٌ, *alḥaṣiru ḥaṣra-xxamsi wa-lqamari faḥaṣruhum lahā 'ifkun*, formulação quase ininteligível]; os pecadores que pecam, pois os pecados são torpes; o roubo na escuridão da noite é torpe; a mulher que entra em contendas, sua língua é torpe;

mencionar a verdade diante dos brâmanes é torpe; e o sono dos vigias de estrada e dos pescadores é torpe".

87. Entre essas duas frases, **B** traz: "não há na terra rei como tu, nem semelhante a ti, nem houve no passado nem haverá até o final dos tempos [آخِـرِ الأبَـدِ, *'ā ḫiru-l'abadi*, literalmente "o final da eternidade"], pois a cólera não te subtraiu a magnanimidade. Eu, com minha humilde posição e débil disposição, disse o que disse e permaneceste calmo e solene, tal como os que a ti se assemelham em saber, magnanimidade e delicadeza, graças a teu amor pela integridade e bem de todos. Por isso, quando te ocorre alguma desgraça, isso se deve ao mau agouro proveniente dos astros, e, quando se realiza uma parte do desgosto que Deus a ti prescreveu e te sucede alguma terrível questão que te obrigue a fazer algo gravíssimo, não te aterrorizas nem hesitas, mas buscas consolo para tua alma e demonstras resignação e longanimidade com o fato". Segue-se, ainda, mais um trecho sobre as características dos reis, relativamente longo e incompreensível, a tal ponto que Cheikho o suprimiu inteiramente de sua edição escolar.

88. "ó rei"; no original de **A**, "ó reis".

89. Essa variação no discurso dirigido ao rei, que é tratado simultaneamente como "tu", "vós" e "ele", está no original de **A** e de **B**.

90. Em **B**, cujo original neste ponto diverge bastante do de **A**, além do vocabulário a ordem dos eventos é diversa: o vizir, a pedido do rei, traz Īrāḫt, que imediatamente faz seu discurso. E, após o compromisso do rei, o texto de **B** termina assim: "Em seguida, o rei deu aquelas vestimentas a Īrāḫt e depois entrou no lugar onde ficavam suas mulheres, feliz e contente. Ato contínuo, combinou com Īlāḏ a morte daqueles que quiseram destruir os membros da corte e da família do rei, e foram todos mortos, expropriados e expulsos do país. E o rei regozijou-se junto com os principais do reino, e agradeceu e louvou a Deus, agradecendo também a Kanān Abzūn por seu superior saber e vasta magnanimidade, pois foi mediante seu saber que se deu a salvação do rei, de sua mulher, de seu filho e de seus bons vizires, que para ele são as criaturas mais amadas. Este é o capítulo da magnanimidade, inteligência e decoro." De maneira geral, as versões de **C** e **D** estão mais próximas de **B**, embora resumi-

das. Já a tradução espanhola se encerra, após a fala do vizir, com o seguinte: "Et quando esto oyó el rey, ovo muy grant plazer et mandóla [a mulher] luego traer ante sí. Et demandóle perdón, et fizo merçed a Belet porque non la mató." Não obstante, observam os organizadores: "o final do manuscrito B é mais extenso, já que narra com maior número de detalhes a reconciliação entre o rei e Helbed. O copista de B não amplificava por sua conta, pois sua conclusão coincide com as versões árabes, hebraicas, latina de R. de Biterris etc.".

Mihrāyaz, o rei dos ratos

1. Este capítulo não consta da maioria dos manuscritos, e a única edição árabe que o traz, além de **A**, é **B**, mas num anexo (doravante referido como **B1**), uma vez que não constava do manuscrito que lhe serviu de base. O texto tampouco consta da tradução espanhola, muito embora uma das evidências de sua antiguidade seja o fato de constar na tradução siríaca antiga, do século VI. Sobre este capítulo afirma ᶜAzzām que "sua linguagem e seu estilo testemunham que não foi redigido por Ibn al-Muqaffaᶜ, e só o mantivemos aqui para preservar o manuscrito que ora editamos e dar início às pesquisas sobre os capítulos originais e adicionais do livro. Mantivemos suas sentenças mal construídas da maneira em que se encontravam, exceto o que fosse incompreensível". Cheikho, por seu turno, diz o seguinte: "Este capítulo do *Rei dos ratos e seus ministros*, dissemos em nosso Prefácio, é uma adição à obra Kalilah e Dimnah. Em sua edição, De Sacy já havia dado um resumo, a partir de dois manuscritos da Biblioteca Nacional, sem lhes conceder grande importância. Esta fábula, desde que foi encontrada na antiga versão siríaca de Būd, editada por Bickell, atraiu novamente a atenção dos orientalistas, e o sábio Nöeldeke publicou-lhe o texto árabe a partir de cinco manuscritos, anexando-lhe uma tradução alemã. Esta curiosa história se encontra em um dos nossos manuscritos, do século XIX, cujo texto não difere muito daquele publicado pelo eminente professor de Estrasburgo. Nós a reproduzimos servindo-nos de seu trabalho e combinando o texto dos diversos manuscritos".

2. *Parasanga*, como já se viu, é medida que corresponde a cerca de seis quilômetros.
3. Em **B1**, a região se chama "Dūrān", e a cidade, "Īdazīnūn".
4. Em **B1**: "Mihrāz".
5. Em **B1**: "Zūḏāma"
6. "rei [...] artimanhas"; **B1**: "o rei reconhecia a sua superioridade".
7. "inferir": نُخْرِج, *nuḫriju*.
8. "o rei deu o início [...] morte": **B1**. O trecho falta inteiramente em **A**. Não obstante alguns problemas de concatenação, julgou-se mais conveniente introduzi-lo diretamente no *corpus* da tradução, já que parece haver uma lacuna qualquer entre a indagação e a resposta dos dois vizires.
9. Não terá passado despercebido o fato de que falta algo no texto, especificamente no trecho das "duas calamidades", que não são explicitadas. Em **B1**, o discurso dos dois vizires é diverso: "quando o rei concluiu este provérbio, disseram-lhe Xīrā[c] e Baġdād: 'somos venturosos por ter-te como nosso líder, pois deténs o máximo de superioridade, inteligência e pareceres certeiros. Já se dizia: ‹o escravo, se o seu senhor for sapiente e ele, ignorante, será alcançado por algum louvor em virtude das belas ações de seu senhor›. Falamos [مُتَكَلِّمون, *mutakallimūna*, provável erro por مُتَّكِلون, *muttakilūna*, ‹dependemos›] de tua sabedoria e bom planejamento, pedimos a Deus a graça de atingires tudo o que pretendes no que se refere a essa questão, e estamos à tua disposição, pois com isso o rei terá grande nomeada por toda a eternidade, e nós estaremos atrás dele nessa memória, zelosos no esforço para concretizar o desejo do rei, em especial este assunto, que nos impõe a inteira doação de nossas almas e corpos a fim de que se realize o que ele pretende'".
10. "da medula e da espécie": في الأَصْلابِ وَالْجِنْس, *fī-l'aṣlābi wa-ljinsi*. A última palavra também poderia, aqui, ser traduzida como "raça". Quanto ao papel da medula na procriação, eis um trecho traduzido do "Escrito sobre o saber", de al-Muḥāsibī, autor árabe do século IX: "as criaturas se transmitem das medulas para os úteros, e dos úteros para este mundo, por onde elas passam e a partir do qual viajam para o lugar do Juízo Final".
11. "nem mesmo os arcanjos"; **B1**: "nem mesmo os reis". A diferença se deve, provavelmente, ao fato de as palavras مَلائِكَة, *malā'ika*, "arcanjos", e مُلوك, *mulūk*,

"reis", serem plurais de palavras que se escrevem praticamente do mesmo modo: مَلَك, *malik* ou *malak* (embora o mais comum, para "anjo", seja *mallāk*).

12. "e tais providências [...] sol": والعِناية تَحْتاج إلى حِرْصٍ كَما تَحْتاج ضَوْءُ العَيْنَين إلى ضَوْءِ الشَّمْسِ, *wa-lᶜināyatu taḥtāju 'ilà ḥirṣin kamā taḥtāju ḍaw'u-lᶜaynayni 'ilà ḍaw'i-xxamsi*. "Assim, a realização [...] sol": não consta de **B1**.
13. "dado e convencionado": ما قَد اتُّفِقَ عَلَيْه, *mā qadi-ttufiqa ᶜalayhi*. Em **B1**, a resposta do vizir está truncada.
14. Sem aduzir nenhuma explicação, Miquel traduz: "On raconte que'il y avait *dans un des pays de l'Indus un roi*". Tanto **A** como **B1** trazem, de modo claro e direto, "Nilo". Talvez ao tradutor tenha parecido imprópria a referência ao Egito, território até agora absolutamente alheio às histórias do livro. Também é possível que ele se tenha simplesmente esquecido de introduzir a explicação, uma vez que o trecho se encontra em itálico na sua tradução, tal e qual se reproduziu aqui.
15. "pelas três [...] mundo": في الثَّلاثةِ الأقاليمِ ونِصْفٍ مِنْ أقاليمِ العالَمِ, *fī-ṯṯalāṯati-l'aqālīmi wa niṣfin min 'aqālīmi-lᶜālami*. Como observa Miquel, trata-se de "alusão a uma repartição cosmogônica do universo". Obscura, a formulação impõe que se traduza de modos diferentes a palavra de origem grega *'aqālīm* (literalmente, "regiões"), que nela ocorre duas vezes.
16. **B1**: + "por causa da beleza da construção, da abundância de frutos e do amor pela terra".
17. **B1**: + "estaremos livres do mal que tais ventos violentos causaram aos nossos ancestrais".
18. Em **B1**, a resposta do vizir se interrompe neste ponto, introduzindo-se a seguinte fala do rei: "as venturas de que os homens gozam, a ponto de nelas sobressaírem, são as provenientes de cima; agora, quanto à realização de coisas e continuidade de obras, isso está entregue aos homens, ainda que a totalidade das coisas não se dê senão com favorecimento de cima. Esta questão [que propus] é obra humana, e não divina; dize, pois, o que tens a respeito". E a resposta do vizir é um resumo do que vem a seguir.
19. "o asno [...] orelhas": observa ᶜAzzām que "este provérbio foi conhecido na literatura árabe na época de Baxxār Bin Burd [poeta do século VIII], tendo

sido por ele versificado quando lho sugeriram como mote: "fiquei tal o asno que saiu à procura/ de cornos e voltou sem orelhas".

20. "a quem não souber [...] procura": **B1**.
21. "Assim, enquanto [...] recolhê-lo": não consta de **B1**.
22. "e o que este [...] transtorno" e "pondo-se [...] ele": **B1**.
23. "suponho [...] comigo"; **B1**: "ele não está sendo impedido de beber senão por algo que viu em mim; ele me olha e se alegra comigo. Deus exalçado é que me proporcionou isto assim que me pus a pensar nesta questão; assim que comecei a pensar, ele me destinou o que eu queria, e isto não se deu senão com ajuda de cima. Quem dera eu pudesse saber sob qual signo eu nasci e qual fortuna me está destinada em tal posição, para que me suceda tamanha glória; não há dúvidas de que eu sou um prodígio neste mundo".
24. "O dono [...] carregava"; **B1**: "O homem que o conduzia voltou-se para ver com quem estava brigando o antílope; quando viu o asno a seu lado, quis se apropriar dele, mas pensou: 'se eu me apossar deste asno, eles brigarão e eu não poderei controlá-los; assim, vou afastá-lo do antílope', e bateu no asno com um bastão que tinha nas mãos, e o asno fugiu, mas, logo que o homem retomou a caminhada, voltou novamente a dirigir a palavra ao antílope, que se irritou, pondo-se a brigar com ele; voltando-se, o homem pela segunda vez bateu com o bastão no asno, que fugiu, para depois fazer o mesmo pela terceira vez, e em todas elas, após se apresentar ao antílope, era surrado pelo homem".
25. "meus ancestrais [...] realizá-la"; **B1**: "meus ancestrais teriam tido a prevalência nesta questão, mas seu conformismo se deveu ao fato de servirem e suportarem os sofrimentos".
26. Em **B1**, após a história do rei que pretendeu obstruir os ventos, em vez desse parágrafo consta o seguinte: "Disse o rei dos ratos: 'já ouvi esse paradigma. Porém, costuma-se igualmente dizer que quem almeja qualquer coisa difícil por meio da qual logrará grandes resultados – mas, receando as coisas ruins, se abstém de ir avante – não se elevará a uma posição alta a não ser por acidente; a felicidade e a boa sorte consistem em que o homem, neste mundo, seja célebre pelas boas obras, pois a ninguém é dado levar deste mundo nada que o beneficie além de suas obras'. Disse o vizir: 'disseste a verdade, ó rei, pois nem toda obra produz benefício; os sábios também já disseram: quem por suas

próprias mãos carreia desgraça para si mesmo não merece dela salvar-se, e quem motivar a própria morte não terá lugar no paraíso'. Disse o rei: 'quanto a mim, digo que, caso me ajudes com tua consultoria, nós obteremos êxito; é necessário que zeles muito bem para que isto se realize'. Ao perceber que o rei estava muito ansioso por realizar aquele objetivo, e que a artimanha agora estava em suas mãos, o vizir disse: 'eu indico o que deve ser feito conforme minha capacidade; só disse o que disse até o momento por conhecer a sabedoria e o mérito do rei; quanto a mim, sou falto de conhecimento, e meus pareceres só se dão por causa da sorte e da força astral do rei. Os sapientes e os ignorantes já diziam: o sapiente deve consultar o ignorante, pois, quando o faz, o ignorante dá vazão à ignorância indicando o que não se deve fazer, e o sapiente não dará atenção à sua ignorância nem acatará suas palavras e pareceres, mas sim distinguirá as coisas, escolhendo as mais adequadas e transformando as palavras do ignorante em algo que seja adequado e correto. Destarte, o sapiente consulta o ignorante por dois motivos: primeiro, porque é possível que o ignorante revele o segredo de outrem quanto ao assunto, recorrendo ao sapiente para preservar tal segredo; ou então porque a sugestão do ignorante pode produzir alguma espécie de serventia. Assim, o que eu disse sobre esse assunto está apoiado no conhecimento e na inteligência do rei; que ele não se encolerize comigo e que o aceite gentilmente'. Disse o rei: 'tudo o que disseste é extremamente belo e veraz; é tudo como disseste, com uma única exceção, a de que és falto de conhecimento; para mim, não és falto de conhecimento, mas sim dotado de mérito integral, e eu te prefiro a todos os meus súditos'. Ao ouvir isso, o vizir disse: 'que o rei não acredite em si mesmo, pois tudo o que ele disse a respeito deste seu servo se deve à sua indulgência e piedade'."

27. "não sendo [...] mal"; **B1**: "e nos refugiemos em nossas tocas".
28. "talvez este gato não seja suficiente"; **B1**: "talvez este gato, sozinho, não reconheça esses ratos".
29. "Quando vir isso, o dono da casa pensará [...] comida": **B1**.
30. Nessa passagem, a redação de **B1** é mais minuciosa e explicativa, embora o sentido geral seja o mesmo.
31. Observe-se o que se afirmou a respeito do trecho final do "capítulo da pomba de colar".

O gato e o rato

1. Como afirma ᶜAzzām, este capítulo consta do *Mahābhāratā*. A partir dele, diminuem as diferenças entre as edições árabes.
2. "lealdade": **B**; **C** e **D**: "amizade e hostilidade".
3. Trata-se, conforme nota Miquel, do antigo nome do Ceilão, atual Sri Lanka. **B**, **C**, **D**, a tradução espanhola e Ibn Alhabbāriyya não referem país algum. Guidi, sem publicar os trechos, informa que dois de seus manuscritos trazem também "Sarandīb".
4. "frondosa árvore de muitos ramos": شَجَرَةٌ مِنَ الدَّوْحِ, *xajaratun mina-ddawḥi*; é o que consta em **A** e **B**. Na tradução espanhola, "un árbol que llamavan vairod". Ibn Alhabbāriyya: "bayrūd" (ou "bīrūd"). Em **C** e **D**: "árvore enorme". Informa ᶜAzzām que o nome da árvore é "bīrūz" na versão siríaca recente e "bīrāt" na antiga.
5. Segundo Miquel, *Farīdūn* "talvez seja um nome próprio persa (um antigo rei da Pérsia o carrega), ou uma simples derivação do árabe *farīd*, 'único, incomparável', ou ainda uma deformação de Fīrūz, nome do amigo de Dimna". Note-se que uma variante desse nome ('Afrīdūn) aparece na epopéia de "ᶜUmar Annuᶜmān", incluída nas *Mil e uma noites*. Seja como for, o nome do rato apresenta alguma variação em árabe; **B**, por exemplo, traz "Qarīdūn". Cheikho informa que na antiga versão siríaca o nome é "Perat", e, em hebraico, "Kavarioun". A tradução espanhola não traz nome para nenhum dos dois animais.
6. "Rūmī": literalmente, "Bizantino".
7. O mangusto (cf. cap. "O asceta e o mangusto"), tal como a coruja, é predador de ratos. Na tradução espanhola, "lirón" (em português, "arganaz" ou "leirão", mamífero roedor muito parecido com o rato).
8. "nem [...] pedaços": وَلَا يَذْهَبَنَّ قَلْبِي شَعَاعًا, *wa lā yadhabanna qalbī xaᶜāᶜan.*
9. "as inteligências [...] alcança"; na tradução espanhola, "los coraçones de los sabios mares son profundos".
10. "conhecer" (مَعْرِفَتِي, *maᶜrifatī*); **B**, **C** e **D** trazem "ajudar" (مَعُونَتِي, *maᶜūnatī*).
11. Guidi: + "com as duas mãos, levou-o ao peito, beijou-o, deu-lhe calorosas boas-vindas e disse: 'és o melhor amigo, e me acudiste no momento em que estou entregue à aniquilação'".

12. Nesse ponto, a tradução espanhola é bem interpretativa: “los amigos son en dos maneras: el uno es amigo puro, et el otro es el que faze amistad de otro en ora de cuita et de neçessidad”.
13. “Por isso [...] temor”: فَلا يَزالُ العاقِلُ يَرْتَهِنُ مِنْهُ بَعْضَ حاجَتِهِ بِبَعْضِ ما يَتَّقي وَما يَخافُ, *falā yazālu-l-ᶜāqilu yartahinu minhu baᶜḍa ḥājatihi bibaᶜḍi mā yattaqī wa mā yaḫāfu.*
14. “Mal se aproximou [...] surpreso”: trecho confuso. Parece que a sutileza do rato superou a dos copistas e tradutores: na tradução espanhola, é o gato que termina de roer as cordas; em **C** e **D**, é o gato quem avisa ao rato de que é chegado o momento de romper as amarras. Já Cheikho, organizador de **B**, avalia que existe uma lacuna qualquer nos originais.
15. **B**, **C** e **D**: + “caindo então sob as patas do elefante, que o pisoteia e mata”.
16. Nesse ponto se encerra a tradução espanhola, que traz em seguida a seguinte formulação: “Desí començó el mur a se resguardar del gato et a ser muy aperçebido.” Essa frase, que não se coaduna com o restante da história, pode ser evidência de original árabe defeituoso.
17. “trata [...] modos”: يُصانِعُ, *yuṣāniᶜu.*
18. “nele [...] outrem”: segundo declaração expressa do organizador de **A**, esse trecho foi retirado de **B**. O sintagma “aquele que caiu em virtude de confiança depositada em outrem” traduz صَريعُ الاسْتِرْسالِ, *ṣarīᶜu-listirsāli*, que em **C** e **D** foi lido como سَريعُ الاسْتِرْسالِ, *sarīᶜu-listirsāli*, “aquele que rapidamente deposita sua confiança”.
19. “no limite [...] estabelecidos”: بِما جَعَلَ لَهُ, *bimā jaᶜala lahu.*
20. “sendo [...] ninguém”: وَيَثِقُ بِذلِكَ مِنْ نَفْسِهِ، وَلا يَثِقُ لَها بِمِثْلِ ذلِكَ مِنْ أَحَدٍ, *wa yaṯiqu biḏālika min nafsihi, wa lā yaṯiqu lahā bimiṯli ḏālika min 'aḥadin.*
21. O período final (“e tudo [...] jamais”) apresenta redação de difícil entendimento. A solução aqui dada baseia-se na leitura combinada de **B** (que contém pequenas variações em relação a **A**), **C** e **D**. Eis o texto de **A**: وَلا عَلَيْكَ أَنْ تَجْزِيَني بِمِثْلِ ذلِكَ، إنْ رَأَيْتَ، وَإلاَّ فَلا سَبيلَ إلى اجْتِماعِنا أَبَدًا, *wa lā ᶜalayka 'an tajziyanī bimiṯli ḏālika, 'in ra'ayta, wa 'illā falā sabīla 'ilà-jtimāᶜinā 'abadan.* Deixando de lado as observações de Miquel, que faz uma longa e infrutífera discussão a respeito, optou-se aqui por considerar que a partícula *'illā* está deslocada por

erro de cópia, e que seu local correto seria logo depois da preposição ᶜ*alayka*, com o que se eliminaria a obscuridade. Em **C** e **D**: "Estimo-te a distância, e agora desejo a tua sobrevivência e integridade de um modo que antes não desejava; não deves retribuir a esta minha atitude senão com algo igual, e assim sendo não há motivo para nos reunirmos, e passa bem." **B** apresenta o seguinte comentário após o desfecho: "este é o capítulo de quem bem vê a oportunidade de fazer aliança com o inimigo e [ao mesmo tempo] toma precauções contra ele". Em Ibn Alhabbāriyya: "e se estiveres querendo retribuir-me/ pelo bem que te fiz/ só tens de rogar por mim,/ que isso, por Deus, será a melhor ação/ e não é necessário explicar nem prolongar,/ pois para nos reunirmos não existe motivo".

O rei e a ave Finza

1. Esta história também consta do *Mahābhāratā*. A edição **A** traz, seguindo seu original, "Qubbura" (cotovia) em vez de "Finza". Porém, conforme observa o próprio editor ᶜAzzām, "o nome da ave nas outras versões é Fanza, Finza ou Funza, sem vocalização certa para o 'F' inicial. Na versão siríaca recente, consta 'Pinza' e, na antiga, 'Pīzwah', mas todas essas formas são corruptas. No original sânscrito a forma é 'Pūzānī'; por isso, 'Finza' seria a forma árabe mais próxima do sânscrito. Não quisemos alterar o nome 'Qubbura' de nosso manuscrito porque se trata de uma forma antiga, que remonta, no mínimo, ao tempo de Ibn Alhabbāriyya (século XI)". Tendo em vista tais observações, optou-se, nesta tradução, pela forma sugerida por ᶜAzzām, mais próxima das outras edições árabes. Na tradução espanhola, a ave se chama "Catra", o que pode ser explicado pela semelhança dessas grafias em árabe.
2. Note-se que se trata do primeiro caso, neste livro, em que a narrativa da fábula não é precedida da pergunta do rei: "e como foi isso?". O outro capítulo em que isso ocorre é o do asceta e do hóspede; cf. adiante.
3. Em **C** e **D**: "certo rei da Índia chamado Barīdūn"; na tradução espanhola, "un rey muy poderoso, que avía nonbre Varamunt". O nome do rei, como seria

de se esperar, varia nos diversos manuscritos árabes e nas versões para outras línguas, conforme listam ᶜAzzām e Cheikho; o primeiro acredita que todos consistam em variações do original sânscrito "Brahmadatta". Alguns manuscritos árabes são mais precisos quanto à localização, dando conta de que se trataria de um rei da Cachemira.

4. **B**: + "entristecida".
5. "e a si mesmo um indivíduo isolado"; na tradução espanhola: "et cuente a sí mesmo por solo señero"; segundo os organizadores, "señero" é sinônimo de "solo". Em árabe, وَيَعُدُّ نَفْسَهُ فَرْدًا وَحِيدًا, *wa yaᶜuddu nafsahu fardan waḥīdan.*
6. **B**: + "e os rancores mais temíveis e fortes são os que estão nas almas dos reis, que professam a religião da vingança e consideram a busca da ofensa honraria e vanglória; nenhum inteligente deve iludir-se quando o rancor deles se aquieta".
7. "beneficiar-se e proteger-se": النَّفْعُ لَهُ وَالدَّفْعُ عَنْهُ, *annafᶜu lahu waddafᶜu ᶜanhu.* Assim está em todas as edições árabes. Na tradução espanhola, "por algunt pro o por algunt ayuda que entiende que le fará".
8. "sei": impossível determinar se se trata de "sabes" ou "sei". As edições árabes variam. **A** não apresenta diacrítico; **B** indica "sabes"; **C** indica "sei". Miquel traduz o verbo na primeira pessoa, ao passo que a tradução espanhola utiliza a segunda. Embora o rei esteja referindo-se a si mesmo no plural, optou-se aqui pela primeira pessoa porque essa fala é a justificativa do perdão que o rei alega ter concedido à ave.
9. Na tradução espanhola: "ca este poder es de Dios solo".
10. O trecho de um dos manuscritos editados por Guidi apresenta resposta bem diversa: "se as coisas fossem como afirmas, o enfermo não estaria certo ao procurar o médico, devendo confiar somente no decreto [divino] e no destino que o fizeram adoecer, e os homens de entendimento e clarividência deveriam abandonar o tratamento que lhes traria conforto e entregar-se ao que os acometeu".
11. **B**: + "e os cabedais".
12. **B**: + "este é o paradigma d[as pessoas que têm] ódio e da prevenção de uns contra os outros".

O leão e o chacal

1. “chacal”: **B** e **D** trazem الشَّعْهَرُ الصَّوَّام, *axxa^charu-ṣṣawāmu*, “o [animal] *xa^char* jejuador”, mas, no decorrer do texto, utilizam اِبْنُ آوى, *ibnu 'āwà*, “chacal”, como em **A** e **C**. Talvez com base nisso, alguns dicionários dão a palavra “*xa-^char*” como *chacal* (em **D** chega-se a inserir uma explicativa no título), o que não é muito seguro, pois, como se viu no capítulo do leão e do touro, *xa^char* parece ser antes deformação de nome próprio. A tradução espanhola, por exemplo, traz no título “anxahar religioso”, embora, no decorrer do texto, traga “lobo çerval”, num procedimento similar ao do manuscrito de Cheikho. Cf. a respeito o *Diccionario de arabismos...*, *op. cit.*, p. 218.
2. “reconsideração das relações”: مُراجَعَة, *murāja^catun*; mais adiante, utilizou-se a locução “retomar as relações”. Na tradução espanhola, a formulação do rei é bem sucinta: “Dame enxenplo de cómmo se mejora la fazienda del rey.”
3. Em **C** e **D**, a argumentação do filósofo se encerra nesse ponto, introduzindo-se em seguida a fábula propriamente dita.
4. “E o único [...] retamente”: إنَّما السَّبَبُ في الوَجْهِ الَّذي بِهِ يَسْتَقيمُ الْعَمَلُ, *'innamā-ssababu fī-lwajhi-lladī bihi yastaqīmu-l^camalu*. “Meio” traduz السَّبَب, *assababu*, e “modo”, الوَجْه, *alwajhu*.
5. “atividade”: a tradução espanhola utiliza “ofiçio”, que também seria cabível; em árabe está عمل, *^camalun*.
6. “correspondentes a tal atividade”: ما يَسْتَقيمُ بِهِ, *mā yastaqīmu bihi*.
7. “Os reis tampouco [...] nocivo”: segundo informação expressa de ^cAzzām, o trecho falta em **A** e foi retirado de **B**.
8. “façam”: preferiu-se o que consta em **B** (صَنَعوا, *ṣana^cū*) ao que consta em **A** (ضَيَّعوا, *ḍayya^cū*, o que levaria a traduzir “caso eles assim se percam”).
9. “folgarão [...] obra”: وتَهاوَنوا بِهِ تَهاوُنَ الْمُحْسِنِ, *wa tahāwanū bihi tahāwuna-lmuḥsini*.
10. “na terra tal e tal”: **A** e **B**; **C** e **D**: “em certo buraco (دَحْل, *daḥlun*)”; tradução espanhola: “en tierra de India”; Ibn Alhabbāriyya: “num lugar desabitado”.
11. “bom lugar”: الْمَكان الصَّالِح, *almakānu-ṣṣāliḥu*; “mau lugar”: الْمَكان الشَّرّ, *al-makānu-xxarru*. Para “bom lugar”, a tradução espanhola traz “lugar santo”.

12. Aqui, "oratório" traduz مِحْرَاب, *miḥrābun*, nicho que, nas mesquitas, aponta para a direção de Meca. Na tradução espanhola: "seguir se ía que los que se llegasen a los monesterios non pecarían, et los que se llegasen o morasen en los viles lugares pecarían".
13. "meu corpo": conforme nota ᶜAzzām, em todas as edições árabes consta "minha alma", com exceção da versão metrificada de Ibn Alhabbāriyya, que traz "meu corpo"; é também o caso da tradução espanhola. Miquel traduz como "amitié".
14. Nesta fala, o chacal se refere ao rei em terceira pessoa, o que é índice de solenidade.
15. "de modo [...] mim": عَلَى أَلاَّ أَجْعَلَ عَلَى نَفْسِي سَبِيلًا, *ᶜalà 'allā 'ajᶜala ᶜalà nafsī sabīlan*. Na tradução espanhola: "por tal que non aya ninguno carrera para pasar contra mí".
16. "esgueiraram-se [...] carnes": دَبُّوا ذَاتَ يَوْمٍ لِلَحْمٍ, *dabbū ḏāta yawmin lilaḥmin*. A regência *dabba li* não consta dos dicionários.
17. "que fosse confinado": أَنْ يُحْتَفَظَ بِهِ, *'an yuḥtafaẓa bihi*. Poderia também traduzir-se: "que fosse vigiado".
18. "até que [...] fazer": **B**.
19. Na tradução espanhola: "nin los vasallos sinon por el duque", o que também é correto.
20. "certificação": تَثَبُّت, *taṯabbutun*. Na tradução espanhola: "ser el omne paçífico et çierto de la cosa".
21. "conhecer [...] outros": مَعْرِفَةُ أَصْحَابِهِ وإِنْزَالُهُ إِيَّاهُمْ مَنَازِلَهُمْ واتِّهَامُ بَعْضِهِمْ عَلَى بَعْضٍ, *maᶜrifatu 'aṣḥābihi wa 'inzāluhu 'iyyāhum manāzilahum wa-ttihāmu baᶜḍihim ᶜalà baᶜḍin*. Passando ao largo da discussão encetada por Miquel a respeito da declinação do período, pela suposição de que "conhecer" deveria reger "companheiros", "colocação" e "suspeitas", pode-se presumir, com base em **C**, **D** e na tradução espanhola (que traz: "Et el mejor acuerdo de los reyes sí es en conocer sus vasallos et poner a cada uno en su lugar et en su talle, et sospechar a unos por otros"), que a dificuldade se prende à falta do pronome oblíquo masculino de terceira pessoa após *ittihām* (com o que se leria وَاتِّهَامُهُ بَعْضَهُمْ, *wa-ttihāmuhu baᶜḍahum*) e ao próprio sentido, nesse trecho,

da palavra *ittihām*, que aqui rege a preposição *ᶜalà*, fato lingüístico não registrado pelos dicionários.

22. "tal como o homem [...] sejam" كَالرَّجُلِ الَّذي يَرى بَيْنَ عَيْنَيْهِ شَعَرًا مِنَ الْمَرَضِ ولَيْسَ بِشَعَرٍ, *karrajuli-llaḏī yarà bayna ᶜaynayhi xaᶜaran mina-lmaraḍi wa laysa bixaᶜarin*. Trecho confuso, cuja redação em **B** é quase idêntica, e que não consta de **C** e **D** nem da tradução espanhola. Para recompô-lo, Guidi recorreu a dois manuscritos: كَنَظَرِ الَّذي يَكون بِعَيْنَيْهِ سَبَلٌ ثُمَّ يُخَيَّلُ لَهُ أنَّ بَيْنَهُما كَهَيْئَةِ شَعْرَةٍ مُعَلَّقَةٍ, *kanaẓari-llaḏī yakūnu biᶜaynayhi sabalun ṯumma yuḫayyalu lahu 'anna baynahuma kahay'ati xaᶜratin muᶜallaqatin*, "como o olhar de quem, tendo nos olhos uma enfermidade (سَبَلٌ, *sabalun*), imagina que entre seus olhos existe algo semelhante a um pelo dependurado".

23. Conforme observa Miquel, "esta passagem, bastante obscura, deve carregar traços de alguma teoria médica ou fisiognômica".

24. "eles montarão em ti": فَيَأْخُذوكَ مَرْكَبًا, *faya'ḫuḏūka markaban*.

25. O texto, a partir daqui até o fim do parágrafo, não consta das demais edições nem da tradução espanhola, cuja redação, nesse ponto, parece derivar de algum manuscrito mais próximo de **C** e **D**. Note-se que esse trecho praticamente repete, com algumas variações, o anterior, e deve apresentar alguns problemas de transmissão, uma vez que os tipos a ser evitados são explicitamente enumerados – oito –, ao passo que os tipos a se buscar não o são, numa falta de paralelismo pouco comum no livro.

26. A partir daqui até o fim do capítulo, o texto encontra-se resumido tanto nas demais edições como na tradução espanhola.

27. "decidiste": تَقَبُّلُكَ إلَيَّ [. . . مِنْ سُرْعَةِ], [*min surᶜati...*] *taqabbulika 'ilayya*.

28. "intimação": إعْذارٌ, *'iᶜḏārun*. Sobre esse termo, que tem implicações jurídicas, seria conveniente consultar R. Dozy, *Supplément aux dictionaires arabes*. O trecho não consta das demais edições nem da tradução espanhola. Miquel traduz equivocadamente "ni chercher à m'excuser". A idéia do original é que não houve nem sequer uma notificação prévia que proporcionasse alguma defesa.

29. "pretextos": السُّبُلَ, *assubulu*, literalmente, "caminhos".

30. "por dois aspectos": لِخَصْلَتَيْنِ, *liḫaṣlatayni*.

31. "acerto de contas": القصاص, *alqiṣāṣu*, termo normalmente utilizado como equivalente de "talião".
32. "depois [...] disposições": حَتَّى اسْتَعْهَدْتُكَ مِنْ نَفْسِكَ, *ḥattà-staʿhadtuka min nafsika*.
33. "e acaso [...] ações": أَلَمْ تَزْعَمْ أَنَّ التَّجَاوُزَ عَنْ إِسَاءَةِ الْعَمْدِ أَفْضَلَ مَا يَكُونُ مِنَ الإحْسَانِ, *'a lam tazʿam 'anna-ttajāwuza ʿan 'isā'ati-lʿamdi 'afḍal mā yakūnu mina-l'iḥsāni*.
34. "pretexto": مَوْضِع, *mawḍiʿun*; literalmente, "lugar".
35. "e isso é [...] reis": وهذا سَبَبٌ مَظْنُونٌ بِالْمُلُوكِ, *wa hāḏā sababun maẓnūnun bilmulūki*.
36. "Disse o leão"; C e D: "Sem dar importância às suas palavras, disse o leão."
37. Em **B**, o discurso do leão assim se traduz: "eu já testei tua natureza e teu caráter, e a posição que ocupas em minha alma é a dos nobres generosos. E ao nobre uma só ação benfazeja faz esquecer mil ações malfazejas, ao passo que ao vil uma só ação malfazeja faz esquecer mil ações benfazejas. Eu confio em que o bem que te fizemos vai fazer-te esquecer os excessos que cometemos contra ti. Já retomamos a confiança em ti; retoma, pois, tua confiança em nós e em nossos desígnios, pois com isso já obtiveste regozijo e alegria". Em **C** e **D** o texto é semelhante. A tradução espanhola parece antes derivar de redações mais próximas de **C** e **D** do que de **A** e **B**.
38. Tradução espanhola: + "Et abaxó el león a aquellos que lo acusaran, et echólos de su tierra et alongólos".

O peregrino e o ourives

1. Na tradução espanhola, "religioso". Na realidade, a palavra سائح, *sā'iḥun*, que consta de todas as edições árabes e somente ocorre neste capítulo e no próximo, é bastante genérica e imprecisa quanto às atividades da personagem, permitindo, portanto, interpretação. Ademais, embora "viajante" seja seu significado mais comum (em árabe moderno corresponde a "turista"), "peregrino" ou "asceta" são também traduções possíveis e dicionarizadas; mais adiante, aliás, a personagem será referida como ناسِك, *nāsikun*, "asceta". Miquel traduz "ermite". Guidi, que traduz "viandante", chama a atenção para a origem budista da história.

2. "Informa-me [...] confiança"; **B**: + "e esperar seu auxílio?"; **C** e **D**: "aplica-me agora o paradigma daquele que deposita seus favores no lugar errado [ou seja, *faz favores a quem não os merece*] e depois espera gratidão".
3. Em **C** e **D**, a fala do filósofo se abre da seguinte maneira: "ó rei, de fato a natureza das criaturas é diversa, e não existe, entre o que Deus criou no mundo, ande sobre quatro ou sobre duas pernas ou voe com duas asas, nada superior ao homem. Porém, entre os homens há os bons e os iníquos, podendo existir entre os quadrúpedes, as feras e as aves quem tenha um senso mais leal do que o dele [أَوْفَى مِنْهُ ذِمَّةً, *'awfà minhu dimmatan*], proteja suas mulheres [حَرَمه, *ḥaramuhu*] mais obstinadamente e com maior vigor e seja mais grato aos favores recebidos; então, caberá aos inteligentes dentre os reis e os outros homens [...]". O texto da tradução espanhola ("señor, sepas que las naturalezas de las criaturas son de muchas maneras, et non es ninguna cosa de quantas Dios crió en el mundo, de las que andan en cuatro pies et en dos pies o que buelan con alas, más santa ni mejor que el omne" etc.) é mais próximo do que consta em **C** e **D**, que são, em geral, baseadas em manuscritos tardios. Na tradução espanhola, o trecho que corresponde ao início da fala do filósofo em **A** e **B** é precedido de: "Et esto paresçe a lo que dixo el filósofo antiguo:".
4. Nesse ponto, o editor de **A** introduz um período adaptado de **B**: "e tome um mangusto, introduzindo-o em sua manga, e uma ave, pondo-a na mão". Afirma ᶜAzzām: "esta frase não consta de nosso manuscrito [**A**] e a copiamos de Cheikho [**B**] após corrigi-la, porque o contexto a exige e porque todas as outras edições concordam quanto ao seu significado. O que se pretende é que o homem pode acautelar-se de outros homens e confiar nos animais, colocando-os na manga ou na mão". Afirma Miquel: "Essa frase parece ser uma glosa desajeitada que tenta anunciar o tema, exposto mais adiante, da fidelidade dos animais oposta à ingratidão dos homens. Compreende-se mal porque o Sr. ᶜAzzām introduziu em sua edição esta frase que não se encontrava no manuscrito, nem porque, fazendo-o, invocou a lógica do texto". **C** e **D**: "e talvez tome um mangusto, fazendo-o entrar por uma manga e sair pela outra, tal como aquele que carrega uma ave na mão e, caso a ave cace alguma coisa, ele se beneficiará, pois ela o alimentará com aquilo". A frase não consta da tradução espanhola.

5. "tigre": بَبَرٌ, *babarun*, palavra de origem persa. Na tradução espanhola, "texón" (texugo).
6. Embora nenhuma das edições apresente indícios explícitos a respeito, parece evidente, pelo desenrolar da história, que, como retribuição por não ter sido atacado, o homem deveria ter elaborado algum ardil que os retirasse a todos do fosso.
7. **A** e **B**: "Barājūn"; **C** e **D**: "Nuwādaraẖt"; tradução espanhola: "Jajon".
8. "fazendo-o [...] sonho"; **B**: "e lhe dissera: 'fica sabendo que não ficarás curado senão depois que este peregrino injustiçado te benzer'". O modo de atuação da cobra varia em **C**, **D**, Guidi e tradução espanhola.

O filho do rei e seus companheiros

1. "a predeterminação e o destino": الْقَضَاءُ وَالْقَدَرُ, *alqaḍā'u wa-lqadaru*, sintagma da jurisprudência islâmica que se traduziria como "decreto e desígnio divinos" – o que não se enquadra, evidentemente, no presente caso. Na tradução espanhola, "la ventura que es prometida a cada uno".
2. O nome da cidade, como de hábito, varia – "Maṭūr", "Nasṭūr", "Manṭūr" etc. O original de **A** trazia "Maṭran", mas o editor preferiu o que constava em **B**. Em **C**: "Maṭrūn"; **D**: "Māṭarūn"; Ibn Alhabbāriyya: "Quṭūn"; na tradução espanhola, "Matrofil". E um dos manuscritos de Guidi traz "Maṭarfīl".
3. Na tradução espanhola, "el buen entendimiento et la valor et la femençia et la arte".
4. "num mesmo caminho": **C** e **D**; tradução espanhola: "en un camino".
5. Tradução espanhola: + "et avía de ser rey después que muriese su padre; et otro su hermano forçólo et echólo fuera del regño después de la muerte del padre".
6. "filho do nobre"; tradução espanhola: "fijodalgo".
7. **C** e **D**: + "puseram-se a pensar em suas vidas, cada um deles retomando sua natureza e aquilo de que se sustentara".
8. Afirmam Blecua e Lacarra: "os personagens se definem por seus antepassados e por serem representantes de distintas hierarquias sociais. G. Dumezil,

Mito y epopeya, Barcelona, Biblioteca Breve, 1977, y *Los dioses de los indoeuropeos*, Barcelona, Seix-Barral, 1970, analisou como as estruturas míticas e sociais são as mesmas nos domínios indo-europeus, assinalando quatro castas fundamentais: 1, sacerdotes; 2, nobreza; 3, casta dedicada ao aprovisionamento e à produção de bens econômicos; e 4, casta dedicada ao serviço das anteriores. Segundo E. Rosenthal, *El pensamiento político del Islam*, Madrid, Revista de Occidente, 1967, pp. 230 e seguintes, al Dawwani distingue quatro classes relacionadas com os quatro elementos do temperamento, e cujas características são: 1, casta garantidora da religião; 2, guerreiros; 3, comerciantes, artesãos etc.; e 4, os lavradores. Levando em conta tais dados, os três estamentos medievais – *oratores, defensores* e *laboratores* – não deixam de cumprir funções similares às anteriores".

9. "com o [...] inteiro"; **C** e **D**: "caso o homem esfalfe seu corpo um dia inteiro".
10. Na tradução espanhola, o filho do lavrador nada escreve nos portões. O texto assim prossegue: "Et quando fue otro dia de mañana, dixeron: – Echemos suertes, et al que cayere la suerte vaya a averiguar su dicho." Observam Blecua e Lacarra: "esta é a única vez em que a ordem de atuação se decide por sorte. Em nenhuma das versões que consultamos se encontra esta passagem. Seja ou não originário das versões hispânicas, possivelmente a causa de sua incorporação seja a de justificar a alteração da ordem prévia, talvez por motivos estamentais. Nas demais versões, incluindo o ms. B espanhol, as personagens expressam suas idéias na ordem inversa à de sua intervenção, sem que esta se modifique. Ou seja: 1, o filho do rei; 2, o filho do mercador; 3, o fidalgo; e 4, o filho do lavrador".
11. Na tradução espanhola, o episódio do filho do nobre com a mulher do nobre perde toda conotação sexual. Observam Blecua e Lacarra: "a figura do fidalgo, cujas únicas fontes de ingresso são a beleza e as boas maneiras, parece um antecedente do que será uma realidade tanto na vida cotidiana como na literatura dos séculos posteriores. Em outras versões [espanholas] se especificam mais detalhadamente os favores concedidos pela dama: 'E quando fueran en la posada, ella le aparejó una maravillosa cama y holgaron los dos en ella con mucho placer' (*Exemplario*, fol. LXXXI, v.º)". Na versificação de Ibn Alhabbāriyya

(editada pelo padre maronita N. Al'asmar) e em algumas edições árabes, como as de Yāzijī e Marṣafī, ou a escolar do padre jesuíta L. Cheikho, relata-se que o jovem dormiu sob a árvore e foi visto por um pintor que o utilizou como modelo e lhe deu dinheiro como recompensa, ou então por um nobre que se compadeceu dele e lhe deu dinheiro etc. Todavia, é difícil saber se esse relato constava de algum original ou se foi mera alteração moralista perpetrada pelos editores.

12. "carregado de mercadorias": **C** e **D**.
13. "homens"; **C** e **D**: "mercadores".
14. **C** e **D**: + "será somente assim, embora estejamos necessitados das mercadorias, que seu preço irá cair".
15. "a crédito" (نسيئة, *nasī'atan*): **C** e **D**.
16. Em **C** e **D**, o trecho apresenta uma formulação mais concatenada: "o filho do mercador tomou então outro caminho e foi até os donos do navio, deles comprando tudo o que continha por cem dinares a prazo, fingindo em seguida que pretendia transportar as mercadorias para outra cidade. Ao ouvirem aquilo, os mercadores da cidade ficaram com receio de que toda aquela mercadoria lhes escapasse das mãos e lhe ofereceram mil dirhams como ganho pelo que havia comprado. Ele então os colocou em contato com os donos do navio, recolheu o que ganhara, foi até seus companheiros e escreveu nos portões da cidade: a inteligência de um único dia tem o valor de mil dirhams". Os valores recebidos pelos três jovens variam; são eles, respectivamente: **B**, "meio dirham", "quinhentos dinares" e "cem mil dinares"; **C**, "um dirham", "quinhentos dirhams" e "mil dirhams"; **D**: "um dirham", "quinhentos dirhams" e "cem mil dirhams"; tradução espanhola, "un maravedí", "çient maravedís" e "mil maravedís" (de modo semelhante, a edição de Yāzijī refere "um dirham", "cem dirhams" e "mil dirhams"). Afirma Miquel: "não se saberia fixar com precisão o valor dessas duas moedas [*dirham e dinar*], pois nós ignoramos o grau de exatidão da tradução de Ibn Almuqaffa[c]; tratamos de um conto no qual esses nomes têm, antes de tudo, um valor simbólico, que sempre variou consideravelmente. Digamos somente que o dirham equivale, em taxas legais, a 3,186 gramas de ouro e que o dinar vale cerca de doze dirhams".

Blecua e Lacarra, por seu turno, consideram que deve existir algum equívoco nos valores, uma vez que, para eles, os princípios de hierarquização do texto teriam de deixar clara a superioridade do filho do nobre sobre os esforços do filho do lavrador e do filho do mercador. Esses editores também sublinham o paralelismo no comportamento do filho do lavrador e do filho do mercador: "ambos vão à cidade e procuram informar-se para realizar suas atividades. A diferença radica na utilização do esforço físico – caso do lavrador – ou no uso da astúcia e do entendimento – caso do mercador". Outro paralelismo a ser notado, mais adiante, é o dos comportamentos do filho do nobre e do filho do rei.

17. "por meio [...] destino": **B**, **C** e **D**.
18. "numa loja" (دُكّان, *dukkān*); **C**, **D** e tradução espanhola: "num banco [de pedra]" (**C**: دَكّة, *dakka*; **D**: مُتّكأ, *muttaka'*; tradução espanhola: *poyo*).
19. "sem deixar [...] parente"; na tradução espanhola, "et non dexó sinon un fijo que avía de heredar el reino después dél", fato que, evidentemente, irá alterar o ulterior desdobramento da história. Embora não tenha sido possível localizar nenhuma versão árabe que contivesse esse detalhe, o trecho parece ter sido traduzido dessa língua, e não resultado de modificação operada no interior do próprio texto espanhol.
20. "nem se preocupava": [لِ] وَلا يَنْحاشُ, *wa la yanḥāxu* [*li*]. Uso raro cujo sentido só foi possível esclarecer no dicionário de Ibn Manẓūr (وَما يَنْحاشُ لِشَيْءٍ أَيْ لا يَكْتَرِثُ لَهُ, *wa mā yanḥāxu lixay'in 'ay lā yaktariṯu lahu*).
21. "e agora aqui te vejo?": وَأَتَقَدَّمُ إلَيْكَ؟, *wa 'ataqaddamu 'ilayka?* Formulação meio obscura que pode ser fruto de equívoco de cópia. Em **B**, a fala do homem é "acaso não te proibi de permaneceres neste local?", seguida de وَتَقَدَّمَ إلَيْهِ, *wa taqaddama 'ilayhi*, "e avançou para ele".
22. "sou filho [...] Qurmāh"; em **B**, por possível erro de cópia: "sou o rei Iṣṭahar, rei de Qarūnād"; **C** e **D**: "eu sou filho do rei de Fawīrān (**C**)/Fawrān (**D**)"; Ibn Alhabbāriyya: "sou rei e filho de rei:/ Iṣṭahar era meu pai, que morreu"; tradução espanola: "Yo só fulano, fijo del [rey] de Marmia."
23. "por meio do qual [...] [nas inscrições]": فَأَعانَ عَلَيْهِ بِبَعْضِ ما ذَكَروا, *fa'aᶜāna ᶜalayhi bibaᶜḍi mā ḏakarū*. Formulação obscura. Em **B**: وَكانَ عَلَيْهِ ما ذَكَروا,

wa kāna ᶜalayhi mā ḏakarū, “e [Deus] deu [o bem] conforme eles mencionaram”. Miquel traduz: “et que les qualités dont ils me parlaient ne sont que les moyens dont Dieu se sert pour aider les destin [à se réaliser]”.

24. “em ambas”; em **A** e **B** lê-se “nela”, sendo impossível distinguir se se trata “deste mundo” (feminino em árabe) ou “da outra vida”. Mas deve tratar-se de erro de cópia.
25. Observam Blecua e Lacarra: “a associação entre as pombas (e as aves em geral) e as almas é tradicional. Veja-se Berceo, *Milagros*, 22: ‘vidieron palombiellas de so la mar nacer / quantos fueron los muertos tantas podrién seer’”.
26. **C** e **D**: + “perguntei-lhes: ‘como podeis indicar-me um tesouro que os olhos não vêem mas não enxergastes a rede [do caçador]?’ Responderam: ‘quando o destino se abate sobre nós, desvia os olhos e veda a visão, como desviou nossos olhos da rede, mas não os desviou deste tesouro, a fim de que tu te beneficiasses com ele’.”
27. “se vós [...] dele”; **C** e **D**: “graças a Deus, que vos ensinou o que [só] ele vê; vós voais nos céus e me informastes do que está sob a terra”.
28. “ninguém [...] dele”: وَلا يَسْتَطِيعُ أَحَدٌ أَنْ يُجاوِزَهُ أَوْ يُقَصِّرَ عَنْهُ, *wa lā yastaṭīᶜu 'aḥadun 'an yujāwizahu 'aw yuqaṣṣira ᶜanhu.* **C** e **D**: + “[prosseguiu o peregrino:] ‘e eu estou informando ao rei sobre o que vi, e se o rei ordenar poderei trazer-lhe o dinheiro e colocá-lo em seus depósitos’. Disse o rei: ‘ele é teu e está a teu dispor’”.
29. O parágrafo final não consta de **C** e **D** nem da tradução espanhola, a qual apresenta, não obstante, um discurso bem mais longo das aves.

A LEOA E O ANIMAL XAᶜHAR

1. “animal xaᶜhar” (شَعْهَر): é o que consta em todas as edições consultadas. Preferiu-se esta locução à palavra “chacal”, adotada por alguns tradutores, por motivos que se discutiram anteriormente. Tanto não era claro o que fosse tal animal que a tradução espanhola traz “axara”, “anxara” e “axahra”, praticamente transliterando o original árabe. Alguns manuscritos trazem “cha-

cal" (شَغْبَر, *xaġbar*), que pode ser, aliás, correção dos copistas, pois, ao contrário do outro, trata-se de termo dicionarizado – mas, como se pode notar mais adiante, trata-se de um animal naturalmente frugívoro, o que não é o caso do chacal.

2. "quando lhe sucedem": فيما يَنْزِلُ بِهِ, *fīmā yanzilu bihi.*
3. "as palavras"; **C** e **D**: "as inteligências".
4. "E conquanto [...] descrição": formulação confusa e visivelmente falha. Em **B**: "porém, caso alguns deles se safem pela ocorrência de uma sedição antes da desgraceira resultante do que fizeram, os demais com eles se iludirão". Na tradução espanhola: "Et si alguno dellos estuerçe por la muerte que le acaesca ante que le venga el mal, va a la pena del otro mundo".
5. **B**: + "ou te consolar".
6. "tal como [...] avaliado": كَما تَدينُ تُدانُ, *kamā tudīnu tudānu.* Locução que consta de todas as edições e cuja semelhança com um trecho do Evangelho (Mateus, VIII:2) levou Cheikho a afirmar: "simples coincidência ou alusão direta, nada impede de adotar a última hipótese; a continuação dessa passagem parece confirmá-lo, bem como a conclusão de todo o capítulo". Note-se, porém, que a tradução árabe da Bíblia é ligeiramente diversa (بِالدَّيْنونَةِ الَّتي بِها تَدينونَ تُدانونَ, *biddaynūnati-llatī bihā tadīnūna tudānūna*). Em português, o trecho é normalmente traduzido como: "pois com o juízo com que julgardes sereis também julgados". O tradutor espanhol aparentemente não se deu conta da suposta referência bíblica, e traduziu: "Que dizen en el proverbio: – Qual fezieres tal avrás." Blecua e Lacarra dão em nota referências sobre a presença desse provérbio nos textos espanhóis da época.
7. "sofre vinganças [...] contra si": اِنْتَقِمَ مِنْهُ وَأُديلَ عَلَيْهِ, *intuqima minhu wa 'udīla ʿalayhi.*
8. Observam Blecua e Lacarra: "na renúncia da leoa pode-se ver um eco de certas doutrinas religiosas muito difundidas na Índia. Por exemplo, o jinismo, segundo C. Caillat (*Las religiones en la India y en Extremo Oriente*, Madrid, Siglo XXI, 1978, pp. 175 ss.), ordena 'muito particularmente evitar nutrir-se da menor parcela de vida e recomenda não prejudicar o mais ínfimo animal'".
9. Em **C** e **D**, o animal xaʿhar desaparece de cena; as censuras à leoa são feitas por "um torcaz que vivia naquelas selvas e se alimentava de frutas".

10. "e invadindo o que não te pertence": وَدَخَلْتِ عَلَيْهِ فيهِ, *wa daḫalti ʿalayhi fīhi.*
11. **B**, **C** e **D**: + "e a satisfação dos homens".

O asceta e o hóspede

1. "Alkurj": **D** (الكَرْج, *alkarj* ou *alkurj*): é o que consta em **D**, podendo significar "Geórgia". Preferiu-se esta leitura ao anacronismo الكَرْخ, *alkarḫ*, que consta em todas as outras edições árabes, e que designa um bairro de Bagdá ou uma aldeia da circunscrição de Samarra, ambas as localidades construídas após a morte de Ibn Almuqaffaʿ. Ainda que se admita que o capítulo constitui acréscimo posterior a ele, a nenhum autor muçulmano ocorreria chamar tal bairro, muito conhecido, de "numa terra chamada Alkarḫ". Na tradução espanhola, "en una tierra".
2. Tradução espanhola: + "dátiles et manteca, que son cosas estrañas para en aquella tierra".
3. "muito embora ali [...] organismo"; em **C** e **D**, as falas são diferentes: "'não há tamareiras, mas quem dera existissem'. E continuou [o hóspede]: 'gostaria que me ajudasses a levar destas tâmaras a fim de semeá-las por nossa terra, pois eu não conheço as frutas de vossa terra, nem suas características'. Disse-lhe o asceta: 'isto não será confortável para ti, mas sim pesado, e talvez não sirva para vossa terra; ademais, vosso país tem muitas frutas; qual a necessidade que tendes das tâmaras, que ademais são pesadas e pouco adequadas ao organismo?"
4. "que tenhas [...] caminho!": وُفِّقْتَ وَرَشِدْتَ, *wuffiqta wa ruxidta.*
5. "em hebraico": عِبْرَانِيًّا, *ʿibrāniyyan*; **B**: غريبا, *ġarīban*, "estranhas". De maneira assaz superficial, Cheikho observa ansiosamente que "esta alusão à língua hebraica denota a mão de um judeu ou de um cristão".
6. O último parágrafo, que visivelmente exige muita interpretação, não consta em **C** e **D**. Em **B**, é mais longo: "disse o filósofo ao rei: os governantes, em seu escasso comprometimento com os súditos no que se refere a isso e a coisas semelhantes, planejam hoje muito mal por causa da mudança das pessoas de uma posição a outra, abandonando as posições que ocuparam e das quais

proveram seu sustento graças aos reis [*anteriores?*], e também por causa do esforço das classes baixas em chegar às classes altas, com a propagação da boataria [? إنْتِشَارُ الأُمور, *intixāru-l'umūri*], dissolução do decoro e desafio dos miseráveis aos nobres; assim, as coisas vão correndo de maneira tal até chegarem ao enorme e terrível perigo, com o rei sofrendo oposição em seu próprio reino". Os termos da edição de Yāzijī, mediante a qual Cheikho deu retoques em sua edição escolar, são ainda mais duros. Na tradução espanhola, o parágrafo (em que não fica claro quem se pronuncia) é mais suave. Observam Blecua e Lacarra: "nas palavras do filósofo se reconhece a mesma tendência imobilista visível em outros contos, como o da 'rata transformada em menina' e em numerosos textos coetâneos: 'todas las cosas del mundo se pueden cambiar sinon las naturas' (*Libro de los buenos proverbios*, p. 60); 'muy grave cosa es cambiar las naturas'(*Bocados de oro*, p. 18); 'onde dize el proverbio que lo que la natura niega, ninguno lo deve cometer' (*Libro del caballero Zifar*, p. 110)".

[Epílogo]

1. Em **C**, **D** e tradução espanhola este final se encontra resumido. Afirma Cheikho: "esta conclusão da obra falta nas antigas versões siríacas e hebraicas. Ela é mais longa em nossa recensão; o principal manuscrito de que se utilizou Sacy para sua edição contém este mesmo final, mas ele, acreditando tratar-se de uma interpolação do copista, não deu senão uma versão abreviada proveniente de outro manuscrito".
2. **B**: + "com a ajuda do destino: quando seu tempo chegar, que nada [do que suceder] o desgoste, nem pare de estudá-lo ou de refletir a seu respeito".
3. **B**: + "e te guie".
4. **B**: + "e contenha, de teu ímpeto e irritação, o que for mais intenso; que deposite a misericórdia em teu espírito [estranhamente, usa-se plural: أرْواحُكَ, *'arwāḥuka*, "teus espíritos"] e no de teus puros antepassados, todos membros da morada da inteligência, do decoro, do mérito, da generosidade e da nobreza". E neste ponto se encerra o texto de **B**, inexistindo o parágrafo seguinte.

Notas

1. *Concluiu-se o livro de Kalīla e Dimna, com a graça e a ajuda de Deus; terminou-se de copiá-lo na segunda-feira, sexto dia do mês de rajab do ano de setecentos e trinta e nove*[1]. *[Por] Muḥammad ᶜAlī Ibn Muḥammad Al'armawī, que Deus o perdoe*[2].

[1.] Correspondente a 17 de janeiro de 1339 d.C.

[2.] [Depois disso, em **B**, seguem-se diversas poesias. O colofão da tradução espanhola é o seguinte: "Aquí se acaba el libro de Calina et Digna. Et fue sacado de arávigo en latín, et romançado por mandado del infante don Alfonso, fijo del muy noble rey don Fernando, en la era de mill et dozientos et noventa et nueve años. / El libro es acabo. / Dios sea sienpre loado." Observam Blecua e Lacarra que esse ano corresponderia a 1261, quando Alfonso já era rei, o que tornaria problemática tal datação. Cf. a "introdução".]

A apresentação...

1. Traduzido a partir de **C**. Em vários passos, lançou-se mão de **B1**. Esse capítulo somente se encontra completo em manuscritos tardios.
2. Praticamente nada se sabe sobre esse personagem, cujo nome varia nos diversos manuscritos. Algumas fontes referem que ᶜAlī Ibn Axxāh Alfārisī seria descendente da família de um certo Xāh ("rei", em persa) Ibn Mīkāl, morto no século X d.C.
3. [ ]: **B1**.
4. "seus ramos": فُنُونُها, *funūnuhā*.
5. Em **B1**, também consta: "e trouxe, junto com o livro, um tabuleiro de xadrez completo, que se compunha de dez por dez."
6. "Mencionou ainda [...] palavras"; **B1**: "E mencionamos o tamanho de seu mérito, e recomendamos, àqueles que forem capazes de o ler, que atentem em seu estudo, perseverem em sua sagacidade e no que ele se compõe de benesses e benefícios; vejam que [isso tudo] é preferível a qualquer outro prazer em que se aplique o interesse; e que examinem o sentido oculto de suas palavras".
7. Esses dois primeiros parágrafos, que em **B1** se encontram em primeira pessoa, são uma provável interpolação com a qual se pretendeu apresentar um resumo da matéria.

8. Nome árabe de Alexandre o Grande da Macedônia. A palavra *rūmī* quer dizer, em sentido estrito, "bizantino". Segundo os comentaristas, o epíteto "bicorne" se deve à conquista do Ocidente e do Oriente.
9. Em **B1**, bem como em outros manuscritos referidos por Cheikho, consta "Fūrak", mas a forma "Fawr" (ou "Fūr") é a mais correta em árabe. Em português, diz-se "Poro".
10. Esta cena hiperbólica – um cavaleiro valente cujo grito espantoso e terrível o leva à vitória numa refrega – ocorre nas novelas árabes de cavalaria, como, por exemplo, as inseridas na coletânea *Mi'at layla wa layla* ["As cento e uma noites"] (Túnis/Trípoli Ocidental, Addāru-lᶜarabiyyatu lilkitābi, 1979, ed. de Maḥmūd Ṭarxūna).
11. "pois que diante [...] próprios": a tradução do trecho se fez a partir de **B1**, cuja redação, apesar de defeituosa, permite uma leitura mais coerente do que a de **C**, cuja tradução seria: "pois que diante dos ignorantes seremos mais ignorantes do que eles, e inferiores àqueles que eles consideram superiores".
12. Em **B1**, "seu péssimo caráter".
13. **B1**: + "e conosco".
14. Roupa de pelo.
15. **B1**: + "sem encontrar em quem se socorrer; agora, ele tenta se fortalecer por nosso intermédio para conseguir maltratar e punir mais fortemente seu antagonista".
16. "a sabedoria"; **B1**: "o intelecto".
17. "dignidade": الوَقارُ, *alwaqāru*; **B1**: الرِّفْقُ, *arrifqu*, "habilidade" ou "sutileza".
18. Embora se tenha traduzido "governar" e "conduzir", nas duas situações o original utiliza uma palavra que em árabe moderno significa política: "*siyāsa*", derivada do verbo *sāsa/yasūsu*, "conduzir".
19. "copistas"; **B1**: "néscios".
20. Em **B1**, cuja redação neste parágrafo é diferente, se bem que com o mesmo sentido geral, é Baydabā sozinho que atina com a solução.
21. Um manuscrito de 1847 citado por Cheikho apresenta uma redação curiosa para esse passo: "Baydabā e seu discípulo permaneceram no aposento até terminar o livro e suas sentenças, e colocar seus paradigmas nos lugares cor-

retos; depositaram-no num único baú, para o qual Baydabā fez fechaduras em forma de parafuso; não conseguiria abrir o livro senão quem o compreendesse por meio de dois talismãs (? بِصَفِيَّتَيْنِ, *biṣuffiyatayni*) de prata salpicados de ouro vermelho".

22. "a população do reino": أَهْلُ المَمْلَكَةِ, *'ahlu-lmamlakati*.
23. Em **B1**, o rei diz: "levanta a cabeça, Baydabā, pois este não é um dia de lamentações, e sim de alegria e celebração".
24. Em **B1**, o rei concede boas recompensas aos discípulos sem que Baydabā interceda por eles.

A pomba, a raposa e a garça

1. Traduzido a partir de **C**. Este capítulo quase não apresenta diferenças de redação nas diversas edições que o contêm, e nas quais é sempre o último, vindo depois do capítulo do filho do rei e seus companheiros. Afirma Cheikho: "em geral se admite que esta fábula foi acrescentada posteriormente a Kalīla e Dimna; ela se encontra na versão hebraica de Joel. As edições recentes [*obs.: ele escrevia em 1905*] do Cairo, de Mossul e de Beirute a adotaram". Note-se que esse capítulo consta da tradução espanhola, onde também é o último, com o título: "de la gulpexa et la paloma et del alcaraván".
2. "medula": **B1** e **D**; **C**: "pescoço".
3. Na cultura árabe, conforme observa Marṣafī, a garça é proverbial exemplo de estupidez. Já ao alcaravão, que substitui a garça na tradução espanhola, se atribui imprevidência, segundo Blecua e Lacarra: "Alcaraván fadiduro que a todos da consejo e a sí non ninguno." Continuam os editores: "segundo o *Diccionario de refranes*, Madrid, BRAE, 1975, sua provável origem está no 'costume atribuído ao alcaravão de lançar agudos gritos em sinal de alarma quando vê algum caçador ou ave de rapina, advertindo às demais aves de sua presença para que fujam, ao passo que ele próprio permanece imóvel'".

IMPRESSÃO E ACABAMENTO:
YANGRAF Fone/Fax:
6195.77.22
e-mail:yangraf.comercial@terra.com.br